STEVEN ERIKSON

Das Spiel der Götter 10

Buch

Der Aufstand im Reich der Sieben Städte wurde niedergeschlagen; Dryjna, die Göttin des Wirbelwinds, wurde besiegt, Sha'ik ist tot. Doch das heißt nicht, dass die Rebellion vollkommen vorbei ist. Vor allem, da sich Leoman von den Dreschflegeln, Sha'iks Feldherr und rechte Hand, mit seinen letzten Getreuen nach Y'Ghatan zurückgezogen hat – in eine Stadt, die in der Geschichte des malazanischen Imperiums schon einmal eine verhängnisvolle Rolle gespielt hat. Denn an den Wällen dieser alten Stadt ist das Schwert des Imperiums – Dassem Ultors Eliteeinheit – zerbrochen, und das Erste Schwert selbst wurde dort tödlich verwundet. Keine guten Aussichten für die junge, noch unerfahrene Mandata Tavore und ihre ebenso unerfahrenen, größtenteils aus Rekruten und Soldaten ohne Kampferfahrung bestehenden Truppen. Doch Tavore hat keine andere Wahl – sie muss Y'Ghatan erobern, wenn sie verhindern will, dass die schwelende Glut rebellischer Gedanken wieder zu offenen Flammen wird. Und es ist fast unausweichlich, dass sie dabei Kräften in die Quere kommt, die ihrerseits bestimmte Vorstellungen vom Geschehen im Reich der Sieben Städte haben – Wesen wie dem mächtigen Toblakai-Krieger Karsa Orlong oder den beiden uralten geheimnisvollen Wanderern Icarium und Mappo Trell ...

Autor

Steven Erikson, in Kanada geboren, lebte viele Jahre in der Nähe von London, ehe er vor einiger Zeit in seine Heimat nach Winnipeg zurückkehrte. Der Anthropologe und Archäologe feierte 1999 mit dem ersten Band seines Zyklus »Das Spiel der Götter« nach einer sechsjährigen akribischen Vorbereitungsphase seinen weltweit beachteten Einstieg in die Liga der großen Fantasy-Autoren.

Steven Erikson

Die Feuer der Rebellion

Das Spiel der Götter 10

Roman

Aus dem Englischen
von Tim Straetmann

blanvalet

Die englische Originalausgabe erschien 2006
unter dem Titel »Malazan Vol. 6: Bonehunters«
bei Bantam/Transworld

1. Auflage
Deutsche Erstausgabe Oktober 2007 bei Blanvalet,
einem Unternehmen der Verlagsgruppe
Random House GmbH, München.
Copyright © der Originalausgabe 2006 by Steven Erikson
This edition is published by arrangement with
Transworld Publishers, a division of The Random House Group Ltd.
All rights reserved.
Copyright © der deutschsprachigen Ausgabe 2007
by Verlagsgruppe Random House GmbH
Umschlaggestaltung: HildenDesign München
Umschlagfoto: © Raymond Swanland
Redaktion: Sigrun Zühlke
HK · Herstellung: Heidrun Nawrot
Satz: deutsch-türkischer fotosatz, Berlin
Druck und Einband: GGP Media GmbH, Pößneck
Printed in Germany
ISBN: 978-3-442-24469-0

www.blanvalet.de

Bei allem, was wirklich ist
In diesem sich herabsenkenden Zeitalter
Da Helden nichts hinterlassen
Als den ehernen Klang ihrer Namen
In den Kehlen von Barden
Stehe ich in diesem stummen Herzen
Und sehne mich nach dem verklingenden Herzschlag
Von Leben, das zu Staub zerfallen ist
Während das durchdringende Flüstern
Vom Vergehen des Ruhms kündet
Und die Lieder
In ersterbenden Echos
versiegen
Bei allem, was wirklich ist
Gähnen meinen Schreien
Leere Zimmer und Hallen entgegen –
Denn irgendjemand muss
Antwort geben
Antwort geben
Auf all das
Irgendjemand

Das Sich Herabsenkende Zeitalter
TORBORA FETHENA

DAS REICH DER SIEBEN STÄDTE

Das malazanische Imperium *etwa im Jahr 1160 von Brands Schlaf*

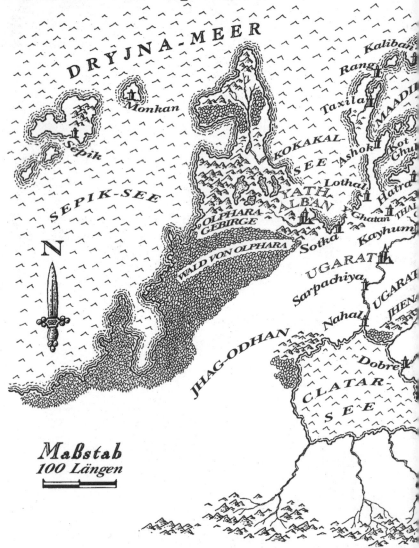

DRYJNA-MEER

Kaliban

Rang

Monkan

Taxila

MAADI

Sepik

KOKAKAL-

Ashok

Kot Ghu

SEE

YATH

Lothal

Hatra

SEPIK-SEE

ALBAN

THAI

OLPHARA-GEBIRGE

Ghatun

N

WALD VON OLPHARA

Sotka

Kayhum

UGARAT

Sarpachiya

UGARAT

Nahal

JHEN

JHAG-ODHAN

Dobre

CLATAR SEE

Maßstab
100 Längen

Prolog

Im Jahre 1164 von Brands Schlaf
Istral'fennidahn, die Jahreszeit D'reks, des Wurms des Herbstes
Vier Tage nach Sha'iks Hinrichtung in der Raraku

Die Netze zwischen den Türmen waren weit oben als glänzende Schleier zu sehen, und der schwache Wind, der vom Meer herüberwehte, ließ die Fäden erzittern, so dass wie jeden Morgen in der Klaren Jahreszeit ein nebelfeiner Nieselregen auf Kartool herabfiel.

An die meisten Dinge gewöhnte man sich irgendwann, und da die gelbgebänderten Paraltspinnen die Ersten gewesen waren, die die einst berüchtigten Türme im Gefolge der Eroberung der Insel durch die Malazaner in Besitz genommen hatten – und das nun schon Jahrzehnte her war –, war wirklich Zeit genug gewesen, sich an solche Kleinigkeiten zu gewöhnen. Selbst der Anblick der Möwen und Tauben, die jeden Morgen reglos zwischen den knapp zwei Dutzend Türmen schwebten, ehe die faustgroßen Spinnen ihre Schlupfwinkel in den oberen Stockwerken verließen, um ihre Beute zu holen, sorgte bei den Einwohnern der Stadt für kaum mehr als gelinde Abscheu.

Leider war Sergeant Hellian aus der Garde des Septarchenviertels in dieser Hinsicht eine Ausnahme. Sie vermutete, dass es Götter gab, denen ihr erbärmliches Schicksal – für das besagte Götter zweifellos verantwortlich waren – einen andauernden Lachkrampf bescherte. Für sie selbst hingegen, die sie in der Stadt geboren und mit dem Fluch beladen war, sich vor allen Arten von Spinnen zu fürchten, hatten die ganzen neunzehn Jahre ihres bisherigen Lebens nichts als pausenloses Entsetzen bedeutet.

Und warum gehst du nicht einfach? Diese Frage hatten ihr Kameraden und Bekannte schon so häufig gestellt, dass sie sich gar nicht mehr die Mühe machte, es zu zählen. Aber so einfach war das nicht. Genau betrachtet, war es sogar unmöglich. Das trübe Wasser des Hafens war von abgeworfenen Häuten, Netzteilen und aufgedunsenen, an manchen Stellen noch mit einem Büschel Federn versehenen Kadavern verdreckt, die hier und da auf den Wellen tanzten. Im Landesinnern wurde alles nur noch schlimmer. Die jungen Paraltspinnen flohen vor ihren älteren Artgenossen aus der Stadt zu den Kalksteinfelsen, die Kartool umgaben, um dort mühselig heranzuwachsen. Doch dass sie jung waren, bedeutete keineswegs, dass sie deswegen weniger angriffslustig oder giftig gewesen wären. Zwar erzählten Händler und Bauern, man könnte den ganzen Tag die Pfade und Straßen entlanggehen, ohne auch nur einer einzigen Spinne zu begegnen, doch das war Hellian vollkommen gleichgültig. Sie wusste, dass die Götter warteten. Genauso wie die Spinnen.

Wenn sie nüchtern war, nahm sie die Dinge um sich herum so ordentlich und gewissenhaft wahr, wie es sich für einen Sergeanten der Stadtwache gehörte. Nun war sie zwar nicht pausenlos betrunken, doch wirklich nüchtern zu sein bedeutete, hysterische Anfälle geradezu zu provozieren, und daher war Hellian stets bestrebt, auf dem schwankenden Seil des Noch-nicht-ganz-betrunken-Seins zu balancieren. Folglich hatte sie auch nichts von dem merkwürdigen Schiff mitbekommen, das vor Sonnenaufgang in den Hafen eingelaufen war und nun in den Freien Docks vertäut lag, und dessen Wimpel darauf hinwiesen, dass es von der Insel Malaz gekommen war.

Schiffe aus Malaz waren an und für sich weder besonders ungewöhnlich noch bemerkenswert; allerdings war es mittlerweile Herbst, und die in der Klaren Jahreszeit herrschenden Winde machten es zumindest in den nächsten zwei Monaten praktisch unmöglich, die Schifffahrtsrouten in den Süden zu benutzen.

Wäre nicht alles so verschwommen gewesen, hätte sie vielleicht auch bemerkt – wenn sie sich denn die Zeit genommen hätte, zu den Docks hinunterzugehen, was sie vielleicht hätte schaffen können, wenn man ihr ein Schwert an die Kehle gehalten hätte –, dass das Schiff weder eine gewöhnliche Bark, noch ein Handelsschiff und auch keine Dromone war, sondern ein schlankes, zierliches Ding, in einem Stil gebaut, den kein Schiffsbauer des Imperiums in den letzten fünfzig Jahren verwendet hatte. Geheimnisvolle Schnitzereien zierten den klingengleichen Bug – winzige Gestalten, die Schlangen und Würmer darstellten – und setzten sich am Dollbord über die halbe Länge des Rumpfes fort. Das Heck war quadratisch und merkwürdig hoch, mit einem seitlich befestigten Steuerruder. Die zwölfköpfige Mannschaft war für Seeleute erstaunlich ruhig, und anscheinend hatte keiner von ihnen Interesse, das Schiff zu verlassen, das sanft am Kai schaukelte. Nur eine einzige Gestalt war von Bord gegangen, sobald das Fallreep kurz vor Sonnenaufgang das Ufer berührt hatte.

All diese Dinge erfuhr Hellian erst später. Der Läufer, der sie fand, war ein einheimischer Bengel, der – wenn er nicht gerade irgendwelche Gesetze übertrat – immer bei den Docks herumlungerte, in der Hoffnung, von Besuchern als Führer angeheuert zu werden. Das Stückchen Pergament, das er ihr gab, war, wie sie sofort spürte, von guter Qualität. Darauf stand eine knappe Botschaft, die sie die Stirn runzeln ließ.

»Na gut, mein Junge – beschreibe mir den Mann, der dir das hier gegeben hat.«

»Das kann ich nicht.«

Hellian warf einen Blick zurück auf die vier Wachen, die hinter ihr an der Straßenecke standen. Einer der Männer trat hinter den Jungen, packte ihn mit einer Hand am Rückenteil seiner zerlumpten Tunika und hob ihn hoch. Ein kurzes Schütteln.

»Na, hat das deine Erinnerungen ein bisschen gelockert?«, fragte Hellian. »Ich hoffe es, denn ich werde nichts bezahlen.«

»Ich kann mich nicht erinnern! Ich habe ihm genau ins Gesicht gesehen, Sergeant! Nur … ich kann mich nicht erinnern, wie es ausgesehen hat!«

Sie musterte den Jungen ein, zwei Herzschläge lang, brummte dann etwas Unverständliches und drehte sich um.

Der Wächter setzte den Jungen wieder ab, ließ ihn aber nicht los.

»Lass ihn gehen, Urb.«

Der Junge machte, dass er wegkam.

Mit einer unbestimmten Handbewegung forderte sie ihre Leute auf, ihr zu folgen, und setzte sich in Bewegung.

Das Septarchenviertel war das friedlichste Viertel der Stadt, was allerdings nichts mit besonderem Eifer von Seiten Hellians zu tun hatte. Hier gab es kaum Gebäude, in denen irgendwelche Geschäfte gemacht wurden; stattdessen dienten die vorhandenen Häuser als Heim für die Akolythen und das Personal der gut ein Dutzend Tempel, die die Hauptstraße des Viertels beherrschten. Diebe, die am Leben bleiben wollten, bestahlen keine Tempel.

Sie führte ihren Trupp auf die breite Straße, wobei ihr einmal mehr auffiel, wie baufällig viele Tempel mittlerweile waren. Die Paraltspinnen liebten die verschnörkelte Architektur und die Kuppeln und die kleineren Türme, und es schien, als würden die Priester den Kampf verlieren. Leere, zerfetzte Chitinpanzer knisterten und knirschten bei jedem Schritt unter ihren Stiefelsohlen.

Früher hätte die erste Nacht von Istral'fennidahn – die gerade vergangen war – im Zeichen eines die ganze Insel umfassenden Fests gestanden, mit Opfern aller Arten für Kartools Schutzgöttin D'rek, den Wurm des Herbstes, und der Halbdrek, der Erzpriester des Großen Tempels, hätte eine Prozession durch die Stadt geführt, auf einem Teppich aus fruchtbarem Abfall, wäre barfuß durch von Maden und Würmern wimmelnde Reste gestapft. Kinder hätten lahme Hunde die Straßen entlanggejagt und diejenigen gesteinigt, die sie in eine Ecke treiben konnten, und dabei hätten sie den Namen ihrer Göttin geschrien. Zum Tode verurteilten Verbrechern hätte man öffentlich die Haut abgezogen und die Knochen gebrochen, und dann wären die unglücklichen Opfer in Gruben geworfen worden, in denen es von aasfressenden Käfern und roten Feuerwürmern wimmelte, die sie binnen vier oder fünf Tagen verzehrt hätten.

All dies war natürlich gewesen, bevor die Malazaner die Insel erobert hatten. Das Hauptziel des Imperators war der Kult von D'rek gewesen. Er hatte begriffen, dass der Große Tempel das Zentrum von Kartools Macht war, und dass die Priester und Priesterinnen D'reks unter der Führung des Halbdrek die Meisterzauberer der Insel gewesen waren. Und so war es kein Zufall, dass in dem nächtlichen Gemetzel, das der Seeschlacht und der anschließenden Invasion vorangegangen war – eine Aktion, die der berüchtigte Tanzer und Hadra, die Meisterin der Klaue geplant und durchgeführt hatten –, die Zauberer des Kults vollständig ausgelöscht worden waren, einschließlich des Halbdrek. Denn der Erzpriester des Großen Tempels hatte seine Position erst vor kurzem durch eine Art Handstreich errungen, und der vertriebene Rivale war niemand anderer als Tayschrenn gewesen, der zum damaligen Zeitpunkt neue Hohemagier des Imperators.

Hellian kannte die Feierlichkeiten nur aus Geschichten, denn sie waren für gesetzeswidrig erklärt worden, sobald die malazanischen Eroberer den imperialen Mantel über die Insel ausgebreitet hatten, doch man hatte ihr oft genug von jenen ruhmreichen Tagen vor langer Zeit erzählt, als Kartool sich auf dem Gipfel der Zivilisation befunden hatte.

Am gegenwärtigen schäbigen Zustand waren die Malazaner schuld, darin waren sich alle einig. Der Herbst war tatsächlich auf der Insel und bei ihren mürrischen Bewohnern angekommen. Schließlich war mehr als nur der Kult von D'rek zerschlagen worden. Die Sklaverei war abgeschafft, die Hinrichtungsgruben waren gesäubert und dauerhaft versiegelt worden. Es gab sogar ein Gebäude, in dem ein paar fehlgeleitete Altruisten lebten, die lahme Hunde bei sich aufnahmen.

Sie gingen am bescheidenen Tempel der Königin der Träume und dem auf der gegenüberliegenden Straßenseite kauernden, höchst verhassten Tempel der Schatten vorbei. Einst waren auf Kartool nur sieben Götter erlaubt gewesen – sechs, die D'rek untergeordnet waren –, daher auch der Name des Viertels. Soliel, Poliel, Beru, Brand, der Vermummte und Fener. Seit der Eroberung waren weitere hinzugekommen: die beiden Vorgenannten, sowie Dessembrae, Togg und Oponn. Und der Große Tempel von D'rek, immer noch das größte Gebäude der Stadt, war auf höchst erbärmliche Weise baufällig.

Der Mann, der vor den breiten, zum Eingang hinaufführenden Stufen stand, trug die Kleidung eines malazanischen Seemanns – verblichenes, wasserdichtes Leder und ein abgetragenes Hemd aus dünnem, ausgefranstem Leinen. Seine langen, schwarzen Haare waren zu einem schlichten, schmucklosen Zopf geflochten, der ihm bis auf den Rücken hing. Als er sich umdrehte – vielleicht, weil er bemerkt hatte, dass jemand kam –, blickte Sergeant Hellian in das Gesicht eines Mannes mittleren Alters mit gleichmäßigen, freundlichen Zügen; nur seine Augen waren irgendwie merkwürdig, hatten etwas Fiebriges.

Hellian holte tief Luft, um ihre alkoholgetränkten Gedanken zu klären, und streckte ihm dann das Pergament entgegen. »Das hier kommt von Euch, nehme ich an?«

Der Mann nickte. »Ihr seid die Kommandantin der Garde in diesem Viertel?«

Sie lächelte. »Ich bin Sergeant Hellian. Der Hauptmann ist letztes Jahr an einem abgefaulten Fuß gestorben. Wir warten immer noch auf Ersatz.«

Seine Brauen hoben sich, was ihm einen sehr ironischen Gesichtsausdruck verlieh. »Keine Beförderung, Sergeant? Also nimmt man anscheinend an, dass ein Hauptmann vor allem nüchtern zu sein hat.«

»In Eurer Nachricht steht, dass es Ärger beim Großen Tempel gibt«, sagte Hellian, ohne auf die unverschämten Worte des Mannes einzugehen. Sie drehte sich um und musterte das riesige Gebäude. Die Doppeltüren waren geschlossen, wie sie stirnrunzelnd feststellte. Das war – ausgerechnet an diesem Tag – noch nie vorgekommen.

»Ich nehme es an, Sergeant«, sagte der Mann.

»Seid Ihr gekommen, um D'rek Euren Respekt zu bezeugen?«, fragte Hellian, während trotz des Alkoholschleiers ein leichtes

Unbehagen in ihr aufstieg. »Sind die Türen verschlossen? Wie heißt Ihr, und wo kommt Ihr her?«

»Ich heiße Banaschar, und ich komme von der Insel Malaz. Wir sind heute Morgen hier angekommen.«

Ein Grunzen von einer der Wachen hinter ihr erklang, und Hellian dachte nach. Dann betrachtete sie Banaschar genauer. »Mit dem Schiff? Um diese Jahreszeit?«

»Wir sind so schnell wie möglich gekommen. Sergeant, ich fürchte, wir müssen die Türen des Großen Tempels aufbrechen.«

»Warum nicht einfach klopfen?«

»Das habe ich versucht«, erwiderte Banaschar. »Aber es kommt niemand.«

Hellian zögerte. *Die Türen des Großen Tempels aufbrechen? Dafür wird die Faust meine Titten in einer Bratpfanne rösten.*

»Da liegen tote Spinnen auf den Stufen«, sagte Urb plötzlich.

Sie drehten sich um.

»Beim Segen des Vermummten«, murmelte Hellian, »und zwar jede Menge.« Sie war jetzt neugierig geworden und trat näher. Banaschar folgte ihr, und nach einem kurzen Augenblick tat ihr Trupp es ihm gleich.

»Sie sehen ...« Sie schüttelte den Kopf.

»... zerfallen aus«, sagte Banaschar. »Als ob sie verwesen. Sergeant, die Tür, bitte.«

Sie zögerte immer noch. Ihr kam ein Gedanke, und sie starrte den Mann düster an. »Ihr habt gesagt, Ihr seid so schnell wie möglich hierhergekommen. Warum? Seid Ihr ein Akolyth von D'rek? – Nein, so seht Ihr nicht aus. Was hat Euch hergeführt, Banaschar?«

»Eine Vorahnung, Sergeant. Ich war ... vor vielen Jahren ... D'rek-Priester. Im Jakatakan-Tempel auf der Insel Malaz.«

»Eine Vorahnung ... und dann macht Ihr Euch gleich auf den Weg nach Kartool? Haltet Ihr mich für eine Närrin?«

In den Augen des Mannes blitzte es wütend auf. »Ganz offensichtlich seid Ihr zu betrunken, um zu riechen, was ich riechen kann.« Er warf einen Blick auf die Wachen. »Habt ihr die gleiche Schwäche wie euer Sergeant, bin ich hier auf mich allein gestellt?«

Urb runzelte die Stirn. »Sergeant, ich glaube, wir sollten diese Türen eintreten«, sagte er dann.

»Dann macht es, verdammt!«

Sie schaute zu, wie ihre Wachen auf die Tür einschlugen. Der Lärm sorgte dafür, dass sich rasch eine Menge Schaulustiger bildete, und Hellian sah eine große Frau sich in die erste Reihe durchschlängeln, deren Gewänder sie als Priesterin eines anderen Tempels auswiesen. *Oh – und was nun?*

Aber die Frau wandte den Blick nicht von Banaschar ab, der sie seinerseits bemerkt hatte und genauso unverwandt zurückstarrte. Seine Gesichtszüge verhärteten sich.

»Was macht *Ihr* denn hier?«, wollte die Frau wissen.

»Habt Ihr denn nichts gespürt, Hohepriesterin? Selbstgefälligkeit ist eine Krankheit, die sich schnell ausbreitet, wie es scheint.«

Der Blick der Frau wanderte zu den Wachen, die sich mit der Tür abmühten. »Was ist geschehen?«

Der rechte Türflügel zersplitterte und fiel nach einem weiteren Tritt nach innen.

Hellian bedeutete Urb mit einer Geste, er solle hineingehen, und folgte ihm. Banaschar war dicht hinter ihr.

Der Gestank war überwältigend; trotz des Zwielichts waren die großen Blutflecken an den Wänden nicht zu übersehen, ebenso wenig wie die Fleischstücke, die auf den polierten Fliesen herumlagen, oder die Pfützen aus Blut und Fäkalien und die Stofffetzen und Haarbüschel.

Urb hatte nur zwei Schritte in den Raum hineingemacht und stand jetzt einfach da, starrte auf das hinunter, worin er stand. Hellian schob sich an ihm vorbei. Ihre Hand bewegte sich aus eigenem Antrieb auf die Flasche zu, die sie sich hinter den Gürtel gestopft hatte. Banaschar hielt sie fest. »Nicht hier drin«, sagte er.

Sie schüttelte ihn grob ab. »Zum Vermummten mit Euch«,

knurrte sie, zog die Flasche heraus und entkorkte sie. Sie trank drei schnelle Schlucke. »Korporal, such Kommandant Charl. Wir werden ein paar Männer brauchen, um dieses Gebiet zu sichern. Und lass eine Nachricht zur Faust schicken. Ich will, dass ein paar Magier hierherkommen.«

»Sergeant«, sagte Banaschar, »dies ist eine Sache für Priester.«

»Macht Euch nicht lächerlich.« Sie winkte ihren restlichen Wachen. »Schaut euch genau um. Seht nach, ob es irgendwelche Überlebenden –«

»Es gibt keine«, behauptete Banaschar. »Die Hohepriesterin der Königin der Träume ist bereits gegangen, Sergeant. Folglich werden alle Tempel benachrichtigt werden. Und es wird Untersuchungen geben.«

»Was für Untersuchungen?«, wollte Hellian wissen.

Er verzog das Gesicht. »Priesterliche.«

»Und was ist mit Euch?«

»Ich habe genug gesehen«, sagte er.

»Denkt nicht einmal daran, irgendwohin zu gehen, Banaschar«, sagte sie, während sie den Blick noch einmal über das Gemetzel schweifen ließ. »Die erste Nacht der Klaren Jahreszeit im Großen Tempel, das hat immer eine Orgie bedeutet. Sieht aus, als wäre sie irgendwie aus dem Ruder gelaufen.« Zwei weitere schnelle Schlucke aus der Flasche, und gesegnete Betäubung winkte ihr. »Es gibt eine Menge Fragen, die Ihr beantworten –«

Urbs Stimme ertönte. »Er ist weg, Sergeant.«

Hellian wirbelte herum. »Verdammt! Hast du den Bastard nicht im Auge behalten, Urb?«

Der große Mann breitete die Arme aus. »Du hast dich mit ihm unterhalten, Sergeant. Ich habe die Menge da draußen beobachtet. Er ist nicht an mir vorbeigekommen, so viel ist sicher.«

»Verteile eine Beschreibung. Ich will, dass er gefunden wird.«

Urb runzelte die Stirn. »Oh … äh, ich kann mich nicht erinnern, wie er ausgesehen hat.«

»Verdammt sollst du sein, ich auch nicht.« Hellian ging an die Stelle, wo Banaschar gestanden hatte. Starrte aus zusammengekniffenen Augen auf seine Fußspuren in der blutigen Pfütze hinunter. Sie führten nirgendwohin.

Zauberei. Sie hasste Zauberei. »Weißt du, was ich gerade höre, Urb?«

»Nein.«

»Ich höre die Faust. Ich höre sie pfeifen. Du weißt, warum sie pfeift?«

»Nein. Hör zu, Sergeant –«

»Es ist die Bratpfanne, Urb. Es ist das feine, liebliche Brutzeln, das ihn so glücklich macht.«

»Sergeant –«

»Was glaubst du, wohin wird er uns schicken? Nach Korel? Das wäre ein richtiger Schlamassel. Vielleicht nach Genabackis, obwohl es da inzwischen einigermaßen ruhig ist. Vielleicht auch ins Reich der Sieben Städte.« Sie trank den letzten Schluck Birnenbranntwein aus der Flasche. »Eins ist allerdings sicher, Urb. Wir sollten auf alle Fälle schon mal unsere Schwerter wetzen.«

Von der Straße her war das Trampeln schwerer Stiefel zu hören. Mindestens ein halbes Dutzend Trupps.

»Auf Schiffen gibt's nicht viele Spinnen, stimmt's, Urb?« Sie blickte zu ihm hinüber, versuchte, ihren verschwommenen Blick zu klären und musterte den elendigen Ausdruck in seinem Gesicht. »Das stimmt doch, oder? Sag mir, dass es so ist, verdammt.«

Vor vielleicht einhundert Jahren hatte ein Blitz den großen Guldindhabaum getroffen. Das weiße Feuer war wie ein Speer durch sein Herzholz gefahren und hatte den alten Stamm weit aufgerissen. Die geschwärzten Brandspuren waren in der Wüstensonne längst verblichen, die Tag um Tag auf den wurmzerfressenen Stamm herabgebrannt hatte. Die Rinde hatte sich in großen Stücken abgeschält und lag als dicke Schicht auf den freiliegenden Wurzeln, die sich wie ein gewaltiges Netz um die Hügelkuppe wanden.

Der ehemals kreisrunde, jetzt aber missgestaltete Erdhügel beherrschte die ganze Senke. Er stand allein, eine vollkommen absichtliche Insel inmitten einer willkürlichen, zufälligen Landschaft. Unter den wild übereinanderliegenden Felsblöcken, der sandigen Erde und den sich schlängelnden toten Wurzeln war der Schlussstein, der einst ein von Steinplatten begrenztes Begräbniszimmer geschützt hatte, geborsten und dann nach unten gestürzt, hatte den Hohlraum unter ihm verschlungen und ein gewaltiges Gewicht auf den Leichnam gebracht, der in dem Hügel begraben war.

Dass Erschütterungen von Schritten bis zu jenem Leichnam hinunterdrangen, geschah so selten – vielleicht ein Dutzend Mal in den vergangenen, zahllosen Jahrtausenden –, dass die lange schlafende Seele erwachte und sich dann auf eindringliche Weise gewärtig wurde, dass die Schritte nicht von einem Paar Füße, sondern von einem Dutzend stammten, die die steilen, unwegsamen Hänge heraufstiegen und sich schließlich um den zerborstenen Baum versammelten.

Der Strang aus Schutzzaubern, der die Kreatur umgab, war verzerrt und verdreht, doch die vielschichtig in ihn hineingewobene Macht ungebrochen. Derjenige, der die Kreatur in dieses Gefängnis gesperrt hatte, war gründlich gewesen, hatte entschiedene, dauerhafte Rituale geschaffen, von Blut gezeichnet und vom Chaos genährt. Diese Schutzzauber sollten für immer halten.

Doch solche Absichten waren dünkelhaft und gründeten auf der fehlerhaften Annahme, dass die Sterblichen eines Tages ohne Bosheit sein würden, ohne Verzweiflung. Dass die Zukunft ein sichererer Ort als die brutale Gegenwart sein würde und dass alles, was einmal vergangen war, nie wieder auftauchen würde. Den zwölf schlanken Gestalten, die in zerfetzte, fleckige Leinenstoffe gehüllt waren – die Köpfe von Kapuzen verdeckt, die Gesichter hinter grauen Schleiern verborgen –, waren sich der Risiken vollauf bewusst, die es mit sich brachte, zu überstürzten Handlungen gezwungen zu sein. Doch leider war ihnen auch bewusst, was Verzweiflung war.

Allen war es bestimmt, bei dieser Zusammenkunft zu sprechen, wobei die Reihenfolge durch die miteinander in Beziehung stehenden Positionen verschiedener Sterne, Planeten und Sternbilder bestimmt wurde, die zwar am blauen Himmel alle nicht zu sehen waren, deren Standorte jedoch nichtsdestotrotz bekannt waren. Nachdem sie ihre Plätze eingenommen hatten, verstrich ein langer Augenblick der Stille, dann sprach der erste der Namenlosen.

»Einmal mehr stehen wir dem Unumgänglichen gegenüber. Dies sind die Muster, die vor langer Zeit vorausgesehen wurden, und die deutlich machen, dass alle unsere Mühen vergeblich waren. Im Namen des Mockra-Gewirrs beschwöre ich das Ritual der Befreiung.«

Bei diesen Worten spürte die Kreatur im Innern des Hügelgrabs plötzlich ein Krachen, und das erwachte Bewusstsein erinnerte sich daran, wer es war. Sein Name war Dejim Nebrahl. Geboren am Vorabend des Untergangs des Ersten Imperiums, als die Straßen der Stadt gebrannt hatten und Schreie von pausenlosem Gemetzel gekündet hatten. Denn die T'lan Imass waren gekommen.

Dejim Nebrahl, der in das gesamte Wissen hineingeboren worden war, ein Kind mit sieben Seelen, das blutverschmiert und zitternd aus dem auskühlenden Leichnam seiner Mutter geklettert war. Ein Kind. Eine Abscheulichkeit.

T'rolbarahl – dämonische Geschöpfe, die Dessimbelackis selbst geschaffen hatte, lange bevor die Dunklen Hunde in den Gedanken des Imperators Gestalt angenommen hatten. Die T'rolbarahl – missgestaltete Irrtümer des Urteilsvermögens – waren vernichtet, auf persönlichen Befehl des Imperators ausgelöscht worden. Bluttrinker, die sich von menschlichem Fleisch ernährten, und noch viel gerissener waren, als selbst Dessimbelackis es sich vorgestellt hatte. Und so war es sieben T'robarahl gelungen, ihren Jägern für eine gewisse Zeit zu entkommen – lange genug, um etwas von ihrer Seele einer menschlichen Frau zu übertragen, die seit den Trellkriegen verwitwet und ohne Familie war, einer Frau, die niemand beachten würde, deren Geist gebrochen werden konnte, deren Körper zu einem nährenden Gefäß gemacht werden konnte, eine M'ena-Mhybe für das siebengesichtige, vielwandlerische T'rolbarahl-Kind, das rasch in ihr heranwuchs.

Geboren in einer Nacht des Entsetzens. Hätten die T'lan Imass Dejim gefunden, hätten sie ohne zu zögern gehandelt: Sie hätten die sieben Seelen aus ihm herausgezogen und sie in ewigem Schmerz gebunden, hätten ihre Macht ausbluten lassen, langsam und schrittweise, um die Knochenwerfer der T'lan in ihrem niemals endenden Krieg gegen die Jaghut zu nähren.

Doch Dejim Nebrahl war entkommen. Und seine Macht war gewachsen, jedes Mal, wenn er sich genährt hatte, Nacht für Nacht in den Ruinen des Ersten Imperiums. Immer verborgen, sogar vor den wenigen Wechselgängern und Vielwandlern, die das Große Gemetzel überlebt hatten, denn selbst sie hätten seine Existenz nicht ertragen können. Er nährte sich auch von einigen von ihnen, denn er war klüger als sie, und schneller, und wenn nicht die Deragoth über seine Spur gestolpert wären …

Die Dunklen Hunde hatten in jenen Tagen einen Herrn, einen klugen Herrn, der meisterhaft mit bestrickender Zauberei umzugehen wusste, und der niemals aufgab, wenn er sich einmal für eine Aufgabe entschieden hatte.

Ein einziger Fehler, und Dejims Freiheit war dahin. Ein Schutzzauber nach dem anderen nahm ihm das Bewusstsein seiner selbst und damit jedes Gefühl dafür, einmal … anders gewesen zu sein.

Doch jetzt … *war er wieder wach.*

Die zweite Namenlose sprach: »Südlich und westlich der Raraku gibt es eine gewaltige Ebene, die sich gleichförmig viele Meilen in alle Richtungen erstreckt. Wenn der Sand weggeblasen wird, kann man dort die Scherben von einer Million zerbrochener Töpfe sehen, und überquert man die Ebene barfuß, hinterlässt man eine Spur aus blutigen Fußstapfen. In diesem Schauplatz liegt eine vollendete Wahrheit. Auf dem Weg aus der Grausamkeit … müssen einige Gefäße zerbrechen. Und der Gast muss einen Wegezoll bezahlen … in Blut. Bei der Macht des Telas-Gewirrs beschwöre ich das Ritual der Befreiung.«

Im Innern des Hügelgrabs wurde sich Dejim Nebrahl seines Körpers bewusst. Er spürte zerschlagenes Fleisch, überbeanspruchte Knochen, scharfkantige Kiesel, rieselnde Sandkörner und das gewaltige Gewicht, das auf ihm ruhte. *Schrecklicher Schmerz.*

»Da wir Schuld an diesem Dilemma sind«, sagte der dritte Priester, »müssen wir auch zu seiner Lösung beitragen. Chaos verfolgt diese Welt und jede Welt jenseits von ihr. In den Meeren der Wirklichkeit kann man eine Vielzahl von Schichten übereinander dahintreibender Daseinsformen finden. Chaos droht mit Stürmen und Fluten und unberechenbaren Strömungen, verwirbelt alles zu einem schrecklichen Durcheinander. Wir haben eine Strömung ausgewählt, eine schreckliche, ungebändigte Macht – wir haben sie ausgewählt, um sie zu lenken, um ungesehen und unangefochten ihren Weg zu gestalten. Wir wollen eine Kraft auf die andere hetzen und so dafür zu sorgen, dass sie sich gegenseitig auslöschen. Wir übernehmen in dieser Sache eine schreckliche Verantwortung, doch das, was wir an diesem Tag hier tun, bietet auch die einzige Aussicht auf Erfolg. Im Namen des Denul-Gewirrs beschwöre ich das Ritual der Befreiung.«

Der Schmerz in Dejims Körper verblasste. Immer noch gefangen und nicht in der Lage, sich zu bewegen, spürte der T'rolbarahl-Vielwandler, wie sein Fleisch heilte.

Der vierte Namenlose sagte: »Wir müssen einräumen, dass das unmittelbar bevorstehende Ableben eines ehrenvollen Dieners uns Kummer bereitet. Doch darf dieses Gefühl leider nur von kurzer Dauer sein, was der Bedeutung des unglücklichen Opfers nicht entspricht. Natürlich ist dies nicht der einzige Kummer, der uns abverlangt wird. Ich vertraue jedoch darauf, dass wir mit dem anderen alle unseren Frieden geschlossen haben, sonst wären wir nicht hier. Im Namen des D'riss-Gewirrs beschwöre ich das Ritual der Befreiung.«

Dejim Nebrahls sieben Seelen trennten sich voneinander. Er war ein Vielwandler, doch noch viel mehr als das, denn er war nicht sieben, die einer waren – obwohl man sagen konnte, dass auch das zutraf –, sondern sieben von unterschiedlicher Identität, unabhängig und doch vereint.

»Wir können noch nicht alle Aspekte dieses Weges erkennen«,

sagte die fünfte Priesterin, »und was das angeht, dürfen unsere ab-
wesenden Verwandten in ihrem Bemühen nicht nachlassen. Schattenthron kann nicht – darf nicht – unterschätzt werden. Er weiß
zu viel. Über die Azath. Und vielleicht auch über uns. Noch ist er
nicht unser Feind, doch das allein macht ihn längst nicht zu unserem Verbündeten. Er ... stört. Und ich hätte gerne, dass wir ihn
bei der nächstbesten Gelegenheit auslöschen, obwohl mir klar ist,
dass ich mit meiner Ansicht zur Minderheit in unserem Kult gehöre. Doch wer ist sich der Sphäre des Schattens und ihres neuen
Herrn mehr bewusst als ich? Im Namen des Meanas-Gewirrs beschwöre ich das Ritual der Befreiung.«

Und so kam es, dass Dejim die Macht seiner Schatten verstand,
sieben hervorgebrachte Täuscher, seine lauernden Helfer bei der
Jagd, die ihn am Leben hielt, die ihm so viel Vergnügen bereitete – viel mehr als das Gefühl eines gefüllten Bauchs und frischen,
warmen Bluts in den Adern. Die Jagd brachte ihm ... Herrschaft,
und Herrschaft war wundervoll.

Jetzt sprach die sechste Namenlose; ihr Akzent war merkwürdig, jenseitig: »Alles, was sich in der Sphäre der Sterblichen entfaltet, formt den Boden, auf dem die Götter wandeln. Und so sind
sie sich ihrer Schritte niemals sicher. Uns fällt es zu, jene Stellen
vorzubereiten, auf die sie ihre Füße setzen, die tiefen, tödlichen
Gruben zu graben, die Fallen und Schlingen, die von den Namenlosen geformt werden, denn wir sind die Hände der Azath, wir
sind diejenigen, die dem Willen der Azath Gestalt verleihen. Es ist
unsere Aufgabe, alles zusammenzuhalten, zu heilen, was auseinandergerissen wurde, und unsere Feinde zur Vernichtung oder in
die ewige Gefangenschaft zu führen. Wir werden nicht versagen.
Ich berufe mich auf die Macht des Zerschmetterten Gewirrs Kurald Emurlahn und beschwöre das Ritual der Befreiung.«

Es gab bevorzugte Pfade durch die Welt, Splitterpfade, und Dejim hatte sie einst häufig benutzt. Er würde es wieder tun. Bald.

»Barghast, Trell, Tartheno Toblakai«, sagte der siebte Priester
mit grollender Stimme, »in ihnen hat das Blut der Imass überlebt,
gleichgültig, für wie rein sie sich halten. Solche Behauptungen

sind Erfindungen, doch Erfindungen haben einen Zweck. Sie machen Unterscheidungen geltend, sie ändern den Pfad, der zuvor beschritten wurde, und den, der noch kommt. Sie formen in allen Kriegen die Symbole auf den Bannern und rechtfertigten das Gemetzel. Sie sollen zweckdienlichen Lügen Geltung verschaffen. Beim Tellann-Gewirr beschwöre ich das Ritual der Befreiung.«

Feuer im Herzen, ein plötzliches Summen von Leben. Kaltes Fleisch wurde warm.

»Gefrorene Welten verbergen sich in der Dunkelheit«, erklang die krächzende Stimme des achten Priesters, »und bewahren so das Geheimnis des Todes. Das Geheimnis ist außerordentlich. Der Tod kommt als Wissen. Erkenntnis, Verständnis, Akzeptanz. Das ist er, nicht mehr und nicht weniger. Es wird eine Zeit kommen, die vielleicht gar nicht mehr so fern liegt, da der Tod sein eigenes Antlitz in einer Vielzahl von Facetten erkennt, und etwas Neues wird geboren werden. Im Namen des Gewirrs des Vermummten beschwöre ich das Ritual der Befreiung.«

Der Tod. Er war ihm vom Herrn der Dunklen Hunde gestohlen worden. Er war vielleicht etwas, nach dem man sich sehnen konnte. Aber jetzt noch nicht.

Der neunte Priester lachte leise und fröhlich, ehe er sagte: »Wo alles begann, dorthin wird am Ende alles zurückkehren. Im Namen des Gewirrs der Wahren Dunkelheit, im Namen Kurald Galains beschwöre ich das Ritual der Befreiung.«

»Und bei der Macht von Rashan«, zischte der zehnte Namenlose ungeduldig, »beschwöre ich das Ritual der Befreiung.«

Der neunte Priester lachte erneut.

»Die Sterne kreisen«, sagte der elfte Namenlose, »und so keimt Spannung auf. Es liegt Gerechtigkeit in allem, was wir tun. Im Namen des Thyrllann-Gewirrs beschwöre ich das Ritual der Befreiung.«

Sie warteten. Darauf, dass die zwölfte Namenlose sprechen würde. Doch sie sagte nichts, streckte stattdessen eine schlanke, rostrot geschuppte Hand aus, die alles andere als menschlich war.

Und Dejim Nebrahl spürte eine Präsenz. Eine kalte, brutale Intelligenz sickerte von oben herab, und der Vielwandler bekam plötzlich Angst.

»*Kannst du mich hören, T'rolbarahl?*«

Ja.

»*Wir werden dich befreien, aber du musst für deine Befreiung bezahlen. Wenn du dich weigerst, werden wir dich erneut ins geistlose Vergessen schicken.*«

Aus Furcht wurde Entsetzen. *Welche Bezahlung verlangt ihr von mir?*

»*Bist du einverstanden?*«

Ja.

Dann erklärte sie ihm, was von ihm verlangt wurde. Es schien eine einfache Sache zu sein. Eine kleine Aufgabe, leicht zu erfüllen. Dejim Nebrahl war erleichtert. Es würde nicht lange dauern – die Opfer waren schließlich ganz in der Nähe –, und wenn es getan war, wäre er frei von jeglicher Verpflichtung und könnte tun, was ihm gefiel.

Die zwölfte und letzte Namenlose, die einst als Schwester Bosheit bekannt gewesen war, ließ die Hand sinken. Sie wusste, dass von den zwölf, die hier versammelt waren, sie allein das Hervortreten dieses tödlichen Dämons überleben würde. Denn Dejim Nebrahl würde hungrig sein. Das war bedauerlich, ebenso bedauerlich wie der Schock und die Bestürzung ihrer Kameraden, wenn sie sie fliehen sehen würden – in dem kurzen Augenblick, ehe der T'rolbarahl angriff. Sie hatte natürlich ihre Gründe. Der erste und wichtigste war schlicht und ergreifend der Wunsch, zumindest noch ein Weilchen länger unter den Lebenden zu weilen. Was die anderen Gründe anging, waren sie einzig und allein ihre Sache.

»Im Namen des Gewirrs Starvald Demelain beschwöre ich das Ritual der Befreiung«, sagte sie. Und mit ihren Worten sank eine Macht der Entropie herab, durch tote Wurzeln, durch Stein und Sand, und löste Schutzzauber um Schutzzauber auf – eine Macht, die die Welt als Otataral kannte.

Und Dejim Nebrahl stieg in die Welt der Lebenden auf.

Elf Namenlose begannen ihr letztes Gebet. Die meisten von ihnen brachten es nie zu Ende.

Ein ganzes Stück vom Ort der Geschehnisse entfernt hockte ein tätowierter Krieger im Schneidersitz an einem kleinen Feuer; er neigte den Kopf, als Schreie an sein Ohr drangen. Er blickte nach Süden und sah einen Drachen schwer von den Hügeln aufsteigen, die den Horizont bildeten; seine gesprenkelten Schuppen glitzerten im ersterbenden Licht der Sonne. Der Krieger zog ein finsteres Gesicht, während er beobachtete, wie der Drache immer höher stieg.

»Dieses Miststück«, murmelte er. »Ich hätte es ahnen müssen.«

Er setzte sich wieder hin, während die Schreie in der Ferne verklangen. Die länglichen Schatten zwischen den Felsen, die seinen Lagerplatz umgaben, waren plötzlich unangenehm, dicht und schmierig.

Taralack Veed, ein Gralkrieger und der letzte Überlebende des Geschlechts der Eroth, sammelte einen Mundvoll Schleim und spuckte ihn in die Handfläche seiner linken Hand. Er verteilte den Schleim gleichmäßig in beiden Händen und strich ihn sich dann über den Kopf, klatschte sich in einer häufig geübten Bewegung die schwarzen Haare an den Schädel, was die Fliegen in seinen Haaren für einen Augenblick aufschreckte, ehe sie sich wieder darin niederließen.

Nach einiger Zeit spürte er, dass die Kreatur ihre Mahlzeit beendet hatte und sich in Bewegung setzte. Taralack richtete sich auf. Er pisste ins Feuer, um es zu löschen, sammelte seine Waffen zusammen und machte sich auf, die Spur des Dämons zu suchen.

In der Handvoll Hütten an der Kreuzung lebten achtzehn Menschen. Die Straße, die parallel zur Küste verlief, war die Tapurstraße, und drei Tagesreisen im Norden lag die Stadt Ahol Tapur. Die andere Straße – kaum mehr als ein von Wagenspuren gekennzeichneter Pfad – überquerte tief im Landesinnern das Path'Apur-

Gebirge und führte dann zwei Tagesreisen nach Osten, an diesem Weiler vorbei, wo sie schließlich auf die Küstenstraße stieß, die an der Otataral-See verlief.

Vor vier Jahrhunderten hatte sich hier ein blühendes Dorf befunden. Die Hügelkette im Süden war von Hartholzbäumen mit ausgesprochen fedrigem Laub bedeckt gewesen, Bäume, die es mittlerweile auf diesem Subkontinent nicht mehr gab. Passenderweise war das Holz dieser Bäume dazu benutzt worden, Sarkophage herzustellen, und dadurch war das Dorf in Städten wie dem weit entfernt im Süden gelegenen Hissar bekannt geworden, oder auch in Karashimesh im Westen oder Ehrlitan im Nordwesten. Dieses Gewerbe war mit dem letzten Baum ausgestorben. Das niedrige Gehölz verschwand in den Mägen der Ziegen, die fruchtbarste oberste Bodenschicht wurde weggeweht, und binnen einer einzigen Generation war das Dorf auf seinen jetzigen, verfallenen Zustand herabgesunken

Die achtzehn Einwohner, die noch hier lebten, boten jetzt Dienstleistungen an, die immer weniger gebraucht wurden – sie versorgten vorbeiziehende Karawanen mit Wasser, besserten Sattel- und Zaumzeug aus und was es an derlei Dingen sonst noch gab. Einmal – vor nunmehr zwei Jahren – war ein malazanischer Offizieller vorbeigekommen und hatte etwas von einer neuen erhöhten Straße und einem Außenposten mit Garnison gemurmelt, doch der Anlass zu solchen Überlegungen war der illegale Handel mit unverarbeitetem Otataral gewesen, den andere imperiale Maßnahmen mittlerweile zum Erliegen gebracht hatten.

Die Rebellion, die vor kurzem stattgefunden hatte, war nie so richtig ins Bewusstsein der Dorfbewohner gedrungen, abgesehen von den Gerüchten, die dann und wann ein vorbeireitender Bote oder Gesetzloser mitgebracht hatte, aber selbst die gelangten nicht mehr in den Weiler. Wie dem auch war, Rebellionen waren etwas für andere Leute.

So kam es, dass die fünf Gestalten, die kurz nach Mittag plötzlich auf der nächsten Erhebung der ins Landesinnere führenden Straße auftauchten, rasch bemerkt wurden, und die Nachricht gelangte bald zum nominellen Oberhaupt der Gemeinschaft, dem Hufschmied namens Barathol Mekhar, der als Einziger von allen, die hier lebten, nicht in dem Weiler geboren war. Von seiner Vergangenheit draußen in der Welt war wenig bekannt, außer dem, was selbstverständlich war – seine tiefschwarze Haut kennzeichnete ihn als Mitglied eines Stammes aus der tausende von Meilen weit weg gelegenen südwestlichen Ecke des Subkontinents. Und die gewundenen Hautritzungen auf seinen Wangen wirkten kriegerisch, genau wie die kreuz und quer verlaufenden, zahllosen Narben alter Schnittwunden auf seinen Händen und Unterarmen. Er war als ein Mann bekannt, der wenig Worte machte und eigentlich keine Meinung hatte – zumindest keine, die er mit irgendjemandem geteilt hätte –, und eignete sich daher wunderbar als inoffizieller Anführer des Weilers.

Gefolgt von einem halben Dutzend Erwachsenen, die sich immer noch zur Neugier bekannten, schritt Barathol Mekhar die einzige Straße entlang, bis er an den Rand des Weilers kam. Die Gebäude auf beiden Seiten waren nur noch Ruinen und schon lange verlassen; ihre Dächer waren eingestürzt, die Wände in sich zusammengefallen und halb unter Sandverwehungen begraben. Vielleicht sechzig Schritt entfernt standen die fünf Gestalten, reglos, bis auf die ausgefransten Enden ihrer Fellumhänge. Zwei hielten Speere in den Händen, während die anderen lange, zweihändige Schwerter auf dem Rücken trugen. Einigen von ihnen schienen Gliedmaßen zu fehlen.

Baratholls Augen waren nicht mehr so scharf wie einst, doch auch so … »Jhelim, Filiad, geht zur Schmiede. Geht, rennt nicht. Hinter den Lederballen steht eine Truhe. Sie hat ein Schloss – brecht es auf. Holt die Axt und den Schild heraus, und die Handschuhe und den Helm; lasst das Kettenhemd liegen – dafür ist jetzt keine Zeit. Und nun geht.«

In den elf Jahren, die Barathol bei ihnen lebte, hatte er noch niemals so viele Worte auf einmal an einen von ihnen gerichtet. Jhelim und Filiad starrten den breiten Rücken des Hufschmieds entsetzt an, dann, als sich die Furcht in ihre Eingeweide stahl, drehten sie sich um und gingen mit steifen, merkwürdig überlangen Schritten die Straße entlang.

»Banditen«, flüsterte Kulat, der Hirte, der seine letzte Ziege geschlachtet hatte, als eine Karawane vorbeigekommen und ihm für das Fleisch eine Flasche Branntwein geboten hatte. Das war vor sieben Jahren gewesen, und seither hatte er nichts mehr getan. »Vielleicht wollen sie nur Wasser – wir haben selbst ja nichts anderes.« Die kleinen, runden Kieselsteine, auf denen er dauernd herumlutschte, stießen klickend gegeneinander, wenn er sprach.

»Die wollen kein Wasser«, sagte Barathol. »Ihr anderen, geht, sucht Waffen – irgendetwas – nein, lasst es. Geht einfach nur in eure Häuser. Bleibt dort.«

»Worauf warten sie?«, wollte Kulat wissen, während die anderen sich zerstreuten.

»Ich weiß es nicht«, musste der Hufschmied zugeben.

»Nun, sie sehen aus, als würden sie zu einem Stamm gehören, den ich noch nie zuvor gesehen habe.« Er saugte einen Moment lang an den Steinen und sagte dann: »Diese Felle … ist es nicht ein bisschen warm für Felle? Und diese Knochenhelme –«

»Sie sind aus Knochen? Deine Augen sind besser als meine, Kulat.«

»Das Einzige an mir, was noch was taugt, Barathol. Ziemlich stämmige Kerle, was? Erkennst du vielleicht den Stamm?«

Der Hufschmied nickte. Er konnte jetzt Jhelim und Filiad hören, die aus dem Dorf herankamen; sie schnauften laut. »Ich glaube«, sagte Barathol zur Antwort auf Kulats Frage.

»Werden sie Ärger machen?«

Jhelim trat in sein Blickfeld, mühte sich mit dem Gewicht der doppelklingigen Axt ab, deren Schaft mit Eisenstreifen umhüllt war; eine Kette war um den beschwerten Knauf geschlungen, und die geschliffenen Schneiden aus Arenstahl glänzten silbern. Aus der Spitze der Waffe ragte ein dreizinkiger Dorn, scharf wie die Spitze eines Armbrustbolzens. Der junge Mann starrte sie an, als wäre sie das Zepter des alten Imperators.

Neben Jhelim war Filiad, der die mit Eisenschuppen besetzten

Handschuhe, einen Rundschild und den mit einer Brünne und einem Gesichtsgitter versehenen Helm trug.

Barathol nahm die Handschuhe und legte sie an. Die geriffelten Schuppen reichten über seine Unterarme bis zu einer drehbaren Ellbogenschale, und die Handschuhe wurden mit Riemen gleich oberhalb des Gelenks an Ort und Stelle gehalten. An der Unterseite der Manschetten befand sich ein einzelner Eisenstab, der schwarz und eingekerbt war und vom Handgelenk bis zum Ellbogenschutz reichte. Dann nahm er den Helm und machte ein finsteres Gesicht. »Ihr habt die gesteppte Polsterung vergessen.« Er gab ihn zurück. »Gebt mir den Schild – befestige ihn an meinem Arm, verdammt, Filiad. Fester. Gut.«

Schließlich griff der Hufschmied nach der Axt. Jhelim brauchte beide Arme und all seine Kraft, um die Waffe hoch genug zu heben, dass Barathol seine rechte Hand durch die Kettenschlaufe schieben konnte. Er zwirbelte die Kette zweimal um sein Handgelenk, ehe er die Finger um den Schaft schloss und Jhelim die Waffe anscheinend ohne Anstrengung abnahm. »Verschwindet«, sagte er zu den beiden.

Kulat blieb. »Sie kommen jetzt näher, Barathol.«

Der Hufschmied hatte den Blick die ganze Zeit nicht von den Gestalten abgewandt. »So blind bin ich auch wieder nicht, alter Mann.«

»Du musst es sein, wenn du hier stehen bleibst. Du sagst, du kennst den Stamm – sind sie vielleicht deinetwegen gekommen? Irgendeine alte Blutrache?«

»Es ist möglich«, gab Barathol zu. »Wenn dem so ist, sollte euch nichts passieren. Wenn sie mit mir fertig sind, werden sie verschwinden.«

»Warum bist du dir so sicher?«

»Ich bin mir überhaupt nicht sicher.« Barathol hob die Axt, um bereit zu sein. »Wenn's um T'lan Imass geht, kann man sich nie sicher sein.«

Buch Eins

Der tausendfingrige Gott

Ich schritt den gewundenen Pfad hinunter ins Tal,
Wo niedrige Steinmauern Höfe und Güter trennten
Jede wohlüberlegte Einheit ein Teil des Ganzen
Das alle wohl verstanden, die dort lebten,
Es leitete ihre Reisen und Rufe bei Tage
Und reichte ihnen in der dunkelsten Nacht eine vertraute
	Hand
Führte sie zurück zur Tür des Hauses und den
	herumtollenden Hunden.
Ich schritt dahin, bis ich von einem alten Mann aufgehalten
	wurde,
Der seine Arbeit unterbrach und mich herausfordernd
	ansah;
Um seiner Einschätzung und Beurteilung zu entgehen,
Bat ich ihn lächelnd, mir alles zu sagen, was er wusste,
Über die Länder im Westen, jenseits des Tales,
Und erleichtert antwortete er, dass dort Städte waren,
Riesengroß und von allen möglichen Merkwürdigkeiten
	wimmelnd,
Mit einem König und sich bekämpfenden Priesterschaften,
	und einmal,
So sagte er, habe er eine Wolke aus Staub aufsteigen gesehen
Vom Vorbeiziehen einer Armee, unterwegs zu einer
	Schlacht
Irgendwo im kalten Süden, da war er sich sicher,
Und so nahm ich alles, was er wusste, viel war es nicht,
Denn jenseits des Tales war er nie gewesen, seit seiner
	Geburt
Bis jetzt hatte er nichts gewusst und war,
Um die Wahrheit zu sagen, nie gewesen, denn so
Gestaltet sich das Ganze für die Niederen

An allen Orten zu allen Zeiten und die Neugier ruht
  ungeschärft
Und löchrig, obwohl er genug Atem hatte, um zu fragen
Wer ich war und wie ich hergekommen war und wo ich hin-
  wollte.
Und so antwortete ich mit einem verblassenden Lächeln,
Dass ich zu den wimmelnden Städten unterwegs war, doch
  zuerst
Hier vorbeikommen musste, und ob er schon bemerkt
  hatte,
Dass seine Hunde reglos auf dem Boden lagen,
Denn ich hatte die Erlaubnis, versteht ihr, zu antworten,
  dass ich gekommen war,
Die Herrin der Pest, und dies war – leider – der Beweis
Für ein sehr viel größeres Ganzes.

Poliels Erlaubnis
FISHER KEL TATH

Kapitel Eins

'Auf den Straßen wimmelt es in diesen Tagen von Lügen.

Hohemagier Tayschrenn bei der Krönung von Imperatrix Laseen
Aufgezeichnet vom Imperialen Historiker Duiker

Im Jahre 1164 von Brands Schlaf
Achtundfünfzig Tage nach der Hinrichtung von Sha'ik

Launische Winde hatten früher am Tag den Staub aufgewirbelt und die Haut und die Kleider all derjenigen, die Ehrlitan durch das östliche, dem Landesinnern zugewandte Stadttor betraten, in die gleiche Farbe wie die roten Sandsteinhügel gehüllt. Händler, Pilger, Viehtreiber und Reisende erschienen vor den Wachen wie heraufbeschworen. Sie tauchten einer nach dem anderen mit gesenkten Köpfen aus dem wirbelnden Staubschleier auf, schleppten sich in den Windschatten des Tores, die Augen hinter Schichten aus zusammengefaltetem, dreckigem Leinen zu Schlitzen zusammengekniffen. Rostrot bestäubte Ziegen stolperten hinter den Viehtreibern her, Pferde und Ochsen trotteten mit hängenden Köpfen und einer Schmutzkruste um Augen und Nüstern heran, und Wagen machten zischende Geräusche, wenn der Sand zwischen den verwitterten Brettern ihrer Wagenböden hindurchrieselte. Die Wachen betrachteten das Treiben und dachten dabei nur ans Ende ihrer Wache, sowie an das Bad, das Essen und die warmen Körper, die als angemessene Belohnung ihrer Pflichterfüllung auf sie warteten.

Die Frau, die zu Fuß durch das Tor ging, fiel ihnen auf, doch aus völlig falschen Gründen. In eng anliegende seidene Gewänder gekleidet, den Kopf und das Gesicht hinter einem Schal verborgen, war sie nichtsdestotrotz einen zweiten Blick wert – und wenn auch nur, um noch einmal die Eleganz ihrer Schritte und den Schwung ihrer Hüften zu bewundern. Den Rest steuerten die Wachen selbst bei, denn sie waren Männer und somit ihren Fantasien sklavisch ausgeliefert.

Die Frau bemerkte die kurzfristige Aufmerksamkeit und verstand sie gut genug, um nicht besorgt zu sein. Problematischer wäre es gewesen, wenn eine der Wachen eine Frau gewesen wäre – oder gar beide. Dann hätten sie sich möglicherweise gewundert, dass sie die Stadt ausgerechnet durch dieses Tor betrat, dass sie zu Fuß ausgerechnet diese Straße entlanggekommen war, die sich Meilen um Meilen durch sonnenverbrannte, praktisch leblose Hügel wand und dann noch weitere Meilen parallel zu einem größtenteils unbewohnten, aus verkrüppelten Bäumen bestehenden Wald verlief. Ihre Ankunft wäre womöglich noch ungewöhnlicher erschienen, da sie keine Vorräte trug und das geschmeidige Leder ihrer Mokassins kaum abgewetzt war. Wären die Wachen Frauen gewesen, hätten sie sie angesprochen, und sie wäre mit unangenehmen Fragen konfrontiert worden, die wahrheitsgemäß zu beantworten sie nicht vorbereitet war.

Daher war es ein Glück für die Wachen, dass sie Männer waren. Und es war auch ein Glück, dass die Fantasie eines Mannes sich so leicht ködern ließ, denn die Blicke folgten ihr nun die Straße entlang, doch ohne jeglichen Verdacht, stattdessen fieberhaft damit beschäftigt, die Rundungen ihres wohlgeformten Körpers bei jedem Schwung ihrer Hüften zu erahnen, eine Bewegung, die sie nur ganz leicht übertrieb.

Als sie an eine Kreuzung kam, wandte sie sich nach links und war einen Herzschlag später aus dem Blickfeld der Wachen verschwunden. Hier in der Stadt war der Wind weniger stark, obwohl auch hier feiner Staub in der Luft schwebte und alles mit einem einfarbigen, pudrigen Überzug versah. Die Frau bewegte sich weiter durch die Menge, näherte sich in einer einwärtsgedrehten Spirale allmählich Jen'rahb, dem zentralen Teil von Ehrlitan, der riesigen, vielstöckigen Ruine, die von kaum mehr als Ungeziefer

36

vier- und zweibeiniger Art bewohnt wurde. Als sie schließlich in Sichtweite der eingestürzten Gebäude gelangte, fand sie ganz in der Nähe ein Gasthaus, das sich bescheiden ausnahm und nichts anderes sein wollte als ein Haus, das ein paar Huren in den Räumen im zweiten Stock beherbergte und ein Dutzend Stammgäste in der Schankstube im Erdgeschoss.

Neben dem Eingang zum Gasthaus befand sich ein Bogengang, der in einen kleinen Garten führte. Die Frau trat in den Durchgang, um sich den Staub von den Kleidern zu klopfen, ging dann weiter bis zu dem flachen Becken mit schlammigem Wasser unter einem gelegentlich tröpfelnden Springbrunnen, wo sie den Schal abnahm und sich Wasser ins Gesicht spritzte, genug, um das Brennen aus den Augen zu vertreiben.

Dann ging sie durch den Durchgang zurück und trat ins Innere der Schenke.

Drinnen herrschte düsteres Zwielicht, und Rauch von offenem Feuer, Öllaternen, Durhang, Itralbe und Rostlaub trieb unter der niedrigen, getünchten Decke; der Raum war zu drei Vierteln gefüllt, alle Tische waren besetzt. Kurz vor ihr hatte ein Mann die Schankstube betreten und erzählte nun atemlos von einem Abenteuer, das er gerade noch überlebt hatte. Die Frau, die dies bemerkte, als sie an dem Mann und seinen Zuhörern vorbeiging, erlaubte sich ein schwaches Lächeln, das vielleicht ein wenig trauriger war, als es in ihrer Absicht gelegen hatte.

Sie fand einen Platz an der Theke und winkte den Wirt heran. Er blieb vor ihr stehen und musterte sie aufmerksam, während sie in akzentfreiem Ehrlii eine Flasche Reiswein bestellte.

Auf ihren Wunsch hin griff er unter die Theke, und sie hörte Flaschen klirren, als er auf Malazanisch sagte: »Ich hoffe, du erwartest nichts, das wirklich diesen Namen verdient, Schätzchen.« Er richtete sich wieder auf, wischte den Staub von einer Tonflasche und betrachtete den Stöpsel. »Die hier ist zumindest noch versiegelt.«

»Das wird reichen«, sagte sie, immer noch im einheimischen Dialekt, und legte drei Silberhalbmonde auf die Theke.

»Hast du vor, die ganz auszutrinken?«

»Ich brauche ein Zimmer im Obergeschoss, in das ich mich zurückziehen kann«, erwiderte sie und zog den Stöpsel aus der Flasche, während der Wirt einen Zinnbecher auf den Tresen stellte. »Eins mit einem Schloss«, fügte sie hinzu.

»Dann lächelt Oponn auf dich herab«, sagte er. »Es ist gerade eins frei geworden.«

»Gut.«

»Gehörst du zu Dujeks Armee?«, fragte der Mann.

Sie schenkte sich etwas von dem bernsteinfarbenen, leicht trüben Wein ein. »Nein. Warum – ist sie hier?«

»Ein paar Reste«, erwiderte er. »Das Hauptheer ist vor sechs Tagen aus der Stadt marschiert. Sie haben natürlich eine Garnison hiergelassen. Und deshalb habe ich mich gefragt –«

»Ich gehöre zu keiner Armee.«

Ihr Tonfall – merkwürdig kalt und ausdruckslos – ließ ihn verstummen. Wenige Augenblicke später ging er, um sich um einen anderen Gast zu kümmern.

Sie trank. Sorgte dafür, dass der Flüssigkeitspegel der Flasche stetig fiel, während das Tageslicht draußen schwand und das Gasthaus sich noch mehr füllte, die Stimmen noch lauter wurden, Ellbogen und Schultern sie öfter anrempelten, als es nötig gewesen wäre. Sie achtete nicht auf die gelegentlichen Fummeleien, starrte nur auf die Flüssigkeit in dem Kelch vor ihr.

Schließlich war sie fertig, drehte sich um und schlängelte sich unsicher durch die unzähligen, sich drängenden Gäste, um schließlich bei der Treppe anzukommen. Vorsichtig stieg sie die Stufen hinauf, eine Hand am dürftigen Geländer, und wurde sich vage bewusst, dass ihr jemand folgte, was sie nicht weiter überraschte.

Auf dem Treppenabsatz lehnte sie sich mit dem Rücken gegen die Wand.

Der Fremde kam näher, immer noch ein dummes Grinsen im Gesicht – das ihm gefror, als sich eine Messerspitze knapp unter dem linken Auge in seine Haut bohrte.

»Geh wieder nach unten«, sagte die Frau.

Eine Träne aus Blut rann die Wange des Mannes hinunter, blieb dickflüssig an seinem Kinn hängen. Er zitterte und zuckte zusammen, als die Messerspitze sich immer tiefer grub. »Bitte«, flüsterte er.

Sie schwankte leicht, schlitzte dem Mann aus Versehen die Wange auf – zum Glück ging die Bewegung nach unten und nicht nach oben, ins Auge. Er schrie auf und wich stolpernd zurück, hob die Hände und versuchte, die Blutung zu stoppen, und torkelte dann die Stufen hinunter.

Erst Rufe von unten, dann raues Lachen.

Die Frau musterte das Messer in ihrer Hand, fragte sich, wo es hergekommen war und wessen Blut jetzt an seiner Klinge glänzte. Es spielte keine Rolle. Sie machte sich daran, ihr Zimmer zu suchen, und fand es schließlich.

Der gewaltige Sandsturm war natürlichen Ursprungs; draußen in der Weite der Jhag-Odhan entstanden, bewegte er sich nun kreisend ins Herz des Subkontinents, den man das Reich der Sieben Städte nannte. Die Winde fegten nordwärts, an der Ostseite der Hügel, Klippen und alten Berge entlang, die die Heilige Wüste Raraku umgaben – eine Wüste, die jetzt ein Meer war –, und wurden auf der ganzen Breite der Hügelkette in einen Krieg der Blitze gezogen, den man von den Städten Pan'potsun und G'danisban aus sehen konnte. Nach Westen weiterwirbelnd, streckte der Sturm sich windende Arme aus, und einer dieser Arme traf Ehrlitan, bevor sich seine Macht draußen auf der Ehrlitansee erschöpfte, ein anderer erreichte die Stadt Pur Atrii. Als das Zentrum des Sturms wieder ins Landesinnere zurückrollte, sammelte er neue Kräfte, hämmerte gegen die Nordseite des Thalasgebirges und umschlang die Städte Hatra und Y'Ghatan, ehe er sich ein letztes Mal gen Süden wandte. Ein natürlicher Sturm – vielleicht ein letztes Geschenk der alten Geister der Raraku.

Die fliehende Armee Leomans von den Dreschflegeln hatte dieses Geschenk dankbar angenommen, war tagelang in den unbarmherzigen Wind geritten. Die Tage hatten sich zu Wochen gedehnt, in denen die Welt um sie herum aus nichts weiter als einer Mauer aus schwebendem Sand bestand, was umso bitterer war, weil es die Überlebenden an etwas erinnerte – an ihren geliebten Wirbelwind, den Hammer von Sha'ik und Dryjhna der Apokalyptischen. Doch selbst in der Bitterkeit gab es Leben, gab es Rettung.

Tavores malazanische Armee folgte ihnen immer noch, nicht eilig, nicht mit der unbekümmerten Dummheit, die sie direkt nach Sha'iks Tod und der Zerschlagung der Rebellion gezeigt hatte. Jetzt war die Jagd eine sorgsam abgewogene Sache, eine taktische Verfolgung der letzten organisierten Streitmacht, die sich dem Imperium entgegenstellte. Eine Streitmacht, von der man glaubte, dass sie das Heilige Buch Dryjhnas besaß, das einzige Hoffnung spendende Artefakt für die kampfbereiten Rebellen aus dem Reich der Sieben Städte.

Leoman von den Dreschflegeln besaß das Buch zwar nicht, verfluchte es aber dennoch jeden Tag. Seine geknurrten Flüche zeugten von beinahe religiösem Eifer und einem beängstigenden Einfallsreichtum, doch der kratzende Wind riss die Worte dankenswerterweise mit sich, so dass nur Corabb Bhilan Thenu'alas, der dicht neben seinem Anführer ritt, sie hören konnte. Wenn er der Tirade müde wurde, dachte Leoman sich höchst kunstvolle Pläne aus, wie er das Buch zerstören würde, wenn er es denn einmal in die Hände bekäme. Feuer, Pferdepisse, Galle, Moranthmunition, der Bauch eines Drachen – bis Corabb irgendwann sein Pferd erschöpft zur Seite lenkte, um in der angenehmeren Gesellschaft seiner Mitrebellen zu reiten.

Die ihm dann regelmäßig mit ängstlichen Fragen zusetzten und unsichere Blicke in Leomans Richtung warfen. Was hat er gesagt?

Gebete, wurde Corabb nicht müde zu antworten. Unser Anführer betet den ganzen Tag zu Dryjhna. Leoman von den Dreschflegeln, sagte er ihnen, ist ein frommer Mann.

Genau so fromm, wie zu erwarten war. Die Rebellion brach in sich zusammen, verwehte im Wind. Städte hatten kapituliert, eine

nach der anderen, als die Armeen und Schiffe des Imperiums aufgetaucht waren. Bürger wandten sich in ihrem Eifer, Verbrecher
präsentieren zu können, die man für die unzähligen schrecklichen
Taten während des Aufstands verantwortlich machen konnte, gegen ihre Nachbarn. Ehemalige Helden wurden den Rückerobe-
rern genauso vorgeführt wie kleinliche Tyrannen, und die Gier
nach Blut war groß. Solche grimmigen Neuigkeiten bekamen sie
von den Karawanen zu hören, denen sie begegneten, während sie
immer weiter flohen. Und mit jeder noch so kleinen Neuigkeit
wurde Leomans Gesichtsausdruck düsterer, als wäre das alles, was
er tun konnte, um die Wut in seinem Innern zurückzuhalten.

Es war die Enttäuschung, sagte Corabb zu sich selbst, und er
unterstrich den Gedanken jedes Mal mit einem tiefen Seufzer. Die
Menschen im Reich der Sieben Städte verzichteten so rasch auf
die Freiheit, die um den Preis so vieler Leben errungen worden
war, und das war nun wahrlich eine bittere Tatsache, ein höchst
schäbiger Kommentar zur menschlichen Natur. War dann also
alles vergebens gewesen? Wie sollte ein frommer Krieger da keine Enttäuschung verspüren, die seine Seele verbrannte? Wie viele
zigtausend Menschen waren gestorben? *Und wofür?*

Und so sagte sich Corabb, dass er seinen Anführer verstand.
Dass er verstand, dass Leoman nicht loslassen konnte – jetzt noch
nicht, vielleicht niemals. Sich weiter an den Traum zu klammern
verlieh allem, was zuvor geschehen war, Bedeutung.

Komplizierte Überlegungen. Es hatte Corabb viele Stunden
stirnrunzelnden Nachdenkens gekostet, um auf diese Gedanken
zu kommen, um den außergewöhnlichen Sprung in den Verstand
eines anderen Mannes zu machen, durch seine Augen zu sehen,
wenn auch nur einen Herzschlag lang, bevor er in demütiger Verwirrung zurücktaumelte. Doch dabei hatte er auch einen Blick auf
das erhascht, was große Anführer – im Krieg wie in Staatsange-
legenheiten – ausmachte. Die Leichtigkeit, mit der sie den Blickwinkel wechseln, sich die Dinge von allen Seiten ansehen konnten.
Während Corabb – um bei der Wahrheit zu bleiben – nur eines
tun konnte: sich inmitten all der Zwietracht, die die Welt immer

wieder vor ihm aufsteigen ließ, an einer einzigen Vision festzuklammern – an seiner eigenen.

Ohne seinen Anführer, das wusste Corabb nur zu gut, wäre er verloren.

Eine behandschuhte Hand winkte, und Corabb gab seinem Reittier die Fersen, bis er an Leomans Seite war.

Der von einer Kapuze geschützte Kopf drehte sich, das hinter einem Tuch verborgene Gesicht wandte sich ihm zu, von Leder umschlossene Finger zupften das Tuch über dem Mund weg, und Worte wurden gerufen, so dass Corabb sie hören konnte: »Wo im Namen des Vermummten sind wir?«

Corabb starrte ihn an, blinzelte … und seufzte.

Ihre Finger erzeugten das Drama, pflügten eine traumatische Furche quer über den wimmelnden Pfad. Die Ameisen rannten verwirrt wild durcheinander, und Samar Dev schaute zu, wie sie wütend an der Beleidigung herumscharrten, die Soldaten mit erhobenen Köpfen und weit geöffneten Mandibeln, als ob sie die Götter herausfordern wollten. Oder, in diesem Fall, eine Frau, die allmählich verdurstete.

Sie lag auf der Seite im Schatten des Wagens. Es war kurz nach Mittag, und kein Lüftchen regte sich. Die Hitze hatte ihr jegliche Kraft geraubt. Es war unwahrscheinlich, dass sie ihren Angriff auf die Ameisen fortsetzen konnte, und diese Erkenntnis ließ für einen Augenblick Bedauern in ihr aufsteigen. Zwietracht in ein ansonsten vorhersehbares, abgestumpftes und schäbiges Leben zu bringen, schien eine lohnende Sache zu sein. Nun, vielleicht nicht lohnend, aber gewiss interessant. Wahrhaft göttergleiche Gedanken, die ihren letzten Tag unter den Lebenden kennzeichneten.

Eine Bewegung erregte ihre Aufmerksamkeit. Der Staub auf der Straße erzitterte, und jetzt konnte sie ein lauter werdendes Donnergrollen hören, das wie irdene Trommeln nachhallte. Der Weg, auf dem sie sich befand, wurde hier in der Ugarat-Odhan nicht häufig benutzt. Er gehörte zu einem Zeitalter, das längst dahin war; damals waren die Karawanen regelmäßig auf den gut zwanzig Karawanenrouten von einer zur nächsten der mehr als ein Dutzend großen Städte gezogen, von denen das alte Ugarat die Nabe gewesen war, und alle diese Städte – abgesehen von Kayhum am Flussufer und Ugarat selbst – waren seit mehr als tausend Jahren tot.

Dennoch konnte ein einzelner Reiter ebenso leicht einer zu viel sein wie ihre Rettung, denn sie war eine Frau mit üppigen weiblichen Reizen, und sie war allein. Manchmal, so hieß es, nahmen Banditen und Plünderer diese größtenteils vergessenen Wege, wenn sie sich von einer Karawanenroute zur nächsten bewegten. Und Banditen waren bekanntermaßen kleinlich.

Das Hufgetrappel näherte sich, wurde immer lauter, dann wurde der Neuankömmling langsamer, und einen Augenblick später wogte eine heiße Staubwolke über Samar Dev hinweg. Das Pferd schnaubte – es klang merkwürdig bösartig –, und dann war ein leiseres dumpfes Geräusch zu hören, als der Reiter von seinem Tier rutschte. Leise Schritte näherten sich.

Was war das? Ein Kind? Eine Frau?

Ein Schatten tauchte in ihrem Blickfeld auf, hinter dem, den der Wagen warf, und Samar Dev drehte den Kopf, sah die Gestalt an, die um den Wagen herumkam und auf sie herabblickte.

Nein, das war weder ein Kind noch ein Frau. Vielleicht, dachte sie, nicht einmal ein Mann. Eine Erscheinung, die einen zerfetzten weißen Pelzumhang um die unmöglich breiten Schultern und ein Schwert aus flockigem Feuerstein, dessen Griff mit Leder umwickelt war, auf dem Rücken trug. Sie blinzelte angestrengt, versuchte, mehr Einzelheiten zu erkennen, aber der helle Himmel hinter dem Neuankömmling machte das unmöglich. Ein Riese von einem Mann, der sich so leise wie eine Wüstenkatze bewegte, eine alptraumhafte Vision, eine Halluzination.

Und dann sprach er – aber nicht zu ihr, das war offensichtlich. »Du wirst noch ein bisschen auf deine Mahlzeit warten müssen, Havok. Die hier lebt noch.«

»Havok isst tote Frauen?«, fragte Samar mit rauer Stimme. »Mit wem reitet Ihr?«

»Nicht mit«, erwiderte der Riese. »Auf.« Er trat näher und

hockte sich neben sie. Er hielt etwas in den Händen – einen Wassersack –, doch sie stellte fest, dass sie den Blick nicht von seinem Gesicht abwenden konnte. Gleichmäßige, kantige Gesichtszüge, verzerrt durch eine Tätowierung wie zerbrochenes Glas, das Zeichen eines entflohenen Sklaven. »Ich sehe deinen Wagen«, sagte er in der Sprache der Wüstenstämme, doch mit einem seltsamen Akzent. »Aber wo ist das Tier, das ihn gezogen hat?«

»Auf der Ladefläche«, antwortete sie.

Er legte den Wassersack neben ihr hin, richtete sich auf, trat an den Wagen und blickte hinein. »Da liegt ein toter Mann.«

»Ja, das ist er. Er ist zusammengebrochen.«

»Er hat diesen Wagen gezogen? Kein Wunder, dass er tot ist.«

Sie streckte die Arme aus und schaffte es, beide Hände um den Hals des Wassersacks zu legen. Sie zog den Stöpsel heraus und hielt sich den Beutel über den Mund. Warmes, köstliches Wasser. »Seht Ihr die beiden Hebel neben ihm?«, fragte sie. »Bewegt sie und der Wagen bewegt sich. Das ist meine Erfindung.«

»Ist es harte Arbeit? Warum dann einen alten Mann dafür anheuern?«

»Er war ein möglicher Geldgeber. Wollte selbst sehen, wie es läuft.«

Der Riese grunzte, und sie sah, dass er sie musterte. »Es ist gut gelaufen«, sagte sie. »Am Anfang. Aber dann ist es geborsten. Das Gestänge. Wir hatten nur einen halben Tag geplant, aber er hatte uns zu weit in die Wüste gefahren, ehe er tot umgefallen ist. Ich wollte laufen, aber dann habe ich mir den Fuß gebrochen –«

»Wie?«

»Als ich gegen das Rad getreten habe. Egal – ich kann nicht laufen.«

Er starrte immer noch auf sie herab, wie ein Wolf einen gelähmten Hasen beäugte. Sie trank noch einen Schluck Wasser. »Habt Ihr vor, unangenehm zu werden?«, fragte sie.

»Es ist das Blutöl, das einen Teblorkrieger dazu bringt, zu vergewaltigen. Ich habe keines. Ich habe seit Jahren keine Frau mehr mit Gewalt genommen. Du kommst aus Ugarat?«

»Ja.«

»Ich muss in die Stadt, um mir Vorräte zu besorgen. Ich will keinen Ärger.«

»Ich kann Euch dabei helfen.«

»Ich möchte nicht bemerkt werden.«

»Ich bin mir nicht sicher, ob das möglich ist«, sagte sie.

»Mach es möglich, und ich nehme dich mit.«

»Nun, das ist nicht fair. Ihr seid um die Hälfte größer als ein normaler Mann. Ihr seid tätowiert. Ihr habt ein Pferd, das Menschen frisst – vorausgesetzt, es ist ein Pferd und kein Enkar'al. Und es sieht so aus, als würdet Ihr das Fell eines weißpelzigen Bären tragen.«

Er wandte sich vom Wagen ab.

»Schon gut«, sagte sie hastig. »Ich werde mir etwas ausdenken.«

Er kam wieder näher, hob den Wassersack auf, schlang ihn sich über die Schulter, packte sie dann am Gürtel und hob sie mit einer Hand hoch. Ein greller Schmerz schoss durch ihr rechtes Bein, als der gebrochene Fuß frei baumelte. »Bei den Sieben Hunden!«, zischte sie. »Wie unwürdig wollt Ihr das denn noch machen?«

Ohne etwas zu sagen, trug der Krieger sie zu seinem wartenden Pferd. Kein Enkar'al, wie sie sah, aber auch nicht ganz ein Pferd. Groß, schlank und farblos, mit einer silbernen Mähne und einem ebensolchen Schweif und blutroten Augen. Nur ein einzelner Zügel, aber kein Sattel, keine Steigbügel. »Stell dich auf dein gesundes Bein«, sagte er und richtete sie auf. Dann packte er eine Seilschlaufe und schwang sich auf sein Pferd.

Samar Dev lehnte sich keuchend gegen das Pferd und folgte dem doppelten Seil, das der Mann hielt, mit ihrem Blick – und sie sah, dass er bei seinem Ritt etwas hinter sich hergezerrt hatte. Zwei riesige, verweste Köpfe. Hunde oder Bären, genauso übergroß wie der Mann selbst.

Der Krieger streckte einen Arm aus und zog sie ohne große Umstände zu sich hinauf, bis sie hinter ihm saß. Weitere Wogen aus Schmerz und drohende Schwärze.

»Unbemerkt«, sagte er noch einmal.

Samar Dev warf einen Blick nach hinten, auf die beiden Hundeschädel. »Aber das ist doch selbstverständlich«, sagte sie.

In dem kleinen Raum war es muffig und dunkel, die Luft war abgestanden und roch nach Schweiß. Zwei schmale, rechteckige Löcher in der Wand knapp unter der Decke erlaubten der kühlen Nachtluft, in unbeständigen Böen hereinzuwehen wie Seufzer einer wartenden Welt. Auf die Frau, die nebem dem schmalen Bett zusammengekauert auf dem Fußboden lag, würde die Welt noch ein bisschen länger warten müssen. Sie weinte, die Arme um die hochgezogenen Knie gelegt, den Kopf gesenkt und unter den schwarzen Haaren verborgen, die in fettigen Strähnen herabhingen. Zu weinen bedeutete, voll und ganz im Innern zu sein, an einem Ort, der weitaus unerbittlicher und unversöhnlicher war als jeder, der draußen zu finden war.

Sie weinte um den Mann, den sie verlassen hatte, um vor dem Schmerz zu fliehen, den sie in seinen Augen gesehen hatte, als seine Liebe zu ihr ihn immer weiter hatte hinter ihr herstolpern lassen, zwar im gleichen Tempo, doch unfähig, ihr näher zu kommen. Denn das konnte sie nicht zulassen. Die komplizierten Muster einer Kobra besaßen eine faszinierende Anziehungskraft, aber ihr Biss war deswegen nicht weniger tödlich. Sie war genauso. In ihr gab es nichts – nichts, das sie hätte sehen können –, das des überwältigenden Geschenks der Liebe wert gewesen wäre. Nichts in ihr war seiner würdig.

Er hatte vor dieser Tatsache die Augen verschlossen, und das war sein Fehler – der Fehler, den er schon immer gehabt hatte. Eine Bereitwilligkeit, vielleicht aber auch die dringende Notwendigkeit, an das Gute zu glauben, wo nichts Gutes zu finden war. Nun, das war eine Liebe, die sie nicht ertragen konnte, und sie wollte ihn nicht mit sich hinabreißen.

Cotillion hatte das verstanden. Der Gott hatte deutlich in die Tiefen dieser menschlichen Dunkelheit gesehen, genauso deutlich wie Apsalar. Und daher waren weder die Worte noch das Schweigen verschleiert gewesen, die sie und der Schutzgott der Assassinen ausgetauscht und geteilt hatten. Ein gegenseitiges Erkennen. Die Aufgaben, die er ihr gestellt hatte, waren von einer Art, die in jeder Hinsicht zu ihm passte – und zu ihren besonderen Fähigkeiten. Wenn die Verdammnis bereits ausgesprochen war, konnte man von dem Urteil nicht mehr peinlich berührt sein. Aber sie war kein Gott, so weit vom Menschsein entfernt, dass man in der Amoral Trost finden konnte, eine Zuflucht vor den eigenen Taten. Alles wurde … schwieriger, schwieriger zu handhaben.

Er würde sie nicht lange vermissen. Ihm würden allmählich die Augen aufgehen. Für andere Möglichkeiten. Schließlich war er jetzt mit zwei anderen Frauen unterwegs – das hatte Cotillion ihr erzählt. Also. Er würde heilen und nicht lange allein sein, dessen war sie sich sicher.

Mehr als ausreichend Nahrung für ihr Selbstmitleid.

Doch auch wenn dem so sein sollte – sie hatte Aufgaben zu erfüllen, und es würde ihr nichts helfen, allzu lange in diesem ungewollten Sichgehenlassen zu verharren. Apsalar hob langsam den Kopf, musterte die dürftigen, nur undeutlich erkennbaren Details des Zimmers. Versuchte sich zu erinnern, wie sie hierhergekommen war. Ihr Kopf schmerzte, ihre Kehle war trocken. Sie wischte sich die Tränen von den Wangen und stand langsam auf. Hämmernde Schmerzen hinter ihren Augen.

Von irgendwo unten konnte sie die typischen Wirtshausgeräusche hören – viele Stimmen, betrunkenes Gelächter. Apsalar fand ihren seidengesäumten Umhang, drehte ihn um und hängte ihn sich um die Schultern, dann ging sie zur Tür, entriegelte sie und trat in den Korridor hinaus. Zwei flackernde Öllampen in Nischen an der Wand, eine Treppe mit Geländer am hinteren Ende. Aus dem Zimmer, das ihrem gegenüberlag, drangen die gedämpften Geräusche eines Liebesakts, wobei die Schreie der Frau zu melodramatisch waren, um echt zu sein. Apsalar lauschte noch einen Moment länger und fragte sich, was an den Geräuschen sie so beunruhigte, dann schritt sie durch die flackernden Schatten zur Treppe und ging nach unten.

Es war schon spät, vermutlich deutlich nach dem zwölften Glockenschlag. In der Gaststube hockten ungefähr zwanzig Gäste, die Hälfte davon in den Uniformen von Karawanenwachen. Das waren keine Stammgäste, wie man an den unbehaglichen Blicken merken konnte, mit denen sie von den übrigen Anwesenden bedacht wurden, und als sie sich dem Tresen näherte, bemerkte sie, dass drei von ihnen Gral waren, während zwei andere – beides Frauen – zu den Pardu gehörten. Beides eher unangenehme Stämme, zumindest deuteten Cotillions Erinnerungen darauf hin, die sich in einem leichten Aufwallen von Unruhe meldeten. Auf typische Weise laut und überheblich, ließen sie sie auf ihrem Weg zum Tresen nicht aus den Augen; sie beschloss, vorsichtig zu sein und wandte daher den Blick ab.

Der Mann hinter dem Tresen kam zu ihr. »Ich dachte schon, du wärst gestorben«, sagte er, während er eine Flasche Reiswein unter der Theke hervorholte und vor sie hinstellte. »Bevor du dich über den hier hermachst, Schätzchen, würde ich gerne ein bisschen Geld sehen.«

»Wie viel schulde ich Euch bis jetzt?«

»Zwei Silberhalbmonde.«

Sie runzelte die Stirn. »Ich dachte, ich hätte bereits bezahlt.«

»Für den Wein, ja. Aber dann hast du eine Nacht und einen Tag und einen Abend in dem Zimmer verbracht – und du musst es auch für heute Nacht bezahlen, denn es ist zu spät, es anderweitig zu vermieten. Und dann ist da noch diese Flasche hier«, sagte er mit einer entsprechenden Handbewegung.

»Ich habe nicht gesagt, dass ich sie will«, erwiderte sie. »Aber wenn Ihr noch etwas zu essen habt …«

»Es ist noch etwas da.«

Sie zog ihre Geldbörse heraus und fand zwei Halbmonde. »Hier. Ich gehe davon aus, dass das auch für das Zimmer heute Nacht reicht.«

Er nickte. »Dann willst du also den Wein nicht?«

»Nein. Sawr'ak-Bier, bitte.«

Er nahm die Flasche wieder vom Tresen und entfernte sich.

Rechts und links von ihr schoben sich zwei Gestalten an die Theke. Die Pardu. »Siehst du die Gral da drüben?«, fragte die eine und nickte in Richtung auf einen Tisch in der Nähe. »Sie wollen, dass du für sie tanzt.«

»Nein, das wollen sie nicht«, erwiderte Apsalar.

»Doch«, sagte die andere Frau. »Das wollen sie. Sie werden sogar dafür bezahlen. Du bewegst dich wie eine Tänzerin. Das haben wir alle gesehen. Du willst sie doch nicht verärgern –«

»Stimmt. Und deshalb werde ich auch nicht für sie tanzen.«

Das verwirrte die beiden Pardu offensichtlich. In der Zwischenzeit kam der Mann hinter der Theke mit einem Krug Bier und einer Zinnschale mit Ziegensuppe zurück; die Fettschicht auf der Suppe protzte mit weißen Haaren, zum Beweis, dass es wirklich Ziegensuppe war. Er legte einen Kanten dunkles Brot dazu. »Ist das in Ordnung?«

Sie nickte. »Danke.« Dann wandte sie sich an die Frau, die als Erste gesprochen hatte. »Ich bin eine Schattentänzerin. Sag ihnen das, Pardu.«

Die beiden Frauen wichen schlagartig zurück. Apsalar lehnte sich an den Tresen und lauschte dem Gezischel, das sich in der Gaststube ausbreitete. Schlagartig hatte sie ein bisschen Platz um sich herum, wie sie feststellte. *So weit, so gut.*

Der Mann hinter der Theke musterte sie vorsichtig. »Du steckst voller Überraschungen«, sagte er. »Der Tanz ist verboten.«

»Ja, das ist er.«

»Du bist von Quon Tali«, sagte er etwas leiser. »Aus Itko Kan, nehme ich an, wenn ich mir deine Augen und die schwarzen Haare ansehe. Ich habe noch nie von einer Schattentänzerin aus Itko Kan gehört.« Er beugte sich näher. »Ich wurde gleich außerhalb von Gris geboren, verstehst du? Habe zur regulären Infanterie in Dassems Armee gehört und in meiner ersten Schlacht einen Speer in den Rücken gekriegt. Und das war's dann für mich. Ich war in Y'Ghatan nicht dabei, wofür ich Oponn täglich danke. Verstehst du? Ich habe Dassem nicht sterben gesehen und bin froh darüber.«

»Aber Ihr habt immer noch eine Menge Geschichten zu erzählen«, sagte Apsalar.

»Das habe ich«, sagte er und nickte nachdrücklich. Dann blickte er sie scharf an. Nach einem kurzen Augenblick gab er ein unbestimmtes Geräusch von sich und ging davon.

Sie aß, trank ihr Bier, und allmählich ließen ihre Kopfschmerzen nach.

Einige Zeit später winkte sie dem Schankwirt, und er kam zu ihr. »Ich gehe nochmal weg«, sagte sie. »Aber ich möchte das Zimmer behalten, also vermietet es nicht an jemand anderen.«

Er zuckte die Schultern. »Du hast dafür bezahlt. Zum vierten Glockenschlag schließe ich die Tür ab.«

Sie richtete sich auf und machte sich auf den Weg zur Tür. Die Karawanenwachen sahen ihr nach, aber niemand bewegte sich, um ihr zu folgen – zumindest nicht sofort.

Sie hoffte, sie würden sich an die Warnung halten, die sie ihnen hatte zukommen lassen. Heute Nacht wollte sie bereits jemanden töten, und einer reichte ihr.

Apsalar trat nach draußen und blieb einen Moment stehen. Der Wind hatte sich gelegt. Die Sterne waren als verwaschene Flecken durch den Schleier aus feinem Staub zu erkennen, der sich im Gefolge des Sturms auf die Stadt herabsenkte. Die Luft war kühl und reglos. Apsalar zog ihren Umhang um sich und schlang sich den Schal um die untere Hälfte des Gesichts, wandte sich dann nach links die Straße entlang. An der Mündung einer nahen Gasse, die tief im Schatten lag, schlüpfte sie plötzlich in die Düsternis und war verschwunden.

Wenige Augenblicke später kamen die beiden Pardu herangetrottet. Sie blieben an der Mündung stehen, blickten in die sich windende Gasse und sahen niemanden.

»Sie hat die Wahrheit gesagt«, zischte die eine und machte eine abwehrende Geste. »Sie wandelt in den Schatten.«

Die andere nickte. »Wir müssen unserem neuen Herrn Bescheid geben.«

Sie gingen davon.

Aus dem Schattengewirr heraus sahen die beiden Pardu geisterhaft aus; Apsalar blickte ihnen ein Dutzend Herzschläge lang nach, während sie die Straße entlanggingen, und es schien, als würden sie zwischen Sein und Nichtsein hin und her flackern. Sie fragte sich, wer wohl der neue Herr der beiden Pardu sein mochte, doch das war eine Fährte, die sie in einer anderen Nacht verfolgen würde. Sie drehte sich um und musterte die schattengewirkte Welt, in der sie sich befand. Eine leblose Stadt zu allen Seiten. Sie sah ganz anders aus als Ehrlitan, die Architektur primitiv und robust, und überall schmale, mit Toren und Sturzsteinen versehene Durchgänge, die gerade verliefen und von hohen Mauern begrenzt waren. Niemand bewegte sich in den gepflasterten Gängen. Die Gebäude zu beiden Seiten der Durchgänge waren alle zweistöckig oder noch niedriger, mit Flachdächern, und es waren keine Fenster zu sehen. Hohe, schmale Eingänge gähnten schwarz in der körnigen Düsternis.

Selbst Cotillions Erinnerungen konnten mit dieser Manifestation in der Schattensphäre nichts anfangen, aber das war nicht ungewöhnlich. Es schien unzählige Schichten zu geben, und die Teilstücke des zersplitterten Gewirrs waren weitaus größer als man annehmen würde. Die Sphäre war immer in Bewegung; gebunden an irgendeine launische Kraft, jagte sie unablässig durch die Welt der Sterblichen. Der Himmel über ihr war schiefergrau, was des Nachts als Schatten durchging, und die Luft war schwül und warm.

Einer der Durchgänge führte in die Richtung, in der Ehrlitans zentraler, flacher Hügel – der Jen'rahb – lag, einst die Krone des Falah'd, jetzt ein Haufen Geröll. Sie nahm diesen Weg, den Blick auf die sich undeutlich vor ihr abzeichnende, fast durchsichtige Masse aus umgestürzten Steinen gerichtet. Der Durchgang öffnete sich auf einen Platz, an dessen vier umgrenzenden Mauern Fesseln befestigt waren. In zwei von ihnen hingen noch immer Leichen. Vertrocknet, in den Staub gesunken, mit nach unten gesackten, noch von Haut überzogenen Schädeln, die jetzt auf filigran wirkenden Brustkörben ruhten; die eine Leiche befand sich am Ende der gegenüberliegenden Wand, die andere im hinteren Teil der links von ihr gelegenen Mauer. Eine Tür durchbrach die ansonsten glatte Struktur der fernen Mauer in der Nähe der rechten Ecke.

Neugierig trat Apsalar an die Gestalt heran, die ihr am nächsten war. Sie war sich nicht ganz sicher, aber es schien, als stammte der Leichnam von einem Tiste, entweder Andii oder Edur. Die langen, glatten Haare des Leichnams waren farblos, im Laufe vieler Jahre ausgebleicht. Die Kleidung war längst verrottet, nur ein paar vertrocknete Lederriemen und verrostete Metallteile waren noch übrig. Als sie sich vor dem Leichnam hinkauerte, wirbelte neben ihm plötzlich der Staub auf, und sie zog die Brauen hoch, als ein Schatten sich in ihr Blickfeld schob. Durchscheinendes Fleisch, merkwürdig leuchtende Knochen, ein Totenkopf mit Augen, die schwarzen Abgründen glichen.

»Der Körper gehört mir«, flüsterte das Wesen. Knochige Finger griffen in die Luft. »Du kannst ihn nicht haben.«

Es war die Sprache der Tiste Andii, und Apsalar war ein wenig überrascht, dass sie sie verstand. Cotillions Erinnerungen und das Wissen, das in ihnen verborgen war, verblüfften sie gelegentlich immer noch. »Was sollte ich mit dem Körper tun wollen?«, fragte sie. »Ich habe schließlich meinen eigenen.«

»Nicht hier. Ich sehe nichts weiter als einen Geist.«

»Genau wie ich.«

Das Wesen schien verblüfft. »Bist du sicher?«

»Du bist schon vor langer Zeit gestorben«, sagte sie. »Vorausgesetzt, der hier angekettete Körper ist deiner.«

»Meiner? Nein. Zumindest glaube ich das nicht. Es könnte aber sein. Warum auch nicht? Ja, ich war das, einst, vor langer, langer Zeit. Ich erkenne ihn. Du bist der Geist, nicht ich. Genau betrachtet habe ich mich noch nie besser gefühlt. Wohingegen du ... unpässlich aussiehst.«

»Trotzdem«, sagte Apsalar, »habe ich kein Interesse daran, einen Leichnam zu stehlen.«

Der Schatten streckte eine Hand aus und strich dem Leichnam über das strähnige, farblose Haar. »Ich war hübsch, verstehst du.

Viel bewundert und sehr begehrt bei den Kriegern der Enklave. Vielleicht bin ich es immer noch ... Vielleicht ist nur mein Geist so ... mitgenommen. Was können die Sterblichen besser sehen? Lebenskraft und einen schön geformten Körper oder das erbärmliche Wesen, das sich dahinter verbirgt?«

Apsalar zuckte zusammen und blickte weg. »Ich nehme an, das hängt davon ab, wie genau man hinschaut.«

»Und wie klar dein Blick ist. Ja, ich stimme zu. Und Schönheit, sie vergeht so schnell, oder stimmt das etwa nicht? Aber das Elend, ach, das Elend bleibt.«

Eine zweite, zischende Stimme ertönte von da, wo der andere Leichnam in seinen Ketten hing. »Hör nicht auf sie! Verräterische Hexe – schau dir an, wo wir gelandet sind! War das mein Fehler? Oh, nein, ich war die Ehrliche. Alle haben das gewusst – und außerdem war ich auch hübscher, lass dir von ihr da bloß nichts aufschwatzen! Komm her zu mir, teurer Geist, und höre die Wahrheit!«

Apsalar richtete sich auf. »Ich bin hier nicht der Geist –«

»Heuchlerin! Kein Wunder, dass du sie mir vorziehst.«

Apsalar konnte jetzt den anderen Schatten sehen, einen Zwilling des ersten, der über seinem Leichnam schwebte – oder zumindest über dem, den er als seinen ausgab. »Wie kommt es, dass ihr beide hier seid?«, fragte sie.

Der zweite Schatten deutete auf den ersten. »Sie ist eine Diebin!«

»Genau wie du!«, gab der erste Schatten zurück.

»Ich bin dir nur gefolgt, Telorast. ›Oh, lass uns in die Schattenfeste einbrechen! Schließlich ist niemand da! Wir können uns mit unzähligen Reichtümern davonmachen!‹ Warum habe ich dir geglaubt? Ich war eine Närrin –«

»Nun«, unterbrach sie die andere, »das ist zumindest etwas, wo wir einer Meinung sind.«

»Es bringt nichts«, sagte Apsalar, »dass ihr beide hierbleibt. Eure Körper verrotten, aber diese Fesseln werden sie niemals freigeben.«

53

»Du dienst dem neuen Herrn des Schattens!« Der zweite Schatten schien von seinen eigenen anklagenden Worten höchst aufgebracht. »Dieser erbärmliche, schleimige, ekelhafte –«

»Still!«, zischte Telorast, der erste Schatten. »Er wird zurückkommen und uns noch mehr verhöhnen! Ich zumindest habe keine Lust, ihn jemals wiederzusehen. Genauso wenig wie die verdammten Hunde.« Der Geist schob sich näher an Apsalar heran. »Um deine Frage zu beantworten, höchst freundliche Dienerin des wunderbaren neuen Herrn, ja, wir würden diesen Ort gerne verlassen. Doch wo sollten wir hingehen?« Der Geist gestikulierte mit einer dünnen, knochigen Hand. »Jenseits der Stadt gibt es schreckliche Kreaturen. Sie sind betrügerisch, hungrig, zahlreich. Wenn wir allerdings eine Begleitung hätten …«, fügte er mit samtweicher Stimme hinzu.

»Oh, ja«, rief der zweite Schatten, »eine Begleitung zu einem der Tore – eine maßvolle, vorübergehende Verantwortung deinerseits, doch wir würden zutiefst dankbar sein.«

Apsalar musterte die beiden Kreaturen. »Wer hat euch eingesperrt? Und sagt die Wahrheit, denn sonst werde ich euch nicht helfen.«

Telorast verbeugte sich tief, schien dann noch tiefer zu gehen, und es dauerte einen Moment, ehe Apsalar klar wurde, dass der Schatten am Boden kroch. »Um die Wahrheit zu sagen. Wir würden nicht lügen, wenn es um diese Dinge geht. Du wirst in keiner anderen Sphäre jemanden mit einer so klaren Erinnerung oder von so reiner Integrität finden, wenn es um das Erzählen besagter Erinnerungen geht. Es war ein Dämonenlord –«

»Mit sieben Köpfen!«, unterbrach ihn der andere Schatten und hüpfte dabei vor schlecht verhohlener Begeisterung auf und ab.

Telorast krümmte sich. »Sieben Köpfe? Waren es sieben? Nun, es könnten sieben gewesen sein. Warum auch nicht? Ja, sieben Köpfe!«

»Und welcher von ihnen«, fragte Apsalar, »hat behauptet, der Herr zu sein?«

»Der sechste!«

»Der zweite!«

Die beiden Schatten blickten einander hasserfüllt an, dann hob Telorast einen Knochenfinger. »Genau! Der sechste von rechts, der zweite von links!«

»Oh, sehr gut«, summte der andere.

Apsalar blickte ihn an. »Der Name deiner Kameradin lautet Telorast – wie ist deiner?«

Der Schatten zuckte zusammen, knickste, begann dann ebenfalls zu kriechen, wobei er winzige Staubwolken aufwirbelte. »Prinz – König Grausam, der Schlächter aller Feinde. Der Gefürchtete. Der Verehrte.« Der Schatten zögerte kurz, ehe er fortfuhr: »Prinzessin Zimperlich? Geliebt von tausend Helden, allesamt finster blickende Männer mit schwellenden Muskeln!« Ein Zucken, ein leises Murmeln, ein kurzes Kratzen im Gesicht. »Ein Kriegsherr, nein, ein Drache mit zweiundzwanzig Köpfen, neun Schwingen und elftausend Fängen. In Anbetracht der Gelegenheit …«

Apsalar verschränkte die Arme. »Dein Name.«

»Rinnsel.«

»Rinnsel.«

»Ich halte nicht lange durch.«

»Was in erster Linie dafür verantwortlich ist, dass wir uns jetzt in diesem erbärmlichen Zustand befinden«, sagte Telorast. »Du solltest den Pfad beobachten – ich hatte dir ausdrücklich gesagt, du sollst den Pfad beobachten –«

»Ich habe ihn beobachtet!«

»Aber du hast den Hund nicht gesehen … Boran –«

»Ich habe Boran gesehen, aber ich habe den Pfad beobachtet.«

»In Ordnung«, sagte Apsalar und seufzte. »Warum sollte ich euch beide begleiten? Bitte, nennt mir einen Grund. Irgendeinen.«

»Wir sind loyale Gefährten«, sagte Telorast. »Wir werden an deiner Seite stehen, ganz egal, welch schreckliches Ende du finden wirst.«

»Wir werden deinen zerfetzten Körper für alle Ewigkeit bewachen«, fügte Rinnsel hinzu. »Oder zumindest so lange, bis jemand anderes des Weges kommt.«

»Außer, es ist Randgänger.«

»Nun, das ist doch keine Frage, Telorast«, sagte Rinnsel. »Wir mögen ihn nicht.«

»Oder die Hunde.«

»Natürlich –«

»Oder Schattenthron oder Cotillion oder ein Aptorian, oder einer von diesen –«

»Schon gut!«, kreischte Rinnsel.

»Ich werde euch zu einem Tor begleiten«, sagte Apsalar. »Durch das ihr diese Sphäre verlassen könnt, denn das scheint das zu sein, was ihr wollt. Aller Wahrscheinlichkeit nach werdet ihr feststellen, dass ihr dann durch das Tor des Vermummten marschiert, was für alle eine Gnade wäre – außer vielleicht für den Vermummten selbst.«

»Sie mag uns nicht«, maulte Rinnsel.

»Sag das doch nicht laut«, schnappte Telorast, »sonst merkt sie es womöglich noch. Im Moment ist sie sich nicht sicher, und das ist gut für uns, Rinnsel.«

»Sie ist sich nicht sicher? Bist du taub? Sie hat uns gerade beleidigt.«

»Das bedeutet nicht, dass sie uns nicht mag. Nicht notwendigerweise. Sie ist vielleicht verärgert über uns, das kann schon sein, aber andererseits verärgern wir alle. Oder, genauer gesagt, du verärgerst alle, Rinnsel. Weil du so unzuverlässig bist.«

»Ich bin nicht immer unzuverlässig, Telorast.«

»Kommt mit«, sagte Apsalar und setzte sich in Richtung auf das ferne Portal in Bewegung. »Ich habe heute Nacht noch etwas zu erledigen.«

»Aber was ist mit diesen Körpern?«, wollte Rinnsel wissen.

»Die bleiben ganz offensichtlich hier.« Apsalar drehte sich um und blickte die beiden Schatten an. »Folgt mir, oder lasst es bleiben. Es liegt an euch.«

»Aber uns haben diese Körper gefallen –«

»Es ist schon in Ordnung, Rinnsel«, sagte Telorast in besänftigendem Tonfall. »Wir werden andere finden.«

Apsalar warf Telorast einen kurzen, verwunderten Blick zu, dann ging sie in den nahe gelegenen Durchgang hinein. Die beiden Geister trippelten und huschten hinter ihr her.

Der Boden der Senke bildete ein verrücktes Gitter aus Spalten und Rissen; jahrzehntelang war der lehmige Schlamm des alten Sees Sonne und Hitze ausgesetzt gewesen und völlig ausgetrocknet. Wind und Sand hatten die Oberfläche poliert, so dass sie im Mondlicht glänzte wie silberne Fliesen. Ein tief eingesunkener Brunnen, von einer niedrigen Backsteinmauer umgeben, kennzeichnete die Mitte des alten Seegrunds.

Die Vorreiter von Leomans Truppen hatten den Brunnen bereits erreicht und stiegen ab, um ihn zu untersuchen, als die Hauptstreitmacht der berittenen Krieger sich hinunter in die Senke begab. Der Sturm war vorüber, und am Himmel glitzerten Sterne. Erschöpfte Rebellen und erschöpfte Pferde zogen langsam über die aufgesprungene, rissige Erde. Kapmotten flatterten über den Reitern herum, wogten und wirbelten hin und her, um den jagenden Rhizan zu entkommen, die mitten zwischen ihnen herumflitzten wie winzige Drachen. Ein unablässiger Krieg über ihren Köpfen, unterstrichen vom Knirschen von Chitinpanzern und den dünnen, metallischen Todesschreien der Kapmotten.

Corabb Bhilan Thenu'alas lehnte sich in seinem Sattel nach vorn, was das herunterklappbare Horn quietschen ließ, und spuckte nach links. Aus Trotz – und als Fluch auf die tobenden Echos der Schlacht. Und um den Geschmack von Sand aus dem Mund zu bekommen. Er warf einen Blick zu Leoman hinüber, der schweigend dahinritt. Sie hatten eine Spur aus toten Pferden zurückgelassen, und beinahe jeder Mann saß auf seinem zweiten oder dritten Reittier. Ein Dutzend Männer hatten an diesem Tag dem Tempo Tribut zahlen müssen, ältere Männer, die von einer letzten Schlacht gegen die verhassten Malazaner geträumt hatten – unter dem gesegneten Blick von Sha'ik –, nur um zu erleben, wie diese Gelegenheit ihnen durch Verrat entrissen wurde. In diesem ramponierten Regiment gab es mehr als nur ein paar Krieger, deren Lebensgeister dahingeschwunden waren, das wusste Corabb nur zu gut. Und es war leicht zu verstehen, wie man auf dieser erbärmlichen Reise die Hoffnung verlieren konnte.

Wäre Leoman von den Dreschflegeln nicht gewesen, hätte auch Corabb selbst vielleicht schon vor langer Zeit aufgegeben und sich im wehenden Sand davongemacht, um seine Bestimmung zu suchen; dann hätte er all das, was einen Rebellen ausmachte, abgeworfen und sich in irgendeiner abgelegenen Stadt niedergelassen, und Erinnerungen voller Verzweiflung hätten seinen Schatten heimgesucht, bis der Hamsterer der Seelen gekommen wäre, um ihn zu holen. Wäre Leoman von den Dreschflegeln nicht gewesen.

Die Reiter erreichten den Brunnen und verteilten sich kreisförmig um das lebensspendende Wasser, um zu lagern. Nur einen Augenblick nach Leoman selbst zügelte auch Corabb sein Pferd, und beide stiegen ab; unter ihren Stiefeln knirschte ein Teppich aus Knochen und den Schuppen von seit langem toten Fischen.

»Corabb«, sagte Leoman, »geh ein Stück mit mir.«

Sie gingen in nördliche Richtung, bis sie fünfzig Schritt jenseits der äußersten Vorposten waren und allein auf dem sonnenverbrannten, hart gebackenen Boden standen. Corabb bemerkte ganz in der Nähe eine kleine Vertiefung, in der halb vergraben Lehmklumpen lagen. Er zog einen Dolch und ging hinüber, um einen der Klumpen freizulegen. Er brach ihn auf, so dass die darin zusammengerollte Kröte zu sehen war, grub sie aus und kehrte an die Seite seines Anführers zurück. »Ein unerwarteter Festschmaus«, sagte er, riss der Kröte ein vertrocknetes Bein aus und biss in das zähe, aber köstliche Fleisch.

Leoman starrte ihn im Mondlicht an. »Wenn du die Dinger isst, wirst du merkwürdige Träume haben, Corabb.«

»Geisterträume, ja. Sie machen mir keine Angst, Kommandant. Nur die ganzen Federn.«

Leoman sagte nichts dazu, löste stattdessen die Riemen seines

Helms und nahm ihn ab. Er starrte zu den Sternen hinauf und meinte dann: »Was wollen meine Soldaten von mir? Soll ich uns zu einem unmöglichen Sieg führen?«

»Es ist dir bestimmt, das Buch zu tragen«, sagte Corabb kauend.

»Und die Göttin ist tot.«

»Dryjhna ist mehr als diese Göttin, Kommandant. Die Apokalyptische ist genauso sehr eine Zeit wie alles andere.«

Leoman blickte ihn an. »Du schaffst es immer noch, mich zu überraschen, Corabb Bhilan Thenu'alas, selbst nach all diesen Jahren.«

Erfreut über dieses Kompliment – oder über das, was er als Kompliment betrachtete – lächelte Corabb. Er spuckte einen Knochen aus und sagte: »Ich hatte Zeit zum Nachdenken, Kommandant. Während wir geritten sind. Ich habe lange nachgedacht, und meine Gedanken haben sich auf merkwürdigen Pfaden bewegt. Wir sind die Apokalypse. Wir – die letzte Armee der Rebellion. Und ich glaube, dass wir dazu bestimmt sind, dies der Welt zu zeigen.«

»Und warum glaubst du das?«

»Weil du uns anführst, Leoman von den Dreschflegeln, und weil du niemand bist, der sich davonstiehlt wie eine schleichende Meerratte. Wir bewegen uns auf etwas zu – ich weiß, dass viele von uns glauben, dass wir auf der Flucht sind, aber ich tue das nicht. Zumindest nicht die ganze Zeit.«

»Eine Meerratte«, sagte Leoman nachdenklich. »Das sind diese Eidechsen fressenden Ratten im Jen'rahb, in Ehrlitan.«

Corabb nickte. »Die mit den langen Körpern und den schuppigen Köpfen, ja.«

»Eine Meerratte«, sagte Leoman noch einmal, merkwürdig gedankenverloren. »Die sind fast unmöglich zu erwischen. Sie können durch Spalten schlüpfen, mit denen selbst eine Schlange Probleme hätte. Unglaublich bewegliche Schädel …«

»Und Knochen wie grüne Zweige, ja«, sagte Corabb. Er saugte am Schädel der Kröte und warf ihn dann weg. Schaute zu, wie er plötzlich Flügel entfaltete und in die Nacht davonflog. Er warf einen Blick auf die von Federn bedeckten Gesichtszüge seines Anführers. »Sie sind schreckliche Schoßtiere. Wenn sie sich erschrecken, verschwinden sie im ersten Loch, das in Sicht kommt, ganz egal, wie klein es ist. Eine Frau ist gestorben, als ihr eine Meerratte halb in die Nase gekrochen ist, habe ich zumindest gehört. Und wenn sie stecken bleiben, fangen sie an zu kauen. Überall Federn.«

»Ich nehme an, dass niemand sie mehr als Schoßtiere hält«, sagte Leoman, während er erneut die Sterne musterte. »Wir reiten unserer Apokalypse entgegen, ja? Nun gut.«

»Wir könnten die Pferde zurücklassen«, sagte Corabb. »Und einfach wegfliegen. Das würde viel schneller gehen.«

»Aber das wäre nicht besonders nett, oder?«

»Das stimmt. Ehrenvolle Tiere, die Pferde. Du wirst uns anführen, Geflügelter, und wir werden siegen.«

»Ein unmöglicher Sieg.«

»Viele unmögliche Siege, Kommandant.«

»Einer würde genügen.«

»Nun gut«, sagte Corabb. »Dann also einer.«

»Ich will das alles nicht, Corabb. Ich will nichts davon. Ich habe vor, diese Armee aufzulösen.«

»Das wird nichts werden, Kommandant. Wir kehren an unseren Geburtsort zurück. Es ist die richtige Jahreszeit dafür. Um Nester auf den Dächern zu bauen.«

»Ich glaube, für dich ist es Zeit, schlafen zu gehen«, sagte Leoman.

»Ja, du hast recht. Ich werde jetzt schlafen.«

»Dann geh. Ich werde noch einige Zeit hierbleiben.«

»Du bist Leoman von den Federn, und es soll so sein wie du sagst.« Corabb salutierte und schritt dann zurück zum Lager mit seinen übergroßen Geiern. Das war eigentlich gar keine so schlechte Sache, dachte er. Schließlich überlebten Geier, weil alle anderen es nicht taten.

Leoman, der nun allein war, betrachtete weiter den Nachthimmel. Er wünschte sich Toblakai an seiner Seite. Für den riesigen Krieger existierte so etwas wie Ungewissheit nicht. *Leider fehlt es ihm auch an Feinheit.* Die Keule von Karsa Orlongs Urteil würde nicht zulassen, dass unangenehme Wahrheiten verborgen blieben.

Eine Meerratte. Er würde darüber nachdenken müssen.

»Mit denen da dürft Ihr nicht hereinkommen!«

Der riesige Krieger blickte zurück zu den Köpfen, die er hinter sich herschleifte, hob dann Samar Dev hoch, setzte sie auf dem Boden ab und glitt schließlich selbst von seinem Pferd. Er klopfte sich den Staub aus seinem Fellumhang und ging zum Torwächter hinüber. Packte ihn und warf ihn in einen nahe stehenden Karren.

Irgendjemand schrie – und hörte rasch damit auf, als der Krieger herumwirbelte.

Zwanzig Schritt die Straße entlang rannte der zweite Torwächter in der herabsinkenden Abenddämmerung davon – zu dem Blockhaus, um zwanzig oder mehr seiner Kameraden zu holen, wie Samar vermutete. Sie seufzte. »Das hat nicht gerade gut angefangen, Karsa Orlong.«

Der erste Wächter, der in den Trümmern des geborstenen Karrens lag, rührte sich nicht.

Karsa Orlong beäugte Samar Dev. »Es ist alles in Ordnung, Frau. Ich habe Hunger. Such mir eine Schenke, eine mit einem Stall.«

»Wir werden uns schnell bewegen müssen, und was mich angeht, so bin ich dazu nicht in der Lage.«

»Du wirst allmählich zur Last«, sagte Karsa Orlong.

Ein paar Straßen entfernt begannen Alarmglocken zu läuten. »Hebt mich wieder auf Euer Pferd«, sagte Samar, »und ich werde Euch die Richtung zeigen, in die Ihr gehen müsst, wofür das auch immer gut sein mag.«

Er trat zu ihr.

»Vorsichtig, bitte – dieses Bein kann nicht mehr viel Gezerre und Gestoße ertragen.«

Er machte ein angewidertes Gesicht. »Du bist weich, wie alle

Kinder.« Doch er war weniger willkürlich, als er sie wieder aufs Pferd setzte.

»Diese Seitenstraße entlang«, sagte sie. »Weg von den Alarmglocken. In der Trosfalhadanstraße gibt es eine Schenke – es ist nicht weit.« Sie warf einen kurzen Blick nach rechts und sah einen Trupp Stadtwachen weiter hinten in der Hauptstraße auftauchen. »Schnell, Krieger, wenn Ihr nicht vorhabt, diese Nacht in einer Gefängniszelle zu verbringen.«

Bürger waren zusammengelaufen und beobachteten sie. Zwei waren zu dem toten oder bewusstlosen Wächter hinübergegangen und kauerten sich jetzt hin, um den unglücklichen Mann zu untersuchen. Ein anderer, der ganz in der Nähe stand, beklagte sich über seinen kaputten Karren und deutete auf Karsa – aber nur, wenn der Krieger nicht in seine Richtung schaute.

Sie bewegten sich die Straße entlang, die parallel zur alten Stadtmauer verlief. Samar warf den zahlreichen Zuschauer, die sich entschlossen hatten, ihnen zu folgen, finstere Blicke zur. »Ich bin Samar Dev«, sagte sie laut. »Wollt ihr riskieren, von mir verflucht zu werden? Na, will das wirklich jemand?« Die Leute wichen zurück, wandten sich dann schnell ab.

Karsa warf ihr einen Blick zu. »Du bist eine Hexe?«

»Ihr habt ja keine Ahnung.«

»Und wenn ich dich da draußen in der Wüste zurückgelassen hätte, hättest du mich dann verflucht?«

»Ziemlich sicher.«

Er grunzte und schwieg für die nächsten zehn Schritte. Dann wandte er sich erneut an sie. »Warum hast du keine Geister angerufen, damit sie dich heilen?«

»Ich hatte nichts, mit dem ich hätte handeln können«, erwiderte sie. »Die Geister, die man im Ödland findet, sind hungrige Gesellen, Karsa Orlong. Sie sind begehrlich, und man darf ihnen nicht trauen.«

»Du kannst keine besondere Hexe sein, wenn du handeln musst. Warum bindest du die Geister nicht einfach und verlangst von ihnen, dass sie dein Bein heilen?«

»Jemand, der bindet, riskiert, selbst gebunden zu werden. Diesen Weg werde ich nicht beschreiten.«

Darauf antwortete er nicht.

»Hier ist die Trosfalhadanstraße. Bei der nächsten Querstraße, da vorn – seht Ihr das große Gebäude mit dem ummauerten Hof daneben? Waldschenke heißt es. Und nun beeilt Euch, bevor die Wachen an diese Ecke kommen.«

»Sie werden uns so oder so finden«, sagte Karsa. »Du hast versagt.«

»Ich habe den Torwächter nicht in den Karren geworfen!«

»Er war unverschämt. Du hättest ihn warnen müssen.«

Sie erreichten das zweiflügelige Tor, das auf den Innenhof führte.

Von der Straßenecke hinter ihnen erklangen Rufe. Samar drehte sich um und sah die Wachen, die auf sie zugerannt kamen. Karsa schritt an ihr vorbei, zog dabei das riesige Feuersteinschwert. »Wartet!«, rief sie. »Lasst mich erst mit ihnen sprechen, Krieger, sonst werdet Ihr irgendwann gegen sämtliche Wachen in der Stadt kämpfen müssen.«

Er blieb stehen. »Verdienen sie Erbarmen?«

Sie musterte ihn einen Herzschlag lang und nickte dann. »Wenn nicht sie selbst, dann ihre Familien.«

»Ihr steht unter Arrest!« Der Schrei kam von den rasch näherkommenden Wachen.

Karsas tätowiertes Gesicht verdüsterte sich.

Samar ließ sich vom Pferd rutschen und humpelte ein paar Schritte nach vorn, um sich zwischen den Riesen und die Wachen zu stellen, die ihre Säbel gezogen hatten und sich auf der Straße verteilten. Hinter ihnen sammelte sich eine Zuschauermenge. Sie hob die Hände. »Da liegt ein Missverständnis vor.«

»Samar Dev«, sagte ein Mann knurrend, »am besten, du trittst zur Seite – das hier geht dich nichts an –«

»Doch, es geht mich etwas an, Hauptmann Inashan. Dieser Krieger hier hat mir das Leben gerettet. Mein Wagen ist draußen im Ödland kaputtgegangen, und ich habe mir das Bein gebrochen – sieh mich an. Ich lag im Sterben. Und so habe ich einen Geist aus den wilden Landen herbeigerufen.«

Die Augen des Hauptmanns weiteten sich, während er Karsa Orlong musterte. »Das da ist ein Geist?«

»Aber ganz gewiss«, erwiderte Samar. »Einer, der natürlich unsere Sitten und Gebräuche nicht kennt. Der Wächter am Tor hat etwas getan, was dieser Geist als feindseliges Verhalten verstanden hat. Lebt er noch?«

Der Hauptmann nickte. »Er ist nur bewusstlos, das ist alles.« Dann deutete er auf die abgeschlagenen Köpfe. »Und was ist das?«

»Das sind Trophäen«, antwortete sie. »Dämonen. Sie waren aus ihrer eigenen Sphäre geflohen und auf dem Weg nach Ugarat. Hätte dieser Geist sie nicht getötet, wären sie über uns hergefallen und hätten ein Blutbad angerichtet. Und da wir hier in Ugarat keinen einzigen fähigen Magier mehr haben, wäre es uns in der Tat schlecht ergangen.«

Hauptmann Inashan richtete den Blick auf Karsa. »Kannst du meine Worte verstehen?«

»Bis jetzt waren sie einfach genug«, erwiderte der Krieger.

Der Hauptmann machte ein finsteres Gesicht. »Spricht sie die Wahrheit?«

»Mehr als ihr das selbst bewusst ist, doch auch wenn dem so sein sollte, gibt es ein paar Unwahrheiten in ihrer Geschichte. Ich bin kein Geist. Ich bin Toblakai, einst der Leibwächter von Sha'ik. Doch diese Frau hat mit mir einen Handel abgeschlossen, wie sie das mit einem Geist tun würde. Mehr noch, sie wusste nicht, wo ich hergekommen bin oder wer ich war, und so kann es gut sein, dass sie sich eingebildet hat, ich wäre ein Geist aus den Wildlanden.«

Wachen wie Bürger begannen miteinander zu tuscheln, als der Name *Sha'ik* fiel, und Karsa sah Erkenntnis im Gesicht des Hauptmanns heraufdämmern. »Toblakai, der Kamerad von Leoman von den Dreschflegeln. Geschichten über dich sind bis zu uns gedrungen.« Er deutete mit dem Säbel auf den Umhang, der um

Karsas Schultern hing. »Du hast einen Wechselgänger erschlagen, einen weißen Bären. Du hast diejenigen hingerichtet, die Sha'ik in der Raraku verraten haben. Es geht das Gerücht, du hättest in der Nacht, bevor Sha'ik getötet wurde, Dämonen erschlagen«, fügte er hinzu, den Blick auf die verwesten, zerschlagenen Schädel gerichtet. »Und nachdem Sha'ik von der Mandata getötet worden ist, bist du ausgeritten, um dich der malazanischen Armee entgegenzustellen – und sie wollten nicht gegen dich kämpfen.«

»Einiges von dem, was du gesagt hast, ist wahr«, sagte Karsa, »außer, wenn es um die Worte geht, die ich mit den Malazanern –«

»Du bist einer von Sha'iks Vertrauten«, sagte Samar schnell, denn sie spürte, dass der Krieger kurz davor war, etwas Unkluges zu sagen, »wie könnten wir aus Ugarat dich da nicht willkommen heißen? Die malazanische Garnison ist aus der Stadt vertrieben worden und hungert jetzt in der Festung Moraval auf der anderen Seite des Flusses, belagert und ohne Hoffnung auf Entsatz.«

»Ihr macht einen Fehler«, sagte Karsa.

Sie hätte ihm am liebsten einen Tritt verpasst. Andererseits – war das nicht schon einmal schiefgegangen? *In Ordnung, du dummer Ochse, dann geh eben los und häng dich auf.*

»Was meinst du?«, fragte Hauptmann Inashan.

»Die Rebellion ist niedergeschlagen, die Malazaner haben dutzendweise Städte zurückerobert. Irgendwann werden sie auch hierherkommen. Ich schlage vor, ihr schließt Frieden mit den Soldaten in der Garnison.«

»Würde dich das nicht selbst in Gefahr bringen?«, fragte Samar.

Der Krieger fletschte die Zähne. »Mein Krieg ist vorbei. Wenn sie sich damit nicht zufriedengeben können, werde ich sie alle töten.«

Eine unerhörte Behauptung, aber niemand lachte. Hauptmann Inashan zögerte kurz, dann steckte er seinen Krummsäbel zurück in die Scheide; seine Männer folgten seinem Beispiel. »Wir haben vom Scheitern der Rebellion gehört«, sagte er. »Doch was die Malazaner in der Festung angeht, könnte es für sie bedauerlicherweise zu spät sein. Sie sind seit Monaten dort eingesperrt. Und es ist bereits seit einiger Zeit niemand mehr auf den Wällen gesehen worden –«

»Ich werde hingehen«, sagte Karsa. »Es müssen Gesten des Friedens gezeigt werden.«

»Es heißt, Leoman wäre immer noch am Leben«, murmelte Inashan. »Dass er die letzte Armee anführt und geschworen hat, weiterzukämpfen.«

»Leoman reitet seinen eigenen Pfad. Ich würde kein Vertrauen in diesen Pfad setzen, wenn ich du wäre.«

Der Ratschlag kam nicht sonderlich gut an. Es wurden Einwände erhoben, bis Inashan sich zu seinen Wachen umdrehte und sie mit einer erhobenen Hand zum Schweigen brachte. »Diese Angelegenheiten müssen vor den Falah'd gebracht werden.« Er blickte erneut Karsa an. »Du wirst diese Nacht in der Waldschenke bleiben?«

»Das werde ich, auch wenn sie nicht im Wald steht und eigentlich Stadtschenke heißen müsste.«

Samar lachte. »Das kannst du mit dem Wirt besprechen, Toblakai. Hauptmann, sind wir hier fertig?«

Inashan nickte. »Ich werde einen Heiler schicken, der dein Bein in Ordnung bringen wird, Samar Dev.«

»Im Gegenzug segne ich dich und deine Blutsverwandten, Hauptmann.«

»Du bist sehr großzügig«, erwiderte er und verbeugte sich.

Der Trupp marschierte davon. Samar drehte sich um und betrachtete den riesigen Krieger. »Toblakai, wie hast du es geschafft, so lange im Reich der Sieben Städte zu überleben?«

Er blickte auf sie herab, schlang sich das Steinschwert wieder über die Schulter. »Es gibt keine Rüstung, die der Wahrheit standhalten kann …«

»Wenn sie so nachdrücklich mit so einem Schwert verkündet wird?«

»Ja, Samar Dev. Ich stelle fest, dass die Kinder nicht lange brauchen, um das zu verstehen. Selbst hier, im Reich der Sieben Städte.« Er stieß das Tor zum Hof der Schenke auf. »Havok wird einen Stall brauchen, der ein Stückchen von anderen Tieren entfernt ist ... zumindest, bis sein Hunger gestillt ist.«

»Mir gefällt nicht, wie das aussieht«, murmelte Telorast und bewegte sich unruhig.

»Es ist ein Tor«, sagte Apsalar.

»Aber wo führt es hin?«, fragte Rinnsel, deren verschwommen sichtbarer Kopf sich auf und ab bewegte.

»Es führt nach draußen«, erwiderte sie. »Auf den Jen'rahb, in die Stadt Ehrlitan. Dahin, wo ich hingehe.«

»Dann ist das auch dahin, wo wir hingehen«, verkündete Telorast. »Gibt es da Körper? Das hoffe ich doch. Fleischige, gesunde Körper.«

Sie musterte die beiden Geister. »Ihr habt vor, Körper zu stehlen, die eure Geister beherbergen sollen? Ich bin mir nicht sicher, ob ich das zulassen kann.«

»Oh, das werden wir auch nicht tun«, sagte Rinnsel. »Das würde ja bedeuten, sich ihrer zu bemächtigen, und das ist schwierig, sehr schwierig. Erinnerungen sickern vorwärts und rückwärts, führen zu Verwirrung und Wankelmut.«

»Das stimmt«, sagte Telorast. »Und wir sind höchst beständig, nicht wahr? Nein, meine Liebe, es ist einfach so, dass wir Körper mögen. In der Nähe. Sie ... spenden uns Trost. Du, zum Beispiel. Du bist uns ein großer Trost, obwohl wir deinen Namen nicht kennen.«

»Apsalar.«

»Sie ist tot!«, kreischte Rinnsel. Und, an Apsalar gewandt: »Ich habe es gewusst – du bist ein Geist!«

»Ich bin nur nach der Herrin der Diebe benannt. Ich bin nicht diese Apsalar.«

»Sie muss die Wahrheit sagen«, sagte Telorast zu Rinnsel. »Erinnerst du dich nicht? Apsalar hat nicht so ausgesehen wie die hier. Die echte Apsalar war eine Imass oder beinahe eine Imass. Und sie war nicht sehr freundlich –«

»Weil du die Schatzkammer ihres Tempels ausgeraubt hast«, sagte Rinnsel und wand sich in ein paar kleinen Staubschwaden.

»Schon vorher. Sie war ausgesprochen unfreundlich, wohingegen diese Apsalar hier sehr freundlich ist. Ihr Herz quillt über vor Wärme und Großzügigkeit –«

»Das reicht«, sagte Apsalar. Sie wandte sich wieder dem Tor zu. »Wie ich schon erwähnt habe, führt dieses Tor auf den Jen'rahb ... das heißt, *mich* führt es dorthin. Euch beide kann es genauso gut in die Sphäre des Vermummten führen. Ich bin nicht dafür verantwortlich, wenn ihr beide plötzlich feststellt, dass ihr vor dem Tor des Todes steht.«

»Die Sphäre des Vermummten? Das Tor des Todes?« Telorast begann sich von einer Seite zur anderen zu bewegen, eine merkwürdige Bewegung, die einem Aufundabgehen entsprach, wie Apsalar mit einiger Verzögerung klar wurde. Dadurch, dass der Geist ein Stück weit in die Erde eingesunken war, sah es allerdings eher nach waten aus. »Davor brauchen wir uns nicht zu fürchten. Wir sind zu mächtig. Zu weise. Zu klug.«

»Wir waren einst große Magier«, sagte Rinnsel. »Nekromanten, Geistergänger, Beschwörer, Beherrscher mörderischer Festen, Herren der Tausend Gewirre –«

»Herrinnen, Rinnsel. Herrinnen der Tausend Gewirre.«

»Ja, Telorast. Herrinnen, in der Tat. Was habe ich mir nur gedacht? Schöne Herrinnen, kurvenreich, lässig, heiß, gelegentlich albern –«

Apsalar schritt durch das Tor.

Sie trat auf Geröll, das neben den Fundamenten einer eingestürzten Mauer lag. Die Nachtluft war kalt, die Sterne standen klar am Himmel.

»... und sogar Kallor hat vor uns gezittert, stimmt das nicht, Telorast?«

»Oh, ja, er hat gezittert.«

Apsalar sah nach unten und stellte fest, dass sie von den beiden Geistern flankiert wurde. Sie seufzte. »Ich sehe, ihr seid der Sphäre des Vermummten entkommen.«

»Schwerfällige, grabschende Hände«, sagte Rinnsel abfällig.
»Wir waren zu schnell.«

»Wir haben immer gewusst, dass wir zu schnell sein würden«,
fügte Telorast hinzu. »Was ist dies für ein Ort? Es ist alles zerbrochen –«

Rinnsel kletterte auf die Reste der Mauer. »Nein, du hast unrecht, Telorast, wie immer. Ich sehe Gebäude dahinten. Erleuchtete Fenster. Und die Luft riecht nach Leben.«

»Dies hier ist der Jen'rahb«, sagte Apsalar. »Das alte Zentrum
der Stadt, das vor langer Zeit unter seinem eigenen Gewicht zusammengebrochen ist.«

»Wie es alle Städte schließlich tun müssen«, bemerkte Telorast.
Sie versuchte, ein Stück von einem Ziegelstein aufzuheben. Aber
ihre geisterhafte Hand glitt einfach nur durch ihn hindurch. »Oh,
in dieser Sphäre sind wir höchst nutzlos.«

Rinnsel blickte auf ihre Begleiterin herunter. »Wir brauchen
Körper –«

»Ich habe euch vorhin gesagt –«

»Mach dir keine Sorgen, Apsalar«, erwiderte Rinnsel in einem
besänftigenden Tonfall. »Wir werden dich nicht über Gebühr
kränken. Die Körper brauchen immerhin nicht empfindungsfähig zu sein.«

»Gibt es hier so etwas wie Hunde?«, fragte Telorast.

Rinnsel schnaubte. »Hunde sind empfindungsfähig, du Närrin!«

»Aber nur stumpfsinnig!«

»Immerhin waren sie nicht so stumpfsinnig, dass sie auf unsere
Tricks hereingefallen wären, oder?«

»Gibt es hier Imbrules? Oder Stantars? Oder Lutharas – gibt es
hier Lutharas? Sie sind schuppig, haben lange Greifschwänze und
Augen wie Purlith-Fledermäuse –«

»Nein«, sagte Apsalar. »Hier gibt es keine dieser Kreaturen.«
Sie runzelte die Stirn. »Die, die du erwähnt hast, stammen aus
Starvald Demelain.«

Einen Augenblick lang waren die beiden Geister vollkommen

still, dann schlängelte Rinnsel sich auf der Mauer entlang, bis ihr unheimliches Gesicht Apsalar genau gegenüberstand. »Tatsächlich? Nun, das ist aber ein eigentümlicher Zufall –«

»Aber ihr sprecht die Sprache der Tiste Andii.«

»Tun wir das? Oh, das ist ja sogar noch seltsamer.«

»Ja, das ist verwirrend«, stimmte Telorast zu. »Wir … äh … wir haben angenommen, es wäre die Sprache, die du gesprochen hast. Deine Muttersprache, meine ich.«

»Wieso? Ich bin keine Tiste Andii.«

»Nein, natürlich nicht. Nun, gelobt sei der Abgrund, dass das nun geklärt ist. Und wohin gehen wir jetzt?«

»Ich schlage vor«, sagte Apsalar, nachdem sie einen Augenblick nachgedacht hatte, »dass ihr beide hierbleibt. Ich habe heute Nacht etwas zu erledigen, und dabei kann ich absolut keine Begleitung gebrauchen.«

»Du willst es heimlich tun«, flüsterte Telorast und kauerte sich tief hin. »Das hätten wir dir gleich sagen können, verstehst du? Du hast etwas von einer Diebin an dir. Wir drei sind verwandte Seelen, glaube ich. Du bist eine Diebin, ja, und vielleicht auch noch etwas Dunkleres.«

»Nun, natürlich ist sie noch etwas Dunkleres«, sagte Rinnsel von der Mauer her. »Eine Dienerin Schattenthrons oder des Schutzpatrons der Assassinen. Heute Nacht wird Blut vergossen werden, und unsere sterbliche Begleiterin wird es vergießen. Sie ist eine Assassine, und wir müssten das eigentlich wissen, schließlich sind wir in unserer Zeit zahllosen Assassinen begegnet. Sieh sie dir an, Telorast, sie trägt tödliche Klingen verborgen an ihrem Körper –«

»Und sie riecht nach abgestandenem Wein.«

»Bleibt hier«, sagte Apsalar. »Alle beide.«

»Und wenn nicht?«, fragte Telorast.

»Werde ich Cotillion mitteilen, dass ihr geflohen seid, und er wird die Hunde auf eure Spur hetzen.«

»Du bindest uns, damit wir dir dienen müssen! Fängst uns mit Drohungen! Rinnsel, wir sind getäuscht worden!«

»Töten wir sie und stehlen ihren Körper!«

»Nein, lieber nicht, Rinnsel. Etwas an ihr macht mir Angst. In Ordnung, Apsalar, die du nicht Apsalar bist, wir werden hierbleiben ... einige Zeit. Bis wir sicher sein können, dass du tot oder in einem noch schlimmeren Zustand bist – so lange werden wir hierbleiben.«

»Oder bis du zurückkommst«, fügte Rinnsel hinzu.

Telorast zischte. Es klang merkwürdig, fast wie bei einem Reptil. »Ja, du Närrin, das ist die andere Möglichkeit.«

»Und warum hast du es dann nicht gesagt?«

»Weil es so offensichtlich ist, natürlich. Warum sollte ich meinen Atem verschwenden, um etwas zu erwähnen, das offensichtlich ist? Es kommt darauf an, dass wir hier warten. Das ist das Entscheidende.«

»Ist es vielleicht für dich«, sagte Rinnsel gedehnt, »aber das muss es nicht notwendigerweise für mich sein. Nicht dass ich meinen Atem verschwenden würde, um dir irgendetwas zu erklären, Telorast.«

»Du warst schon immer zu durchschaubar, Rinnsel.«

»Ihr alle beide«, sagte Apsalar. »Seid jetzt still und wartet hier, bis ich zurückkomme.«

Telorast ließ sich gegen das Fundament der Mauer sinken und verschränkte die Arme. »Ja, ja. Mach ruhig weiter. Uns ist das egal.«

Apsalar bewegte sich rasch durch das Geröll und die Ruinen; sie wollte so viel Abstand wie möglich zwischen sich und die beiden Geister bringen, ehe sie nach dem verborgenen Pfad suchte, der sie, wenn alles gut lief, zu ihrem Opfer führen würde. Sie verfluchte ihre Rührseligkeit, die ihre Entschlossenheit dermaßen geschwächt hatte, dass sie jetzt an zwei verrückte Geister gekettet war. Und es würde auch nicht damit getan sein, sie einfach zurückzulassen, wie sie nur zu gut wusste. Wenn sie sie sich selbst überließ, würden sie wahrscheinlich für allerhand Verwüstung in Ehrlitan sorgen.

Sie gaben sich zu viel Mühe, sie von ihrer Harmlosigkeit zu überzeugen, und sie waren schließlich aus einem bestimmten Grund in der Schattensphäre angekettet gewesen – ein Gewirr voller auf Ewigkeit gefangener Kreaturen, von denen die wenigsten ernsthaft behaupten konnten, dass ihnen Unrecht widerfahren wäre.

Im Gewirr des Schattens gab es kein eigenes Azath-Haus, und demgemäß waren eher weltliche Methoden bei der Abwehr von Gefahren angewandt worden. So schien es Apsalar zumindest. Praktisch jedes dauerhafte Charakteristikum in der Schattensphäre war von unzerbrechlichen Ketten durchzogen, und Körper lagen an diese Ketten gefesselt vergraben im Staub. Sowohl sie als auch Cotillion waren auf Menhire und Grabhügel gestoßen, auf alte Bäume, steinerne Mauern und Felsbrocken, die allesamt namenlose Gefangene beherbergten – Dämonen, Aufgestiegene, Wiedergänger und Gespenster. In der Mitte eines Steinkreises waren drei Drachen angekettet gewesen, die allem äußeren Anschein nach tot waren, doch ihr Fleisch vertrocknete nicht und verweste nicht, und Staub überzog Augen, die immer offen blieben. Cotillion hatte jenen schrecklichen Ort besucht, und der Erinnerung haftete noch immer ein schwacher Nachhall von Beunruhigung an – sie vermutete, dass mehr hinter jener Begegnung steckte, aber nicht alles, was in Cotillions Leben geschehen war, war ihrem Gedächtnis zugänglich.

Sie fragte sich, wer wohl dafür verantwortlich war, dass alle diese Wesen angekettet worden waren. Welches unbekannte Wesen besaß solch große Macht, dass sie drei Drachen überwältigen konnte? So viel in der Schattensphäre entzog sich ihrem Begreifen. Und dem Cotillions vermutlich ebenfalls.

Rinnsel und Telorast sprachen die Sprache der Tiste Andii. Doch sie hatten verraten, dass sie erstaunlich viel über die Sphäre der Drachen wussten – über Starvald Demelain. Sie waren der Herrin der Diebe begegnet, die schon vor langer Zeit aus dem Pantheon verschwunden war, obwohl sie – wenn die Legenden Darujhistans auch nur ein Körnchen Wahrheit enthielten – vor weniger als einhundert Jahren für kurze Zeit wieder aufgetaucht war, nur um ein zweites Mal zu verschwinden.

Sie hat versucht, den Mond zu stehlen. Das war eine der ersten Geschichten gewesen, die Crokus ihr erzählt hatte, kurz nachdem Cotillion so plötzlich aus ihrem Geist verschwunden war. Vielleicht eine Geschichte mit ein paar Anspielungen auf die Örtlichkeit, um den Kult in der Gegend zu stärken. Sie musste zugeben, dass sie etwas neugierig war. Immerhin war die Göttin ihre Namensschwester. *Eine Imass? Es gibt keine bildliche Darstellung der Herrin – was an sich ziemlich merkwürdig ist ... möglicherweise ein Verbot, das die Tempel durchgesetzt haben. Was waren noch mal ihre Symbole? Oh, ja. Fußstapfen. Und ein Schleier.* Sie beschloss, die Geister darüber genauer auszufragen.

Jedenfalls war sie sich ziemlich sicher, dass Cotillion nicht begeistert darüber sein würde, dass sie diese Geister befreit hatte. Schattenthron würde toben. All diese Dinge hatten vielleicht zu ihrer Entscheidung beigetragen. *Ich war einst besessen, aber ich bin es nicht mehr. Ich diene ihnen immer noch, aber so, wie es mir gefällt, nicht ihnen.*

Wagemutige Behauptungen, aber sie waren alles, woran sie sich noch festhalten konnte. Ein Gott benutzt – und wirft weg. Das Werkzeug wird zurückgelassen, vergessen. Sicher, es schien, als wäre Cotillion in dieser Angelegenheit nicht so gleichgültig wie die meisten Götter, aber inwieweit konnte sie diesem Anschein trauen?

Im Mondlicht fand Apsalar den geheimen Pfad, der sich durch die Ruinen wand. Geräuschlos und jeden verfügbaren Schatten nutzend bewegte sie sich immer tiefer ins Herz von Jen'rahb. Schluss mit den wandernden Gedanken. Sie musste sich konzentrieren, sonst würde *sie* in dieser Nacht zum Opfer werden.

Auf Verrat musste reagiert werden. Diese Aufgabe kam mehr von Schattenthron als von Cotillion, so ähnlich hatte der Schutzpatron der Assassinen es jedenfalls erklärt. Eine alte Rechnung, die noch offen war. Die Intrigen waren auch so schon überaus vielschichtig und verworren, und es schien alles sogar noch schlimmer zu werden – zumindest könnte man Schattenthrons kürzliche Aufregung als einen entsprechenden Hinweis verstehen. Etwas von dem Unbehagen hatte auf Cotillion abgefärbt. Es hatte Getuschel über eine weitere Konvergenz der Kräfte gegeben. Gewaltiger als je zuvor, und irgendwie stand Schattenthron im Zentrum des Geschehens. *Im Zentrum von allem.*

Die versunkene Tempelkuppel kam in Sicht, das einzige fast vollständig erhaltene Gebäude so weit im Innern von Jen'rahb. Apsalar kauerte sich hinter einen mächtigen Steinblock, dessen Oberfläche mit geheimnisvollen Schriftzeichen übersät war, lehnte sich zurück und musterte das Gelände vor dem Tempel. Es war von allen Seiten gut einzusehen. Falls Wachen aufgestellt worden waren, um den verborgenen Eingang zu bewachen, würde das Ganze eine echte Herausforderung werden. Und sie musste davon ausgehen, dass diese Wächter da waren, in Spalten und Rissen auf allen Seiten verborgen.

Noch während sie sich umschaute, bemerkte sie eine Bewegung – jemand war aus dem Tempel gekommen und entfernte sich jetzt verstohlen zu ihrer Linken. Die Gestalt war zu weit weg, um irgendwelche Einzelheiten auszumachen. Aber eines war klar. Die Spinne saß im Zentrum ihres Nests, empfing Agenten und schickte welche aus. Optimal. Mit Glück würden die verborgenen Wächter annehmen, sie wäre einer dieser Agenten – es sei denn, natürlich, es gäbe besondere Pfade, die man benutzen musste, ein Muster, das jede Nacht geändert wurde.

Es gab noch eine andere Möglichkeit. Apsalar zog den langen, dünnen Schal heraus, der Telab genannt wurde, und wickelte ihn sich um den Kopf, bis nur noch ihre Augen zu sehen waren. Sie zog ihre Messer, verbrachte zwanzig Herzschläge damit, sich den Weg genau anzusehen, den sie nehmen würde, und schoss vorwärts. Ein rasches Vordringen beinhaltete das Element des Unerwarteten und machte sie außerdem zu einem schwerer zu treffenden Ziel. Während sie über das Geröll raste, wartete sie auf das unverkennbare Klacken einer Armbrust, auf das Heulen des Bolzens, der die Luft durchschnitt. Aber es kam keiner. Als sie den Tempel erreichte, sah sie den Riss, der als Eingang diente, und bewegte sich darauf zu.

Sie schlüpfte in die Dunkelheit und blieb stehen.

In dem Durchgang stank es nach Blut.

Während sie darauf wartete, dass ihre Augen sich an die Dunkelheit gewöhnten, hielt sie den Atem an und lauschte. Nichts. Sie konnte jetzt den abfallenden Gang ausmachen, der vor ihr lag. Apsalar schob sich vorwärts und blieb am Eingang zu einem größeren Raum stehen. Ein Körper lag auf dem staubigen Boden, mitten in einer sich ausbreitenden Blutlache. Auf der gegenüberliegenden Seite des Zimmers befand sich ein Vorhang, hinter dem sich ein Durchgang verbarg. Außer dem Körper waren in dem Raum nur ein paar bescheidene Möbelstücke zu sehen. Eine große Kohlenpfanne spendete unstetes orangefarbenes Licht. Die Luft roch bitter nach Rauch und Tod.

Sie näherte sich dem Körper, den Blick auf den Vorhang gerichtet. Ihre Sinne sagten ihr, dass sich niemand dahinter verbarg, aber sollte sie sich irren, könnte sich dieser Fehler als tödlich erweisen. Als sie die zusammengesackte Gestalt erreichte, schob sie eines ihrer Messer in die Scheide, streckte dann eine Hand aus und drehte den Körper auf den Rücken. Weit genug, um sein Gesicht sehen zu können.

Mebra. Offensichtlich hatte ihr jemand die Arbeit abgenommen.

Eine huschende Bewegung in der Luft hinter ihr. Apsalar duckte sich und rollte sich nach links, während ein Wurfstern über ihr aufblitzte und ein Loch in den Vorhang riss. Sie kam wieder auf die Beine, blieb aber in der Hocke, den Blick auf den nach draußen führenden Durchgang gerichtet.

Von wo eine Gestalt in eng anliegender grauer Kleidung ins Zimmer trat. In der behandschuhten Linken hielt sie einen weiteren eisernen Stern, an dessen unzähligen Spitzen Gift glänzte. In ihrer Rechten war ein Kethramesser, krumm und mit breiter Klinge. Ein Telab verhüllte die Gesichtszüge des Assassinen, aber um die dunklen Augen herum war ein Muster aus weißen Tätowierungen auf der schwarzen Haut zu sehen.

Der Mörder trat vollends aus dem Durchgang heraus, den Blick auf Apsalar gerichtet. »Dumme Frau«, zischte eine männliche Stimme in akzentgetränktem Ehrlii.

»Vom Südlichen Clan der Semk«, sagte Apsalar. »Du bist weit weg von zu Hause.«

»Es sollte keine Zeugen geben.« Seine linke Hand zuckte vorwärts.

Apsalar krümmte sich. Der eiserne Stern schoss an ihr vorbei und prallte auf die Wand hinter ihr.

Der Semk schoss heran, sobald er geworfen hatte. Er schwang seinen linken Arm nach unten und quer, um ihren Messerarm zur Seite zu schlagen, und stieß dann mit dem Kethramesser zu, zielte auf ihren Unterleib, von wo aus er die Klinge hochziehen wollte, um ihr den Bauch aufzuschlitzen. Nichts davon gelang ihm.

Noch während sein linker Arm auf dem Weg nach unten war, trat Apsalar nach rechts. Sein Handballen krachte hart gegen ihre Hüfte. Ihre Bewegung weg vom Kethramesser zwang den Semk zu dem Versuch, ihr mit der Waffe zu folgen. Lange bevor er sie erreichen konnte, hatte sie ihm ihr Messer zwischen die Rippen getrieben, und die Spitze bohrte sich von hinten in sein Herz.

Mit einem erstickten Ächzen sackte der Semk in sich zusammen, rutschte von der Messerklinge und fiel zu Boden. Er stieß einen letzten seufzenden Atemzug aus und lag dann still da.

Apsalar säuberte ihre Waffe am Oberschenkel des Mannes, machte sich anschließend daran, seine Kleidung aufzutrennen. Die Tätowierungen zogen sich über seinen ganzen Körper, was bei den Kriegern des Südlichen Clans ziemlich häufig vorkam, aber der Stil war nicht typisch für die Semk. Geheimnisvolle Schriftzeichen wanden sich um die muskulösen Arme und Beine des Mannes, und sie ähnelten den in Stein gemeißelten Zeichen, die sie in den Ruinen außerhalb des Tempels gesehen hatte.

Die Sprache des Ersten Imperiums.

Ein Verdacht stieg in ihr auf, der immer stärker wurde, daher rollte sie den Leichnam herum, um sich seinen Rücken anzusehen. Und entdeckte einen nachgedunkelten Fleck, grob rechteckig, oberhalb des rechten Schulterblatts des Semk. Wo einst der

Name des Mannes eintätowiert gewesen war, ehe er mittels eines Rituals unkenntlich gemacht worden war.

Dieser Mann war ein Priester der Namenlosen gewesen.

Oh, Cotillion, das alles wird dir überhaupt nicht gefallen.

»Und?«

Telorast sah auf. »Und was?«

»Sie ist hübsch.«

»Wir sind hübscher.«

Rinnsel schnaubte. »Im Moment kann ich dir leider nicht zustimmen.«

»In Ordnung. Wenn man den dunklen, tödlichen Typ mag.«

»Was ich eigentlich wissen wollte, war, ob wir bei ihr bleiben.«

»Wenn wir es nicht tun, wird Randgänger sehr unglücklich mit uns sein, Rinnsel. Und das willst du doch nicht, oder? Er war schon früher mit uns unglücklich, oder hast du das vergessen?«

»Schön! Du hättest das nicht erwähnen müssen, oder? Dann ist es also entschieden. Wir bleiben bei ihr.«

»Ja«, sagte Telorast. »Bis wir einen Weg finden, wie wir aus dieser Sauerei herauskommen.«

»Du meinst, wir werden sie alle betrügen?«

»Natürlich.«

»Gut«, sagte Rinnsel, streckte sich auf der halb verfallenen Mauer aus und blickte zu den fremdartigen Sternen hinauf. »Ich will nämlich meinen Thron zurück.«

»Ich auch.«

Rinnsel schnüffelte. »Tote Menschen. Frisch.«

»Ja. Aber sie ist nicht dabei.«

»Nein, sie nicht.« Der Geist schwieg einen Moment lang und fügte dann hinzu: »Dann ist sie also nicht einfach nur hübsch.«

»Nein«, stimmte Telorast verdrossen zu, »sie ist nicht einfach nur hübsch.«

Kapitel Zwei

Man kann davon ausgehen, dass auch ein Mann, der zufällig der mächtigste, schrecklichste und tödlichste Zauberer der Welt ist, eine Frau an seiner Seite haben muss. Aber daraus folgt nicht, meine Kinder, dass eine Frau in einer ähnlichen Situation einen Mann an ihrer Seite braucht.
Nun denn, wer will ein Tyrann sein?

Herrin Wu
Schule der Heimatlosen und Bälger, Malaz
Im Jahre 1152 von Brands Schlaf

Substanzlos, manchmal verblassend und dann wieder deutlicher sichtbar werdend, zappelte Ammanas rauchschwadenähnlich und an den Rändern zerfasernd auf dem alten Thron des Schattens herum. Augen wie polierter Hämatit waren unverwandt auf die dürre Gestalt, die vor ihm stand, gerichtet. Eine Gestalt, deren Kopf kahl war – abgesehen von einem wilden, lockigen, grauschwarzen Durcheinander über den Ohren und am hinteren Teil des leicht missgestalteten Schädels. Und von zwei Augenbrauen, die genauso chaotisch widerspenstig waren wie die Fransen, die zuckten und sich zusammenzogen und den Tumult aus verwirrenden und beunruhigenden Gefühlen auf dem faltigen Gesicht widerspiegelten.

Der Untertan murmelte nicht besonders leise vor sich hin. »Er ist gar nicht so furchterregend, oder? Rein und raus, aus und ein, hier und anderswo, eine wabernde Erscheinung mit wabernden Absichten und vielleicht auch einem wabernden Intellekt – am besten, ich lasse ihn nicht meine Gedanken lesen – mach ein unnachgiebiges Gesicht, nein, ein achtsames, nein, ein erfreutes! Nein, warte. Eingeschüchtert. Entsetzt. Nein, voller Ehrfurcht. Ja, voller Ehrfurcht. Aber nicht lange, denn das ist ermüdend. Tu so, als wärst du gelangweilt. Bei den Göttern, was denke ich da? Bloß nicht gelangweilt, ganz egal, wie langweilig das hier auch sein mag, mit ihm, der auf mich herunterschaut, und mir, der ich zu ihm hochschaue, und mit Cotillion da drüben, der mit verschränkten Armen an der Wand lehnt und grinst – was für eine Art von Zuschauer ist er? Die schlimmste, würde ich sagen. Was habe ich gedacht? Nun, zumindest habe ich gedacht. Ja, in der Tat, ich *denke*, und man könnte vermuten, dass Schattenthron das Gleiche tut, vorausgesetzt natürlich, dass sein Hirn nicht ausgelaufen ist, denn da er aus nichts weiter als Schatten besteht, fragt man sich doch, wie es da überhaupt drinbleibt. Das Entscheidende ist – und ich bin gut beraten, mich daran zu erinnern, wie ich es jetzt tue –, das Entscheidende ist, dass er mich beschworen hat. Und daher bin ich hier. Als sein rechtmäßiger Diener. Loyal. Nun, mehr oder weniger loyal. Vertrauenswürdig. Meistens. Bescheiden und respektvoll, immer. Allem äußeren Anschein nach – und jeder Anschein, der nach außen gerichtet ist, zählt, in dieser und in jeder anderen Welt. Ist es nicht so? Lächle! Verziehe das Gesicht. Tue so, als wärst du hilfreich. Hoffnungsvoll. Haarig, hinfällig, zufällig. Moment – wie sieht man zufällig aus? Welche Art von Gesichtsausdruck muss das sein? Darüber muss ich nachdenken. Aber nicht jetzt, denn das hier ist kein Zufall, das ist ein Vorfall –«

»Ruhe.«

»Mein Lord? Ich habe nichts gesagt. Oh, am besten, ich sehe jetzt weg und denke darüber nach. Ich habe nichts gesagt. Ruhe. Vielleicht nimmt er etwas wahr? Ja, das muss es sein. Dann schau ihn jetzt wieder an, schau ihn ehrerbietig an und sage laut: In der Tat, mein Lord. Ruhe. Da. Wie reagiert er? Dämmert da ein Schlaganfall herauf? Wie soll man das sagen, bei all den Schatten. Nun, wenn ich auf dem Thron da sitzen würde –«

»Iskaral Pustl.«

»Ja, mein Lord?«

»Ich bin zu einem Schluss gekommen.«

»Ja, mein Lord? Nun, wenn er zu einem Schluss gekommen ist, warum sagt er dann nicht einfach, zu welchem?«

»Iskaral Pustl, ich bin zu dem Schluss gekommen –«

»Er tut es noch einmal! Ja, mein Lord?«

»Dass du …« Schattenthron machte eine Pause, und es schien, als würde er sich über die Augen streichen. »Gute Güte …«, murmelte er, richtete sich dann gerade auf. »Ich bin zu dem Schluss gekommen, dass du genügen musst.«

»Mein Lord? Wende den Blick ab! Dieser Gott ist wahnsinnig. Ich diene einem wahnsinnigen Gott! Zu was für einer Art von Gesichtsausdruck berechtigt das?«

»Geh! Verschwinde von hier!«

Iskaral Pustl verbeugte sich. »Natürlich, mein Lord. Sofort!« Und blieb stehen. Wartete. Schaute sich um und warf Cotillion einen flehenden Blick zu. »Ich wurde herbeibeschworen! Ich kann erst weg, wenn dieser schäumende Idiot auf dem Thron mich aus dem Bann entlässt! Cotillion versteht das – das könnte doch tatsächlich Erheiterung in diesen schrecklichen kalten Augen sein –, oh, warum sagt er denn nichts? Warum erinnert er den blöd quatschenden Schmutzfleck auf dem Thron nicht –«

Ein Schnauben von Ammanas, und Iskaral Pustl, der Hohepriester des Schattens, verschwand.

Schattenthron blieb einige Zeit reglos sitzen, ehe er langsam den Kopf drehte und Cotillion anblickte. »Was siehst du vor dir?«, wollte er wissen.

»Nicht viel«, erwiderte Cotillion. »Du bist in letzter Zeit ziemlich substanzlos geworden.«

»Mir gefällt es so.« Sie musterten einander einen Herzschlag lang. »In Ordnung, ich bin ein bisschen überspannt!« Der Schrei verhallte, und der Gott sackte in sich zusammen. »Glaubst du, dass er rechtzeitig dort ankommen wird?«

»Nein.«

»Und falls doch – glaubst du, dass er genügen wird?«

»Nein.«

»Wer hat dich gefragt!?«

Cotillion schaute zu, wie Ammanas auf dem Thron wallte, zappelte und sich wand. Dann wurde der Lord des Schattens ruhig, hob schließlich einen einzigen, dünnen Finger. »Ich habe eine Idee.«

»Und ich werde dich dieser Idee überlassen«, sagte Cotillion und stieß sich von der Wand ab. »Ich gehe spazieren.«

Schattenthron antwortete nicht.

Als Cotillion noch einmal hinüberblickte, sah er, dass er verschwunden war. »Oh«, murmelte er, »das war in der Tat eine gute Idee.«

Er trat aus der Schattenfeste, blieb stehen und musterte die Landschaft um sie herum. Sie hatte die Eigenart, sich von einem Augenblick zum anderen zu verändern, allerdings nicht, wenn man gerade hinsah, was – wie er vermutete – wohl wirklich ein Segen war. Eine Reihe bewaldeter Hügel zur Rechten, tief eingegrabene Wasserläufe und Schluchten direkt voraus, und zur Linken ein geisterhafter See, auf dem in der Ferne ein halbes Dutzend Schiffe mit grauen Segeln dahinglitten. Artorallah-Dämonen auf dem Weg, aptorianische Küstendörfer zu überfallen, vermutete er. Es war selten, dass das Seengebiet so dicht bei der Schattenfeste auftauchte, und Cotillion verspürte einen Augenblick lang ein gewisses Unbehagen. Die Dämonen dieser Sphäre schienen wenig mehr zu tun, als zu warten; sie achteten kaum auf Schattenthron und machten mehr oder weniger, was sie wollten. Was normalerweise bedeutete, dass sie Fehden ausfochten, blitzschnelle Überfälle auf ihre Nachbarn verübten und plünderten.

Ammanas konnte ihnen sehr wohl Befehle erteilen, wenn er das denn wollte. Aber er tat es nur sehr selten, vielleicht, weil er nicht unbedingt die Grenzen ihrer Loyalität ausloten wollte. Oder vielleicht war er auch nur mit etwas anderem beschäftigt. Mit seinen Intrigen.

Die Dinge liefen nicht gut. *Du bist ein bisschen überspannt, Ammanas? Das überrascht mich nicht.* Cotillion konnte durchaus mitfühlen, und hätte es auch beinahe getan. Einen Augenblick lang – doch dann rief er sich wieder in Erinnerung, dass Ammanas die meisten Gefahren selbst heraufbeschworen hatte. *Und mich ihnen dadurch ebenfalls ausgesetzt hat.*

Die Pfade, die vor ihm lagen, waren schmal, verschlungen und tückisch. Sie verlangten allerhöchste Vorsicht bei jedem wohlbedachten Schritt.

So soll es denn sein. Schließlich haben wir das auch früher schon getan. Und waren erfolgreich. Natürlich stand dieses Mal sehr viel mehr auf dem Spiel. Vielleicht zu viel.

Cotillion machte sich in das zerklüftete Gelände vor ihm auf. Zweitausend Schritt weiter lag vor ihm ein Pfad, der in eine enge Schlucht führte. Schatten wogten zwischen den rauen Felswänden. Sie teilten sich nur zögernd und glitten wie Tang im flachen Wasser um seine Beine, während er den Pfad entlangging.

So viel in dieser Sphäre hatte seinen rechtmäßigen … Platz verloren. In Höhlen, in denen sich Schatten sammelten, führte Verwirrung zu brodelnden Tumulten. Ganz schwach, wie aus großer Entfernung, drangen Schreie an seine Ohren, die Stimmen unzähliger Ertrinkender. Auf Cotillions Stirn glitzerten plötzlich Schweißtropfen, und er beschleunigte seine Schritte, bis er die Schlucht hinter sich hatte.

Der Pfad stieg an und öffnete sich schließlich auf ein weites Plateau. Als er ins Freie trat, den Blick fest auf einen ein Stück entfernten Steinkreis gerichtet, spürte er eine Präsenz an seiner Seite. Er drehte sich um und sah eine große, in Lumpen gekleidete Kreatur – kaum mehr als ein Skelett –, die versuchte, mit ihm Schritt zu halten. Sie war nicht so nahe, dass man sie mit ausgestrecktem Arm hätte berühren können, aber doch zu nah, als dass Cotillion sich wohlgefühlt hätte. »Randgänger. Es ist einige Zeit her, seit ich dich zum letzten Mal gesehen habe.«

»Nun, das kann ich von dir nicht sagen, Cotillion. Ich gehe –«

»Ja, ich weiß«, unterbrach ihn Cotillion, »du gehst auf unsichtbaren Pfaden.«

»Für dich unsichtbar. Die Hunde teilen deine Schwäche nicht.«

Cotillion starrte die Kreatur missbilligend an und drehte sich um – Boran war dreißig Schritt hinter ihm und hielt gleichmäßigen Abstand. Er hatte den mächtigen Kopf tief gesenkt, und seine Augen glommen in düsterem Rot. »Du wirst verfolgt.«

»Es erheitert sie, nehme ich an«, sagte Randgänger.

Sie gingen einige Zeit schweigend weiter, dann seufzte Cotillion. »Du hast mich gesucht?«, fragte er. »Was willst du?«

»Von dir? Nichts. Aber ich kann deine Bestimmung erkennen und werde daher dabei sein.«

»Dabei sein? Wobei?«

»Bei deiner bevorstehenden Unterhaltung.«

Cotillion machte ein finsteres Gesicht. »Und wenn es mir lieber wäre, du wärest nicht dabei?«

Der Totenschädel grinste eigentlich immer, aber auf eine bestimmte Art schien das Grinsen nun breiter zu werden. »Im Schatten ist niemand ungestört, Usurpator.«

Usurpator. Ich hätte diesen Dreckskerl schon lange umgebracht, wenn er nicht bereits tot wäre. Schon lange.

»Ich bin nicht dein Feind«, sagte Randgänger, als hätte er Cotillions Gedanken erraten. »Noch nicht.«

»Wir haben auch so schon mehr als genug Feinde. Folglich«, fuhr Cotillion fort, »hegen wir nicht den Wunsch, uns noch mehr zu machen. Doch da wir unglücklicherweise weder deine Absichten noch deine Beweggründe kennen, können wir nicht vorhersagen, was dich verletzen könnte. Darum erhelle mich doch, im Interesse des Friedens zwischen uns.«

»Das kann ich nicht.«

»Kannst nicht – oder willst nicht?«

»Der Fehler liegt bei dir, Cotillion, nicht bei mir. Bei dir und Schattenthron.«

»Nun, das ist ja praktisch.«

Randgänger schien einen Moment über Cotillions sardonische Bemerkung nachzudenken und nickte dann. »Ja, das ist es.«

Schon lange …

Sie näherten sich den stehenden Steinen. Kein einziger Sturzstein war noch an seinem Platz, nur noch Geröll lag überall verstreut, als hätte eine Explosion im Herzen des Kreises das gewaltige Bauwerk vor langer Zeit gesprengt; selbst die stehenden Steine neigten sich nach außen, fast wie Blütenblätter.

»Ein unangenehmer Ort«, sagte Randgänger, als sie sich nach rechts wandten, um den offiziellen Weg zu nehmen – eine Allee, gesäumt von niedrigen, verrotteten Bäumen, die alle auf dem Kopf standen, so dass die noch vorhandenen Wurzeln nach der Luft zu greifen schienen.

Cotillion zuckte die Schultern. »Ungefähr so unangenehm wie so ziemlich alle anderen Orte in dieser Sphäre.«

»Das magst du glauben, es könnte ja auch zutreffen, schließlich verfügst du nicht über meine Erinnerungen. An schreckliche Ereignisse, die vor langer, langer Zeit geschehen sind, doch die Echos sind noch immer da.«

»Hier ist nicht mehr viel Macht übrig«, sagte Cotillion, während sie sich den zwei größten Steinen näherten und zwischen ihnen hindurchschritten.

»Das stimmt. An der Oberfläche natürlich nicht.«

»An der Oberfläche? Was meinst du damit?«

»Stehende Steine sind immer zur Hälfte in die Erde eingegraben, Cotillion. Und diejenigen, die sie gehauen haben, wussten über die Bedeutung dieser Tatsache sehr gut Bescheid. Überwelt und Unterwelt.«

Cotillion blieb stehen und blickte zurück zu den umgestülpten Bäumen der Allee. »Und diese Manifestation, die wir hier sehen, neigt der Unterwelt zu?«

»Sozusagen.«

»Kann man die überweltliche Manifestation in einer anderen Sphäre wiederfinden? Wo man dann vielleicht einen Ring aus einwärts geneigten Steinen sehen würde – und aufrecht stehende Bäume?«

»Vorausgesetzt, sie sind nicht vollständig begraben oder mittlerweile dahingeschieden, zu nichts geworden. Dieser Kreis ist sehr alt.«

Cotillion drehte sich erneut um und musterte die drei Drachen, die sich ihnen gegenüber befanden, jeder am Fuß eines stehenden Steins, obwohl ihre schweren Ketten in die zerklüftete Erde hinunter und nicht zu dem verwitterten Felsen führten. Sie waren am Hals und an den vier Gliedmaßen angekettet, und eine weitere Kette war kurz hinter den Schultern und Flügeln der Drachen um sie geschlungen. Alle Ketten waren so stramm angezogen, dass sie jede Bewegung verhinderten, selbst das Heben des Kopfes. »Dies hier«, murmelte Cotillion, »ist genau das, was du gesagt hast, Randgänger. Ein unangenehmer Ort. Ich hatte es vergessen.«

»Du vergisst es jedes Mal«, sagte Randgänger. »Überwältigt von deiner Faszination. Das ist die Macht, die in diesem Steinkreis zurückgeblieben ist.«

Cotillion warf ihm einen raschen Seitenblick zu. »Ich bin verzaubert?«

Die hagere Kreatur zuckte die Schultern; ihre Knochen klapperten. »Es ist eine Magie, die über das, was sie erreicht, keine weiteren Absichten hat. Faszination und … Vergesslichkeit.«

»Es fällt mir schwer, das so einfach hinzunehmen. Jede Zauberei dient einem Ziel.«

Noch ein Schulterzucken. »Sie sind hungrig, aber nicht in der Lage zu fressen.«

Es dauerte einen kurzen Moment, dann nickte Cotillion. »Die Zauberei gehört also zu den Drachen. Nun, das kann ich akzeptieren. Doch was ist mit dem Kreis selbst? Ist seine Macht gestorben? Und wenn dem so ist, warum sind diese Drachen dann immer noch gebunden?«

»Sie ist nicht tot, sondern wirkt nur einfach nicht auf dich, Cotillion. Auf dich hat er es nicht abgesehen.«

»Gut so.« Er drehte sich um, als Boran in sein Blickfeld getrottet kam; der Hund machte einen großen Bogen, um nicht in Randgängers Reichweite zu kommen, und richtete seine Aufmerksamkeit dann auf die Drachen. Cotillion sah, wie sich seine Nackenhaare sträubten. »Kannst du mir die Frage beantworten«, sagte er zu Randgänger, »warum sie nicht mit mir sprechen?«

»Vielleicht musst du erst etwas sagen, was einer Antwort würdig wäre.«

»Möglicherweise. Und wie glaubst du, wird die Antwort lauten, wenn ich von Freiheit spreche?«

»Ich bin hier«, sagte Randgänger, »um genau das zu erfahren.«
»Du kannst meine Gedanken lesen?«, fragte Cotillion leise.

Borans großer Kopf schwang langsam herum, als der Hund Randgänger musterte und einen Schritt auf die Kreatur zumachte.

»Über diese Art von Allwissenheit verfüge ich nicht«, erwiderte Randgänger ruhig. Er schien keine Notiz von der Aufmerksamkeit zu nehmen, die Boran ihm entgegenbrachte. »Obwohl es jemandem wie dir so vorkommen könnte. Aber ich habe mehr Zeitalter existiert, als du es dir vorstellen kannst, Cotillion. Mir sind alle Muster bekannt, denn sie haben sich unzählige Male vor mir entfaltet. In Anbetracht dessen, was auf uns alle zukommt, war es nicht schwer, es vorherzusagen. Vor allem in Anbetracht deiner unheimlichen Voraussicht.« Randgänger schien Cotillion mit den dunklen Höhlen, die seine Augen waren, zu mustern. »Du vermutest, dass Drachen im Zentrum all dessen stehen werden, was kommen wird. Habe ich recht?«

Cotillion deutete auf die Ketten. »Sie reichen wahrscheinlich bis zur Überwelt? Und was für ein Gewirr ist das?«

»Was glaubst du?«, entgegnete Randgänger.

»Versuche, meine Gedanken zu lesen.«

»Ich kann nicht.«

»Dann bist du also hier, weil du unbedingt wissen willst, was ich weiß, oder auch nur, was ich vermute.«

Randgängers Schweigen war Antwort genug. Cotillion lächelte. »Ich glaube, ich werde doch nicht versuchen, mit diesen Drachen Kontakt aufzunehmen.«

»Aber irgendwann wirst du es«, erwiderte Randgänger. »Und wenn du es tust, werde ich hier sein. Was nützt es dir also, jetzt zu schweigen?«

»Nun, wahrscheinlich tue ich es, um dich zu ärgern.«

»Ich habe mehr Zeitalter existiert als du –«

»Und daher bist du auch früher schon geärgert worden, ja, ich weiß. Und das wird zweifellos auch in Zukunft wieder geschehen.«

»Versuche es. Wenn nicht heute, dann bald. Falls du überleben willst, was kommen wird.«

»In Ordnung. Vorausgesetzt, du nennst mir die Namen dieser Drachen.«

»Wie du willst ...« Die Antwort kam ganz eindeutig widerstrebend.

»Und warum sie hier eingesperrt wurden und von wem.«

»Das kann ich nicht.«

Sie musterten einander, dann legte Randgänger den Kopf schräg und meinte:»Es scheint, als kämen wir nicht weiter, Cotillion. Wie entscheidest du dich?«

»Also gut. Ich werde nehmen, was ich bekommen kann.«

Randgänger richtete den Blick auf die drei Drachen. »Die hier sind vom reinen Blut. Eleint. Ampelas, Kalse und Eloth. Ihr Vergehen war ... Ehrgeiz. Es ist ein weit verbreitetes Vergehen.« Er wandte sich wieder Cotillion zu.»Vielleicht lokal begrenzt.«

Cotillion zuckte angesichts dieser unklaren Einschätzung die Schultern. Er trat näher an die gefangenen Wesen heran.»Ich nehme an, dass ihr mich hören könnt«, sagte er leise. »Ein Krieg naht. Schon in wenigen Jahren. Und ich vermute, dass buchstäblich alle Aufgestiegenen aus sämtlichen Sphären in ihn hineingezogen werden. Ich muss wissen, auf welcher Seite ihr kämpfen werdet, falls ihr befreit werden solltet.«

Vielleicht ein halbes Dutzend Herzschläge lang herrschte Stille, dann ertönte eine Stimme in Cotillions Gedanken. *»Du bist hierhergekommen, Usurpator, um Verbündete zu suchen.«*

Eine zweite Stimme unterbrach sie, und diese zweite war eindeutig weiblich:*»Gebunden durch die Dankbarkeit dafür, dass du uns befreit hast. In deiner Lage ist es närrisch, auf Loyalität, auf Vertrauen zu hoffen.«*

»Ich stimme zu«, sagte Cotillion,»dass das ein Problem ist. Vermutlich werdet ihr vorschlagen, dass ich euch befreien soll, bevor wir anfangen zu handeln.«

»Das ist nur fair«, sagte die erste Stimme.

»Leider bin ich nicht allzu sehr daran interessiert, fair zu sein.«

»*Du fürchtest, wir könnten dich verschlingen?*«

»Im Interesse der Kürze«, sagte Cotillion, »und ich höre, dass eure Art sich an Kürze erfreut.«

Jetzt sprach der dritte Drache; sein Stimme war voll und tief. »*Wenn du uns zuerst befreien würdest, würde uns das in der Tat dieses mühselige Handeln ersparen. Außerdem sind wir hungrig.*«

»Was hat euch in diese Sphäre geführt?«, fragte Cotillion.

Keine Antwort.

Cotillion seufzte. »Ich wäre mehr geneigt, euch zu befreien – vorausgesetzt, dass ich dazu in der Lage bin –, wenn ich einen Grund hätte zu glauben, dass ihr zu Unrecht Gefangene seid.«

»*Und du willst dich erdreisten, diese Entscheidung zu fällen?*«, fragte der weibliche Drache.

»Dies erscheint mir kaum der geeignete Moment, sich streitsüchtig zu geben«, erwiderte er wütend. »Die letzte Person, die dieses Urteil gefällt hat, war euch offensichtlich nicht wohlgesonnen, und sie war in der Lage, danach zu handeln. Ich hatte eigentlich erwartet, dass all diese Jahrhunderte in Ketten euch drei dazu gebracht hätten, eure Beweggründe neu zu bewerten. Aber es scheint, als würdet ihr nur bedauern, dass ihr dem letzten Wesen, das sich erdreistet hat, über euch zu urteilen, nicht ebenbürtig wart.«

»*Ja*«, sagte sie, »*das bedauern wir. Aber es ist nicht das Einzige, was wir bedauern.*«

»In Ordnung. Dann lasst hören, was es da noch gibt.«

»*Dass die Tiste Andii, die in diese Sphäre eingedrungen sind, so gründlich beim Zerstören waren*«, sagte der dritte Drache, »*und so absolut darauf bestanden haben, dass kein Anspruch auf den Thron erhoben wird.*«

Cotillion holte lange und tief Luft. Er warf einen Blick zurück zu Randgänger, doch die Erscheinung sagte nichts. »Und was«, fragte er die Drachen, »hat ihren Eifer so angespornt?«

»*Rache natürlich. Und Anomandaris.*«

»Oh, ich glaube, ich kann nun davon ausgehen, dass ich weiß, wer euch drei eingesperrt hat.«

»*Er hätte uns beinahe getötet*«, sagte der weibliche Drache. »*Eine Überreaktion seinerseits. Schließlich ist es immer noch besser, Eleint sitzen auf dem Thron des Schattens als ein anderer Tiste Edur, oder, noch schlimmer, ein Usurpator.*«

»Und wieso wären Eleint *keine* Usurpatoren?«

»*Deine Kleinlichkeit beeindruckt uns nicht.*«

»War das alles, bevor oder nachdem diese Sphäre zerschmettert wurde?«

»*Solche Unterscheidungen sind bedeutungslos. Die Sphäre ist noch immer in einzelne Teile zerfallen, und was die Kräfte angeht, die sich verschworen hatten, um jenes schreckliche Ereignis auszulösen, so waren es viele und sehr unterschiedliche. Wie eine Horde Enkar'al, die sich auf ein verwundetes Drypthara stürzt. Was verletzlich ist, zieht … Fresser an.*«

»Das heißt«, sagte Cotillion, »dass ihr erneut den Thron des Schattens suchen würdet, solltet ihr befreit werden.«

»*Über den Wahrheitsgehalt dieser Aussage muss diskutiert werden*«, sagte der weibliche Drache.

»*Es ist eine Frage der Semantik*«, sagte der erste Drache. »*Schatten, die von Schatten geworfen werden.*«

»Ihr glaubt, dass Ammanas auf dem falschen Thron des Schattens sitzt.«

»*Der echte Thron befindet sich nicht einmal in diesem Bruchstück von Kurald Emurlahn.*«

Cotillion verschränkte die Arme und lächelte. »Und Ammanas?«

Die Drachen erwiderten nichts, und voller Befriedigung spürte er ihre plötzliche Unruhe.

»Das, Cotillion«, sagte Randgänger hinter ihm, »ist eine seltsame Unterscheidung. Oder bist du einfach nur hinterhältig?«

»Das kann ich dir nicht sagen«, erwiderte Cotillion, und ein dünnes Lächeln huschte über seine Züge.

Der weibliche Drache sprach plötzlich. »*Ich bin Eloth, die Herrin der Illusionen – Meanas für euch – und von Mockra und Thyr. Eine Formerin des Blutes. Ich habe alles getan, worum K'rul mich gebeten hat. Und jetzt erdreistest du dich, meine Loyalität infrage zu stellen?«*

»Oh«, sagte Cotillion nickend, »dann gehe ich davon aus, dass ihr von dem bevorstehenden Krieg wisst. Kennt ihr auch die Gerüchte über K'ruls Rückkehr?«

»Sein Blut wird krank«, sagte der dritte Drache. *»Ich bin Ampelas, der das Blut in den Pfaden Emurlahns geformt hat. Die Zauberei, derer sich die Tiste Edur bedient haben, ist meinem Willen entsprungen – verstehst du jetzt, Usurpator?«*

»Dass Drachen zu grandiosen Behauptungen und Angeberei neigen? Ja, das verstehe ich in der Tat, Ampelas. Und ich soll jetzt davon ausgehen, dass es zu jedem Gewirr, ob alt oder neu, einen entsprechenden Drachen gibt? Ihr seid die *Würze* von K'ruls Blut? Und was ist mit den Wechselgänger-Drachen, solchen wie Anomandaris oder – noch bedeutsamer – Scabandari Blutauge?«

»Wir sind überrascht«, sagte der erste Drache nach einer kurzen Pause, *»dass du diesen Namen kennst.«*

»Weil ihr ihn schon vor so langer Zeit getötet habt?«

»Eine armselige Vermutung, Usurpator, die sich dadurch, dass durch sie das Ausmaß deiner Unwissenheit offenbart wird, als noch viel armseliger erweist. Nein, wir haben ihn nicht getötet. Jedenfalls ist seine Seele noch am Leben, wenn auch gepeinigt. Diejenige, deren Faust seinen Schädel zertrümmert und die so seinen Körper zerstört hat, hält uns nicht die Treue, und, wie wir vermuten, auch sonst niemandem außer sich selbst.«

»Du bist dann also Kalse«, sagte Cotillion. »Und welchen Pfad beanspruchst du?«

»Ich überlasse die grandiosen Ansprüche meinen Blutsverwandten. Ich verspüre nicht das Bedürfnis, dich zu beeindrucken, Usurpator. Überdies bereitet es mir Vergnügen zu entdecken, wie wenig du begreifst.«

Cotillion zuckte die Schultern. »Ich habe nach den Wechselgängern gefragt. Scabandari, Anomandaris, Osserc, Olar Ethil, Draconus –«

Hinter ihm meldete sich wieder einmal Randgänger zu Wort.

»Cotillion, mittlerweile hast du gewiss gemutmaßt, dass diese drei Drachen den Thron des Schattens aus ehrenhaften Gründen gesucht haben?«

»Um Emurlahn zu heilen. Ja, Randgänger, das verstehe ich.«

»Und ist das nicht das Gleiche, was du auch vorhast?«

Cotillion drehte sich um, blickte die Kreatur an. »Ist es das?«

Randgänger schien einen Augenblick lang verblüfft, doch dann sagte er mit leicht schiefgelegtem Kopf: »Dich interessiert nicht die Heilung, sondern, wer hinterher auf dem Thron sitzt.«

»Wie ich die Dinge verstehe«, sagte Cotillion, »haben diese Drachen einst getan, worum K'rul sie gebeten hatte, und danach wurden sie gezwungen, nach Starvald Demelain zurückzukehren. Da sie die Quellen der Zauberei waren, konnte man nicht zulassen, dass sie sich einmischten oder in den Sphären aktiv blieben, denn dann wäre die Zauberei nicht mehr vorhersehbar gewesen, was im Gegenzug wieder das Chaos genährt hätte – den ewigen Feind in diesem großen Plan. Aber die Wechselgänger haben sich als Problem erwiesen. Sie verfügten über Tiams Blut, und damit über die gewaltige Macht der Eleint. Doch sie konnten reisen, wie es ihnen gefiel. Sie konnten sich einmischen, und das taten sie. Aus offensichtlichen Gründen. Scabandari war ursprünglich ein Edur, und so wurde er ihr Kämpe –«

»*Nachdem er das königliche Geschlecht der Edur ermordet hatte!*«, zischte Eloth. »*Nachdem er Drachenblut im Herzen von Kurald Emurlahn vergossen hatte! Nachdem er die erste, schicksalhafte Wunde in dieses Gewirr geschlagen hatte! Was hat er sich unter Toren vorgestellt?*«

»Die Tiste Andii für Anomandaris«, fuhr Cotillion fort. »Die Tiste Liosan für Osserc. Die T'lan Imass für Olar Ethil. Diese Verbindungen sind offensichtlich, genau wie die Loyalitäten, die aus ihnen hervorgegangen sind. Draconus ist natürlich ein größeres Geheimnis, denn er war lange Zeit fort –«

»*Der am meisten Geschmähte von ihnen allen!*«, kreischte Eloth. Ihre Stimme erfüllte Cotillions Schädel, so dass er zusammenzuckte.

Er trat zurück und hob eine Hand. »Verschont mich, bitte. Um ehrlich zu sein, bin ich an alledem eigentlich gar nicht interessiert. Abgesehen von der Entdeckung, dass eine Feindschaft zwischen Eleint und Wechselgängern besteht, wie mir scheint. Nur Silanah ist möglicherweise –«

»*Sie hat sich von Anomandaris' Liebreiz verführen lassen*«, schnappte Eloth. »*Und von Olar Ethils endlosen Bitten* ...«

»Feuer in die Welt der Imass zu tragen«, sagte Cotillion. »Denn das ist doch ihr Aspekt, oder? Thyr?«

»*Er versteht wohl doch ein bisschen mehr, als du geglaubt hast, Kalse*«, bemerkte Ampelas.

»Andererseits«, fuhr Cotillion fort, »erhebst auch du Anspruch auf Thyr, Eloth. Oh, das war schlau von K'rul – er hat euch gezwungen, die Macht zu teilen.«

»*Im Gegensatz zu Tiam*«, sagte Ampelas, »*bleiben wir tot, wenn wir getötet werden.*«

»Was mich zu dem bringt, was ich wirklich verstehen muss. Die Älteren Götter. Sie sind nicht einfach nur von einer Welt, oder?«

»*Natürlich nicht.*«

»Und wie lange gibt es sie schon?«

»*Selbst als die Dunkelheit allein geherrscht hat*«, erwiderte Ampelas, »*hat es Elementarkräfte gegeben. Die sich ungesehen bewegt haben, bis das Licht gekommen ist. Nur an ihre eigenen Gesetze gebunden. Es ist die Natur der Dunkelheit, dass sie nur über sich selbst herrscht.*«

»Und ist der Verkrüppelte Gott ein Älterer Gott?«

Schweigen.

Cotillion stellte fest, dass er den Atem anhielt. Er war einem verschlungen Pfad gefolgt, um zu dieser Frage zu gelangen, und hatte unterwegs einige Entdeckungen gemacht – genauer gesagt, hatte er so viele Dinge erfahren, dass er sich von diesem neuen Wissen bedrängt fühlte und sein Verstand förmlich gelähmt war. »Ich muss es wissen«, sagte er und stieß langsam den Atem aus.

»Warum?«, fragte Randgänger.

»Wenn er einer ist«, sagte Cotillion, »schließt sich die nächste Frage gleich an. Wie tötet man eine Elementarkraft?«

»Du würdest das Gleichgewicht zerschmettern?«

»Es ist bereits zerschmettert worden, Randgänger! Dieser Gott wurde auf die Oberfläche einer Welt herabgezerrt. Und angekettet. Seine Macht wurde in Stücke gerissen und in kleinen, so gut wie leblosen Gewirren verborgen, doch sie alle sind mit der Welt verbunden, von der ich komme –«

»Das ist dann wohl Pech für die besagte Welt«, sagte Ampelas.

Die selbstgefällige Gleichgültigkeit in dieser Antwort machte Cotillion wütend. Er holte tief Luft und schwieg, bis seine Wut verflogen war. Dann blickte er die Drachen erneut an. »Und von besagter Welt aus vergiftet er die Gewirre, Ampelas. Alle Gewirre. Seid ihr in der Lage, das zu bekämpfen?«

»Wenn wir befreit würden –«

»Wenn ihr befreit würdet«, sagte Cotillion mit einem harten Lächeln, »würdet ihr euch wieder eurem ursprünglichen Ziel zuwenden, und in der Sphäre des Schattens würde noch mehr Drachenblut vergossen werden.«

»Und du und dein Kumpan, der andere Usurpator – ihr glaubt, ihr wärt dazu in der Lage?«

»Du hast es praktisch zugegeben«, sagte Cotillion. »Ihr könnt getötet werden, und wenn ihr getötet werdet, bleibt ihr auch tot. Kein Wunder, dass Anomandaris euch drei hier angekettet hat. In Sachen Halsstarrigkeit und Dummheit seid ihr unübertroffen –«

»Eine in Stücke gerissene Sphäre ist die schwächste aller Sphären! Was glaubst du wohl, warum der Verkrüppelte Gott sich ihrer bedient?«

»Danke«, sagte Cotillion ruhig zu Ampelas. »Das wollte ich wissen.« Er drehte sich um und machte sich daran, den gleichen Weg zurückzugehen, den er gekommen war.

»Warte!«

»Wir werden uns noch einmal unterhalten, Ampelas«, sagte er über eine Schulter, »bevor alles in den Abgrund stürzt.«

Randgänger folgte ihm.

Sobald sie den Steinkreis hinter sich gelassen hatten, sprach die Kreatur ihn an: »Ich muss mich berichtigen. Ich habe dich unterschätzt, Cotillion.«

»Ein ziemlich weit verbreiteter Fehler.«

»Was wirst du jetzt tun?«

»Warum sollte ich dir das sagen?«

Randgänger antwortete nicht sofort. Sie gingen den Hang hinunter, und dann weiter über die Ebene. »Du solltest es mir sagen«, meinte die Erscheinung schließlich, »weil ich geneigt sein könnte, dir behilflich zu sein.«

»Das würde mir mehr bedeuten, wenn ich wüsste, wer – was – du bist.«

»Du könntest mich als ... Elementarkraft betrachten.«

Ein Gefühl von Kälte sickerte durch Cotillion. »Ich verstehe. Na schön, Randgänger. Es sieht so aus, als hätte der Verkrüppelte Gott seinen Angriff an mehreren Fronten begonnen. Der Erste Thron der T'lan Imass und der Thron des Schattens sind die beiden, die uns – aus offensichtlichen Gründen – am meisten Sorgen machen. Was diese beiden angeht, scheinen wir allein zu kämpfen – wir können uns noch nicht einmal auf die Hunde verlassen, da die Tiste Edur anscheinend immer noch Macht über sie haben. Wir brauchen Verbündete, Randgänger, und wir brauchen sie jetzt –«

»Du hast gerade drei solche Verbündeten verlassen –«

»Verbündete, die uns nicht den Kopf abreißen werden, sobald die Gefahr vorüber ist.«

»Ach, das ist es. Sehr gut, Cotillion, ich werde über die Sache nachdenken.«

»Lass dir Zeit.«

»Das scheint mir eine widersinnige Bemerkung.«

»Ich könnte mir vorstellen, dass es so aussieht – natürlich nur, wenn man vollkommen unfähig ist, so etwas wie Sarkasmus zu erkennen.«

»Du interessierst mich, Cotillion. Und das kommt nur höchst selten vor.«

»Ich weiß. Du hast länger existiert als ...« Cotillions Worte verklangen. *Eine Elementarkraft. Ich vermute, das hat er tatsächlich. Verdammt.*

Es gab so viele Möglichkeiten, diese entsetzlich große Not zu sehen, diese gewaltige Verschwörung von Beweggründen, aus denen alle Schatten und Tönungen von Moralität aussortiert werden konnten, dass Mappo Runt sich überwältigt fühlte – was wiederum nur Kummer, rein und kalt, in seine Gedanken strömen ließ. Unter der rauen Haut seiner Hände konnte er spüren, wie die Erinnerungen an die Nacht langsam im Stein verblassten; schon bald würde dieser Felsbrocken der glühenden Hitze ausgesetzt sein – dieser zerfressene, von Wurzeln gezeichnete Unterbauch, der seit zahllosen Jahrtausenden die Sonne nicht mehr gesehen hatte.

Mappo hatte Steine umgedreht. Sechs, seit die Dämmerung angebrochen war. Grob zugehauene Dolomitplatten, und unter jeder von ihnen hatte er ein paar zerbrochene Knochen gefunden. Kleine Knochen, versteinert, und obwohl sie unter dem zermalmenden Gewicht des Steins, der so lange auf ihnen geruht hatte, in zahllose Stückchen zerbrochen waren, waren die Skelette, so weit Mappo das feststellen konnte, vollständig.

Es gab alle möglichen Arten von Kriegen – es hatte sie schon immer gegeben und würde sie immer geben. Er wusste das, in sämtlichen abgestumpften, von Narben verhärteten Winkeln seiner Seele, und daher schockierte ihn die Entdeckung dieser seit langer Zeit toten Jaghut-Kinder nicht sonderlich. Auch das Entsetzen hatte glücklicherweise nur einen kurzen Abstecher in seine Gedanken gemacht, so dass am Ende nur sein alter Freund, der Kummer übrig blieb.

Der in seine Gedanken strömte, rein und kalt.

Es gab Kriege, in denen Soldaten gegen Soldaten kämpften, und Zauberer sich mit Zauberern maßen. In denen Assassinen ihre Arbeit verrichteten und Messerklingen in der Nacht aufblitzten. Kriege, in denen die Gesetzestreuen gegen die vorsätzlich Gesetzlosen fochten; in denen der geistig Gesunde dem Geisteskranken gegenüberstand. Er hatte Kristalle in einer einzigen Nacht aus dem

Wüstenboden wachsen sehen, bei denen sich Facette um Facette gebildet hatte, den Blütenblättern einer sich öffnenden Blume gleich, und ihm kam es vor, als wäre es mit der Brutalität genauso. Ein Ereignis, das zum anderen führte, bis alles in einer Feuersbrunst gipfelte, die jeden verschlang, der ihren Weg kreuzte.

Mappo löste die Hand von der nun offen daliegenden Unterseite der Steinplatte und richtete sich langsam auf. Um hinüber, zu seinem Kameraden zu schauen, der immer noch im warmen, flachen Wasser der Rarakusee herumwatete. Wie ein Kind, das ein neues, unerwartetes Vergnügen entdeckt hatte. Er planschte herum, strich mit den Händen durch das Schilf, das plötzlich gewachsen war, als hätten die Erinnerungen des Meeres es neu entstehen lassen.

Icarium.

Mein Kristall.

Wenn die Feuersbrunst Kinder verschlang, hörte der Unterschied zwischen dem geistig Gesunden und dem Geisteskranken auf zu bestehen. Er wusste nur zu gut, dass es sein Fehler war, danach zu streben, die Aufrichtigkeit aller beteiligten Seiten herauszufinden und die Myriaden von Rechtfertigungen für die brutalsten Verbrechen verstehen zu wollen. Imass waren von betrügerischen Jaghut-Tyrannen versklavt, zu falscher Verehrung verleitet worden, und dazu gebracht worden, unaussprechlichen Dinge zu tun. Bis sie die Betrüger entlarvt hatten. Und sich auf einen entfesselten Rachefeldzug begeben hatten, erst gegen die Tyrannen, dann gegen alle Jaghut. Und so war der Kristall gewachsen, Facette um Facette …

Bis es schließlich zu dem hier gekommen ist … Er blickte ein weiteres Mal auf die Knochen des Kindes hinunter. Festgeklemmt unter Dolomitplatten. Nicht unter Kalkstein, denn Dolomit besaß eine Oberfläche, die sich gut dazu eignete, Schriftzeichen hineinzuritzen. Und auch wenn er weich war, absorbierte er doch Macht, wodurch er langsamer zerfiel als rauer Kalkstein, und daher waren die Schriftzeichen nach all den abertausend Jahren zwar verblasst und verwaschen, aber immer noch erkennbar.

Die Macht der Schutzzauber wirkte weiter, noch lange, nachdem die Kreatur, die sie gefangen gehalten hatten, gestorben war.

Es hieß, dass Dolomit Erinnerungen bewahrte. Zumindest war dieser Glaube in Mappos Volk verbreitet, das bei seinen Wanderungen auf solche Bauten der Imass gestoßen war – rasch errichtete Gräber, heilige Kreise, Sichtsteine auf Hügelkuppen; sie waren auf diese Dinge gestoßen – und waren ihnen dann geflissentlich aus dem Weg gegangen. Denn die Beklemmung an jenen Orten war regelrecht greifbar.

Das oder etwas Ähnliches haben wir uns zumindest eingeredet.

Er saß hier, am Ufer der Rarakusee, am Schauplatz eines Verbrechens, das vor langer, langer Zeit stattgefunden hatte – und außer dem, was seine eigenen Gedanken heraufbeschworen, war da nichts. Der Stein, auf den er seine Hände gelegt hatte, schien nur über die kürzesten aller Erinnerungen zu verfügen. Die Kälte der Dunkelheit, die Hitze der Sonne. Das – und nichts weiter.

Die kürzesten aller Erinnerungen.

Planschend kam Icarium ans Ufer. Seine Augen strahlten vor Begeisterung. »Was für ein Segen, was, Mappo? Ich fühle mich von diesem Wasser belebt. Oh, warum willst du nicht schwimmen und so vom Geschenk der Raraku gesegnet werden?«

Mappo lächelte. »Besagter Segen würde ziemlich schnell wieder von meiner alten Haut abgewaschen werden, mein Freund. Ich fürchte, das Geschenk wäre vergeudet, und möchte daher nicht riskieren, die aufgewachten Geister zu enttäuschen.«

»Ich fühle mich«, sagte Icarium, »als würde meine Queste von neuem beginnen. Ich werde endlich die Wahrheit herausfinden. Wer ich bin. Was ich getan habe. Und darüber hinaus«, fuhr er fort, während er näher trat, »werde ich den Grund für deine Freundschaft herausfinden – warum du dich allzeit an meiner Seite wiederfindest, obwohl ich selbst mich immer und immer wieder verliere. Oh, ich fürchte, ich habe dich verletzt – nein, bitte, mach doch nicht so ein bedrücktes Gesicht. Es ist nur, dass ich nicht verstehen kann, warum du dich auf diese Weise opferst. Denn unsere Freundschaft muss eine sehr enttäuschende Erfahrung für dich sein.«

»Nein, Icarium, ich habe mich nicht geopfert. Und ich bin auch nicht enttäuscht. Wir sind, was wir sind, und wir tun, was wir tun. Das ist alles.«

Icarium seufzte und drehte sich um, ließ den Blick über das neue Binnenmeer schweifen. »Wenn ich doch auch nur so friedliche Gedanken haben könnte wie du, Mappo …«

»Hier sind Kinder gestorben.«

Der Jhag drehte sich erneut um und musterte mit seinen grünen Augen den Boden hinter dem Trell. »Ich habe gesehen, dass du Felsen umgeworfen hast. Ja, ich sehe sie. Wer sind sie?«

In der Nacht zuvor hatte irgendein Alptraum Icariums Erinnerungen ausgelöscht. Dies geschah in letzter Zeit immer öfter. Es war beunruhigend. Und … vernichtend. »Jaghut. Aus der Zeit der Kriege mit den T'lan Imass.«

»Eine schreckliche Tat«, sagte Icarium. Die Sonne trocknete schnell die letzten Wassertropfen auf seiner haarlosen, grün-grauen Haut. »Wie kommt es, dass Sterbliche so rücksichtslos mit dem Leben umgehen? Schau dir dieses Süßwassermeer an, Mappo. Am neuen Ufer erblüht schlagartig Leben. Vögel und Insekten und all die neuen Pflanzen – da zeigt sich so viel Lebensfreude, mein Freund, dass mein Herz sich anfühlt, als würde es gleich zerspringen.«

»Nie endende, allumfassende Kriege«, sagte Mappo. »Die Kämpfe des Lebens, in denen jeder versucht, den anderen beiseitezuschieben und sich durchzusetzen.«

»Heute Morgen bist du aber eine grimmige Gesellschaft, Mappo.«

»Ja, das bin ich. Es tut mir leid, Icarium.«

»Sollen wir einige Zeit hierbleiben?«

Mappo musterte seinen Freund. Ohne seine Oberbekleidung sah er wilder, barbarischer aus als gewöhnlich. Das Färbemittel, mit dem er seine echte Hautfarbe getarnt hatte, war größtenteils ausgeblichen. »Wie du willst. Schließlich ist es deine Reise.«

»Das Wissen kehrt zurück«, sagte Icarium, den Blick noch immer auf das Meer gerichtet. »Ein Geschenk der Raraku. Hier, an diesem Ufer, sind wir Zeugen geworden, wie das Wasser zurückgekehrt ist. Weiter westlich gibt es einen Fluss und viele Städte –«

Mappo kniff die Augen zusammen. »Jetzt gibt es nur noch eine, die der Rede wert wäre«, sagte er.

»Nur eine?«

»Die anderen sind vor tausenden von Jahren untergegangen, Icarium.«

»N'karaphal? Trebur? Inath'an Merusin? Alle dahin?«

»Inath'an Merusin heißt jetzt Mersin – die letzte der großen Städte entlang des Flusses.«

»Aber da waren so viele, Mappo. Ich kann mich an alle ihre Namen erinnern. Vinith, Hedori Kwil, Tramara …«

»Die alle die umliegenden Felder stark bewässert und das Wasser des Flusses hinaus in die Ebene geleitet haben. Die alle die Wälder um sie herum abgeholzt haben, um ihre Schiffe zu bauen. Diese Städte sind jetzt tot, mein Freund. Und der Fluss, dessen Wasser einst klar und süß war, ist jetzt schwer verschlammt und führt viel weniger Wasser. Die Ebene hat ihren fruchtbaren Mutterboden verloren und ist östlich des Mersin zur Lato-Odhan, und westlich davon zur Ugarat-Odhan geworden.«

Icarium hob langsam die Arme, legte sich die Hände an die Schläfen und schloss die Augen. »So lange, Mappo?«, fragte er flüsternd.

»Vielleicht hat tatsächlich das Meer diese Erinnerungen hervorgerufen. Denn hier war auch in jenen Zeiten ein Meer, größtenteils Süßwasser, obwohl von der Longshanbucht her immer ein bisschen Salzwasser durch den Steilabbruch gesickert ist – die riesige Kalksteinbarriere ist damals innerlich zerbröckelt, was wohl auch jetzt wieder geschehen wird, vorausgesetzt, dieses Meer erstreckt sich so weit nach Norden wie einst.«

»Das Erste Imperium?«

»War schon damals drauf und dran unterzugehen. Und es hat sich nicht wieder erholt.« Mappo zögerte, denn er konnte sehen, wie sehr seine Worte seinen Freund getroffen hatten. »Aber die Menschen sind in dieses Land zurückgekehrt, Icarium. Sieben Städte – ja, der Name rührt von alten Erinnerungen her. Neue Städte sind aus dem alten Geröll emporgewachsen. Wir sind im Augenblick nur hundertzwanzig Meilen von einer davon entfernt. Lato Revae. Sie liegt an der Küste –«

Icarium wandte sich plötzlich ab. »Nein«, sagte er. »Ich bin noch nicht bereit dazu, wegzugehen und irgendwelche Ozeane zu überqueren. Dieses Land bewahrt Geheimnisse – meine Geheimnisse, Mappo. Vielleicht wird sich die Tatsache, dass meine Erinnerungen so alt sind, als Vorteil erweisen. Die Länder meiner geistigen Landkarte sind schließlich die Länder meiner eigenen Vergangenheit, und sie können auch sehr gut die Wahrheit liefern. Wir werden diese uralten Straßen beschreiten.«

Der Trell nickte. »Dann werde ich das Lager abbrechen.«

»Trebur.«

Mappo drehte sich um und wartete, während die Angst in seinem Innern immer größer wurde.

Icariums Blick war nun auf ihn gerichtet, die senkrechten Pupillen kaum mehr als schwarze Schlitze im hellen Sonnenlicht. »Ich erinnere mich an Trebur. Ich habe dort – in der Stadt der Kuppeln – einige Zeit verbracht. Ich habe etwas getan. Etwas Bedeutsames.« Er runzelte die Stirn. »Ich habe ... etwas getan.«

»Nun, dann liegt eine anstrengende Reise vor uns«, sagte Mappo. »Drei, vielleicht auch vier Tage bis zum Rand des Thalasgebirges. Mindestens zehn weitere, um die große Biegung des Mersin zu erreichen. Das Flussbett hat sich von der Stelle wegbewegt, an der Trebur einst gelegen hat. Aber einen Tagesmarsch westlich des Flusses müssten wir die Ruinen finden.«

»Werden Dörfer oder Weiler auf unserem Weg liegen?«

Mappo schüttelte den Kopf. »In diesen Odhans lebt jetzt eigentlich niemand mehr, Icarium. Gelegentlich wagt sich der eine oder andere Stamm der Vedanik vom Thalasgebirge herunter, aber nicht um diese Jahreszeit. Halte deinen Bogen bereit – es gibt Antilopen und Hasen und Drolig.«

100

»Dann gibt es also auch Wasserstellen?«

»Ich kenne sie«, sagte Mappo.

Icarium trat zu seiner Ausrüstung. »Wir haben das auch schon früher getan, stimmt's?«

Ja. »Aber schon lange nicht mehr, mein Freund.« *Fast achtzig Jahre, um die Wahrheit zu sagen. Doch das letzte Mal, als wir darüber gestolpert sind, hast du dich an nichts erinnert. Dieses Mal wird es – so fürchte ich – anders sein.*

Icarium verharrte, den mit Horn eingefassten Bogen in der Hand, und sah Mappo an. »Du bist so geduldig mit mir«, sagte er mit einem dünnen, traurigen Lächeln, »während ich umherirre, immerzu verloren.«

Mappo zuckte die Schultern. »Wir tun, was wir tun.«

Das Path'Apur-Gebirge war in der Ferne als Horizont zu erkennen. Es war inzwischen beinahe eine Woche her, seit sie Pan'potsun verlassen hatten, und jeden Tag waren sie auf weniger Dörfer gestoßen, hatten die Entfernungen zwischen den Siedlungen zugenommen. Sie kamen quälend langsam voran, doch das war nicht anders zu erwarten gewesen, wenn man zu Fuß und in Gesellschaft eines Mannes unterwegs war, der anscheinend den Verstand verloren hatte.

Graufrosch, der Dämon, dessen von der Sonne gedunkelte Haut unter der Staubschicht beinahe olivfarben war, kam auf den Felsen geklettert und hockte sich neben Schlitzer.

»Erklärung. Es heißt, dass die Wüstenwespen Edelsteine und so was bewachen. Frage. Hat Schlitzer solche Geschichten gehört? Erwartungsvolle Pause.«

»Das klingt eher nach einem schlechten Witz«, erwiderte Schlitzer. Unter ihnen war eine flache Lichtung, umgeben von mächtigen Felsbrocken – der Ort, an dem sie ihr Lager aufgeschlagen hatten. Scillara und Felisin die Jüngere saßen in seinem Blickfeld, kümmerten sich um die behelfsmäßige Feuerstelle. Der Wahnsinnige war nirgends zu sehen. Wahrscheinlich wanderte er wieder herum, vermutete Schlitzer. Unterhielt sich mit Geistern, oder – was wahrscheinlicher war – mit den Stimmen in seinem Kopf. Oh, Heboric trug Flüche mit sich herum – in Form von Tigerstreifen auf seiner Haut, der Segen eines Kriegsgottes, und die Stimmen in seinem Kopf mochten sehr wohl wirklich sein. Trotzdem. Wenn der Geist eines Mannes oft genug gebrochen wurde …

»Verspätete Beobachtung. Larven in den dunklen Winkeln des Nests. Nest? Erheitert. Stock? Nest.«

Stirnrunzelnd blickte Schlitzer zu dem Dämon hinüber. Graufroschs flacher, haarloser Kopf und das breite Gesicht mit den vier Augen waren klumpig und von Wespenstichen geschwollen. »Du hast doch nicht … du hast.«

»Zornig zu sein, ist ihr normaler Zustand, vermute ich jetzt. Ihre Höhle aufzubrechen, hat sie noch zorniger gemacht. Wir krachten in summender Unstimmigkeit aneinander. Mir ist es schlechter ergangen, glaube ich.«

»Schwarze Wespen?«

»Geneigter Kopf. Frage. Schwarz? Gefürchtete Antwort, warum, ja, sie waren schwarz. Rhetorisch, ist das irgendwie von Bedeutung?«

»Sei froh, dass du ein Dämon bist«, sagte Schlitzer. »Wenn ein Mann zwei- oder dreimal von diesen Wespen gestochen wird, stirbt er. Zehn solcher Wespenstiche töten ein Pferd.«

»Ein Pferd – wir hatten welche – ihr hattet sie. Ich war gezwungen zu rennen. Pferd. Großes vierbeiniges Tier. Saftiges Fleisch.«

»Die Menschen neigen dazu, auf ihnen zu reiten«, sagte Schlitzer. »Bis sie zusammenbrechen. Dann essen wir sie.«

»Mehrfach nutzbar, hervorragend und nicht verschwenderisch. Haben wir eure gegessen? Wo können wir mehr von diesen Kreaturen finden?«

»Wir haben nicht das Geld, um welche zu kaufen, Graufrosch. Und wir haben unsere für Essen und andere Vorräte in Pan'potsun verkauft.«

»Hartnäckige Vernünftigkeit. Kein Geld. Dann sollten wir uns welches nehmen, mein junger Freund. Und so diese Reise beschleu-

nigen und zu ihrem vielfach erwarteten Abschluss bringen. Der Tonfall der letzten Worte weist auf milde Verzweiflung hin.«

»Immer noch keine Nachricht von L'oric?«

»*Besorgt. Nein. Mein Bruder schweigt.«*

Eine Zeit lang sprach keiner von ihnen. Der Dämon zupfte an den gezackten Rändern seiner Lippen, wo, wie Schlitzer feststellte, als er genauer hinsah, graue Flecken und zermalmte Wespen hängen geblieben waren. Graufrosch hatte das Wespennest gegessen. Kein Wunder, dass die Wespen zornig gewesen waren. Schlitzer rieb sich das Gesicht. Er brauchte eine Rasur. Und ein Bad. Und saubere, neue Kleidung.

Und ein Ziel im Leben. Einst, vor langer Zeit, als er noch Crokus Junghand aus Darujhistan gewesen war, hatte sein Onkel angefangen, einem Crokus, der sich zum Besseren gewandelt hatte, den Weg zu bereiten. Einem vielversprechenden Jungen, der sich in den Häusern der Adligen zu bewegen wusste, einem Jungen, der auf die jungen, wohlhabenden, verwöhnten Frauen der Stadt anziehend wirkte. Es war ein kurzlebiger Ehrgeiz gewesen, in jeder Hinsicht. Sein Onkel war tot, und tot war auch Crokus Junghand. Es gab nicht einmal mehr Aschehäufchen, in denen man hätte herumstochern können.

Was ich war, ist nicht das, was ich bin. Zwei Männer mit identischen Gesichtern, aber unterschiedlichen Augen. In Bezug auf das, was sie gesehen haben, und auf das, was sie der Welt widerspiegeln.

»*Bitterer Geschmack«*, sagte Graufrosch in seinen Gedanken. Die lange Zunge glitt aus seinem Mund, um die letzten Fitzelchen einzusammeln. Ein tiefer, ungestümer Seufzer. »*Und doch, oh, so sättigend. Frage. Kann man von dem, was man in seinem Innern hat, platzen?«*

Ich hoffe nicht. »Wir sollten zusehen, dass wir Heboric finden, wenn wir von diesem Tag noch etwas haben wollen.«

»*Vorhin gesehen. Geisterhand hat die Felsen dort oben erforscht. Der Geruch einer Spur hat ihn vorwärts- und aufwärtsgeführt.«*

»Eine Spur?«

»*Wasser. Er hat den Ursprung der Quelle gesucht, die wir da unten neben den fleischigen Frauen sehen, die – eifersüchtig gesagt – dich so sehr bewundern.*«

Schlitzer stand auf. »Mir kommen sie nicht so fleischig vor, Graufrosch.«

»*Seltsam. Berge von Fleisch, Gefäße, um Wasser zu speichern, da auf den Hüften und dahinter. Auf der Brust –*«

»In Ordnung. Diese Art von fleischig. Du bist zu sehr Fleischfresser, Dämon.«

»*Ja. Vollste, köstliche Zustimmung. Soll ich Geisterhand suchen gehen?*«

»Nein, das werde ich tun. Ich glaube, die Reiter, die uns gestern auf dem Pfad überholt haben, sind nicht so weit weg, wie sie sein sollten, und ich wäre erleichtert, wenn ich wüsste, dass du auf Scillara und Felisin aufpasst.«

»*Niemand wird sie mitnehmen*«, sagte Graufrosch.

Schlitzer blickte auf den kauernden Dämon hinunter. »Scillara und Felisin sind keine Pferde.«

Graufroschs riesige Augen blinzelten langsam, erst die beiden auf jeder Seite, dann das Paar oben und unten. Die Zunge schoss heraus. »*Vergnügt. Natürlich nicht. Ungenügende Anzahl Beine, zu Recht bemerkt.*«

Schlitzer schob sich zum Rand des Felsblocks, machte dann einen Satz auf einen anderen, der tiefer in der aus Geröll bestehenden Flanke der Klippe steckte. Er bekam einen Vorsprung zu fassen und zog sich nach oben. Das Ganze unterschied sich kaum davon, einen Balkon zu erklettern, oder die Mauer eines herrschaftlichen Anwesens. *Sie bewundern mich – tatsächlich?* Es fiel ihm schwer, das zu glauben. Es war leichter, ihn anzusehen als einen alten Mann oder einen Dämon, wie er annahm, aber das hatte nichts mit Bewunderung zu tun. Er wurde aus den beiden Frauen nicht schlau. Sie zankten sich wie Schwestern, wetteiferten um alles, was in Sichtweite war, und um Dinge, die Schlitzer weder sehen noch verstehen konnte. Dann wiederum wirkten sie unerklärlich vertraut miteinander, als würden sie ein Geheimnis teilen. Und beide bemutterten Heboric Geisterhand, den Destriant von Treach.

Vielleicht braucht es im Krieg welche, die sich um andere kümmern. Vielleicht macht es den Gott glücklich. Schließlich braucht der Priester Akolythen. Das hätte man vielleicht von Scillara erwarten können, da Heboric sie aus einem alptraumhaften Dasein herausgeholt und sie in der Tat auf eine bisher ungeklärte Weise geheilt hatte – falls Schlitzer die richtigen Schlüsse aus den dürftigen Bemerkungen gezogen hatte, die er dann und wann zufällig mitbekommen hatte. Scillara musste für eine Menge dankbar sein. Und was Felisin anging, da war irgendetwas mit Rache gewesen, zu ihrer Befriedigung an jemandem vollzogen, der ihr etwas Schreckliches angetan hatte. Es war kompliziert. *Nun, ein flüchtiger Gedanke, und es ist offensichtlich, dass sie Geheimnisse haben. Zu viele Geheimnisse. Ach, was geht mich das an? Frauen sind nichts weiter als ein Bündel von Widersprüchen, umgeben von tödlichen Fallgruben. Annäherung auf eigene Gefahr. Besser ist es allerdings, wenn man sich ihnen gar nicht nähert.*

Er erreichte einen Kamin in der Klippe und begann ihn hochzuklettern. Wasser rann in senkrechten Spalten an den Felsen hinunter. Fliegen und andere geflügelte Insekten umschwärmten ihn; in den Ecken des Kamins hingen die dichten Netze von Spinnen, die die Gunst der Örtlichkeit nutzten. Als er schließlich aus der Felsspalte herauskletterte, war er völlig zerstochen und mit dicken, staubigen Spinnweben bedeckt. Er machte kurz Halt, um sich abzuklopfen, und blickte sich dann um. Ein holpriger Pfad führte weiter aufwärts, wand sich zwischen umgestürzten Steinplatten hindurch. Er folgte ihm.

Falls sie so weiterreisten wie bisher, so weitschweifig und planlos, würde es noch Monate dauern, bis sie die Küste erreichten, so weit er das beurteilen konnte. Wenn sie erst einmal dort wären, würden sie ein Boot finden müssen, das sie hinüber auf die Otataral-Insel brachte. Eine verbotene Reise, und darüberhinaus patrouillierten in jenen Gewässern gewissenhaft malazanische Schiffe – oder zumindest hatten sie das vor dem Aufstand getan.

Vielleicht musste so etwas auch erst wieder in Gang gebracht werden.

Sie würden ihre Überfahrt auf jeden Fall nachts beginnen. Heboric musste irgendetwas zurückbringen. Etwas, das er auf der Insel gefunden hatte. Es war alles sehr unklar. Und aus irgendeinem Grund hatte Cotillion gewollt, dass Schlitzer den Destriant begleitete. Oder, genauer, dass er Felisin die Jüngere beschützte. *Ein Pfad, der sich anbot, weil es keinen anderen gab.* Trotzdem war es nicht gerade der beste aller Beweggründe. Vor der Hoffnungslosigkeit zu fliehen, war erbärmlich, vor allem, da es nicht gelingen konnte. *Sie bewundern mich also – tatsächlich? Was gibt es hier zu bewundern?*

Von weiter vorn ertönte eine Stimme: »Alles Geheimnisvolle ist ein Köder für die Neugierigen. Ich höre deine Schritte, Schlitzer. Komm, schau dir diese Spinne an.«

Schlitzer trat um einen Felsen herum und sah Heboric, der neben einer verkrüppelten Eiche kniete.

»Und wenn dann noch Schmerz und Verletzlichkeit in den Köder eingewoben sind, wird er noch viel anziehender. Siehst du diese Spinne? Unter diesem Zweig, ja? Sie zittert in ihrem Netz, ein Bein ist verstümmelt, und sie schlägt um sich, als hätte sie Schmerzen. Ihre Beute sind weder Fliegen noch Motten, verstehst du? Oh, nein, sie jagt andere Spinnen.«

»Denen Schmerzen oder Geheimnisse ziemlich egal sind, Heboric«, sagte Schlitzer, während er sich hinhockte, um die Kreatur genauer zu betrachten. Sie hatte die Größe einer Kinderhand. »Das ist keins von ihren Beinen. Das ist eine Stelze.«

»Du gehst davon aus, dass andere Spinnen zählen können. Sie weiß es besser.«

»Das ist alles sehr interessant«, sagte Schlitzer und richtete sich wieder auf. »Aber wir müssen los.«

»Wir alle schauen zu, wie sich das hier abspielt«, sagte Heboric. Er lehnte sich zurück und betrachtete die merkwürdig pulsierenden Krallenhände, die an seinen Handgelenken zwischen Sein und Nichtsein wechselten.

Wir? Ach, ja, du und deine unsichtbaren Freunde. »Ich hätte nicht gedacht, dass es in diesen Hügeln viele Geister gibt.«

»Dann hast du dich geirrt. Hügelstämme. Endlose Fehden – es sind diejenigen, die im Kampf fallen, die ich sehen kann. Nur diejenigen, die im Kampf fallen.« Die Hände krümmten sich. »Die Quelle liegt genau vor uns. Sie haben darum gekämpft, sie in ihre Gewalt zu bekommen.« Seine krötenähnlichen Gesichtszüge zuckten. »Es gibt immer einen Grund ... oder mehrere Gründe. Immer.«

Schlitzer seufzte und begann, den Himmel zu betrachten. »Ich weiß, Heboric.«

»Wissen bedeutet nichts.«

»Auch das weiß ich.«

Heboric stand auf. »Das ist Treachs größter Trost – zu verstehen, dass es unendlich viele Gründe gibt, einen Krieg zu führen.«

»Und – tröstet dich das auch?«

Der Destriant lächelte. »Komm. Der Dämon, der in unseren Köpfen spricht, denkt im Moment an nichts anderes als an Fleisch, und ihm läuft schon das Wasser im Mund zusammen.«

Sie begaben sich auf den Pfad, der zum Lager führte. »Er wird sie nicht fressen.«

»Ich bin mir nicht sicher, dass es sich um diese Art von Appetit handelt.«

Schlitzer schnaubte. »Graufrosch ist eine vierarmige, vieräugige übergroße Kröte.«

»Mit einem überraschend unbegrenzten Vorstellungsvermögen. Sag mir, was weißt du von ihm?«

»Weniger als du.«

»Es ist mir bisher gar nicht aufgefallen«, sagte Heboric, während er Schlitzer zu einem Pfad führte, der einen weniger gefährlichen, aber umständlicheren Abstieg bot als derjenige, den der Daru zum Aufstieg benutzt hatte, »dass wir praktisch nichts darüber wissen, wer Graufrosch war und was er in seiner heimatlichen Sphäre gemacht hat.«

Dies erwies sich als eine für Heboric ungewöhnlich lange und klare Episode. Schlitzer fragte sich, ob sich irgendetwas verändert hatte – er hoffte, es würde von nun an so bleiben. »Wir könnten ihn fragen.«

»Das werde ich tun.«

Im Lager schob Scillara mit dem Fuß Sand über die wenigen, noch glühenden Kohlen des Kochfeuers. Dann ging sie zu ihrem Packen und setzte sich hin, lehnte sich mit dem Rücken dagegen, während sie noch mehr Rostlaub in ihre Pfeife stopfte und kräftig daran zog, bis Rauch aufstieg. Ihr gegenüber hockte Graufrosch vor Felisin und gab ein merkwürdiges Winseln von sich.

Sie hatte so lange Zeit so wenig gesehen. Gefühllos und betäubt vom Durhang, den Kopf voller kindischer Gedanken, die ihr Bidithal, ihr alter Herr, eingegeben hatte. Und jetzt war sie frei und immer noch naiv, was die Vielschichtigkeit der Welt anging. Der Dämon gierte nach Felisin, wie sie glaubte. Ob, um sich mit ihr zu paaren, oder um sie zu verschlingen, war schwer zu sagen. Während Felisin Graufrosch wie einen Hund betrachtete, den man besser streicheln als treten sollte. Was wiederum falsche Vorstellungen bei dem Dämon wecken mochte.

Er sprach zu den anderen in ihren Gedanken, hatte das aber mit Scillara bisher nicht getan. Aus Höflichkeit, antworteten diejenigen, mit denen der Dämon sprach, laut, obwohl sie das natürlich nicht mussten – und vielleicht auch öfter nicht taten. Scillara hatte keine Möglichkeit, das herauszufinden. Sie fragte sich, warum sie links liegen gelassen wurde – was sah Graufrosch in ihr, das seine augenscheinliche Redseligkeit so beeinflusste?

Nun, Gifte bleiben noch eine Weile im Körper. Vielleicht bin ich ... ungenießbar. In ihrem alten Leben hätte sie deshalb möglicherweise Groll empfunden oder auch Misstrauen, vorausgesetzt, dass sie überhaupt etwas empfunden hätte. Doch jetzt stellte sie fest, dass es sie nicht weiter kümmerte. Etwas hatte in ihr Gestalt angenommen, und es war unabhängig und – merkwürdig genug – selbstbewusst.

Vielleicht kam das von der Schwangerschaft. Ihr Zustand wurde allmählich sichtbar, und das würde noch schlimmer werden. Und dieses Mal würde es keine alchemistischen Mittel geben, um den Samen aus ihr herauszuspülen. Obwohl es natürlich andere Möglichkeiten gab. Sie war sich noch nicht ganz schlüssig, ob sie das Kind behalten wollte, dessen Vater vermutlich Korbolo Dom war – obwohl es auch einer seiner Offiziere sein könnte. Oder sonst jemand. Nicht dass es eine Rolle gespielt hätte, denn wer immer es auch gewesen sein mochte, war jetzt wahrscheinlich tot, ein Gedanke, der ihr gefiel.

Die andauernde Übelkeit machte sie müde, obwohl das Rostlaub ein bisschen half. Außerdem war da dieser Schmerz in ihren Brüsten, deren Gewicht wiederum ihren Rücken schmerzen ließ, und das war unangenehm. Ihr Appetit hatte zugenommen, und sie legte zu, vor allem um die Hüften. Die anderen hatten einfach angenommen, dass diese Veränderungen etwas damit zu tun hatten, dass sie wieder gesund wurde – sie hatte seit mehr als einer Woche nicht mehr gehustet, und die ganze Lauferei hatte ihre Beine gestärkt –, und sie hatte den Irrtum bisher nicht aufgeklärt.

Ein Kind. Was würde sie mit ihm machen? Was würde es von ihr erwarten? Was machten Mütter überhaupt so? *Sie verkaufen ihre Neugeborenen. Meistens. An die Tempel, an Sklavenhändler, an Haremskaufleute, falls es ein Mädchen ist. Oder sie behalten es und bringen ihm bei zu betteln. Zu stehlen. Seinen Körper zu verkaufen.* Das taten Mütter, wenn sie ihren flüchtigen Beobachtungen und den Geschichten, die die Heimatlosen in Sha'iks Lager erzählt hatten, Glauben schenkte. Was bedeutete, dass ein Kind eine Art Geldanlage war, was sehr wohl einen Sinn ergab. Eine Rückzahlung für neun Monate voller Elend und Unbequemlichkeit.

Sie schätzte, dass sie etwas in der Art tun könnte. Es verkaufen. Vorausgesetzt, sie würde es so lange leben lassen.

Es war in der Tat ein Dilemma, aber sie hatte genug Zeit, um darüber nachzudenken. Um ihre Entscheidung zu treffen.

Graufrosch wandte den Kopf; er schaute an ihr vorbei. Sie drehte sich um und sah vier Männer am Rand der Lichtung auftauchen und dort Halt machen. Der vierte führte Pferde am Zügel. Die Reiter, die gestern an ihnen vorbeigekommen waren. Einer von ihnen trug eine gespannte Armbrust; die Waffe war auf den Dämon gerichtet.

»Sorge dafür«, sagte er brummig zu Felisin, »dass das verdammte Ding uns nicht zu nahe kommt.«

Der Mann zu seiner Rechten lachte. »Ein vieräugiger Hund. Ja, Frau, leg ihn an die Leine – jetzt gleich. Wir wollen kein Blut vergießen. Nun«, fügte er hinzu, »sagen wir: nicht viel.«

»Wo sind die beiden Männer, mit denen ihr zusammen wart?«, fragte der Mann mit der Armbrust.

Scillara legte ihre Pfeife beiseite. »Nicht hier«, sagte sie, und dann stand sie auf und zupfte an ihrer Tunika. »Tut einfach das, weswegen ihr hergekommen seid, und verschwindet wieder.«

»Nun, das ist aber entgegenkommend. Du da, mit dem Hund, wirst du auch so nett sein wie deine Freundin hier?«

Felisin sagte nichts. Sie war blass geworden.

»Kümmert euch nicht um sie«, sagte Scillara. »Ich reiche für euch alle.«

»Aber vielleicht reichst du *uns* nicht«, sagte der Mann lächelnd.

Es war noch nicht einmal ein hässliches Lächeln, dachte sie. Sie konnte das. »Nun, dann habe ich vor, euch zu überraschen.«

Der Mann reichte die Armbrust einem seiner Kameraden und löste die Gürtelschnalle seiner Telaba. »Wir werden sehen. Guthrim, wenn sich das Hundeding bewegt, töte es.«

»Es ist ganz schön viel größer als die meisten Hunde, die ich gesehen habe«, erwiderte Guthrim.

»Der Bolzen ist vergiftet, hast du das vergessen? Schwarze Wespe.«

»Vielleicht sollte ich es einfach gleich töten.«

Der andere Mann zögerte kurz und nickte dann. »Nur zu.«

Die Armbrust klackte.

Graufrosch fing den Bolzen mit der rechten Hand ab, pflückte ihn aus der Luft; der Dämon musterte das Geschoss und streckte die Zunge aus, um das Gift abzulecken.

»Die Sieben sollen mich holen!«, flüsterte Guthrim ungläubig.

»Oh«, sagte Scillara zu Graufrosch, »mach aus dieser Sache jetzt keine Sauerei. Es gibt hier keinerlei Probleme –«

»Er ist anderer Meinung«, sagte Felisin. Ihre Stimme klang dünn vor Angst.

»Nun, dann überzeuge ihn.« *Ich kann das. Genau wie früher. Es spielt keine Rolle, es sind nur Männer.*

»Ich kann nicht, Scillara.«

Guthrim lud die Armbrust nach, während der erste Mann und der, der nicht die Pferde hielt, ihre Krummsäbel zogen.

Graufrosch hüpfte vor, erschreckend schnell, machte einen Satz nach oben, und riss sein Maul weit auf. Das Maul schloss sich um Guthrims Kopf. Der Unterkiefer des Dämons glitt aus den Gelenken, und der Kopf des Mannes verschwand, während er von Graufroschs Schwung und Gewicht umgeworfen wurde. Schreckliche knirschende Geräusche, Guthrims Körper zuckte, versprühte Flüssigkeiten und sackte dann schlaff zusammen.

Graufroschs Kiefer schlossen sich mit einem kratzenden, dann krachenden Geräusch, dann kletterte der Dämon davon, ließ einen kopflosen Leichnam zurück.

Die übrigen drei Männer hatten dem Geschehen reglos und wie erstarrt zugesehen. Doch jetzt handelten sie. Der erste schrie auf – ein erstickter, von Entsetzen erfüllter Laut – und schoss mit erhobenem Krummsäbel vorwärts.

Graufrosch spuckte eine verdrehte, zermalmte Masse aus Knochen und Haaren aus und sprang ihm entgegen. Mit einer Hand fing er den Schwertarm des Mannes ab, und dann drehte er kräftig, bis der Ellbogen aus dem Gelenk sprang, das Fleisch zerriss und Blut spritzte. Eine andere Hand schloss sich um die Kehle des Angreifers und drückte zu, zerquetschte Knorpel. Der Schrei des Mannes drang nie ins Freie. Stattdessen quollen ihm die Augen aus dem Kopf, während sein Gesicht rasch eine dunkelgraue Farbe annahm und er die Zunge herausstreckte – sie sah wie eine makabre Kreatur aus, die versuchte, ihm aus dem Mund zu klettern –, und dann brach er unter dem Dämon zusammen. Graufrosch hielt mit der dritten Hand den anderen Arm fest. Die vierte benutzte er, um sich am Rücken zu kratzen.

Der vierte Schwertkämpfer floh dorthin, wo der letzte Mann gerade versuchte, auf sein Pferd zu klettern.

Graufrosch machte noch einen Satz. Eine Faust krachte gegen den Hinterkopf des Schwertkämpfers, dellte den Knochen ein. Der Mann ging zu Boden, seine Waffe wirbelte davon. Den letzten Mann erwischte der Dämon, als er gerade einen Fuß in den Steigbügel setzte.

Das Pferd scheute schrill wiehernd, und Graufrosch zog den Mann nach unten und biss ihm ins Gesicht.

Einen Augenblick später verschwand der Kopf des Mannes im Rachen des Dämons, wie es schon beim ersten der Fall gewesen war. Weitere mahlende Geräusche, zweimal zuckten Beine, fuchtelten Arme in der Luft. Dann erbarmte sich der Tod.

Der Dämon spuckte zermalmte Knochen aus, die nur noch von der Kopfhaut zusammengehalten wurden. Sie fielen so zu Boden, dass Scillara plötzlich dem Mann ins Gesicht sehen musste – kein Fleisch, keine Augen, nur die Haut, runzlig und gequetscht. Sie starrte das Ding noch einen Moment an, dann zwang sie sich, woandershin zu sehen.

Hinüber zu Felisin, die so weit wie möglich an die Felswand zurückgewichen war, wo sie nun mit angezogenen Knien hockte und sich die Augen zuhielt.

»Es ist erledigt«, sagte Scillara. »Felisin, es ist vorbei.«

Die Hände sanken nach unten, enthüllten ein Gesicht, auf dem sich Entsetzen und Abscheu abzeichneten.

Graufrosch zog die Leichen weg, schaffte sie hinter ein paar Felsblöcke. Er bewegte sich rasch. Ohne weiter auf den Dämon zu achten, ging Scillara zu Felisin hinüber und hockte sich vor ihr hin. »Auf meine Weise wäre es leichter gewesen«, sagte sie. »Zumindest hätte es keine so große Sauerei gegeben.«

Felisin starrte sie an. »Er hat ihnen die Gehirne ausgesaugt.«

»Ich habe es gesehen.«

»Köstlich, hat er gesagt.«

»Er ist ein Dämon, Felisin. Kein Hund, kein Schoßtier. Ein Dämon.«

»Ja.« Das Wort war nur ein Flüstern.

»Und jetzt wissen wir, wozu er in der Lage ist.«

Ein stummes Nicken.

»Also«, sagte Scillara, »sei nicht zu freundlich zu ihm.« Sie richtete sich auf und sah, dass Schlitzer und Heboric den Hügel heruntergeklettert kamen.

»*Triumph und Stolz! Wir haben Pferde!*«

Schlitzer wurde langsamer. »Wir haben einen Schrei gehört –«

»Pferde«, sagte Heboric, während er auf die unruhigen Tiere zuging. »Das nenne ich Glück.«

»*Unschuldig. Ein Schrei? Nein, Freund Schlitzer. Das war Graufrosch ... hat einen Wind abgehen lassen.*«

»Ach ja? Und diese Pferde sind einfach hierhergewandert?«

»*Kühn. Ja! Höchst seltsam!*«

Schlitzer trat näher, um sich ein paar merkwürdige Flecke im aufgewühlten Staub näher anzusehen. Graufroschs Handabdrücke waren unschwer zu erkennen; anscheinend hatte der Dämon versucht, das Durcheinander in Ordnung zu bringen. »Hier ist Blut ...«

»*Schreck, Bestürzung ... Reue.*«

»Reue. Über das, was hier geschehen ist, oder darüber, dass es herausgekommen ist?«

»*Gerissen. Wieso, das Erstere natürlich, Freund Schlitzer.*«

Schlitzer verzog das Gesicht und blickte hinüber zu Scillara und Felisin, musterte sie. »Ich glaube«, sagte er langsam, »ich bin ganz froh, dass ich nicht hier war und gesehen habe, was ihr beiden gesehen habt.«

»Ja«, erwiderte Scillara. »Das solltest du auch sein.«

»Am besten, du hältst dich von diesen Tieren fern, Graufrosch«, rief Heboric. »Mag sein, dass sie mich nicht sonderlich mögen – aber dich mögen sie *ganz und gar* nicht.«

»Zuversichtlich. Sie kennen mich einfach noch nicht.«

»Damit würde ich nicht mal eine Ratte füttern«, sagte Lächeln und stocherte planlos in den Fleischbrocken auf dem Zinnteller in ihrem Schoß herum. »Seht nur, sogar die Fliegen machen einen Bogen drumrum.«

»Sie machen keinen Bogen um das Essen«, sagte Koryk. »Sondern um dich.«

Sie feixte ihn an. »Das nennt man Respekt. Ein fremdes Wort für dich, ich weiß. Seti sind einfach nur missratene Wickaner. Alle wissen das. Und du, du bist ein missratener Seti.« Sie nahm ihren Teller und gab ihm einen kräftigen Tritt, so dass er über den Sand zu Koryk schlitterte. »Hier, stopf es dir in deine Halbblut-Ohren und heb es dir für später auf.«

»Sie ist so süß nach einem harten Ritt«, sagte Koryk breit grinsend zu Starr.

»Reize sie nur weiter«, erwiderte der Korporal, »und du wirst es wahrscheinlich bedauern.« Auch er beäugte, was da auf seinem Teller lag und als Abendessen durchgehen sollte, und sein normalerweise sanfter Gesichtsausdruck bekam ein paar finstere Falten. »Es ist Pferdefleisch, da bin ich mir sicher.«

»Auf irgendeinem Pferdefriedhof ausgegraben«, sagte Lächeln und streckte die Beine. »Ich könnte glatt jemanden umbringen, wenn ich dafür einen Fettfisch bekommen könnte, in Lehm über Kohlen unten am Strand gebacken. Gelbgewürzt. In Seetang eingewickelt. Und dazu einen Krug Meskeriwein und einen netten Kerl aus einem Dorf im Landesinnern. Einen Bauernjungen, groß –«

»Bei der Litanei des Vermummten, das reicht!« Koryk beugte sich vor und spuckte ins Feuer. »Die einzige Geschichte, die du kennst, handelt davon, wie du irgendeinen flaumbärtigen Schweinehirten auftreibst, so viel ist klar. Verdammt, Lächeln, wir haben das alle schon tausendmal gehört. Wie du dich nachts aus dem Anwesen deines Vaters schleichst, um dir unten am Strand die Hände und die Knie nass zu machen. Wo war das nochmal? Ach, ja, richtig, im Traumland der kleinen Mädchen, das hatte ich ja ganz vergessen –«

Ein Messer bohrte sich in Koryks rechte Wade. Er brüllte auf, kroch rückwärts, sank dann in sich zusammen und umklammerte sein Bein.

Die ganz in der Nähe lagernden Soldaten anderer Trupps schauten herüber, versuchten blinzelnd durch den Staub, der das ganze Lager erfüllte, etwas zu erkennen. Eine kurzfristige Aufregung, die sich rasch wieder legte.

Während Koryk einen Schwall empörter Flüche losließ und mit beiden Händen versuchte, die Blutung zu stoppen, seufzte Buddl und stand von seinem Platz auf. »Seht ihr jetzt, was passiert, wenn die alten Männer uns allein spielen lassen? Halt still, Koryk«, sagte er, während er zu ihm trat. »Ich werde das flicken – wird nicht lange dauern –«

»Mach es gleich«, knurrte das Seti-Halbblut, »damit ich der Hexe die Kehle aufschlitzen kann.«

Buddl warf einen Blick auf die Frau, beugte sich dann dicht zu Koryk. »Ganz ruhig. Sie sieht ein bisschen blass aus. Ein schlechter Wurf –«

»Ach – und auf was hat sie wirklich gezielt?«

Korporal Starr stand auf. »Saiten wird nicht glücklich über dich sein, Lächeln«, sagte er kopfschüttelnd.

»Er hat das Bein bewegt –«

»Und du hast ein Messer nach ihm geworfen.«

»Es war die Sache mit dem kleinen Mädchen. Er hat mich herausgefordert.«

»Es ist mir egal, wie es angefangen hat. Du kannst versuchen, dich zu entschuldigen – vielleicht lässt Koryk die Sache dann auf sich beruhen –«

»Aber gewiss doch«, sagte Koryk. »An dem Tag, an dem der Vermummte in sein eigenes Grab klettert.«

»Buddl, hast du die Blutung schon gestillt?«

»So gut wie, Korporal.« Buddl warf das Messer zu Lächeln hinüber. Es landete zu ihren Füßen, die Klinge sauber.

»Danke, Buddl«, sagte Koryk. »Jetzt kann sie es nochmal versuchen.« Zitternd grub sich das Messer zwischen den Stiefeln des Halbbluts in die Erde.

Alle Augen richteten sich auf Lächeln.

Buddl leckte sich die Lippen. Das verdammte Ding war seiner linken Hand ein kleines bisschen zu nahe gekommen.

»Dahin hatte ich gezielt«, sagte Lächeln.

»Was habe ich euch gesagt?«, fragte Koryk. Die Stimme des Halbbluts klang unnatürlich hoch.

Buddl holte tief Luft, um sein rasendes Herz zu beruhigen. Starr kam zu ihnen herüber und zog das Messer aus der Erde.

»Ich glaube, ich werde das Ding ein Weilchen behalten.«

»Das ist mir egal«, sagte Lächeln. »Ich habe noch mehr.«

»Und du wirst sie lassen, wo sie sind.«

»Klar, Korporal. So lange mich niemand herausfordert.«

»Sie ist verrückt«, murmelte Koryk.

»Sie ist nicht verrückt«, erwiderte Buddl. »Sie hat nur Sehnsucht …«

»Nach einem Bauernjungen aus einem der Dörfer im Landesinnern«, beendete Koryk grinsend den Satz.

»Wahrscheinlich ein Verwandter«, fügte Buddl hinzu, aber so leise, dass nur Koryk ihn verstehen konnte.

Der Seti lachte.

Nun. Buddl seufzte. Ein weiterer haariger Augenblick auf diesem endlosen Marsch war vergangen, und es war kaum Blut vergossen worden. Die Vierzehnte Armee war erschöpft. Fühlte sich elend. Sie mochte sich selbst nicht allzu sehr. Um ihre echte Rache an Sha'ik und ihrem Gefolge aus Mördern, Vergewaltigern und Halsabschneidern gebracht, verfolgte sie nun gemächlich die letzten Überreste jener Rebellenarmee, über zerfallende, staubige Straßen in einem ausgedörrten Land, durch Sandstürme und

Schlimmeres, und wartete immer noch auf einen Entschluss. Sie wollte Blut sehen, aber bis jetzt war das meiste Blut, das vergossen worden war, ihr eigenes gewesen, wenn Auseinandersetzungen zu Fehden geworden waren und die Dinge angefangen hatten, hässlich zu werden.

Die Fäuste taten ihr Bestes, die Lage unter Kontrolle zu halten, aber sie waren genauso erschöpft wie alle anderen. Und dass es in den Kompanien nur wenige Hauptleute gab, die ihres Ranges würdig waren, machte die Sache nicht besser.

Und wir haben noch nicht einmal einen Hauptmann, jetzt, wo Keneb befördert wurde. Es gab Gerüchte, dass ein neues Kontingent an Rekruten und Offizieren in Lato Revae eingeschifft worden und nun ein Stück hinter ihnen wäre und sich beeilen würde, sie einzuholen, aber dieses Gerücht war vor zehn Tagen zum ersten Mal aufgekommen. Mittlerweile hätten die Narren sie längst eingeholt haben müssen.

Boten waren in den letzten beiden Tagen gekommen und gegangen, waren in höchster Eile den Pfad, der hinter ihnen lag, entlanggeprescht und wenig später wieder zurück geeilt. Dujek Einarm und die Mandata redeten viel miteinander, das war klar. Nicht klar war indes, worüber sie redeten. Buddl hatte daran gedacht, das Kommandozelt und die Personen, die sich darin aufhielten, zu belauschen, wie er es zwischen Aren und der Raraku viele Male getan hatte, aber der Schnelle Ben war hier, und das machte ihn nervös. Ein Hohemagier. Wenn Ben einen Stein umdrehte und Buddl darunter fand, würde er beim Vermummten dafür bezahlen müssen.

Die verdammten Bastarde, die vor ihnen flohen, konnten ewig weiterrennen, und vermutlich würden sie genau das tun, wenn ihr Anführer auch nur ein bisschen Hirn hatte. Er hätte sich jederzeit zum letzten Gefecht stellen können. Heroisch und begeisternd – und vollkommen sinnlos. Aber es schien, als wäre er zu schlau dafür. Nach Westen ging es, immer weiter nach Westen, hinaus ins Ödland.

Buddl kehrte an die Stelle zurück, wo er zuvor gesessen hatte, hob dabei eine Handvoll Sand auf, um sich Koryks Blut von den Fingern und Handflächen zu reiben. *Wir gehen einander einfach auf die Nerven. Das ist alles.* Seine Großmutter hätte gewusst, was man in so einer Situation tun musste, aber sie war schon lange tot, und ihr Geist war bei dem alten Bauernhof außerhalb von Jakata verankert, dreitausend Meilen von hier. Er konnte sie beinahe sehen, wie sie den Kopf schüttelte und die Augen auf jene halb verrückte, geniale Art zusammenkniff, wie sie es immer getan hatte. Weise, was die Eigenarten der Sterblichen anging, hatte sie durch jede Schwäche, durch jeden Fehler hindurchgesehen, hatte unbewusste Gesten und kurzlebige Gesichtsausdrücke gelesen, hatte die verwirrende Oberfläche zerteilt, um die Knochen der Wahrheit freizulegen. Nichts war ihr verborgen geblieben.

Allerdings konnte er nicht mehr mit ihr sprechen.

Aber es gibt eine andere Frau ... oder nicht? Trotz der Hitze erschauerte Buddl. Sie suchte noch immer seine Träume heim, diese Eres'al-Hexe. Zeigte ihm immer noch die uralten Faustkeile, die überall in diesem Land verstreut lagen wie steinerne Blätter eines weltumspannenden Baums, verstreut von den Winden zahlloser, vergangener Zeitalter. Und daher wusste er auch, dass sich vielleicht fünfzig Schritt südlich des Pfads eine Senke befand, die voll von den verdammten Dingern war. Sie waren da draußen, einen kurzen Spaziergang entfernt, und warteten auf ihn.

Ich sehe sie, doch ich verstehe ihre Bedeutung noch nicht. Das ist das Problem. Ich bin dieser Sache nicht gewachsen.

Er bemerkte aus dem Augenwinkel eine Bewegung, unten, bei seinen Stiefeln, und sah eine Heuschrecke langsam dahinkrabbeln. Ihr Hinterleib war angeschwollen – voller Eier. Buddl beugte sich vor und hob sie auf, indem er sie an ihren zusammengefalteten Flügeln festhielt. Mit der anderen Hand griff er in seinen Packen, holte ein kleines, schwarzes, hölzernes Kästchen heraus, dessen Deckel und Seiten mit kleinen Löchern versehen waren. Er schob den Riegel zurück und öffnete den Deckel.

Freudige Eintracht, ihr hochgeschätzter Vogelschiss-Skorpion.

Als es so plötzlich hell wurde, hob die Kreatur ihren Schwanz, während sie gleichzeitig in eine Ecke zurückwich.

Buddl warf die Heuschrecke in das Kästchen.

Der Skorpion hatte gewusst, was geschehen würde, und er schoss vorwärts und fraß schon Augenblicke später an dem noch zuckenden Insekt.

»Für dich ist es einfach, was?«, sagte Buddl leise.

Etwas fiel neben ihm in den Sand – eine Karybral-Frucht, rund und von der Farbe staubigen Lehms. Buddl blickte auf und sah, dass Krake über ihm stand.

Der Sappeur hatte einen ganzen Arm voller Früchte. »Ein Festschmaus«, sagte er.

Buddl verzog das Gesicht, während er den Deckel von Freudiger Eintrachts Behausung wieder zuklappte. »Danke. Wo hast du die her?«

»Bin ein bisschen spazieren gegangen.« Krake nickte gen Süden. »Eine Senke. Und überall waren Karybral-Pflanzen.« Er machte sich daran, auch den anderen Mitgliedern des Trupps jeweils eine Frucht zuzuwerfen.

Eine Senke. »Da waren auch jede Menge Faustkeile, oder?«

Krake blinzelte. »Hab keine gesehen. Was ist das da an deinen Händen – getrocknetes Blut?«

»Das dürfte von mir sein«, knurrte Koryk, der bereits die Frucht schälte.

Der Sappeur sagte nichts, musterte stattdessen den unregelmäßigen Kreis aus Soldaten um ihn herum; am Schluss blieb sein Blick an Korporal Starr hängen, der die Schultern zuckte. Das schien auszureichen, denn Krake warf die letzte kugelförmige Karybral-Frucht Lächeln zu.

Die sie mit einem Messer auffing.

Die anderen einschließlich Krake schauten zu, wie sie die Frucht mit raschen Bewegungen zu schälen begann.

Der Sappeur seufzte. »Ich glaube, ich gehe mal den Sergeanten suchen.«

»Gute Idee«, sagte Buddl.

»Du solltest unsere Freudige gelegentlich rauslassen«, sagte Krake. »Damit sie spazieren gehen und ein bisschen die alten Beine strecken kann. Vielleicht und Lauten haben einen neuen Skorpion gefunden – so einen habe ich noch nie gesehen. Sie reden von Revanche.«

»Skorpione können ihre Beine nicht strecken«, sagte Buddl.

»Das ist nur ein Bild.«

»Oh.«

»Egal«, sagte Krake und schlurfte davon.

Lächeln schaffte es, die ganze Schale in einem einzigen Streifen zu entfernen, den sie in Koryks Richtung warf. Er hatte gerade nach unten gesehen und fuhr hoch, als er die Bewegung am Rande seines Blickfelds wahrnahm.

Sie prustete. »Da hast du's. Pack's zu deiner Sammlung von Talismanen.«

Der Halb-Seti legte seine Karybral auf den Boden und stand langsam auf – und zuckte zusammen. Er warf Buddl einen düsteren Blick zu. »Ich dachte, du hättest das verdammte Bein geheilt?«

»Das habe ich auch. Es wird trotzdem noch ein bisschen wehtun.«

»Weh tun? Ich kann kaum stehen.«

»Es wird besser werden.«

»Sie neigt dazu, wegzurennen«, bemerkte Starr. »Es ist bestimmt amüsant zuzusehen, wie du hinter ihr herhumpelst, Koryk.«

Der große Mann fügte sich. »Ich kann geduldig sein«, sagte er und setzte sich wieder hin.

»Oh«, meinte Lächeln, »mir bricht jetzt schon der Schweiß aus.«

Buddl stand auf. »Ich gehe spazieren«, verkündete er. »Niemand bringt irgendjemanden um, bis ich wieder hier bin.«

»Wenn jemand getötet wird«, sagte Starr, »sind deine Heilerfähigkeiten auch keine große Hilfe mehr.«

»Ich habe nicht an heilen gedacht, nur an zusehen.«

Sie waren nach Norden geritten, bis sie vom lagernden Heer nicht mehr zu sehen waren, über eine niedrige Hügelkette und hinaus auf eine trostlose, staubige Ebene. Drei Guldindhabäume erhoben sich auf einer flachen Hügelkuppe in zweihundert Schritt Entfernung, und sie hatten im Schatten der breiten, ledrigen Blätter die Pferde gezügelt und etwas zu essen sowie einen Krug Bier aus Gredfalan ausgepackt, den Fiedler irgendwie besorgt hatte, und warteten nun auf die Ankunft des Hohemagiers.

Fiedlers alte Lebensgeister waren etwas gedämpft, das konnte Kalam sehen. In dem rostbraunen Bart gab es mehr Grau, und in den blassblauen Augen lag etwas Abwesendes. Es war wohl wahr, die Vierzehnte war eine Armee aus reizbaren, verbitterten Soldaten, die man um den Ruhm, sich im Namen des Imperiums zu rächen, betrogen hatte – und zwar ausgerechnet in der Nacht vor der Schlacht; und dieser Marsch machte die Sache nicht gerade besser. Das allein würde schon ausreichen, Fiedlers Verfassung zu erklären, doch Kalam wusste es besser.

Tanno-Lied hin oder her, Igel und die anderen waren tot. Waren nun Geister auf der anderen Seite. Andererseits hatte der Schnelle Ben erzählt, dass die offiziellen Berichte ein bisschen ungenau waren. Fäustel, Tippa, Fahrig, Blend, Spindel, Blauperl ... Es gab Überlebende, die gemütlich im Ruhestand in Darujhistan lebten. Zusammen mit Hauptmann Ganoes Paran. Also auch ein paar gute Neuigkeiten, und das hatte geholfen. Ein bisschen.

Fiedler und Igel hatten sich so nahegestanden wie Brüder. Zusammen waren sie das reinste Chaos gewesen. Zwei aufs engste verbundene Gehirne, die die meiste Zeit mehr gefährlich als erheiternd gewesen waren. Genauso legendär wie die Brückenverbrenner selbst. Ihre Trennung – damals, am Ufer des Azursees – war eine schicksalhafte Entscheidung gewesen. *Schicksalhaft für uns alle, wie sich herausgestellt hat.*

Kalam konnte mit der ganzen Geschichte vom Aufsteigen nicht viel anfangen. Der Segen eines Geistergängers für eine Kompanie Soldaten, das Zerreißen des Gewebes der Raraku. Die Vorstellung von unsichtbaren Wächtern war für ihn ebenso tröstlich wie beunruhigend – Igels Geist hatte Fiedler das Leben gerettet ... Aber wo war Elster? War er auch da gewesen?

Jene Nacht in Sha'iks Lager war der reinste Alptraum gewesen. In den dunklen Stunden damals waren mehr Messer gezogen worden, als man zählen konnte. Und er hatte ein paar von den Geistern mit eigenen Augen gesehen. Brückenverbrenner, die schon lange tot waren, waren zurückgekehrt – schlimm wie der Kater nach einer durchzechten Nacht und genau so hässlich, wie sie es zu Lebzeiten gewesen waren. Falls er diesem Tanno-Geistergänger, mit dem Fiedler gesprochen hatte, jemals begegnen sollte ...

Der Sappeur ging im Schatten der Bäume auf und ab.

Kalam, der auf dem Boden hockte, musterte seinen alten Freund. »Schon gut, Fiedler – raus damit.«

»Schlimme Dinge«, murmelte der Sappeur. »Zu viele, um sie zu zählen. Wie Sturmwolken, die sich ringsum am Horizont sammeln.«

»Kein Wunder, dass du so eine klägliche Gesellschaft bist.« Fiedler warf ihm einen schrägen Blick zu. »Du bist auch nicht viel besser.«

Der Assassine verzog das Gesicht. »Perl. Er geht mir aus dem Weg, lässt sich nicht sehen, aber er ist trotzdem in der Nähe. Man hätte meinen können, dass diese Pardu – wie heißt sie eigentlich?«

»Lostara Yil.«

»Genau, sie. Man sollte doch meinen, dass sie ihn inzwischen aus dem Sattel geworfen haben müsste.«

»Die beiden spielen ihr ureigenes Spiel«, sagte Fiedler, »und das ist auch gut so. Wie auch immer, er ist eindeutig noch hier, weil die Imperatrix jemanden dicht bei Tavore haben will.«

»Das war schon immer ihr Problem«, sagte Kalam seufzend. »Vertrauen.«

Kalam betrachtete den Sappeur. »Du marschierst seit Aren mit Tavore. Hast du ein Gefühl, was sie angeht? Irgendeines?«

»Ich bin ein Sergeant, Kalam.«

»Genau.« Der Assassine wartete.

122

Fiedler kratzte sich den Bart, zupfte an dem Riemen seines mitgenommenen Helms, löste schließlich die Schnalle und warf ihn zur Seite. Er marschierte weiter auf und ab, kickte Blätter und Nussschalen auf dem Sand davon. Er wedelte mit den Händen, um eine auf Abwege geratene, vor seinem Gesicht schwebende Blutfliege zu vertreiben. »Sie ist kaltes Eisen, Kalam. Aber sie wurde noch nie einer Prüfung unterzogen. Kann sie auch in einer Schlacht denken? Kann sie auch auf der Flucht befehlen? Beim Vermummten, ihre liebste Faust – Gamet … also, der alte Mann, konnte es nicht. Was kein gutes Licht auf ihr Urteilsvermögen wirft.«

»Sie hat ihn von früher gekannt, oder?«

»Er war jemand, dem sie vertraut hat, ja, das stimmt schon. Und er war ziemlich am Ende, das ist alles. Ich bin nicht mehr so großzügig wie früher mal.«

Kalam grinste und blickte weg. »Oh, ja, großzügig, das ist Fiedler, na klar.« Er deutete auf die Fingerknochen, die am Gürtel des Sappeurs hingen. »Und was ist mit denen da?«

»Sie ist klug damit umgegangen, das stimmt. Vielleicht war es Oponns Stoß.«

»Oder vielleicht auch nicht.«

Fiedler zuckte die Schultern. Seine Hand schoss vor und schloss sich um die Blutfliege. Mit sichtbarer Befriedigung zerquetschte er sie zwischen den flachen Händen.

Er sah älter aus, das stimmte, aber er war immer noch so schnell und gemein wie früher. Ein Windstoß – voller Sandkörnchen, aber dennoch irgendwie tot – trieb die Blätter raschelnd über den Sand, als sich ein paar Schritte entfernt die Luft hörbar teilte und der Schnelle Ben aus einem Gewirr auftauchte. Er hustete.

Kalam nahm den Bierkrug und trat zu ihm. »Hier.«

Der Magier trank, hustete noch einmal und spuckte aus. »Bei den Göttern hienieden, das Imperiale Gewirr ist scheußlich.« Er nahm einen weiteren, kräftigen Schluck.

»Schick mich rein«, sagte Fiedler, der jetzt zu ihnen trat, »dann kann ich auch was von dem Bier trinken.«

»Freut mich zu sehen, dass deine Laune sich gebessert hat«,

sagte der Schnelle Ben und reichte ihm den Krug. »Wir werden demnächst ein bisschen Gesellschaft bekommen ... nachdem wir gegessen haben, heißt das«, fügte er hinzu, als er die Essenspakete entdeckte. Er ging zu den Vorräten. »Ich habe solchen Hunger, dass ich Blutfliegen essen könnte.«

»Leck meine Hände ab«, meinte Fiedler.

Der Magier blieb stehen und blickte ihn an. »Du hast den Verstand verloren. Eher würde ich die Hand eines Händlers ablecken, der mit Kameldung handelt.« Er machte sich daran, das Essen aus den schützenden Blättern auszuwickeln.

»Wie war dein Treffen mit Tavore?«, fragte Kalam, der sich zu ihm gesellte.

»Ich kann auch nur raten«, erwiderte der Schnelle Ben. »Ich habe schon früher Menschen im Belagerungszustand gesehen, aber sie hat Wälle errichtet, die so dick und hoch sind, dass wahrscheinlich nicht einmal ein Dutzend wütende Drachen durchkommen würden ... Und dabei ist kein Feind in Sicht.«

»Damit könntest du unrecht haben«, sagte der Assassine. »War Perl da?«

»Nun, ein Vorhang hat sich ein bisschen bewegt.«

Fiedler schnaubte. »So offensichtlich wäre er nicht. Das war vermutlich T'amber.«

»Ich habe das nicht wörtlich gemeint, Fiedler. Es war jemand in einem Gewirr, nah und wachsam.«

»Dann hat Tavore ihr Schwert also nicht getragen«, sagte Kalam.

»Nein. Das tut sie nie, wenn sie mit mir spricht, den Göttern sei Dank.«

»Oh, dann ist sie also rücksichtsvoll!«

Der Magier warf Kalam einen düsteren Blick zu. »Du meinst, sie will ihren Hohemagier nicht komplett aussaugen.«

»Halt«, sagte Fiedler. »Ich mag die Bilder nicht, die gerade in meinem Kopf auftauchen. Gib mir ein Stück Sepahbrot – nein, nicht das, von dem ich schon abgebissen habe, Ben, aber danke. Das da – ach, ist schon in Ordnung.« Er streckte die Hand aus.

»He, du lässt Sand auf mein Essen rieseln!«

Kalam hockte sich auf die Fersen. Fiedler sah von Minute zu Minute jünger aus. Vor allem mit diesem finsteren Gesichtsausdruck. Es war längst überfällig gewesen, dass er endlich einmal für eine gewisse Zeit von der Armee wegkam und mal wieder etwas anderes sah.

»Was?«, wollte Fiedler wissen. »Machst du dir Sorgen um deine Zähne? Dann hör am besten damit auf, auf dem Brot rumzukauen.«

»So hart ist es nicht«, erwiderte der Magier mit vollem Mund.

»Nein, aber es ist voller kleiner Kiesel, Ben. Von den Mühlsteinen. Wie auch immer, ich lasse in diesen Tagen immer Sand irgendwohin rieseln. Ich habe Sand an Stellen, die du dir nicht vorstellen –«

»Halt! In meinem Kopf tauchen Bilder auf und all das …«

»Nach dem hier«, fuhr Fiedler unbarmherzig fort, »könnte ich ein Jahr lang gemütlich irgendwo in Darujhistan sitzen und würde immer noch kieselige Ziegel scheißen –«

»Halt, habe ich gesagt!«

Kalam blickte den Sappeur aus zusammengekniffenen Augen an. »Darujhistan? Dann planst du also, dich mit den anderen zusammenzutun?«

Der Sappeur wich seinem Blick aus. »Eines Tages …«

»Eines Tages, der schon bald sein wird?«

»Ich habe nicht vor abzuhauen, Kalam.«

Kalam wechselte einen Blick mit dem Schnellen Ben – einen Blick, der noch nicht einmal einen Herzschlag lang dauerte – und räusperte sich. »Nun … vielleicht solltest du das, Fiedler. Wenn ich dir einen Rat –«

»Wenn du anfängst, Ratschläge zu geben, weiß ich, dass wir alle dem Untergang geweiht sind. Danke, dass du mir den Tag verdorben hast. Ben, gib mir bitte nochmal das Bier, ich bin völlig ausgedörrt.«

Kalam fügte sich. *In Ordnung, das zumindest wäre geklärt.*

Der Schnelle Ben wischte sich ein paar Krümel von den langen

Fingern und lehnte sich zurück. »Sie hat etwas mit dir vor, Kalam ...«

»Ich habe so schon eine Frau zu viel.«

»Vielleicht will sie, dass du einen Trupp Assassinen zusammenstellst?«

»Einen was? Aus diesem Haufen?«

»He«, knurrte Fiedler, »ich kenne diesen Haufen.«

»Und?«

»Und du hast recht, das ist alles. Sie sind ein Scheißhaufen.«

»Und wenn schon«, sagte der Magier schulterzuckend. »Sie will vermutlich, dass du es heimlich –«

»Während Perl eure Gespräche belauscht, klar.«

»Nein, das war später. Die zweite Hälfte unserer Treffen ist für unser Publikum. In der ersten Hälfte – bevor Perl und wer auch immer ankommen – sprechen wir vertraulich miteinander. Sie setzt diese Treffen immer ganz kurzfristig an. Benutzt Wühler als Boten.« Der Magier machte eine abwehrende Geste.

»Nichts weiter als ein Findling«, sagte Fiedler.

Doch der Schnelle Ben schüttelte einfach nur den Kopf.

»Also will sie einen eigenen Kader aus Assassinen«, sagte Kalam. »Von dem die Klaue nichts wissen soll. Oh, mir gefällt nicht, wo das hinführt, Ben.«

»Wer auch immer sich hinter besagten Wällen versteckt, mag vielleicht Angst haben, Kal – aber dumm ist sie nicht.«

»Diese ganze Sache ist dumm«, behauptete Fiedler. »Sie hat die Rebellion zerschmettert. Was will Laseen jetzt noch?«

»Sie ist stark, wenn es darum geht, sich mit unseren Feinden zu befassen«, sagte Kalam. »Aber schwach, wenn es um Beliebtheit geht.«

»Tavore ist auch nicht gerade der beliebte Typ, also wo ist das Problem?«

»Sie könnte aber beliebt werden. Ein paar weitere Erfolge – solche, bei denen klar ist, dass es nicht nur einfach dummes Glück war. Nun komm schon, Fiedler, du weißt, wie schnell eine Armee umschwenken kann.«

»Diese Armee nicht«, sagte der Sappeur. »Die hat ja von Anfang an kaum den Arsch hochgekriegt. Wir sind ein verdammt wackliger Haufen – hat sie davon überhaupt eine Ahnung, Ben?«

Der Magier dachte einige Zeit nach und nickte schließlich. »Ich glaube schon. Aber sie weiß nicht, was sie dagegen tun soll, außer Leoman von den Dreschflegeln einzufangen und ihn mitsamt seiner Armee auszulöschen. Endgültig.«

Fiedler grunzte. »Das ist genau das, wovor Krake Angst hat. Er ist davon überzeugt, dass wir alle so enden werden, dass wir Ranal tragen, bevor diese Geschichte erledigt ist.«

»Ranal? Ach, richtig.«

»Er geht mir damit ganz schön auf die Nerven«, fuhr Fiedler fort. »Redet andauernd über den Kracher, den er zurückhält, denjenigen, auf dem er sitzen wird, wenn das Unheil über uns kommt. Ihr solltet die Gesichter der Rekruten sehen, wenn er damit anfängt und nicht mehr aufhört.«

»Hört sich an, als müsste man mal mit Krake sprechen.«

»Er braucht einen kräftigen Schlag ins Gesicht, Kal. Glaub mir, ich war schon mehr als einmal kurz davor ...«

»Aber Sappeure tun das nicht untereinander.«

»Ich bin auch ein Sergeant.«

»Aber du brauchst ihn immer noch an deiner Seite.«

»Ja.« Es klang bedrückt.

»In Ordnung«, sagte Kalam, »ich werde mich um ihn kümmern.«

»Sei vorsichtig. Er könnte dir einen Fetzer vor die Füße werfen. Er mag keine Assassinen.«

»Wer tut das schon?«, kommentierte der Schnelle Ben.

Kalam runzelte die Stirn. »Und ich dachte, ich wäre hier beliebt – zumindest bei meinen Freunden.«

»Wir wollten nur auf Nummer Sicher gehen, Kalam.«

»Danke, Ben, ich werde es mir merken.«

Plötzlich stand der Magier auf. »Unsere Gäste kommen gleich ...«

Fiedler und Kalam standen ebenfalls auf. Als sie sich umdrehten, sahen sie, wie das Imperiale Gewirr sich erneut öffnete. Vier Gestalten traten heraus.

Der Assassine erkannte zwei von ihnen, und er spürte sowohl Anspannung als auch Freude in sich aufsteigen; die sich sträubenden Nackenhaare galten Hohemagier Tayschrenn, die ehrlich empfundene Freude Dujek Einarm. Bei Tayschrenn befanden sich zwei Leibwachen, einer ein älterer Seti mit gewachstem Schnurrbart, der Kalam auf entfernte Weise vage bekannt vorkam, als hätte er ihn vor langer Zeit schon einmal gesehen. Die andere war eine Frau zwischen fünfundzwanzig und fünfunddreißig in einem eng anliegenden Seidengewand, geschmeidig und muskulös. Ihre Augen waren sanft und dunkelbraun und wachsam; ihr Gesicht war herzförmig, die Haare auf die im Imperium übliche Weise kurz geschnitten.

»Entspann dich«, sagte der Schnelle Ben leise zu Kalam. »Wie ich schon gesagt habe, hat es im Hinblick auf Tayschrenns Rolle in … manchen Dingen, die vor einiger Zeit geschehen sind … Missverständnisse gegeben.«

»Das sagst du.«

»Und er hat versucht, Elster zu schützen.«

»Aber er ist zu spät gekommen.«

»Kalam …«

»In Ordnung, ich werde höflich sein. Ist der Seti sein alter Leibwächter – aus den Tagen des Imperators?«

»Ja.«

»Der elende Bastard? Der niemals etwas sagt?«

»Das ist er.«

»Sieht aus, als wäre er ein bisschen weicher geworden.«

Der Schnelle Ben schnaubte.

»Erheitert Euch etwas, Hohemagier?«, fragte Dujek, während die Gruppe näherkam.

»Willkommen, Hohefaust«, sagte der Schnelle Ben und richtete sich auf, fügte eine leicht ehrerbietige Verneigung zu Tayschrenn hinzu. »Kollege …«

Tayschrenns dünne, beinahe haarlose Brauen wanderten nach oben. »Die Beförderung ist im Feld erfolgt, nicht wahr? Nun, vielleicht war sie lang überfällig. Nichtsdestotrotz glaube ich nicht, dass die Imperatrix den Titel schon gebilligt hat.«

Der Schnelle Ben schenkte ihm ein breites Lächeln. »Hohemagier, erinnert Ihr Euch an einen bestimmten anderen Hohemagier, den der Imperator ziemlich früh während des Feldzugs im Schwarzhundwald geschickt hat? Kribalah Rule?«

»Rule der Rüde? Ja. Er ist einen Monat später gestorben –«

»In einer schrecklichen Feuersbrunst, stimmt. Nun, das war ich. So gesehen war ich schon früher ein Hohemagier, Kollege …«

Tayschrenn runzelte die Stirn; er dachte nach, das war deutlich zu erkennen. Dann wurde aus dem Stirnrunzeln ein finsterer Gesichtsausdruck. »Und der Imperator hat das gewusst? Er muss es gewusst haben, wenn er dich geschickt hat – es sei denn, natürlich, er hat dich gar nicht geschickt.«

»Nun, zugegeben, es hat da einige Unregelmäßigkeiten gegeben, und wenn jemand diese Spur verfolgt hätte, wären sie möglicherweise aufgefallen. Aber Ihr hattet ganz offensichtlich nicht das Bedürfnis, das zu tun, da ich mich – wenn auch nur kurz – mehr als nur behauptet habe … und auch Euch einmal aus dem Schlamassel geholt habe, wenn ich mich recht erinnere … irgendetwas mit Magiern der Tiste Andii –«

»Bei der Gelegenheit habe ich ein bestimmtes Objekt verloren, das einen Dämonenlord enthalten hat …«

»Habt Ihr das? Tut mir leid, das zu hören.«

»Besagter Dämon ist später in Darujhistan durch Rakes Schwert gestorben.«

»Oh, wie bedauerlich.«

Kalam beugte sich dicht zum Schnellen Ben. »Ich dachte«, sagte er im Flüsterton, »du hättest *mir* gesagt, *ich* sollte mich entspannen.«

»Das ist lange her und weit weg«, sagte Dujek Einarm barsch, »und ich würde in die Hände klatschen, wenn ich noch mehr als eine hätte. Tayschrenn, halte den Seti im Zaum, bevor er noch etwas Dummes tut. Wir haben Einiges zu besprechen. Lasst uns endlich anfangen.«

Kalam zwinkerte Fiedler zu. *Genau wie in den alten Zeiten …*

Perl grunzte. Er lag flach ausgestreckt auf der Kuppe eines Hügels. »Das da draußen ist Dujek Einarm«, sagte er. »Der müsste jetzt eigentlich in G'danisban sein.«

Neben ihm gab Lostara Yil plötzlich einen zischenden Laut von sich, und begann, hier und da auf ihren Körper zu klatschen. »Sandflöhe, verdammt. Auf diesen Hügeln wimmelt es von ihnen. Ich hasse Sandflöhe –«

»Warum springst du nicht auf und tanzt ein bisschen herum, Hauptmann?«, fragte Perl. »Nur um sicherzustellen, dass sie merken, dass wir hier sind.«

»Spionieren ist dumm. Ich hasse das hier, und ich entdecke aufs Neue meinen Hass auf dich, Klaue.«

»Oh, du bist wirklich liebenswürdig. Wie auch immer, der Kahlköpfige ist Tayschrenn, und dieses Mal hat er Hattar und Kiska dabei, was bedeutet, dass er sich über die Risiken im Klaren ist. Oh, warum mussten sie das jetzt tun?«

»Was? Warum mussten sie was jetzt tun?«

»Das, was sie tun, natürlich – was auch immer es sein mag.«

»Dann renn zurück zu Laseen, und benimm dich wie das eifrige Schoßhündchen, das du bist, Perl, und erzähle ihr alles darüber.«

Er schob sich vom Rand des Grats zurück, drehte sich um und setzte sich auf. »Es gibt keinen Grund zur Eile. Ich muss nachdenken.«

Lostara kletterte den Hang hinunter, bis sie aufstehen konnte. Sie begann sich unter ihrer Rüstung zu kratzen. »Nun, ich werde nicht hierbleiben und darauf warten. Ich brauche ein Milchbad, mit Escurablättern, und ich brauche es jetzt.«

Er schaute ihr nach, als sie zurück zum Lager davonging. Sie hatte einen netten Gang, abgesehen davon, dass sie gelegentlich zusammenzuckte.

Ein einfacher Zauberspruch hielt die Flöhe von seinem Körper fern. Vielleicht hätte er ihr den Gefallen auch tun sollen.

Nein. So ist es viel besser.

Bei den Göttern – wir sind wirklich für einander geschaffen.

Kapitel Drei

Yareth Ghanatan, die Stadt, die bleibt
Die erste und die letzte, und dort, wo der alte Damm
Einen Halbkreis schlägt, stehen Türme
Aus Sand, in denen es von Imperien und
Marschierenden Armeen und gebrochenen Flügel-Bannern
   wimmelt
Und die Zerstückelten, die die Laufgänge säumen,
Werden bald zu den Knochen der Bauwerke, Krieger und
Baumeister gleichermaßen, die Stadt steht immer
Beherbergt Insektenschwärme, oh, diese Türme
So stolz sich erhebend, wie Träume aufsteigend
Auf dem erhitzten Atem der Sonne, Yareth Ghanatan.
Die Stadt ist die Imperatrix, ist Weib und Geliebte,
Alte Frau und Kind des Ersten Imperiums,
Und doch bleibe ich, mit all meinen Verwandten,
Die Knochen in den Mauern, die Knochen
Unter dem Fußboden, die Knochen, die diesen
Freundlichen Schatten werfen – die erste und die letzte,
Ich sehe, was kommt, ich sehe, was verschwunden ist,
Und der Lehm meines Fleisches hat deine Hand gespürt
Die alte Wärme des Lebens, denn die Stadt
Meine Stadt, sie bleibt, und sie steht,
steht für immer.

Knochen in den Wänden
(Inschrift auf dem Fragment einer Stele,
etwa aus der Zeit des Ersten Imperiums)
Autor unbekannt

Ich kann diese Urne sein.«

»Du willst nicht ausgerechnet *diese* Urne sein.«

»Sie hat Beine.«

»Kurze Beine, und ich glaube nicht, dass sie sich bewegen. Die sind einfach nur fürs Auge. Ich kann mich an solche Sachen erinnern.«

»Aber sie ist hübsch.«

»Und sie pinkelt rein.«

»Sie pinkelt rein? Hast du gesehen, wie sie reingepinkelt hat?«

»Schau doch einfach hin, Rinnsel. Das da drin ist ihr Pipi. Du willst nicht diese Urne sein. Du willst etwas Lebendiges. Etwas wirklich Lebendiges, mit Beinen. Oder mit Flügeln …«

Sie flüsterten immer noch miteinander, als Apsalar den letzten Eisenstab vom Fenster entfernte und auf den Boden legte. Sie kletterte auf das Fensterbrett und verdrehte sich seitlich, um nach oben an den nächsten Dachpfosten zu kommen.

»Wo gehst du hin?«, wollte Telorast wissen.

»Aufs Dach.«

»Sollen wir dich begleiten?«

»Nein.«

Apsalar zog sich hoch und kauerte wenige Augenblicke später auf dem sonnengebackenen Lehm; über ihr glitzerten die Sterne. Bis zur Morgendämmerung dauerte es nicht mehr lange, und die Stadt unter ihr war so still und reglos, als wäre es mitten in der Nacht. Ehrlitan. Die erste Stadt, in die sie in diesem Land gekommen waren – als eine Gruppe, der es vom Schicksal bestimmt war, unter einer Vielzahl von Bürden auseinanderzubrechen. Kalam Mekhar, Fiedler, Crokus und sie selbst. Oh, Crokus war so wütend gewesen, als er entdeckt hatte, dass ihre Begleiter verborgene Beweggründe hatten, dass es ihnen nicht einfach nur darum gegangen war, sie zu begleiten, um altes Unrecht wiedergutzumachen. Er war so naiv gewesen.

Sie überlegte, wie es ihm wohl gehen mochte, dachte kurz daran, Cotillion zu fragen, wenn er sie das nächste Mal besuchte, und beschloss dann, es nicht zu tun. Es war nicht gut, sich weiterhin

Sorgen um Crokus zu machen; allein schon an ihn zu denken hatte keinen anderen Effekt, als dass sich die Schleusen öffneten, hinter denen all ihre Sehnsüchte, Wünsche und ihr Bedauern lauerten.

Es gab andere, dringlichere Fragen, über die sie nachdenken musste. Mebra. Der alte Spion war tot, was genau das war, was Schattenthron gewollt hatte, obwohl Apsalar nicht verstand, aus welchem Grund. Zugegeben, Mebra hatte für alle Seiten gearbeitet, hatte im einen Augenblick dem malazanischen Imperium seine Dienste angeboten und dann im nächsten Sha'ik. Und ... noch jemand anderem. Wer dieser *andere* war, war wichtig, und sie hegte den Verdacht, dass *das* der wahre Grund für Schattenthrons Entscheidung war.

Die Namenlosen? War der Assassine vom Stamm der Semk geschickt worden, um eine Spur zu verwischen? Das war möglich – und es ergab einen Sinn. *Keine Zeugen,* hatte der Mann gesagt. Wobei? Welchen Dienst konnte Mebra den Namenlosen erwiesen haben? *Hör auf damit, darauf eine Antwort zu suchen. Wer käme sonst noch infrage?*

Zweifellos gab es im Reich der Sieben Städte noch Anhänger des alten Kults des Schattens, Überlebende der Säuberungen, die die Eroberung begleitet hatten. Ein weiterer Auftraggeber, der möglicherweise Mebras zahlreiche Fähigkeiten in Anspruch genommen hatte, und bei dem es wahrscheinlicher war, dass er Schattenthrons Aufmerksamkeit erregt hatte – und seinen Zorn.

Man hatte ihr gesagt, sie solle Mebra töten. Man hatte ihr nicht gesagt, warum, und man hatte ihr auch nicht gesagt, dass sie auf eigene Faust irgendwelche Untersuchungen anstellen sollte. Was darauf hindeutete, dass Schattenthron meinte, genug zu wissen. Das Gleiche galt für Cotillion. Oder aber sie wussten beide erbärmlich wenig, und Mebra hatte die Seiten nur einmal zu oft gewechselt.

Es gab noch mehr Ziele auf ihrer Liste, eine zufällige Ansammlung von Namen, die sich alle in Cotillions Gedächtnis finden ließen. Man erwartete von ihr, dass sie sich einfach um einen nach dem anderen kümmerte, wobei das letzte Ziel die größte Herausforderung darstellte ... Aber das lag aller Wahrscheinlichkeit nach noch einige Monate in der Zukunft, und sie würde sich ein paar geschickte taktische Züge einfallen lassen müssen, um nahe genug an das Opfer heranzukommen – ein langsames, vorsichtiges Anpirschen an ein sehr gefährliches Individuum. Dem sie keinen Hass entgegenbrachte.

Das ist das, was Assassinen tun. Und dadurch, dass ich von Cotillion besessen war, bin ich eine Assassine geworden. Das und nichts anderes. Ich habe getötet und werde auch weiterhin töten. Ich brauche an nichts anderes zu denken. Es ist leicht. Es sollte leicht sein.

Und daher würde sie dafür sorgen, dass dem so war.

Trotzdem – was brachte einen Gott dazu zu beschließen, einen unbedeutenden Sterblichen zu töten? Das geringfügige Ärgernis eines Steins in einem Mokassin. Ein zurückschnellender Ast auf einem Waldweg. Wer denkt ernsthaft darüber nach, den Stein herauszuholen und wegzuschmeißen? Oder die Hand auszustrecken und den Ast abzubrechen? *Es scheint, als würde ich das tun, denn ich bin in dieser Angelegenheit die Hand dieses Gottes.*

Genug. Nichts mehr von dieser Schwäche, dieser … Unsicherheit. Erfülle die Aufgaben und gehe fort. Verschwinde. Such dir ein neues Leben.

Nur, wie macht man das?

Es gab jemanden, den sie fragen konnte – er war nicht weit weg, wie sie wusste, da sie aus Cotillions Gedächtnis herausgelesen hatte, wer es war.

Sie hatte ihre Haltung verändert, so dass sie die Beine von der Dachkante baumeln lassen konnte. Jemand saß jetzt neben ihr.

»Nun?«, fragte Cotillion.

»Ein Assassine der Namenlosen – ein Semk – hat meine Aufgabe für mich erledigt.«

»Heute Nacht?«

»Ich bin ihm begegnet, aber ich konnte ihn nicht befragen.«

Der Gott nickte langsam. »Wieder die Namenlosen. Eine unerwartete Entwicklung. Und eine unerwünschte.«

»Dann waren sie also nicht der Grund, weshalb Mebra getötet werden sollte.«

»Nein. Es sind ein paar Leute ziemlich rührig dabei, den alten Kult wiederzubeleben. Mebra hat darauf hingearbeitet, Hohepriester zu werden. Er war der beste Anwärter – was die anderen angeht, machen wir uns keine Sorgen.«

»Also ein Hausputz.«

»Es war notwendig, Apsalar. Uns steht eine Auseinandersetzung bevor. Eine schlimme Auseinandersetzung.«

»Ich verstehe.«

Sie schwiegen einige Zeit, dann räusperte Cotillion sich. »Ich hatte noch nicht die Zeit, ihn zu überprüfen, aber ich weiß, dass er gesund ist, wenn auch verständlicherweise niedergeschlagen.«

»In Ordnung.«

Er musste gespürt haben, dass sie es dabei belassen wollte, denn nach einer längeren Pause sagte er: »Du hast zwei Geister befreit ...«

Sie zuckte die Schultern.

Seufzend strich sich Cotillion mit einer Hand durch die dunklen Haare. »Weißt du, was sie einst waren?«

»Diebe, glaube ich.«

»Ja, das stimmt.«

»Tiste Andii?«

»Nein, aber sie haben lange bei den beiden Leichnamen verweilt und so ... gewisse Essenzen aufgenommen.«

»Aha.«

»Sie sind jetzt Agenten von Randgänger. Ich bin neugierig, was sie tun werden.«

»Im Augenblick scheinen sie damit zufrieden zu sein, mich zu begleiten.«

»Ja. Ich glaube, Randgänger interessiert sich nun auch für dich, Apsalar ... wegen der ... Beziehung, die wir einmal zueinander hatten.«

»Durch mich zu Euch.«

»Ich scheine seine Neugier zu rechtfertigen.«

»Randgänger. Diese Erscheinung wirkt eher passiv auf mich«, bemerkte sie.

»Das erste Mal sind wir ihm in jener Nacht begegnet, in der wir aufgestiegen sind«, sagte Cotillion langsam. »In der Nacht, in der wir Zugang zur Schattensphäre erhalten haben. Er hat mir schon damals kalte Schauer über den Rücken gejagt, und das ist seither nicht besser geworden.«

Sie warf ihm einen Blick zu. »Ihr eignet Euch nicht besonders gut als Gott, Cotillion, wusstet Ihr das?«

»Vielen Dank für dein Vertrauen.«

Sie streckte eine Hand aus und strich ihm über das Kinn; die Geste hatte beinahe etwas von einer Liebkosung. Sie bemerkte, wie er hastig Luft holte, wie sich seine Augen leicht weiteten, aber er schaute sie nicht an. Apsalar senkte die Hand. »Es tut mir leid. Noch ein Fehler. Ich scheine in diesen Tagen nur Fehler zu machen.«

»Es ist in Ordnung«, erwiderte er. »Ich verstehe es.«

»Tut Ihr das tatsächlich? Oh, natürlich tut Ihr das.«

»Erfülle deinen Auftrag, und alles wird vorbei sein. Danach werde ich keine weiteren Forderungen mehr an dich haben. Und Schattenthron auch nicht.«

Etwas in seinem Tonfall ließ sie sanft erschauern. Etwas wie … Reue. »Ich verstehe. Das ist gut. Ich bin müde. Dessen, was ich bin, Cotillion.«

»Ich weiß.«

»Ich habe an einen kleinen Umweg gedacht. Bevor ich mich meiner nächsten Aufgabe zuwende.«

»Ach?«

»Zur Küstenstraße, nach Osten. Nur ein paar Tage, wenn ich das Schattengewirr benutze.«

Er blickte sie an, und sein schwaches Lächeln stimmte sie seltsam froh. »Oh, Apsalar … das dürfte ein Spaß werden. Überbringe ihm meine Grüße.«

»Wirklich?«

»Unbedingt. Er muss mal wieder ein bisschen aufgerüttelt werden.« Er erhob sich. »Ich muss gehen. Gleich bricht die Morgendämmerung an. Sei vorsichtig – und traue diesen Geistern nicht.«

»Sie sind schlechte Lügner.«

»Nun, ich kenne einen Hohepriester, der eine ähnliche Taktik benutzt, um andere zu verwirren.«

Iskaral Pust. Jetzt war Apsalar diejenige, die lächelte, aber sie sagte nichts, denn Cotillion war fort.

Der östliche Horizont stand in Flammen, als die Sonne aufging.

»Wo ist die Dunkelheit hin?«, wollte Rinnsel wissen.

Apsalar stand neben dem Bett, überprüfte das Sortiment an Waffen, das sie verborgen am Körper trug. Sie würde bald schlafen müssen – vielleicht schon heute Nachmittag –, aber vorher würde sie das Tageslicht nutzen. Hinter dem Mord an Mebra verbarg sich eine tiefere Bedeutung. Und dass die Tat von einem Semk begangen worden war, hatte Cotillion erschüttert. Obwohl er sie nicht darum gebeten hatte, der Sache nachzugehen, würde sie es zumindest ein, zwei Tage lang tun. »Die Sonne ist aufgegangen, Rinnsel.«

»Die Sonne? Beim Abgrund, in dieser Welt gibt es eine Sonne? Sind sie denn verrückt geworden?«

Apsalar warf dem sich duckenden Geist einen Blick zu. Er löste sich im körnigen Licht auf. Telorast hockte stumm vor Entsetzen zusammengekauert auf einem nahe gelegenen schattigen Fleck und schaute zu. »Wer soll verrückt geworden sein?«, fragte Apsalar Rinnsel.

»Nun, sie! Diejenigen, die diesen Ort erschaffen haben!«

»Wir verblassen!«, zischte Telorast. »Was bedeutet das? Werden wir aufhören zu existieren?«

»Ich weiß es nicht«, erwiderte Apsalar. »Vermutlich werdet ihr ein bisschen an Substanz verlieren, vorausgesetzt, ihr habt überhaupt welche, aber das wird nur vorübergehend sein. Am besten, ihr bleibt hier und seid still. Ich werde zurück sein, ehe die Abenddämmerung einsetzt.«

»Die Abenddämmerung! Ja, hervorragend, wir werden hier auf die Abenddämmerung warten. Dann kommt die Nacht, und mit

137

ihr die ganze Dunkelheit, und die Schatten, und Dinge, die man in Besitz nehmen kann. Ja, schreckliche Frau, wir werden hier warten.«

Sie ging nach unten, bezahlte für eine weitere Nacht, und trat dann auf die staubige Straße hinaus. Die Bürger, die einen Stand auf dem Marktplatz hatten, waren bereits unterwegs, Straßenhändler zogen schwer beladene Maultiere hinter sich her oder Karren, auf denen sich Käfige mit Singvögeln, in Scheiben geschnittenes Pökelfleisch oder Krüge mit Öl oder Honig türmten. Alte Männer mühten sich mit zusammengeschnürten Feuerholzbündeln oder Tonkörben ab. In der Mitte der Straße schritten zwei Rote Klingen – nun, da das Imperium seine Anwesenheit wieder nachdrücklich geltend gemacht hatte, erneut gefürchtete Wächter über Gesetz und Ordnung. Sie waren in die gleiche Richtung wie Apsalar unterwegs – und wie die meisten anderen Menschen –, nämlich zu dem breiten Streifen jenseits der Stadtmauern südlich des Hafens, wo sich die Lagerplätze der Karawanen befanden.

Man gewährte den Roten Klingen viel Platz, und wie sie so stolz dahinschritten und dabei ihre behandschuhten Hände auf den Griffen ihrer Tulwars ruhen ließen, die zwar in Scheiden steckten, aber nicht mit dem in Friedenszeiten üblichen Lederriemen gesichert waren, verwandelte sich ihre Arroganz in einen wohlüberlegten, provozierenden Affront. Doch sie wurden nicht herausgefordert.

Nur wenige Augenblicke, ehe sie sie eingeholt hätte, wandte Apsalar sich nach links in eine Seitengasse. Es gab mehr als einen Weg zu den Lagerplätzen.

Ein Händler, der Pardu und Gral als Wachen angeheuert hatte und anscheinend ein ungewöhnliches Interesse an der Anwesenheit einer Schattentänzerin in der Stadt zeigte, machte sich im Gegenzug dadurch selbst zum Gegenstand des Interesses. Möglicherweise war der Händler – oder die Händlerin – einfach nur jemand, der Informationen kaufte und verkaufte, aber selbst das mochte sich für Apsalar als nützlich erweisen; allerdings war sie keineswegs gewillt, für die Informationen, die sie sammelte, zu bezahlen. Angehörige von Wüstenstämmen als Wachen – das klang nach ausgedehnten Reisen zwischen weit entfernten Städten auf selten benutzten Straßen. Dieser Kaufmann würde einiges wissen.

Und das mochte auch auf seine Wachen zutreffen.

Sie erreichte die Außenbezirke des ersten Lagers. Vom Himmel aus betrachtet hätte die Karawanenstadt pockennarbig ausgesehen. Kaufleute kamen und gingen in einem stetigen Strom von Wagen, Reiterkriegern, Hütehunden und Kamelen. Die äußeren Bezirke beherbergten unbedeutendere Kaufleute, deren Positionen gemäß einer unbekannten Hierarchie festgelegt waren, während die Karawanen mit hohem Status das Zentrum besetzten.

Apsalar betrat die Hauptverkehrsstraße über einen Seitenweg, der zwischen den Zelten hindurchführte, und begann mit der langen Suche.

Um die Mittagszeit fand sie einen Straßenhändler, setzte sich an einen der kleinen Tische unter einem Sonnensegel und aß auf kleinen Spießen geröstete Fleisch- und Fruchtstücke, wobei ihr das Fett an den Fingern hinunterlief. Sie hatte neu erwachte Tatkraft in den Lagern der Kaufleute bemerkt, die sie bisher besucht hatte. Aufstände und Kämpfe waren offensichtlich schlecht fürs Geschäft. Die Rückkehr der malazanischen Herrschaft war ein Segen für den Handel in all seiner normalen, habgierigen Pracht, und sie hatte den Jubel auf allen Seiten gesehen. Münzen flossen in tausend Strömen.

Ihr Blick blieb an drei Gestalten hängen. Sie standen vor dem Eingang zu einem großen Zelt und stritten, wie es schien, um einen Käfig voller Welpen. Die beiden Pardu und einer der Gral-Krieger, die sie in der Schenke gesehen hatte. Sie hoffte, dass sie zu sehr mit sich beschäftigt waren, um sie zu entdecken. Apsalar wischte sich die Hände an den Oberschenkeln ab, stand auf und verließ den Platz unter dem Sonnensegel, wobei sie sich, so gut es ging, im Schatten hielt; sie entfernte sich, weg von den Wachen und dem Zelt des Kaufmanns.

Im Moment reichte es, dass sie sie gefunden hatte. Bevor sie versuchen würde, den Kaufmann oder seine Wachen zu befragen, wartete noch eine andere Aufgabe auf sie.

Der lange Fußmarsch zurück zur Schenke verlief ereignislos, und sie stieg die Treppe hinauf und ging zu ihrem Zimmer. Es war mitten am Nachmittag, und sie dachte an nichts anderes mehr als an Schlaf.

»Sie ist zurück!«

Die Stimme – Rinnsels Stimme – kam unter dem mit Holz eingefassten Bett hervor.

»Ist sie es wirklich?«, fragte Telorast, die sich am gleichen Ort aufhielt.

»Ich erkenne die Mokassins wieder. Siehst du die eingenähten Stahlkanten? Nicht wie bei dem anderen.«

Apsalar, die sich gerade die Lederhandschuhe ausziehen wollte, unterbrach ihre Tätigkeit. »Welcher andere?«

»Derjenige, der vorhin hier war, vor einem Glockenschlag –«

»Glockenschlag?«, wunderte sich Telorast. »Oh, diese Art von Glockenschlag. Jetzt verstehe ich. Sie messen das Verstreichen der Zeit. Ja, Nicht-Apsalar, vor einem Glockenschlag. Wir haben nichts gesagt. Wir waren still. Derjenige hat nicht mitbekommen, dass wir hier waren.«

»Der Wirt?«

»Stiefel, von Steigbügeln abgescheuert und mit Bronzeschuppen besetzt ... Sie sind hierhin und dahin gegangen – und dann hat er sich hingekauert, um hier drunterzuschauen, aber er hat natürlich nichts von uns gesehen, und auch sonst nichts, denn du hast keine Ausrüstung, die er durchwühlen konnte –«

»Dann war es also ein Mann.«

»Haben wir das nicht schon vorher gesagt? Haben wir das nicht, Rinnsel?«

»Wir müssen es gesagt haben. Ein Mann. Mit Stiefeln, ja.«

»Wie lange war er hier?«, fragte Apsalar und blickte sich im Zimmer um. Hier gab es für einen Dieb nichts zu stehlen, vorausgesetzt, es war ein Dieb gewesen.

»Hundert von seinen Herzschlägen.«

»Hundertundsechs, Telorast.«

»Hundertundsechs, ja.«

»Er ist durch die Tür gekommen und wieder gegangen?«

»Nein, durch das Fenster – du hast die Gitterstäbe entfernt, erinnerst du dich? Er ist vom Dach runtergekommen, stimmt das nicht, Telorast?«

»Oder vom Gässchen hoch.«

»Oder vielleicht auch aus einem der anderen Räume, also von der Seite, rechts oder links.«

Apsalar runzelte die Stirn und verschränkte die Arme. »Ist er überhaupt durch das Fenster gekommen?«

»Nein.«

»Dann also durch ein Gewirr.«

»Ja.«

»Und er war auch kein Mann«, fügte Rinnsel hinzu. »Er war ein Dämon. Groß, schwarz, haarig, mit Fängen und Klauen.«

»Und er hat Stiefel getragen«, sagte Telorast.

»Genau. Stiefel.«

Apsalar zog sich die Handschuhe aus und warf sie auf das Tischchen neben dem Bett. Sie legte sich ausgestreckt hin. »Weckt mich, wenn er wiederkommt.«

»Natürlich, Nicht-Apsalar. Du kannst dich auf uns verlassen.«

Als sie aufwachte, war es dunkel. Fluchend richtete Apsalar sich auf. »Wie spät ist es?«

»Sie ist wach!« Der Schatten von Telorast schwebte ganz in der Nähe, ein verwaschener, körperähnlicher Umriss in der Düsternis, dessen Augen matt glommen.

»Endlich!«, flüsterte Rinnsel, die wie ein steinerner Wasserspeier auf dem Fensterbrett hockte, und nun den Kopf drehte, um Apsalar anzusehen, die noch immer auf dem Bett saß. »Es ist zwei Glockenschläge nach dem Tod der Sonne. Wir wollen erforschen!«

»Schön«, sagte sie und stand auf. »Dann folgt mir.«

141

»Wohin?«

»Zurück zum Jen'rahb.«

»Oh, zu diesem traurigen Ort.«

»Ich werde nicht lange dort bleiben.«

»Gut.«

Sie nahm ihre Handschuhe, überprüfte noch einmal ihre Waffen – Schmerzen hier und da von drückenden Knäufen und Scheiden bewiesen, dass sie sie noch alle am Körper trug –, und machte sich zum Fenster auf.

»Sollen wir den Fußweg benutzen?«

Apsalar blieb stehen, musterte Rinnsel. »Welchen Fußweg?«

Der Geist bewegte sich, drückte sich eng in die Ecke des Fensters und deutete nach draußen. »Den da.«

Eine Schatten-Manifestation – so etwas wie ein Aquädukt – erstreckte sich von der unteren Kante des Fensters über die Straße und das nächste Gebäude, machte dann einen Bogen, genau aufs Herz des Jen'rahb zu. Seine Oberfläche wirkte wie Stein, und sie konnte Kiesel und abgebröckelte Mörtelstücke auf dem Weg sehen. »Was ist das?«

»Wir wissen es nicht.«

»Es stammt aus der Schattensphäre, stimmt's? Es muss aus der Schattensphäre sein. Sonst könnte ich es nicht sehen.«

»Oh, ja. Wir glauben das auch. Das tun wir doch, oder, Telorast?«

»Ganz recht. Oder auch nicht.«

»Wie lange ist es schon hier?«, fragte Apsalar.

»Dreiundfünfzig von deinen Herzschlägen. Du hast dich gerade bewegt und bist allmählich aufgewacht, nicht wahr, Rinnsel? Sie hat sich bewegt.«

»Und gestöhnt. Nun, einmal. Leise. Ein halbes Stöhnen.«

»Nein«, sagte Telorast, »das war ich.«

Apsalar kletterte auf das Fensterbrett und trat dann hinaus auf den erhöhten Fußweg, wobei sie sich immer noch am Fensterrahmen festhielt. Der Weg unter ihren Füßen fühlte sich fest an.

»Na schön«, murmelte sie und löste die Hand von dem Gebäude

hinter ihr. Sie war mehr als ein bisschen erschüttert. »Wir können ihn genauso gut auch benutzen.«

»Wir stimmen zu.«

Sie machten sich auf, über die Gasse, das Mietshaus, eine Straße und dann das Geröllfeld der Ruinenlandschaft hinweg. In der Ferne erhoben sich geisterhafte Türme. Eine Stadt des Schattens, aber die hier war vollkommen anders als die in der Nacht zuvor. Verschwommen erkennbare Strukturen lagen über den Trümmern – Kanäle, in denen etwas wie Wasser schimmerte. Niedrige Brücken überspannten diese Kanäle. Ein paar tausend Schritt entfernt erhob sich im Südosten ein gewaltiger kuppelförmiger Palast, und dahinter schimmerte etwas, das ein See oder ein breiter Fluss sein mochte. Schiffe durchkreuzten das Wasser, schlanke Schiffe mit viereckigen Segeln und Rümpfen aus mitternachtsschwarzem Holz. Sie sah große Gestalten eine fünfzig Schritt entfernte Brücke überqueren.

»Ich erkenne sie!«, zischte Telorast.

Apsalar duckte sich; schlagartig fühlte sie sich hier, auf diesem erhöhten Fußweg, schrecklich verwundbar.

»Tiste Edur!«

»Ja«, hauchte sie.

»Oh. Können sie uns sehen?«

Ich weiß es nicht. Zumindest benutzte keiner den Fußweg, auf dem sie sich befanden ... noch nicht. »Kommt, weiter, es ist nicht weit. Ich will hier weg.«

»Einverstanden. Oh, ja, einverstanden.«

Rinnsel zögerte. »Andererseits ...«

»Nein«, sagte Apsalar. »Versuche nichts, Geist.«

»Oh, in Ordnung. Es ist nur ... Da unten, in dem Kanal, liegt eine Leiche.«

Verdammt. Sie bewegte sich zur niedrigen Seitenmauer und blickte nach unten. »Das ist kein Tiste Edur.«

»Nein«, bestätigte Rinnsel. »Das ist ziemlich sicher kein Tiste Edur, Nicht-Apsalar. Sie ist wie du. Ja, wie du. Nur ein bisschen aufgebläht ... noch nicht lange tot ... Wir wollen sie ...«

»Erwartet nicht, dass ich euch helfe, wenn ihr irgendetwas versucht, denn das wird nur Aufmerksamkeit auf uns lenken.«

»Oh, da hat sie recht, Rinnsel. Komm, sie geht weg! Warte! Lass uns nicht hier zurück!«

Apsalar kam an eine steile Treppe und stieg rasch hinunter. Sobald sie den blassen, staubigen Boden betrat, verschwand die geisterhafte Stadt. Hinter ihr tauchten die beiden Geister auf, sie sanken ihr entgegen.

»Ein höchst schrecklicher Ort«, sagte Telorast.

»Aber da war ein Thron«, schrie Rinnsel. »Ich habe ihn gespürt! Ein überaus herrlicher Thron!«

Telorast schnaubte. »Herrlich? Du hast den Verstand verloren. Nichts als Schmerz. Leiden. Elend –«

»Ruhe«, befahl Apsalar. »Ihr werdet mir mehr über diesen Thron erzählen, den ihr gespürt habt, aber später. Bewacht diesen Eingang.«

»Das können wir tun. Wir sind sehr erfahrene Wachen. Jemand ist da unten gestorben, ja? Können wir die Leiche haben?«

»Nein. Bleibt hier.« Apsalar betrat den halb im Sand begrabenen Tempel.

Der Raum im Innern war nicht so, wie sie ihn verlassen hatte. Der Leichnam des Semk war verschwunden. Mebras Leiche war ihrer Kleider beraubt worden, die Kleider selbst in kleine Stücke zerschnitten. Die wenigen Möbel, die sich in dem Raum befanden hatten, waren systematisch auseinandergenommen worden. Lautlos vor sich hin fluchend ging Apsalar zu dem Durchgang, der zum inneren Zimmer führte – der Vorhang, der ihn verborgen hatte, war heruntergerissen worden. In dem kleinen Raum dahinter – Mebras Wohnzimmer – war der Sucher – oder waren die Sucher – gleichermaßen gründlich gewesen. Das fehlende Licht hinderte sie nicht daran, sich das Durcheinander genau anzusehen. Jemand hatte nach etwas gesucht oder sehr überlegt Spuren verwischt.

Sie erinnerte sich daran, wie der Semk-Assassine letzte Nacht hier aufgetaucht war. Sie hatte angenommen, er hätte gesehen, wie sie über das Geröllfeld gerannt war, und wäre deswegen noch einmal zurückgekehrt. Aber jetzt fragte sie sich, ob es nicht anders gewesen war. Vielleicht war er zurückgeschickt worden, weil seine Aufgabe erst zur Hälfte erledigt gewesen war. In beiden Fällen hatte er nicht allein gearbeitet. Es war unvorsichtig gewesen, etwas anderes anzunehmen.

Aus dem äußeren Zimmer kam ein zittriges Flüstern: »Wo bist du?«

Apsalar ging durch den Durchgang zurück. »Was machst du hier, Rinnsel? Ich habe euch gesagt –«

»Zwei Menschen kommen. Frauen, wie du. Und wie wir. Ich habe es vergessen. Ja, wir sind alle Frauen hier –«

»Such dir einen Schatten und versteck dich«, unterbrach Apsalar sie. »Das Gleiche gilt für Telorast.«

»Du willst nicht, dass wir sie töten?«

»Könnt ihr das denn?«

»Nein.«

»Versteckt euch.«

»Es war ziemlich klug, dass wir beschlossen haben, die Tür zu bewachen, nicht wahr?«

Ohne weiter auf den Geist zu achten, bezog Apsalar neben dem äußeren Eingang Position. Sie zog ihre Messer, lehnte sich gegen die schräge Wand und wartete.

Sie hörte ihre schnellen Schritte, das Scharren, als sie direkt vor dem Eingang stehen blieben, ihre Atemzüge. Dann trat die erste herein, eine abgedunkelte Laterne in der Hand. Sie ging weiter, während sie eine der Klappen an der Laterne zurückschlug, so dass ein Lichtstrahl auf die gegenüberliegende Wand fiel. Hinter ihr trat jetzt die zweite Frau herein, einen blanken Krummsäbel in der Hand.

Die beiden Pardu-Karawanenwachen.

Apsalar trat dicht an die hintere heran, stieß ihr die Spitze des einen Messers ins Ellbogengelenk des Schwertarms und schlug ihr den Knauf der anderen Waffe an die Schläfe.

Die Frau fiel zu Boden, genau wie ihre Waffe.

Die andere wirbelte herum.

Ein hoch angesetzter Tritt traf sie oberhalb des Kinns. Sie taumelte, und die Laterne flog durch die Luft und krachte gegen die Mauer.

Apsalar schob ihre Messer wieder in die Scheiden und griff die benommene Pardu an. Ein Hieb ins Sonnengeflecht ließ sie zusammenknicken. Die Frau sank auf die Knie, fiel dann zur Seite und krümmte sich um den Schmerz in ihrem Bauch.

»Das trifft sich gut«, sagte Apsalar, »weil ich euch sowieso noch ein paar Fragen stellen wollte.«

Sie ging zurück zur ersten Frau und überprüfte kurz ihren Zustand. Die Pardu war bewusstlos und würde es wahrscheinlich noch einige Zeit bleiben. Trotzdem versetzte Apsalar dem Krummsäbel einen Tritt, der ihn in eine Ecke schlittern ließ, und nahm der Frau die Messer ab, die sie unter den Armen verborgen trug. Danach ging sie wieder zurück zu der anderen Pardu und blickte einen Moment auf die stöhnende, reglos daliegende Frau hinunter, hockte sich dann hin und zog sie ein Stück hoch.

Sie packte den rechten Arm der Frau – ihren Schwertarm – und kugelte mit einer schnellen Drehung das Ellbogengelenk aus.

Die Frau schrie auf.

Apsalar packte sie an der Kehle und klatschte sie gegen die Mauer, so dass sie sich hart den Kopf stieß. Erbrochenes tropfte auf den Handschuh und das Handgelenk der Assassine. Sie hielt die Pardu fest. »Und jetzt wirst du mir meine Fragen beantworten.«

»Bitte!«

»Kein Gewinsel. Das macht mich nur grausam. Gib mir befriedigende Antworten, und es könnte gut sein, dass ich dich und deine Freundin am Leben lasse. Hast du verstanden?«

Die Pardu nickte. Ihr Gesicht war blutverschmiert, und unter ihrem rechten Auge – da, wo der mit Stahlkanten verstärkte Mokassin sie getroffen hatte – begann sich eine längliche Schwellung zu bilden.

Als Apsalar die Ankunft der beiden Geister spürte, warf sie einen Blick zurück über die Schulter. Sie schwebten über dem Körper der anderen Pardu.

»Eine von uns könnte von ihr Besitz ergreifen«, flüsterte Telorast.

»Ganz leicht«, stimmte Rinnsel zu. »Ihr Verstand ist verwirrt.«

»Abwesend.«

»Im Abgrund verloren.«

Apsalar zögerte, dann sagte sie: »Na gut, fangt an.«

»Ich!«, zischte Rinnsel.

»Nein, ich!«, knurrte Telorast.

»Ich!«

»Ich war zuerst bei ihr!«

»Warst du nicht!«

»Ich entscheide«, sagte Apsalar. »Einverstanden?«

»Ja.«

»Oh ja, du triffst die Entscheidung, teuerste Herrin –«

»Du kriechst schon wieder!«

»Tu ich nicht!«

»Rinnsel«, sagte Apsalar, »ergreife Besitz von ihr.«

»Ich habe gewusst, dass du sie aussuchen würdest!«

»Geduld, Telorast. Diese Nacht ist noch nicht vorbei.«

Die Pardu vor ihr blinzelte; sie wirkte verstört. »Mit wem sprichst du? Was ist das für eine Sprache? Wer ist da draußen … ich kann nichts sehen –«

»Deine Laterne ist aus, mach dir keine Sorgen. Erzähl mir etwas über euren Herrn.«

»Bei den Göttern, tut das weh.«

Apsalar griff zu und verdrehte den ausgekugelten Arm erneut. Die Frau schrie auf und sackte bewusstlos zusammen.

Apsalar ließ die Frau langsam an der Wand hinuntergleiten, bis sie sich ungefähr in einer sitzenden Position befand. Dann holte sie ein Fläschchen heraus und spritzte der Pardu Wasser ins Gesicht.

Die Augen öffneten sich, das Bewusstsein kehrte zurück – und mit ihm das Entsetzen.

»Ich will nichts darüber hören, was wehtut«, sagte Apsalar. »Ich will etwas über den Kaufmann hören. Den Mann, der euch ange- heuert hat. Na, wollen wir es noch mal versuchen?«

Die andere Pardu setzte sich unweit des Eingangs auf und machte ein paar grunzende Geräusche, dann hustete sie, bis sie blutigen Schleim ausspuckte. »Ah!«, rief Rinnsel. »Besser! Oh, alles tut weh, oh, mein Arm!«

»Sei still«, befahl Apsalar, richtete ihre Aufmerksamkeit dann wieder auf die Frau vor ihr. »Ich bin nicht besonders geduldig.«

»Trygalle-Handelsgilde«, sagte die Frau keuchend.

Langsam ließ sich Apsalar auf die Fersen zurücksinken. Das war eine überraschende Antwort. »Rinnsel, verlass den Körper.«

»Was?«

»Sofort.«

»Ist schon gut, sie war vollkommen zerbrochen. Oh, endlich keine Schmerzen mehr! Das ist besser – ich war eine Närrin!«

Telorast stieß ein krächzendes Lachen aus. »Und das bist du immer noch, Rinnsel. Ich hätte es dir sagen können, verstehst du. Sie war nicht die Richtige für dich.«

»Schluss mit dem Geschwätz«, sagte Apsalar. Sie musste nach- denken. Das Zentrum der Unternehmungen der Trygalle-Han- delsgilde lag in Darujhistan. Es war lange her, dass die Gilde dieses Teilstück der Schattensphäre mit Munition für Fiedler besucht hatte, vorausgesetzt, es handelte sich um die gleiche Karawane – und sie vermutete, dass dem so war. Die Gilde lieferte Waren und Informationen, und es schien nun offensichtlich, dass mehr als ein Auftrag sie ins Reich der Sieben Städte geführt hatte. Aller- dings war es, in Anbetracht der schrecklichen Routen durch die Gewirre, die diese Karawanen benutzten, auch möglich, dass sie einfach nur zu Erholung in der Stadt waren und der Handelsherr und Magier seine Wachen angewiesen hatte, ihm alles mitzutei- len, was irgendwie ungewöhnlich und auffällig war. Trotzdem – sie brauchte Gewissheit. »Der Kaufmann der Gilde – was hat ihn oder sie hierher nach Ehrlitan geführt?«

Das rechte Auge der Pardu verschwand allmählich hinter der Schwellung. »Ihn.«

»Wie ist sein Name?«

»Karpolan Demesand.«

Bei diesen Worten gestattete Apsalar sich ein schwaches Nicken.

»Wir ... äh ... wir haben etwas geliefert ... Wir Wachen, wir sind Anteilseigner –«

»Ich weiß, wie die Trygalle-Handelsgilde arbeitet. Ihr habt etwas geliefert, hast du gesagt.«

»Ja. An Coltaine. Während die Kette der Hunde unterwegs war.«

»Das ist einige Zeit her.«

»Ja. Es tut mir leid. Die Schmerzen ... Es tut weh zu sprechen.«

»Wenn du nicht sprichst, wird es noch mehr wehtun.«

Die Pardu verzog das Gesicht, und es dauerte einen Augenblick, bis Apsalar klar wurde, dass das ein Lächeln gewesen war. »Das glaube ich unbesehen, Schattentänzerin. Ja, da war noch mehr. Altarsteine.«

»Was?«

»Behauene Steine, als Begrenzung für einen heiligen Teich ...«

»Hier in Ehrlitan?«

Die Frau schüttelte den Kopf, zuckte zusammen und sagte: »Nein. In Y'Ghatan.«

»Seid ihr dorthin unterwegs oder auf dem Rückweg?«

»Auf dem Rückweg. Hinreisen führen durch die Gewirre. Wir ... äh ... ruhen uns aus.«

»Dann hat Karpolan Demesand also nur beiläufiges Interesse an einer Schattentänzerin.«

»Er weiß gern ... alles. Mit Informationen können wir uns Vorteile erkaufen. Niemand hat gern eine Nachhut auf dem Ritt.«

»Auf dem Ritt.«

»Durch die Gewirre. Es ist ... haarig.«

Das kann ich mir vorstellen. »Erzähle deinem Herrn, dass diese Schattentänzerin Aufmerksamkeit nicht schätzt«, sagte sie.

Die Pardu nickte.

Apsalar richtete sich auf. »Ich bin fertig mit dir.«

Die Frau zuckte zurück, drückte sich gegen die Mauer und hob den linken Unterarm, um ihr Gesicht zu schützen.

Die Assassine blickte auf die Karawanenwächterin hinunter und fragte sich, was mit ihr los war.

»Wir verstehen diese Sprache jetzt«, sagte Telorast. »Sie glaubt, dass du sie töten wirst, und das wirst du auch, oder?«

»Nein. Das sollte doch eigentlich auf der Hand liegen, wenn sie ihrem Herrn eine Nachricht überbringen soll.«

»Sie denkt nicht klar«, sagte Rinnsel. »Außerdem, was wäre besser geeignet, deine Nachricht zu überbringen, als zwei Leichen?«

Apsalar seufzte und sagte zu der Pardu: »Was hat euch an diesen Ort geführt? Zu Mebra?«

Die Stimme der Frau klang gedämpft unter dem Unteram hervor. »Wir wollten Informationen kaufen … Aber er ist tot.«

»Was für Informationen?«

»Irgendwelche. Alle. Wer kommt und geht. Was auch immer er zu verkaufen gehabt hätte. Aber du hast Mebra getötet –«

»Nein, das war ich nicht. In der Absicht, Frieden zwischen mir und deinem Herrn zu schließen, sage ich dir dies: Ein Assassine der Namenlosen hat Mebra ermordet. Er hat ihn nicht gefoltert. Sondern einfach nur getötet. Die Namenlosen haben nicht nach Informationen gesucht.«

Die Pardu starrte sie mit ihrem einen sichtbaren Auge über das Handgelenk hinweg an. »Die Namenlosen? Mögen die Sieben Heiligen uns beschützen!«

»Und jetzt«, sagte Apsalar, während sie ein Messer zog, »brauche ich ein bisschen Zeit.« Mit diesen Worten schlug sie der Frau hart den Knauf des Messers gegen die Schläfe und schaute zu, wie die Pardu das Auge verdrehte und in sich zusammensackte.

»Wird sie es überleben?«, wollte Telorast wissen und sank näher heran.

»Lass sie in Ruhe.«

»Es könnte sein, dass sie aufwacht und sich an nichts von dem mehr erinnert, was du ihr gesagt hast.«

»Das spielt keine Rolle«, sagte Apsalar und schob ihr Messer in die Scheide. »Ihr Herr wird sowieso alles herausfinden, was er wissen will.«

»Ein Zauberer. Oh, sie reisen durch die Gewirre, haben sie gesagt. Das ist gewagt. Dieser Karpolan Demesand muss vortrefflich mit Magie umgehen können … Du hast dir einen gefährlichen Feind gemacht.«

»Ich glaube nicht, dass er diese Angelegenheit weiter verfolgen wird, Telorast. Ich habe seine Anteilseigner am Leben gelassen, und ich habe ihn mit Informationen versorgt.«

»Und was ist mit den Tafeln?«, fragte Rinnsel.

Apsalar drehte sich um. »Was für Tafeln?«

»Die, die unter dem Fußboden verborgen sind.«

»Zeig sie mir.«

Der Schatten trieb auf Mebras nackten Leichnam zu. »Unter ihm. Ein geheimes Versteck, unter dieser Bodenfliese. Harter Ton, endlose Listen, die vermutlich nichts bedeuten.«

Apsalar rollte den Leichnam zur Seite. Der Stein ließ sich leicht herausnehmen, und sie wunderte sich über die Nachlässigkeit der Sucher. Andererseits hatte Mebra es vielleicht irgendwie geschafft, dafür zu sorgen, dass er an genau dieser Stelle starb. Er hatte direkt auf der entsprechenden Fliese gelegen. Unter ihr war eine primitive Grube ausgehöhlt worden, und sie war voller Tontafeln. In einer Ecke stand ein feuchter Jutesack mit weichem Ton, und daneben lag etwa ein halbes Dutzend aus Knochen geschnitzter Schreibstifte.

Sie stand auf und griff nach der Laterne. Als sie gegen die Mauer geprallt war, hatte sich die Blende geschlossen – die Flamme in ihrem Innern brannte noch immer. Apsalar zog am oberen Ring, um die drehbaren Blenden teilweise hochzuziehen. Dann kehrte sie zu dem geheimen Versteck zurück, sammelte das oberste Dutzend Tontafeln ein, setzte sich in dem kleinen Lichtkreis mit übereinandergeschlagenen Beinen neben die Grube und begann zu lesen.

AM GROSSEN TREFFEN DES RASHAN-KULTS HABEN BRIDTHOK AUS G'DANISBAN, SEPTHUNE ANABHIN AUS OMARI, SRADAL PURTHU

AUS Y'GHATAN UND TORAHVAL DELAT AUS KARASHIMESH TEIL-
GENOMMEN. NARREN UND SCHARLATANE, EINER WIE DER ANDE-
RE, OBWOHL MAN ZUGEBEN MUSS, DASS SRADAL EIN GEFÄHRLICHER
NARR IST. TORAHVAL IST EINE SCHLAMPE, DIE WEDER SO HUMOR-
VOLL NOCH SO TÖDLICH WIE IHR VETTER IST. SIE SPIELT EIN BISS-
CHEN MIT DIESEN SACHEN HERUM, WEITER NICHTS, ABER SIE WIRD
EIN SEHR GUTES OBERHAUPT ABGEBEN, EINE HOHEPRIESTERIN
MIT VERFÜHRERISCHEM LIEBREIZ, UND SO WERDEN IHR DIE AKO-
LYTHEN IN SCHAREN ZULAUFEN. WAS SEPTHUNE UND BRIDTHOK
ANGEHT, SO IST LETZTERER MEIN GRÖSSTER RIVALE, DER KRÄF-
TIG AUF SEINE BLUTSVERWANDTSCHAFT MIT DIESEM WAHNSIN-
NIGEN NAMENS BIDITHAL POCHT, ABER ICH KENNE JETZT SEINE
SCHWÄCHEN, UND SCHON BALD WIRD IHM EIN MISSGESCHICK ZU-
STOSSEN, SO DASS ER AN DER LETZTEN WAHL NICHT TEILNEHMEN
KANN. SEPTHUNE IST EIN MITLÄUFER, MEHR BRAUCHT ÜBER IHN
NICHT GESAGT ZU WERDEN.

Zwei dieser Kultisten zählten zu den Zielen, um die Apsalar sich
kümmern sollte. Sie prägte sich die anderen Namen ein für den
Fall, dass es eine günstige Gelegenheit gab.

Die zweite, dritte und vierte Tafel enthielten Listen über die
Kontakte, zu denen es in der letzten Woche gekommen war, mit
Anmerkungen und Beobachtungen, die deutlich machten, dass
Mebra eifrig damit beschäftigt gewesen war, sein übliches Netz
aus Erpressungen um einen Haufen reichlich dämlicher Opfer zu
weben. Kaufleute, Soldaten, liebesbedürftige Frauen, Diebe und
Schläger.

Die fünfte Tafel erwies sich als höchst interessant.

SRIBIN, MEIN VERTRAUENSWÜRDIGSTER AGENT, HAT ES BESTÄTIGT.
VOR EINEM MONAT WAR TARALACK VEED, DER AUSGESTOSSENE
GRAL-KRIEGER, IN EHRLITAN. WAHRHAFTIG EIN MANN, DEN MAN
FÜRCHTEN SOLLTE, DER GEHEIMSTE DOLCH DER NAMENLOSEN.
DIES BESTÄRKT NUR MEINEN VERDACHT, DASS SIE ETWAS GETAN HA-
BEN. DASS SIE EINEN URALTEN, SCHRECKLICHEN DÄMON ENTFES-

SELT HABEN. GENAU WIE DER WANDERNDE KHUNDRYL GESAGT HAT, WAS BEDEUTET, DASS ES ALSO KEINE LÜGE WAR, DIESE SCHRECKLICHE GESCHICHTE VON DEM HÜGELGRAB UND DEM FLIEHENDEN DRACHEN. EINE JAGD HAT BEGONNEN. ABER WER IST DIE BEUTE? UND WAS FÜR EINE ROLLE SPIELT TARALACK VEED IN DIESER GESCHICHTE? OH, ALLEIN SCHON DER NAME, WIE ER HIER IM FEUCHTEN TON GESCHRIEBEN STEHT, LÄSST MIR DAS BLUT GEFRIEREN. DESSIMBELACKIS MÖGE DIE NAMENLOSEN VERFLUCHEN. SIE HALTEN SICH NIE AN DIE SPIELREGELN.

»Wie lange willst du das noch tun?«, wollte Rinnsel wissen.

Ohne auf den schattenhaften Geist zu achten, ging Apsalar weiter die Tontafeln durch; jetzt suchte sie nach dem Namen Taralack Veed. Die Geister wanderten herum, schnüffelten dann und wann an den beiden bewusstlosen Pardu, huschten gelegentlich nach draußen und kamen wieder zurück, wobei sie in einer unbekannten Sprache vor sich hin murmelten.

In der Grube waren dreiunddreißig Tontafeln, und als sie die letzte herausnahm, bemerkte sie ganz unten am Boden etwas Seltsames. Sie zog die Laterne näher heran. Tonscherben. In Mebras Handschrift beschriftet. »Er macht sie kaputt«, sagte sie leise zu sich selbst. »In regelmäßigen Abständen.« Sie betrachtete die letzte Tontafel in ihrer Hand. Sie war viel staubiger als alle anderen, die Schriftzeichen nicht mehr so deutlich zu erkennen. »Aber die hier hat er aufbewahrt.« Eine weitere Liste. Nur kannte sie einige der Namen, die da standen. Apsalar fing an, laut zu lesen: »Duiker hat endlich Heboric Leichte Hand befreit. Der Plan wurde durch die Rebellion vereitelt, und Heboric ist verschwunden. Coltaine marschiert mit seinen Schützlingen, doch unter den Malazanern gibt es Schlangen. Habe Kalam Mekhar zu Sha'ik geschickt; die Roten Klingen folgen ihm. Kalam wird Sha'ik das Buch übergeben. Die Roten Klingen werden die Hexe töten. Ich bin sehr zufrieden.« Die nächsten paar Zeilen waren erst in den Ton geritzt worden, als er schon hart gewesen war. »Heboric ist bei Sha'ik. Er trägt jetzt den Namen Geisterhand, und in seinen Händen liegt die Macht, uns alle zu vernichten. Die ganze Welt. Und niemand kann ihn aufhalten.«

Das war voller Entsetzen und panischer Angst geschrieben worden. Doch ... Apsalar schaute sich die anderen Tontafeln an. Etwas musste geschehen sein, das ihn wieder beruhigt hatte. War Heboric mittlerweile tot? Sie wusste es nicht. War jemand anderes über seine Spur gestolpert, jemand, der sich der Bedrohung bewusst war? Und wie im Namen des Vermummten war Heboric – ein unbedeutender Historiker aus Unta – in Sha'iks Gefolge gelangt?

Ganz offensichtlich hatten die Roten Klingen versagt, als sie versucht hatten, Sha'ik zu ermorden. Schließlich hatte doch erst Mandata Tavore Sha'ik getötet – oder etwa nicht? Vor zehntausend Zeugen.

»Diese Frau hier wacht auf.«

Sie blickte hinüber zu Telorast. Der schattenhafte Geist schwebte über der Pardu, die in der Nähe des Eingangs lag. »In Ordnung«, sagte Apsalar, schob die Tontafeln wieder in die Grube und legte den Stein dahin zurück, wo er hingehörte. »Wir gehen.«

»Endlich! Draußen ist es fast schon hell!«

»Kein Fußweg?«

»Nichts als Ruinen, Nicht-Apsalar. Oh, dieser Ort sieht zu sehr aus wie zu Hause.«

Rinnsel zischte. »Still, Telorast, du Närrin. Darüber reden wir nicht, erinnerst du dich?«

»Tut mir leid.«

»Wenn wir wieder in meinem Zimmer sind«, sagte Apsalar, »will ich, dass ihr beiden mir etwas über den Thron erzählt.«

»Sie kann sich erinnern.«

»Ich nicht«, sagte Rinnsel.

»Ich auch nicht«, sagte Telorast. »Ein Thron? Was für ein Thron?«

Apsalar musterte die beiden Geister, deren schwach leuchtende Augen zu ihr aufblickten. »Oh, ist nicht weiter wichtig.«

Der Falah'd war einen Kopf kleiner als Samar Dev – und sie selbst war kaum durchschnittlich groß –, und er wog wahrscheinlich weniger als eines ihrer Beine, wenn man es an der Hüfte abgetrennt hätte. Ein unangenehmes Bild, musste sie zugeben, aber eines, das der Wirklichkeit erschreckend nahe kam. Eine schlimme Entzündung hatte sich in den gebrochenen Knochen festgesetzt, und es waren vier Hexen nötig gewesen, um sie zu vertreiben. Das war in der vergangenen Nacht geschehen, und Samar fühlte sich noch immer schwach und schwindlig, und dass sie nun hier in der glühenden Hitze stehen musste, machte die Sache nicht besser.

Wie klein und schmächtig der Falah'd auch sein mochte, er gab sich alle Mühe, eine edle, beeindruckende Gestalt abzugeben, wie er da hoch oben auf dem Rücken seiner langbeinigen Stute hockte. Leider zitterte das Tier unter ihm und zuckte jedes Mal zusammen, wenn Karsas Hengst den Kopf zurückwarf. Der Falah'd hielt das Sattelhorn umklammert; seine schmalen Lippen waren zusammengepresst, und in seinen Augen stand eine gewisse Verzagtheit. Seine reich verzierte, juwelenbesetzte Telaba war unordentlich, und der runde, gepolsterte Seidenhut saß schief auf seinem Kopf, als er den Mann anschaute, den alle als Toblakai, den ehemaligen Leibwächter von Sha'ik kannten. Der neben seinem Pferd stand und – wenn er es denn gewollt hätte – immer noch in der Lage gewesen wäre, auf den Herrscher von Ugarat hinabzublicken.

Fünfzig Palastwachen begleiteten den Falah'd, doch keiner der Männer wirkte entspannt, genauso wenig wie ihre Pferde.

Toblakai musterte das gewaltige Gebäude, das als Festung Moraval bekannt war. Ein ganzer Tafelberg war ausgehöhlt und die Felswände zu beeindruckenden Befestigungen umgeformt worden. Ein tiefer Graben mit steilen Wänden umgab die Festung. Moranth-Munition oder Zauberei hatte die Brücke zerstört, die den Graben überspannt hatte, und die zerbeulten, geschwärzten Türen dahinter waren aus robustem Eisen. Ein paar vereinzelte Fenster waren zu sehen, weit oben und schmucklos, jedes mit eisernen Läden verschlossen und mit winkligen Schießscharten gespickt.

Das Lager der Belagerer war schmutzig und verwahrlost: ein

paar hundert Soldaten, die neben Kochfeuern standen oder saßen und ohne sonderliches Interesse zusahen. Auf einer Seite, gleich nördlich der schmalen Straße, erstreckte sich ein schlichter Friedhof aus etwa hundert behelfsmäßigen, wadenhohen hölzernen Plattformen, auf denen jeweils ein eingewickelter Leichnam lag.

Toblakai wandte sich schließlich an den Falah'd. »Wann ist zuletzt ein Malazaner auf den Befestigungen gesehen worden?«

Der junge Herrscher zuckte zusammen und machte dann ein finsteres Gesicht. »Man hat mich«, sagte er mit seiner piepsigen Stimme, »auf eine meiner Autorität angemessene Weise als Heiligen Falah'd von Ugarat anzu...

»Wann?«, wollte Toblakai wissen, während sein Gesichtsausdruck sich verdüsterte.

»Nun, äh, nun – Hauptmann Inashan, antwortet diesem Barbaren!«

Nach einem kurzen Gruß ging der Hauptmann zu den Soldaten im Lager hinüber. Samar schaute zu, wie er mit einem halben Dutzend Belagerer sprach, sah das Schulterzucken, das er als Antwort auf seine Frage erhielt, sah, wie Inashan den Rücken streckte, und hörte, wie seine Stimme lauter wurde. Die Soldaten fingen an, sich zu streiten.

Toblakai gab ein grunzendes Geräusch von sich. Er deutete auf sein Pferd. »Bleib hier, Havok. Töte niemanden.« Dann ging der Krieger zum Rand des Grabens.

Samar Dev zögerte und folgte ihm dann.

Als sie neben ihm stehen blieb, warf er ihr einen Blick zu. »Ich werde diese Festung allein stürmen, Hexe.«

»Das wirst du gewiss«, antwortete sie. »Ich bin nur hier, um besser zusehen zu können.«

»Ich bezweifle, dass es viel zu sehen geben wird.«

»Was planst du, Toblakai?«

»Ich bin Karsa Orlong, von den Teblor. Du kennst meinen Namen, und du wirst ihn benutzen. Für Sha'ik war ich Toblakai. Sie ist tot. Für Leoman von den Dreschflegeln war ich Toblakai, und er ist so gut wie tot. Für die Rebellen war ich –«

»Schon gut, ich habe verstanden. Nur Menschen, die mittlerweile tot oder fast tot sind, haben dich Toblakai genannt, aber du solltest wissen, dass es nur dieser Name war, der dich davor bewahrt hat, den Rest deines Lebens in den Gruben des Palasts zu verrotten.«

»Dieses Hündchen auf dem weißen Pferd ist ein Narr. Ich könnte ihn unter einem Arm zerbrechen –«

»Ja, das würde ihn wahrscheinlich zerbrechen. Und seine Armee?«

»Noch mehr Narren. Ich habe alles gesagt, Hexe. Schau zu.«

Und das tat sie.

Karsa kletterte in den Graben hinunter. Geröll, zerbrochene Waffen, steinerne Wurfgeschosse und vertrocknete Leichen. Eidechsen hasteten über die Felsen, Kapmotten stiegen auf wie bleiche Blätter, die von einer Brise aufgewirbelt wurden. Er begab sich zu einem Punkt direkt unterhalb der massiven, zweiflügeligen eisernen Tür. Selbst mit seiner Größe reichte er kaum an den schmalen Sims darunter. Er musterte die Trümmer der Brücke, die um ihn herumlagen, und begann, Steine aufeinanderzustapeln, wobei er sich die größten zusammensuchte und eine grobe Treppe baute.

Einige Zeit später war er zufrieden. Er zog sein Schwert, stieg die Stufen hinauf und fand sich auf gleicher Höhe mit dem breiten, vernieteten Schließmechanismus. Nun nahm er sein Steinschwert in beide Hände und setzte die Spitze in die Fuge, in der Höhe, wo sich seiner Meinung nach auf der Innenseite der Riegel befand. Nachdem er einen Augenblick so stehen geblieben war, um sich die Position seiner Arme und den Winkel seines Schwerts einzuprägen, nahm er das Schwert weg, trat auf der behelfsmäßigen Plattform aus Geröll so weit nach hinten, wie er konnte, zog die Waffe zurück und holte aus.

Er traf an der richtigen Stelle. Die unzerbrechliche Klinge aus Chalcedon grub sich in die Fuge zwischen den Türflügeln. Der Schwung wurde mit einem krachenden Geräusch aufgezehrt, als die Klinge auf einen unsichtbaren, massiven eisernen Stab prallte; die Erschütterungen liefen durch Karsas Arme und bis in seine Schultern.

Er grunzte, wartete, bis der Schmerz wieder abgeebbt war, und zog die Waffe zurück. Metall kreischte. Er zielte erneut und schlug wieder zu.

Er spürte und hörte, wie der Eisenstab zerbrach.

Karsa zog das Schwert frei und warf sich mit der Schulter gegen die Tür.

Etwas fiel mit einem hellen, klirrenden Geräusch zu Boden, und der rechte Türflügel schwang auf.

Auf der anderen Seite des Grabens stand Samar Dev und machte große Augen. Sie war gerade Zeuge von etwas … Außerordentlichem geworden.

Hauptmann Inashan trat zu ihr. »Mögen die Sieben Heiligen uns beschützen«, flüsterte er. »Er hat gerade eine Eisentür aufgeschlitzt.«

»Ja, das hat er.«

»Wir müssen …«

Sie warf ihm einen Blick zu. »Was müssen wir, Hauptmann?«

»Wir müssen dafür sorgen, dass er aus Ugarat verschwindet. Dass er weggeht, und zwar so schnell wie möglich.«

Dunkelheit im innenliegenden Luftschacht – schräge Mauern, Schächte und Schießscharten. Irgendein Mechanismus hatte die gewölbte Decke abgesenkt und die Wände enger zusammenrücken lassen – er konnte sehen, dass sie hingen, dass sie weder einander noch den gepflasterten Boden berührten, sondern dass dazwischen jeweils ein knapp fingerbreiter Spalt klaffte. Das innere Tor war zwanzig todbringende Schritte entfernt – und dieses Tor stand weit offen.

Karsa lauschte, aber er hörte nichts. Die Luft roch ranzig und bitter. Er warf einen argwöhnischen Blick auf die Schießscharten. Sie waren dunkel, die Räume dahinter nicht erleuchtet.

Das Schwert in den Händen, betrat Karsa die Feste.

Kein heißer Sand aus den Schächten, keine Pfeile aus den Schießscharten, kein kochendes Öl. Er erreichte das Tor. Dahinter lag ein Innenhof, von dem ein Drittel in gleißendes Sonnenlicht getaucht war. Er ging weiter, bis er das Tor hinter sich gelassen hatte, und sah dann nach oben. Der Felsen war tatsächlich ausgehöhlt worden – da oben war ein Rechteck aus blauem Himmel, die glühende Sonne füllte eine Ecke aus. Die Wände an allen vier Seiten waren abgestuft, wobei befestigte Absätze und Balkone und zahllose Fenster die Stufen bildeten. Er konnte Eingänge auf den Balkonen ausmachen – einige von ihnen gähnten schwarz, andere waren verschlossen. Karsa zählte zweiundzwanzig Stockwerke an der gegenüberliegenden Wand, achtzehn an der zu seiner Linken und siebzehn an der zu seiner Rechten. An der Wand hinter ihm – der Außenwand – waren es in der Mitte zwölf, während die die sich seitlich anschließenden Vorsprünge nochmal sechs Stockwerke mehr hatten. Diese Festung war eine richtige Stadt.

Und, wie es schien, ohne Leben.

Eine klaffende Öffnung in einer der schattigen Ecken des Innenhofs erregte seine Aufmerksamkeit. Pflastersteine waren ausgehoben und säuberlich daneben aufgestapelt worden – irgendeine Art von Schacht, der zu den Fundamenten hinunterreichte. Er ging hinüber.

Die Erdarbeiter hatten die schweren Pflastersteine weggeräumt, um an das heranzukommen, was zwar wie Grundgestein ausgehen, sich aber als kaum mehr als eine Deckschicht von vielleicht einer halben Armlänge Dicke erwiesen hatte, die einen unterirdischen Raum bedeckte. Der stank.

Eine Holzleiter führte hinunter in die Gruft.

Eine behelfsmäßige Senkgrube, vermutete er, da die Belagerer wahrscheinlich die nach draußen, in den Graben führenden Abwasserkanäle blockiert hatten, damit sich hier drin vielleicht Seuchen oder etwas Ähnliches ausbreiten. Der Gestank wies natürlich darauf hin, dass die Grube als Latrine benutzt worden war. Doch wieso stand dann da eine Leiter? »Diese Malazaner haben eigenartige Vorlieben«, murmelte er. Er spürte in den Händen, wie sich in seinem Steinschwert eine Spannung aufbaute – die gebundenen Geister von Bairoth Gild und Delum Thord wurden auf einmal unruhig. »Vielleicht auch nur eine zufällige Entdeckung«, fügte er hinzu. »Ist es das, wovor ihr mich warnen wollt, Geistbrüder?«

Er beäugte die Leiter. »Nun, wie ihr sagt, Brüder, ich bin schon in Schlimmeres hineingeklettert.« Karsa steckte sein Schwert in die Scheide und begann mit dem Abstieg.

Die Wände waren mit Exkrementen beschmiert, die Holme der Leiter jedoch glücklicherweise nicht. Er durchstieg die zerbrochene Steinhülle, und das bisschen reine Luft, das von oben herabtrieb, wurde von einem dicken, stechenden Gestank verschluckt. Der allerdings nicht nur nach menschlichen Abfällen roch. Da war noch etwas anderes …

Als Karsa den Boden des Raums erreicht hatte, wartete er – knöcheltief in Scheiße und Pissepfützen stehend –, bis sich seine Augen an die Dunkelheit gewöhnt hatten. Nach einiger Zeit konnte er die abgerundeten Wände ausmachen, deren Steine ein horizontal verlaufendes Wellenmuster aufwiesen, ansonsten aber ungeschmückt waren. Ein Bienenstockgrab also, aber in einem Stil, den Karsa noch nie zuvor gesehen hatte. Zum einen war es zu groß, und außerdem gab es keinerlei Hinweise auf Plattformen oder Sarkophage. Und keine Grabbeigaben, keine Inschriften.

Er konnte keinen formellen Eingang, keine Tür an einer der Wände entdecken. Karsa platschte durch die stinkende Brühe, um die steinernen Mauern näher in Augenschein zu nehmen – und wäre beinahe gestürzt, als er von einer unsichtbaren Kante trat. Er hatte auf einem leicht erhöhten Podest gestanden, das sich fast bis zum Fuß der Mauern erstreckte. Er machte einen Schritt zurück und bewegte sich vorsichtig an der Peripherie des Podests entlang. Dabei entdeckte er sechs untergetauchte eiserne Nägel, die in Gruppen von zwei mal drei tief in den Fels getrieben worden waren. Die Nägel waren gewaltig, dicker als seine Handgelenke.

Er begab sich wieder zur Mitte, stand nun beinahe am Fuß der

Leiter. Wenn er sich so hinlegen würde, dass sich der mittlere Nagel der jeweiligen Gruppe unter seinem Kopf befände, hätte er die äußeren nicht mit ausgestreckten Armen erreichen können. Wenn er noch einmal um die Hälfte größer gewesen wäre, hätte er es schaffen können. Wenn also etwas hier mit diesen Nägeln aufgespießt gewesen war, so musste es sehr groß gewesen sein.

Und unglücklicherweise sah es so aus, als hätten die Nägel es nicht halten können –

Eine schwache Bewegung in der schweren, von Gestank geschwängerten Luft, ein kurzes Verdüstern des schwachen Lichtscheins, der von oben in die Grube fiel. Karsa griff nach seinem Schwert.

Eine riesige Hand schloss sich um seinen Rücken, jeweils eine Kralle bohrte sich in seine Schultern, zwei unter seine Rippen, während eine größere von oben knapp unter seinem linken Schlüsselbein eindrang. Die Finger packten zu, und er wurde nach oben gerissen, die Leiter huschte wie ein verwaschener Schemen an ihm vorbei. Das Schwert wurde gegen seinen Rücken gepresst. Karsa griff mit beiden Händen nach oben, wo sie sich um ein schuppiges Handgelenk schlossen, das dicker als sein Oberarm war.

Er kam an dem Loch in der Deckschicht vorbei, und das Zupfen und Zerren in seinen Muskeln sagte ihm, dass die Bestie an der Seitenwand der Grube emporkletterte, so behende wie ein Bhok'aral. Etwas Schweres, Schuppiges rutschte über seine Arme.

Dann ging's ins helle Sonnenlicht.

Die Bestie schleuderte den Teblor quer über den Innenhof. Er kam hart auf, schlitterte über die Pflastersteine, bis er gegen die Außenmauer der Festung krachte.

Karsa Orlong spuckte Blut; kein Knochen in seinem Rücken schien mehr an seinem Platz zu sein. Dennoch kämpfte er sich auf die Beine und wich zurück, bis er sich gegen den von der Sonne erhitzten Stein lehnen konnte.

Neben der Grube stand ein monströses Reptil, zweibeinig, die herabhängenden Arme übergroß und überlang; Krallen kratzten über die Pflastersteine. Die Bestie hatte einen Schwanz, doch dieser Schwanz war verkrüppelt und dick. Das breite Maul starrte vor ineinander verschränkten Reihen dolchlanger Fänge, über denen ausgestellte Wangenknochen und dicke, knochige Brauenwülste die tief liegenden Augen schützten, die wie feuchte Steine an einem Strand glänzten. Ein gezackter Kamm – blassgelb über der dunkelgrünen Haut – schien den flachen, länglichen Schädel in zwei Teile zu teilen. Die Bestie war um die Hälfte größer als der Toblakai.

Reglos wie eine Statue musterte sie ihn; Blut tropfte von den Krallen ihrer rechten Pfote.

Karsa holte tief Luft, dann zog er sein Schwert und warf es beiseite.

Der Kopf der Kreatur zuckte; sie neigte ihn auf merkwürdige Weise zur Seite – und dann griff sie an, beugte sich weit nach vorn, während die mächtigen Beine sie vorwärtstrieben.

Und Karsa warf sich ihr entgegen.

Das war eindeutig eine unerwartete Reaktion, denn plötzlich fand er sich innerhalb eines Kreises wieder, den die herumsuchenden Hände und das zuschnappende Maul bildeten. Er stieß den Kopf nach oben, rammte ihn hart von unten gegen den Unterkiefer der Bestie, duckte sich dann wieder und schlang seinen rechten Arm um das rechte Bein der Kreatur. Während er ihr die Schulter in den Bauch stieß, umklammerte er das gefangene Bein fest mit beiden Armen. Und dann hob er sie hoch; ein Keuchen entrang sich ihm, als er die Bestie nach oben wuchtete, bis sie nur noch auf einem Bein taumelte.

Die krallenbewehrten Hände hämmerten auf seinen Rücken, zerfetzten das Bärenfell, rissen ihm die Haut auf.

Karsa stellte seinen rechten Fuß hinter den linken der Bestie und drückte dann kräftig in diese Richtung.

Die Kreatur stürzte zu Boden, und er hörte Knochen knacken.

Der kurze Schwanz peitschte herum und traf ihn am Oberkörper. Karsa wurde die Luft aus seinen vier Lungenflügeln getrieben, und wieder flog er durch die Luft, prallte auf die Pflastersteine und ließ den größten Teil der Haut seiner rechten Schulter und seiner Hüfte auf den harten Steinen, als er vier Schritt weiterschlitterte –

Über den Rand in die Grube. Er fiel nach unten, knallte hart gegen den Rand der Deckschicht, brach dabei noch mehr davon ab und landete mit dem Gesicht voran in der stinkenden Brühe unten im Grab; Dreck spritzte nach allen Seiten.

Er stemmte sich hoch, wirbelte herum und ging in eine halb hockende Position, spuckte faulige Flüssigkeit aus, während er gleichzeitig versuchte, seine Lunge mit Luft zu füllen. Keuchend und hustend kroch er vorwärts, auf eine Seite des Grabs zu, weg von dem Loch in der Decke.

Wenige Augenblicke später konnte er wieder einigermaßen Luft holen. Während er den Kopf schüttelte, um den Schlamm loszuwerden, der daran klebte, spähte er zu dem Strahl aus Sonnenlicht, der um die Leiter herum zu Boden fiel. Die Bestie war ihm nicht gefolgt ... oder hatte nicht gesehen, dass er hier hereingefallen war.

Er stand auf und begab sich zur Leiter. Dort blickte er direkt nach oben – und sah nichts weiter als Sonnenlicht.

Karsa kletterte hoch. Als er auf gleicher Höhe mit dem Rand der Grube war, wurde er langsamer, schob sich dann noch ein bisschen höher, bis er den Innenhof überschauen konnte. Die Kreatur war nirgendwo zu sehen. Rasch kletterte er auf die Pflastersteine. Er spuckte erneut aus, schüttelte sich und machte sich zum inneren Eingang der Feste auf. Da er keine Schreie von jenseits des Grabens hörte, kam er zu dem Schluss, dass die Bestie nicht nach draußen gegangen war. Womit nur die Festung selbst übrigblieb.

Die Doppeltür stand weit offen. Er betrat ein breites Zimmer mit gefliestem Boden, an dessen Wänden die geisterhaften Umrisse längst verblasster Wandmalereien prangten.

Überall im Raum verstreut lagen Stücke von zerfetzten Rüstungen und Fetzen blutverkrusteter Kleidung. Ganz in der Nähe stand ein Stiefel. Ein Unterschenkelknochen ragte heraus.

Direkt gegenüber, zwanzig Schritt entfernt, war ein zweiter

Durchgang; beide Türflügel waren herausgeschlagen und zerschmettert worden. Karsa trottete darauf zu – und erstarrte, als er aus der dahinterliegenden Düsternis das Geräusch von Krallen hörte, die über Fliesen kratzten. Zu seiner Linken, dicht beim Eingang. Er machte zehn Schritte zurück und rannte dann vorwärts. Durch den Durchgang. Hände zuckten hinter ihm durch die Luft, und er hörte ein zorniges, enttäuschtes Zischen – und prallte gegen ein niedriges Sofa. Sein Schwung trieb ihn weiter vorwärts, ließ ihn auf einen niedrigen Tisch fallen, dessen hölzernen Beine unter seinem Gewicht zerbarsten. Er rollte weiter, schickte einen hochlehnigen Stuhl sich überschlagend auf die Reise und schlitterte über einen Teppich. Das gleichzeitig dumpfe und klickende Geräusch der krallenbewehrten Füße der Kreatur kam näher, während sie ihn verfolgte.

Karsa brachte seine Beine unter den Körper und tauchte seitwärts weg, entging erneut den herabzuckenden Klauen. Er prallte gegen einen weiteren Stuhl, der etwas stabiler als sein Vorgänger war. Karsa packte den Stuhl an den Beinen und schleuderte ihn in den Lauf der Kreatur – die zu einem gewaltigen Satz angesetzt hatte. Der Stuhl traf ihre ausgestreckten Beine und wischte sie zur Seite.

Die Bestie ging krachend zu Boden und stieß sich den Kopf; zerbrochene Fliesen flogen durch die Luft.

Karsa versetzte ihr einen Tritt in die Kehle.

Die Bestie antwortete darauf mit einem Tritt gegen seine Brust, und er wurde erneut nach hinten geschleudert, landete auf einem herumliegenden Helm, der kurz ins Rollen kam und ihn weiter der Wand entgegentrug.

Trotz der Schmerzen, die in seiner Brust tobten, rappelte der Toblakai sich wieder auf.

Die Bestie machte das Gleiche, langsam, und wackelte dabei mit dem Kopf; ihr Atem ging rau und pfeifend, immer wieder von hartem, bellendem Husten unterbrochen.

Karsa stürzte sich auf sie. Seine Hände schlossen sich um ihr rechtes Handgelenk, und er duckte sich, verdrehte dabei den Arm, den er gepackt hatte, dann wirbelte er erneut herum, verdrehte den Arm weiter, bis er aus dem Schultergelenk sprang.

Die Kreatur kreischte auf.

Karsa kletterte auf ihren Rücken, seine Fäuste hämmerten auf ihre Schädeldecke. Jeder Hieb erschütterte die Knochen der Bestie. Zähne knackten, der Kopf wurde von jedem Schlag nach unten getrieben und zuckte gerade wieder rechtzeitig genug nach oben, um den nächsten Hieb entgegenzunehmen. Taumelnd torkelte die Kreatur durch den Raum und versuchte, mit dem linken Arm Karsa von ihrem Rücken zu wischen, während der rechte schlaff herabhing.

Karsa schwang weiter die Fäuste, die von der Wucht seiner Schläge allmählich taub wurden.

Schließlich hörte er, wie der Schädel knackte.

Ein rasselnder Atemzug – ob von ihm oder der Bestie konnte er nicht mit Sicherheit sagen –, und dann brach die Kreatur unter ihm zusammen und rollte zur Seite.

Einen kurzen Augenblick lang ruhte der größte Teil des enormen Gewichts der Bestie zwischen Karsas Schenkeln, und ein Brüllen drang aus seiner Kehle, während er die Muskeln seiner Beine anspannte, um den gezackten Kamm von seinem Schritt fernzuhalten. Dann fiel das Reptil auf die Seite und klemmte dadurch sein linkes Bein ein. Er griff nach oben und legte einen Arm um den zuckenden Hals.

Die Kreatur rollte sich weiter und befreite so ihren linken Arm, schwang ihn wie eine Sense nach oben und herum. Krallen drangen in Karsas linke Schulter. Eine Woge überwältigender Kraft zerrte den Toblakai weg, schleuderte ihn stolpernd in die Trümmer des zusammengebrochenen Tischs.

Karsas herumtastende Hand fand ein Tischbein. Er rappelte sich auf und schlug hart gegen den ausgestreckten Arm der Bestie.

Das Tischbein zerbrach, und der Arm wurde mit einem Kreischen zurückgezogen.

Die Bestie richtete sich erneut auf.

Karsa griff wieder an.

Und wurde hoch oben an der Brust von einem Tritt erwischt. Plötzliche Schwärze.

Er öffnete die Augen. Zwielicht. Stille. Der Gestank von Fäkalien und Blut und langsam herabsinkendem Staub. Ächzend setzte er sich auf.

Ein fernes Krachen. Von irgendwo weiter oben.

Er musterte seine Umgebung, bis er die Tür in der Seitenwand entdeckte. Er stand auf, humpelte darauf zu. Dahinter lag ein breiter Korridor, der zu einer Treppe führte.

»War das ein Schrei, Hauptmann?«

»Ich bin mir nicht sicher, Falah'd.«

Samar Dev blickte den Soldaten neben ihr im hellen Sonnenlicht blinzelnd an. Seit Toblakai die eisernen Türen durchbrochen hatte, hatte er ununterbrochen leise vor sich hin gemurmelt. Steinschwerter, Eisen und Schlösser schienen im Zentrum seines persönlichen Monologs gestanden zu haben, der gelegentlich mit einigen ausgewählten Flüchen gewürzt war. Das, und das dringende Bedürfnis, den riesigen Barbaren so weit wie möglich von Ugarat wegzubekommen.

Sie wischte sich den Schweiß von der Stirn und richtete ihr Augenmerk wieder auf den Eingang zur Festung. Immer noch nichts.

»Sie verhandeln«, sagte der Falah'd, der unruhig im Sattel saß, während beiderseits von ihm Diener standen und abwechselnd mit den großen Papyrusfächern wedelten, um dem geliebten Herrscher von Ugarat Kühlung zuzufächeln.

»Es klang wie ein Schrei, Heiliger«, sagte Hauptmann Inashan nach einem kurzen Augenblick.

»Dann sind es streitlustige Verhandlungen, Hauptmann. Was sonst sollte so lange dauern? Wenn sie alle tot und verhungert wären, wäre der Barbar schon längst zurückgekommen. Außer natürlich, es gibt Beute. Ha, habe ich etwa unrecht? Ich glaube nicht! Schließlich ist er ein Wilder. Von Sha'iks Leine abgeschnitten, oder? Warum ist er nicht dabei gestorben, sie zu verteidigen?«

»Wenn die Geschichten stimmen«, sagte Inashan unangenehm

166

berührt, »hat Sha'ik die Mandata zu einem persönlichen Duell herausgefordert, Falah'd.«

»Die Geschichte ist mir ein bisschen zu *passend*. Sie wird von den Überlebenden erzählt – denjenigen, die sie im Stich gelassen haben. Dieser Toblakai hat mich noch nicht überzeugt. Er ist zu unverschämt.«

»Ja, Falah'd«, sagte Inashan, »das ist er.«

Samar Dev räusperte sich. »Heiliger, in der Festung Moraval lässt sich keine Beute finden.«

»Ach ja, Hexe? Und wie kannst du da so sicher sein?«

»Es ist ein uraltes Bauwerk, sogar älter als Ugarat selbst. Es stimmt schon, dann und wann sind Veränderungen daran vorgenommen worden – all die alten Mechanismen haben wir nicht verstanden, Falah'd, bis zum heutigen Tag nicht, und alles, was jetzt noch von ihnen übrig ist, sind ein paar Einzelteile. Ich habe die wenigen Bruchstücke lange studiert, und ich habe viel herausbekommen –«

»Du langweilst mich, Hexe. Du hast mir immer noch nicht erklärt, warum es in der Festung keine Beute geben soll.«

»Es tut mir leid, Falah'd. Um Eure Frage zu beantworten – die Festung ist unzählige Male erforscht worden, und dabei ist niemals irgendetwas Wertvolles gefunden worden, abgesehen von den zerlegten Mechanismen –«

»Wertloser Abfall. Gut, dann plündert der Barbar also nicht. Er verhandelt mit den verkommenen, schäbigen Malazanern – vor denen wir schon bald wieder die Knie werden beugen müssen. Ich wurde auf geradezu demütigende Art von den feigen Rebellen der Raraku im Stich gelassen. Oh, in diesen Tagen kann man wirklich auf niemanden mehr zählen.«

»Es scheint so, Falah'd«, murmelte Samar Dev.

Inashan warf ihr einen raschen Seitenblick zu.

Samar wischte sich erneut den Schweiß von der Stirn.

»Oh!«, rief der Falah'd plötzlich. »Ich zerfließe!«

»Wartet!«, sagte Inashan. »War da nicht eine Art Gebrüll?«

»Wahrscheinlich vergewaltigt er irgendjemanden.«

Als er die Kreatur fand, humpelte sie einen Korridor entlang; ihr Kopf schwankte von einer Seite zur anderen, und sie stieß erst gegen die eine Mauer, dann gegen die andere. Karsa rannte hinter ihr her.

Sie musste ihn gehört haben, denn sie wirbelte herum, und wenige Augenblicke, bevor er heran war, öffnete sie das Maul zu einem Zischen. Der Toblakai schlug eine herumfuchtelnde Hand beiseite und rammte der Bestie das Knie in den Bauch. Das Reptil knickte in sich zusammen, der Brustwulst krachte auf Karsas rechte Schulter herunter. Er trieb seinen Daumen von unten in die linke Achselhöhle der Bestie, wo er Haut fand, die so weich wie Rehleder war. Er durchbohrte sie, grub sich in Fleisch, krümmte sich um Bänder. Karsa schloss die Hand und zerrte an den Bändern.

Messerscharfe Zähne strichen seitlich über seinen Kopf und rissen ein Stück Haut ab. Blut strömte in Karsas rechtes Auge. Er zog fester und warf sich nach hinten.

Die Bestie fiel mit ihm zusammen um. Karsa wand sich zur Seite, entging nur ganz knapp dem zermalmenden Gewicht. Er war nahe genug, um zu sehen, wie sich die Rippen des Reptils beim Aufprall unnatürlich verbogen.

Es versuchte, auf die Beine zu kommen, doch Karsa war schneller. Wieder hockte er sich rittlings auf seinen Gegner, hämmerte mit den Fäusten auf den Echsenschädel ein. Bei jedem Hieb knallte der Unterkiefer gegen den Fußboden, und er konnte spüren, wie die Schädelknochen allmählich unter seinen Fäusten nachgaben. Er schlug weiter zu.

Ein Dutzend wilde Herzschläge später wurde er langsamer, als ihm dämmerte, dass die Bestie sich nicht mehr unter ihm bewegte; ihr Kopf lag flach auf dem Fußboden und wurde bei jedem Hieb seiner zerschlagenen Fäuste breiter und flacher. Flüssigkeit quoll heraus. Karsa hörte auf zuzuschlagen. Er holte rasselnd, schmerzerfüllt Luft, hielt sie an, als plötzlich Wolken aus Dunkelheit brausend durch seinen Geist wogten, und atmete dann langsam und gleichmäßig wieder aus. Er spuckte erneut blutigen Schleim aus, der den zerschmetterten Schädel der Bestie traf.

Karl Schmitt & Co.
Buchhandlung Schmitt & Hahn
Hauptstrasse 8
69117 Heidelberg
Tel. +49 6221 845196

BON 12020583

Datum:	24.09.2007 11:23:53
Bediener:	Frau Schiedel
Bereich:	Standard
Filiale:	HD - Hauptstraße 8
Kasse:	21 HD - Hauptstraße 8
Kundengr.:	Standard

Blanvalet 24469 Erikson,F.... 13,00 EUR (72)

Summe: 13,00 EUR

Summe (Netto): 12,15 EUR
72 MWSt: (Netto: 12,15 EUR) 0,85 EUR

Bar 20,00 EUR 20,00 EUR
Rückgeld Bar 7,00 EUR

USt-IdNr. 143279282
Danke für Ihren Einkauf
Umtausch nur gegen Kassenbon

Karsa hob den Kopf und blickte sich um. Eine Tür zu seiner Rechten. Im Raum dahinter befanden sich ein langer Tisch und Stühle. Ächzend erhob er sich und stolperte in das Zimmer. Auf dem Tisch stand ein Krug mit Wein. Becher waren in gleichmäßigen Reihen auf beiden Seiten des Tischs aufgestellt, jeweils einer vor jedem Stuhl. Karsa wischte sie von der Tischplatte, nahm den Krug und legte sich auf die fleckige, hölzerne Platte. Er starrte zur Decke hoch, auf die irgendjemand ein Pantheon unbekannter Götter gemalt hatte, die auf ihn herunterstarrten.

Sie alle hatten einen spöttischen Gesichtsausdruck.

Karsa pappte sich den losen Hautfetzen wieder an die Schläfe und grinste den Gesichtern an der Decke höhnisch zu, ehe er den Krug an die Lippen setzte.

Ein gesegneter kühler Wind, nun, da die Sonne tief über dem Horizont stand. Es war nun schon einige Zeit still – genauer gesagt, seit dem letzten Gebrüll. Ein paar Soldaten, die den ganzen Nachmittag Glockenschlag um Glockenschlag dagestanden hatten, waren bewusstlos zusammengebrochen; der eine Sklave, den der Falah'd aus seinem Gefolge abgetreten hatte, kümmerte sich um sie.

Hauptmann Inashan war bereits einige Zeit damit beschäftigt, einen Trupp zusammenzustellen, den er in die Feste führen wollte.

Sklaven massierten dem Falah'd die Füße und rieben sie mit in Öl zerkauten Minzblättern ab. »Ihr braucht zu lange, Hauptmann!«, sagte er. »Seht Euch das dämonische Pferd an, wie es uns beäugt! Es wird dunkel sein, wenn Ihr endlich so weit seid, dass Ihr die Festung stürmen könnt!«

»Es werden gerade Fackeln gebracht, Falah'd«, erwiderte Inashan. »Wir sind so gut wie bereit.«

Sein Widerstreben hatte fast etwas Komisches, und Samar Dev wagte nicht, ihm in die Augen zu blicken – nicht nach dem Gesichtsausdruck, den ihr früheres Zwinkern hervorgerufen hatte.

Ein Schrei ertönte aus dem Lager der Belagerer.

Toblakai war aufgetaucht, kletterte vom Sims herunter, zurück auf die behelfsmäßige Treppe. Samar Dev und Inashan begaben sich zum Graben, kamen gerade rechtzeitig dort an, um ihn heraussteigen zu sehen. Das Bärenfell hing in Fetzen und war dunkel vor Blut. Er hatte sich einen Stoffstreifen um den Kopf gewunden, der die Haut oberhalb einer Schläfe an Ort und Stelle hielt. Der größte Teil seiner Oberbekleidung war weggerissen worden und enthüllte zahllose Furchen und Einstiche.

Und er war voller Scheiße.

Vom Falah'd, der zwanzig Schritt hinter ihnen war, kam eine nörgelige Frage: »Toblakai! Sind die Verhandlungen gut verlaufen?«

»Ich nehme an, es sind keine Malazaner mehr da«, sagte Inashan leise.

Karsa Orlong starrte ihn finster an. »Ich habe keine gesehen.« Er schritt an ihnen vorbei.

Samar Dev drehte sich um – und zuckte zusammen, als sie den entsetzlich zugerichteten Rücken des Kriegers sah. »Was ist da drin passiert?«, wollte sie wissen.

Ein Schulterzucken, das das auf Toblakais Rücken geschlungene Steinschwert wippen ließ. »Nichts Wichtiges, Hexe.«

Ohne langsamer zu werden oder sich umzudrehen, ging er weiter.

Ein Lichtfleck weit im Süden wie ein Haufen sterbender Sterne am Horizont kennzeichnete die Stadt Kayhum. Der Staub, den der Sturm vergangene Woche aufgewirbelt hatte, hatte sich wieder gesetzt, und am Nachthimmel leuchteten hell die beiden weit geschwungenen Straßen des Abgrunds. Es gab Gelehrte, so hatte Corabb Bhilan Thenu'alas gehört, die behaupteten, diese beiden breiten Straßen seien nichts weiter als Sterne, zusammengefasst in unvorstellbar großer Zahl, doch Corabb wusste, dass das Narretei war. Sie konnten gar nichts anderes als Himmelsstraßen sein, die Pfade, auf denen die Drachen der Tiefe einherschritten, und Ältere Götter und die Schmiede, deren Augen Sonnen waren und die Sterne ins Leben hämmerten; die Welten, die sich um jene Sterne drehten, waren einfach nur wertloses Zeug, Abfall aus den Schmieden, bleich und verdreckt, auf denen Kreaturen herumkrabbelten, die sich auf ihren Dünkel auch noch etwas einbildeten.

Sich auf den eigenen Dünkel etwas einbilden. Ein alter Seher hatte ihm das einst gesagt, und aus irgendeinem Grund hatte der Satz sich in Corabbs Verstand eingegraben und ließ sich dann und wann hervorholen, während sein inneres Auge angesichts dieses Wunders leuchtete. Leute taten das, ja. Er hatte sie gesehen, wieder und wieder. Wie Vögel. Besessen von Wichtigtuerei, dachten sie sich selbst groß, bis sie hinauf in den Nachthimmel ragten. Der Seher war ein Genie gewesen, dass er das so klar erkannt und so gut ausgedrückt hatte. Nicht, dass Dünkel eine einfache Sache wäre. Corabb erinnerte sich daran, wie er eine alte Frau hatte fragen müssen, was der Begriff bedeutete, wie sie gekichert und ihm unter die Tunika gegriffen hatte, um ihn am Penis zu ziehen, was unerwartet und – unabhängig von der instinktiven Reaktion – höchst unwillkommen gewesen war. Eine schwache Woge der Empörung begleitete die Erinnerung, und er spuckte in das Feuer, das vor ihm flackerte.

Leoman von den Dreschflegeln saß ihm gegenüber, neben sich eine mit Durhang gefüllte Wasserpfeife, an den Lippen das Mundstück aus Hartholz in Form einer weiblichen Brustwarze, magentarot eingefärbt, um die Ähnlichkeit noch zu verstärken. Die Augen seines Anführers glänzten düster und rötlich im Feuerschein, die Lider waren halb herabgesunken, der Blick anscheinend unverwandt auf die züngelnden Flammen gerichtet.

Corabb hatte ein armlanges Stück Holz gefunden, leicht wie der Atem einer Frau – ein untrüglicher Hinweis darauf, dass eine Biritschnecke darin hauste, die er gerade mit seinem Messer herausgeholt hatte. Die Kreatur wand sich auf der Messerspitze, und bedauerlicherweise war es ausgerechnet dieser Anblick, der ihn an das Debakel mit seinem Penis erinnerte. Er spürte, wie er verdrießlich zu werden begann, biss die Schnecke in der Mitte durch und begann zu kauen; Flüssigkeit rann ihm in den Bart. »Oh«, sagte er mit vollem Mund, »sie hat Eier. Köstlich.«

Leoman blickte ihn an und zog dann erneut an seinem Mundstück. »Uns gehen die Pferde aus«, sagte er.

Corabb schluckte. Die andere Hälfte der Schnecke wand sich noch immer auf der Messerspitze, Fäden rosafarbener Eier hingen wie winzige Perlen aus ihr heraus. »Wir schaffen es, Kommandant«, sagte er und streckte die Zunge aus, um die Eier aufzulecken, und schob sich dann den Rest der Schnecke in den Mund. Er kaute und schluckte. »Noch vier, fünf Tage, würde ich schätzen.«

Leomans Augen glitzerten. »Dann weißt du es also.«

»Wo wir hingehen? Ja.«

»Weißt du auch, warum?«

Corabb warf das Stück Holz ins Feuer. »Y'Ghatan. Die Erste Heilige Stadt. Wo Dassem Ultor, verflucht sei sein Name, verraten wurde und gestorben ist. Y'Ghatan, die älteste Stadt der Welt. Erbaut auf der Schmiede eines Schmieds des Abgrunds, auf seinen Knochen. Sieben Y'Ghatans, sieben große Städte, um die Zeitalter zu kennzeichnen, die wir erlebt haben – das, das wir jetzt sehen, hockt auf den Knochen der anderen sechs. Y'Ghatan – Stadt der Olivenhaine, Stadt der süßen Öle –« Corabb verstummte, runzelte die Stirn. »Wie war nochmal die Frage, Kommandant?«

»Warum.«

»Ah, ja. Ob ich weiß, warum du dich für Y'Ghatan entschieden hast? Weil wir dort zu einer Belagerung verlocken. Es ist eine Stadt, die schwer zu erobern ist. Die dummen Malazaner werden bei dem Versuch, ihre Wälle zu erstürmen, verbluten. Wir werden ihre Knochen zu denen all der anderen hinzufügen, zu denen von Dassem Ultor –«

»Er ist dort nicht gestorben, Corabb.«

»Was? Aber es hat Zeugen gegeben, die gesehen haben –«

»Dass er verwundet wurde, ja. Dass … versucht wurde, ihn zu töten. Aber nein, mein Freund, das Erste Schwert ist nicht gestorben; Dassem lebt immer noch.«

»Und wo ist er dann?«

»Wo er ist, spielt keine Rolle. Du solltest fragen: *Wer ist er?*

Frage das, Corabb Bhilan Thenu'alas, und ich werde dir eine Antwort geben.«

Corabb dachte über das nach, was er gerade gehört hatte. Selbst wenn Leoman von den Dreschflegeln sich benebelt von Durhangschwaden treiben ließ, war er zu schlau für ihn. Er war klug, konnte all das sehen, was Corabb nicht sehen konnte. Er war der größte Anführer, den das Reich der Sieben Städte jemals hervorgebracht hatte. Er hätte Coltaine besiegt. Ehrenhaft. Und wenn man ihn gelassen hätte, hätte er Mandata Tavore zerschmettert, und dann Dujek Einarm. Es hätte eine echte Befreiung gegeben, für das ganze Reich der Sieben Städte, und von hier aus hätte sich die Rebellion ausgebreitet, bis das Joch schließlich von allen abgeworfen worden wäre. Das war die Tragödie, die wahre Tragödie. »Der Gesegnete Dessembrae hängt uns an den Fersen …«

Leoman hustete eine Rauchwolke aus. Er krümmte sich, hustete weiter.

Corabb griff nach einem Wassersack und warf ihn seinem Anführer zu. Leoman holte schließlich Luft und trank dann einen kräftigen Schluck. Mit einem tiefen Seufzen lehnte er sich zurück und grinste. »Du bist ein Wunder, Corabb Bhilan Thenu'alas! Und um dir zu antworten – ich hoffe doch, dass dem nicht so ist!«

Corabb wurde traurig. »Du machst dich über mich lustig, Kommandant«, sagte er.

»Ganz und gar nicht, du von Oponn gesegneter Verrückter – mein einziger noch lebender Freund –, ganz und gar nicht. Es ist der Kult, verstehst du. Der Herr der Tragödie. Dessembrae. Das ist Dassem Ultor. Ich habe keinen Zweifel daran, dass du das verstanden hast, aber denke doch einmal *darüber* nach – damit es einen Kult gibt, eine Religion mit Priestern und all dem Kram, muss es einen Gott geben. Einen lebenden Gott.«

»Dassem Ultor ist aufgestiegen?«

»Ich glaube schon, auch wenn er ein widerspenstiger Gott ist. Ein Verweigerer, wie Anomander Rake von den Tiste Andii. Und so wandert er herum, ewig auf der Flucht … und vielleicht auch ewig auf der Jagd.«

»Wonach?«

Leoman schüttelte den Kopf. »Y'Ghatan«, sagte er dann. »Ja, mein Freund, dort werden wir uns ihnen entgegenstellen, und der Name soll für alle Zeiten zu einem Fluch für die Malazaner werden, zu einem Fluch, der bitter auf ihren Zungen liegt.« Sein Blick wurde plötzlich härter. »Stehst du an meiner Seite? Ganz egal, was ich befehle, ganz egal, welch ein Wahnsinn mich zu befallen scheint?«

Etwas im Blick seines Anführers ließ Corabb frösteln, aber er nickte. »Ich stehe an deiner Seite, Leoman von den Dreschflegeln. Zweifle nicht daran.«

Ein wehmütiges Lächeln. »Ich werde dich nicht darauf festnageln. Aber ich danke dir dennoch für deine Worte.«

»Warum solltest du an ihnen zweifeln?«

»Weil ich allein weiß, was ich vorhabe.«

»Sag es mir.«

»Nein, mein Freund. Diese Last muss ich allein tragen.«

»Du führst uns an, Leoman von den Dreschflegeln. Wir werden dir folgen. Wie du sagst, trägst du uns alle. Wir sind die Last der Geschichte, der Freiheit, und dennoch bist du nicht gebeugt –«

»Ach, Corabb ...«

»Ich sage nur, was alle wissen, was aber noch nie zuvor laut ausgesprochen wurde, Kommandant.«

»Es liegt Gnade im Schweigen, mein Freund. Aber keine Seele. Es ist geschehen, du hast in der Tat gesprochen.«

»Ich habe dir noch mehr aufgeladen. Es tut mir leid, Leoman von den Dreschflegeln.«

Leoman nahm noch einmal einen Schluck aus dem Wassersack und spuckte dann ins Feuer. »Wir brauchen nicht mehr darüber zu sprechen. Y'Ghatan. Das wird unsere Stadt sein. Vier, fünf Tage. Die Zeit des Stampfens ist gerade vorbei, oder?«

»Die Oliven? Ja, wenn wir ankommen, werden die Olivenarbeiter sich versammelt haben. Tausend Kaufleute werden dort sein, und Arbeiter werden auf der Straße zur Küste sein und sie neu pflastern. Es wird Töpfer und Fassbinder und Fuhrleute und Karawanen geben. Die Luft wird golden vom Staub sein, und staubig vom Gold –«

»Du bist wirklich ein Poet, Corabb. Kaufleute und ihre angeheuerten Wachen. Sag mir, was glaubst du – werden sie sich meiner Autorität beugen?«

»Das müssen sie.«

»Wer ist der Falah'd der Stadt?«

»Vedor.«

»Welcher?«

»Der mit dem Frettchengesicht, Leoman. Sein fischgesichtiger Bruder wurde tot im Bett seiner Geliebten gefunden; die Hure war nicht aufzutreiben, aber sie ist jetzt wahrscheinlich entweder reich und versteckt sich, oder sie liegt in einem flachen Grab. Es ist immer das Gleiche bei den Falah'dan.«

»Und wir sind sicher, dass Vedor die Malazaner auch weiterhin ablehnt?«

»Bis jetzt kann noch keine Flotte oder Armee zu ihnen vorgedrungen sein. Das weißt du selbst, Leoman von den Dreschflegeln.«

Der Mann nickte langsam, den Blick wieder auf die Flammen gerichtet.

Corabb blickte zum Nachthimmel hinauf. »Eines Tages«, sagte er, »werden wir die Straßen zum Abgrund beschreiten. Und so alle Wunder des Universums zu sehen bekommen.«

Leoman schielte nach oben. »Wo die Sterne so dick wie Adern sind?«

»Es sind Straßen, Leoman. Du glaubst doch gewiss diesen verrückten Gelehrten nicht?«

»Alle Gelehrten sind verrückt, ja. Sie sagen nichts, das es wert wäre, geglaubt zu werden. Dann also die Straßen. Der Pfad des Feuers.«

»Natürlich«, fuhr Corabb fort, »wird das erst in vielen Jahren geschehen …«

»Ganz wie du sagst, mein Freund. Und jetzt schläfst du am besten noch ein bisschen.«

Corabb stand auf; seine Knochen knackten. »Mögest du in dieser Nacht von Ruhm träumen, Kommandant.«

»Von Ruhm? Oh, ja, mein Freund. Unser Pfad des Feuers ...«

»Ach, die Schnecke hat mir eine Magenverstimmung beschert. Es waren die Eier.«

»Der Scheißkerl will nach Y'Ghatan.«

Sergeant Fiedler warf Buddl einen Blick zu. »Du hast nachgedacht, stimmt's? Das ist nicht gut, Soldat. Gar nicht gut.«

»Ich kann nichts dagegen tun.«

»Das ist sogar noch schlimmer. Jetzt muss ich dich im Auge behalten.«

Koryk hockte auf Händen und Knien und mit gesenktem Kopf vor der Feuerstelle und versuchte, den von der letzten Nacht übrigen Kohlen neues Leben einzuhauchen. Plötzlich hustete er, als er eine Aschewolke einatmete, duckte sich blinzelnd weg und hustete weiter.

Lächeln lachte. »Der schlaue Mann aus den Steppen tut es schon wieder. Du hast geschlafen, Koryk, aber ich sollte dir vielleicht sagen, dass Starr letzte Nacht das Feuer ausgepisst hat.«

»Was?!«

»Sie lügt«, sagte Starr, der neben seinem Packen hockte und einen Lederriemen flickte. »Und wenn schon, es war gut. Du hättest dein Gesicht sehen sollen, Koryk.«

»Wie kann das jemand angesichts der weißen Maske, die er trägt? Solltest du nicht Todesstreifen in die Asche malen, Koryk? Macht ihr Seti das nicht?«

»Nur, wenn sie in die Schlacht ziehen, Lächeln«, sagte der Sergeant. »Und jetzt lass gut sein. Du bist genauso schlimm wie dieser verdammte hengesische Schoßhund. Er hat sich letzte Nacht im Knöchel eines Khundryl verbissen und wollte nicht mehr loslassen.«

»Ich hoffe, sie haben ihn aufgespießt«, sagte Lächeln.

»Keine Chance. Bent hat aufgepasst. Wie auch immer, sie mussten Temul holen, um das Vieh loszuwerden. Worauf ich hinauswollte, Lächeln: Du hast keinen wickanischen Hirtenhund, der deinen Rücken bewacht; von daher wirst du umso sicherer sein, je weniger du aus dem Hinterhalt schießt.«

Niemand erwähnte das Messer, das Koryk vor einer Woche ins Bein bekommen hatte.

Krake kam ins Lager geschlendert. Er hatte einen Trupp gefunden, der bereits ein bisschen faulig riechenden Tee gebraut hatte, und trank jetzt aus seinem Zinnbecher. »Sie sind hier«, sagte er.

»Wer?«, wollte Lächeln wissen.

Buddl sah zu, wie ihr Sergeant sich wieder hinsetzte und sich an seinen Packen lehnte. »Na schön«, sagte Saiten seufzend. »Der Marsch wird verschoben werden. Hilf mal jemand Koryk, das Feuer in Gang zu bringen – wir werden ein richtiges Frühstück bekommen. Krake wird kochen.«

»Ich? Na gut, aber dann macht mir auch keine Vorwürfe.«

»Weswegen?«, fragte Saiten mit einem unschuldigen Lächeln.

Krake trat zur Feuerstelle, griff in seine Tasche. »Ich hab noch ein bisschen versiegelten Flammenstaub –«

Alle spritzten auseinander, einschließlich Saiten. Plötzlich war Krake allein. Er blickte sich verwirrt nach seinen Kameraden um, die jetzt alle mindestens fünfzehn Schritt von ihm entfernt standen. Er machte ein finsteres Gesicht. »Ein Körnchen oder zwei, nicht mehr. Verdammt – glaubt ihr denn, ich wäre verrückt?«

Alle blickten Saiten an, der die Schultern zuckte. »Eine instinktive Reaktion, Krake. Ich bin überrascht, dass du dich immer noch nicht daran gewöhnt hast.«

»Ach ja? Und wie kommt es dann, dass du der Erste warst, der abgehauen ist, Fiedler?«

»Wer könnte besser über das Zeug Bescheid wissen als ich?«

Krake hockte sich neben die Feuerstelle. »Nun«, murmelte er, »ich bin vollkommen überwältigt.« Er zog eine kleine Tonscheibe aus der Tasche. Es war ein Spielstein für das Brettspiel namens Trog, Krakes liebsten Zeitvertreib. Der Sappeur spuckte darauf und warf die Scheibe dann in die Kohlen. Und wich schnell zurück.

Sonst bewegte sich niemand.

»He«, sagte Koryk, »das war jetzt aber kein *richtiger* Trog-Spielstein, oder?«

Krake warf ihm einen Blick zu. »Warum sollte das keiner gewesen sein?«

»Weil diese Dinger in der Gegend rumgeschmissen werden.«

»Nur wenn ich verliere«, erwiderte der Sappeur.

Eine Explosion aus Asche, plötzlich Flammen. Krake trat wieder ans Feuer und begann es mit Dungstücken zu nähren. »In Ordnung, kümmer sich jemand darum. Ich werde etwas von dem Zeug besorgen, das hier als Essen durchgeht, und noch ein bisschen was rauskriegen.«

»Buddl hat ein paar Eidechsen«, sagte Lächeln.

»Vergiss es«, erwiderte Buddl hastig. »Das sind meine … äh … Freunde.« Er zuckte zusammen, als die anderen Mitglieder des Trupps sich umdrehten und ihn ansahen.

»Freunde?«, fragte Saiten. Er kratzte sich am Bart, musterte den Soldaten.

»Was denn«, sagte Lächeln. »sind wir zu schlau für dich, Buddl? All diese verwirrenden Wörter, die wir benutzen? Die Tatsache, dass wir diese Kritzeleien auf Ton- und Wachstafeln und Schriftrollen lesen können? Nun, das heißt natürlich alle außer Koryk. Wie auch immer. Fühlst du dich unzulänglich, Buddl? Ich meine jetzt nicht körperlich – darüber brauchen wir gar nicht erst zu reden. Sondern geistig, nicht wahr? Ist das das Problem?«

Buddl starrte sie düster an. »Du wirst das alles eines Tages noch bedauern, Lächeln.«

»Oh, er will mir seine Eidechsenfreunde auf den Hals hetzen! Zu Hilfe!«

»Das reicht, Lächeln«, knurrte Saiten mit einem warnenden Unterton.

Sie stand auf, fuhr sich mit den Händen durch die Haare, die sie noch offen trug. »Nun gut, ich gehe ein bisschen mit Blitzgescheit und Uru Hela tratschen. Blitz hat gesagt, sie hat vor ein paar Tagen Neffarias Bredd gesehen. Ein Pferd war gestorben, und er hat's zum Lager seines Trupps zurückgetragen. Sie haben es gegrillt. Sind nur die Knochen übrig geblieben.«

»Der Trupp hat ein ganzes Pferd gegessen?«, schnaubte Koryk. »Wie kommt es eigentlich, dass ich diesen Neffarias Bredd noch nie gesehen habe? Hat ihn überhaupt schon mal jemand gesehen?«

»Ich«, erwiderte Lächeln.

»Wann?«, wollte Koryk wissen.

»Vor ein paar Tagen. Ich habe keine Lust mehr, mit euch zu reden. Dein Feuer geht aus.« Sie stapfte davon.

Der Sergeant zupfte noch immer an seinem Bart herum. »Bei den Göttern hienieden, ich muss dieses Ding wegmachen«, murmelte er.

»Aber die Kleinen haben das Nest noch nicht verlassen«, sagte Krake und hockte sich neben ihn. Er hatte allerhand zu essen mitgebracht. »Wer hat denn Schlangen gesammelt?«, fragte er und ließ die verschiedenen Objekte fallen. Er hob ein längliches, seilähnliches Ding hoch. »Sie stinken –«

»Das ist der Essig«, sagte Koryk. »Eine alte Delikatesse der Seti. Der Essig gart das Fleisch, verstehst du, wenn man nicht genug Zeit hat, es langsam zu räuchern.«

»Wie könnt ihr nur Schlangen umbringen?«, wollte Buddl wissen. »Sie sind nützlich, wisst ihr.«

Saiten stand auf. »Buddl, lass uns mal ein paar Schritte gehen.«

Oh, verdammt. Ich sollte lernen, den Mund zu halten. »In Ordnung, Sergeant.«

Sie überquerten den Graben und marschierten ein Stück in die holprige Lato-Odhan hinaus, auf deren größtenteils ebenem, staubigem Boden Unmengen von Felsbrocken verstreut lagen, keiner größer als der Kopf eines Mannes. Irgendwo weit im Südwesten und immer noch außer Sichtweite lag Kayhum, während hinter ihnen das Thalasgebirge aufragte, seit Jahrunderten baumlos und nun von Wind und Wetter zerfressen wie verfaulte Zähne. Keine Wolke gebot der hellen Morgensonne Einhalt, die bereits heiß herabbrannte.

»Wo hast du deine Eidechsen?«, fragte Saiten.

»In meinen Kleidern, so dass sie nicht in der Sonne sind … während des Tages, heißt das. Nachts wandern sie herum.«

»Und du wanderst mit ihnen.«

Buddl nickte.

»Das ist eine nützliche Begabung«, kommentierte der Sergeant, und fuhr dann fort: »Vor allem, wenn man jemandem nachspionieren will. Nicht dem Feind, natürlich, aber allen anderen.«

»Bis jetzt. Ich meine, wir sind dem Feind noch nicht nahe genug gekommen –«

»Ich weiß. Und darum hast du auch noch niemandem etwas davon gesagt. Dann hast du also die Mandata oft belauscht? Ich meine, seit du vom Untergang der Brückenbrenner erfahren hast?«

»Nicht oft, um die Wahrheit zu sagen.« Buddl zögerte, fragte sich, wie viel er sagen sollte.

»Raus damit, Soldat.«

»Es ist diese Klaue …«

»Perl.«

»Ja. Und, nun … äh … der Hohemagier.«

»Der Schnelle Ben.«

»Richtig. Und jetzt ist auch noch Tayschrenn da –«

Saiten packte Buddl am Arm und zog ihn herum. »Er ist weg. Er war nur ein paar Glockenschläge lang hier, und das war vor einer Woche –«

»Stimmt. Aber das heißt ja nicht, dass er nicht jederzeit zurückkommen könnte, stimmt's? Wie auch immer. All diese mächtigen, unheimlichen Magier … sie machen mich nervös.«

»Und du machst *mich* nervös, Buddl!«

»Warum?«

Der Sergeant blickte ihn argwöhnisch an, ließ dann seinen Arm los und setzte sich wieder in Bewegung.

»Wo gehen wir hin?«, wollte Buddl wissen.

»Sag du es mir.«

»Nicht in diese Richtung.«

»Warum?«

»Äh … Nil und Neder. Sie sind gleich auf der anderen Seite von dem niedrigen Hügel da vorne.«

Saiten ließ ein halbes Dutzend Hafenarbeiterflüche vom Stapel. »Hol uns der Vermummte! Hör zu, Soldat, ich habe nichts vergessen, verstehst du. Ich kann mich daran erinnern, wie du mit Meanas gewürfelt hast, wie du Puppen aus dem Vermummten und dem Seil gemacht hast. Erdmagie und mit Geistern sprechen – bei den Göttern hienieden, du bist dem Schnellen Ben so ähnlich, dass mir die Haare zu Berge stehen. Ach, ja, richtig, das kommt alles von deiner Großmutter – es ist nur … Ich *weiß,* wo der Schnelle Ben seine Begabung her hat, verstehst du?«

Buddl blickte den Sergeanten stirnrunzelnd an. »Was?«

»Was meinst du mit *was?*«

»Worüber sprichst du, Sergeant? Du verwirrst mich.«

»Ben kann auf mehr Gewirre zurückgreifen und sich ihrer bedienen als jeder andere Magier, von dem ich je gehört habe. Außer«, fügte er mit einem gereizten Unterton hinzu, »außer *dir* vielleicht.«

»Aber ich kann doch Gewirre nicht einmal leiden!«

»Nein, du bist eher wie Nil und Neder, stimmt's? Hast's mit Geistern und solchem Zeug. Wenn du nicht gerade mit dem Vermummten und dem Schatten spielst, heißt das.«

»Sie sind älter als die Gewirre, Sergeant.«

»Hab ich's nicht gesagt?! Was meinst du damit?«

»Nun. Festen. Es sind Festen. Oder es waren Festen. Bevor sie Gewirre wurden. Es ist alte Magie, das hat mir meine Großmutter beigebracht. Richtig alt. Wie auch immer, ich habe meine Meinung geändert, was Nil und Neder betrifft. Sie haben etwas vor, und das würde ich gerne sehen.«

»Aber du willst nicht, dass sie uns sehen.«

Buddl zuckte die Schultern. »Dafür ist es zu spät, Sergeant. Sie wissen schon, dass wir hier sind.«

»Schön, dann zeig mir den Weg. Aber ich möchte, dass du dich mit dem Schnellen Ben triffst. Und ich will alles über diese Festen wissen, von denen du andauernd sprichst.«

Nein, das willst du nicht. »In Ordnung.« Der Schnelle Ben. Ein Treffen. Das war schlecht. *Vielleicht sollte ich weglaufen. Nein, sei kein Idiot, Buddl. Du kannst nicht weglaufen.* Außerdem – was war schon dabei, wenn er mit dem Hohemagier sprach? Er tat ja schließlich nichts Falsches, genau gesehen. Nicht im eigentlichen Sinn. Zumindest nicht auf eine Weise, dass irgendjemand davon wissen könnte. *Außer so ein hinterlistiger Bastard wie der Schnelle Ben. Beim Abgrund, was ist, wenn er herausfindet, wer in meinem Schatten schreitet? Nun, es ist ja nicht so, dass ich um diese Art von Begleitung gebeten hätte, oder?*

»Was auch immer du denkst«, knurrte Saiten, »es jagt mir eine Gänsehaut ein.«

»Das bin ich nicht. Nil und Neder. Sie haben ein Ritual begonnen. Ich habe meine Meinung noch einmal geändert – wir sollten vielleicht umkehren.«

»Nein.«

Sie machten sich daran, den sanft ansteigenden Hang hinaufzugehen.

Buddl spürte plötzlich, dass er unter seinen Kleidern schwitzte. »Du hast selbst ein bisschen natürliche Begabung, Sergeant, stimmt's? Von wegen Gänsehaut und so ... Du reagierst empfindlich auf ... solches Zeug.«

»Ich hatte eine schlimme Kindheit.«

»Wo ist Geslers Trupp hingegangen?«

Saiten blickte ihn vorwurfsvoll an. »Du tust es schon wieder.«

»Tut mir leid.«

»Sie begleiten den Schnellen Ben und Kalam – die sind vorausgegangen. Von daher dauert es noch ein bisschen bis zu dem von dir gefürchteten Treffen mit dem Schnellen Ben; das freut dich doch bestimmt zu hören.«

»Sie sind vorausgegangen. Durch ein Gewirr? Das sollten sie lieber nicht tun, verstehst du. Nicht jetzt. Nicht hier –«

»Warum?«

»Nun. Darum.«

»Zum ersten Mal in meiner Karriere als Soldat des malazanischen Imperiums habe ich wirklich Lust, einen Kameraden zu erwürgen.«

»Tut mir leid.«

»Und hör auf mit diesem *tut mir leid*.«

»Aber …«

Der Sergeant ballte die zerschlagenen Hände zu Fäusten. Buddl schwieg. Er fragte sich, ob Saiten ihn tatsächlich erwürgen würde.

Sie erreichten die Hügelkuppe. Dreißig Schritt dahinter hatten die wickanischen Waerlogas einen Kreis aus zerklüfteten Steinen gebaut, in dem sie nun einander gegenübersaßen. »Sie reisen«, sagte Buddl. »Es ist eine Art Geistergehen, wie die Tanno es tun. Sie sind sich bewusst, dass wir hier sind, aber nur ganz vage.«

»Ich nehme an, wir werden nicht in diesen Kreis treten.«

»Nicht, solange wir sie nicht herausziehen müssen.«

Saiten blickte ihn an.

»Nicht, solange ich sie nicht herausziehen muss, wollte ich sagen. Wenn etwas schiefgeht. Wenn sie in Schwierigkeiten geraten.«

Sie traten noch ein Stück näher. »Warum bist du in die Armee eingetreten, Buddl?«

Sie hat darauf bestanden. »Meine Großmutter dachte, es wäre eine gute Idee. Sie war gerade gestorben, verstehst du, und ihr Geist war … äh … ein bisschen aufgeregt. Über etwas.« *Oh, das ist die falsche Richtung, Buddl.* »Mir wurde langweilig. Und ich wurde ruhelos. Immer nur Puppen an die Lotsen und Seeleute im Hafen zu verkaufen –«

»Wo?«

»In Jakatakan.«

»Was für Puppen?«

»Die Art, die die Sturmreiter anscheinend mögen. Die sie beschwichtigen.«

»Die Sturmreiter? Bei den Göttern hienieden, Buddl, ich dachte immer, gegen die hätte nichts geholfen. Schon seit Jahren nicht mehr.«

»Mit den Puppen hat es auch nicht immer geklappt, aber manchmal schon, was mehr war als bei den meisten anderen Besänftigungsversuche. Wie auch immer, ich habe gut verdient, aber es schien mir irgendwie nicht genug –«

»Ist dir plötzlich auch kalt?«

Buddl nickte. »Das passt, wenn man bedenkt, wo sie hingegangen sind.«

»Und wo sind sie hin?«

»Durchs Tor des Vermummten. Es ist schon in Ordnung, Sergeant. Glaube ich. Wirklich. Sie sind ziemlich gut darin, heimlich irgendwo rumzuschleichen, und solange sie keine falsche Aufmerksamkeit auf sich lenken …«

»Aber … warum?«

Buddl blickte den Sergeanten an. Saiten sah blass aus. Was nicht überraschend war. Die verdammten Geister in der Raraku hatten ihn aus der Fassung gebracht. »Sie suchen nach … Leuten. Nach Toten.«

»Sormo E'nath?«

»Ich vermute es. Nach Wickanern. Die bei der Kette der Hunde gestorben sind. Sie haben das auch schon früher getan. Sie können sie nicht finden –« Er verstummte, als eine bitterkalte Böe um den Steinkreis herumwirbelte. Reif überzog den Boden. »Oh, das ist nicht gut. Ich bin gleich zurück, Sergeant.«

Buddl rannte los und sprang mit einem Satz in den Steinkreis.

Und verschwand.

Zumindest nahm er an, dass das geschehen war, denn er war nicht länger in der Lato-Odhan, sondern stand knöcheltief in verrottenden, zerfallenden Knochen, und über ihm erstreckte sich ein krankhaft grauer Himmel. Irgendjemand schrie. Buddl drehte sich um und sah in etwa dreißig Schritt Entfernung drei Gestalten. Nil und Neder, und ihnen gegenüber eine entsetzliche Erscheinung. Und dieser … Leichnam veranstaltete das Geschrei. Die beiden jungen Wickaner duckten sich unter der Tirade.

Es war eine Sprache, die Buddl nicht verstand. Er ging näher heran, bei jedem Schritt Knochenstaub aufwirbelnd.

Plötzlich streckte der Leichnam die Arme aus, packte die beiden Wickaner, hob sie hoch und schüttelte sie.

Buddl begann zu rennen. *Und was tue ich, wenn ich bei ihnen bin?*

Die Kreatur fletschte die Zähne und schleuderte Nil und Neder zu Boden, dann verschwand sie urplötzlich inmitten der Staubwolken.

Die beiden Wickaner hatten sich bereits wieder aufgerappelt, als er bei ihnen ankam. Neder fluchte in ihrer Muttersprache, während sie sich den Staub aus der Tunika klopfte. Sie warf Buddl einen düsteren Blick zu. »Was willst du hier?«

»Ich dachte, ihr wärt in Schwierigkeiten.«

»Uns geht's gut«, schnappte Nil, doch auf seinem jungenhaften Gesicht lag ein verlegener Ausdruck. »Du kannst uns zurückführen, Magier.«

»Hat die Mandata dich geschickt?«, wollte Neder wissen. »Kann man denn hier niemals seine Ruhe haben?«

»Niemand hat mich geschickt. Nun, Sergeant Saiten – wir haben gerade einen kleinen Spaziergang gemacht –«

»Saiten? Du meinst Fiedler?«

»Wir sollen –«

»Tu jetzt nicht so, als wärst du ein Idiot«, sagte Neder. »Alle wissen es.«

»Wir sind keine Idioten. Aber offensichtlich ist noch keiner von euch beiden auf die Idee gekommen, dass Fiedler es vielleicht so haben will. Er möchte jetzt Saiten genannt werden, weil sein altes Leben dahin ist, und der alte Namen schlechte Erinnerungen weckt – und von denen hat er wirklich reichlich.«

Weder Nil noch Neder antworteten.

Nachdem sie ein paar weitere Schritte gegangen waren, fragte Buddl: »War das ein wickanischer Leichnam? Einer von den Toten, nach denen ihr gesucht habt?«

»Du weißt zu viel.«

»War es so?«

Nil fluchte leise vor sich hin. »Es war unsere Mutter.«

»Eure …« Buddl verstummte.

»Sie hat gesagt, wir sollen aufhören, Trübsal zu blasen und endlich erwachsen werden«, fügte Nil hinzu.

»Das hat sie zu dir gesagt«, mischte Neder sich ein. »Zu mir hat sie gesagt –«

»Dass du dir einen Mann suchen und ein Kind kriegen sollst.«

»Das war nur ein Vorschlag.«

»Den sie gemacht hat, während sie euch geschüttelt hat?«, fragte Buddl.

Neder spuckte ihm vor die Füße. »Ein Vorschlag. Etwas, worüber ich vielleicht nachdenken sollte. Außerdem muss ich dir gar nicht zuhören, Soldat. Du bist ein Malazaner. Ein Trupp-Magier.«

»Außerdem ist er derjenige«, fügte Nil hinzu, »der auf Lebensfunken reitet.«

»Auf den kleinen. Genau wie wir es als Kinder gemacht haben.«

Buddl lächelte, als er ihre Antwort hörte.

Sie bekam es mit. »Was ist daran so erheiternd?«

»Nichts. Tut mir leid.«

»Ich dachte, du wolltest uns zurückführen.«

»Das dachte ich eigentlich auch.« Buddl blieb stehen und schaute sich um. »Oh, ich glaube, wir sind bemerkt worden.«

»Das ist dein Fehler, Magier!«, sagte Nil anklagend.

»Vermutlich.«

Neder zischte und zeigte nach vorn.

Eine andere Gestalt war aufgetaucht, und zu beiden Seiten von ihr trabten Hunde. Wickanische Hirtenhunde. Neun, zehn, zwölf. Ihre Augen glänzten silbern. Der Mann in ihrer Mitte war ganz eindeutig ein Wickaner, mit ergrauenden Haaren, kräftig gebaut und o-beinig. Sein Gesicht war von Narben verunstaltet.

»Das ist Bult«, flüsterte Neder. Sie trat vor.

Die Hunde knurrten.

»Nil, Neder, ich habe nach euch gesucht«, sagte der Geist namens Bult, während er zehn Schritt entfernt stehen blieb. Die

186

Hunde reihten sich beiderseits von ihm auf. »Hört zu. Wir gehören nicht hierher. Versteht ihr? Wir gehören nicht hierher.« Er machte eine Pause und zog kräftig an seiner Nase – eine Geste, die aussah, als hätte er sie schon unzählige Male gemacht. »Vergesst meine Worte nicht.« Er wandte sich ab, blieb dann stehen und warf noch einmal einen Blick zurück über die Schulter. »Und, Neder – sieh zu, dass du heiratest und Kinder bekommst.«

Die Geister verschwanden.

Neder stampfte kräftig auf den Boden. Staub stieg um sie herum auf. »Warum erzählen mir das alle ständig?«

»Euer Stamm hat viele Mitglieder verloren«, sagte Buddl, da es ihm vernünftig erschien. »Es leuchtet ein –«

Sie kam auf ihn zu.

Buddl machte einen Schritt zurück –

Und tauchte innerhalb des Steinkreises wieder auf.

Einen Augenblick später kamen keuchende Laute von Nil und Neder; ihre im Schneidersitz dahockenden Körper zuckten.

»Ich habe gerade angefangen, mir Sorgen zu machen«, sagte Saiten, der knapp außerhalb des Kreises hinter ihm stand.

Die beiden Wickaner brauchten lange, um sich wieder aufzurappeln.

Buddl eilte an die Seite seines Sergeanten. »Wir sollten machen, dass wir loskommen«, sagte er. »Bevor sie wieder voll da ist, heißt das.«

»Warum?«

Buddl setzte sich in Bewegung. »Weil sie wütend auf mich ist.«

Der Sergeant schnaubte und folgte ihm dann. »Und warum ist sie wütend auf dich, Soldat? Als ob ich das fragen müsste …«

»Es hat was mit dem zu tun, was ich gesagt habe.«

»Oh, jetzt bin ich aber überrascht.«

»Ich will mich nicht großartig darüber auslassen, Sergeant. Tut mir leid.«

»Ich hätte gute Lust, dich auf den Boden zu schmeißen und festzuhalten, bis sie hier ist.«

Sie erreichten die Hügelkuppe. Hinter ihnen begann Neder zu fluchen. Buddl beschleunigte seinen Schritt. Dann machte er Halt und kauerte sich hin, griff unter sein Hemd und zog behutsam eine reglose Eidechse heraus. »Wach auf«, murmelte er und setzte das Tier ab. Es huschte davon.

Saiten betrachtete ihn. »Die Eidechse wird ihnen folgen, oder?«

»Sie könnte auf die Idee kommen, einen richtigen Fluch gegen mich loszulassen«, erklärte Buddl ihm. »Und wenn sie es tut, muss ich ihm etwas entgegensetzen.«

»Beim Atem des Vermummten, was hast du denn zu ihr gesagt?«

»Ich habe einen schrecklichen Fehler gemacht. Ich war der gleichen Meinung wie ihre Mutter.«

»Wir sollten sehen, dass wir hier rauskommen. Oder …«

Kalam schaute zu ihm herüber. »In Ordnung, Ben.« Er hob eine Hand, um die Soldaten zum Stehen zu bringen, die sie flankierten – und auch denjenigen, der hinter ihnen herging – und stieß dann einen leisen Pfiff aus, um den großen, rotbärtigen Korporal an der Spitze zu benachrichtigen.

Die Mitglieder des Trupps sammelten sich, schlossen einen Kreis um den Hohemagier und den Assassinen.

»Wir werden verfolgt«, sagte Sergeant Gesler und wischte sich den Schweiß von der Stirn.

»Es ist noch viel schlimmer«, sagte der Schnelle Ben.

»Ist es das nicht immer?«, murmelte der Soldat namens Sand.

Kalam drehte sich um und musterte den Weg hinter ihnen. In den farblosen Wirbeln konnte er nichts erkennen. »Das hier ist immer noch das Imperiale Gewirr, oder nicht?«

Der Schnelle Ben rieb sich den Nacken. »Ich bin mir nicht so sicher.«

»Aber wie kann so etwas passieren?« Die Frage kam von Korporal Stürmisch; er hatte die Stirn in Falten gelegt, und seine kleinen Augen glitzerten, als stünde er kurz vor einem schrecklichen

Wutanfall. Er hielt sein graues Feuersteinschwert in den Händen, als würde er erwarten, dass mit einem Mal direkt vor ihm ein Dämon auftauchen würde.

Der Assassine überprüfte seine Langmesser. »Nun?«, wandte er sich an den Schnellen Ben.

Der Magier zögerte und sagte dann: »Meinetwegen.«

»Was habt ihr beide gerade beschlossen?«, fragte Gesler. »Würde es zu viele Umstände machen, es uns auch zu erklären?«

»Sarkastischer Bastard«, meinte der Schnelle Ben und schenkte dem Sergeanten dann ein breites, strahlendes Lächeln.

»Ich habe in meinem Leben schon 'ner Menge Leute die Fresse poliert«, sagte Gesler, ebenfalls lächelnd, »aber noch nie einem Hohemagier.«

»Es könnte sein, dass du gar nicht hier wärst, wenn du das getan hättest, Sergeant.«

»Zurück zum Wesentlichen«, sagte Kalam mit einem warnenden Unterton. »Wir werden warten und nachsehen, wer uns verfolgt, Gesler. Ben weiß nicht, wo wir sind, und das ist an sich schon beunruhigend genug.«

»Und dann verschwinden wir von hier«, fügte der Magier hinzu. »Keine heldenhaften Gefechte.«

»Das Motto der Vierzehnten«, sagte Stürmisch und stieß einen deutlich vernehmbaren Seufzer aus.

»Welches?«, fragte Gesler. »*Und dann verschwinden wir von hier* oder *Keine heldenhaften Gefechte*?«

»Such dir eins aus.«

Kalam musterte den Trupp, erst Gesler, dann Stürmisch, dann den jungen Wahr und Pella und schließlich Sand, den unbedeutenden Magier. *Was für ein armseliger Haufen.*

»Lasst es uns einfach töten«, sagte Stürmisch und trat unruhig von einem Bein aufs andere. »Danach können wir dann ja besprechen, was es war.«

»Der Vermummte allein weiß, wie du so lange überlebt hast«, sagte der Schnelle Ben kopfschüttelnd.

»Weil ich ein *vernünftiger* Mann bin, Hohemagier.«

Kalam grunzte. *Na schön, damit könnten sie mir ja tatsächlich noch ans Herz wachsen.* »Wie weit weg ist es, Ben?«

»Nicht weit. Und nicht es. Sie. Und sie kommen näher.« Gesler nahm seine Armbrust von der Schulter, Pella und Wahr taten es ihm nach. Sie luden die Waffen mit Bolzen und verteilten sich.

»Sie, hast du gesagt«, murmelte der Sergeant, während er dem Schnellen Ben einen düsteren Blick zuwarf. »Heißt das jetzt zwei? Sechs? Fünfzigtausend?«

»Das ist nicht das Problem«, sagte Sand; seine Stimme klang plötzlich zittrig. »Sondern, wo sie herkommen. Chaos. Ich habe doch recht, oder nicht, Hohemagier?«

»Dann«, sagte Kalam, »sind die Gewirre also tatsächlich in Schwierigkeiten.«

»Das habe ich dir doch gesagt, Kal.«

»Das hast du. Und der Mandata hast du das Gleiche gesagt. Aber sie wollte, dass wir vor Leoman nach Y'Ghatan kommen. Und das bedeutet, dass wir die Gewirre benutzen müssen.«

»Da!«, zischte Wahr und deutete nach vorn.

Aus dem grauen Zwielicht schälte sich etwas heraus – etwas Gewaltiges, hoch Aufragendes – und erfüllte schwarz wie eine Sturmwolke den Himmel. Und dahinter noch eines, und noch eines …

»Zeit zu verschwinden«, sagte der Schnelle Ben.

Kapitel Vier

Alles, was K'rul geschaffen hat, verstehst du, ist der Liebe des Älteren Gottes zu Möglichkeiten zu verdanken. Zahllose Pfade der Zauberei haben eine Vielzahl von Fäden gesponnen, von denen jeder einzelne so ungezähmt ist wie die im Wind flatternden Haare eines umherstreifenden Tieres. Und K'rul war dieses Tier, aber zugleich war er eine Parodie auf das Leben, denn sein Nektar war Blut, das vergossene Geschenk, die roten Tränen des Schmerzes, und von diesem einzigartigen Durst wurde alles bestimmt, das er war.

Trotz alledem – Durst ist etwas, das uns alle verbindet, nicht wahr?

Gespräch zwischen Brutho und Nullit in Nullits Letzter Nacht
Brutho Parlet

Das Land war riesig, doch es war nicht leer. Irgendeine erdgeschichtliche Katastrophe, die vor undenklichen Zeiten stattgefunden haben musste, hatte das blankgescheuerte Grundgestein zerrissen und es mit unzähligen Spalten versehen, die sich in einem chaotischen Zickzackmuster über die Ebene zogen. Falls einstmals Sand diesen Ort bedeckt und die Abgründe ausgefüllt hatte, so hatten Wind oder Wasser auch das letzte Körnchen davon weggewischt. Der Stein sah aus wie poliert, und das Sonnenlicht verlieh ihm einen wilden Schimmer.

Blinzelnd musterte Mappo die gepeinigte Landschaft vor ihnen. Nach einiger Zeit schüttelte er den Kopf. »Ich habe diesen Ort noch nie zuvor gesehen, Icarium. Es sieht aus, als hätte irgendetwas einfach die Haut der Welt abgeschält. Diese Spalten ... wie können sie so willkürlich in alle Richtungen verlaufen?«

Das Jaghut-Halbblut, das neben ihm stand, antwortete nicht sofort; seine farblosen Augen waren auf die Szenerie gerichtet, als

191

würden sie nach einem Muster suchen. Nach einiger Zeit kauerte Icarium sich hin und hob einen Brocken zerbrochenes Grundgestein auf. »Enormer Druck«, murmelte er. »Und dann ... rohe Gewalt.« Er richtete sich wieder auf, warf den Stein weg. »Die Spalten folgen keineswegs den natürlichen Verwerfungen – siehst du die da, die uns am nächsten ist? Sie geht mitten durch die Gesteinsschichten. Ich bin fasziniert, Mappo.«

Der Trell stellte seinen Jutesack ab. »Willst du die Sache erforschen?«

»Ja, das will ich.« Icarium blickte ihn an und lächelte. »Keiner meiner Wünsche kann dich überraschen, ist es nicht so? Es ist keine Übertreibung, dass du meinen Geist besser kennst als ich selbst. Ich wollte, du wärst eine Frau.«

»Wenn ich eine Frau wäre, Icarium, würde ich mir über deinen Geschmack, was Frauen angeht, ernsthaft Sorgen machen.«

»Zugegeben«, erwiderte der Jhag, »du bist ziemlich haarig. Borstig, genauer gesagt. Und wenn ich mir deinen Umfang anschaue, glaube ich, dass du einen Bhederinbullen niederringen könntest.«

»Vorausgesetzt, ich hätte einen Grund dafür, auch wenn mir jetzt keiner einfällt.«

»Komm, lass uns das da vorne erforschen.«

Mappo folgte Icarium hinaus auf die verfluchte Ebene. Die Hitze war bösartig, ausdörrend. Das Grundgestein unter ihren Füßen wies verdrehte Wirbel auf, Zeichen für das Einwirken gewaltiger, gegensätzlicher Druckverhältnisse. Nicht eine Flechte klammerte sich an den Stein. »Das war lange begraben.«

»Ja. Und es ist erst kürzlich freigelegt worden.«

Sie näherten sich der scharfen Kante der nächsten Schlucht.

Das Sonnenlicht reichte ein Stück weit hinunter und enthüllte zerklüftete, steile Felswände, doch der Boden des tiefen Geländeeinschnitts lag im Dunkel.

»Ich sehe einen Weg, der hinunterführt«, sagte Icarium.

»Ich hatte gehofft, du würdest ihn übersehen«, erwiderte Mappo, der die gleiche Rinne mit ihren passenden Simsen und Spalten, an und in denen man Halt für die Hände und Füße finden konnte, entdeckt hatte. »Du weißt, wie sehr ich Klettern hasse.«

»Nein. Erst seit du es erwähnt hast. Sollen wir?«

»Lass mich meinen Jutesack holen«, sagte Mappo und drehte sich um. »Wir werden wahrscheinlich die Nacht da unten verbringen.« Er stapfte zurück zum Rand der Ebene. Im Laufe der vielen Jahre, seit er geschworen hatte, Icarium zu begleiten, lohnte sich Neugier immer seltener. Mittlerweile war es eher ein Gefühl, das eng mit Entsetzen verwandt war. Icariums Suche nach Antworten war leider nicht hoffnungslos. Und wenn die Wahrheit ans Licht kam, würde sie wie eine Lawine losbrechen, und Icarium würde den Enthüllungen nicht widerstehen – würde ihnen nicht widerstehen *können*. Enthüllungen über ihn selbst. Und über all das, was er getan hatte. Der Jhag würde versuchen, sich das Leben zu nehmen, sollte niemand es wagen, ihm diese Gnade zu gewähren.

Das war eine Klippe, an der sie beide vor noch gar nicht so langer Zeit gehangen hatten. *Und ich habe meinen Schwur verraten.* Im Namen der Freundschaft. Er war gebrochen worden, und dafür schämte er sich noch immer. Noch schlimmer war es gewesen, das Mitgefühl in Icariums Augen zu sehen – es hatte Mappo wie ein Schwert mitten ins Herz getroffen, eine keineswegs verheilte Wunde, die ihn immer noch quälte.

Doch Neugier hatte natürlich auch etwas Unbeständiges. Ablenkungen verschlangen Zeit, zogen Icarium von seinem unbarmherzigen Pfad. *Ja, Zeit. Verzögerungen. Folge ihm, wo immer er auch hingeht, Mappo Runt. Du kannst nichts anderes tun. Bis … bis was passiert?* Bis er schließlich versagen würde. Und dann würde ein anderer kommen – wenn es nicht schon zu spät war – und die große Täuschung weiterführen.

Er war erschöpft. Seine Seele war der ganzen Scharade zutiefst müde. Zu viele Lügen hatten ihn auf diesen Pfad geführt, zu viele Lügen hielten ihn hier bis zu diesem Tag fest. *Ich bin kein Freund. Ich habe meinen Schwur gebrochen – im Namen der Freundschaft? Noch eine Lüge. Es war einfach nur nackter Eigennutz, ich habe meinen selbstsüchtigen Bedürfnissen nachgegeben.*

Während Icarium ihn als seinen Freund bezeichnete. Der Jhag war das Opfer eines schrecklichen Fluchs, doch er blieb vertrauensvoll, ehrenhaft, voller Lebensfreude. *Und hier bin ich, führe ihn fröhlich wieder und wieder in die Irre.* Oh, das Wort dafür war tatsächlich *Schande.* Er stellte fest, dass er vor seinem Packen stand. Wie lange er da schon gestanden hatte, ohne etwas zu sehen, ohne sich zu rühren, wusste er nicht. *Ach, das ist nur recht und billig, dass ich anfange, mich zu verlieren.* Seufzend hob er seinen Packsack auf und warf ihn sich über die Schulter. *Ich bete, dass wir niemandem über den Weg laufen. Dass es keine Bedrohung gibt. Kein Risiko. Ich bete, dass wir nie einen Weg finden, der aus der Schlucht herausführt.* Aber zu wem betete er? Mappo lächelte, als er sich auf den Rückweg zu Icarium machte. Er glaubte an nichts, und er würde sich den Dünkel nicht erlauben, dem Vergessen ein Gesicht zu verpassen. Und daher waren es leere Gebete, ausgestoßen von einem leeren Mann.

»Alles in Ordnung, mein Freund?«, fragte Icarium, als er die Schlucht erreichte.

»Geh voraus«, sagte Mappo. »Ich muss erst noch meinen Packsack sichern.«

Für einen winzigen Augenblick huschte so etwas wie Sorge über das Gesicht des Jhag, dann nickte er und ging dorthin, wo die Rinne mündete, glitt über die Kante und verschwand aus Mappos Blickfeld.

Mappo zog eine kleine Gürteltasche hervor und öffnete die Verschnürung. Er nahm einen Beutel aus dem ersten und entfaltete ihn, wobei sich herausstellte, dass er größer war als derjenige, in dem er aufbewahrt worden war. Aus diesem zweiten Beutel zog er einen dritten, die wiederum größer war, als er auseinandergefaltet war. Dann stopfte Mappo mit einer gewissen Anstrengung seinen Rucksack in den letzten Beutel. Zog die Verschnürung zu. Er stopfte den Beutel in den nächstkleineren und quetschte diesen schließlich in die kleine Gürteltasche, die er sich an die Taille band. Es war unbequem, wenn auch nur vorübergehend. Sollte irgendein Unheil auftauchen, würde er nicht schnell an seine Waffen kommen, zumindest nicht während des Abstiegs. Nicht, dass er hätte kämpfen können, wenn er sich wie eine betrunkene Ziege an die Felswand klammerte.

Er begab sich zu der Rinne und schaute über die Kante. Icarium kam rasch voran, er war bereits fünfzehn oder mehr Mannslängen unter ihm.

Was würden sie dort unten vorfinden? *Felsen.* Oder etwas, das für alle Zeiten hätte begraben bleiben sollen.

Mappo begann mit dem Abstieg.

Schon nach kurzer Zeit war jegliche Helligkeit aus der Schlucht gewichen, da die Sonne am Himmel weiterwanderte. Sie kletterten in tiefer Finsternis weiter. Die Luft war kühl und abgestanden, und es waren keinerlei Geräusche zu hören, abgesehen von einem gelegentlichen Schaben von Icariums Schwertscheide irgendwo weit unter ihm am Fels – der einzige Hinweis darauf, dass der Jhag noch lebte, dass er nicht abgestürzt war, denn Mappo wusste, dass er nicht aufschreien würde, sollte er den Halt verlieren und in die Tiefe stürzen.

Die Arme des Trell wurden müde, seine Waden begannen zu schmerzen, seine Finger wurden taub, aber er behielt sein gleichmäßiges Tempo bei, er fühlte sich merkwürdig unerbittlich, als wäre dies ein Abstieg, der niemals enden würde, und er wild darauf, dies zu beweisen, und der einzige mögliche Beweis bestünde darin weiterzumachen. Für immer. Dieser Wunsch war in gewisser Hinsicht aufschlussreich, aber er war nicht bereit, sich darüber Gedanken zu machen.

Die Luft wurde kälter. Mappo sah, wie sein Atem sich direkt vor seinem Gesicht als Raureif auf dem Fels niederschlug und in einem schwachen Lichtschein glitzerte, der nirgends seinen Ursprung zu haben schien. Er konnte altes Eis riechen – es war irgendwo dort unten –, und ein Anflug von Unbehagen ließ seine Atemzüge schneller werden.

Kein Wunder, dass er sich erschreckte, als plötzlich eine Hand die Ferse seines linken Fußes berührte, der nach unten tastete.

»Wir sind da«, murmelte Icarium.

»Hol uns der Abgrund«, keuchte Mappo, während er sich von der Felswand abstieß und mit leicht nachgebenden Beinen auf einem schlüpfrigen, geneigten Boden aufkam. Er streckte die Arme aus, um das Gleichgewicht wiederzufinden, und richtete sich auf. »Bist du dir sicher? Vielleicht ist diese Schräge nur ein Sims, und wenn wir ausrutschen –«

»Werden wir nass. Komm, da vorne ist eine Art See.«

»Oh, ich sehe ihn. Er … schimmert …«

Sie bewegten sich vorsichtig die Schräge hinab, bis die reglose Wasserfläche direkt vor ihnen lag. Ein unbestimmtes, grünlich-blaues Licht, das von unten kam, zeigte ihnen, wie tief der See war. Sie konnten bis auf den blassgrünen Grund sehen, der vielleicht zehn Mannslängen unter ihnen lag; er war uneben, gespickt mit verfaulten Baumstümpfen oder abgebrochenen Stalagmiten und weiß eingefasst.

»Und für das da sind wir ungefähr eine Meile in die Tiefe gestiegen?«, fragte Mappo. Seine Stimme hallte durch die Schlucht – und dann lachte er.

»Sieh genau hin«, wies Icarium ihn an, und der Trell hörte die Aufregung in der Stimme seines Freundes.

Die Stümpfe gingen vom Ufer aus etwa vier oder fünf Schritt weiter und hörten dann auf. Dahinter kauerte ein gewaltiges, klobiges Etwas, an dem so gut wie keine Einzelheiten zu erkennen waren. Unbestimmte Muster überzogen die sichtbaren Seiten und den oberen Bereich. Merkwürdige, rechteckige Fortsätze gingen von der abgewandten Seite aus wie Spinnenbeine. Mappo stieß zischend die Luft aus. »Lebt es?«, fragte er.

»Es ist irgendeine Art von Mechanismus«, sagte Icarium. »Das Metall ist fast weiß, siehst du? Kein Rost. Dieses Ding sieht aus, als wäre es gestern gebaut worden, aber, mein Freund, ich glaube, es ist uralt.«

Mappo zögerte und fragte dann schließlich doch. »Ist es eins von deinen?«

Icarium blickte ihn an; seine Augen glänzten. »Nein. Und das ist das eigentliche Wunder.«

»Nein? Bist du dir sicher? Wir haben schon andere gefunden –«

»Ich bin mir sicher. Ich weiß nicht, wie das sein kann, aber ich zweifele nicht im Geringsten daran. Dieses Ding hat jemand anderes gebaut.«

Der Trell kauerte sich hin, tauchte eine Hand ins Wasser – und riss sie blitzschnell wieder zurück. »Bei den Göttern, ist das kalt!«

»Das wird mich nicht hindern«, sagte Icarium lächelnd. Einen Herzschlag lang waren seine polierten unteren Hauer zu sehen. »Du willst rüberschwimmen und es untersuchen? Schon gut, die Antwort ist offensichtlich. Also schön, dann werde ich eine ebene Stelle suchen und dort unser Lager aufschlagen.«

Der Jhag zog seine Kleider aus.

Mappo machte sich daran, den schrägen Hang wieder hochzugehen. Das leuchtende Wasser vertrieb die Düsternis ausreichend, als dass er erkennen konnte, wo er hintrat; er ging höher, bis seine linke Hand über die kalte Felswand strich. Nach etwa fünfzehn Schritten glitt diese Hand in eine schmale Spalte, und als er erneut Felsen spürte, bemerkte er sofort, dass diese Oberfläche sich unter seinen Fingerspitzen anders anfühlte. Der Trell blieb stehen und untersuchte den Spalt genauer.

Dieser Stein war zerklüfteter Basalt, der immer weiter aus der Schluchtwand ragte, so dass die Schräge unter Mappos Füßen allmählich schmaler wurde und schließlich ganz verschwand. Scharfe Risse verliefen über den schiefen Boden bis zum See, und die schwarzen Spalten waren auch am Grund des Sees zu erkennen. Der Basalt war also auf irgendeine Weise hier eingedrungen, schloss er. Vielleicht war die ganze Schlucht nur durch ihn geschaffen worden.

Mappo ging wieder zurück, bis er genügend Platz hatte, um sich, mit dem Rücken an die Felswand gelehnt, hinzusetzen, und richtete den Blick auf die Oberfläche des Sees, über die jetzt kleine Wellen liefen. Er zog ein Stück Schilfrohr hervor und begann, sich die Zähne sauberzumachen, während er über seinen Fund nachdachte. Er konnte sich nicht vorstellen, dass ein natürlicher Vorgang für ein solches Eindringen verantwortlich war. Zwar verlie-

197

fen die Linien, an denen entlang sich tief unter der Oberfläche verschiedene Kräfte als Druck in der Erde auswirkten, auch hier gegensätzlich, aber in diesem Teil des Subkontinents gab es schlicht und einfach keinen Steilabbruch, der entsprechende Spannungen erzeugen und so die Landschaft formen könnte.

Nein, da war ein Tor gewesen, und der Basaltfelsen war hindurchgekommen. Mit katastrophalen Folgen. Er war aus seiner Sphäre gekommen ... und mitten im festen Grundgestein dieser Welt aufgetaucht.

Was war es? Aber er wusste es doch.

Eine Himmelsfestung.

Mappo stand auf und blickte den zerklüfteten Basaltfelsen erneut an. *Und das, was Icarium gerade am Grund des Sees untersucht, das ist von dem Ding hier gekommen. Und daraus folgt dann wohl – ja, es kann eigentlich gar nicht anders sein –, dass es hier eine Art Portal geben muss. Einen Weg hinein.* Jetzt war er wirklich neugierig. Welche Geheimnisse lagen im Innern dieser Himmelsfestung verborgen? Unter den Einschärfungsritualen, die die Namenlosen intoniert hatten, während Mappo seinen Schwur abgelegt hatte, waren Erzählungen von den Himmelsfestungen gewesen, den entsetzlichen Festungen der K'Chain Che'Malle, die wie Wolken in der Luft schwebten. Es war eine Art Invasion gewesen – zumindest hatten die Namenlosen das gesagt –, in den Zeitaltern vor dem Aufstieg des Ersten Imperiums, als die Menschen, die es eines Tages gründen sollten, noch wenig mehr getan hatten als in kleinen Gruppen herumzuziehen – als sie noch nicht einmal in Stämmen organisiert und eigentlich kaum anders waren als die sterblichen Imass. Eine Invasion, die – zumindest in diesem Gebiet – fehlgeschlagen war. Die Geschichten sagten so gut wie nichts darüber, wer oder was sich den Eindringlingen entgegengestellt hatte. Die Jaghut vielleicht. Oder die Forkrul Assail ... oder die Älteren Götter selbst.

Er hörte ein Planschen und sah trotz des Zwielichts, wie sich Icarium unbeholfen aufs Ufer zog. Mappo stand auf und begab sich zu ihm.

»Tot«, keuchte Icarium. Mappo sah, dass der Körper seines Freundes immer wieder von Schauern überlaufen wurde.

»Der Mechanismus?«

Der Jhag schüttelte den Kopf. »Omtose Phellack. Dieses Wasser ... totes Eis. Totes ... Blut.«

Mappo wartete, bis Icarium sich einigermaßen erholt hatte. Er musterte die jetzt wirbelnde, aufgewühlte Wasseroberfläche und fragte sich, wann dieses Wasser das letzte Mal so etwas wie Bewegung verspürt hatte – oder die Wärme eines lebenden Körpers. Im Hinblick auf Letzeres war es ganz offensichtlich durstig gewesen.

»In dem Ding da unten ist ein Leichnam«, sagte der Jhag nach einiger Zeit.

»Ein K'Chain Che'Malle.«

»Ja. Woher hast du das gewusst?«

»Ich habe die Himmelsfestung gefunden, aus der es herausgekommen ist. Ein Teil davon ist immer noch zu sehen, es ragt aus der Felswand.«

»Eine seltsame Kreatur«, murmelte Icarium. »Ich kann mich nicht erinnern, jemals eine gesehen zu haben, und doch kannte ich ihren Namen.«

»Soweit ich weiß, bist du ihnen auf deinen Reisen noch nie begegnet, mein Freund. Doch nichtsdestotrotz weißt du etwas über sie.«

»Darüber muss ich nachdenken.«

»Ja.«

»Eine seltsame Kreatur«, sagte er erneut. »So reptilienähnlich. Vertrocknet, natürlich, wie zu erwarten war. Stark, nehme ich an. Die hinteren Gliedmaßen, die Unterarme. Ein großes Maul. Und ein Stummelschwanz –«

Mappo blickte auf. »Ein Stummelschwanz. Bist du dir sicher?«

»Ja. Das Ding hatte sich zurückgelehnt, und in seiner Reichweite waren Hebel – es war ein Meister darin, den Mechanismus zu beherrschen.«

»War da irgendwo ein Bullauge, durch das du hineinschauen konntest?«

»Nein. Wo immer ich hingeblickt habe, wurde das weiße Metall durchsichtig.«

»Hat es die Arbeitsweise des Mechanismus offenbart?«

»Nur den Bereich, in dem der K'Chain Che'Malle gesessen hat. Eine Art Kutsche, glaube ich, ein Hilfsmittel, um Dinge zu befördern oder zu erforschen ... Aber eines, das nicht dafür ausgelegt war, unter Wasser getaucht zu werden; und es war auch kein Werkzeug für Grabungen – die gelenkigen Arme wären dafür nicht geeignet gewesen. Nein, die Enthüllung von Omtose Phellak hat sie überrascht. Verschlungen. In Eis gefangen. Ein Jaghut ist gekommen, Mappo, der dafür gesorgt hat, dass niemand entkommen konnte.«

Mappo nickte. Icariums Beschreibungen hatten ihn zu praktisch den gleichen Schlüssen kommen lassen, was den Ablauf der Ereignisse anging. Genau wie die Himmelsfestung war der Mechanismus gebaut worden, um zu fliegen, um mittels irgendeiner unbekannten Zauberei durch die Lüfte getragen zu werden. »Wenn wir irgendwo ebene Erde finden wollen«, sagte er, »dann nur im Innern der Festung.«

Der Jhag lächelte. »Sehe ich da einen Funken Vorfreude in deinen Augen? Ich glaube fast, ich habe wieder den alten Mappo vor mir. Denn ob ich mich jetzt erinnern kann oder nicht – du bist für mich kein Fremder, und ich war in letzter Zeit ziemlich verdrießlich, weil ich erkennen konnte, wie verloren du dich fühlst. Das verstehe ich natürlich – wie sollte es auch anders sein? Ich bin derjenige, der dich quält, mein Freund, und das bereitet mir Kummer. Komm, wollen wir versuchen, einen Weg ins Innere der Festung zu finden?«

Mappo musterte Icarium, als er an ihm vorbeischritt, und dann drehte er sich langsam um, folgte dem Jhag mit seinem Blick.

Icarium, Erbauer von Mechanismen. Woher hat er diese Fähigkeiten? Er fürchtete, sie würden es bald herausfinden.

Das Kloster lag inmitten eines ausgedörrten, rissigen Ödlands; im Umkreis von einem Dutzend Längen gab es weder ein Dorf noch einen Weiler entlang der nur schwach erkennbaren Fahrspuren, die die Straße bildeten. Auf der Karte, die Schlitzer in G'danisban gekauft hatte, war es mit einer einzigen, aufrecht stehenden, in rötlich-brauner Tinte eingetragenen Wellenlinie gekennzeichnet, die auf dem abgewetzten Leder kaum zu erkennen war. Das Symbol von D'rek, dem Wurm des Herbstes.

Ein einzelnes, mit einem Kuppeldach versehenes Bauwerk stand in der Mitte eines von niedrigen Mauern umfriedeten, rechteckigen Innenhofs, und am Himmel darüber kreisten Geier.

Heboric Geisterhand, der neben ihm zusammengesunken im Sattel hockte, spuckte aus. »Verfall. Verwesung. Auflösung«, sagte er. »Wenn das, was einst funktioniert hat, plötzlich zerbricht. Und wie eine Motte flattert die Seele davon. Ins Dunkel. Der Herbst steht bevor, und die Jahreszeiten sind schief, sie winden sich, um all den blankgezogenen Messern zu entgehen. Doch die Gefangenen der Jade sitzen für immer in der Falle. Sind in ihren eigenen Auseinandersetzungen gefangen. Streitereien und Gezänk, während das Universum draußen unsichtbar bleibt. Sie scheren sich keinen Deut darum, diese Narren. Sie tragen ihre Unwissenheit wie eine Rüstung und schwingen Gehässigkeit wie ein Schwert. Was bin ich für sie? Ein Kuriosum. Weniger noch. Also ist es eine zerbrochene Welt, warum sollte ich mir darum Gedanken machen? Ich habe das hier nicht gewollt, nichts davon ...«

Er brabbelte weiter, aber Schlitzer hörte ihm nicht mehr zu. Er warf einen Blick zurück auf die beiden Frauen, die ihnen folgten. Teilnahmslos, achtlos, verroht von der Hitze. Die Pferde unter ihnen trotteten mit gesenkten Köpfen dahin; unter ihrem staubigen, struppigen Fell waren die Rippen deutlich zu erkennen. Ein Stück neben ihnen turnte Graufrosch herum; er sah fett und geschmeidig wie immer aus und umkreiste die Reiter mit anscheinend unerschöpflicher Energie.

»Wir sollten dem Kloster einen Besuch abstatten«, sagte Schlitzer. »Sollten seinen Brunnen benutzen, und wenn es irgendetwas zu essen gibt –«

»Sie sind alle tot«, krächzte Heboric.

Schlitzer musterte den alten Mann, gab dann ein Brummen von sich. »Das erklärt die Geier. Aber wir brauchen trotzdem Wasser.«

Treachs Destriant schenkte ihm ein unwirsches Lächeln.

Schlitzer verstand, was dieses Lächeln bedeutete. Er wurde allmählich herzlos, abgehärtet gegen die unzähligen schrecklichen Dinge auf der Welt. Ein Kloster voller toter Priester und Priesterinnen war wie … nichts. Und der alte Mann konnte es sehen, konnte in ihn hineinsehen. *Sein neuer Gott ist der Tiger des Sommers, der Herr des Krieges. Heboric Geisterhand, der Hohepriester des Streits … Er erkennt, wie kalt ich geworden bin. Und ist … erheitert.*

Schlitzer lenkte sein Pferd auf den seitlich abzweigenden Pfad, der zum Kloster führte. Die anderen folgten ihm. Vor dem geschlossenen Tor zügelte der Daru sein Reittier und stieg ab. »Heboric, spürst du irgendetwas, das uns gefährlich werden könnte?«

»Verfüge ich denn über diese Art von Begabung?«

Schlitzer sah ihn an, sagte aber nichts.

Der Destriant kletterte von seinem Pferd. »Da drin ist nichts Lebendiges. Gar nichts.«

»Keine Geister?«

»Nichts. Sie hat sie mitgenommen.«

»Wer?«

»Die unerwartete Besucherin …« Er lachte und warf die Arme in die Luft. »Wir spielen unsere Spiele. Wir rechnen nie damit, dass es zu … einem Zwischenfall kommt. Einem Frevel. Ich hätte es ihnen sagen können. Hätte sie warnen können, aber sie hätten nicht auf mich gehört. Der Dünkel verschlingt alles. Ein einzelnes Gebäude kann zu einer ganzen Welt werden, in der die Geister sich drängen und drängeln, dann aneinanderzerren und drücken. Sie müssten einfach nur nach draußen gehen, aber sie tun es nicht. Sie haben vergessen, dass es ein Draußen gibt. Oh, all diese Ge-

sichter der Anbetung, von denen keines *echte* Anbetung ist. Mach
dir nichts aus dem Eifer, er dient lediglich dem dämonischen Hass
im Innern. Den Boshaftigkeiten und Ängsten und Tücken. Ich
hätte es ihnen sagen können.«

Schlitzer führte sein Pferd am Zügel an die Mauer. Er kletterte
auf den Rücken des Tiers, kauerte sich geduckt in den Sattel und
richtete sich dann auf, bis er stand. Jetzt konnte er die Mauerkrone leicht erreichen. Er zog sich hoch. Auf der anderen Seite lagen
Leichen auf dem festgestampften, weißen Boden. Ein Dutzend
oder so, schwarzhäutig und größtenteils nackt überall im Innenhof verteilt. Schlitzer blinzelte. Die Leichen sahen aus, als würden
sie … wallen, schäumen, zerfließen. Sie wogten vor seinen Augen.
Er zwang sich, den Blick von ihnen abzuwenden. Die Türen des
überkuppelten Tempels standen weit offen. Rechts stand ein niedriger Zaun, der ein langgestrecktes, flaches Gebäude umgab; zwei
Drittel der sichtbaren Mauer waren noch unverputzt, die Lehmziegel deutlich zu erkennen. Wannen mit Gips und Werkzeuge
wiesen darauf hin, dass hier eine Arbeit begonnen worden war,
die nie mehr vollendet werden würde. Unzählige Geier hockten
auf dem flachen Dach, doch keiner begab sich nach unten, um sich
an den Leichen gütlich zu tun.

Schlitzer sprang hinunter in den Innenhof. Er ging zum Tor, hob
den Querbalken aus der Verankerung und zog dann die schweren
Flügel auf.

Draußen wartete Graufrosch. *»Niedergeschlagen und beunruhigt. So viel Unangenehmes an diesem tödlichen Ort, Schlitzer.
Bestürzung. Kein Appetit.«* Er schob sich vorbei, hastete argwöhnisch zum nächstgelegenen Leichnam. *»Oh! Sie brodeln. Würmer,
sie wimmeln vor Würmern. Das Fleisch ist schlecht, schlecht sogar
für Graufrosch. Abscheu. Lasst uns von hier verschwinden!«*

Schlitzer entdeckte den Brunnen, in der Ecke zwischen dem
Nebengebäude und dem Tempel. Er ging nach draußen, wo die
anderen immer noch vor dem Tor warteten. »Gebt mir eure Wasserschläuche. Heboric, kannst du das Nebengebäude überprüfen,
ob sich da etwas zu essen finden lässt?«

Heboric lächelte. »Das Vieh wurde nicht herausgelassen. Seit Tagen nicht. Die Hitze hat sie alle getötet. Ein Dutzend Ziegen, zwei Maultiere.«

»Schau einfach nach, ob es etwas zu essen gibt.«

Der Destriant ging zum Nebengebäude.

Scillara stieg ab, nahm die Wasserschläuche, die vor Felisin der Jüngeren am Sattel befestigt waren, und näherte sich Schlitzer. Ihren eigenen Wasserschlauch hatte sie sich über die Schulter gehängt. »Hier.«

Er musterte sie. »Ich frage mich, ob das eine Warnung ist.«

Ihre Brauen hoben sich andeutungsweise. »Sind wir denn so bedeutend, Schlitzer?«

»Nun, ich habe nicht gemeint, dass sie uns gilt. Ich habe nur gemeint, dass wir es vielleicht als Warnung auffassen sollten.«

»Tote Priester?«

»Aus Anbetung erwächst nichts Gutes.«

Sie schenkte ihm ein merkwürdiges Lächeln und hielt ihm dann ihre Wasserschläuche entgegen.

Schlitzer verfluchte sich. Er brachte kaum etwas Vernünftiges heraus, wenn er versuchte, mit dieser Frau zu sprechen. Sagte Dinge, die auch ein Narr sagen würde. Es war der spöttische Ausdruck in ihren Augen, ihre Miene, die sich, sobald er den Mund aufmachte, in ein leichtes Lächeln verwandelte. Ohne noch etwas zu sagen, nahm er die Wasserschläuche und marschierte zurück in den Innenhof.

Scillara sah ihm einen Augenblick lang nach, dann drehte sie sich um, als Felisin sich von ihrem Pferd gleiten ließ. »Wir brauchen das Wasser.«

Die jüngere Frau nickte. »Ich weiß.« Sie zupfte sich an den Haaren, die mittlerweile lang geworden waren. »Ich sehe immer noch die Banditen. Und hier sind jetzt noch mehr tote Menschen. Und dann die Friedhöfe, durch die der Weg gestern mitten hindurchgeführt hat, das Feld der Knochen. Ich habe das Gefühl, wir sind in einen Alptraum hineingestolpert und dringen jeden Tag tiefer in ihn ein. Es ist heiß, aber mir ist die ganze Zeit kalt, und es wird immer schlimmer.«

»Das kommt von der Austrocknung«, sagte Scillara und stopfte ihre Pfeife neu.

»Das Ding hast du schon seit Tagen nicht mehr aus dem Mund genommen«, sagte Felisin.

»Es hält den Durst in Schach.«

»Tasächlich?«

»Nein, aber ich versuche es mir einzureden.«

Felisin blickte weg. »Wir tun das ziemlich häufig, oder?«

»Was?«

Sie zuckte die Schultern. »Uns etwas einreden. In der Hoffnung, dass es dadurch wahr wird.«

Scillara sog heftig an ihrer Pfeife, blies eine Rauchwolke nach oben und schaute zu, wie der Wind sie fort trug.

»Du siehst so gesund aus«, sagte Felisin und ließ erneut den Blick über sie gleiten. »Während wir anderen dahinwelken.«

»Graufrosch nicht.«

»Das stimmt, Graufrosch nicht.«

»Spricht er viel mit dir?«

Felisin schüttelte den Kopf. »Nicht viel. Außer, wenn ich nachts aufwache, nach meinen schlimmen Träumen. Dann singt er mir etwas vor.«

»Er singt?«

»Ja. In der Sprache seines Volkes. Lieder für Kinder. Er sagt, er muss sie üben.«

Scillara blickte sie scharf an. »Tatsächlich? Hat er gesagt, warum?«

»Nein.«

»Wie alt warst du, Felisin, als deine Mutter dich verkauft hat?«

Noch ein Schulterzucken. »Ich kann mich nicht erinnern.«

Das mochte zwar eine Lüge gewesen sein, aber Scillara verfolgte das Thema nicht weiter.

Felisin trat einen Schritt näher. »Wirst du dich um mich kümmern, Scillara?«

»Was?«

»Ich habe das Gefühl, als ginge ich rückwärts. Ich habe mich schon ... älter gefühlt. Damals, in der Raraku. Jetzt ist es, als würde ich jeden Tag wieder ein bisschen mehr ein Kind werden. Kleiner, immer kleiner.«

Scillara fühlte sich unbehaglich. »Ich war nie besonders gut darin, mich um andere Menschen zu kümmern.«

»Ich glaube, Sha'ik war es auch nicht. Sie hatte ... fixe Ideen ...«

»Bei dir hat sie es gut gemacht.«

»Nein. Das war vor allem Leoman. Sogar Toblakai. Und Heboric, bevor Treach Anspruch auf ihn erhoben hat. Sie hat sich nicht um mich gekümmert, und deshalb konnte Bidithal ...«

»Bidithal ist tot. Hat die eigenen Eier in den dürren Hals gestopft bekommen.«

»Ja.« Das Wort war nicht mehr als ein Flüstern. »Wenn tatsächlich geschehen ist, was Heboric erzählt. Toblakai ...«

Scillara schnaubte. »Denk darüber nach, Felisin. Wenn Heboric gesagt hätte, dass L'oric es getan hat, oder Sha'ik, oder sogar Leoman, nun, dann könnte ich deine Zweifel verstehen. Aber Toblakai? Nein, du kannst es glauben. Bei den Göttern hienieden, wie kannst du es *nicht* glauben?«

Die Frage ließ ein schwaches Lächeln über Felisins Gesicht huschen, und sie nickte. »Du hast recht. Nur Toblakai würde so etwas tun. Nur Toblakai würde ihn ... auf so eine Weise töten. Sag mir, Scillara, hast du vielleicht eine Pfeife übrig?«

»Ob ich eine Pfeife übrig habe? Wie wäre es mit einem Dutzend? Willst du sie alle auf einmal rauchen?«

Felisin lachte. »Nein, nur eine. Dann wirst du dich also um mich kümmern, ja?«

»Ich werde es versuchen.« Und vielleicht würde sie das tatsächlich. Wie Graufrosch. Zur Übung. Sie fing an, nach der Pfeife zu suchen.

Schlitzer zog den Eimer hoch und beäugte misstrauisch das Wasser. Es sah sauber aus und roch auch nicht auffällig. Trotzdem zögerte er.

Schritte hinter ihm. »Ich habe etwas zu essen gefunden«, sagte Heboric. »Mehr als wir tragen können.«

»Glaubst du, dieses Wasser ist in Ordnung? Was hat die Priester getötet?«

»Es ist gut. Ich habe dir gesagt, was sie getötet hat.«

Hast du das? »Sollten wir in den Tempel sehen?«

»Graufrosch ist schon drin. Ich habe ihm gesagt, er soll nach Geld suchen, nach Edelsteinen, nach Essen, das noch nicht verdorben ist. Er war nicht sonderlich glücklich darüber, deshalb gehe ich davon aus, dass er bald wieder hier sein wird.«

»In Ordnung.« Schlitzer ging zu einem Trog und schüttete das Wasser hinein, kehrte dann zum Brunnen zurück. »Glaubst du, wir können die Pferde beschwatzen, hier hereinzukommen?«

»Ich werde es versuchen.« Aber Heboric rührte sich nicht von der Stelle.

Schlitzer blickte zu ihm hinüber und sah, dass die seltsamen Augen des alten Mannes starr auf ihn gerichtet waren. »Stimmt etwas nicht?«

»Nein, mir ist nur gerade etwas aufgefallen. Du hast gewisse Qualitäten, Schlitzer. Zum Beispiel das Zeug zum Anführer.«

Der Daru machte ein finsteres Gesicht. »Wenn du den Befehl führen willst, schön, nur zu.«

»Das war keine Stichelei, mein Junge. Ich meine, was ich gesagt habe. Du hast den Befehl übernommen, und das ist gut so. Es ist das, was wir brauchen. Ich war nie ein Anführer. Ich bin immer gefolgt. Das ist mein Fluch. Aber das ist nicht das, was sie hören wollen. Nicht von mir. Nein, sie wollen, dass ich sie hinausführe. In die Freiheit. Ich erzähle ihnen andauernd, dass ich keine Ahnung von der Freiheit habe.«

»Ihnen? Wem? Scillara und Felisin?«

»Ich werde die Pferde holen«, sagte Heboric. Er drehte sich um und watschelte in seinem merkwürdigen Krötengang davon.

Schlitzer füllte den Eimer erneut und goss das Wasser in den Trog. Sie würden die Pferde hier mit dem füttern, was sie nicht mitnehmen konnten. Und sie so viel trinken lassen, wie sie wollten. *Und außerdem plündern wir in genau diesem Moment den Tempel.* Nun, er war schon früher Dieb gewesen, vor langer Zeit. Und außerdem war den Toten Reichtum gleichgültig, oder? Ein splitterndes, reißendes Geräusch von der Mitte des Innenhofs hinter ihm. Das Geräusch eines sich öffnenden Portals. Schlitzer wirbelte herum, die Messer in den Händen.

Ein Reiter sprengte in vollem Galopp durch das magische Tor. Er zügelte sein Reittier so hart, dass dessen Hufe Staubwolken aufwirbelnd über den Boden schlitterten. Das dunkelgraue Pferd war eine monströse Erscheinung, das Fell an einigen Stellen vollkommen abgescheuert, so dass Sehnen, vertrocknete Muskeln und Bänder zu sehen waren. Seine Augen waren leere Höhlen, die Mähne lang und schmierig, und sie flog, als das Tier den Kopf zurückwarf. In seinem hinten weit hochgezogenen Sattel war der Reiter, sofern das möglich war, eine noch beunruhigendere Erscheinung. Eine schwarze, prunkvolle Rüstung voller Grünspanflecken, ein verbeulter, mitgenommener Helm ohne Gesichtsschutz, so dass das fast nur aus Knochen und ein paar von den Wangenknochen hängenden Streifen Fleisch bestehende Gesicht gut zu sehen war. Sehnen hielten den Unterkiefer mitsamt den geschwärzten, zugespitzen Zähnen an Ort und Stelle.

In dem kurzen Augenblick, als das Pferd sich aufbäumte und Staubwolken in alle Richtungen wallten, sah Schlitzer mehr Waffen an dem Reiter als er zählen konnte. Schwerter auf seinem Rücken, Wurfbeile, umwickelte Griffe, die vom Sattel in die Höhe ragten, so etwas wie einen Eberspieß mit einer Bronzespitze lang wie ein Kurzschwert in seiner von einem Handschuh umhüllten linken Hand. Ein Langbogen, ein Kurzbogen, Messer –

»*Wo ist er!?*« Ein wildes, wütendes Gebrüll. Stücke der Rüstung regneten zu Boden, als die Gestalt herumwirbelte und den Innenhof mit Blicken absuchte. »Verdammt sollst du sein, Vermummter! *Ich war ihm auf den Fersen!*« Er erblickte Schlitzer und wurde plötzlich ruhig, reglos. »Sie hat einen am Leben gelassen? Das glaube ich nicht. Du bist keiner von D'reks Welpen. Trink ruhig von dem Wasser, Sterblicher, es spielt keine Rolle. Du bist sowieso schon tot. Du und jedes andere verdammte von Blut durchströmte lebende Ding in dieser Sphäre und allen anderen!«

Er zog sein Pferd herum, um zum Tempel hinüberzusehen, wo Graufrosch aufgetaucht war, die Arme voller Seidenballen, Schachteln, Nahrungsmittel und Kochgeschirr. »Eine Kröte, die es genießt, behaglich zu kochen! Der Wahnsinn des Großen Endes bricht über uns herein! Wenn du nur ein bisschen näher kommst, Dämon, spieße ich deine Beine auf und röste sie über einem Feuer – glaubst du, dass ich nichts mehr esse? Du hast recht, aber ich werde dich rösten, boshaft und gehässig, und dabei vor Ironie sabbern. Ha! Das hat dir gefallen, stimmt's?« Er schaute erneut Schlitzer an. »Wollte er, dass ich das hier sehe? Er hat mich von meiner Fährte gezogen ... *für das hier?*«

Schlitzer steckte seine Messer wieder ein. Heboric Geisterhand führte die Pferde durch das Tor. Der alte Mann blieb kurz stehen, als er den Reiter sah, und legte den Kopf leicht schief, dann ging er weiter. »Zu spät, Soldat«, sagte er. »Oder zu früh!« Er lachte.

Der Reiter reckte den Speer hoch in die Luft. »Treach hat einen Fehler begangen, wie ich sehe, aber ich muss dir dennoch meinen Gruß entbieten.«

Heboric blieb stehen. »Einen Fehler, Soldat? Ja, ich gebe dir recht, aber ich kann nicht viel daran ändern. Ich nehme deinen widerwilligen Gruß an. Was führt dich hierher?«

»Frag den Vermummten, wenn du eine Antwort willst!« Er richtete den Speer senkrecht aus und rammte ihn mit der Spitze voran in den Boden, dann schwang er sich aus dem Sattel, was noch mehr Rüstungsteile zu Boden rieseln ließ. »Ich nehme an, ich muss mich umsehen, als ob ich nicht schon alles sehen könnte, was es zu sehen gibt. Das Pantheon ist auseinandergerissen, na wenn schon?«

Heboric zog die nervösen Pferde zum Trog, wobei er einen weiten Bogen um den Krieger machte. Als er sich Schlitzer näherte, zuckte er die Schultern. »Der Soldat des Vermummten, vom Hohen Haus Tod. Ich glaube nicht, dass er uns Ärger machen wird.«

»Er hat auf Daru mit mir gesprochen«, sagte Schlitzer. »Am Anfang. Und mit dir Malazanisch.«

»Ja.«

Der Soldat war groß, und Schlitzer sah nun etwas an einem mit Messern gespickten Gürtel hängen. Eine emaillierte Maske, gesprungen, verschmiert, mit einem einzelnen, in roter Farbe aufgetragenen Streifen auf einer Wange. Die Augen des Daru weiteten sich. »Beru hilf«, flüsterte er, »ein Seguleh!«

Bei diesen Worten drehte der Soldat sich um und kam näher heran. »Daru, du bist weit weg von zu Hause! Sag mir, herrschen in Darujhistan noch immer die Kinder des Tyrannen?«

Schlitzer schüttelte den Kopf.

»Du siehst wirr aus, Sterblicher. Was hast du denn?«

»Ich … ich habe gehört, ich meine … Seguleh sagen nichts … zu niemandem. Aber du …«

»Der Fiebereifer hat meine sterblichen Verwandten dann also immer noch im Griff, ja? Diese Narren! Und die Armee des Tyrannen herrscht immer noch über die Stadt?«

»Wer? Was? Darujhistan wird von einem Rat regiert. Wir haben keine Armee –«

»Herrliche Verrücktheit! Dann gibt es keine Seguleh mehr in der Stadt?«

»Nein! Nur … Geschichten. Legenden, meine ich.«

»Und wo verstecken sich meine maskierten, Stöcke schwingenden Landsleute?«

»Auf einer Insel, heißt es, weit im Süden, vor der Küste, jenseits von Morn –«

»Morn! Jetzt wird mir alles klar. Sie werden in Bereitschaft gehalten. Darujhistans Rat – Magier alle miteinander, ja? Unsterbliche, geheimnistuerische, paranoide Magier! Sie kauern sich zusammen, machen sich ganz klein, aus Furcht, dass der Tyrann zurückkehrt, was er eines Tages tun muss! Er wird zurückkehren und nach seiner Armee suchen! Ha, ein Rat!«

»Das ist nicht der Rat, mein Herr«, sagte Schlitzer. »Wenn Ihr von Magiern sprecht, dann wäre das der T'orrud-Zirkel –«

»T'orrud! Ja, schlau. Unerhört! Barukanal, Derudanith, Travalegrah, Mammoltenan? Diese Namen treffen deine Seele, ja? Ich sehe es.«

»Mammot war mein Onkel –«

»Onkel! Ha! Absurd!« Er wirbelte herum. »Ich habe genug gesehen! Vermummter! Ich gehe! Sie hat ihren Standpunkt eisklar gemacht, oder etwa nicht? Vermummter, du verdammter Narr, für das hier hast du mich nicht gebraucht! Jetzt muss ich wieder überall nach der Fährte suchen, verdammt sollen deine altersgrauen Knochen sein!« Er schwang sich wieder auf sein untotes Pferd.

Heboric, der noch immer bei der Tränke stand, rief: »Soldat! Darf ich fragen – wen jagst du?«

Die spitzgefeilten Zähne hoben und senkten sich in einem stummen Lachen. »Jagen? Oh, ja, wir alle jagen, aber ich war am nächsten dran! Pisse auf die knochigen Füße des Vermummten! Rupf ihm die Haare aus der Nase und tritt ihm die Zähne ein! Stoß ihm einen Speer in seinen runzligen Hintern und pflanze ihn auf einen windigen Berggipfel! Oh, eines Tages werde ich ihm eine Frau suchen, darauf kannst du wetten! Aber vorher jage ich!«

Er griff nach den Zügeln, zog das Pferd herum. Das Portal öffnete sich. »*Schinder! Höre meine Worte, du verdammter Bekenner! Der du den Tod betrogen hast! Ich komme, um dich zu holen! Jetzt!*« Pferd und Reiter sprangen in den Riss, verschwanden, und einen Augenblick später löste sich auch das Tor in nichts auf.

Die plötzliche Stille hallte wie eine Totenklage durch Schlitzers Schädel. Er holte tief und rasselnd Luft und schüttelte sich. »Beru hilf«, flüsterte er erneut. »Er war mein Onkel ...«

»Ich werde die Pferde füttern, mein Junge«, sagte Heboric. »Geh nach draußen zu den Frauen. Sie haben wahrscheinlich Geschrei gehört und wissen nicht, was los ist. Na los, geh schon, Schlitzer.«

Nickend setzte der Daru sich in Bewegung. *Barukanal, Mammoltenan ...* Was hatte der Soldat da enthüllt? Welch grässliches

211

Geheimnis verbarg sich hinter den Worten der Erscheinung? *Was haben Baruk und die anderen mit dem Tyrannen zu tun? Und mit den Seguleh? Der Tyrann kehrt zurück?* »Bei den Göttern, ich muss nach Hause.«

Vor dem Tor saßen Scillara und Felisin auf dem Weg. Beide rauchten Rostlaub; Felisin sah zwar angeschlagen aus, doch in ihren Augen lag ein entschlossener, trotziger Ausdruck.

»Entpann dich«, sagte Scillara. »Sie macht keine Lungenzüge.«

»Tue ich das nicht?«, fragte Felisin. »Wie machst du das?«

»Habt ihr gar keine Fragen?«, wollte Schlitzer wissen.

Sie sahen ihn an. »Was für Fragen?«, fragte Scillara.

»Habt ihr es nicht gehört?«

»Was gehört?«

Sie haben es nicht gehört. Sie sollten es nicht hören. Aber wir. Warum? Hatte der Soldat sich geirrt? Er war vom Vermummten geschickt worde, aber nicht, um die toten Priester und Priesterinnen D'reks zu sehen, *sondern um mit uns zu sprechen.*

Der Tyrann wird zurückkehren. Das, zu einem Sohn Darujhistans. »Bei den Göttern«, flüsterte er noch einmal, »ich muss nach Hause.«

Graufroschs Stimme ertönte laut in seinem Schädel. *»Freund Schlitzer! Überraschung und Bestürzung!«*

»Was ist jetzt?« Er drehte sich um und sah den Dämon heranhüpfen.

»Der Soldat des Todes. Wundersam. Er hat seinen Speer dagelassen!«

Schlitzer starrte die Waffe an, die der Dämon zwischen den Zähnen hatte, und ihn verließ der Mut. »Wie gut, dass du deinen Mund nicht zum Reden brauchst.«

»Feierliche Übereinkunft, Freund Schlitzer! Frage. Magst du diese Seidenstoffe?«

Sie mussten ein kurzes Stück klettern, um zu dem Portal zu gelangen, das in die Himmelsfestung führte. Mappo und Icarium standen auf der Schwelle, starrten in einen höhlenartigen Raum.

Der Boden war beinahe eben. Ein schwaches Licht schien von den steinernen Wänden auszugehen. »Wir können hier lagern«, sagte der Trell.

»Ja«, stimmte Icarium ihm zu. »Aber sollen wir nicht zuerst nachsehen?«

»Natürlich.«

Der Raum beherbergte drei weitere Mechanismen, die alle auf Stützböcken lagen wie Schiffe im Trockendock und demjenigen am Grund des Sees vollkommen glichen. Ihre Luken standen weit offen, erlaubten einen Blick auf die gepolsterten Sitze im Innern. Icarium ging zu dem hinüber, der ihnen am nächsten war, und begann den Innenraum zu erforschen.

Mappo löste die Tasche von seinem Gürtel und machte sich daran, den größeren Beutel herauszuholen. Kurze Zeit später rollte er ihre Decken auf dem Boden aus, stellte Essen und Wein dazu. Dann holte er einen mit Eisenbändern beschlagenen Streitkolben aus seinem Packsack; es war nicht seine Lieblingswaffe, sondern eine andere – eine, die zu ersetzen war, da sie keinerlei magische Eigenschaften besaß.

Icarium kehrte zu ihm zurück. »Sie sind leblos«, sagte er. »Was immer für eine Energie sie ursprünglich erfüllt hat, sie ist verebbt, und ich sehe keine Möglichkeit, wie man sie wiederherstellen könnte.«

»Das ist nicht besonders überraschend, oder? Ich vermute mal, dass diese Himmelsfestung hier schon sehr lange liegt.«

»Das stimmt, Mappo. Aber stell dir doch mal vor, wir könnten einen dieser Mechanismen zum Leben erwecken! Wir könnten mit großer Geschwindigkeit und in aller Bequemlichkeit reisen! Einer für dich und einer für mich – ach, das ist tragisch. Aber schau, da ist ein Durchgang. Lass uns in das größere Geheimnis eintauchen, das diese Himmelsfestung zu bieten hat.«

Nur mit seinem Streitkolben bewaffnet, folgte Mappo Icarium in den breiten Korridor. Vorratsräume säumten den Gang, doch was auch immer sich einst in ihnen befunden haben mochte – jetzt waren da nur noch Haufen aus unberührtem Staub.

Nach sechzig Schritten kamen sie an eine Kreuzung. Vor ihnen lag eine gewölbte Barriere, die wie ein senkrecht stehender Teich aus Quecksilber schimmmerte. Korridore führten jeweils nach rechts und links, die aussahen, als würden sie sich in einiger Entfernung nach innen wenden.

Icarium zog eine Münze aus seiner Gürteltasche, und Mappo war erheitert, als er sah, dass sie gut und gerne fünfhundert Jahre alt war.

»Du bist der größte Geizhals der Welt, Icarium.«

Der Jhag lächelte und zuckte dann die Schultern. »Ich meine mich zu erinnern, dass nie jemand eine Bezahlung von uns annimmt, ganz egal wie ungeheuerlich die Kosten für die zur Verfügung gestellten Dienste auch sein mögen. Ist diese Erinnerung richtig, Mappo?«

»Das ist sie.«

»Aber wieso wirfst du mir dann vor, ich sei knauserig?« Er warf die Münze gegen die silberne Barriere. Sie verschwand. Konzentrische Kreise liefen nach außen, gingen noch über die steinerne Einfassung hinaus und kehrten dann zurück.

»Dies ist eine passive Manifestation«, sagte Icarium. »Sag mir, hast du irgendetwas gehört – ist die Münze hinter der Barriere irgendwo aufgeschlagen?«

»Nein. Und es hat auch kein Geräusch gegeben, als die Münze die … äh … Tür passiert hat.«

»Ich bin versucht hindurchzugehen.«

»Das könnte sich als ungesund erweisen.«

Icarium zögerte, dann zog er ein Abziehmesser und stieß die Klinge in die Barriere. Sanftere Wellen. Er zog sie wieder heraus. Sie sah intakt aus. An der Klinge war nichts von der Substanz hängen geblieben. Icarium strich mit einer Fingerspitze an ihr entlang. »Keine Veränderung, was die Temperatur anbelangt«, bemerkte er.

»Soll ich es mit einem Finger versuchen, den ich nicht sonderlich vermissen werde?«, fragte Mappo und hob die linke Hand.

»Und welcher wäre das, mein Freund?«

»Ich weiß es nicht. Ich nehme an, dass ich jeden vermissen würde …«

»Und was ist mit der Spitze?«

»Das klingt nach gesunder Vorsicht.« Mappo machte eine Faust,
die den kleinen Finger nicht mit einschloss, trat an die Barriere heran und tauchte den Finger bis zum ersten Knöchel in die schimmernde Tür. »Zumindest spüre ich keinen Schmerz. Ich glaube,
es ist sehr dünn.« Er zog die Hand zurück und untersuchte den
Finger. »Heil.«

»Wie kannst du das angesichts des Zustands deiner Finger sagen, Mappo?«

»Oh, ich sehe eine Veränderung. Es ist kein Schmutz mehr da,
nicht mal mehr unter dem Fingernagel.«

»Hindurchzugehen heißt, gereinigt zu werden. Glaubst du
das?«

Mappo streckte seine ganze Hand hinein. »Ich fühle Luft dahinter. Sie ist kühler, feuchter.« Er zog seine Hand zurück und schaute
sie sich an. »Sauber. Zu sauber. Ich bin beunruhigt.«

»Warum?«

»Weil es mir bewusst macht, wie dreckig ich geworden bin,
deswegen.«

»Ich frage mich, ob mit deinen Kleidern wohl das Gleiche geschehen wird?«

»Das wäre schön, obwohl es vielleicht eine Art Schwelle gibt.
Zu dreckig, und anstößiges Material wird einfach ausgelöscht.
Es könnte sein, dass wir auf der anderen Seite nackt herauskom-
men.«

»Jetzt bin *ich* beunruhigt, mein Freund.«

»Ja. Nun, was sollen wir tun, Icarium?«

»Haben wir denn eine Wahl?« Und mit diesen Worten schritt
Icarium durch die Barriere.

Mappo seufzte und folgte ihm.

Und wurde an der Schulter gepackt und zurückgerissen, ehe er
einen zweiten Schritt machen konnte – der, wie er sah, im Nichts
geendet hätte.

Die Höhle vor ihnen war riesig. Einst hatte eine Brücke den Sims, auf dem sie standen, mit einer gewaltigen, hoch aufragenden, im Raum schwebenden Festung verbunden, die etwa hundert Schritt von ihnen entfernt war. Einige Teilstücke dieser steinernen Brücke, die anscheinend von nichts gestützt wurde, waren noch vorhanden, andere jedoch waren herausgebrochen und schwebten nun reglos in der Luft.

Weit unten – schwindelerregend weit unten – wurde die Höhle von Dunkelheit verschluckt. Über ihnen dräute eine schwach leuchtende Kuppel aus schwarzem, grob behauenem Fels, die wie der Nachthimmel aussah. Abgestufte Gebäude erhoben sich entlang der Innenwände mit dunklen Fensterreihen, aber ohne Balkone. Staub und Geröll trübten die Luft, doch nichts regte sich. Mappo sagte nichts. Er war zu betäubt von dem Anblick, der sich ihnen bot.

Icarium berührte ihn an der Schulter und deutete dann auf etwas Kleines, das direkt vor ihnen schwebte. Die Münze, aber nicht bewegungslos, wie es zunächst den Anschein gehabt hatte. Sie trieb langsam davon. Der Jhag streckte den Arm aus und holte sie zurück, steckte sie wieder in die Tasche an seinem Gürtel. »Ein würdiger Gegenwert für meinen Aufwand«, murmelte er. »Da es hier Bewegung an sich gibt, sollten wir in der Lage sein zu reisen. Wir sollten vom Sims herunterspringen. Hinüber zur Festung.«

»Ein guter Plan«, sagte Mappo, »wären da nicht all die Hindernisse zwischen uns und unserem Ziel.«

»Ein guter Einwand.«

»Vielleicht gibt es auf der gegenüberliegenden Seite eine unversehrte Brücke. Wir könnten einen der Seitengänge hinter uns nehmen. Wenn es so eine Brücke gibt, wird sie höchstwahrscheinlich ebenfalls mit einer silbernen Barriere versehen sein wie diese hier.«

»Hast du dir nie gewünscht, fliegen zu können, Mappo?«

»Vielleicht als Kind – ich bin mir sicher, dass ich es mir als Kind gewünscht habe.«

»Nur als Kind?«

»Da gehören die Träume vom Fliegen hin, Icarium. Sollen wir einen der Gänge hinter uns erforschen?«

»Also gut ... obwohl ich zugegebenermaßen hoffe, dass wir keine Brücke finden.«

Es gab zahllose Räume, Durchgänge und Nischen entlang des breiten, gewölbten Korridors; die Fußböden waren mit einer dicken Staubschicht bedeckt, und über den Türen waren merkwürdige, verblasste Symbole eingraviert, möglicherweise eine Art von numerischem System. Die Luft war abgestanden und etwas beißend. In den Zimmern gab es keinerlei Möbel. Und – wie Mappo irgendwann klar wurde – auch keine Leichen wie diejenige, die Icarium in dem Mechanismus auf dem Grund des Sees entdeckt hatte. War hier alles ordnungsgemäß geräumt worden? Und wenn ja – wo waren die Kurzschwänze dann hingegangen?

Schließlich kamen sie an eine weitere Silbertür. Sie traten vorsichtig hindurch und fanden sich auf der Schwelle einer schmalen Brücke wieder. Sie war unversehrt und führte hinüber zu der schwebenden Festung, der sie jetzt sehr viel näher waren als zuvor, als sie noch auf der anderen Seite gestanden hatten. Die rückwärtige Wand der Inselfestung war deutlich rauer, die Fenster senkrechte Schlitze, die anscheinend willkürlich auf den unförmigen Vorsprüngen, buckligen Einsätzen und verdrehten Türmen verteilt waren.

»Außergewöhnlich«, sagte Icarium leise. »Ich frage mich, was dieses verborgene Gesicht des Wahnsinns über seine Schöpfer verrät? Über diese K'Chain Che'Malle?«

»Vielleicht eine gewisse Spannung?«

»Spannung?«

»Zwischen Ordnung und Chaos«, sagte Mappo. »Eine innere Spaltung, gegensätzliche Triebkräfte ...«

»Die Widersprüche, die sich in jeder Form intelligenten Lebens zeigen«, sagte Icarium nickend. Er trat auf den Brückenbogen – und trieb mit rudernden Armen davon.

Mappo streckte einen Arm aus und erwischte gerade noch Ica-

217

riums zappelnden Fuß. Er zog den Jhag zurück auf die Schwelle. »Nun«, brummte er, »das war interessant. Du hast nichts gewogen, als ich dich festgehalten habe. Leicht wie ein Staubkörnchen.«

Langsam stellte der Jhag sich versuchsweise wieder aufrecht hin. »Das war höchst beunruhigend. Es scheint, als müssten wir doch fliegen.«

»Und warum haben sie dann Brücken gebaut?«

»Ich habe keine Ahnung. Es sei denn«, fügte er hinzu, »dass der Mechanismus, der diese Schwerelosigkeit erzeugt hat, allmählich zusammenbricht und dabei seine Genauigkeit verliert.«

»Du meinst, dass die Brücken davon ausgenommen sein sollten? Möglich. Wie auch immer, siehst du die Geländer, die nicht nach oben, sondern seitlich herausragen? Bescheiden, aber ausreichend, um sich festzuhalten, wenn man kriecht.«

»Ja. Sollen wir?«

Das Gefühl war nicht angenehm. Zu dieser Einschätzung war Mappo gekommen, als er die Mitte erreichte. Icarium war ein paar Schritt vor ihm. Übelkeit, Schwindel, ein merkwürdiger Drang loszulassen, verursacht durch den Schwung, den einem die eigenen Muskeln gaben. Jedes Gefühl von oben und unten war verschwunden, und manchmal war Mappo überzeugt davon, dass sie eine Leiter hochstiegen, statt mehr oder weniger waagrecht über die Brücke zu kriechen.

Ein Stück voraus klaffte dort, wo die Brücke auf die Festung stieß, ein schmaler, aber hoher Eingang. Bruchstücke der Tür, die ihn einst verschlossen hatte, schwebten reglos davor. Was auch immer die Tür zerschmettert hatte, war von innen gekommen.

Icarium erreichte die Schwelle und stand auf. Wenige Augenblicke später gesellte Mappo sich zu ihm. Sie spähten in die Dunkelheit.

»Ich rieche ... gewaltigen ... Tod.«

Mappo nickte. Er nahm seinen Streitkolben in die Hand, blickte auf die mit Dornen besetzte eiserne Kugel hinunter und schob den Schaft wieder in die lederne Schlaufe an seinem Gürtel.

Dann folgte er Icarium in die Festung.

Der Korridor war so schmal wie der Eingang, die Wände bestanden aus unebenem schwarzen Basalt und waren von Feuchtigkeit überzogen, der Fußboden war tückisch mit seinen willkürlichen Buckeln und Vorsprüngen und Vertiefungen, die schlüpfrig und voller Eis waren, das unter ihren Füßen knirschend zerbrach und nachgab. Der Gang verlief vierzig Schritt mehr oder weniger gerade. Als sie sein Ende erreichten, hatten ihre Augen sich an das herrschende Zwielicht gewöhnt.

Ein weiterer gewaltiger Raum, als ob das Herz der Festung ausgehöhlt worden wäre. Ein massiges Kreuz aus zusammengebundenem schwarzen Holz füllte die Höhle aus, und darauf war ein Drache aufgespießt. Der schon lange tot sein musste und einst zu Eis gefroren war, aber jetzt verweste. Ein eiserner Nagel – so dick wie Mappos Oberkörper – war knapp über dem Brustbein in die Kehle des Drachen getrieben worden. Aquamarinblaues Blut war aus der Wunde gequollen und tropfte noch immer in langsamen, gleichmäßigen, faustgroßen Tropfen schwer und träge auf den steinernen Fußboden.

»Ich kenne diesen Drachen«, flüsterte Icarium.

Wie kann das sein? Nein, frag ihn nicht.

»Ich kenne diesen Drachen«, sagte Icarium noch einmal. »Sorrit. Ihr Aspekt war … Serc. Das Gewirr des Himmels.« Er schlug die Hände vors Gesicht. »Tot. Sorrit ist getötet worden.«

»Ein höchst köstlicher Thron. Nein, nicht köstlich. Höchst bitter, faulig, übel schmeckend, was habe ich nur gedacht?«

»Du denkst nicht, Rinnsel. Du denkst nie. Ich kann mich an keinen Thron erinnern. Was für ein Thron? Das muss ein Missverständnis sein. Nicht-Apsalar hat irgendetwas falsch verstanden, so viel ist offensichtlich. Vollkommen falsch, ein absoluter Irrtum. Außerdem sitzt jemand darauf.«

»Köstlich.«

»Ich habe dir doch gesagt, da war kein Thron –«

Die Unterhaltung dauerte nun schon die halbe Nacht, während

sie die seltsamen Schattenpfade bereisten, die sich durch eine geisterhafte Landschaft wanden und immer wieder zwischen zwei Welten hin und her wechselten, die beide gleichermaßen verwüstet und unwirtlich waren. Apsalar wunderte sich über die Ausdehnung dieses Bruchstücks der Schattensphäre. Falls sie Cotillions Erinnerungen richtig zusammenbekam, wanderte die Sphäre ohne Verbindung zu der Welt, die Apsalar ihre eigene nannte, und weder das Seil noch Schattenthron konnten ihre anscheinend vom Zufall bestimmten Wanderungen irgendwie kontrollieren. Noch merkwürdiger war, dass es ganz eindeutig so etwas wie Straßen gab, die von dem Fragment ausgingen, sich krümmten und weite Entfernungen überbrückten – wie Wurzeln oder Tentakel –, und die sich manchmal unabhängig von dem größeren Fragment bewegten.

Wie bei dem Auswuchs, den sie jetzt benutzten, und der mehr oder weniger der östlichen Straße folgte, die aus Ehrlitan herausführte, entlang des schmalen Streifens aus Zedern, hinter dem sich zu ihrer Linken das Meer befand. Als die Handelsstraße nach Norden abbog, auf die Küstenlinie zu, vereinigte sich die Schattenstraße mit ihr, wurde schmaler, bis sie kaum noch so breit war wie die eigentliche Straße.

Ohne auf das unablässige Geschwätz der beiden Geister zu achten, die hinter ihr herhuschten, marschierte Apsalar immer weiter, kämpfte gegen den Schlafmangel an; sie wollte ein möglichst großes Stück hinter sich gebracht haben, ehe die Sonne aufging. Die Schattenstraße entglitt allmählich ihrer Kontrolle, sie verschwand jedes Mal, wenn ihre Konzentration auch nur einen Augenblick nachließ. Schließlich machte Apsalar Halt.

Das Gewirr um sie herum zerbröckelte. Im Osten wurde der Himmel heller. Sie standen auf der Handelsstraße, die direkt vor ihnen in Windungen zu der Hügelkette anzusteigen begann, die sich die Küste entlangzog. Rhizan schossen um sie herum durch die Luft.

»Die Sonne kehrt zurück! Nicht schon wieder! Telorast, wir müssen uns verstecken! Irgendwo!«

»Nein, das müssen wir nicht, du Idiotin. Wir sind einfach nur schlechter zu erkennen, das ist alles, es sei denn, du bist unachtsam. Natürlich bist du nicht in der Lage, achtsam zu sein, und daher warte ich nur darauf, dass du dich wimmernd auflöst. Endlich Friede. Zumindest für einige Zeit –«

»Du bist böse, Telorast! Ich habe es schon immer gewusst, sogar schon bevor du hingegangen bist und das Messer benutzt hast, um –«

»Sei still! Ich habe das Messer niemals benutzt, um irgendjemandem etwas zu tun.«

»Und du bist eine Lügnerin!«

»Wenn du das noch einmal sagst, steche ich dich ab!«

»Das kannst du nicht! Ich löse mich auf!«

Apsalar wischte sich mit einer Hand über die Stirn. Der Handrücken wurde schweißnass. »Dieser Schattenstrang hat sich irgendwie … falsch angefühlt«, sagte sie.

»Oh, ja«, erwiderte Telorast und glitt um sie herum, kauerte sich als durcheinanderwirbelnder grauer Fleck vor sie. »Er ist krank. Alle äußeren Auswüchse sind krank. Vergiftet, vom Chaos angefault. Wir geben Schattenthron die Schuld.«

»Schattenthron? Warum?«

»Warum denn nicht? Wir hassen ihn.«

»Und das reicht als Grund?«

»Das ist der ausreichendste Grund von allen.«

Apsalar betrachtete den ansteigenden Weg. »Ich glaube, es ist nicht mehr weit.«

»Gut. Hervorragend. Ich habe Angst. Lass uns hier aufhören. Lass uns jetzt zurückgehen.«

Apsalar trat durch den Geist hindurch und begann mit dem Aufstieg.

»Das war gemein«, zischte Telorast hinter ihr. »Wenn ich von dir Besitz ergriffen hätte, würde ich mir das nicht antun. Noch nicht einmal Rinnsel. Nein, das würde ich nicht. Nun, vielleicht, wenn ich verrückt wäre. Du bist nicht böse auf mich, oder? Bitte sei nicht böse auf mich. Ich werde alles tun, was du verlangst, bis du tot bist. Dann werde ich auf deinem stinkenden, aufgeblähten Leichnam tanzen, denn das willst du doch, dass ich das tue, oder? Ich würde es tun, wenn ich du wäre und du tot wärst und ich lange genug verharren würde, um auf dir herumtanzen zu können, was ich tun würde.«

Als Apsalar den Kamm erreichte, sah sie, dass der Weg etwa zweihundert Schritt hier oben verlief, ehe er sich wieder die windabgewandte Seite hinunterwand. Der kühle Morgenwind, der den Schweiß auf ihrem Gesicht trocknete, kam seufzend von jenem großen, dunklen Kap zu ihrer Linken, wo das Meer war. Sie blickte nach unten und sah einen schmalen Strand, vielleicht fünfzehn Mannslängen unter ihr, auf dem Treibholz herumlag. Entlang des Weges zu ihrer Rechten, ziemlich nah am hinteren Ende, war eine Nische in der Klippe, und dort befand sich ein kleines Gehölz aus verkrüppelten Bäumen. Mitten in dem Gehölz stand ein Steinturm. Er war größtenteils weiß vergipst, nur im oberen Drittel waren die grob behauenen Steine noch zu sehen.

Sie ging auf den Turm zu, als die ersten Speere aus Sonnenlicht über den Horizont schossen.

Unmengen von Schieferstücken lagen in Häufchen und Haufen auf dem bescheidenen, eingezäunten Grundstück herum, das den Turm umgab. Niemand war zu sehen, und Apsalar konnte auch von drinnen nichts hören, als sie zur Tür ging und davor stehenblieb.

Telorasts leises Geflüster drang an ihr Ohr. »Das ist nicht gut. Hier lebt ein Fremder. Es muss ein Fremder sein, denn wir sind uns nie begegnet. Und wenn es kein Fremder ist, dann ist es jemand, den ich kenne, was sogar noch schlimmer wäre –«

»Sei still«, sagte Apsalar und hob die Hand, um an die Tür zu klopfen – und verharrte, trat einen Schritt zurück und starrte zu dem gewaltigen Schädel hinauf, der oberhalb der Tür in die Mauer eingelassen war und ursprünglich einem Reptil gehört hatte. »Beim Atem des Vermummten!« Sie zögerte, während Telorast hinter ihr ein leises Quieken und Keuchen ausstieß, hämmerte dann mit der behandschuhten Faust gegen das verwitterte Holz.

Das Geräusch von etwas, das umfiel, erklang, dann Schritte, die über Kies und Steinchen knirschten. Ein Bolzen wurde beiseitegeschoben, und schließlich schwang die Tür in einer Staubwolke auf.

Der Mann, der im Türrahmen stand, füllte ihn fast vollständig aus. Ein Napanese mit mächtigen Muskeln, einem derben Gesicht und kleinen Augen. Sein Schädel war geschoren und weiß von Staub, durch den ein paar Rinnsale aus Schweiß rannen, die in seinen dichten, borstigen Augenbrauen glänzten.

Apsalar lächelte. »Hallo, Urko.«

Der Mann gab ein unbestimmtes Geräusch von sich und sagte dann: »Urko ist ertrunken. Sie sind alle ertrunken.«

»Es war genau dieser Mangel an Fantasie, der euch verraten hat«, erwiderte sie.

»Wer bist du?«

»Apsalar –«

»Nein, das bist du nicht. Apsalar war eine Imass –«

»Nicht die Herrin der Diebe. Ich habe einfach nur diesen Namen gewählt –«

»Dann bist du dazu noch verdammt arrogant.«

»Vielleicht. Wie auch immer, ich überbringe dir Grüße von Tanzer.«

Die Tür flog ihr vor der Nase zu.

Apsalar hustete in der Staubwolke, die über sie hinwegwogte, trat einen Schritt zurück und wischte sich den Dreck aus den Augen.

»Ha, ha«, sagte Telorast hinter ihr. »Können wir jetzt wieder gehen?«

Sie hämmerte erneut gegen die Tür.

Nach mehreren Herzschlägen öffnete sie sich wieder. Er starrte sie finster an. »Ich habe einmal versucht, ihn zu ertränken, verstehst du?«

»Nein. Ja. Ich erinnere mich. Du warst betrunken.«

»Du kannst dich an nichts erinnern – du warst nicht dabei. Außerdem war ich nicht betrunken.«

»Oh. Und … warum hast du es dann getan?«

»Weil er mich verärgert hat, deshalb. Genau wie du jetzt.«

»Ich muss mit dir sprechen.«

»Wozu?«

Sie wusste plötzlich nicht, was sie ihm darauf antworten sollte.

Seine Augen verengten sich. »Hat er tatsächlich geglaubt, ich wäre betrunken gewesen? Was für ein Idiot.«

»Nun, ich nehme an, die Alternative war zu deprimierend.«

»Ich wusste gar nicht, dass er so empfindsam ist. Bist du seine Tochter? Etwas … an der Art, wie du dastehst …«

»Darf ich reinkommen?«

Er gab die Tür frei. Apsalar betrat den Turm und blieb erneut stehen, den Blick auf das riesige kopflose Skelett gerichtet, das den Innenraum beherrschte und bis ganz oben, zur Decke des Turms reichte. Zweibeinig, langschwänzig, die Knochen braun glänzend. »Was ist das?«

»Was auch immer es ist, es konnte einen Bhederin mit einem Biss verschlingen«, sagte Urko.

»Wie?«, fragte Telorast Apsalar flüsternd. »Es hat keinen Kopf.«

Der Mann hörte die Frage und machte erneut ein finsteres Gesicht. »Du hast Gesellschaft. Was ist das, ein Hausdämon oder so was? Ich kann es nicht sehen, und das mag ich nicht. Das mag ich ganz und gar nicht.«

»Es ist ein Geist.«

»Du solltest ihn zum Vermummten verbannen«, sagte er. »Geister gehören nicht hierher, deshalb sind es ja Geister.«

»Er ist ein böser Mann!«, zischte Telorast. »Was sind das denn für welche?«

Apsalar konnte den schattenhaften Geist so eben noch ausmachen, als er auf einen langen Tisch rechts von ihr zutrieb. Darauf standen kleinere Ausgaben des skelettierten Kolosses, drei von ihnen so groß wie Krähen, doch anstatt Schnäbeln besaßen die Kreaturen lange Schnauzen mit nadelscharfen Fängen. Die Knochen waren mit Därmen zusammengebunden, und die Gestalten waren aufgerichtet, so dass sie auf zwei Beinen standen wie die Wachposten der Meerratten.

Urko musterte Apsalar. Ein merkwürdiger Ausdruck lag dabei auf seinen derben, ausgeprägten Gesichtszügen. Dann schien er zusammenzuzucken und sagte:»Ich habe ein bisschen Tee aufgebrüht.«

»Das wäre nett, danke.«

Er ging hinüber zu dem bescheidenen Küchenbereich und begann nach Bechern zu suchen.»Es ist nicht so, dass ich keine Besucher wollen würde … Doch, so ist es. Sie bedeuten immer Ärger. Hat Tanzer sonst noch irgendetwas gesagt?«

»Nein. Und er nennt sich mittlerweile Cotillion.«

»Das wusste ich. Ich bin nicht überrascht, dass er der Schutzpatron der Assassinen geworden ist. Niemand im Imperium war so gefürchtet wie er, denn er hat die Kunst des Tötens beherrscht wie kein Zweiter. Mehr als Hadra, die einfach nur hinterhältig war. Oder Topper, der einfach nur grausam war. Ich nehme an, die beiden glauben immer noch, sie hätten gewonnen. Diese Narren. Wer schreitet denn jetzt inmitten der Götter, na?« Er brachte ihr einen Tonbecher.»Einheimische Kräuter, leicht giftig, aber nicht tödlich. Ein Mittel gegen Butherschlangenbisse, was eine feine Sache ist, denn dieser Ort ist verseucht von den Scheißviechern. Wie's aussieht, habe ich meinen Turm ausgerechnet neben einer Schlangengrube gebaut.«

Eines der kleinen Skelette auf der Tischplatte fiel um, stand dann ruckartig wieder auf, den Schwanz nach hinten gereckt, den Oberkörper in beinahe waagrechter Haltung.

»Einer meiner geisterhaften Begleiter hat gerade von dieser Kreatur Besitz ergriffen«, sagte Apsalar.

Ein zweites Skelett setzte sich langsam und unbeholfen in Bewegung.

»Bei den Göttern hienieden«, flüsterte Urko.»Sieh nur, wie sie stehen! Natürlich! So muss es sein. Natürlich!« Er starrte zu dem gewaltigen versteinerten Skelett hoch.»Das ist ganz falsch! Sie beugen sich nach vorn – um das Gleichgewicht zu halten!«

Telorast und Rinnsel lernten schnell, mit ihren neuen Körpern umzugehen; sie schnappten mit den Kiefern und hüpften auf der Tischplatte herum.

»Ich fürchte, sie werden die Skelette nicht wieder hergeben wollen«, sagte Apsalar.

»Sie können sie haben – als Belohnung für diese Offenbarung!« Er machte eine Pause, schaute sich um und murmelte:»Ich werde eine Wand einreißen müssen ...«

Apsalar seufzte.»Ich schätze, wir sollten erleichtert darüber sein, dass sich keine der beiden für den Großen da entschieden hat.«

Urko starrte sie aus leicht geweiteten Augen an und gab ein undefinierbares Geräusch von sich.»Trink deinen Tee – er wird giftiger, wenn er abkühlt.«

Sie schlürfte. Und spürte, wie ihre Lippen und ihre Zunge schlagartig taub wurden.

Urko lächelte.»Perfekt. Auf diese Weise bleibt die Unterhaltung kurz, und du kannst dich umso schneller wieder auf den Weg machen.«

»Bafdad.«

»Es hört wieder auf.« Er entdeckte einen Hocker und setzte sich ihr gegenüber.»Du bist Tanzers Tochter. Du musst seine Tochter sein, auch wenn ich in deinem Gesicht keine Ähnlichkeit erkennen kann – deine Mutter muss sehr schön gewesen sein. Die Ähnlichkeit liegt in deinem Gang, und wie du dastehst. Du bist seine Tochter, und er war so selbstsüchtig, seinem eigenen Kind die Kunst des Tötens beizubringen. Ich kann sehen, wie dich das quält. Man kann es in deinen Augen lesen. Dein Erbe verfolgt dich – du fühlst dich gefangen, in der Falle. Und an deinen Händen klebt bereits Blut, nicht wahr? Ist er stolz darauf?« Er verzog das Gesicht, spuckte aus.»Ich hätte ihn damals wirklich ertränken sollen. Und wenn ich betrunken gewesen wäre, hätte ich es auch getan.«

»Du haft unwecht.«

»Unwecht? Unrecht meinst du? Habe ich tatsächlich unrecht?«

Sie nickte, kämpfte gegen ihre Wut darüber an, dass er sie hereingelegt hatte. Sie war hergekommen, um mit ihm zu sprechen, und er hatte ihr die Fähigkeit genommen, Worte zu bilden.

»Nnichd Dochda. Beweffen.«

Er runzelte die Stirn.

Apsalar deutete auf die beiden Reptilienskelette, die jetzt auf dem von Steinen und Steinchen übersäten Fußboden herumhuschten. »Fie find beweffen.«

»Besessen. Du warst besessen? Von ihm? Der Gott hat von dir Besitz ergriffen? Der Vermummte soll ihm die Eier abreißen und sie ganz langsam kauen!« Urko stand auf, die Hände zu Fäusten geballt. »Halte durch, Mädchen. Ich habe ein Gegenmittel gegen das Gegenmittel.« Er fand einen staubigen Becher, rieb so lange an ihm, bis ein Stückchen des glasierten rötlichen Tons sichtbar wurde. »Der hier ist es, ja.« Er fand einen weiteren Becher und goss ihn voll. »Trink.«

Es war widerlich süß, und im Nachgeschmack bitter und stechend. »Oh. Das ... ging schnell.«

»Entschuldige, Apsalar. Ich bin meistens ein ziemlich elender Kerl, ich gebe es zu. Und seit du gekommen bist, habe ich mehr gesprochen als in den letzten Jahren. Deshalb werde ich jetzt still sein. Wie kann ich dir helfen?«

Sie zögerte, blickte dann weg. »Du kannst mir eigentlich gar nicht helfen. Ich hätte nicht herkommen sollen. Ich habe immer noch Aufgaben zu erfüllen.«

»Für ihn?«

Sie nickte.

»Warum?«

»Weil ich mein Wort gegeben habe.«

»Du bist ihm nichts schuldig – außer vielleicht ein Messer in den Rücken.«

»Wenn ich meine Aufgaben erledigt habe ... würde ich gerne verschwinden.«

Er setzte sich erneut hin. »Oh. Ja, gut.«

»Ich glaube, zufällig zu ertrinken wird nicht mehr ausreichen, Urko.«

Ein schwaches Lächeln. »Es war unser Witz, verstehst du. Wir alle haben den Pakt geschlossen ... zu ertrinken. Niemand hat es kapiert. Niemand kapiert es. Wahrscheinlich wird es nie jemand kapieren.«

»Ich habe es kapiert. Tanzer auch. Ich glaube, sogar Schattenthron.«

»Hadra nicht. Die hatte noch nie Sinn für Humor. Hat sich immer nur mit Kleinigkeiten aufgehalten. Ich frage mich, ob solche Leute jemals glücklich sind? Sind sie überhaupt dazu fähig? Was begeistert sie überhaupt? Gib ihnen zu viel, und sie beklagen sich. Gib ihnen zu wenig, und sie beklagen sich noch mehr. Mach es genau richtig, und die Hälfte von ihnen beklagt sich darüber, dass es zu viel ist, und die andere Hälfte, dass es zu wenig ist.«

»Kein Wunder, dass du es aufgegeben hast, dich mit anderen Menschen abzugeben, Urko.«

»Stimmt. Ich ziehe mittlerweile Knochen vor. Menschen. Es gibt viel zu viele von ihnen, wenn du mich fragst.«

Sie blickte sich um. »Tanzer wollte dich aufrütteln. Warum?«

Der Napanese wandte den Blick ab; er antwortete nicht.

Apsalar spürte einen Hauch von Unbehagen. »Er weiß etwas, stimmt's? Und das teilt er dir dadurch mit, dass er dich einfach grüßen lässt.«

»Assassine oder nicht, ich habe Tanzer immer gemocht. Vor allem die Art, wie er den Mund halten konnte.«

Die beiden reptilischen Skelette kratzten an der Tür. Apsalar betrachtete sie ein, zwei Herzschläge lang. »Verschwinden ... so, dass selbst ein Gott einen nicht finden kann.«

»Oh ja, das wird nicht leicht sein.«

»Er hat gesagt, ich könnte gehen, wenn ich alles erledigt habe. Und dass er mich nicht suchen wird.«

»Glaube ihm, Apsalar. Tanzer lügt nicht, und ich vermute, dass sich daran selbst durch die Tatsache, dass er nun ein Gott ist, nichts ändern wird.«

Ich glaube, das ist genau das, was ich gerne hören wollte. »Danke.« Sie ging auf die Tür zu.

»So schnell schon?«, fragte Urko.

Sie blickte zu ihm zurück. »Zu viel oder zu wenig?«

Seine Augen verengten sich, dann lachte er. »Du hast recht. Es ist so gut wie perfekt – ich muss aufpassen, was ich mir wünsche.«

»Ja«, sagte sie. *Und auch das ist etwas, woran Tanzer dich erinnern wollte, oder?*

Urko schaute weg. »Verdammt soll er sein, trotzdem.«

Lächelnd öffnete Apsalar die Tür. Telorast und Rinnsel huschten nach draußen. Sie folgte ihnen einen Moment später.

Dicke Spucke in die Handflächen, sorgfältig verrieben, dann einmal übers Haar gewischt. Der ausgestoßene Gral streckte sich, trat Sand auf das kleine Kochfeuer, griff dann nach seinem Packen und warf ihn sich über die Schulter. Er nahm seinen Jagdbogen, hängte die Sehne ein und legte einen Pfeil an. Ein letzter Rundblick und er marschierte los.

Es war nicht schwer, der Spur zu folgen. Taralack Veed beobachtete weiterhin unablässig das umliegende unwirtliche, zerklüftete Buschland. Eine Hase, ein Wüstenhuhn, eine Mamlakeidechse, irgendetwas in der Art würde es schon tun; er war der luftgetrockneten Streifen Bhederinfleisch müde, und die letzte Dattel hatte er vor zwei Nächten gegessen. Er hatte natürlich noch jede Menge Knollen, aber zu viele davon, und er würde den halben Tag damit verbringen, über einem hastig gegrabenen Loch zu hocken.

Der Vielwandlerdämon näherte sich seiner Beute, und es war überlebenswichtig, dass Taralack in nächster Nähe blieb, damit er sich vergewissern konnte, wie die Sache ausging. Er wurde gut bezahlt für die Aufgabe, die vor ihm lag, und das war alles, was zählte. Gold – und damit die Macht, eine Söldnerkompanie aufzustellen. Dann zurück zu seinem Dorf, um denen, die ihn verraten hatten, die wohlverdiente Strafe angedeihen zu lassen. Danach würde er den Mantel eines Kriegsführers anlegen und die Gral zum Ruhm führen. Sein Schicksal lag vor ihm, und alles war gut.

Dejim Nebrahl ließ sich von nichts ablenken und machte keine

Umwege. Der Vielwandler war bewundernswert einzigartig, getreu der Verpflichtung, die ihm auferlegt worden war. Er würde sich nicht ablenken lassen, denn ihn gelüstete nach seiner Belohnung – nach der Freiheit, die ihm winkte, wenn er seinen Auftrag erfüllte. Genau so musste ein Handel abgeschlossen werden, und Taralack stellte fest, dass er die Namenlosen bewunderte. Ganz egal, wie grauenvoll die Geschichten gewesen waren, die er über den geheimen Kult gehört hatte, seine eigenen Geschäfte mit ihnen waren sauber, einträglich und unkompliziert gewesen.

Der Kult hatte die Eroberung durch die Malazaner überstanden, und das sagte schon einiges. Der alte Imperator hatte unheimliche Fähigkeiten darin bewiesen, die unzähligen Kulte zu unterwandern, die es im Reich der Sieben Städte gab, und dann ein Blutbad unter ihren Anhängern anzurichten.

Auch das war der Bewunderung wert.

Diese weit entfernte Imperatrix erwies sich allerdings als weit weniger beeindruckend. Sie machte zu viele Fehler. So jemanden konnte Taralack nicht respektieren, und er verfluchte ihren Namen bei jeder Morgen- und Abenddämmerung auf rituelle Weise, und zwar mit der gleichen Inbrunst, mit der er auch seine vierundsiebzig anderen geschworenen Feinde verfluchte.

Mitgefühl war wie Wasser in der Wüste. Gehortet, zögernd in kleinsten Schlückchen abzugeben. Und er, Taralack Veed, konnte tausend Wüsten mit einem einzigen Tropfen durchqueren.

Solcherart waren die Anforderungen, die die Welt an einen stellte. Er kannte sich selbst gut genug, um zu wissen, dass er so anziehend wie eine Giftschlange war – verlockend, faszinierend und absolut tödlich. Eine Schlange, die man in ein Nest von Meerratten eingeladen hatte; wie konnte sie ihn für seine Natur verfluchen? Schließlich hatte er ihren Ehemann im Dienste ihres Herzens getötet, eines Herzens, das ihn voll und ganz verschlungen hatte. Er wäre nie auf die Idee gekommen, dass sie ihn danach ausstoßen würde, dass sie ihn einfach nur benutzt und ein anderer Mann im Schatten der Hütte gewartet hatte, um den gequälten Geist der trauernden Witwe zu trösten. Er hatte nie da-

mit gerechnet, dass sie ebenfalls die Anziehungskraft einer Giftschlange besaß.

Er machte in der Nähe eines Felsblocks Halt, holte einen Wassersack aus seinem Packen und entfernte den breiten Stöpsel aus
gebranntem Ton. Dann zog er sein Lendentuch hinunter, hockte
sich breitbeinig hin und pinkelte in den Wassersack. In der Richtung, in die der Vielwandler ihn führte, gab es auf den nächsten
fünfzehn oder mehr Längen keinerlei Felsenquellen. Natürlich
würde der Pfad irgendwann auf eine Handelsstraße stoßen, aber
das würde noch eine Woche oder mehr dauern. Offensichtlich
litt der Vielwandler Dejim Nebrahl nicht unter den Qualen des
Dursts.

Die Belohnung einzigartiger Willenskraft, wie er nur zu gut
wusste. Und wert, ihm nachzueifern, soweit das körperlich möglich war. Er richtete sich auf, zog das Lendentuch wieder hoch.
Taralack Veed stöpselte den Wassersack wieder zu, warf ihn sich
über eine Schulter und nahm gemessenen Schrittes einmal mehr
die Verfolgung auf.

Unter glitzernden Sternen und einem verwaschenen blassen
Schimmer im Osten kniete Scillara auf der harten Erde und erbrach die Reste ihres Abendessens – und danach, während sie
weiter und weiter würgte, nur noch Galle. Schließlich hörten die
Krämpfe auf. Keuchend kroch sie ein kleines Stück weg und setzte
sich hin, den Rücken an einen Felsblock gelehnt.

Graufrosch, der Dämon, beobachtete sie aus zehn Schritt
Entfernung, wobei er sich langsam von einer Seite zur anderen
wiegte.

Sein Anblick weckte den Brechreiz von neuem, also schaute sie
weg, zog ihre Pfeife heraus und begann sie erneut zu stopfen. »Es
ist schon Tage her«, murmelte sie. »Ich dachte, ich hätte das hinter mir. Verdammt …«

Graufrosch kam herangeschlendert, näherte sich der Stelle, wo
sie sich übergeben hatte. Er schnüffelte und deckte die anstößige
Stelle dann mit einer dicken Sandschicht zu.

Mit einer oft geübten Geste schlug Scillara ein paar Funken in den Pfeifenkopf. Das kleingehackte, mit Rostlaub vermischte Süßgras begann zu glimmen, und einen Augenblick später sog sie den Rauch tief ein. »Das ist gut, Kröte. Verwische meine Spuren ... Es ist ein Wunder, dass du den anderen noch nichts erzählt hast. Achtest du etwa meinen Wunsch, es geheim zu halten?«

Wie erwartet, antwortete Graufrosch nicht.

Scillara strich sich mit einer Hand über den gewölbten Bauch. Wie konnte sie fetter und fetter werden, wenn sie seit Wochen mindestens eine von drei Mahlzeiten wieder auskotzte? Da war etwas Übles an dieser ganzen Sache mit der Schwangerschaft. Als trüge sie ihren eigenen Dämon, zusammengekauert da unten in ihrem Bauch. Nun, je schneller er herauskam, desto schneller konnte sie ihn an irgendeinen Zuhälter oder Haremsmeister verkaufen. Damit er dort gefüttert und aufgezogen wurde, um das Geschäft des Bittstellers zu erlernen.

Die meisten Frauen, die sich um ihre Kinder kümmerten, hörten nach zwei oder drei auf, wie sie wusste, und jetzt verstand sie auch, warum. Heiler und Hexen und Hebammen und Ammen sorgten dafür, dass die Kinder gesund blieben, und es oblag der Welt, ihnen ihre Wege und Weisen beizubringen. Das Elend lag im Austragen, darin, dieses zunehmende Gewicht zu tragen, in den geheimen Forderungen, die dies an ihre Kraftreserven stellte.

Und außerdem geschah noch etwas anderes. Etwas, das ein Beweis für das dem Kind innewohnende Böse war. Sie hatte festgestellt, dass sie gelegentlich in einen träumerischen, angenehmen Zustand wegdämmerte, der ein sinnloses Lächeln heraufbeschwor, das Scillara schlicht entsetzte. Wie konnte sie glücklich sein? Die Welt war kein angenehmer Ort. Sie flüsterte nicht von Zufriedenheit. Nein, die giftige Verführung, die sich in sie hineinstahl, trachtete nach Selbsttäuschung und glückseliger Dummheit – und davon hatte sie bereits genug gehabt. Sie war genauso schändlich wie Durhang, diese tödliche Verlockung.

Ihr wachsender Bauch würde bald nicht mehr zu übersehen sein, das wusste sie. Außer, wenn sie versuchte, sogar noch fetter zu werden. Ein kräftiger Körperbau hatte etwas Beruhigendes – aber nein, das war schon wieder die täuschende Verführung, die sich auf einem neuen Weg in ihre Gedanken schlich.

Nun, es schien, als wäre die Übelkeit endgültig vorbei. Scillara stand auf und kehrte zum Lager zurück. Eine Handvoll Kohlen in der Feuerstelle, ein paar davontreibende Rauchfahnen, und drei still daliegende, in Decken gewickelte Gestalten. Graufrosch tauchte hinter ihr auf, ging an ihr vorbei und hockte sich neben das Feuer. Er grabschte eine Kapmotte aus der Luft und stopfte sie sich in das breite Maul. Und die ganze Zeit musterte er Scillara mit seinen trüben grünen Augen.

Sie stopfte erneut ihre Pfeife. Warum bekamen eigentlich nur Frauen Kinder? Gewiss hätte doch mittlerweile irgendeine aufgestiegene Hexe diese Ungerechtigkeit mittels Zauberei berichtigen können? Oder war es vielleicht gar kein Fehler, sondern eine Art Vorteil? Nicht dass ihr irgendwelche auf der Hand liegende Vorteile eingefallen wären. Abgesehen von dieser merkwürdigen, verdächtigen Glückseligkeit, die sich ständig in sie hineinstahl. Sie zog kräftiger an der Pfeife. Bidithal hatte in seinem Kult das Wegschneiden der Freude zum ersten Ritual für die Mädchen gemacht. Ihm hatte die Vorstellung gefallen, überhaupt nichts zu fühlen, und so hatte er den gefährlichen Wunsch nach Sinnlichkeit entfernt. Sie konnte sich nicht erinnern, ob sie jemals solche Gefühle gehabt hatte.

Bidithal hatte ihr religiöse Verzückung eingeimpft, einen Daseinszustand, der – wie sie nun befürchtete – unendlich viel selbstsüchtiger war als den eigenen Körper zu befriedigen. Schwanger zu sein, flüsterte von einer ähnlichen Art der Verzückung, und das bereitete ihr Unbehagen.

Eine Bewegung am Rande ihres Blickfelds. Sie drehte sich um und sah, dass Schlitzer sich aufgesetzt hatte.

»Stimmt etwas nicht?«, fragte sie leise.

Er blickte sie an. Sein Gesichtsausdruck war im Dunkeln nicht zu erkennen, doch er seufzte zittrig. »Nein. Ich hatte nur einen schlechten Traum.«

»Es wird bald hell«, sagte Scillara.

»Warum bist du wach?«

»Aus keinem besonderen Grund.«

Er schlug die Decke zurück, stand auf und ging hinüber zur Feuerstelle. Kauerte sich hin, warf eine Handvoll Zunder auf die glühenden Kohlen und wartete, bis er aufloderte; dann begann er, Dungbrocken hinzuzufügen.

»Was glaubst du, was auf der Otataral-Insel passieren wird, Schlitzer?«

»Ich bin mir nicht sicher. Der alte Malazaner drückt sich ja nicht gerade sehr klar darüber aus, nicht wahr?«

»Er ist der Destriant des Tigers des Sommers.«

Schlitzer blickte sie an. »Wider Willen.«

Sie stopfte mehr Rostlaub in ihre Pfeife. »Er will keine Anhänger. Und wenn er welche haben wollte, wären das nicht wir. Nun, zumindest nicht ich und Felisin. Wir sind keine Krieger. Du«, fügte sie hinzu, »wärst wahrscheinlich eher ein Kandidat.«

Er schnaubte. »Nein, ich nicht, Scillara. Es sieht aus, als würde ich einem anderen Gott folgen.«

»Es sieht so aus?«

Sie konnte sein Schulterzucken gerade noch erkennen. »In manche Dinge gerät man einfach so hinein«, sagte er.

Eine Frau. Nun, das erklärt eine Menge. »Das ist ein genauso guter Grund wie jeder andere«, sagte sie durch eine Rauchwolke hindurch.

»Was meinst du damit?«

»Ich meine, dass ich sowieso nicht viele Gründe sehe, irgendeinem Gott oder einer Göttin zu folgen. Wenn du ihr Interesse erweckst, benutzen sie dich. Ich weiß, wie es ist, benutzt zu werden, und die meisten Belohnungen sind alles andere als gut, selbst wenn sie anfangs danach aussehen.«

»Nun«, sagte er nach einem Augenblick, »jemand hat dich belohnt.«

»Würdest du es tatsächlich so nennen?«

»Was denn? Du siehst so … gesund aus. Voller Leben, meine

ich. Und du bist nicht mehr so dünn wie am Anfang.« Er machte eine Pause, fügte dann hastig hinzu:»Was gut ist. Halbverhungert hat nicht zu dir gepasst, es passt natürlich zu niemandem. Einschließlich dir. Wie auch immer, das ist alles.«

Sie saß da, rauchte und betrachtete ihn, während es allmählich heller wurde.»Wir sind eine ganz schöne Last für dich, was, Schlitzer?«

»Nein! Ganz und gar nicht! Ich soll euch begleiten, eine Aufgabe, die ich freudig auf mich genommen habe. Und daran hat sich nichts geändert.«

»Glaubst du nicht, dass Graufrosch ausreicht, um uns zu beschützen?«

»Nein, ich meine, ja, er reicht wahrscheinlich. Aber wenn schon, er ist ein Dämon, und das macht die Dinge kompliziert – es ist schließlich nicht so, dass er einfach in ein Dorf oder eine Stadt schlendern kann, oder? Oder mit irgendjemandem verhandeln, wenn es um Vorräte oder freies Geleit oder so was geht.«

»Felisin kann das. Und ich natürlich auch.«

»Na schön. Du sagst also, dass du mich nicht hierhaben willst?«

»Ich sage, das wir dich nicht brauchen. Was nicht das Gleiche ist, wie zu sagen, dass wir dich nicht wollen, Schlitzer. Außerdem hast du dich gut geschlagen, diesen merkwürdigen kleinen Haufen zu führen, obwohl es ganz klar ist, dass du so etwas nicht gewohnt bist.«

»Hör zu, wenn du den Befehl übernehmen willst, habe ich damit kein Problem.«

Oh, also eine Frau, die nicht folgen wollte. »Ich sehe keinen Grund, irgendetwas zu ändern«, sagte sie kurz angebunden.

Er starrte sie an, während sie ihrerseits ihn betrachtete, und ihr Blick war so gelassen und ruhig wie es ihr nur möglich war. »Um was geht es hier eigentlich?«, wollte er wissen.

»Um was es geht? Es geht um nichts. Wir unterhalten uns einfach, Schlitzer. Es sei denn … gibt es etwas Besonderes, worüber du dich gerne unterhalten würdest?«

Sie sah, wie er auf jede nur erdenkliche Weise – jedoch nicht körperlich – zurückwich, als er sagte: »Nein, nichts.«

»Dann kennst du mich also nicht gut genug, ist es das? Nun, wir haben jede Menge Zeit.«

»Ich kenne dich – glaube ich. Ich meine, ach, du hast recht. Ich kenne dich überhaupt nicht. Ich kenne keine Frauen, das will ich eigentlich damit sagen. Wie sollte ich auch? Es ist unmöglich zu versuchen, euren Gedanken zu folgen, zu versuchen, in dem, was ihr sagt, einen Sinn zu erkennen, das, was hinter euren Worten verborgen ist –«

»Meinst du damit mich speziell oder Frauen ganz allgemein?«

Er warf mehr Dung ins Feuer. »Nein«, murmelte er, »es gibt nichts Besonderes, worüber ich gerne reden würde.«

»In Ordnung, aber ich habe ein paar Punkte …«

Er ächzte.

»Du hast einen Auftrag bekommen«, sagte sie. »Uns zu begleiten, stimmt's? Wer hat dir diesen Auftrag gegeben?«

»Ein Gott.«

»Aber nicht Heborics Gott?«

»Nein.«

»Dann sind also mindestens zwei Götter an uns interessiert. Das ist nicht gut, Schlitzer. Weiß Geisterhand davon? Nein, tut er nicht, stimmt's? Hat keinen Sinn, es ihm zu erzählen –«

»Es ist nicht sonderlich schwer, es rauszukriegen«, erwiderte Schlitzer. »Ich habe auf euch gewartet. Im Tempel von Iskaral Pustl.«

»Malazanische Götter. Schattenthron oder Cotillion. Aber du bist kein Malazaner, oder?«

»Also wirklich, Scillara«, sagte Schlitzer müde, »müssen wir ausgerechnet jetzt darüber reden?«

»Es sei denn«, fuhr sie fort, »deine Geliebte war eine. Eine Malazanerin, meine ich. Die ursprüngliche Anhängerin jener Götter.«

»Oh, mir tut der Kopf weh«, murmelte er, legte sich die Hände auf die Augen, so dass die Finger seine Haare berührten, und ballte dann die Fäuste, so dass es aussah, als wollte er sich die Haare raufen. »Wie – nein, ich will es gar nicht wissen. Es spielt keine Rolle. Es ist mir egal.«

»Und wo ist sie jetzt?«

»Es gibt sie nicht mehr.«

Scillara gab nach. Sie zog ein Messer mit schmaler Klinge heraus und machte sich daran, ihre Pfeife zu putzen.

Er stand plötzlich auf. »Ich werde mich ums Frühstück kümmern.«

Ein süßer Junge, dachte sie. Wie feuchter Ton in den Händen einer Frau. Einer Frau, die wusste, was sie tat, hieß das. *Und jetzt ist die Frage, soll ich das tun? Felisin bewunderte Schlitzer schließlich. Andererseits könnten wir ihn uns immer noch teilen.*

»*Grinsende Beobachtung. Weich gewölbte, großbrüstige Frau will ihr Fleisch an Schlitzer pressen.*«

Jetzt nicht, Graufrosch, erwiderte er, ohne es laut auszusprechen, während er etwas zu essen aus seinem Packen holte.

»*Bestürzung. Nein, in der Tat, jetzt nicht. Die anderen erwachen aus ihren beunruhigenden Träumen. Schwierig und erschreckend zu folgen, vor allem bei Felisin der Jüngeren.*«

Schlitzer unterbrach seine Tätigkeit. *Was? Warum – aber sie hat kaum das entsprechende Alter! Nein. Das kann nicht sein. Rede es ihr aus, Graufrosch!*

»*Graufroschs eigene Vorschläge sind unwillkommen. Kleinmütiges Schmollen. Du, Schlitzer, mit samenversprühender Fähigkeit, bist fähig, Nachkommen zu bewirken. Frühere Offenbarung. Menschenfrauen tragen den Brutteich im Bauch. Aber nur ein Ei überlebt, nur eines! Schreckliches Risiko! Du musst den Teich so schnell wie möglich füllen, bevor ein rivalisierendes Männchen auftaucht und dir deine Bestimmung raubt. Graufrosch wird deinen Anspruch verteidigen. Tapfere Selbstaufopferung, so wie die Wächter-Kreiser bei unserer eigenen Art. Selbstlose Erleuchtung im Austausch und langwierige, einseitige Belohnung einmal oder sogar mehrmals entfernt. Verkündigung von höherer Intelligenz,*

Bekenntnis zu den Interessen der Gemeinschaft. Graufrosch ist bereits Wächter-Kreiser der weich gewölbten großbrüstigen Mensch-Göttin.«

Göttin? Was meinst du damit – Göttin?

»Lüsternes Schmachten, der Verehrung würdig. Werteanzeiger in männlichem Mensch trübt die Wasser des Teichs in Graufroschs Geist. Zu lange Verbundenheit. Glücklich. Sexuelle Begierde lange zurückgehalten. Ungesund.«

Schlitzer stellte einen Topf mit Wasser auf das Feuer und warf eine Handvoll Kräuter hinein. Was hast du vorhin über beunruhigende Träume gesagt, Graufrosch?

»Beobachtung, beim Gleiten über die Geistteiche. Besorgt. Sich nähernde Gefahr. Es gibt warnende Zeichen.«

Was für warnende Zeichen?

»Offensichtlich. Beunruhigende Träume. Ausreichend in sich.«

Nicht immer, Graufrosch. Manchmal suchen uns auch Dinge aus der Vergangenheit heim. Das ist alles.

»Oh. Graufrosch wird darüber nachdenken. Aber zuerst – plötzlicher stechender Schmerz. Graufrosch hat Hunger.«

Im grauen Flimmern aus Hitze und Staub waren die fernen Mauern kaum zu erkennen. Leoman von den Dreschflegeln ritt an der Spitze der zerlumpten Kolonne, mit Corabb Bhilan Thenu'alas an seiner Seite, als eine Gruppe von Reitern sich ihnen von den Toren Y'Ghatans her näherte.

»Da«, sagte Corabb, »der vordere Reiter rechts neben dem Bannerträger, das ist Falah'd Vedor. Er sieht … unglücklich aus.«

»Dann sollte er mit diesem Gefühl am besten seinen Frieden schließen«, knurrte Leoman. Er hob eine behandschuhte Hand, und die Kolonne hinter ihm wurde langsamer und kam schließlich zum Stillstand.

Sie beobachteten die Gruppe, die herangeritten kam.

»Kommandant, sollen wir beide – du und ich –, sollen wir uns auf halbem Wege mit ihnen treffen?«, fragte Corabb.

»Natürlich nicht«, schnappte Leoman.

Corabb sagte nichts mehr. Sein Anführer war in düsterer Stimmung. Ein Drittel seiner Krieger saßen zu zweit auf ihren Pferden. Eine sehr beliebte alte Heilerin war an ebendiesem Morgen gestorben, und sie hatten ihren Leichnam mit einer Steinplatte zugedeckt, damit kein wandernder Geist sie fand. Leoman selbst hatte in die acht Himmelsrichtungen gespuckt, um die Erde zu weihen, und hatte Tropfen seines eigenen Blutes von einem Schnitt, den er sich selbst an der linken Hand beigebracht hatte, auf den staubigen Stein fallen lassen, hatte im Namen der Apokalyptischen den Segen gesprochen. Und dann hatte er geweint, vor allen seinen Kriegern, die stumm dagestanden hatten, vollkommen ergriffen vom Kummer ihres Anführers und der Liebe zu seinen Anhängern, die er in diesem Augenblick offenbart hatte.

Der Falah'd und seine Soldaten kamen heran und machten schließlich fünf Schritt vor Leoman und Corabb Halt.

Corabb musterte Vedors fahles, eingefallenes Gesicht und die trüben Augen und wusste, dass er von D'bayang-Mohn abhängig war. Seine von dicken Adern überzogenen Hände zitterten auf dem Sattelhorn, und als klar wurde, dass Leoman nicht als Erster das Wort ergreifen würde, machte er ein finsteres Gesicht und sagte: »Ich, Falah'd Vedor von Y'Ghatan, der Ersten Heiligen Stadt, heiße hiermit dich, Leoman von den Dreschflegeln, Flüchtling vom Untergang Sha'iks in der Raraku, und deine gebrochenen Gefolgsleute willkommen. Wir haben sichere Unterkünfte für deine Krieger vorbereitet, und die Tische warten, reich beladen mit Essen und Wein. Du, Leoman, sollst zusammen mit den dir verbliebenen Offizieren so lange Gast des Falah'd in seinem Palast sein, bis deine Armee mit neuen Vorräten ausgestattet ist und ihr euch von eurer Flucht erholt habt. Nenne uns dein endgültiges Ziel, und wir werden Boten vorausschicken, um jedem Dorf und jeder Stadt auf deinem Weg dein Kommen anzukündigen.«

Corabb stellte fest, dass er den Atem anhielt. Er schaute zu, wie Leoman sein Pferd nach vorn lenkte, bis er sich Seite an Seite mit dem Falah'd befand.

»Wir sind nach Y'Ghatan gekommen«, sagte Leoman leise,

»und wir werden in Y'Ghatan bleiben. Um die Ankunft der Malazaner zu erwarten.«

Vedors fleckige Lippen bewegten sich ein, zwei Herzschläge lang, ohne dass ein Laut zu hören gewesen wäre, dann stieß er ein abgehacktes Lachen aus. »Dein Sinn für Humor ist scharf wie eine Messerschneide, Leoman von den Dreschflegeln! Genau wie deine Legende es behauptet!«

»Meine Legende? Dann wird auch dies dich nicht überraschen.« Das Kethramesser blitzte hell auf, als es durch die Luft strich, um Vedors Kehle zu liebkosen. Blut spritzte, und der Kopf des Falah'd rollte nach hinten, fiel auf den Rumpf des erschreckten Pferds, dann zu Boden, wo er ein Stückchen im Staub der Straße weiterrollte. Leoman streckte eine Hand aus, um den kopflosen Leichnam zu stützen, der noch immer im Sattel saß, und wischte die Klinge an den seidenen Gewändern ab.

Aus der Gruppe der Stadtsoldaten kam nicht ein einziges Geräusch, nicht eine Bewegung. Der Bannerträger, ein Junge von vielleicht fünfzehn Jahren, starrte mit offenem Mund den kopflosen Torso neben sich an.

»Im Namen Dryjhnas der Apokalyptischen«, sagte Leoman, »herrsche ich jetzt über Y'Ghatan, die Erste Heilige Stadt. Wer ist hier der ranghöchste Offizier?«

Eine Frau trieb ihr Pferd nach vorn. »Das bin ich. Hauptmann Brunspatz.«

Corabb betrachtete sie blinzelnd. Derbe Gesichtszüge, von der Sonne gebräunt, hellgraue Augen. Vielleicht fünfundzwanzig Jahre alt. Unter ihrer schlichten Telaba war schwach das Glänzen eines Kettenhemds zu erkennen. »Du«, sagte Corabb, »bist eine Malazanerin.«

Die kühlen Augen richteten sich auf ihn. »Ja – und?«

»Hauptmann«, sagte Leoman, »deine Truppe wird uns vorausreiten. Macht für mich und meine Krieger den Weg zum Palast frei. Die sicheren Unterkünfte, von denen der verstorbene Falah'd gesprochen hat, sollen jene Soldaten aus der Stadtgarnison oder der Palastgarde beherbergen, die vielleicht nicht geneigt sind, meinen

Anweisungen zu folgen. Sorge bitte dafür, dass sie tatsächlich sichergestellt sind. Wenn du das getan hast, erstatte mir im Palast Bericht, und erwarte weitere Befehle.«

»Herr«, sagte die Frau, »mein Rang reicht nicht aus, um zu tun, was Ihr verlangt –«

»Das war einmal. Du bist jetzt die Dritte in meiner Befehlskette, hinter Corabb Bhilan Thenu'alas.«

Ihr Blick huschte kurz zu Corabb, verriet jedoch nichts. »Wie Ihr befehlt, Leoman von den Dreschflegeln, Falah'd von Y'Ghatan.«

Brunspatz drehte sich im Sattel um und rief ihren Begleitern zu: »Macht kehrt! Rasch jetzt, ihr verdammten Schweinehirten! Wir bereiten die Ankunft des neuen Falah'd vor!«

Vedors Pferd machte wie alle anderen ebenfalls kehrt und begann zu traben; der kopflose Leichnam schwankte im Sattel hin und her.

Corabb schaute zu, wie nach etwa zwanzig Schritt das Pferd des toten Falah'd auf gleiche Höhe mit Hauptmann Brunspatz kam. Sie bemerkte es und stieß den Leichnam mit einer kurzen, raschen Bewegung aus dem Sattel.

Leoman grunzte. »Ja. Sie ist perfekt.«

Eine Malazanerin. »Ich habe böse Ahnungen, Kommandant.«

»Natürlich hast du die. Deshalb behalte ich dich ja an meiner Seite.« Er warf ihm einen Blick zu. »Deshalb, und weil die Lady zieht. Komm jetzt, reite mit mir in unsere neue Stadt.«

Sie gaben ihren Pferden die Fersen. Hinter ihnen folgten die anderen.

»Unsere neue Stadt«, sagte Corabb grinsend. »Wir werden sie mit unserem Leben verteidigen.«

Leoman warf ihm einen eigenartigen Blick zu, sagte aber nichts.

Corabb dachte darüber nach. *Kommandant, ich habe noch mehr böse Ahnungen …*

Kapitel Fünf

Die ersten Risse machten sich kurz nach Sha'iks Hinrichtung bemerkbar. Niemand wusste, was oder wie Mandata Tavore dachte. Weder die Offiziere, die ihr am nächsten standen, noch die einfachen Soldaten, die sie befehligte. Natürlich gab es entfernte Veränderungen, die im Rückblick leichter als solche erkennbar sind, und es wäre vermessen und in der Tat geringschätzig zu behaupten, die Mandata hätte den wachsenden Ärger nicht nur in der ihr unterstellten Armee, sondern auch im Herzen des malazanischen Imperiums nicht bemerkt. In Anbetracht all dieser Dinge hätten die Ereignisse in Y'Ghatan zur tödlichen Wunde werden können. Hätte jemand anderes den Befehl gehabt, wäre das Herz dieser anderen Person weniger hart, weniger kalt gewesen.

Dies bekräftigte mehr als zu jedem anderen Zeitpunkt zuvor auf brutale Weise die Überzeugung, dass Mandata Tavore kaltes Eisen war, hineingestoßen in das Innere eines wütenden Schmiedefeuers ...

»Und niemand hat zugesehen«
(Die verlorene Geschichte der Knochenjäger)
DUIKER VON DARUJHISTAN

Leg das hin«, sagte Samar Dev müde.
»Ich dachte, du würdest schlafen«, sagte Karsa Orlong. Er legte den Gegenstand zurück auf den Tisch. »Was ist das?«

»Es hat zwei Funktionen. Der obere Becher enthält Filter, die Verunreinigungen aus dem Wasser entfernen. Im unteren Becher befinden sich Kupferstreifen, durch die das Wasser, das sich dort sammelt, mittels eines komplizierten Prozesses belebt wird. Ein Gas wird freigesetzt, und auf diese Weise ändert sich der Luftdruck über dem Wasser, was wiederum –«

»Aber was machst du damit?«

Samars Augen verengten sich. »Nichts Besonderes.«

Er entfernte sich vom Tisch, näherte sich den Werkbänken und Regalen. Sie schaute zu, wie er die unterschiedlichen Mechanismen untersuchte, die sie erfunden hatte, und die Langzeit-Experimente, von denen viele keine offensichtliche Veränderung zeigten. Er stocherte herum. Schnüffelte und versuchte sogar, eine gallertartige Flüssigkeit zu kosten, die sich in einer Schüssel befand. Sie überlegte kurz, ob sie ihn aufhalten sollte, beschloss dann aber, nichts zu sagen. Die Wunden des Kriegers waren beängstigend schnell verheilt, und keine einzige hatte sich entzündet. Die dickflüssige Flüssigkeit, die er gerade von seinem Finger leckte, war nicht gerade gesund, wenn man sie zu sich nahm, aber auch nicht tödlich. Normalerweise.

Er verzog das Gesicht. »Das ist schrecklich.«

»Ich bin nicht überrascht.«

»Was machst du damit?«

»Was glaubst du?«

»Du reibst Sättel damit ein. Leder.«

»Sättel? Indirekt, nehme ich an. Es ist eine Salbe für eiternde Stellen, die sich manchmal im Gewebe um den After herum –«

Er grunzte laut. »Kein Wunder, dass es schrecklich schmeckt«, sagte er und setzte seine Untersuchungen fort.

Sie betrachtete ihn nachdenklich. »Der Falah'd hat Soldaten in die Festung geschickt«, sagte sie schließlich. »Sie haben Anzeichen gefunden, die auf ein früheres Gemetzel hindeuten – wie du gesagt hast, war kein einziger Malazaner mehr am Leben. Sie haben auch einen Dämon gefunden. Oder, genauer, die Leiche eines Dämons, der erst vor kurzem getötet wurde. Sie haben mich gebeten, ihn zu untersuchen, denn ich weiß ein bisschen über Anatomie und andere verwandte Gebiete Bescheid.«

Er antwortete nicht, spähte in das falsche Ende eines Fernglases.

»Wenn du ans Fenster gehst und durch das andere Ende schaust, Karsa, wirst du Dinge, die weit weg sind, viel näher sehen.«

Er starrte sie finster an und legte das Instrument wieder weg. »Wenn etwas weit weg ist, reite ich einfach näher heran.«

»Und wenn es oben auf einer Klippe ist? Oder wenn es sich um ein weit entferntes feindliches Lager handelt und du herausfinden willst, wo sich die Vorposten befinden?«

Er nahm das Fernglas wieder in die Hand und trat ans Fenster. Sie schob ihren Stuhl ein Stück zur Seite, damit er Platz hatte. »Auf dem Sims von dem Turm da drüben – dem mit dem kupferbeschlagenen Dach – ist ein Falkennest.«

Er setzte das Fernglas an. Suchte, bis er das Nest fand. »Das ist kein Falke.«

»Du hast recht. Es ist ein Bokh'aral, dem das verlassene Nest anscheinend gefällt. Er trägt immer jede Menge verfaulter Früchte nach oben und verbringt den Morgen damit, sie auf die Leute unten auf der Straße fallen zu lassen.«

»Es sieht aus, als ob er die Zähne fletscht …«

»Das dürfte ein Lachen sein. Er bekommt immer mal wieder Anfälle von Ausgelassenheit.«

»Ah, ja – nein, das war keine Frucht. Das war ein Ziegel.«

»Oh, wie bedauerlich. Dann wird bald jemand hochgeschickt werden, um ihn zu töten. Schließlich ist es nur Menschen erlaubt, Ziegel auf Menschen zu werfen.«

Er senkte das Fernglas und musterte sie. »Das ist Wahnsinn. Was habt ihr für Gesetze, die so etwas zulassen?«

»So etwas? Was? Menschen zu steinigen oder Bokh'arala zu töten?«

»Du bist merkwürdig, Samar Dev. Aber du bist ja auch eine Hexe – und du fertigst nutzlose Gegenstände an –«

»Ist das Fernglas nutzlos?«

»Nein. Ich verstehe jetzt, dass es nützlich sein kann. Doch es hat auf dem Regal gelegen …«

Sie lehnte sich zurück. »Ich habe unzählige Dinge erfunden, die sich für viele Menschen als von großem Wert erweisen würden. Und das stellt mich vor ein Dilemma. Ich muss mich bei jeder Erfindung fragen, auf welche Weise dieses Objekt missbraucht werden kann? Und meistens komme ich zu dem Schluss, dass die Möglichkeiten, eine Erfindung zu missbrauchen, ihren Wert bei weitem übersteigen. Ich nenne dies Samar Devs Erstes Gesetz der Erfindungen.«

»Du bist von Gesetzen besessen.«

»Vielleicht. Und wenn schon, das Gesetz ist einfach, wie alle wahren Gesetze es sein müssen –«

»Hast du auch dafür ein Gesetz?«

»Das ist eher ein Grundsatz als ein Gesetz. Wie auch immer, die ersten Gedanken eines Erfinders im Gefolge einer besonderen Erfindung sollten der Ethik gelten.«

»Das nennst du einfach?«

»Die Feststellung ist es, die Überlegung nicht.«

»Nun, das klingt schon eher wie ein echtes Gesetz.«

Sie schloss den Mund nach einem Augenblick, stand dann auf und ging hinüber zu dem Schreibpult, setzte sich hin und griff nach einem Stift und einer Wachstafel. »Ich misstraue der Philosophie«, sagte sie, während sie schrieb. »Dennoch werde ich mich nicht von ihr abwenden … wenn sie mir direkt ins Gesicht springt. Und ich bin auch nicht besonders ausdrucksvoll, wenn ich schreibe. Ich kann viel besser mit Objekten umgehen als mit Worten. Du hingegen scheinst erstaunlich gut darin zu sein, dich … äh … treffend kurz fassen zu können.«

»Du redest zu viel.«

»Zweifellos.« Sie beendete die Niederschrift ihrer eigenen, unerwartet bedeutungsschwangeren Worte – bedeutungsschwanger nur deshalb, weil Karsa Orlong erkannt hatte, dass sie weit umfassender anwendbar waren, als sie im Sinn gehabt hatte. Sie machte eine Pause, wollte seine Begabung als blinden Zufall oder das protzige falsche Wissen eines edlen Wilden abtun. Aber etwas in ihr flüsterte ihr zu, dass Karsa auch früher schon unterschätzt worden war, und sie schwor sich, nicht in die gleiche Falle zu tappen. Sie legte den Griffel hin und stand auf. »Ich gehe, um mir den Dämon genauer anzusehen, den du getötet hast. Willst du mich begleiten?«

»Nein. Ich hatte schon Gelegenheit, ihn ganz genau anzusehen.«

Sie griff nach der Ledermappe, in der ihre chirurgischen Instrumente steckten. »Bleib bitte hier – und versuche, nichts kaputtzumachen.«

»Wie kannst du dich Erfinderin nennen, wenn es dir nicht gefällt, Dinge zu zerbrechen?«

Sie blieb an der Tür stehen und sah zu ihm zurück. Sein Kopf streifte die Decke – obwohl dies das höchste Zimmer in ihrem Turm war. Da war etwas … da, in seinen Augen. »Versuche, nichts von *meinen* Sachen kaputtzumachen.«

»Nun gut. Aber ich habe Hunger. Bring mehr zu essen mit.«

Der reptilische Leichnam lag auf dem Fußboden einer der Folterkammern, die sich in den unterirdischen Gewölben des Palasts befanden. Ein im Ruhestand lebender Gesteher hatte die Aufgabe bekommen, ihn zu bewachen. Samar Dev fand ihn schlafend in einer Ecke des Raums. Sie ließ ihn weiterschnarchen und stellte die vier brennenden Laternen, die sie von oben mitgebracht hatte, um den riesigen Leichnam des Dämons herum auf, kniete sich dann hin, schlug die Klappe ihrer Mappe zurück und nahm eine Anzahl chirurgischer Instrumente heraus. Schließlich, nachdem sie alle Vorbereitungen abgeschlossen hatte, wandte sie ihre Aufmerksamkeit dem Kadaver zu.

Zähne, Kiefer, nach vorne gerichtete Augen – alles Merkmale eines hervorragenden Raubtiers, wahrscheinlich eines, das seinen Opfern auflauerte. Und doch war das hier keine einfache Flussechse. Hinter den Brauenwülsten erstreckte sich ein langer und breiter Schädel mit einem mächtig ausladenden Hinterhaupt –allein schon die Größe des Schädels ließ auf Intelligenz schließen. Es sei denn, natürlich, der Knochen wäre einfach nur widersinnig dick.

Sie schnitt die zerfetzte, zerschlagene Haut weg, um den zertrümmerten Schädel freizulegen. Nein, so dick war der Knochen nicht. Die Dellen machten offensichtlich, dass Karsa Orlong seine Fäuste benutzt hatte. In denen, das war klar, eine erstaunliche Kraft lag und die von einem gleichermaßen erstaunlichen Willen bewegt wurden. Das Gehirn darunter, beeinträchtigt durch zerbrochene Gefäße und Blutungen und an einigen Stellen durch Knochenstücke zu Brei zermatscht, war in der Tat groß, allerdings auch deutlich anders angeordnet als ein menschliches Gehirn. Zunächst einmal waren da mehr Hirnlappen. Sechs mehr, alles in allem, die zwischen stark gefurchten Auswüchsen an den Seiten positioniert waren, und zu denen auch zwei von besonders vielen Gefäßen durchzogene Bereiche gehörten, die durch ein feines Gewebe mit den Augen verbunden waren. Was darauf hindeutete, dass diese Dämonen eine andere Welt sahen, vielleicht eine vollständigere.

Samar holte ein zerschlagenes Auge heraus und war überrascht, dass sie zwei Linsen fand – die eine konkav, die andere konvex. Sie legte sie beiseite, um sie später genauer zu untersuchen.

Sie schnitt durch die zähe, schuppige Haut und öffnete die Halsregionen, wo sie wie erwartet die übergroßen Venen und Arterien vorfand, die notwendig waren, ein aktives Gehirn zu versorgen, und arbeitete sich dann weiter vor, um die Brustregion zu inspizieren. Viele Rippen waren bereits gebrochen. Sie zählte vier Lungenflügel und zwei daran angeschlossene Proto-Lungenflügel; letztere waren mit Blut vollgesogen.

Sie zerschnitt die Hülle der ersten drei Mägen und wich rasch zurück, als die Säuren austraten. Die Klinge ihres Messers zischte, und sie schaute zu, wie sich kleine Dellen in der stählernen Oberfläche bildeten. Noch mehr zischende Geräusche, dieses Mal vom Steinfußboden. Ihre Augen begannen zu tränen.

Bewegung im Magen, und Samar stand auf und machte einen Schritt rückwärts. Würmer krabbelten heraus. Knapp zwei Dutzend zappelten und fielen dann auf den schmutzigen steinernen Fußboden. Sie hatten die Farbe von gebläutem Stahl, waren segmentiert und jeweils so lang wie ein Zeigefinger. Sie blickte auf das zerbröckelnde Messer in ihrer Hand und ließ das Instrument fallen, holte eine hölzerne Zange aus ihrer Mappe, begab sich an den Rand der Säurepfütze, griff nach unten und packte einen der Würmer.

Es war kein Wurm. Hunderte von Beinen, merkwürdig gerippt, und – was noch überraschender war – die Kreaturen waren Mechanismen. Sie lebten überhaupt nicht, und das Metall ihrer Körper war auf irgendeine Weise unempfindlich gegenüber den Säuren. Das Ding wand sich im Griff ihrer Zange und hörte schließlich auf, sich zu bewegen. Sie schüttelte es, aber es blieb vollkommen reglos, wie ein krummer Nagel. Ein Parasit? Sie glaubte es nicht. Nein, es gab viele Kreaturen, die zusammenarbeiteten. Der Teich aus Magensäure war die Heimat dieser Mechanismen gewesen, und sie hatten ihrerseits auf irgendeine Weise etwas zum Wohl des Dämons beigetragen.

Ein abgehacktes Husten erschreckte sie, und sie drehte sich um und sah, dass der Gesteher sich aufrappelte. Bucklig und von Arthritis verkrümmt watschelte er zu ihr.»Samar Dev, die Hexe! Was ist das für ein Geruch? Das seid nicht Ihr, hoffe ich. Ihr und ich, wir sind von der gleichen Art, nicht wahr?«

»Sind wir das?«

»Oh, ja, Samar Dev.« Er kratzte sich im Schritt.»Wir tragen die Schichten des Menschseins ab, bis auf die Knochen, aber wo hört das Menschsein auf, wo beginnt das Tier? Wann besiegt der Schmerz die Vernunft? Wo verbirgt sich die Seele, und wohin flieht sie, wenn alle Hoffnung im Fleische dahin ist? Fragen, über die solche wie Ihr und ich nachdenken sollten. Oh, wie sehr habe ich mich danach gesehnt, Euch zu treffen, an Eurem Wissen teilzuhaben –«

»Ihr seid ein Folterer.«

»Jemand muss es tun«, sagte er gekränkt.»In einer Zivilisation, die die Notwendigkeit der Folter anerkennt, muss es notgedrungen auch einen Folterer geben. Eine Kultur, Samar Dev, die den Erwerb von Wahrheiten höher schätzt als ein Menschenleben. Versteht Ihr? Oh«, fügte er hinzu und schob sich näher heran, um stirnrunzelnd auf den Leichnam des Dämons hinabzublicken,»die Rechtfertigungen sind immer die Gleichen. Um viele andere Leben zu retten, muss dieses hier aufgegeben werden. Geopfert. Sogar die Worte, die dafür benutzt werden, verschleiern die Brutalität. Warum befinden sich die Folterkammern in den unterirdischen Gewölben? Um die Schreie nicht zu weit dringen zu lassen? Das stimmt schon, aber da ist noch mehr. Dies hier«, sagte er und wedelte mit einer knorrigen Hand, »ist die untere Sphäre des Menschseins, das verfaulte Herz des Unangenehmen.«

»Ich suche Antworten bei etwas, das bereits tot ist. Das ist nicht das Gleiche –«

»Kleinigkeiten. Wir sind Fragesteller, Ihr und ich. Wir schneiden den Panzer auf, um die verborgene Wahrheit zu enthüllen. Außerdem bin ich im Ruhestand. Sie wollen, dass ich einen anderen ausbilde, versteht Ihr, nun, da die malazanischen Gesetze abgeschafft wurden und die Folter wieder beliebt ist. Aber diese Narren, die sie mir schicken! Oh, wozu nur? Nun ja, Falah'd Krithasanan, also, der war was – Ihr wart damals wahrscheinlich noch ein Kind, oder sogar noch jünger. Eieiei, wie sehr hat es ihm gefallen, Menschen zu foltern. Nicht, um die Wahrheit zu erfahren – er hat diesen Blödsinn nur zu gut als das erkannt, was er war – Blödsinn. Nein, ihn haben die größeren Fragen interessiert. Wie weit kann eine Seele gezogen werden, immer noch gefangen in ihrem gebrochenen Körper, wie weit? Wie weit, bis sie nicht mehr zurückkriechen kann? Das war die Herausforderung, die er mir gestellt hat … ach, wie sehr hat er meine Kunstfertigkeit geschätzt!«

Samar Dev schaute nach unten und sah, dass auch die restlichen Mechanismen aufgehört hatten zu funktionieren. Sie steckte den einen, den sie hochgenommen hatte, in eine kleine Ledertasche, packte dann ihre Utensilien zusammen, vergewisserte sich, dass sie die Linsen ebenfalls hatte. Sie würde den Rest des Leichnams verbrennen lassen – ein gutes Stück entfernt von der Stadt und auf der windabgewandten Seite.

»Wollt Ihr nicht mit mir essen?«

»Das kann ich leider nicht. Ich habe zu tun.«

»Wenn sie nur Euren Gast hier herunterbringen würden. Tobla-kai. Oh, das wäre ein Spaß, meint Ihr nicht auch?«

Sie dachte nach. »Ich bezweifle, dass ich ihn dazu überreden könnte, Gesteher.«

»Der Falah'd hat darüber nachgedacht, wisst Ihr.«

»Nein, das wusste ich nicht. Es wäre ein Fehler gewesen, glaube ich.«

»Nun, *diese* Dinge haben wir nicht infrage zu stellen, oder?«

»Irgendetwas sagt mir, dass Toblakai erfreut wäre, Euch kennenzulernen, Gesteher. Auch wenn es nur eine kurze Bekanntschaft wäre.«

»Nicht, wenn es nach mir geht, Samar Dev!«

»Ich nehme an, dass es bei allem, was mit Karsa Orlong zu tun hat, nur nach Karsa Orlong geht.«

Sie kehrte zurück und fand den Teblor-Krieger über ihrer Kartensammlung grübelnd vor, die er auf dem Fußboden des Korridors ausgebreitet hatte. Er hatte außerdem ein Dutzend Votivkerzen mitgebracht, die er angezündet und um sich herum aufgestellt hatte. Eine davon hielt er dicht an die Karten, während er die wertvollen Pergamente betrachtete. Ohne aufzublicken sagte er: »Die hier, Hexe. Die Gebiete und die Küste im Westen und im Norden … Man hat mich glauben lassen, die Jhag-Odhan wäre unangetastet, und die Ebene würde sich über die ganze Strecke bis zu den fernen Ländern der Nemil und der Trell erstrecken. Das hier zeigt etwas anderes.«

»Wenn du Löcher in meine Karten brennst«, sagte Samar Dev, »werde ich dich und deine Nachkommen bis in alle Ewigkeit verfluchen.«

»Die Odhan erstreckt sich nach Westen, wie es scheint, aber nur im Süden. Hier sind Stellen eingezeichnet, an denen es Eis gibt. Dieser Kontinent sieht zu gewaltig aus. Darin muss ein Fehler sein.«

»Möglicherweise«, gab sie zu. »Da dies die einzige Richtung ist, in die ich nicht gereist bin, kann ich zur Genauigkeit der Karte nichts sagen. Wohlgemerkt, sie wurde vor einem Jahrhundert von Othun Dela Farat gezeichnet. Und der hatte den Ruf, verlässlich zu sein.«

»Was ist mit diesem Seen-Gebiet?«, fragte er und deutete auf die nördliche Ausbuchtung an der Küste, westlich von Yath Alban.

Sie setzte ihre Ausrüstung ab und hockte sich seufzend neben ihn. »Schwierig zu durchqueren. Das Grundgestein tritt dort zutage, schwer zerklüftet, gesprenkelt mit Seen und nur wenigen, größtenteils unpassierbaren Flüssen. Der Wald besteht aus Fichten, Tannen und Kiefern, mit niedrigem Dickicht in den Senken.«

»Wie kannst du das alles wissen, wenn du niemals dort gewesen bist?«

Sie deutete auf die Karte. »Ich lese Delas Anmerkungen, da, am Rand. Er sagt auch, dass er Hinweise darauf gefunden hat, dass dort Leute leben, aber es ist nie zu einem Kontakt gekommen. Dahinter liegt das Inselkönigreich Sepik, das mittlerweile zum malazanischen Imperium gehört – auch wenn es mich überraschen würde zu erfahren, dass die Malazaner diesen abgelegenen Winkel ihres Reichs jemals besucht hätten. Der König war klug genug, Gesandte zu schicken, die Bedingungen für die Unterwerfung vorgeschlagen haben, und der Imperator hat sie einfach angenommen.«

»So viel hat der Kartenmacher aber nicht geschrieben.«

»Nein, ein paar von den Informationen stammen von mir. Ich habe dann und wann merkwürdige Geschichten über Sepik gehört. Wie es scheint, gibt es dort zwei unterschiedliche Bevölkerungsgruppen, und die einen sind Untertanen der anderen.« Sie zuckte die Schultern, als sie sein ausdrucksloses Gesicht sah. »Solche Sachen interessieren mich.« Und dann runzelte sie die Stirn, als offensichtlich wurde, dass der kühle Ausdruck auf dem tätowierten Gesicht des Riesen einen anderen Grund als Gleichgültigkeit hatte. »Stimmt etwas nicht?«

Karsa bleckte die Zähne. »Erzähl mir mehr von diesem Sepik.«

»Ich fürchte, ich habe dir alles gesagt, was ich weiß.«

Ihre Antwort bescherte ihr einen düsteren Blick, und dann beugte Karsa sich wieder über die Karte. »Ich werde Vorräte brauchen. Sag mir, ist das Wetter dort so wie hier?«

»Du gehst nach Sepik?«

»Ja. Sag dem Falah'd, dass ich eine Ausrüstung fordere, zwei zusätzliche Pferde und fünfhundert Halbmonde in Silber. Getrocknete Nahrung, mehr Wasserschläuche. Drei Wurfspeere und einen Jagdbogen mit dreißig Pfeilen, zehn davon mit einer Spitze zum Vögel jagen. Sechs zusätzliche Bogensehnen und einen Vorrat an Befiederungen, einen Wachsziegel –«

»Warte! Warte, Karsa Orlong. Warum sollte der Falah'd dir alle diese Dinge einfach so geben?«

»Sag ihm, dass ich in der Stadt bleiben werde, wenn er es nicht tut.«

»Oh, ich verstehe.« Sie dachte einige Zeit nach. »Warum gehst du nach Sepik?«, fragte sie dann.

Er machte sich daran, die Karte zusammenzurollen. »Ich will die hier –«

»Nein, tut mir leid. Die ist ein Vermögen wert –«

»Ich werde sie dir zurückgeben.«

»Nein, Karsa Orlong.« Sie richtete sich auf. »Wenn du bereit bist zu warten, werde ich sie abzeichnen – auf Leder, das ist widerstandsfähiger –«

»Wie lange wird das dauern?«

»Ich weiß es nicht. Ein paar Tage ...«

»Also gut. Aber ich werde unruhig, Hexe.« Er reichte ihr die zusammengerollte Karte und ging ins andere Zimmer. »Und hungrig.«

Sie bückte sich erneut, um die anderen Karten einzusammeln. Die Kerzen ließ sie, wo sie waren. Jede war einem unbedeutenden, örtlichen Gott geweiht, und die Flammen hatten die Aufmerksamkeit dieser Geisterscharen erregt. In diesem Vorzimmer wimmelte es von geisterhaften Präsenzen, die für eine angespannte Atmosphäre sorgten, denn viele von ihnen waren miteinander verfeindet. Doch sie vermutete, dass da noch mehr als nur die flackernden Flammen gewesen war, das die Geister der Beachtung wert gefunden hatten. Etwas, das mit Toblakai selbst zu tun hatte ...

Es gab Geheimnisse in Karsa Orlongs Geschichte, dessen war sie sich ziemlich sicher. Und nun wurden die Geister angezogen, dichter und immer dichter ... und ... ängstlich. »Oh«, flüsterte sie, »ich sehe, dass ich in dieser Angelegenheit keine Wahl habe. Ganz und gar keine ...« Sie zog ein Gürtelmesser, spuckte auf die Klinge, und begann dann die Klinge durch die Flamme jeder einzelnen Kerze zu ziehen.

Die Geister heulten in ihrem Kopf auf; sie waren außer sich über diese unerwartete, brutale Gefangenschaft. Sie nickte. »Ja, wir Sterblichen sind grausam ...«

»Drei Längen«, sagte der Schnelle Ben leise.

Kalam kratzte sich das stoppelige Kinn. Ein paar alte Verletzungen – der Enkar'al am Rande der Mauer des Wirbelwinds hatte ihn wirklich übel zugerichtet – hatten nach dem langen Gewaltmarsch zurück zur Vierzehnten Armee zu schmerzen begonnen. Doch angesichts dessen, was sie in dem Gewirr gesehen hatten, war niemand in der Stimmung, sich zu beklagen. Sogar Stürmisch hatte mit seinem unablässigen Genörgel aufgehört. Der Trupp kauerte hinter dem Assassinen und dem Hohemagier, reglos und in der Dunkelheit praktisch unsichtbar.

»Also«, sagte Kalam nachdenklich, »warten wir hier auf sie, oder gehen wir weiter?«

»Wir warten«, antwortete der Schnelle Ben. »Ich brauche die Ruhepause. Jedenfalls haben wir alle mehr oder weniger richtig vermutet, und es ist auch nicht gerade schwer, der Spur zu folgen. Leoman hat Y'Ghatan erreicht, und dort wird er auf uns warten.«

»Dann steht uns also eine Belagerung bevor – und wir haben dafür keinerlei Ausrüstung, die der Rede wert wäre.«

Der Magier nickte. »Das könnte sich hinziehen.«

»Nun, das sind wir ja schließlich gewohnt, oder?«

»Ich vergesse andauernd, dass du vor Korall nicht dabei warst.«

Kalam setzte sich hin, lehnte sich gegen den Hang und zog eine Flasche hervor. Er trank und reichte sie an den Hohemagier weiter. »So schlimm wie der letzte Tag vor Fahl?«

Der Schnelle Ben nahm einen Schluck und verzog das Gesicht. »Das ist Wasser.«

»Natürlich ist es Wasser.«

»Vor Fahl ... haben wir gegen niemanden gekämpft. Da ist nur die Erde eingebrochen, und es hat Felsen geregnet.«

»Dann sind die Brückenverbrenner also kämpfend untergegangen.«

»Der größte Teil von Einarms Heer ist kämpfend untergegangen«, sagte der Schnelle Ben. »Sogar Elster«, fügte er hinzu. »Sein Bein hat nachgegeben. Fäustel wird sich das niemals verzeihen, und ich kann nicht sagen, dass mich das überrascht.« Er zuckte die Schultern. »Es war eine Sauerei. Wie üblich ist jede Menge schiefgegangen. Aber dass Kallor sich gegen uns wendet ... das hätten wir vorhersehen müssen.«

»An meiner Klinge ist eine Stelle für die Kerbe mit seinem Namen reserviert«, sagte Kalam und nahm die Flasche wieder an sich.

»Da bist du nicht der Einzige, aber er ist ein Mann, der nicht leicht zu töten ist.«

Sergeant Gesler schob sich zu ihnen heran. »Hab gesehen, dass ihr beide irgendwas austauscht.«

»Nur Wasser«, sagte Kalam.

»Das ist so ziemlich das Letzte, was ich hören wollte. Nun, kümmert euch nicht um mich.«

»Wir haben über die bevorstehende Belagerung gesprochen«, sagte der Assassine. »Könnte ziemlich lange dauern.«

»Und wenn schon«, sagte Gesler und grunzte. »Tavore ist eine geduldige Frau. Das zumindest wissen wir von ihr.«

»Und sonst nichts?«, fragte der Schnelle Ben.

»Du hast mehr mit ihr gesprochen als jeder andere von uns, Hohemagier. Sie wahrt Abstand. Niemand scheint wirklich zu wissen, was sie ist – außer, dass sie die Mandata ist. Eine Adlige, klar, die aus Unta stammt. Aus dem Haus Paran.«

Kalam und der Schnelle Ben blickten sich kurz an, dann brachte der Assassine eine zweite Flasche zum Vorschein. »Das hier ist kein Wasser«, sagte er, als er sie dem Sergeanten zuwarf. »Wir haben ihren Bruder gekannt – Ganoes Paran. Er wurde den Brückenverbrennern als Hauptmann zugeteilt, kurz bevor wir uns nach Darujhistan reingeschlichen haben.«

»Er hat die Trupps nach Korall hineingeführt«, sagte der Schnelle Ben.

»Und ist gestorben?«, fragte Gesler, nachdem er einen Schluck aus der Flasche genommen hatte.

»So gut wie alle sind gestorben«, antwortete der Hohemagier. »Auf jeden Fall war er nicht lästig, so weit das für Offiziere überhaupt möglich ist. Was nun Tavore angeht, tappe ich genauso im Dunkeln wie ihr alle. Sie besteht nur aus Ecken und Kanten, aber die sind vor allem dazu da, die Leute auf Abstand zu halten – nicht, sie zu verletzen. Zumindest soweit ich das mitbekommen habe.«

»Sie wird vor Y'Ghatan Soldaten verlieren«, sagte Kalam.

Niemand antwortete auf diese Bemerkung. Unterschiedliche Kommandanten reagierten sehr unterschiedlich auf solche Dinge. Manche wurden einfach nur starrsinnig und verschwendeten mehr und mehr Menschenleben. Andere zuckten zurück, und wenn dann nichts geschah, versiegte der Lebensmut der Armee. Willensstärke spielte bei Belagerungen die vielleicht größte Rolle – zusammen mit Gerissenheit. Auf seiner langen Flucht von der Raraku hierher hatte Leoman gezeigt, dass er sowohl willensstark als auch gerissen war. Kalam wusste noch nicht so recht, was Tavore in der Raraku gezeigt hatte – schließlich hatte jemand anderes den größten Teil des Tötens für sie übernommen; für die ganze Vierzehnte, genauer gesagt.

Geister. Brückenverbrenner … die aufgestiegen sind. Bei den Göttern, ein Gedanke, der einem kalte Schauer über den Rücken jagt. *Sie waren alle schon halb verrückt, als sie noch am Leben waren, und jetzt ...* »Ben«, sagte Kalam, »die Geister, die in der Raraku so plötzlich aufgetaucht sind – wo sind sie jetzt?«

»Keine Ahnung. Allerdings nicht bei uns.«

»Geister«, sagte Gesler. »Dann stimmen die Gerüchte also – dass die Hundeschlächter nicht durch irgendeine Zauberei erledigt wurden. Wir hatten unsichtbare Verbündete – wer waren sie?« Er machte eine Pause, spuckte aus. »Ihr beide wisst es, na klar, und ihr sagt es nicht. Auch Fiedler weiß es, stimmt's? Ist auch egal. Jeder hat seine Geheimnisse, und macht euch bloß nicht die Mühe, mich nach meinen zu fragen. Damit wäre das geklärt.« Er gab die Flasche zurück. »Danke für die Eselspisse, Kalam.«

Sie hörten, wie er zurück zu seinem Trupp kroch.

»Eselspisse?«, fragte der Schnelle Ben.

»Wein von Kriechreben, und er hat recht, er schmeckt furchtbar. Ich habe ihn im Lager der Hundeschlächter gefunden. Willst du welchen?«

»Warum nicht? Wie auch immer, als ich gesagt habe, dass die Geister nicht bei uns sind, habe ich vermutlich die Wahrheit gesagt. Aber irgendetwas folgt der Armee *tatsächlich*.«

»Na, das ist doch einfach großartig.«

»Ich bin mir nicht –«

»Pscht! Ich höre –«

Gestalten tauchten plötzlich auf, kamen über den Kamm. Schimmernde, alte Rüstungen, Äxte und Krummsäbel, barbarische, bemalte Gesichter – die Verbrannten Tränen der Khundryl. Fluchend hockte Kalam sich wieder hin, schob seine Langmesser zurück in die Scheiden. »Das war eine ziemlich dumme Idee, ihr verdammten Barbaren –«

»Kommt mit«, sagte einer der Khundryl.

Dreihundert Schritt die Straße hinauf warteten einige Reiter, unter ihnen Mandata Tavore. Flankiert von einer Schwadron Verbrannter Tränen näherten sich Kalam, der Schnelle Ben, Gesler und sein Trupp den Wartenden.

Der missgestaltete Mond tauchte die Landschaft in ein silbriges Licht, in dem alle Umrisse zerklüfteter wirkten, wie Kalam bemerkte, als würde die umgebende Dunkelheit an ihnen nagen, und er wunderte sich, dass ihm das zuvor nicht aufgefallen war. War das schon immer so gewesen?

»Guten Abend, Mandata«, sagte der Schnelle Ben, als sie ankamen.

»Warum seid Ihr zurückgekehrt?«, wollte sie wissen. »Und warum seid Ihr nicht im Imperialen Gewirr?«

Tavore wurde von den Fäusten begleitet – Temul, der Wickaner, Blistig, Keneb und Tene Baralta, sowie Nil und Neder. Sie sahen allesamt so aus, als wären sie erst vor kurzem aus dem Schlaf gerissen worden; das hieß alle außer der Mandata.

Der Schnelle Ben trat unbehaglich von einem Bein aufs andere. »Das Gewirr wurde von … etwas anderem benutzt. Wir hielten es für unsicher und dachten, dass Ihr so schnell wie möglich davon erfahren solltet. Leoman ist jetzt in Y'Ghatan.«

»Und Ihr glaubt, er wird dort auf uns warten?«

»Die meisten Malazaner«, sagte Kalam, »haben Y'Ghatan in bitterer Erinnerung – das gilt zumindest für die, die sich überhaupt erinnern. Dort ist das Erste –«

»Ich weiß, Kalam Mekhar. Du brauchst mich nicht daran zu erinnern. Also gut, ich werde davon ausgehen, dass Eure Einschätzung richtig ist. Sergeant Gesler, begib dich bitte zu den Vorposten der Khundryl.«

Der Gruß des Seesoldaten war planlos, sein Gesichtsausdruck spöttisch.

Kalam beobachtete, wie Tavore dem davonziehenden Sergeanten und seinem Trupp nachschaute. Dann wandte sie sich wieder dem Schnellen Ben zu.

»Hohemagier.«

Er nickte. »Es waren … Himmelsfestungen wie Mondbrut im Imperialen Gewirr. Zehn, zwölf haben wir zu Gesicht bekommen, ehe wir uns zurückgezogen haben.«

»Hol uns der Vermummte«, murmelte Blistig. »Fliegende Festungen? Hat der weißhaarige Bastard noch mehr von ihnen gefunden?«

»Das glaube ich nicht, Faust«, sagte der Schnelle Ben. »Anomander Rake hat sich in Schwarz-Korall niedergelassen und hat Mondbrut aufgegeben, weil die Festung in Stücke gegangen ist. Nein, ich glaube, dass in denen, die wir im Gewirr gesehen haben, ihre … äh … ursprünglichen Besitzer zu finden sind.«

»Und wer könnte das sein?«, fragte Tavore.

»K'Chain Che'Malle, Mandata. Langschwänze oder Kurzschwänze. Oder beide.«

»Und warum sollten sie das Imperiale Gewirr benutzen?«

»Ich weiß es nicht«, gab der der Schnelle Ben zu. »Aber ich hege ein paar Vermutungen.«

»Dann lasst sie uns hören.«

»Es ist ein altes Gewirr, praktisch tot und verlassen, obwohl es in Wirklichkeit natürlich längst nicht so tot und verlassen ist, wie es auf den ersten Blick erscheint. Nun, es gibt kein bekanntes Gewirr, das den K'Chain Che'Malle zugeordnet wird, aber das bedeutet nicht, dass es niemals eines gegeben hat.«

»Ihr glaubt, das Imperiale Gewirr war ursprünglich das Gewirr der K'Chain Che'Malle?«

Der Hohemagier zuckte die Schultern. »Es ist möglich, Mandata.«

»Was noch?«

»Nun, wohin auch immer die Festungen unterwegs sind, sie wollen nicht gesehen werden.«

»Von wem?«

»Das weiß ich nicht.«

Die Mandata musterte den Hohemagier mehrere Herzschläge lang, dann sagte sie: »Ich möchte, dass Ihr es herausfindet. Nehmt Kalam und Geslers Trupp mit. Kehrt ins Imperiale Gewirr zurück.«

Der Assassine nickte langsam vor sich hin, ganz und gar nicht überrascht von diesem verrückten, absurden Befehl. Es herausfinden? Und wie genau?

»Habt Ihr irgendwelche Vorschläge, wie wir das anstellen könnten?«, fragte der Schnelle Ben, dessen Stimme nun merkwürdig fröhlich klang, wie immer, wenn er dagegen ankämpfte, das zu sagen, was er wirklich dachte.

»Ich bin mir sicher, dass Euch als Hohemagier da etwas einfallen wird.«

»Darf ich fragen, warum dieser Punkt von besonderer Bedeutung für uns ist, Mandata?«

»Wenn fremde Wesen ins Imperiale Gewirr eingedrungen sind, ist das für alle, die dem malazanischen Imperium dienen, von Bedeutung – würdet Ihr mir da nicht zustimmen?«

»Das würde ich natürlich, Mandata – aber befinden wir uns hier nicht auf einem Feldzug? Gegen den letzten Rebellenführer im Reich der Sieben Städte? Werdet Ihr nicht in Kürze mit der Belagerung von Y'Ghatan beginnen, bei der die Anwesenheit eines Hohemagiers – ganz zu schweigen vom besten Assassinen des Imperiums – eine zentrale Rolle für Euren Erfolg spielen könnte?«

»Schneller Ben«, sagte Tavore kühl, »die Vierzehnte Armee ist absolut fähig, diese Belagerung ohne Eure Unterstützung – oder die von Kalam Mekhar – durchzuführen.«

Na schön, damit ist die Sache entschieden. Sie weiß von unserem heimlichen Treffen mit Dujek Einarm und Tayschrenn. Und sie traut uns nicht. Vermutlich aus gutem Grund.

»Natürlich«, sagte der Schnelle Ben und verbeugte sich leicht. »Ich vertraue darauf, dass die Verbrannten Tränen Eure Soldaten wieder mit Vorräten versorgen können. Für uns bitte ich um die Erlaubnis, bis zur Morgendämmerung ausruhen zu dürfen.«

»Einverstanden.«

Der Hohemagier drehte sich um, und sein Blick traf sich kurz mit dem von Kalam. *Stimmt, Ben, sie will, dass ich so weit weg aus ihrem Rücken bin wie nur möglich.* Nun, dies war schließlich das malazanische Imperium. Laseens Imperium, um genau zu sein. *Aber, Tavore, ich bin nicht derjenige, um den du dir Sorgen machen musst …*

In diesem Augenblick schälte sich eine Gestalt aus der Dunkelheit, näherte sich vom Straßenrand her. Grüne Seide, anmutige Bewegungen, ein Gesicht, das im Mondlicht beinahe ätherisch wirkte. »Oh, ein mitternächtliches Stelldichein! Ich vertraue darauf, dass bereits alle wirklich bedeutenden Angelegenheiten besprochen wurden.«

Perl. Kalam grinste den Neuankömmling an, machte dabei mit einer Hand eine Geste, die nur eine andere Klaue verstehen konnte.

Als Perl das sah, zwinkerte er ihm zu.

Bald, du Dreckskerl.

Tavore zog ihr Pferd herum. »Wir sind hier fertig.«

»Könnte ich vielleicht bei einem von Euch mitreiten?«, wandte Perl sich an die versammelten Fäuste.

Er bekam keine Antwort, und wenige Augenblicke später galoppierten sie bereits die Straße entlang.

Perl hustete geziert in der aufwallenden Staubwolke. »Wie unhöflich.«

»Du bist zu Fuß bis nach hier draußen gekommen«, sagte der Schnelle Ben, »also kannst du auch wieder zu Fuß zurückgehen, Klaue.«

»Anscheinend bleibt mir nichts anders übrig.« Perl wedelte mit einer Hand. »Wer weiß, wann wir uns wiedersehen, meine Freunde. Aber bis dahin … gute Jagd …« Er schritt davon.

Wie viel hat er gehört? Kalam machte einen halben Schritt vorwärts, doch der Schnelle Ben streckte einen Arm aus und hielt ihn fest.

»Entspann dich, er hat es einfach mal versucht. Ich habe gespürt, wie er seine Kreise gezogen hat, wie sie immer enger wurden. Du hast ihn ziemlich nervös gemacht, Kal.«

»Gut.«

»Eigentlich nicht. Es bedeutet, dass er nicht dumm ist.«

»Das stimmt. Zu schade.«

»Wie auch immer«, sagte der Schnelle Ben. »Du und ich und Gesler, wir müssen uns irgendetwas überlegen, um von einer dieser fliegenden Festungen mitgenommen zu werden.«

Kalam drehte sich um. Starrte seinen Freund an. »Das war kein Witz, oder?«

»Nein, ich fürchte, das war keiner.«

Freudige Eintracht nahm ein Sonnenbad, während sie – umgeben von einem Ring aus Steinen – speiste, und Buddl lag dicht daneben und schaute interessiert zu. Der Skorpion zerteilte gerade die Kapmotte, die er ihm zum Frühstück gegeben hatte, als plötzlich der Stiefel eines Soldaten auf den Arachniden herabkrachte und ihn unter Drehungen der Ferse zermalmte.

Buddl zuckte zurück, sprachlos vor Entsetzen, und starrte zu der Gestalt hoch, die über ihm aufragte. Mordgedanken wallten in ihm auf.

Die Morgensonne hinter ihr ließ kaum mehr erkennen als eine Silhouette. »Soldat.« Die Stimme war die einer Frau, der Akzent klang nach Korelri. »Welcher Trupp ist das hier?«

Buddls Mund öffnete und schloss sich mehrere Male, und schließlich sagte er leise: »Dies ist der Trupp, der Pläne schmieden wird, dich zu töten, wenn die anderen mitbekommen, was du da gerade getan hast.«

»Erlaube mir, dir die Sachlage zu erklären, Soldat«, sagte sie. »Ich bin Hauptmann Faradan Sort, und ich kann Skorpione nicht ausstehen. Und jetzt möchte ich sehen, wie gut du salutieren kannst, während du auf dem Boden liegst.«

»Ihr wollt einen Gruß, Hauptmann? Welchen? Ich kann auf viele Arten grüßen. Habt Ihr irgendwelche Vorlieben?«

»Den Gruß, der mir zeigt, dass dir gerade klar geworden ist, wie tief der Abgrund ist, über den ich deinen Arsch gleich treten werde. Natürlich erst, nachdem ich dir einen Sack gefüllt mit Ziegeln hinten reingeschoben habe.«

Oh. »Dann wollt Ihr also den ganz normalen Gruß. Natürlich, Hauptmann.« Er krümmte den Rücken und schaffte es, ein paar Herzschläge lang zu salutieren … und wartete darauf, dass sie den Gruß erwiderte. Was sie nicht tat. Keuchend fiel er wieder zu Boden, den Mund plötzlich voller Staub.

»Wir werden das später noch einmal probieren, Soldat. Wie heißt du?«

»Äh, Lächeln, Hauptmann.«

»Nun, ich bezweifle, dass ich genau das oft auf deinem hässlichen Gesicht sehen werde, oder?«

»Nein, Hauptmann.«

Sie ging weiter.

Buddl starrte auf den feuchten, glänzenden Brei, der einmal Fröhliche Vereinigung und eine halbe Kapmotte gewesen war. Er hätte heulen können.

»Sergeant.«

Saiten blickte auf, bemerkte den Reif an einem Arm, und stand langsam auf. Er salutierte, musterte die große, sich kerzengerade haltende Frau, die vor ihm stand. »Sergeant Saiten, Hauptmann. Vierter Trupp.«

»Gut. Ihr gehört jetzt mir. Mein Name ist Faradan Sort.«

»Ich habe mich schon gefragt, wann Ihr auftauchen würdet, Hauptmann. Die Ersatzleute sind schon einige Tage hier.«

»Ich war beschäftigt. Hast du ein Problem damit, Sergeant?«

»Nein, Hauptmann, nicht im Geringsten.«

»Oh, du bist ein Veteran. Du glaubst vielleicht, diese Tatsache verschafft dir bei mir einen besseren Stand. Das tut sie nicht. Es ist mir egal, wo du gewesen bist, unter wem du gedient hast oder wie viele Offiziere du von hinten erstochen hast. Für mich ist nur eines wichtig: Wie viel du vom Kämpfen verstehst.«

»Ich habe keinen einzigen Offizier ... von hinten erstochen, Hauptmann. Und ich verstehe verdammt nochmal überhaupt nichts vom Kämpfen – ich weiß nur, wie man überlebt.«

»Das wird reichen. Wo sind meine restlichen Trupps?«

»Nun, einer ist nicht da. Geslers Trupp. Er und seine Leute sind auf einer Erkundungsmission; keine Ahnung, wann sie wieder zurückkommen. Bordukes Trupp ist da drüben.« Er deutete in die entsprechende Richtung. »Und der von Strang ist gleich dahinter. Die anderen werdet ihr da und dort finden.«

»Ihr lagert nicht zusammen?«

»Als Kampfeinheit? Nein.«

»Von jetzt an werdet ihr das tun.«

»Ja, Hauptmann.«

Sie ließ ihre Blicke über die Soldaten schweifen, die immer noch schlafend um die Feuerstelle herumlagen. »Die Sonne ist aufgegangen. Sie sollten jetzt eigentlich wach sein, gegessen haben und marschbereit sein.«

»Ja, Hauptmann.«

»Also … weck sie auf.«

»Ja, Hauptmann.«

Sie setzte sich in Bewegung, um zu gehen, drehte sich dann noch einmal um. »In deinem Trupp gibt es einen Soldaten namens Lächeln, Sergeant Saiten?«

»Ja, Hauptmann.«

»Lächeln wird heute doppeltes Marschgepäck tragen.«

»Hauptmann?«

»Du hast gehört, was ich gesagt habe.«

Er schaute ihr nach, wie sie davonging, drehte sich dann um und blickte auf seine Soldaten hinunter. Alle waren wach und sahen ihn an.

»Was habe ich getan?«, wollte Lächeln wissen.

Saiten zuckte die Schultern. »Sie ist ein Hauptmann, Lächeln.«

»Und?«

»Und Hauptleute sind verrückt. Zumindest diese ist es, was beweist, dass ich recht habe. Würdest du mir nicht zustimmen, Krake?«

»Oh, ja, Saiten. Rasend naiv verrückt.«

»Doppeltes Marschgepäck!«

Buddl kam ins Lager gestolpert, in seinen hohlen Händen ein zerquetschtes Etwas. »Sie hat Freudige Eintracht zertreten!«

»Nun, damit ist die Sache erledigt«, sagte Krake, während er sich mit einem Grunzen aufsetzte. »Sie ist tot.«

Faust Keneb trat in sein Zelt, löste die Riemen seines Helms und nahm ihn ab, um ihn auf sein Feldbett zu werfen, unterbrach die Bewegung jedoch, als er einen zerzausten Haarschopf in der offenen Reisetruhe an der hinteren Wand auftauchen sah. »Wühler! Was hast du da drin gemacht?«

»Geschlafen. Sie ist nicht dumm, nein. Sie kommen, um auf die Auferstehung zu warten.« Er kletterte aus der Truhe, wie immer in zerfetzter Lederkleidung im wickanischen Stil, die bereits völlig abgetragen war. Die weichen, kindlichen Rundungen seiner Wangen waren fast verschwunden, und man konnte bereits die erste Andeutung des Mannes erahnen, der er eines Tages sein würde.

»Sie? Meinst du die Mandata? Wer kommt? Was für eine Auferstehung?«

»Sie werden versuchen, sie zu töten. Aber das ist falsch. Sie ist unsere letzte Hoffnung. Unsere letzte Hoffnung. Ich gehe und such mir etwas zu essen, wir marschieren nach Y'Ghatan.« Er flitzte an Keneb vorbei. Vor dem Zelt bellten Hunde. Die Faust zog die Zeltklappe beiseite und trat hinaus. Wühler rannte die Gasse zwischen den Zelten entlang, flankiert von Bent, dem wickanischen Hirtenhund, und Rotauge, dem hengesischen Schoßhund. Soldaten wichen ehrerbietig zur Seite, um sie vorbeizulassen.

Keneb ging zurück ins Zelt. Ein rätselhaftes Kind. Er setzte sich auf das Feldbett, starrte vor sich hin, ohne wirklich etwas zu sehen.

Eine Belagerung. Idealerweise brauchten sie vier- bis fünftausend Soldaten mehr, fünf oder sechs untanische Katapulte und vier Türme. Ballisten, Mangonels, Onager, Skorpione, Rammböcke auf Rädern und Leitern. Vielleicht noch ein paar zusätzliche Einheiten Sappeure, zusammen mit ein paar Wagen voller Moranth-Munition. Und den Schnellen Ben, den Hohemagier.

War es nur eine Frage des Stolzes gewesen, den Magier wegzuschicken? Die Treffen mit Dujek Einarm waren in angespannter Atmosphäre verlaufen. Tavores Weigerung, mehr als ein Kontingent Ersatzleute von Quon Tali zur Unterstützung anzunehmen, ergab nicht viel Sinn. Zugegeben, Dujek und sein Heer hatten ihrerseits eine Menge zu tun, schließlich ging es darum, Garnisonen zu verstärken und widerspenstige Städte und Gemeinden zu befrieden. Andererseits hatte die Ankunft von Admiral Nok und einem Drittel der Imperialen Flotte in der Maadil-See viel dazu beigetragen, rebellische Tendenzen unter den Einheimischen schon im Keim zu ersticken. Und Keneb vermutete, dass die Erinnerung an die Anarchie, die während der Rebellion geherrscht und zu entsetzlichen Geschehnissen geführt hatte, ebenso befriedend wirkte wie jedwede militärische Präsenz.

Ein Kratzen an der Zeltklappe. »Herein.«

Blistig duckte sich unter der Klappe hindurch. »Ihr seid allein, gut. Tene Baralta hat mit Kriegsführer Gall gesprochen. Seht, wir haben gewusst, dass es wahrscheinlich zu einer Belagerung kommen würde –«

»Blistig«, unterbrach ihn Keneb, »das ist nicht richtig. Die Mandata führt die Vierzehnte Armee. Sie hat den Befehl erhalten, die Rebellion zu zerschlagen, und genau das tut sie. Es ist nur passend, dass der letzte Funke vor Y'Ghatan ausgetreten wird, dem mythischen Geburtsort der Apokalypse –«

»Stimmt. Und wir sind kurz davor, diesem Mythos neue Nahrung zuzuführen.«

»Nur wenn wir versagen.«

»Malazaner sterben vor Y'Ghatan. Diese Stadt hat die letzte Belagerung bis auf die Grundmauern niedergebrannt. Dassem Ultor und die Kompanie des Ersten Schwerts. Die Erste Armee, die Neunte. Achttausend, zehntausend Soldaten? Y'Ghatan trinkt malazanisches Blut, und ihr Durst ist grenzenlos.«

»Erzählt Ihr das Euren Offizieren, Blistig?«

Der Mann ging zu der Reisetruhe hinüber, klappte den Deckel zu und setzte sich darauf. »Natürlich nicht. Glaubt Ihr, ich bin verrückt? Aber, bei den Göttern, Mann, könnt Ihr dieses allmählich wachsende Entsetzen denn nicht spüren?«

»Damals, als wir in die Raraku marschiert sind, war es genauso«, sagte Keneb, »und unsere Entschlossenheit wurde enttäuscht – und das ist das Problem. Das einzige Problem, Blistig. Wir müssen unsere Schwerter schartig kriegen, wir brauchen diese Erlösung, das ist alles.«

»Sie hätte den Schnellen Ben und Kalam niemals wegschicken dürfen. Beim schielenden Arsch eines Rhizan, wen kümmert, was in dem verdammten Imperialen Gewirr los ist?«

Keneb schaute weg. Er wünschte, er könnte anderer Meinung sein. »Sie muss ihre Gründe haben.«

»Ich würde sie gerne hören.«

»Warum hat Baralta mit Gall gesprochen?«

»Weil wir alle besorgt sind – darum, Keneb. Wir wollen, dass alle Fäuste in dieser Sache an einem Strang ziehen, und dann wollen wir sie in die Enge treiben und sie zwingen, ein paar Antworten zu geben. Wir wollen ihre Gründe für manche Entscheidungen erfahren, wollen ein wirkliches Gefühl dafür bekommen, wie sie denkt.«

»Nein. Da mache ich nicht mit. Wir haben Y'Ghatan noch nicht erreicht. Wartet erstmal ab, was sie vorhat.«

Blistig grunzte und stand auf. »Ich werde Eure Vorschläge weitergeben, Keneb. Es ist nur … Nun, es sind nicht nur die Soldaten enttäuscht und gereizt.«

»Ich weiß. Wartet ab.«

Nachdem Blistig gegangen war, hockte Keneb sich wieder auf sein Feldbett. Von draußen drangen Geräusche an sein Ohr: Zelte wurden abgeschlagen, Ausrüstungsgegenstände verstaut, und ein Stück weiter weg muhten Ochsen. Rufe erfüllten die Morgenluft, als die Armee sich zu einem weiteren Tagesmarsch aufraffte. *Verbrannte Tränen, Wickaner, Seti, Malazaner. Was kann diese bunte Mischung von Soldaten ausrichten? Wir stehen Leoman von den Dreschflegeln gegenüber, verdammt. Der uns schon einmal eine blutige Nase verpasst hat. Allerdings – schnelle Vorstöße und ebenso schnelle Rückzüge sind eine Sache, eine belagerte Stadt ist etwas ganz anderes. Vielleicht macht er sich genauso viel Sorgen wie wir.*

Ein tröstlicher Gedanke. Zu dumm, dass er nicht ein Wort davon glaubte.

Die Vierzehnte war unsanft geweckt worden und summte jetzt wie ein Bienenstock. Sergeant Hellian saß mit hämmerndem Schädel am Straßenrand. Acht Tage mit dieser verdammten, elenden Armee und diesem ebenso verdammten Tyrannen von einem Hauptmann, und jetzt war ihr auch noch der Rum ausgegangen. Die drei Soldaten ihres unterbemannten Trupps packten ihre letzten Ausrüstungsgegenstände zusammen; keiner von ihnen wagte es, ihren verkaterten, sich in mörderischer Stimmung befindenden Sergeanten anzusprechen.

Hellian wurde von bitteren Erinnerungen an das Ereignis heimgesucht, das all dies ausgelöst hatte. Ein Tempel, in dem ein Gemetzel stattgefunden hatte, vor Wut schäumende Priester, Beamte und Untersuchungsbeamte, und der Wunsch, alle Zeugen so weit wie möglich wegzuschicken – vorzugsweise in eine Lage, die sie nicht überleben würden. Nun, sie konnte ihnen keinen Vorwurf machen – nein, halt, natürlich konnte sie das. Die Wahrheit war nämlich, dass dumme Leute die Welt regierten. Zweiundzwanzig Anhänger D'reks waren in ihrem eigenen Tempel abgeschlachtet worden, in einem Stadtviertel, das unter *ihrer* Verantwortung gestanden hatte – aber Patrouillen erhielten niemals Zutritt zu einem der Tempel, von daher hätte sie so oder so nichts unternehmen können, um den Vorfall zu verhindern. Aber nein, das war nicht gut genug. Wo sind die Mörder hingegangen, Sergeant Hellian? Und warum hast du sie nicht gehen sehen? Und was ist mit diesem Mann, der dich begleitet hat und dann verschwunden ist?

Mörder. Es gab keine. Zumindest keine natürlichen. Ein Dämon, das war schon wahrscheinlicher, der irgendeinem geheimen Ritual entflohen war, bei einer Beschwörung, die schiefgegangen war. Die Narren hatten sich selbst getötet – so lief das eben. Der Mann war irgendein ehemaliger Priester aus einem anderen Tempel gewesen, vermutlich ein Zauberer. Nachdem er herausbekommen hatte, was geschehen war, hatte er sich aus dem Staub gemacht und sie mit der ganzen Sauerei allein zurückgelassen.

Das war nicht fair gewesen, aber was hatte das alles auch mit Fairness zu tun?

Urb beugte seinen massigen Körper zu ihr hinunter. »Wir sind fast fertig, Sergeant.«

»Du hättest ihn erwürgen sollen.«

»Das wollte ich. Wirklich.«

»Tatsächlich? Ist das wahr?«

»Ja.«

»Aber dann ist er entschlüpft«, sagte Hellian. »Wie ein Wurm.«

»Hauptmann Sort will, dass wir uns den anderen Trupps ihrer Kompanie anschließen. Sie sind ein Stück weiter die Straße rauf. Wir sollten uns auf den Weg machen, bevor der Marsch anfängt.«

Sie blickte zu den beiden anderen Soldaten hinüber. Atemlos und Heikel, die Zwillinge. Jung, verloren – nun, vielleicht nicht jung an Jahren, aber doch irgendwie jung. Sie hatte ihre Zweifel, dass die beiden sich auch nur aus einem Hebammen-Picknick befreien konnten – obwohl sie gehört hatte, dass es bei so etwas ziemlich rau zugehen konnte, vor allem, wenn da eine dumme, schwangere Frau reinplatzte. Oh, nun, das war in Kartool gewesen, der Stadt der Spinnen, der Stadt, wo es unter den Sohlen ständig knirschte, der Stadt, in der es Netze und Schlimmeres gab. Doch hier waren sie weit weg von irgendwelchen Hebammen-Picknicks.

Hier draußen trieben Spinnen durch die Luft, aber wenigstens waren sie winzig und mit einem mittelgroßen Stein leicht zu erledigen. »Beim Abgrund«, ächzte sie. »Besorg mir etwas zu trinken.«

Urb reichte ihr einen Wassersack.

»Nicht das, du Dummkopf.«

»Vielleicht gibt es was in der Kompanie, der wir uns anschließen …«

Sie blickte blinzelnd zu dem massigen Mann auf. »Gute Idee. In Ordnung, hilf mir hoch – nein, lass es.« Sie erhob sich schwankend.

»Bist du in Ordnung, Sergeant?«

»Ich werde es sein«, sagte sie, »wenn du meinen Schädel genommen und flachgeklopft hast.«

Er runzelte die Stirn. »Wenn ich das täte, würde ich Ärger bekommen.«

»Mit mir nicht. Egal. Heikel, übernimm die Spitze.«

»Wir sind auf einer Straße, Sergeant.«

»Tu's einfach. Als Übung.«

»Ich werde nichts sehen können«, sagte der Mann. »Es sind zu viele Leute und Dinge im Weg.«

Oh, ihr Götter, die ihr im Abgrund herumkriecht, lasst mich nur lange genug leben, dass ich den Kerl umbringen kann. »Hast du irgendein Problem damit, die Spitze zu übernehmen, Atemlos?«

»Nein, Sergeant, ich nicht.«

»Gut. Dann tu du es ... und dann lasst uns machen, dass wir loskommen.«

»Soll ich die Flanke übernehmen?«, fragte Heikel.

»Ja, hinter dem Horizont, du krüppelhirniger Kaktus.«

»Das ist kein normaler Skorpion«, sagte Vielleicht und betrachtete ihn von nahem, aber nicht von zu nahe.

»Er ist verdammt groß«, sagte Lauten. »Hab diese Art früher schon mal gesehen, aber nie einen, der so ... riesig war.«

»Könnte eine Missgeburt sein, und alle seine Brüder und Schwestern waren winzig. Und jetzt ist er einsam und darum auch so gemein.«

Lauten starrte Vielleicht an. »Ja, das könnte sein. Du hast ja ein echtes Hirn in deinem Schädel. Na schön, also, glaubst du, er kann Freudige Eintracht fertigmachen? Ich meine, die sind immerhin zu zweit ...«

»Nun, vielleicht sollten wir noch einen suchen, der genauso ist wie der hier.«

»Aber ich dachte, alle seine Brüder und Schwestern wären winzig gewesen.«

»Oh, richtig. Könnte aber doch sein, dass er 'nen Onkel oder so was hat.«

»Einen großen.«

»Einen riesigen. Einen, der größer ist als der hier.«

»Wir müssen anfangen zu suchen.«

»Spart euch die Mühe«, sagte Buddl, der fünf Schritte von den beiden Soldaten aus Bordukes Trupp entfernt im Schatten eines Felsblocks saß.

Sie zuckten zusammen, dann zischte Lauten und sagte: »Er spioniert!«

»Ich spioniere nicht. Ich trauere.«

»Um was?«, wollte Vielleicht wissen. »Wir sind noch nicht einmal vor Y'Ghatan angekommen.«

»Seid ihr unserem neuen Hauptmann schon begegnet?«

Die beiden blickten einander an. »Nein«, sagte Lauten. »Aber ich wusste, dass einer kommt.«

»Sie ist hier. Sie hat Freudige Eintracht getötet. Unter ihrem Stiefel. *Knirsch!*«

Beide Männer sprangen auf. »Sie hat sie getötet!«, knurrte Vielleicht. Er blickte auf den Skorpion hinunter, der in einem Ring aus Steinen zu seinen Füßen hockte. »Oh, ja, lasst uns sehen, wie sie es mit Funke hier versucht – er würde sie bestimmt am Knöchel erwischen, voll durch das Stiefelleder –«

»Sei kein Blödmann«, sagte Buddl. »Wie auch immer. Funke ist kein Junge. Funke ist ein Mädchen.«

»Noch besser. Mädchen sind gemeiner.«

»Die Kleineren, die ihr andauernd seht, sind die Jungs. Es gibt hier viel weniger Mädels, aber so läuft das eben im Leben. Sie sind schüchtern. Wie auch immer, es ist besser, ihr lasst sie frei.«

»Warum?«, wollte Lauten wissen. »Wir können keinen zimperlichen Hauptmann brauchen –«

»Sie wäre noch das kleinste unserer Probleme, Lauten. Die Männchen werden Funkes betrübten Geruch wahrnehmen. Hunderte werden dir folgen. Dann tausende, und sie werden verdammt angriffslustig sein, wenn du verstehst, was ich meine …«

Vielleicht lächelte. »Interessant. Bist du dir dessen sicher, Buddl?«

270

»Lasst euch bloß nichts Dummes einfallen.«

»Warum nicht? Wir sind gut darin, uns etwas Dummes einfallen zu lassen. Ich meine, äh, nun …«

»Was Vielleicht meint«, sagte Lauten, »ist, dass wir Dinge zu Ende denken können. So richtig zu Ende denken, Buddl. Mach dir keine Sorgen um uns.«

»Sie hat Freudige Eintracht getötet. Es wird keine Kämpfe mehr geben – sagt das auch den anderen, all den Trupps mit neuen Skorpionen – lasst die Kleinen laufen.«

»In Ordnung«, sagte Lauten nickend.

Buddl musterte die beiden Männer. »Das schließt auch den ein, den ihr hier habt.«

»Gewiss. Wir werden sie uns nur noch ein Weilchen anschauen, das ist alles.« Vielleicht lächelte erneut.

Buddl rappelte sich zögernd auf, schüttelte dann den Kopf und ging davon, zurück zum Lager seines Trupps. Die Armee war fast bereit, den Marsch fortzusetzen. Mit all dem sporadischen Mangel an Begeisterung, den man von einer Armee erwarten durfte, die in Kürze eine Stadt belagern würde.

Ein wolkenloser Himmel. Wieder einmal. Mehr Staub, mehr Hitze, mehr Schweiß. Blutfliegen und Sandflöhe und die verdammten Geier, die am Himmel über ihnen ihre Kreise zogen – wie sie es seit der Raraku getan hatten. Aber dies, das wusste er, würde der letzte dieser Tage auf dem Marsch sein, mit der alten Straße vor ihnen, ein paar weiteren verlassenen Weilern, wilden Ziegen in den kahlen Hügeln und Reitern, die sie aus der Ferne von den Hügelkämmen beobachteten.

Die anderen Mitglieder des Trupps standen bereits herum und warteten, als er zu ihnen kam. Buddl sah, dass Lächeln sich mit doppeltem Marschgepäck abmühte. »Was ist denn mit dir passiert?«, fragte er sie.

Der Blick, den sie ihm zuwarf, zeugte von tiefstem Elend. »Ich weiß es nicht. Der neue Hauptmann hat es befohlen. Ich hasse sie.«

»Das überrascht mich nicht«, sagte Buddl, während er seine ei-

271

gene Ausrüstung aufnahm und in die Riemen schlüpfte. »Ist das Saitens Gepäck, das du jetzt mit dir rumschleppst?«

»Nicht das ganze«, sagte sie. »Die Moranth-Munition wollte er mir nicht anvertrauen.«

Oponn sei Dank. »Ist der Hauptmann seitdem noch mal hier gewesen?«

»Nein. Dieses Miststück. Wir werden sie umbringen, verstehst du?«

»Tatsächlich? Nun, ich werde deswegen keine Tränen vergießen. Aber wer ist ›wir‹?«

»Ich und Krake. Er wird sie ablenken, und ich werde ihr ein Messer in den Rücken stoßen. Heute Nacht.«

»Faust Keneb wird euch hängen, das ist euch klar.«

»Wir werden es wie einen Unfall aussehen lassen.«

In der Ferne war ein Hornsignal zu hören. »In Ordnung, Leute«, sagte Saiten von der Straße her. »Auf geht's.«

Ächzende Wagenräder, die über die unebenen Pflastersteine holperten und ratterten und in den Fahrspuren tanzten, das Muhen von Ochsen, tausende von Soldaten, die sich langsam in Bewegung setzten, anschwellendes Geklapper und Gebrüll, die erste Staubwolke, die sich in die Luft erhob.

Koryk gesellte sich zu Buddl. »Sie werden es nicht tun«, sagte er.

»Was tun? Hauptmann Sort umbringen?«

»Ich habe einen Blick auf sie werfen können«, sagte er. »Sie stammt nicht einfach nur aus Korelri. Sie kommt vom Sturmwall.«

Buddl warf dem stämmigen Soldaten einen argwöhnischen Blick zu. »Woher willst du das wissen?«

»Auf ihrer Schwertscheide ist eine silberne Zeichnung. Sie war Abschnittskommandant.«

»Das ist lächerlich, Koryk. Erstens kann man nicht einfach vom Wall zurücktreten, wenn wahr ist, was ich gehört habe. Und außerdem ist diese Frau ein Hauptmann in der am schlechtesten ausgerüsteten Armee des gesamten malazanischen Imperiums. Wenn sie den Befehl über einen Abschnitt des Walls gehabt hätte, wäre sie jetzt zumindest im Rang einer Faust.«

»Nur, wenn sie es den entsprechenden Leuten gesagt hätte, aber die Zeichnung erzählt eine andere Geschichte.«

Zwei Schritte vor ihnen drehte Saiten den Kopf, um sie anzusehen. »Dann hast du es also auch gesehen, Koryk.«

Buddle drehte sich zu Lächeln und Krake um. »Habt ihr beide das gehört?«

»Ja, und?«, wollte Lächeln wissen.

»Wir haben es gehört«, sagte Krake, der ein säuerliches Gesicht machte. »Vielleicht hat sie die Schwertscheide ja einfach nur irgendwo mitgehen lassen ... Aber ich glaube nicht, dass das wahrscheinlich ist. Lächeln, Mädchen, am besten werfen wir unsere Pläne auf einen Scheiterhaufen und zünden ihn an.«

»Warum?«, wollte sie wissen. »Was ist dieser Sturmwall überhaupt? Und wie kommt es, dass Koryk meint, er würde sich so gut auskennen? Er kennt sich überhaupt nicht aus, außer vielleicht mit dem Hintern eines Pferdes, und auch das nur im Dunkeln. Schaut euch eure Gesichter an – ich bin von einem Haufen Feiglinge umgeben!«

»Die vorhaben, auch weiterhin am Leben zu bleiben«, sagte Krake.

»Lächeln ist mit Bauernjungen im Sandkasten aufgewachsen«, sagte Koryk kopfschüttelnd. »Hör zu, Mädchen. Der Sturmwall ist viele Meilen lang, an der Nordküste von Korelri. Er ist das einzige Hindernis zwischen dem Inselkontinent und den Sturmreitern, den dämonischen Kriegern der Meere zwischen der Insel Malaz und Korelri – du hast doch bestimmt schon von ihnen gehört?«

»Das sind doch nur Geschichten, die sich die alten Fischer erzählen.«

»Nein, die sind nur zu wahr«, sagte Krake. »Ich habe mit eigenen Augen gesehen, wie sie das Meer durchpflügt haben. Die Wellen sind ihre Pferde, und sie schwingen Lanzen aus Eis. Wir haben sechs Ziegen die Kehle durchgeschnitten und das Wasser mit ihrem Blut gefärbt, um sie zu beschwichtigen.«

»Und es hat gewirkt?«, fragte Buddl überrascht.

»Nein. Gewirkt hat, den Schiffsjungen über Bord zu werfen.«

»Wie auch immer«, sagte Koryk, nachdem sie alle einige Herzschläge lang geschwiegen hatten, »nur auserwählte Krieger erhalten den Auftrag, am Wall zu stehen. Um gegen diese unheimlichen Horden zu kämpfen. Es ist ein endloser Krieg, oder zumindest war es das …«

»Ist er vorbei?«

Der Seti zuckte die Schultern.

»Und was macht sie dann hier?«, fragte Lächeln. »Buddl hat recht, das ergibt keinen Sinn.«

»Du könntest sie fragen«, erwiderte Koryk, »vorausgesetzt, du überlebst den heutigen Marsch.«

»So schlimm ist das gar nicht«, sagte sie naserümpfend.

»Wir sind gerade mal hundert Schritte gegangen, Soldatin«, rief Saiten nach hinten. »Am besten, du sparst dir deinen Atem.«

Buddl zögerte und sagte dann zu Lächeln: »Komm, gib mir das – Hauptmann Sort ist nicht in der Nähe, oder?«

»Ich habe nichts gesehen«, sagte Saiten, ohne sich umzudrehen.

»Ich schaff das auch –«

»Wir werden uns abwechseln.«

Ihre Augen verengten sich argwöhnisch, dann zuckte sie die Schultern. »Wenn du unbedingt willst.«

Er nahm ihr das zweite Marschgepäck ab.

»Danke, Buddl. Zumindest einer in diesem Trupp ist nett zu mir.«

Koryk lachte. »Er möchte nur einfach kein Messer ins Bein bekommen.«

»Wir müssen zusammenhalten«, sagte Buddl, »vor allem jetzt, wo wir einen tyrannischen Offizier über uns haben.«

»Kluger Bursche«, sagte Saiten.

»Trotzdem – danke, Buddl«, sagte Lächeln.

Er lächelte sie freundlich an.

»Sie haben aufgehört sich zu bewegen«, murmelte Kalam. »Warum wohl?«

»Keine Ahnung«, sagte der Schnelle Ben neben ihm.

Sie lagen lang ausgestreckt auf der Kuppe eines niedrigen Hügels. Elf Himmelsfestungen schwebten in zweitausend Schritt Entfernung in einer regelmäßigen Reihe über einer anderen Hügelkette. »Also«, begann der Asassine, »was geht in diesem Gewirr als Nacht durch?«

»Es kommt bald, und es ist nicht viel.«

Kalam drehte sich um und musterte die Soldaten, die hinter ihnen flach auf dem staubigen Hang lagen. »Und wie sieht dein Plan aus, Ben?«

»Wir nutzen die Nacht natürlich. Schleichen uns heimlich unter eine –«

»Wir schleichen uns heimlich? Da vorne gibt es keine Deckung, da ist nicht einmal etwas, das ein bisschen Schatten wirft.«

»Genau das macht die Idee so hervorragend, Kalam.«

Der Assassine streckte einen Arm aus und verpasste dem Schnellen Ben eine Ohrfeige.

»Autsch. Na schön, der Plan stinkt also. Hast du denn einen besseren?«

»Als Erstes schicken wir den Trupp dahinten zurück zur Vierzehnten. Zwei Leute, die sich anschleichen, ist viel besser als acht. Außerdem habe ich zwar nicht den geringsten Zweifel daran, dass sie kämpfen können, aber das wird uns trotzdem nicht viel nützen, wenn tausend K'Chain Che'Malle auf uns runterregnen und uns angreifen. Und noch etwas – sie sind so schrecklich vergnügt, dass sie sich kaum beherrschen können, einen Freudentanz aufzuführen.«

Bei diesen Worten warf Sergeant Gesler ihm eine Kusshand zu.

Kalam rollte sich erneut herum und starrte die unbeweglich verharrenden Festungen düster an.

Der Schnelle Ben seufzte. Er kratzte sich das glattrasierte Kinn. »Die Befehle der Mandata ...«

»Mach dir darüber keine Sorgen. Dies ist eine taktische Entscheidung – und damit fällt sie in unseren Zuständigkeitsbereich.«

Gesler meldete sich von weiter unten zu Wort. »Sie mag es auch nicht sonderlich, wenn *wir* um sie herum sind, Kalam.«

»Ach? Und warum?«

»Sie dreht in unserer Gesellschaft immer mal wieder durch. Ich weiß nicht, warum. Wir waren auf der *Silanda*, verstehst du. Sind mit dem Schiff durch Wände aus Feuer gegangen.«

»Wir hatten alle ein hartes Leben, Gesler ...«

»Unser Zuständigkeitsbereich?«, fragte der Schnelle Ben. »Das gefällt mir. Das kannst du bei ihr ausprobieren ... später einmal.«

»Lass sie uns zurückschicken.«

»Gesler?«

»Für uns ist das kein Problem. Ich würde euch beiden nicht mal in eine Latrine folgen – bitte um Verzeihung, meine Herren.«

»Mach mal 'n bisschen hin, Magier«, fügte Stürmisch hinzu. »Ich krieg noch graue Haare vom Warten.«

»Das ist nur der Staub, Korporal.«

»Das sagst du.«

Kalam dachte kurz nach und meinte dann: »Vielleicht sollten wir den haarigen Falari mitnehmen. Hast du Lust mitzukommen, Korporal? Als Nachhut?«

»Als Nachhut? He, Gesler, du hattest recht. Sie gehen *tatsächlich* in eine Latrine. In Ordnung, vorausgesetzt, mein Sergeant hier vermisst mich nicht allzu sehr.«

»Dich vermissen?« Gesler schnaubte. »Jetzt werde ich endlich ein paar Frauen dazu bringen können, mit mir zu sprechen.«

»Der Bart schreckt sie ab«, sagte Stürmisch, »aber das ändere ich für niemanden.«

»Es ist nicht der Bart – es ist das, was in dem Bart lebt.«

»Hol uns der Vermummte«, keuchte Kalam, »schick sie weg, Ben – schick sie bitte weg.«

Vier Längen nördlich von Ehrlitan stand Apsalar und blickte aufs Meer hinaus. Das Vorgebirge auf der anderen Seite der Straße von A'rath war gerade noch zu erkennen, zerknitterte die glatte Linie des Horizonts, wo in ebendiesem Augenblick die Sonne unterging. Die Halbinsel von Kansu, die sich wie ein langer dünner Arm nach Westen bis zu der Hafenstadt Kansu erstreckte. Zu ihren Füßen schlichen zwei von Darm zusammengehaltene Skelette herum, stocherten im Dreck nach Maden und Larven und zischten enttäuscht und wütend, wenn die zermanschten Insekten, die sie zu schlucken versuchten, ihnen einfach zwischen den Kieferknochen hindurchfielen.

Sogar Knochen – oder die körperlichen Erinnerungen an Knochen – enthielten Macht, so schien es. Die Verhaltensmuster der Vogelechsen, die die Kreaturen einst gewesen waren, hatten angefangen, den geisterhaften Verstand von Telorast und Rinnsel zu beeinflussen. Sie jagten jetzt Schlangen, sprangen in die Luft, um nach Rhizan und Kapmotten zu schnappen, duellierten sich in Kämpfen um die Vorherrschaft, stolzierten herum, fauchten und traten mit Sand. Apsalar glaubte, dass sie den Verstand verloren.

Das ist kein großer Verlust. Sie waren tödlich, gemein und absolut nicht vertrauenswürdig gewesen, als sie noch gelebt hatten. Und vielleicht hatten sie über eine Sphäre geherrscht. Als Usurpatoren natürlich. Sie würde ihre Auflösung nicht bedauern.

»Nicht-Apsalar! Warum warten wir hier? Wir haben festgestellt, dass wir Wasser nicht mögen. Die Verschnürungen aus Darmfäden werden sich lösen. Wir werden zerfallen.«

»Wir werden diese Meerenge überqueren, Telorast«, sagte Apsalar. »Aber vielleicht wollt ihr ja hierbleiben und meine Gesellschaft verlassen.«

»Hast du vor zu schwimmen?«

»Nein. Ich habe vor, das Schattengewirr zu benutzen.«

»Oh, das wird nicht nass sein.«

»Nein«, lachte Rinnsel und stolzierte herum, um sich vor Apsalar hinzustellen, bewegte dabei den Kopf auf und ab. »Nicht nass, oh, das ist sehr gut. Wir kommen mit, nicht wahr, das tun wir doch, Telorast?«

»Wir haben es versprochen! Nein, haben wir nicht. Wer hat das gesagt? Wir sind einfach nur wild darauf, über deinen verrottenden Leichnam zu wachen, Nicht-Apsalar, das haben wir versprochen. Ich verstehe nicht, warum ich so verwirrt bin. Schließlich *musst* du irgendwann mal sterben. Das ist klar. Es ist das, was Sterblichen geschieht, und du bist sterblich, oder? Du musst es sein, denn du hast drei Tage lang geblutet – wir können es riechen.«

»Du Närrin!«, zischte Rinnsel. »Natürlich ist sie sterblich, und außerdem waren wir einst selbst Frauen, erinnerst du dich? Sie blutet, weil es das ist, was passiert. Nicht immer, aber manchmal. Regelmäßig. Oder nicht. Außer kurz bevor sie Eier legt, was bedeuten würde, dass ein Männchen sie gefunden hätte, was bedeuten würde …«

»Dass sie eine Schlange ist?«, fragte Telorast belustigt.

»Aber sie ist keine. Was glaubst du denn, Telorast?«

Das Licht der Sonne verblasste, das Wasser in der Meerenge schimmerte rot. Ein einsames Segel, das zu der Karacke eines Händlers gehörte, bewegte sich gen Süden, in die Ehrlitan-See.

»Das Gewirr fühlt sich hier stark an«, sagte Apsalar.

»Oh, ja«, sagte Telorast, deren knochiger Schwanz Apsalars linken Knöchel liebkoste. »Es ist hier deutlich spürbar. Dieses Meer ist neu.«

»Das ist möglich«, erwiderte sie, während sie die zerklüfteten Klippen betrachtete, die das Ufer der Meerenge bildeten. »Gibt es Ruinen auf dem Meeresgrund?«

»Woher sollten wir das wissen? Vermutlich. Wahrscheinlich, bestimmt. Ruinen. Große Städte. Schattentempel.«

Apsalar runzelte die Stirn. »In der Zeit des Ersten Imperiums hat es keine Schattentempel gegeben.«

Rinnsel ließ den Kopf sinken, reckte ihn dann plötzlich wieder in die Höhe. »Dessimbelackis, Fluch auf seine Vielzahl von Seelen! Wir sprechen von der Zeit der Wälder. Der großen Wälder, die dieses Land bedeckt haben, lange bevor es das Erste Imperium gegeben hat. Sogar lange bevor es die T'lan Imass –«

»Schsch!«, zischte Telorast. »Wälder? Wahnsinn! Kein Baum in Sicht, und diejenigen, die sich vor den Schatten gefürchtet haben, haben niemals existiert. Warum hätten sie sie dann verehren sollen? Sie haben es nicht getan, weil sie nie existiert haben. Diese Schattenmacht ist eine natürliche Kraft. Es ist eine Tatsache, dass die erste Anbetung aus Furcht stattgefunden hat. Das schreckliche, unbekannte –«

»Wird noch viel schrecklicher«, wurde sie von Rinnsel unterbrochen, »wenn es bekannt wird! Würdest du das nicht auch sagen, Telorast?«

»Nein, das würde ich nicht. Ich weiß nicht, wovon du sprichst. Du hast zu viele Geheimnisse ausgeplaudert, von denen jedenfalls kein einziges wahr ist. Schau! Eine Eidechse! Sie gehört mir!«

»Nein, mir!«

Die beiden Skelette hasteten über den felsigen Sims. Etwas Kleines, Graues schoss davon.

Ein Wind kam auf, kräuselte die Wasseroberfläche und trug den ursprünglichen Geruch des Meeres zu den Klippen, auf denen sie stand. Ausgedehnte Gewässer zu überqueren, war selbst mittels eines Gewirrs nie besonders erfreulich. Jedes Schwanken ihrer Kontrolle konnte sie aus der Sphäre schleudern, woraufhin sie sich viele Meilen vom Land entfernt in einem Gewässer wiederfinden würde, in dem es von Dhenrabi wimmelte. Was den sicheren Tod bedeuten würde.

Sie könnte natürlich auch den Landweg nehmen. Von Ehrlitan aus nach Süden, nach Pan'potsun, dann die neue Raraku-See in westlicher Richtung umgehen. Aber sie wusste, dass ihr die Zeit davonlief. Cotillion und Schattenthron wollten, dass sie sich um ein paar unbedeutende Spieler kümmerte, die hier und da verstreut im Landesinnern lebten, aber etwas in ihr spürte, dass sich irgendwo weit entfernt die Dinge beschleunigt hatten, und dieses Gefühl weckte in ihr das wachsende Bedürfnis – eine verzweifelte Beharrlichkeit –, ohne Verzögerung dorthin zu gelangen. Um ihren Dolch zu werfen und dadurch einen ganzen Haufen Schicksale zu beeinflussen, so gut sie konnte.

Sie ging davon aus, dass Cotillion dies alles verstehen würde. Dass er ihren Instinkten trauen würde, selbst wenn sie sie nicht in letzter Konsequenz erklären konnte.

Sie musste ... *sich beeilen*.

Ein Augenblick der Konzentration – und die Szenerie vor ihr verwandelte sich. Die Klippen waren jetzt ein Hang, übersät von umgestürzten Bäumen – Fichten und Zedern –, deren Wurzeln aus der dunklen Erde gerissen und deren Stämme abgeflacht waren, als wäre die ganze Seite des Hügels von einem unvorstellbar starken Windstoß getroffen worden. Und dort, wo wenige Augenblicke zuvor noch die Meerenge gewesen war, erstreckte sich ein riesiges bewaldetes und in Nebel gehülltes Tal unter einem bleiernen Himmel.

Die beiden Skelette trippelten herbei und drängten sich um ihre Füße; ihre Köpfe zuckten mal in diese, mal in jene Richtung.

»Ich habe dir gesagt, dass da ein Wald sein würde«, sagte Telorast.

Apsalar deutete auf den verwüsteten Hang unmittelbar vor ihnen. »Was ist hier geschehen?«

»Zauberei«, sagte Rinnsel. »Drachen.«

»Keine Drachen.«

»Nein, keine Drachen. Telorast hat recht. Keine Drachen.«

»Dämonen.«

»Ja, schreckliche Dämonen, deren Atem schon das Tor zu einem Gewirr ist, oh, spring bloß nicht in so einen Rachen!«

»Kein Atem, Rinnsel«, sagte Telorast. »Einfach nur Dämonen. Kleine Dämonen. Aber viele davon. Stoßen die Bäume um, einen nach dem anderen, weil sie gemein sind und gerne sinnlose, zerstörerische Taten begehen.«

»Wie Kinder.«

»Richtig, wie Rinnsel sagt, wie Kinder. Kinderdämonen. Aber stark. Sehr stark. Mit gewaltigen, muskulösen Armen.«

»Dann haben hier also Drachen gekämpft«, sagte Apsalar.

»Ja«, erwiderte Telorast.

»In der Schattensphäre.«

»Ja.«

»Wahrscheinlich die gleichen Drachen, die jetzt im Steinkreis gefangen sind.«

»Ja.«

Apsalar nickte und machte sich dann an den Abstieg. »Das wird nicht einfach werden. Ich frage mich, ob ich viel Zeit sparen werde, wenn ich diesen Wald durchquere.«

»Ein Wald der Tiste Edur«, sagte Rinnsel, die voraushüpfte. »Sie mögen ihre Wälder.«

»All die natürlichen Schatten«, fügte Telorast hinzu. »Dauerhafte Macht. Schwarzholz, Blutholz, alle möglichen schrecklichen Dinge. Die Eres haben recht daran getan, sie zu fürchten.«

In der Ferne glitt eine seltsame Dunkelheit über die Baumwipfel. Apsalar musterte die Erscheinung. Die Karacke, die in dieser Sphäre als ätherische Präsenz erschien. Sie sah beide Welten, was eigentlich völlig normal war. Trotzdem … *Es ist jemand an Bord der Karacke. Und dieser Jemand ist wichtig …*

Der T'rolbarahl Dejim Nebrahl, eine alte Kreatur des Ersten Imperiums von Dessimbelackis, kauerte am Fuß eines toten Baums oder, genauer gesagt, glitt wie eine Schlange um die ausgeblichenen, nackten Wurzeln, mit sieben Köpfen und sieben in den Farben des Bodens, des Waldes und der Felsen gesprenkelten Körpern. Frisches Blut, das langsam seine Wärme verlor, füllte die Mägen des Vielwandlers. Es hatte nicht an Opfern gemangelt, selbst in diesem Ödland nicht. Hirten, Arbeiter aus den Salzminen, Räuber, Wüstenwölfe – Dejim Nebrahl hatte auf der Reise zu dem Ort, an dem er sich in den Hinterhalt legen wollte, nie gehungert.

Der dickstämmige, breite Baum, von dem nur ein paar Zweige die Jahrhunderte überlebt hatten, seit er gestorben war, wuchs aus einer Spalte zwischen einer flachen Felsplatte, über die der Weg verlief, und einem hoch aufragenden Turm aus löchrigem, vom Wind abgeschliffenem Felsgestein. Der Weg machte an dieser Stelle eine Biegung, streifte den Rand einer Klippe, von der es zehn oder mehr Mannslängen nach unten in einen Wirrwarr aus Felsbrocken und zerklüftetem Geröll ging.

Auf der anderen Seite des Wegs erhoben sich mehr Felsen, aufgehäuft, die Steine geborsten und abfallend.

Hier würde der Vielwandler zuschlagen, würde von beiden Seiten aus den Schatten auftauchen.

Dejim Nebrahl war zufrieden. Dank des frischen Fleischs in seinen Bäuchen – er hörte noch die nachhallenden Todesschreie – fiel es ihm leicht, geduldig zu sein; nun brauchte er nichts weiter zu tun, als auf die Ankunft seiner Opfer zu warten – derjenigen, die die Namenlosen auserwählt hatten.

Schon bald würde es so weit sein.

Zwischen den Bäumen war viel Platz. Apsalar fühlte sich wie in einer Kathedrale aus Schatten und Zwielicht, in der ihr die feuchte Luft fast wie Wasser ins Gesicht klatschte, während sie flankiert von Telorast und Rinnsel vorwärtstrabte. Zu ihrer Überraschung kam sie tatsächlich schnell voran. Der Boden war erstaunlich eben, und umgestürzte Bäume schien es keine zu geben, als sei in diesem ausgedehnten Wald noch niemals ein Baum gestorben. Sie hatte keine wilden Tiere gesehen und war noch auf keinen Wildwechsel gestoßen, doch es hatte Lichtungen gegeben, kreisrunde Moosflächen, umgeben von in gleichen Abständen dicht beieinanderstehenden Zedern – wenn es keine Zedern waren, dann Bäume, die sehr ähnlich aussahen – mit rauer, zottiger Rinde, schwarz wie Teer. Die Kreise waren zu vollkommen, um natürlichen Ursprungs zu sein, obwohl es außer dieser Tatsache keinen Hinweis darauf gab, in welcher Absicht sie angelegt worden waren oder welchem Zweck sie dienten. An diesen Orten war die Macht des Schattens stark, wie Telorast gesagt hatte.

Tiste Edur, Kurald Emurlahn – ihre Präsenz verweilte noch an diesem Ort, aber nur auf die gleiche Weise, wie Erinnerungen an Friedhöfen, Gräbern und Grabhügeln hängen. Alte Träume, verwirrt und im Gras, im Geflecht des Waldes und dem kristallinen Gitterwerk der Steine allmählich verblassend. Ein verlorenes Flüstern im Wind, der immer über solche todesbeladenen Orte wanderte. Die Edur waren fort, doch ihr Wald hatte sie nicht vergessen.

Eine Dunkelheit voraus, etwas, das vom Laubdach herunterkam, gerade und dünn. Ein Seil, so dick wie ihr Handgelenk, und ein Anker, der auf dem von Fichtennadeln übersäten Humusboden ruhte.

Genau in ihrem Weg. *Sieh an, genau wie ich eine Präsenz gespürt habe, hat diese Präsenz mich gespürt. Ich glaube, das hier ist eine Einladung.*

Sie trat an das Seil heran, packte es mit beiden Händen und begann hochzuklettern.

»Was tust du da?«, zischte Telorast unter ihr. »Nein, ein gefährlicher Eindringling! Ein schrecklicher, Entsetzen verbreitender, entsetzlicher Fremder mit grausamem Gesicht! Geh nicht da hoch! Oh, Rinnsel, sie nur, sie klettert hoch!«

»Sie hört nicht auf uns!«

»Wir haben zu viel geredet, das ist das Problem.«

»Du hast recht. Wir sollten etwas Wichtiges sagen, so dass sie wieder auf uns hört.«

»Gute Idee, Rinnsel. Denk dir etwas aus!«

»Ich versuche es!«

Ihre Stimmen verklangen, als Apsalar immer höher kletterte. Sie war jetzt von dicht benadelten Ästen umgeben, zwischen denen sich alte Spinnennetze spannten und kleine, glänzende Gestalten herumhuschten. Das Leder ihrer Handschuhe fühlte sich heiß an, und ihre Waden begannen zu schmerzen. Sie erreichte den ersten einer Reihe von Knoten, und nachdem sie ihre Füße darauf gestellt hatte, machte sie eine Pause und ruhte sich aus. Als sie nach unten blickte, sah sie nichts als schwarze Stämme, die im Nebel verschwanden, wie die Beine eines riesigen Tiers. Nach einigen Augenblicken kletterte sie weiter. Jetzt stieß sie etwa alle zehn Armlängen auf weitere Knoten. Da war jemand aufmerksam gewesen.

Der ebenholzschwarze Rumpf der Karacke dräute über ihr, von Entenmuscheln überkrustet und glänzend. Als sie ihn erreichte, stemmte sie ihre Stiefel gegen die dunklen Holzplanken und kletterte die letzten beiden Mannshöhen weiter bis zu der Stelle, wo das Ankertau in einem Schacht in der Bordwand verschwand. Sie kletterte über die Reling und fand sich unweit der drei Stufen wieder, die zum Achterdeck hinaufführten. Dünne, schwach leuchtende Nebelfetzen kennzeichneten die Stellen, an denen Sterbliche standen oder saßen: da und dort, in der Nähe der Takelage, am seitlich befestigten Steuerruder; einer hockte hoch oben in den Wanten. Eine deutlich stofflichere, festere Gestalt stand vor dem Hauptmast.

Sie wirkte vertraut. Apsalar kramte in ihren Erinnerungen, und ihre Gedanken jagten einen falschen Weg nach dem anderen entlang. Vertraut … und doch nicht vertraut.

Mit einem leichten Lächeln in seinem glattrasierten, ansehnlichen Gesicht, trat er vor und hob die Hände. »Ich weiß nicht genau, welchen Namen du nun benutzt. Du warst kaum mehr als ein Kind – ist es tatsächlich erst ein paar Jahre her? Schwer zu glauben.«

Ihr Herz hämmerte gegen ihre Brust, und sie wunderte sich über das Gefühl in ihrem Innern. *Angst?* Ja, aber noch mehr als das. Schuld. Scham. Sie räusperte sich. »Ich nenne mich jetzt Apsalar.«

Ein kurzes Nicken. Erkenntnis, und dann änderte sich sein Gesichtsausdruck langsam. »Du erinnerst dich nicht an mich, stimmt's?«

»Ja. Nein, ich bin mir nicht sicher. Ich sollte mich an Euch erinnern – so viel zumindest weiß ich.«

»Es waren schwierige Zeiten, damals«, sagte er und ließ die Arme fallen, aber langsam, als wäre er unsicher, wie sie seine nächsten Worte auffassen würde. »Ganoes Paran.«

Sie zog ihre Handschuhe aus, getrieben von dem Bedürfnis, irgendetwas zu tun, und strich sich mit dem Rücken der rechten Hand über die Stirn – und war entsetzt, als sie feststellte, dass sie feucht war; der Schweiß bildete Tropfen, die an ihrer Hand hinabrannen, und fühlte sich plötzlich kalt auf ihrer Haut an. »Was macht Ihr hier?«

»Das Gleiche könnte ich dich fragen. Ich schlage vor, wir ziehen uns in meine Kabine zurück. Dort gibt es Wein. Und etwas zu essen.« Er lächelte erneut. »Genau betrachtet sitze ich eigentlich schon dort.«

Ihre Augen verengten sich. »Es scheint, als wärt Ihr zu einer gewissen Macht gekommen, Ganoes Paran.«

»Das könnte man so sagen.«

Sie folgte ihm in die Kabine. Als er die Tür hinter ihr schloss, verblasste seine Gestalt, und sie hörte, dass sich auf der anderen Seite des Kartentischs jemand bewegte. Sie drehte sich um und sah sich einem weit weniger stofflichen Ganoes Paran gegenüber. Er schenkte Wein ein, und als er sprach, schienen seine Worte von sehr weit weg zu kommen. »Du solltest jetzt am besten dein Gewirr verlassen, Apsalar.«

Das tat sie, und zum ersten Mal spürte sie feste Holzplanken unter sich, und das Schwanken und Schaukeln eines Schiffs auf dem Meer.

»Setz dich«, sagte Paran mit einer entsprechenden Geste. »Trink. Hier ist Brot, Käse, gepökelter Fisch.«

»Wie habt Ihr meine Anwesenheit gespürt?«, fragte sie und ließ sich in den am Boden festgeschraubten Stuhl sinken, der ihr am nächsten war. »Ich bin durch einen Wald gereist –«

»Einen Wald der Tiste Edur, ja. Apsalar, ich weiß nicht, wo ich anfangen soll. Es gibt einen Meister der Drachenkarten, und du trinkst gerade mit ihm eine Flasche Wein. Vor sieben Monaten habe ich in Darujhistan gelebt, im Finnest-Haus genauer gesagt, zusammen mit zwei ewig schlafenden Hausgästen und einem Jaghut als Diener ... Obwohl er mich wahrscheinlich töten würde, wenn er hören würde, dass ich dieses Wort für ihn benutze. Raest ist nicht gerade das, was man angenehme Gesellschaft nennt.«

»Darujhistan«, murmelte sie und blickte weg, das Weinglas in ihrer Hand war vergessen. Jegliches Selbstvertrauen, das sie gespürt hatte, das sie seit jener Zeit gewonnen hatte, zerbröckelte unter dem Ansturm eines Schwalls unverbundener, chaotischer Erinnerungen. Blut, Blut an ihren Händen, wieder und wieder.

»Ich verstehe immer noch nicht ganz ...«

»Wir befinden uns im Krieg«, sagte Paran. »Seltsamerweise hat eine meiner Schwestern einst etwas zu mir gesagt, als wir noch klein waren und Spielzeugarmeen gegeneinander aufgestellt haben. Um einen Krieg zu gewinnen, musst du alle Spieler kennen. Alle. Die Lebenden, die dir auf dem Schlachtfeld entgegentreten werden. Die Toten, deren Legenden wie Waffen geschwungen oder wie ewig schlagende Herzen gehalten werden. Die verborgenen Spieler, die unbelebten Spieler – selbst das Land oder das Meer, wenn man so will. Wälder, Hügel, Berge, Flüsse. Sowohl sichtbare wie unsichtbare Strömungen – nein, Tavore hat das nicht alles gesagt; sie hat sich viel knapper ausgedrückt, aber es hat lange gedauert, bis ich ihre Worte voll und ganz verstanden habe. Es heißt nicht ›erkenne deinen Feind‹. Das ist zu vereinfachend und oberflächlich. Nein, es heißt ›erkenne deine Feinde‹. Das ist ein großer Unterschied, Apsalar, denn einer deiner Feinde könnte das Gesicht im silbernen Spiegel sein.«

»Doch jetzt nennt Ihr sie Spieler statt Feinde«, sagte sie. »Was für mich auf eine bestimmte Veränderung des Blickwinkels hindeutet – die vielleicht eintritt, wenn man Herr der Drachenkarten ist?«

»Oh, darüber habe ich noch gar nicht nachgedacht. Spieler. Feinde. Gibt es da einen Unterschied?«

»Ersteres lässt auf ... Manipulation schließen.«

»Und das würdest du gut verstehen.«

»Ja.«

»Quält Cotillion dich immer noch?«

»Ja. Aber nicht mehr so ... direkt.«

»Und jetzt bist du eine seiner auserwählten Dienerinnen, eine Agentin des Schattens. Eine Assassine, genau wie die Assassine, die du einst warst.«

Sie richtete den Blick auf ihn. »Worauf wollt Ihr hinaus?«

»Ich bin mir nicht sicher. Ich versuche gerade herauszufinden, was ich mit dir und deinem Auftrag, in dem du unterwegs bist, tun soll.«

»Wenn Ihr Einzelheiten darüber erfahren wollt, solltet Ihr am besten mit Cotillion selbst sprechen.«

»Ich denke darüber nach.«

»Habt Ihr deshalb einen Ozean überquert, Ganoes Paran?«

»Nein. Wie ich schon gesagt habe, befinden wir uns im Krieg. Ich war nicht untätig in Darujhistan oder den Wochen vor Korall. Ich habe die Spieler entdeckt … und unter ihnen wahre Feinde.«

»Feinde von Euch?«

»Feinde des Friedens.«

»Ich nehme an, Ihr werdet sie alle töten.«

Er schien zusammenzuzucken, starrte den Wein in seinem Glas an. »Eine kurzen Moment lang, Apsalar, warst du unschuldig. Sogar naiv.«

»Zwischen der Zeitspanne, die ich von einem Gott besessen war, und dem Erwachen bestimmter Erinnerungen.«

»Ich frage mich, wer hat für so viel Zynismus bei dir gesorgt?«

»Zynismus? Ihr sprecht von Frieden, doch Ihr habt mir schon zweimal erzählt, dass wir uns im Krieg befinden. Ihr habt Monate damit verbracht, den Lageplan der bevorstehenden Schlacht zu studieren. Doch ich befürchte, dass noch nicht einmal Ihr die gewaltigen Ausmaße des kommenden Konflikts begreift, des Konflikts, in dem wir uns bereits in diesem Augenblick befinden.«

»Du hast recht. Und aus diesem Grund wollte ich mit dir sprechen.«

»Es könnte sein, dass wir auf verschiedenen Seiten stehen, Ganoes Paran.«

»Vielleicht, aber ich glaube es nicht.«

Sie sagte nichts.

Paran füllte erneut ihre Gläser. »Das Pantheon bricht auseinander. Der Verkrüppelte Gott findet Verbündete.«

»Warum?«

»Was? Nun … ich weiß es wirklich nicht. Mitleid?«

»Und ist das etwas, das der Verkrüppelte Gott verdient hat?«

»Auch das weiß ich nicht.«

»Trotz monatelanger Studien?« Sie zog die Augenbrauen hoch.

Er lachte, eine Antwort, die sie zutiefst erleichterte.

»Ihr habt wahrscheinlich recht«, sagte sie. »Wir sind keine Feinde.«

»Ich gehe davon aus, dass dein ›wir‹ Schattenthron und Cotillion einschließt.«

»So weit wie möglich, was nicht so weit ist, wie es mir am liebsten wäre. Niemand kann Schattenthrons Geist ergründen. Ich befürchte, noch nicht einmal Cotillion. Ich kann es ganz bestimmt nicht. Aber er hat … Zurückhaltung gezeigt.«

»Ja, das hat er. Ziemlich überraschend, wenn man es sich genauer überlegt.«

»Schattenthron hat Jahre, vielleicht Jahrzehnte damit verbracht, über das Schlachtfeld nachzudenken.«

Er grunzte, und ein säuerlicher Ausdruck huschte über sein Gesicht. »Ein guter Einwand.«

»Welche Rolle spielt Ihr dabei, Paran? Welche Rolle wollt Ihr spielen?«

»Ich habe den Verkrüppelten Gott gebilligt. Ihm einen Platz in den Drachenkarten gewährt. Ein Haus der Ketten.«

Sie dachte einige Zeit über seine Worte nach und nickte dann. »Ich kann den Sinn Eurer Tat erkennen. In Ordnung, was führt Euch ins Reich der Sieben Städte?«

Er starrte sie an, schüttelte den Kopf. »Da treffe ich eine Entscheidung, an der ich so lange rumgekaut habe, dass es mir wie eine Ewigkeit vorgekommen ist, und du erkennst meine Beweggründe binnen eines Augenblicks. Schön. Ich bin hier, um einem Feind in die Parade zu fahren. Um eine Bedrohung zu beseitigen. Ich fürchte nur, dass ich nicht rechtzeitig ankommen werde; sollte das tatsächlich der Fall sein, werde ich die Sauerei so gut es geht beseitigen, ehe ich weiterreise –«

»Nach Quon Tali.«

»Woher – woher weißt du das?«

Sie griff nach dem Käsestück, zog ein Messer aus dem Ärmel und schnitt sich eine Scheibe ab. »Ganoes Paran, wir beide werden jetzt eine ziemlich lange Unterhaltung führen. Aber zunächst – wo wollt Ihr an Land gehen?«

»In Kansu.«

»Gut. Das wird meine Reise beschleunigen. Meine zwei kleinen Begleiter klettern in ebendiesem Augenblick an Deck, nachdem sie über die Bäume hier heraufgestiegen sind. Sie werden gleich damit beginnen, Ratten und anderes Ungeziefer zu jagen, was sie einige Zeit beschäftigen sollte. Was Euch und mich angeht, so sollten wir uns diesem Mahl zuwenden.«

Er lehnte sich langsam in seinem Stuhl zurück. »Wir werden den Hafen in zwei Tagen erreichen. Irgendetwas sagt mir, dass diese zwei Tage vorbeifliegen werden wie eine Möwe im Sturmwind.«

Das gilt auch für mich, Ganoes Paran.

In Dejim Nebrahl erwachten uralte Erinnerungen flüsternd zu neuem Leben – alte steinerne Mauern, rot erleuchtet vom Feuerschein, Rauchschwaden, die durch Straßen voller Toter und Sterbender wogten, der köstliche Strom von Blut in den Rinnsteinen. Oh, das Erste Imperium, dieses erste rohe Erblühen der Menschheit, hatte Größe besessen. Die T'rolbarahl waren nach Dejims Meinung der Höhepunkt wahrhaft menschlicher Charakterzüge, vermischt mit der Kraft von Tieren. Wildheit, die Neigung zu boshafter Grausamkeit, die Verschlagenheit eines Raubtiers, das keine Grenzen kannte und lieber ein Lebewesen der eigenen Art vernichten würde als ein anderes. Den Geist mit dem zerfetzten Fleisch der Kinder nähren. Diese phänomenale Anwendung von Intelligenz, die jede Tat rechtfertigen konnte, wie verabscheuungswürdig sie auch sein mochte.

Das alles in Verbindung mit Krallen, dolchlangen Zähnen und der Gabe des Vielwandelns, des von einem zu vielen Werdens … *wir hätten überleben sollen, wir hätten herrschen sollen. Wir wa-*

ren die geborenen Herren, und alle Menschen waren rechtmäßig unsere Sklaven. Wenn nur Dessimbelackis uns nicht betrogen hätte. Uns – seine eigenen Kinder.

Nun, selbst unter den T'rolbarahl war Dejim Nebrahl überragend. Eine Schöpfung, die sogar über die schlimmsten Alpträume des Ersten Imperators hinausging. Herrschaft, Unterwerfung, der Aufstieg eines neuen Imperiums, das war es, was Dejim erwartete, und oh, wie er sich nähren würde. Aufgebläht, gesättigt von menschlichem Blut. Er würde dafür sorgen, dass die neuen Anfänger-Götter vor ihm niederknieten.

Wenn er seine Aufgabe erledigt hatte, wartete die Welt auf ihn. Auch wenn sie unwissend, auch wenn sie blind und gleichgültig war. Das würde sich alles ändern, auf so schreckliche Weise ändern.

Dejims Beute kam näher, wurde vollkommen unauffällig auf diesen tödlichen Pfad gezogen. Der nicht mehr lang war.

Die Weste aus Muschelschalen schimmerte weiß im Morgenlicht. Karsa Orlong hatte sie aus seinem Packen gezogen, um sie gegen die zerfetzten Überreste der gepolsterten Lederweste auszutauschen, die er zuvor getragen hatte. Er saß auf seinem großen, schlanken Pferd, und um seine Schultern hing das mit Blutflecken besprenkelte, zusammengeflickte weiße Fell. Ohne Helm, mit einem einzelnen, dicken Zopf, der ihm auf der rechten Seite bis zur Brust baumelte, und in dessen schwarze Haare Fetische verknotet waren: Fingerknochen, Streifen goldfädiger Seide, Eckzähne von Tieren. Eine Reihe vertrockneter menschlicher Ohren war an seinen Gürtel genäht. Das riesige Feuersteinschwert hatte er sich diagonal auf den Rücken geschnallt. Zwei Dolche mit Knochengriffen, jeder so lang wie ein kurzes Schwert und mit einer entsprechend breiten Klinge, steckten in Scheiden in den hochgeschnürten Mokassins, die ihm bis knapp unter die Knie reichten.

Samar Dev musterte den Toblakai noch einen Moment länger, hob dabei den Blick zu seinem tätowierten Gesicht. Der Krieger blickte gen Westen, sein Gesichtsausdruck war nicht zu deuten.

Sie drehte sich um und machte sich daran, einmal mehr die Stricke der Packpferde zu überprüfen und zog sich dann in den Sattel. Sie schob ihre Fußspitzen in die Steigbügel und griff nach den Zügeln. »Vorrichtungen, die weder Essen noch Wasser benötigen«, sagte sie, »die nicht müde oder lahm werden – stell dir vor, welche Freiheit das für die Welt bedeuten würde, Karsa Orlong.«

Die Augen, mit denen er sie anblickte, waren die eines Barbaren; in ihnen spiegelten sich Misstrauen und eine gewisse animalische Vorsicht. »Die Leute würden überall hinkommen. Was bedeutet die Freiheit noch in einer kleineren Welt, Hexe?«

»Kleiner? Du verstehst das nicht –«

»Die Geräusche dieser Stadt sind eine Beleidigung für den Frieden«, sagte Karsa Orlong. »Wir verlassen sie – jetzt.«

Sie blickte zurück zum Palasttor, das geschlossen war und von dreißig Soldaten bewacht wurde, deren Hände sich unruhig in der Nähe ihrer Waffen bewegten. »Der Falah'd scheint nicht geneigt, sich in aller Form von uns zu verabschieden. So sei es denn.«

Mit dem Toblakai vorneweg stießen sie auf wenig Hindernisse, als sie die Stadt durchquerten und noch vor dem zehnten morgendlichen Glockenschlag das Westtor erreichten. Anfänglich hatte die Aufmerksamkeit, die ihnen buchstäblich jeder Einwohner schenkte – auf der Straße und an den Fenstern der angrenzenden Gebäude –, dafür gesorgt, dass Samar Dev sich unbehaglich fühlte, doch als sie an den schweigenden Wachen am Westtor vorbeiritten, hatte sie längst begonnen, den Reiz des Berüchtigtseins zu erkennen – genug, um einem der Soldaten ein breites Lächeln zu schenken und ihm zum Abschied zuzuwinken.

Die Straße, auf der sie sich wiederfanden, war nicht eine der beeindruckenden malazanischen straßenbaulichen Großtaten, die die größeren Städte verbanden, denn die Richtung, für die sie sich entschieden hatten, führte … ins Nirgendwo. Nach Westen, in die Jhag-Odhan, diese alte Steppe, die sich den Pflügen der Bauern widersetzte, diese mythische Verschwörung von Land, Regen und Windgeistern, die nur mit den tief verwurzelten natürlichen Gräsern zufrieden war und ansonsten danach gierte, jede gepflanzte

Feldfrucht welk und dürr werden zu lassen und die Ackerkrume in den Himmel zu blasen. Solch ein Land konnte man für eine oder zwei Generationen zähmen, doch am Ende würde die Odhan wieder ihr wildes Gesicht annehmen, geeignet für nichts als Bhederin, Hasen, Wölfe und Antilopen.

Dann also westwärts, etwa ein halbes Dutzend Tage lang. Woraufhin sie schließlich auf ein längst ausgetrocknetes Flussbett stoßen würden, das sich in einem Tal nordwestwärts wand, dessen Seiten die Spuren der jahreszeitlichen Hochwasser längst vergangener, zahlloser Jahrhunderte trugen und jetzt mit knorrigen Salbeibüschen und Kakteen und Graueichen bewachsen waren. Dunkle Hügel am Horizont, wo die Sonne unterging, ein geweihter Ort, den die ältesten Karten erwähnten, von einem Stamm genutzt, der so lange ausgestorben war, dass sein Name keinerlei Bedeutung mehr hatte.

Also hinaus auf die übel zugerichtete Straße, während die Stadt hinter ihnen zurückblieb. Nach einiger Zeit drehte Karsa sich zu ihr um und bleckte die Zähne. »Horch. Das ist besser, oder?«

»Ich höre nur den Wind.«

»Besser als zehntausend unermüdliche Vorrichtungen.«

Er richtete den Blick wieder nach vorn, so dass Samar Gelegenheit hatte, über seine Worte nachzudenken. Erfindungen warfen moralische Schatten, wie sie sehr wohl wusste – sogar besser als die meisten, genauer gesagt. Aber … konnte einfache Bequemlichkeit sich als etwas so verderbliches Böses erweisen? Dinge zu tun – anstrengende Dinge, sich wiederholende Dinge –, solche Arten von Handlungen wurden schnell zum Ritual, und mit dem Ritual kam eine Bedeutung, die über das schlichte Tun hinausging. Aus solch einem Ritual entsprang Identität und damit Selbstwert. Andererseits – das Leben zu erleichtern, musste doch einen ihm innewohnenden Wert besitzen, oder nicht?

Leichter. Nichts muss mehr verdient werden, die Sprache der Belohnung verblasst, bis sie so vergessen ist wie die Sprache, die jener alte Stamm einst gesprochen hat. Die Bedeutung wird vermindert, der Wert verwandelt sich in Willkür, oh, bei den Göttern hienie-

den – und ich war so dreist, von Freiheit zu sprechen! Sie gab ihrem Pferd die Fersen, bis sie auf gleicher Höhe mit dem Toblakai war. »Aber ist das alles? Karsa Orlong! Ich frage dich, ist das alles?«

»Bei meinem Volk«, sagte er nach einem Moment, »ist der Tag ausgefüllt, genau wie die Nacht.«

»Womit? Mit Körbe flechten, Fische fangen, Schwerter schärfen, Pferde abrichten, kochen, essen, säen, ficken –«

»Mit Geschichten erzählen und sich über Narren lustig machen, die närrische Dinge tun und sagen, ja, mit all dem. Dann musst du wohl schon einmal da gewesen sein?«

»War ich nicht.«

Für einen Augenblick huschte ein schwaches Lächeln über sein Gesicht. »Es gibt immer etwas zu tun. Und immer Möglichkeiten, sich dem zu entziehen, Hexe. Aber niemand, der wirklich lebt, kann einfältig bleiben.«

»Der wirklich lebt?«

»Um sich am Augenblick zu freuen, Hexe, bedarf es keiner wilden Tänze.«

»Und daher, ohne diese Rituale …«

»Suchen die jungen Krieger den Krieg.«

»Genau wie du es getan haben musst.«

Sie legten weitere zweihundert Schritt zurück, ehe er antwortete: »Wir waren zu dritt, und wir sind losgezogen, um Tod zu säen und Blut zu vergießen. Wie Ochsen ans Joch waren wir an den Ruhm gebunden. An große Taten und die schweren Ketten von Schwüren. Wir sind losgezogen, um Kinder zu jagen, Samar Dev.«

»Kinder?«

Er verzog das Gesicht. »Deine Art. Die kleinen Kreaturen, die wie Maden in faulendem Fleisch brüten. Wir hatten vor – nein, ich hatte vor – die Welt von dir und deinesgleichen zu säubern. Ihr, die ihr die Wälder abholzt, die ihr die Erde umbrecht, die ihr die Freiheit fesselt. Ich war ein junger Krieger, und ich habe nach einem Krieg gesucht.«

Sie musterte die Tätowierung in seinem Gesicht – das Kennzeichen entflohener Sklaven. »Du hast etwas gefunden, womit du nicht gerechnet hattest.«

»Ich weiß alles über kleine Welten. Ich wurde in einer geboren.«

»Dann hat die Erfahrung also mittlerweile deinen Eifer gemildert«, sagte sie nickend. »Und du bist nicht mehr unterwegs, um die Welt von der Menschheit zu säubern.«

Er blickte zu ihr herüber – und auf sie herab. »Das habe ich nicht gesagt.«

»Oh. Aber ich schätze, das dürfte schwer zu schaffen sein für einen einzelnen Krieger, selbst für einen Toblakai-Krieger. Was ist mit deinen Gefährten passiert?«

»Sie sind tot. Ja, es ist, wie du sagst. Ein einzelner Krieger kann keine hunderttausend Feinde töten, selbst wenn es nur Kinder sind.«

»Hunderttausend? Ach, Karsa, das ist kaum die Bevölkerung von zwei Heiligen Städten. Deine Feinde zählen nicht nach hunderttausenden, sondern nach zig Millionen.«

»So viele?«

»Überlegst du es dir noch einmal?«

Er schüttelte langsam den Kopf, war ganz offensichtlich erheitert. »Samar Dev, selbst zig Millionen können sterben, eine Stadt nach der anderen.«

»Du wirst eine Armee brauchen.«

»Ich habe eine Armee. Sie wartet auf meine Rückkehr.«

Toblakai. Eine Armee von Toblakai – nun, das wäre ein Anblick, bei dem sich sogar die Imperatrix in die Hose pinkeln würde. »Ich muss wohl nicht sagen, Karsa Orlong, dass ich hoffe, dass du niemals mehr nach Hause zurückkehrst.«

»Hoffe, was du willst, Samar Dev. Ich werde tun, was getan werden muss, wenn es an der Zeit ist. Niemand kann mich aufhalten.«

Eine reine Feststellung, keine Prahlerei. Die Hexe schauderte trotz der Hitze.

Sie näherten sich einer Reihe von Klippen, die den Turul'a-Steil-abbruch kennzeichneten; in den steil aufragenden Kalksteinwänden befanden sich unzählige Höhlen. Schlitzer schaute zu, wie Heboric Geisterhand sein Reittier zu einem leichten Galopp aufforderte und vorauseilte, dann so scharf an den Zügeln zog, dass sie ihm in die Handgelenke schnitten; grünliches Feuer flackerte um seine Hände herum auf.

»Und was jetzt?«, fragte der Daru leise.

Graufrosch hüpfte vor und machte an der Seite des alten Mannes Halt.

»Sie spüren etwas«, sagte Felisin die Jüngere hinter Schlitzer. »Graufrosch sagt, dass der Destriant plötzlich wieder Fieber hat, weil das Jadegift zurückgekehrt ist.«

»Das was?«

»Das Jadegift, sagt der Dämon. Ich weiß es nicht.«

Schlitzer warf einen Blick auf Scillara, die mit gesenktem Kopf, fast im Sattel schlafend an seiner Seite ritt. *Sie wird fett. Bei den Göttern, von den Mahlzeiten, die wir kochen? Unglaublich.*

»Sein Wahnsinn kehrt zurück«, sagte Felisin, Angst schwang in ihrer Stimme mit. »Schlitzer, ich mag das nicht –«

»Da vorne geht die Straße durch.« Er zeigte auf die Stelle, die er meinte. »Man kann die Kerbe sehen, neben dem Baum da. Wir werden gleich davor lagern, am Fuß der Klippen, und uns morgen an den Aufstieg machen.«

Mit Schlitzer an der Spitze ritten sie vorwärts, bis sie Heboric Geisterhand erreichten. Der Destriant starrte düster auf die Klippe, die vor ihnen aufragte, murmelte vor sich hin und schüttelte dabei den Kopf. »Heboric?«

Ein rascher, fiebriger Blick. »Dies ist der Krieg«, sagte er. Grüne Flammen flackerten um seine gestreiften Hände. »Die Alten folgen den Wegen des Blutes. Die Neuen verkünden ihre eigene Gerechtigkeit.« Das krötenhafte Gesicht des alten Mannes verzog sich zu einer abscheulichen Grimasse. »Diese beiden können nicht – *können nicht* – miteinander ausgesöhnt werden. Es ist so einfach, verstehst du? So einfach.«

»Nein«, erwiderte Schlitzer finster. »Ich verstehe es nicht. Worüber sprichst du? Über die Malazaner?«

»Der Angekettete, vielleicht war er einst einer von der alten Art. Ja, vielleicht war er das. Aber jetzt, jetzt ist er anerkannt worden. Jetzt gehört er zum Pantheon. Er ist *neu*. Aber was sind wir dann? Sind wir vom Blut? Oder beugen wir uns der Gerechtigkeit von Königen und Königinnen, Imperatoren und Imperatrices? Sag mir, Daru, steht die Gerechtigkeit in Blut geschrieben?«

»Lagern wir jetzt hier oder nicht?«, fragte Scillara.

Schlitzer blickte sie an, schaute zu, wie sie Rostlaub in den Pfeifenkopf stopfte. Funken schlug.

»Sie können erzählen, was sie wollen«, sagte Heboric. »Jeder Gott muss sich entscheiden. Im bevorstehenden Krieg. Im Blut, Daru, brennt Feuer, ja? Doch … doch es schmeckt nach kaltem Eisen, mein Freund. Du musst mich verstehen. Ich spreche von dem, was nicht miteinander ausgesöhnt werden kann. Dieser Krieg – so viele Leben dahin, und alles nur, um die Älteren Götter ein für alle Mal zu begraben. Das, mein Freund, ist das Herz dieses Krieges. Das reine Herz, und all ihre Streitereien bedeuten nichts. Ich bin fertig mit ihnen. Mit euch allen. Treach hat sich entschieden. Er hat sich entschieden. Und das müsst auch ihr.«

»Ich mag es nicht, mich entscheiden zu müssen«, sagte Scillara, halb hinter Rauchschwaden verborgen. »Was das Blut angeht, alter Mann, so ist das eine Gerechtigkeit, die man nie mehr einschläfern kann. Und jetzt lasst uns einen Lagerplatz suchen. Ich bin hungrig, müde und wundgeritten.«

Heboric glitt von seinem Pferd, nahm die Zügel und machte sich in Richtung eines Seitenpfades auf. »Da ist eine Höhle in der Mauer«, sagte er. »Da haben jahrtausendelang Leute gelagert, warum nicht auch wir? Eines Tages«, fügte er hinzu, während er weiterging, »wird das Jadegefängnis zerbrechen, und die Narren werden herausstolpern und in der Asche ihrer Überzeugungen keuchen. Und an diesem Tag werden sie merken, dass es zu spät ist. Zu spät, um noch irgendetwas zu unternehmen.«

Noch mehr Funken, und Schlitzer sah, dass Felisin die Jüngere ihre eigene Pfeife anzündete. Der Daru strich sich mit einer Hand über die Haare und blinzelte im hellen Sonnenlicht, das von der Klippe zurückgeworfen wurde. Er stieg ab. »Also gut«, sagte er und führte sein Pferd am Zügel. »Lasst uns lagern.«

Graufrosch hüpfte hinter Heboric her, kletterte wie eine aufgedunsene Eidechse über die Felsen.

»Was hat er gemeint?«, fragte Felisin Schlitzer, während sie dem Pfad folgten. »Blut und Ältere Götter – was sind Ältere Götter?«

»Alte Götter, größtenteils vergessene Götter. Es gibt in Darujhistan einen Tempel, der einem von ihnen geweiht ist, der muss da schon seit tausend Jahren stehen. Der Gott hieß K'rul. Seine Anhänger sind bereits vor langer Zeit verschwunden. Aber vielleicht spielt das ja auch gar keine Rolle.«

Scillara, die hinter ihnen herging und ihr eigenes Pferd hinter sich herzerrte, hörte nicht mehr zu, als Schlitzer fortfuhr. Ältere Götter, neue Götter, Blut und Kriege – das alles war ihr fast egal. Sie wollte einfach nur noch ihre Beine ausruhen, die Schmerzen im Kreuz lindern, und alles essen, was sie noch in den Satteltaschen hatten.

Heboric Geisterhand hatte sie gerettet, hatte sie zurück ins Leben gezerrt, und das hatte so etwas wie Barmherzigkeit in ihrem Herzen aufflammen lassen, hatte ihre Neigung unterdrückt, den alten Mann auf der Stelle fallen zu lassen. Er wurde wirklich heimgesucht, und solche Dinge konnten den gesündesten Verstand ins Chaos ziehen. Aber was brachte es zu versuchen, einen Sinn in alledem zu sehen, was er gesagt hatte?

Die Götter, alt oder neu, gehörten nicht zu ihr. Noch gehörte sie zu ihnen. Sie spielten ihre Spiele des Aufsteigens, als wäre das Ergebnis irgendwie wichtig, als könnten sie die Farbe der Sonne ändern oder die Stimme des Windes, als könnten sie Wälder dazu bringen, in Wüsten zu wachsen, und Mütter dazu, ihre Kinder so sehr zu lieben, dass sie sie behielten. Die Gesetze menschlichen Fleisches waren alles, was zählte, die Notwendigkeit zu atmen, zu essen, zu trinken, Wärme zu finden in der Kälte der Nacht. Und über diese Mühen hinaus würde sie – wenn der letzte Atemzug eingesogen worden war – nun, dann würde sie nicht in der Verfassung sein, sich um irgendetwas zu kümmern … um das, was dann geschah, wer starb, wer geboren wurde, um die Schreie hungernder Kinder und die bösartigen Tyrannen, die sie verhungern ließen. Dies war, wie sie nun verstand, schlicht und einfach das Erbe der Gleichgültigkeit, der Einfluss der Zweckdienlichkeit, und es würde in der Sphäre der Sterblichen so weitergehen, bis der letzte Funke erloschen war, Götter hin oder her.

Und sie konnte ihren Frieden damit schließen. Etwas anderes zu tun, hieße, über das Unausweichliche zu schimpfen. Etwas anderes zu tun, hieße, das zu tun, was Heboric Geisterhand tat – und wohin hatte ihn das gebracht? In den Wahnsinn. Zu erkennen, dass alles sinnlos war, war die schlimmste Wahrheit überhaupt, und für diejenigen, die klarsichtig genug waren, es zu sehen, gab es keinen Ausweg.

Sie hatte den Zustand des Vergessens schließlich schon einmal erreicht und war zurückgekehrt, und daher wusste sie, dass es an jenem traumgeschwängerten Ort nichts zu fürchten gab.

Genau wie Heboric gesagt hatte, wies der Unterschlupf die Spuren zahlloser Reisender auf, die hier gelagert hatten. Von Felsbrocken eingefasste Feuerstellen, rötlich-ockerfarbene Zeichnungen an den ausgebleichten Wänden, haufenweise Tonscherben und in der Hitze geplatzte, verbrannte Knochen. Der Lehmfußboden der Höhle war von unzähligen Füßen festgetrampelt. Ganz in der Nähe hörte man Wasser plätschern, und Scillara sah Heboric vor einem Teich kauern, der von einer Quelle gespeist wurde; er hielt seine glühenden Hände über die ruhige, dunkle und spiegelnde Oberfläche, als zögerte er, sie in das kühle Nass zu tauchen. Weiße Schmetterlinge tanzten in der Luft um ihn herum.

Er reiste mit der Gabe der Erlösung. Es hatte etwas mit dem grünen Schimmer seiner Hände zu tun, und mit den Geistern, die ihn heimsuchten. Es hatte etwas mit seiner Vergangenheit zu tun, und mit dem, was er von der Zukunft sah. Doch jetzt gehörte er Treach, dem Tiger des Sommers. *Keine Aussöhnung.*

Sie entdeckte einen flachen Felsblock und ging hinüber, um sich hinzusetzen und die müden Beine auszustrecken, und bemerkte die Wölbung ihres Bauchs, als sie sich zurücklehnte. Sie starrte sie an, die grausame Veränderung dessen, was einmal eine geschmeidige Figur gewesen war, und der Anblick ließ sie voller Abscheu das Gesicht verziehen.

»Bist du schwanger?«

Sie sah auf, musterte Schlitzers Gesicht, erheitert darüber, wie es ihm dämmerte, wie seine Augen sich weiteten und er plötzlich beunruhigt dreinblickte.

»Manchmal hat man eben Pech«, sagte sie. Und dann: »Ich gebe den Göttern die Schuld.«

Kapitel Sechs

Ziehe eine Linie aus Blut, stelle dich darüber und schüttle ein Nest mit Spinnen kräftig. Sie fallen auf diese Seite der Trennlinie. Sie fallen auf jene Seite der Trennlinie. Genauso sind die Götter gefallen, mit angespannten Beinen und bereit, während die Himmel erzitterten und inmitten des tröpfelnden Regens aus wehendem Gewebe – all diese grässlich abgeschnittenen Fäden der Intrigen, die da herabsanken –, pfeifend nun in den plötzlich aufheulenden Winden, lebendig und rachsüchtig, bereit, mit Donnerstimme zu verkünden, dass die Götter in den Krieg zogen.

Schlächter der Magie
Eine Geschichte der unzähligen Tage
SARATHAN

Corabb Bhilan Thenu'alas musterte die Frau aus zu Schlitzen zusammengekniffenen Augen, die im schmalen Schatten des Brauenwulstes seines großen Helms lagen.

Arg mitgenommene Berater und Beamte eilten an ihr und Leoman von den Dreschflegeln vorbei, wie Blätter in einer reißenden Flut. *Und die beiden stehen da wie Steine. Wie Felsblöcke. Wie Dinge, die ... verwurzelt sind, ja, die mit dem Grundgestein verwurzelt sind.* Hauptmann Brunspatz, jetzt die Drittkommandierende Brunspatz. Eine Malazanerin.

Eine Frau. Und Leoman ... nun, Leoman mochte Frauen.

Da standen sie nun also, oh ja, und besprachen Einzelheiten, schlossen die Vorbereitungen für die bevorstehende Belagerung ab. Der Geruch von Sex umgab die beiden wie berauschende Selbstgefälligkeit oder wie giftiger Nebel. Er, Corabb Bhilan Thenu'alas, der an Leomans Seite durch Schlacht um Schlacht geritten war, der

300

Leoman mehr als einmal das Leben gerettet hatte, der alles getan hatte, was jemals von ihm verlangt worden war, er war loyal. *Aber sie, sie ist begehrenswert.*

Er sagte sich, dass das nicht ausmachte. Es hatte andere Frauen gegeben. Er hatte selbst von Zeit zu Zeit einige gehabt, wenn auch natürlich nicht die Gleichen wie die, die Leoman gekannt hatte. Und allesamt waren sie nichts gewesen verglichen mit dem Glauben, waren sie im Angesicht harter Notwendigkeiten zur Bedeutungslosigkeit verblasst. Die Stimme von Dryjhna der Apokalyptischen überwältigte alles mit ihrem drohenden Sturm der Vernichtung. So sollte es sein.

Brunspatz. Eine Malazanerin, eine Frau, eine Ablenkung und mögliche Verführung. Denn Leoman von den Dreschflegeln verheimlichte Corabb etwas, und das war noch nie zuvor geschehen. Ihr Fehler. Sie war schuld. Er würde etwas gegen sie unternehmen müssen – aber was?

Er erhob sich vom alten Thron des Falah'd, den Leoman so verschmäht hatte, und trat an das Bogenfenster, das auf einen Innenhof hinausführte. Noch mehr Gewusel unten auf dem Hof, während Staubwolken in der sonnendurchglühten Luft wirbelten. Jenseits der Palastmauern die ausgeblichenen Dächer von Y'Ghatan; Kleider trockneten in der Sonne, Sonnendächer zitterten im Wind, und dazu die Kuppeln und die zylindrischen, mit Flachdächern versehenen Lagerhäuser, die Maethgara genannt wurden, und in denen sich riesige Behälter mit dem Olivenöl befanden, für das die Stadt und ihre umliegenden Haine bekannt waren. Ziemlich genau im Zentrum der Stadt ragte der achtseitige, von monströsen Strebepfeilern gestützte Tempel von Scalissara in die Höhe, mit seiner inneren Kuppel, einem kleinen mit Blattgoldresten und grünen Kupferziegeln gesprenkelten Hügel, der zudem reichlich mit Vogelscheiße verziert war.

Scalissara. Ehrwürdige Göttin der Oliven, verehrte Beschützerin der Stadt – und mittlerweile zutiefst verrufen. Zu viele Eroberungen, denen sie sich nicht hatte widersetzen können, zu viele eingeschlagene Tore, zu viele zu Geröll zerbröckelte Mauern. Während die Stadt selbst in der Lage zu sein schien, sich immer aufs Neue aus dem Staub der Zerstörung zu erheben, hatte sich herausgestellt, dass Scalissara nicht unendlich oft wiederauferstehen konnte. Und nach der letzten Eroberung war sie nicht zur Vorherrschaft zurückgekehrt. Genauer gesagt war sie überhaupt nicht zurückgekehrt.

Jetzt gehörte der Tempel der Königin der Träume.

Einer fremden Göttin. Corabb machte ein finsteres Gesicht. Nun, vielleicht nicht vollkommen fremd, aber dennoch ...

Die großen Scalissara-Statuen, die einst an den Ecken der äußeren Befestigungen der Stadt gestanden hatten – mit hoch erhobenen, plumpen, fleischigen Marmorarmen, in der einen Hand einen entwurzelten Olivenbaum, in der anderen ein Neugeborenes, dessen Nabelschnur schlangengleich um ihren Unterarm geschlungen und dann quer über ihren Körper und hinunter zum Bauch verlaufen war – diese Statuen waren fort. Bei der letzten Feuersbrunst zerstört worden. In drei der vier Ecken war jetzt nur noch das Podest übrig, nackte Füße, die über den Knöcheln sauber abgebrochen waren, und bei der vierten war selbst das nicht mehr vorhanden.

In den Tagen ihrer Vorherrschaft war jedes neugeborene Mädchen nach ihr benannt worden, und jedes elternlose Kind – ob Junge oder Mädchen – war in ihrem Tempel aufgenommen worden, um ernährt, erzogen und in den Weisen des Kalten Traums ausgebildet zu werden, einem geheimnisvollen Ritual, das eine Art gespaltenen Geist oder etwas Ähnliches feierte. Über die esoterischen Gebräuche der unterschiedlichen Kulte Bescheid zu wissen, gehörte nicht gerade zu Corabbs Stärken, aber Leoman war ein solches Findelkind gewesen, und er hatte ein- oder zweimal von solchen Dingen gesprochen, wenn Wein oder Durhang seine Zunge gelöst hatten. Begierden und Notwendigkeiten, der Krieg im Geist eines Sterblichen, dies lag im Herzen des Kalten Traums. Corabb verstand nicht viel davon. Leoman hatte nur wenige Jahre unter der Obhut der Tempelpriesterinnen gelebt, ehe seine wilden Leidenschaften dafür gesorgt hatten, dass er auf die Straße gewor-

fen worden war. Und von den Straßen war er hinaus in die Odhans gezogen, um bei den Wüstenstämmen zu leben und so von
der Sonne und dem ewig wehenden Sand der Raraku zum größten
Krieger geschmiedet zu werden, den das Reich der Sieben Städte
jemals gesehen hatte. Zumindest zu Corabbs Lebzeiten. Natürlich hatten die Falah'dan der Heiligen Städte in ihrer Zeit ebenfalls über große Krieger verfügt, aber das waren keine Anführer
gewesen; sie hatten die Tricks nicht gekannt, die man brauchte,
um zu befehlen. Außerdem hatten Dassem Ultor und sein Erstes
Schwert sie alle niedergehauen, einen nach dem anderen, und das
war es dann gewesen.

Leoman hatte Y'Ghatan dichtgemacht und innerhalb der neuen
Stadtmauern Olivenöl im Wert eines Lösegelds für einen Imperator eingeschlossen. Die Maethgara waren zum Bersten gefüllt,
und die Händler und ihre Gilden hatten ihrem Entsetzen über diese ungeheuerliche Entscheidung lautstark Ausdruck verliehen –
wenn auch nicht mehr in er Öffentlichkeit, seit Leoman in einem
Wutanfall sieben Repräsentanten im Großen Maeth ertränkt hatte, der direkt an den Palast gebaut war. Seit er sie in ihrem eigenen
Öl ertränkt hatte. Nun ersuchten Priester und Hexen um Becher
dieser mörderischen bernsteinfarbenen Flüssigkeit.

Brunspatz hatte den Befehl über die Stadtgarnison erhalten, einen Haufen betrunkener, fauler Schläger. Beim ersten Rundgang
durch die Soldatenunterkünfte hatte sich gezeigt, dass das Mili-
tärlager kaum mehr als ein rauer Harem war, rauchgeschwängert
und voller verheulter, noch nicht geschlechtsreifer kleiner Jungen und Mädchen, die in einer alptraumhaften Welt krankhaften
Missbrauchs und Sklaventums herumstolperten. Dreißig Offiziere
waren an jenem Tag hingerichtet worden, der dienstälteste von
Leoman persönlich. Die Kinder waren eingesammelt und auf die
Tempel der Stadt verteilt worden, mit dem Befehl, den Schaden
zu heilen und ihre Erinnerungen so weit wie möglich zu säubern.
Die Soldaten der Garnison hatten Befehl erhalten, jeden Backstein
und jede Fliese der Unterkünfte sauber zu scheuern, und dann
hatte Brunspatz damit begonnen, sie zu drillen, damit sie malaza-

nischen Belagerungstaktiken – mit denen sie verdächtig vertraut schien – zuwiderhandeln konnten.

Corabb traute ihr nicht. So einfach war das. Warum sollte sie gegen ihr eigenes Volk kämpfen? Nur ein Vebrecher, ein Geächteter würde so etwas tun – und wie vertrauenswürdig war ein Geächteter? Nein, wahrscheinlich gab es in ihrer schmutzigen Vergangenheit jede Menge entsetzlicher Morde und Verrat, und nun war sie hier und machte für Falah'd Leoman von den Dreschflegeln, den gefürchtetsten Krieger der bekannten Welt, die Beine breit. Er würde sie aufmerksam beobachten müssen, die Hand am Heft seines neuen Säbels, bereit, sie binnen eines Augenblicks in zwei Hälften zu spalten, vom Kopf bis zum Schritt, und dann zweimal diagonal – *swisch, swisch!* – von der rechten Schulter zur linken Hüfte und von der linken Schulter zur rechten Hüfte. Und danach würde er zusehen, wie sie in Stücke zerfiel. Eine Hinrichtung, die seine Pflicht ihm vorschrieb, ja. Beim ersten Anzeichen von Verrat.

»Warum machst du so ein fröhliches Gesicht, Corabb Bhilan Thenu'alas?«

Er versteifte sich innerlich, während er sich umdrehte und feststellte, dass Brunspatz neben ihm stand. »Dritte«, sagte er in säuerlichem Tonfall. »Ich habe ... äh ... an das gedacht, was die nächste Zeit bringen wird ... Blut und Tod ...«

»Leoman sagt, du wärst der Vernüftigste aus dem ganzen Haufen. Allmählich fange ich an, mich davor zu fürchten, nähere Bekanntschaft mit seinen anderen Offizieren zu machen.«

»Du fürchtest die bevorstehende Belagerung?«

»Natürlich tue ich das. Ich weiß, wozu die Armeen des Imperiums fähig sind. Es heißt, dass sich ein Hohemagier bei ihnen befindet, und das ist die beunruhigendste von allen Neuigkeiten.«

»Die Frau, die den Befehl hat, ist schlicht«, sagte Corabb. »Sie hat keine Phantasie – oder zumindest hat sie sich nicht die Mühe gemacht, sie uns zu zeigen.«

»Und genau darum geht es mir in dieser Angelegenheit, Corabb Bhilan Thenu'alas.«

Er runzelte die Stirn. »Was meinst du?«

»Sie hatte bisher noch keinen Grund zu zeigen, wie fantasievoll sie ist. Bis jetzt war es einfach. Schließlich gab es nur wenig mehr zu tun, als endlos viele Längen in Leomans Staubfahne zu marschieren.«

»Wir sind ihr gewachsen – nein, wir sind besser als sie«, sagte Corabb, richtete sich hoch auf und streckte die Brust vor. »Unsere Speere und Schwerter haben die üblen Malazaner bereits bluten lassen und werden es wieder tun. Wir werden mehr Blut vergießen, noch viel mehr.«

»Ihr Blut«, sagte sie nach kurzem Zögern, »ist so rot wie deines, Krieger.«

»Ist es das? Mir scheint«, fuhr er fort und ließ den Blick dabei wieder über die Stadt schweifen, »dass es dunkle Flecken vom Verrat hat, wenn es so leicht zulässt, dass manche von denjenigen, in deren Adern es fließt, die Seiten wechseln.«

»Wie zum Beispiel die Roten Klingen?«

»Verderbte Narren!«

»Gewiss. Aber ... sie sind im Reich der Sieben Städte geboren, oder?«

»Sie haben sich von ihren Wurzeln gelöst und fließen jetzt mit der malazanischen Flut.«

»Ein schönes Bild, Corabb. Du stolperst öfter über solche Bilder, was?«

»Du wärst überrascht, über was für Dinge ich stolpere, Frau. Und ich sage dir dies: Ich bewache Leomans Rücken, wie ich es immer getan habe. Daran hat sich nichts geändert. Auch nicht durch dich und deine ... deine –«

»Anmut?«

»Deine Ränke. Ich habe dich im Blick, Dritte, und es wäre am besten, wenn du das nicht vergisst.«

»Leoman hat wohlgetan, sich so einen loyalen Freund zu sichern.«

»Er soll die Apokalypse anführen –«

»Oh, aber das wird er.«

»... denn niemand außer ihm ist so einer Aufgabe gewachsen. Y'Ghatan – dieser Name soll für alle Zeit ein Fluch im malazanischen Imperium werden.«

»Das ist er schon.«

»Ja, nun, dann soll er das noch mehr werden.«

»Ich frage mich, was nur an dieser Stadt ist, die ein Messer so tief ins Imperium gestoßen hat? Warum sind die Klauen hier gegen Dassem Ultor vorgegangen? Warum nicht irgendwo anders? Irgendwo, wo es weniger öffentlich gewesen wäre, weniger gefährlich? Oh, klar, sie haben es wie ein zufälliges Ereignis in der Schlacht aussehen lassen, aber davon hat sich niemand täuschen lassen. Ich muss zugeben, dass diese Stadt mich fasziniert – ja, eigentlich war diese Faszination in erster Linie dafür verantwortlich, dass ich überhaupt hier bin.«

»Du bist eine Geächtete. Die Imperatrix hat einen Preis auf deinen Kopf ausgesetzt.«

»Hat sie das? Oder stellst du nur Vermutungen an?«

»Ich bin mir sicher. Du kämpfst gegen deine eigenen Leute.«

»Meine eigenen Leute. Und wer sind sie, Corabb Bhilan Thenu'alas? Das malazanische Imperium hat sich viele Völker einverleibt, wie es das auch mit denen hier, im Reich der Sieben Städte, getan hat. Nun, da die Rebellion vorbei ist – sind deine Verwandten jetzt Malazaner? Nein, dieser Gedanke ist für dich unbegreiflich, nicht wahr? Ich wurde in Quon Tali geboren, doch das malazanische Imperium ist auf der Insel Malaz entstanden. Auch meine Leute wurden erobert, genau wie deine.«

Corabb sagte nichts; ihre Worte hatten ihn zu sehr verwirrt. Malazaner waren ... Malazaner, verdammt. Alle von der gleichen Art, ganz egal, was sie für eine Hautfarbe hatten oder wie ihre Augen aussahen, ganz egal, was es für Unterschiede in dem verdammten Imperium gab, beim Vermummten. *Malazaner!* »Ich werde dir keine Zuneigung entgegenbringen, Dritte.«

»Darum habe ich auch nicht gebeten.«

»Gut.«

»Und jetzt – willst du uns begleiten?«

Uns? Corabb drehte sich langsam um. Leoman stand ein paar Schritte hinter ihnen, an den Kartentisch gelehnt. In seinen Augen lag ein durchtriebener, belustigter Ausdruck.

»Wir gehen in die Stadt«, sagte Leoman. »Ich möchte einen bestimmten Tempel aufsuchen.«

Corabb verbeugte sich. »Ich werde dich begleiten, das Schwert bereit, Kriegsführer.«

Leoman zog ganz leicht die Brauen hoch. »Kriegsführer. Ist der Vorrat an Titeln, die du mir verleihst, eigentlich unerschöpflich, Corabb?«

»Ja, Hand der Apokalypse.«

Bei diesem Ehrentitel zuckte er zusammen, dann wandte er sich ab. Ein halbes Dutzend Offiziere stand wartend an einem Ende des langen Tischs, und an diese Krieger wandte Leoman sich jetzt. »Fangt mit der Evakuierung an. Und keine unnötige Gewalt! Tötet jeden Plünderer, den ihr erwischt, das ist klar, aber unauffällig. Sorgt dafür, dass Familien und ihre Habe geschützt werden, das gilt auch für ihr Vieh –«

Einer der Krieger schreckte auf. »Aber, Kommandant, wir werden das Vieh brauchen –«

»Nein, das werden wir nicht. Wir haben alles, was wir brauchen. Außerdem werden die meisten Flüchtlinge nichts außer diesen Tieren mitnehmen können. Ich will Begleitschutz auf der Weststraße.« Er warf Brunspatz einen Blick zu. »Sind die Boten aus Lothal schon zurück?«

»Ja, mit erfreuten Grüßen des Falah'd.«

»Erfreut darüber, dass ich nicht bis zu seiner Stadt weitermarschiere, meinst du.«

Brunspatz zuckte die Schultern.

»Dann schickt er also Truppen, um die Straße zu sichern?«

»Ja, Leoman.«

Oh! Sie braucht ihn nicht einmal mehr mit seinem Titel anzusprechen! Corabb gab sich alle Mühe, nicht zu knurren, sondern das, was er zu sagen hatte, klar auszusprechen. »Für dich ist er der Kriegsführer, Dritte. Oder Kommandant oder Falah'd –«

»Das reicht«, unterbrach ihn Leoman. »Mir gefällt mein Name gut genug, dass ich es gerne höre, wenn er benutzt wird. Von jetzt an, Freund Corabb, werden wir uns die Titel sparen, wenn nur Offiziere zugegen sind.«

Genau, wie ich vermutet habe – die Korruption hat bereits begonnen. Er starrte düster zu Brunspatz hinüber, aber sie achtete nicht auf ihn; stattdessen blickte sie Leoman von den Dreschflegeln zustimmend an. Corabbs Augen verengten sich. *Leoman der Gefallene.*

In Y'Ghatan gab es keinen Weg, keine Gasse oder Straße, die mehr als dreißig Schritt geradeaus verlief. Auf immer neuen, übereinandergeschichteten Fundamenten angelegt, deren unterstes wahrscheinlich schon von der allerersten labyrinthischen Festungsstadt stammte, die hier vor zehntausend Jahren oder noch früher erbaut worden war, und auf dieser Grundlage immer weiter gewachsen, ähnelte sie einem Termitenhügel, dessen gewundene Durchgänge alle zum Himmel hin offen waren, auch wenn dieser Himmel in vielen Fällen nicht mehr als ein kaum eine Armlänge breiter Schlitz hoch über ihren Köpfen war.

Y'Ghatan anzusehen und durch die Gassen zu wandern, bedeutete, die Vorzeit zu betreten. Städte – das hatte Leoman einst Corabb erzählt – entstanden nicht aus Bequemlichkeit oder durch den Wunsch nach Herrschaft oder Märkten und ihren brabbelnden Händlern. Sie entstanden auch nicht auf der Grundlage von Ernteerträgen oder Überschüssen. Nein, hatte Leoman gesagt, Städte entstanden durch den Wunsch nach Schutz. Sie waren Festungen, weiter nichts, und alles, was danach folgte, war genau das: eine Folge. Und daher hatten Städte immer Mauern, und tatsächlich waren die Wälle oft alles, was von den ältesten Städten übrig blieb.

Und das war auch der Grund, hatte Leoman weiter ausgeführt, warum Städte immer auf den Gebeinen ihrer Vorfahren erbaut wurden, denn dies ließ ihre Mauern noch höher wachsen, machte aus ihnen einen noch besser geschützten Ort. Eigentlich, hatte er lachend gesagt, waren somit die marodierenden Stämme schuld an der Entstehung der Städte – genau der Städte, die in der Lage waren, ihnen zu trotzen und sie letztendlich zu besiegen. So also erhob sich die Zivilisation aus der Barbarei.

Alles gut und schön, dachte Corabb, während er auf das Herz der Stadt zuschritt, und möglicherweise stimmte es sogar, aber dennoch sehnte er sich bereits nach der offenen Landschaft der Odhans, dem sanft flüsternden Wind der Wüste, der mörderischen Hitze, die einem Mann das Hirn im Innern seines Helms kochen konnte, bis er anfing zu fantasieren und davon zu träumen, von einer Horde fetter Tanten und ledriger Großmütter verfolgt zu werden, die sich einen Spaß daraus machten, ihn in die Wange zu kneifen.

Corabb schüttelte den Kopf, um die Erinnerungen loszuwerden – und das Entsetzen, das sie begleitete. Er ging zur Linken Leomans, den Säbel blankgezogen und mit finsterer, streitlustiger Miene, die er jedem verdächtig aussehenden Bürger zuwandte. Brunspatz, die Dritte, ging rechts von Leoman. Die Arme der beiden streiften einander dann und wann, und sie wechselten immer mal wieder ein paar Worte, die vermutlich voller grimmiger Romantik waren und bei denen Corabb froh war, dass er sie nicht hören konnte. Entweder das, oder sie sprachen darüber, wie sie ihn loswerden konnten.

»Oponn, ziehe mich und stoße sie«, murmelte er leise vor sich hin.

Leoman wandte den Kopf. »Hast du etwas gesagt, Corabb?«

»Ich habe diesen verdammten Rattenpfad verflucht, Rächer.«

»Wir sind fast da«, sagte Leoman. Er war auf untypische Weise rücksichtsvoll, was Corabbs ohnehin schlechte Stimmung noch mehr verschlimmerte. »Brunspatz und ich haben darüber gesprochen, was wir mit den Priestern machen.«

»Habt ihr das? Das ist schön. Was meinst du damit – ›was wir mit den Priestern machen‹?«

»Sie weigern sich, die Stadt zu verlassen.«

»Das überrascht mich nicht.«

»Mich auch nicht, aber sie sollten trotzdem verschwinden.«

»Es geht ihnen um ihren Reichtum«, sagte Corabb. »Und um ihre Reliquienschreine und Heiligenbilder und Weinkeller – sie befürchten, dass sie auf die Straße gesetzt, vergewaltigt und ausgeraubt werden, und dass man ihnen die Haarknoten lösen könnte.«

Sowohl Leoman wie Brunspatz sahen ihn an. Sie machten merkwürdige Gesichter.

»Corabb«, sagte Leoman, »ich glaube, es ist am besten, wenn du deinen neuen großen Helm abnimmst.«

»Ja«, fügte Brunspatz hinzu. »Dir läuft schon der Schweiß übers Gesicht.«

»Mir geht es gut«, sagte Corabb brummig. »Dies hier war der Helm des Kämpen. Aber Leoman wollte ihn nicht nehmen. Er hätte es tun sollen. In Wirklichkeit trage ich ihn nur für ihn. Zum geeigneten Zeitpunkt wird er die Notwendigkeit entdecken, ihn mir vom Kopf zu reißen und selbst aufzusetzen, und die Welt wird wieder in Ordnung kommen, mögen alle gelben und blauen Götter gepriesen sein.«

»Corabb –«

»Mir geht es gut, obwohl wir vielleicht etwas gegen all die alten Frauen tun sollten, die uns folgen. Ich werde mich eher in mein Schwert stürzen als zulassen, dass sie mich kriegen. Oh, was für ein niedlicher kleiner Junge! Genug davon, sage ich.«

»Gib mir den Helm«, sagte Leoman.

»Es wird aber auch Zeit, dass du deine Bestimmung erkennst, Schlächter der Mandata.«

Zu dem Zeitpunkt, da sie den Tempel von Scalissara erreichten, pochte Corabbs Schädel heftig. Leoman hatte beschlossen, den großen Helm nicht zu tragen, selbst als die nassgeschwitzte Polsterung entfernt worden war – ohne die er allerdings sowieso zu locker gesessen hätte. Zumindest waren die alten Frauen fort; genau betrachtet war der Weg, den sie genommen hatten, beinahe vollkommen verlassen, obwohl sie den chaotischen Lärm der zahllosen Menschen, die aus der Stadt getrieben wurden, von den Hauptdurchgangsstraßen her hören konnten – derjenigen Menschen, die zur Weststraße gebracht wurden, die nach Lothal an der Küste führte. Immer wieder flackerte Panik in der schwitzenden, strömenden Menschenmenge auf, doch es war klar, dass die meisten der viertausend Soldaten, die sich nun unter Leomans Kommando befanden, draußen auf den Straßen waren und die Ordnung aufrechterhielten.

Sieben unbedeutendere Tempel – jeder einem der Sieben Heiligen gewidmet – umgaben das achteckige Bauwerk, das nun der Königin der Träume geweiht war. Der offizielle Zugang verlief spiralförmig, wand sich um die kleineren Kuppelbauten herum. Die Wände der Innenhöfe waren zweimal verunstaltet worden. Das erste Mal, als sie kurz nach der Eroberung erneut den malazanischen Göttern geweiht worden waren, und dann noch einmal im Verlauf der Rebellion, als die Tempel und ihre neuen, fremden Priester angegriffen, die heiligen Stätten auseinandergerissen und hunderte niedergemetzelt worden waren. Sämtliche Friese und Metopen, Karyatiden und Täfelungen waren jetzt zerstört, ganze Pantheons besudelt und unkenntlich gemacht.

Genauer gesagt galt das für alle außer dem Tempel der Königin der Träume, dessen beeindruckende Befestigungen ihn praktisch uneinnehmbar machten. Auf jeden Fall umgaben Geheimnisse die Königin, wie Corabb wusste, und es wurde allgemein angenommen, dass ihr Kult nicht im malazanischen Imperium entstanden war. Die Göttin der Weissagungen warf tausend Spiegelungen über tausend Völker, und keine einzige Zivilisation konnte behaupten, dass sie ausschließlich ihr gehörte. Und so hatten die Rebellen – nachdem sie sechs Tage vergeblich auf die Wälle des Tempels eingehämmert hatten – schließlich beschlossen, dass die Königin eigentlich gar nicht ihr Feind sei, und sie von da an in Frieden gelassen. Begierde und Notwendigkeit, hatte Leoman lachend gesagt, als er die Geschichte gehört hatte.

Nichtsdestotrotz war die Göttin, zumindest in Corabbs Augen … fremd.

»Weshalb«, fragte Corabb, »besuchen wir eigentlich diesen Tempel?«

Leoman antwortete ihm mit einer Gegenfrage: »Erinnerst du dich an deinen Schwur, alter Freund, mir zu folgen, was immer ich auch tue? Wie wahnsinnig es dir auch erscheinen mag?«

»Ja, Kriegsführer.«

»Nun, Corabb Bhilan Thenu'alas, du wirst feststellen, dass dein Versprechen schon bald einer schweren Prüfung unterzogen werden wird. Denn ich habe vor, mit der Königin der Träume zu sprechen.«

»Mit der Hohepriesterin –«

»Nein, Corabb«, erwiderte Leoman, »mit der Göttin selbst.«

»Drachen zu töten ist ziemlich schwierig.«

Noch immer tropfte Blut, das die Farbe einer falschen Morgendämmerung hatte, auf die gewölbten Pflastersteine und vergrößerte die bestehende Lache. Mappo und Icarium achteten darauf, nicht hineinzutreten, denn es wäre keine gute Idee gewesen, mit diesem düsteren Versprechen in Kontakt zu kommen. Der Jhag saß auf einem Steinblock, der einst einmal ein Altar gewesen sein mochte, jetzt jedoch links neben dem Eingang an die Wand geschoben worden war. Der Krieger barg den Kopf in den Händen, und er hatte schon seit einiger Zeit kein Wort mehr gesagt.

Mappo richtete seine Aufmerksamkeit abwechselnd auf seinen Freund und auf den gewaltigen Leichnam des Drachen, der über ihnen aufragte. In beiden Fällen beunruhigte ihn das, was er sah. Es gab in dieser Höhle viel, worum es wert war zu trauern, angesichts des schrecklichen Ritualmords, der hier stattgefunden hatte, und der überwältigenden Flut von Erinnerungen, die diese Entdeckung in Icarium entfesselt hatte.

»Damit bleibt nur noch Osserc«, sagte Mappo. »Und sollte er fallen, wird das Gewirr von Serc keinen Herrscher mehr haben. Ich glaube, ich fange allmählich an, ein Muster zu erkennen, Icarium.«

»Entweihung«, sagte der Jhag flüsternd, ohne aufzublicken.

»Das Pantheon wird verletzlich gemacht. Da ist zunächst einmal Fener, der in diese Welt gezogen wurde – und jetzt Osserc, dessen ureigenste Kraftquelle bedroht wird. Ich frage mich, wie vielen anderen Göttern und Göttinnen gerade so schwer zugesetzt wird? Wir waren zu lange fern von diesen Dingen, mein Freund.«

»Fern, Mappo? Es gibt kein *fern*.«

Der Trell richtete den Blick erneut auf den toten Drachen. »Vielleicht hast du recht. Wer könnte so etwas getan haben? Im Innern des Drachen ist das Herz des Gewirrs, die sprudelnde Quelle seiner Macht. Doch … irgendjemand hat Sorrit besiegt, hat sie in die Erde getrieben, in diese Höhle im Innern einer Himmelsfestung, und sie an ein Kreuz aus Schwarzholz genagelt – was glaubst du, wie lange ist das wohl her? Hätten wir ihren Tod nicht spüren müssen?« Da Icarium nicht antwortete, schob Mappo sich näher an den Teich aus Blut und spähte nach oben, musterte den gewaltigen, eisernen, mit Rostflecken übersäten Nagel genauer. »Nein«, murmelte er nach einem Moment, »das ist kein Rost. Das ist Otataral. Sie wurde durch Otataral gebunden. Aber sie war eine Ältere Wesenheit – sie hätte diese gierige Entropie doch überwinden können müssen. Ich verstehe das alles nicht …«

»Alt und neu«, sagte Icarium, und sein Tonfall machte aus den Worten einen Fluch. Plötzlich stand er auf; seine Miene war zerfurcht, sein Blick hart. »Erzähle mir etwas, Mappo. Sag mir, was du über vergossenes Blut weißt.«

Er wandte sich ab. »Icarium –«

»Erzähle es mir, Mappo.«

Der Trell schwieg, den Blick auf den aquamarinblauen Teich gerichtet, während in seinem Innern widerstreitende Gefühle gegeneinander kämpften. Dann seufzte er. »Wer waren die Ersten, die ihre Hände in diesen tödlichen Strom getaucht haben? Wer hat getrunken – viel getrunken – und wurde dadurch verwandelt, und welche Auswirkung hatte dieser Otataralnagel auf die Verwandlung? Icarium, dieses Blut ist verunreinigt –«

»Mappo.«

»Also gut. Jedes Blut, das vergossen wird, besitzt Macht, mein Freund. Tiere, Menschen, der kleinste Vogel, Blut ist ihre Lebenskraft, der Strom der Seele. In ihm ist die Zeit des Lebens eingeschlossen, vom Anfang bis zum Ende. Es ist die heiligste Macht, die es gibt. Mörder, deren Hände vom Blut ihrer Opfer befleckt sind, nähren sich von dieser Macht, ob sie wollen oder nicht. Viele werden krank, andere stellen fest, dass sie einen neuen Hunger verspüren, und werden so Sklaven der Gewalttätigkeit des Tötens. Das Risiko ist Folgendes: Blut und seine Macht werden durch Gefühle wie Furcht und Schmerz befleckt. Der Strom, der sein eigenes Ableben spürt, gerät unter großen Druck, und der Schock ist wie ein Gift.«

»Was ist mit dem Schicksal?«, fragte Icarium mit schwerer Stimme.

Mappo zuckte zusammen, den Blick noch immer auf den Teich gerichtet. »Ja«, flüsterte er, »du dringst direkt zum Kern der Sache vor. Was nimmt jemand auf sich, wenn er solches Blut aufnimmt, wenn es in die eigene Seele aufgesogen wird? Müssen dann auch sie gewaltsam getötet werden? Gibt es ein allumfassendes Gesetz, das immer wieder versucht, das Ungleichgewicht auszugleichen? Wenn Blut uns nährt, was nährt dann wieder das Blut, und ist es an unveränderliche Regeln gebunden oder ist es so launisch wie wir es sind? Sind wir Kreaturen auf dieser Erde die Einzigen, die unseren Besitz missbrauchen können?«

»Die K'Chain Che'Malle haben Sorrit nicht getötet«, sagte Icarium. »Sie haben nichts davon gewusst.«

»Doch diese Kreatur hier war gefroren, also muss sie in das Jaghut-Ritual von Omtose Phellack eingeschlossen gewesen sein – wie können die K'Chain Che'Malle nichts davon gewusst haben? Sie müssen es gewusst haben, selbst wenn sie Sorrit nicht umgebracht haben.«

»Nein, sie sind unschuldig, Mappo. Dessen bin ich mir sicher.«

»Aber … wie dann?«

»Das Kreuz, es ist aus Schwarzholz. Aus der Sphäre der Tiste

Edur. Aus der Schattensphäre, Mappo. Wie du weißt, können in jener Sphäre Dinge an zwei Orten zugleich sein, oder sie können an einem Ort beginnen und sich schließlich an einem anderen manifestieren. Schatten wandert und achtet keine Grenzen.«

»Aha, dann ... wurde dies ... hier gefangen, aus dem Schatten gezogen –«

»Gefangen von der Eismagie der Jaghut. Doch das vergossene Blut – und vielleicht auch das Otataral – haben sich als zu wild für Omtose Phellack erwiesen und so den Zauberbann der Jaghut zerschmettert.«

»Sorrit wurde in der Schattensphäre getötet. Ja. Das Muster wird jetzt viel deutlicher, Icarium.«

Icarium blickte den Trell aus fiebrig glänzenden Augen an. »Wird es das, Mappo? Du würdest also die Tiste Edur dafür verantwortlich machen?«

»Wer sonst beherrscht den Schatten so eindeutig? Ganz sicher nicht der malazanische Angeber, der jetzt auf dem Thron sitzt!«

Der Jhagkrieger sagte nichts. Er wanderte mit gesenktem Kopf am Rande des Teichs entlang, als würde er auf dem mitgenommenen Fußboden nach irgendwelchen Zeichen suchen. »Ich kenne diese Jaghut. Ich erkenne ihre Arbeit. Die Sorglosigkeit, mit der sie Omtose Phellack entfesselt hat. Sie war ... außer sich. Ungeduldig, wütend, der endlosen Versuche müde, die die K'Chain Che'Malle bei ihren Anstrengungen, hier einzudringen und auf jedem Kontinent Kolonien zu errichten, unternommen haben. Sie hat sich nicht um den Bürgerkrieg gekümmert, von dem die K'Chain Che'Malle heimgesucht wurden. Diese Kurzschwänze sind vor ihren Verwandten geflohen, haben eine Zuflucht gesucht. Ich bezweifle, dass sie sich damit aufgehalten hat, irgendwelche Fragen zu stellen.«

»Glaubst du, sie weiß, was hier passiert ist?«, fragte Mappo.

»Nein, denn dann wäre sie zurückgekommen. Es könnte sein, dass sie tot ist. So viele sind es ...«

Oh, Icarium, ich wünschte, dieses Wissen würde dir verborgen bleiben.

Der Jhag blieb stehen und drehte sich halb um. »Ich bin verflucht. Das ist das Geheimnis, das du immer vor mir zu bewahren suchst, nicht wahr? Da sind Erinnerungsfetzen. Bruchstücke.« Er hob eine Hand, als ob er sich über die Stirn streichen wollte, und ließ sie wieder sinken. »Ich spüre ... schreckliche Dinge ...«

»Ja. Aber sie haben nichts mit dir zu tun, Icarium. Nicht mit dem Freund, der hier vor mir steht.«

Icariums sich vertiefendes Stirnrunzeln zerriss Mappo fast das Herz, aber er wollte nicht wegsehen, wollte seinen Freund in diesem quälenden Augenblick nicht im Stich lassen.

»Du«, sagte Icarium, »bist mein Beschützer. Aber die Dinge sind nicht so, wie sie scheinen. Du bist an meiner Seite, um die Welt zu schützen, Mappo. Vor mir.«

»So einfach ist es nicht.«

»Ist es nicht?«

»Nein. Ich bin hier, um den Freund zu beschützen, den ich hier vor mir sehe ... vor ... vor dem anderen Icarium ...«

»Das muss ein Ende haben, Mappo.«

»Nein.«

Icarium blickte noch einmal zu dem Drachen hoch. »Eis«, murmelte er. »Omtose Phellack.« Er drehte sich zu Mappo um. »Wir werden jetzt gehen. Wir reisen in die Jhag-Odhan. Ich muss meine Blutsverwandten suchen. Jaghut.«

Um sie zu bitten, dich gefangen zu setzen. Im ewigen Eis, das dich von allem Leben abschließt. Aber sie werden nicht darauf vertrauen. Nein, sie werden versuchen, dich zu töten. Soll sich doch der Vermummte um dich kümmern. Und dieses Mal werden sie recht haben. Denn ihre Herzen fürchten kein Urteil, und ihr Blut ... ihr Blut ist kalt wie Eis.

Sechzehn Hügelgräber waren eine halbe Länge südlich von Y'Ghatan errichtet worden, jedes davon einhundert Schritt lang, dreißig breit und drei Mannshöhen hoch. Grob behauene Kalksteinblöcke und inwendige Säulen, die das geschwungene Dach trugen, sechzehn in alle Ewigkeit dunkle Behausungen, eine Heimat für malazanische Gebeine. Frisch gegrabene, mit Steinen eingefasste Gräben führten von der fernen Stadt bis zu ihnen, Kanäle voller Abwasser, das träge dahinströmte und von Fliegen wimmelte. Es war den Einwohnern Y'Ghatans wohl kaum möglich, dachte Keneb säuerlich, ihre Gesinnung noch deutlicher zu zeigen.

Er ignorierte den Gestank, so gut er konnte, und lenkte sein Pferd zum zentralen Hügelgrab, das einst von einem steinernen Monument zu Ehren der Gefallenen des Imperiums gekrönt worden war. Die Statue war umgeworfen worden, so dass nur noch das breite Podest übrig war. Auf diesem Podest standen zwei Männer und zwei Hunde, und alle starrten zu den ungleichmäßigen, weißgetünchten Mauern Y'Ghatans hinüber.

Der Grabhügel von Dassem Ultor und seinem Ersten Schwert, in dem sich weder Dassem noch ein Mitglied seiner Leibwache befand, die vor so vielen Jahren vor der Stadt gefallen waren. Die meisten Soldaten wussten das. Die tödlichen, legendären Kämpfer des Ersten Schwerts waren in nicht gekennzeichneten Gräbern bestattet worden, um sie vor Schändung zu bewahren, und man glaubte, dass das Grab von Dassem selbst sich irgendwo außerhalb von Unta, in Quon Tali befand.

Und vermutlich ist es leer.

Bent, der Hirtenhund, wandte den großen Kopf und sah zu, wie Keneb sein Pferd den steilen Hang hinauftrieb. Rotgeränderte Augen, von einem Netzwerk aus unzähligen Narben umgeben – ein Anblick, der den Malazaner frösteln ließ und ihn einmal mehr daran erinnerte, dass er sich seine Vertrautheit mit dem Tier bloß einbildete. Es hätte mit Coltaine sterben sollen. Der Hund sah aus, als sei er aus nicht zusammenpassenden, unidentifizierbaren Teilen zusammengestückelt worden, und ähnelte nur grob einem Hund. Bucklig, mit ungleichen Schultermuskeln, einem Hals, der so dick war wie der Oberschenkel eines erwachsenen Mannes, missgestalteten, überaus muskulösen Keulen und einer Brust, so kräftig wie die eines Wüstenlöwen. Unter den leeren Augen bestand die Kreatur nur noch aus einem überbreiten Maul mit schiefer Schnauze, in dem die drei ihm verbliebenen Reißzähne selbst dann noch zu sehen waren, wenn Bent die grausamen Kiefer geschlossen hielt, denn der größte Teil der Haut, die sie einst bedeckt hatte, war auf jenem Hügel namens Untergang weggerissen und nicht ersetzt worden. Ein Ohr fehlte, das andere war oberflächlich geheilt und stand zur Seite weg.

Der Stummel, der noch von Bents Schwanz übrig war, wedelte nicht, als Keneb vom Pferd stieg. Hätte er es getan, wäre Keneb womöglich zu Tode erschrocken, wie er sich eingestehen musste.

Der räudige, eher an eine Ratte erinnernde hengesische Hund namens Rotauge trottete herbei und schnüffelte an Kenebs Stiefel, ließ sich dann damenhaft nieder und urinierte auf das Leder. Fluchend trat der Malazaner einen Schritt zurück und holte mit einem Fuß aus, um dem Tier einen kräftigen Tritt zu verpassen, führte die Bewegung jedoch nicht zu Ende, da Bent ein tiefes Knurren hören ließ.

Kriegsführer Gall stieß ein raues Lachen aus. »Rotauge erhebt Anspruch auf diesen Steinhaufen, Faust. Und wie der Vermummte weiß, ist da unten niemand, der sich dadurch beleidigt fühlen könnte.«

»Zu dumm, dass man das nicht auch über die anderen Gräber sagen kann«, meinte Keneb, während er seine Reithandschuhe auszog.

»Oh, aber diese Beleidigung gilt eigentlich den Bürgern von Y'Ghatan.«

»Dann hätte Rotauge ein bisschen geduldiger sein müssen, Kriegsführer.«

»Der Vermummte soll uns holen, Mann – sie ist ein verdammter Hund. Aber sagt mal, glaubt Ihr, dass ihr irgendwann in absehbarer Zeit die Pisse ausgeht?«

Wenn ich tun könnte, was ich am liebsten tun würde, würde ihr noch was ganz anderes ausgehen. »Ich gebe zu, dass das nicht sehr wahrscheinlich ist. Diese Ratte hat mehr bösartige Flüssigkeiten in sich als ein tollwütiger Bhederinbulle.«

»Das kommt von dem armseligen Fraß.«

Keneb wandte sich an den anderen Mann. »Faust Temul, die Mandata möchte wissen, ob Eure Kundschafter um die Stadt herumgeritten sind.«

Der junge Krieger war kein Kind mehr. Seit sie von Aren aufgebrochen waren, war er zwei Handbreit gewachsen. Schlank, mit scharf geschnittenen Gesichtszügen und dunklen Augen, in denen sich zu viele Verlusterfahrungen spiegelten. Die Krieger des Krähen-Clans, die sich vor Aren noch seinen Befehlen widersetzt hatten, waren in diesen Tagen still geworden. Den Blick starr auf Y'Ghatan gerichtet, gab er durch nichts zu erkennen, ob er Kenebs Worte gehört hatte.

Mit jedem Tag, der verstreicht, ähnelt er mehr und mehr Coltaine, sagt Gall. Keneb war klug genug zu warten.

Gall räusperte sich. »Auf der Weststraße sind Anzeichen einer Massenflucht zu finden, die nicht mehr als einen oder zwei Tage vor unserer Ankunft stattgefunden haben muss. Ein halbes Dutzend alte Krähenkrieger wollten Erlaubnis bekommen, die Flüchtlinge verfolgen und ausplündern zu dürfen.«

»Und wo sind sie jetzt?«, fragte Keneb.

»Sie bewachen den Tross, hah!«

Temul meldete sich zu Wort. »Teilt der Mandata mit, dass alle Tore geschlossen sind. Am Fuß des Tel ist ein Graben ausgehoben worden, der auch die Rampen, auf denen die Straßen verlaufen, auf allen Seiten durchschneidet, und fast eine Mannshöhe tief ist. Aber dieser Graben ist nur zwei Schritt breit – offensichtlich ist dem Feind die Zeit davongelaufen.«

Den Rebellen war also die Zeit davongelaufen. Das wunderte Keneb. Leoman hätte binnen eines einzigen Tages eine weitaus breitere Barriere ausheben lassen können, wenn er Zwangsarbeiter eingesetzt hätte. »Also gut. Haben unsere Kundschafter irgendwelche schweren Waffen auf den Wällen oder Ecktürmen gesehen?«

»Ballisten malazanischer Bauart, ein volles Dutzend«, erwiderte Temul. »In gleichmäßigen Abständen verteilt. Keinerlei Anzeichen von Truppenkonzentrationen.«

»Nun«, sagte Keneb brummig, »es wäre ja auch dumm, anzunehmen, dass Leoman uns seine Schwachstellen so einfach zeigen würde. Und die Wälle waren bemannt?«

»Ja. Sie haben von Verteidigern gewimmelt, die meine Krieger verhöhnt haben.«

»Und ihnen ihre nackten Hintern gezeigt haben«, fügte Gall hinzu, ehe er sich umdrehte und ausspuckte.

Rotauge kam herbeigetrottet, schnüffelte an dem glänzenden Schleimklumpen und leckte ihn dann auf.

Keneb, dem sowieso schon leicht übel war, sah weg und löste den Kinnriemen seines Helms. »Faust Temul, seid Ihr schon zu einem Urteil gekommen, auf welche Weise wir uns am sichersten der Stadt nähern können?«

Temul blickte ihn mit ausdruckslosem Gesicht an. »Ja.«

»Und?«

»Und was, Faust? Der Mandata sind unsere Ansichten vollkommen gleichgültig.«

»Vielleicht, aber ich würde Eure Überlegungen trotzdem gerne hören.«

»Wir kümmern uns nicht um die Tore. Stattdessen benutzen wir Moranth-Munition und brechen auf halbem Weg zwischen Eckturm und Tor durch eine Mauer. Auf welcher Seite, ist egal. Auf zwei Seiten wäre sogar noch besser.«

»Und wie werden die Sappeure es überleben, am Fuß einer Mauer zu kampieren?«

»Wir greifen bei Nacht an.«

»Das ist eine gefährliche Sache.«

Temul zog ein finsteres Gesicht, sagte aber nichts.

Gall drehte sich um, damit er Keneb ansehen konnte. Auf seinem Gesicht mit den eintätowierten Tränen lag ein leicht ungläubiger Ausdruck. »Wir haben eine Belagerung vor uns, Mann, nicht irgendeinen verrückten Tanz.«

»Ich weiß. Aber Leoman muss Magier haben, und die Nacht wird unsere Sappeure nicht vor ihnen verbergen.«

»Dem kann man entgegenwirken«, erwiderte Gall. »Dazu sind

unsere Magier da. Aber wir verschwenden mit diesen Dingen nur unseren Atem. Die Mandata wird tun, was sie zu tun beliebt.«

Keneb blickte nach rechts und musterte das ausgedehnte Lager der Vierzehnten Armee, das so angelegt war, dass es einen Ausfall abwehren konnte, sollte Leoman auf eine so dumme Idee kommen. Die Belagerung sollte vorsichtig und gemessen vonstattengehen und zwei oder drei Tage dauern. Die Reichweite der malazanischen Ballisten auf den Wällen war wohlbekannt, so dass es in dieser Hinsicht keine Überraschungen geben konnte. Dennoch würden ihre Reihen beängstigend dünn werden, wenn sie die ganze Stadt umzingelten. Sie würden einige Trupps im Voraus in Stellung bringen müssen, um die Tore im Auge zu behalten, und zusätzlich Temuls Wickaner und Seti und Galls Khundryl-Reiterkrieger – in Kompanien aufgeteilt und so positioniert, dass sie reagieren konnten, sollte Leoman sie überraschen.

Die Faust schüttelte den Kopf. »Das verstehe ich nicht. Admiral Noks Flotte ist in genau diesem Augenblick mit fünftausend Seesoldaten nach Lothal unterwegs, und wenn Dujek die letzte Stadt zur Kapitulation gezwungen hat, wird er zu einem Eilmarsch aufbrechen, um seine Truppen mit unseren zu vereinen. Leoman muss wissen, dass seine Lage hoffnungslos ist. Er kann nicht gewinnen – selbst wenn er uns übel mitspielt. Wir werden immer noch in der Lage sein, die Schlinge um Y'Ghatan zuzuziehen, während wir auf Verstärkung warten. Er ist erledigt. Warum leistet er immer noch Widerstand?«

»Ja«, sagte Gall. »Er hätte einfach nur weiter nach Westen reiten müssen, hinaus in die Odhan. Da draußen hätten wir ihn niemals erwischt, und er könnte anfangen, neue Kräfte zu sammeln und mehr Krieger um sich zu scharen.«

Keneb blickte den Khundryl an. »Dann macht Euch diese Sache also genauso nervös wie mich, Kriegsführer.«

»Er will uns bluten lassen, Keneb. Bevor er fällt, will er uns bluten lassen.« Eine schroffe Geste. »Noch mehr Hügelgräber, die um diese verfluchte Stadt herumstehen. Und er will kämpfend sterben und so zum Märtyrer werden.«

»Dann ist also Malazaner zu töten ein ausreichender Grund, um zu kämpfen. Was haben wir getan, dass man so mit uns umgeht?«

»Verletzter Stolz«, sagte Temul. »Es ist eine Sache, auf dem Schlachtfeld eine Niederlage hinnehmen zu müssen, aber es ist eine ganz andere, zermalmt zu werden, ohne dass der Gegner auch nur ein Schwert ziehen muss.«

»Sie sind in der Raraku gedemütigt worden«, fügte Gall hinzu und nickte. »Das ist wie ein wachsendes Geschwür in ihrer Seele. So etwas kann nicht einfach herausgeschnitten werden. Die Malazaner sollen erfahren, was Schmerz ist.«

»Das ist lächerlich«, sagte Keneb. »War die Kette der Hunde nicht Ruhm genug für diese verdammten Scheißkerle?«

»Das erste Opfer unter den Besiegten erinnert sie an ihre eigene Liste der Verbrechen, Faust«, sagte Temul.

Keneb musterte den jungen Mann. Wühler, das Findelkind, hielt sich oft in Temuls Nähe auf, und in dem ungeordneten Haufen absonderlicher Bemerkungen, die der merkwürdige Bursche immer mal wieder von sich gab, waren auch Hinweise auf Temuls Zukunft gewesen – auf Ruhm, oder vielleicht auch auf Verrufenheit. *Natürlich könnte diese Zukunft auch morgen sein. Außerdem ist Wühler vielleicht nicht mehr als ein schwachsinniger Streuner … na gut, das glaube ich nicht – er scheint zu viel zu wissen. Wenn auch nur die Hälfte der Dinge, die er gesagt hat, irgendeinen Sinn ergibt …* Nun, jedenfalls schaffte Temul es immer noch, Keneb mit Bemerkungen zu verblüffen, die viel besser zu einem kriegserfahrenen Veteranen gepasst hätten. »Also gut, Faust Temul. Was würdet Ihr an Leomans Stelle tun?«

Schweigen, dann ein schneller Blick zu Keneb, und einen kurzen Augenblick zeichnete sich so etwas wie Überraschung in Temuls kantigen Gesichtszügen ab. Gleich darauf kehrte die ausdruckslose Maske zurück, und er zuckte die Schultern.

»Coltaine schreitet in Eurem Schatten, Temul«, sagte Gall und strich sich übers Gesicht, als wollte er die eintätowierten Tränen nachzeichnen. »Ich sehe ihn, wieder und wieder –«

»Nein, Gall. Ich habe es Euch schon zuvor gesagt. Ihr seht nichts anderes als die Vorgehensweisen der Wickaner; alles andere ist nur Einbildung. Coltaine hat mich weggeschickt; er wird ganz gewiss nicht zu *mir* zurückkehren.«

Es quält dich immer noch, Temul. Coltaine hat dich mit Duiker weggeschickt, damit du am Leben bleibst, nicht, um dich zu beschämen. Warum willst du das nicht endlich akzeptieren?

»Ich habe schon viele Wickaner gesehen«, knurrte Gall.

Das klang nach einem alten Streit. Seufzend ging Keneb zu seinem Pferd. »Habt Ihr noch irgendetwas, das ich der Mandata ausrichten soll? Nein? Niemand? Also gut.« Er schwang sich in den Sattel und griff nach den Zügeln.

Bent, der Hirtenhund, beobachtete ihn mit seinen sandfarbenen toten Augen. Ganz in der Nähe hatte Rotauge einen Knochen gefunden und lag mit gespreizten Beinen auf dem Bauch, während sie mit jener hirnlosen Hingabe an ihm nagte, die nur Hunde aufbringen konnten.

Keneb war schon halb den Abhang unten, als ihm klar wurde, woher der Knochen wahrscheinlich stammte. *Ein Tritt, ganz recht, kräftig genug, um die verdammte Ratte durchs Tor des Vermummten zu schicken.*

Korporal Totstink, Gurgelschlitzer und Widersinn saßen um ein Trogspiel herum; schwarze Steine hüpften vom Ruder und rollten in die Becher, als Buddl zu ihnen trat.

»Wo ist euer Sergeant?«, fragte er.

Totstink blickte auf – und schaute dann wieder nach unten. »Mischt Farbe.«

»Farbe? Was für Farbe?«

»Dal Honesen tun so was«, sagte Widersinn, »Farbe für eine Totenmaske.«

»Vor einer Belagerung?«

Gurgelschlitzer zischte – Buddl vermutete, dass es wohl ein Lachen sein sollte – und sagte: »Habt ihr das gehört? Vor einer Belagerung. Das ist sehr, sehr schlau, Buddl.«

»Es ist eine Totenmaske, du Idiot«, sagte Widersinn zu Buddl. »Er bemalt sich damit, wenn er glaubt, dass er bald sterben wird.«

»Das ist ja ein tolles Verhalten für einen Sergeanten«, sagte Buddl, während er sich umblickte. Die anderen beiden Soldaten des Neunten Trupps, Galt und Läppchen, stritten sich darum, was sie in einen Topf mit kochendem Wasser tun wollten. Beide hatten Kräuter in den Händen, und jedes Mal, wenn der eine seine Kräuter in den Topf werfen wollte, stieß der andere seine Hand beiseite und versuchte, *seine* Kräuter zum Einsatz zu bringen. Und das Ganze wieder und wieder. Über dem kochenden Wasser. Keiner von beiden sprach dabei ein Wort. »Na schön. Wo findet Balsam denn diese Farbe?«

»Es gibt hier 'nen Friedhof, nördlich der Straße«, sagte Totstink. »Ich vermute, da vielleicht.«

»Nur, falls ich ihn nicht finden sollte«, sagte Buddl, »Hauptmann Sort will eine Besprechung mit allen Sergeanten ihrer Kompanie. Bei Einbruch der Abenddämmerung.«

»Wo?«

»In dem Schafspferch hinter dem Bauernhof südlich der Straße, dem mit dem eingestürzten Dach.«

Drüben bei der Feuerstelle war das Wasser verkocht, und Galt und Läppchen stritten sich um Wasserkrüge.

Buddl ging weiter zum nächsten Lagerplatz. Er fand Sergeant Moak ausgestreckt auf einem Haufen Decken rücklings auf dem Boden liegen. Der rothaarige, bärtige Falari stocherte mit einer Gräte zwischen seinen übergroßen Zähnen herum. Seine Soldaten waren nirgends zu sehen.

»Sergeant. Hauptmann Faradan Sort hat eine Besprechung anberaumt –«

»Ich hab's gehört. Ich bin nicht taub.«

»Wo ist dein Trupp?«

»Liegt flach.«

»Alle?«

»Ich habe gestern Abend gekocht. Sie haben schwache Mägen,

das ist alles.« Er rülpste, und einen Augenblick später stieg Buddl ein Geruch in die Nase, der ihn an die Innereien verfaulender Fische erinnerte.

»Hol mich der Vermummte! Wo hast du unterwegs irgendwas gefunden, wo man Fische fangen konnte?«

»Hab ich nicht. Hab ihn mitgebracht. Er war schon ein bisschen weit, das stimmt, aber nichts, womit ein richtiger Soldat nicht fertig werden könnte. Im Topf sind noch ein paar Reste – willst du was davon?«

»Nein.«

»Kein Wunder, dass die Mandata in Schwierigkeiten ist, wenn ihre ganze Armee nur aus feigen Jammerlappen besteht.«

Buddl ging an ihm vorbei, um sich zum nächsten Lagerplatz aufzumachen.

»Heh«, rief Moak, »sag Fiedler, dass die Wette immer noch gilt, was mich betrifft.«

»Was für eine Wette?«

»Zwischen ihm und mir. Mehr brauchst du nicht wissen.«

»Schön.«

Als Nächstes stieß er auf Sergeant Mosel und seinen Trupp, die gerade dabei waren, im Graben neben der Straße einen kaputten Wagen auseinanderzunehmen. Sie hatten das Holz aufgestapelt, und Blitzgescheit und Maifliege montierten die Nägel, Bolzen und Beschläge von den verwetterten Brettern ab, während sich Taffo und Uru Hela unter den wachsamen Blicken ihres Sergeanten mit einer Achse abmühten.

Mosel blickte ihn an. »Buddl, stimmt's? Vom Vierten Trupp. Fiedlers Trupp, richtig? Wenn du nach Neffarias Bredd suchst – den hast du gerade verpasst. Ein Riese von einem Mann. Der muss Fennblut in den Adern haben.«

»Nein, deswegen bin ich nicht hier, Sergeant. Hast du Bredd gesehen?«

»Nun, ich nicht, ich bin selbst gerade erst zurückgekommen, aber Blitzgescheit ...«

Die stämmige Frau blickte auf, als sie ihren Namen hörte. »Ja.

Ich hab gehört, dass er hier in der Nähe war. He, Maifliege, wer hat nochmal gesagt, dass er hier in der Nähe war?«

»Wer?«

»Neffarias Bredd, du dicke Kuh, über wen sollten wir sonst wohl sprechen?«

»Ich weiß nicht, wer das gesagt hat. Ich habe aber sowieso nicht richtig zugehört. Ich glaube, es war Lächeln – oder? Es könnte Lächeln gewesen sein. Egal, mit *dem* Mann würde ich mich gerne mal zwischen den Laken wälzen –«

»Lächeln ist kein Mann –«

»Nicht mit ihr. Mit Brcdd, meine ich.«

»Du willst mit Bredd unter die Decke kriechen?«, fragte Buddl.

Mosel trat mit argwöhnisch zusammengekniffenen Augen zu ihnen. »Machst du dich über meine Soldaten lustig, Buddl?«

»Das würde ich niemals tun, Sergeant. Ich bin nur gekommen, um zu sagen, dass es eine Besprechung –«

»Oh ja, das habe ich gehört.«

»Von wem?«

Der schlanke Mann zuckte die Schultern. »Keine Ahnung. Ist das wichtig?«

»Es ist wichtig, wenn es bedeutet, dass ich hier meine Zeit verschwende.«

»Du hast keine Zeit zu verschwenden? Warum – was macht dich so einzigartig?«

»Die Achse sieht nicht aus, als ob sie gebrochen wäre«, bemerkte Buddl.

»Wer hat denn gesagt, dass sie es wäre?«

»Und warum nehmt ihr dann den Wagen auseinander?«

»Wir haben so lange seinen Staub gefressen, dass wir einfach Rache nehmen mussten.«

»Und wo ist der Wagenlenker? Und die Mannschaft, die zu ihm gehört?«

Blitzgescheit stieß ein hässliches Lachen aus.

Mosel zuckte noch einmal die Schultern und deutete in den

Graben. Ein kleines Stück entfernt lagen vier Gestalten, gefesselt und geknebelt, reglos im gelben Gras.

Die beiden Trupps der Sergeanten Sobelone und Tugg waren um einen Ringkampf versammelt – zwischen Salzleck und Kurznase, wie Buddl feststellte, als er sich durch die Zuschauer gedrängt hatte, um einen besseren Blick zu bekommen. Münzen wurden zu Boden geworfen, wirbelten den Staub auf der Straße auf, während die beiden Soldaten in einem Knoten aus Arm- und Beingriffen aneinander zerrten und wuchteten. Salzlecks großes, rundes Gesicht war zu sehen – rot, verschwitzt, mit Dreckstreifen vom Straßenstaub und dem für ihn typischen Kuhblick, der gleichgültige Verständnislosigkeit ausdrückte. Er blinzelte langsam und schien sich darauf zu konzentrieren, auf etwas herumzukauen.

Buddl stieß Toles an, der zu seiner Rechten stand. »Worum kämpfen die beiden?«

Toles blickte auf Buddl herunter, sein blasses, längliches Gesicht zuckte. »Es ist ganz einfach. Zwei Trupps, die im Gleichschritt marschieren, der eine hinter dem anderen, dann der andere vor dem, der zuvor vorneweg marschiert ist, also zwei Trupps, die dadurch beweisen, dass die mythische Kameradschaft nichts weiter als ein epischer Aufhetzer aus schlechter Poesie und unzüchtigen Liedern ist, dazu gedacht, die Flachhirne zufrieden zu stellen – oder, kurz gesagt, eine Lüge. Die schließlich in dieser anrüchigen Darstellung animalischer Triebe gipfelt –«

»Salzleck hat Kurznase ein Ohr abgebissen«, mischte sich Korporal Reem ein, der links von Buddl stand.

»Oh. Kaut er da drauf rum?«

»Ja. Und er lässt sich dafür ganz schön Zeit.«

»Wissen Tugg und Sobelone von der Besprechung, die Hauptmann Sort einberufen hat?«

»Ja, klar.«

»Dann hat Kurznase, der schon die Nasenspitze verloren hat, jetzt also auch nur noch ein Ohr.«

»Ja. Er tut alles, um sein Gesicht noch schlimmer aussehen zu lassen.«

»Er ist doch derjenige, der letzte Woche geheiratet hat?«

»Ja. Hanno da drüben. Sie ist diejenige, die auf seine Niederlage wettet. Egal, nach allem, was ich so höre, ist es nicht sein Gesicht, was sie bewundert, wenn du verstehst, was ich meine.«

Buddls Blick fiel auf einen kleinen Hügel nördlich der Straße, auf dem etwa zwanzig krumme, bucklige Guldindhabäume standen. »Ist das da drüben der alte Friedhof?«

»Sieht ganz so aus – warum?«

Ohne zu antworten drängte Buddl sich wieder durch die Menge und machte sich zu der Begräbnisstätte auf. Dort fand er Sergeant Balsam in einem geplünderten Grab, wie er mit Aschestreifen im Gesicht und merkwürdige, nasale monotone Geräusche ausstoßend in kleinen Kreisen herumtanzte.

»Sergeant, Hauptmann Sort will eine Besprechung –«

»Sei still! Ich bin beschäftigt.«

»Bei Einbruch der Abenddämmerung, in dem Schafspferch –«

»Unterbrich das Totenlied eines Dal Honesen, und tausend mal tausend Lebensspannen voller Flüche werden über dich und dein Geschlecht in alle Ewigkeit hereinbrechen. Haarige alte Frauen werden deine Kinder stehlen – und die Kinder deiner Kinder –, und sie zerhacken und mit Gemüse und Knollen und ein paar köstlichen Safranstreifen kochen –«

»Ich bin fertig, Sergeant. Habe die Anweisung überbracht. Leb wohl.«

»– und dal-honesische Hexer mit Schlangengürteln werden bei deiner Frau liegen, und sie wird giftige Würmer mit lockigen schwarzen Haaren gebären –«

»Mach nur so weiter, Sergeant, dann werde ich eine Puppe von dir anfertigen –«

Balsam machte einen Satz aus dem Grab heraus, seine Augen waren weit aufgerissen. »Du böser Mann! Geh weg von mir! Ich habe dir niemals etwas getan!« Er wirbelte herum und rannte davon, und seine Gazellenlederhäute flatterten hinter ihm her.

Buddl drehte sich um und machte sich auf den langen Marsch zurück zum Lager.

Als er dort ankam, war Saiten gerade dabei, seine Armbrust zusammenzusetzen, wobei Krake ihm höchst interessiert zusah. Neben ihm stand eine Kiste mit Moranth-Munition, deren Deckel aufgeklappt war, so dass die Granaten sichtbar waren, die wie Truthahneier in gepolsterten Vertiefungen lagen. Die anderen Mitglieder des Trupps saßen ein Stückchen entfernt und sahen irgendwie nervös aus.

Der Sergeant blickte auf. »Buddl, hast du sie alle gefunden?«

»Ja.«

»Gut. Und – wie halten sich die anderen Trupps?«

»Gut«, erwiderte Buddl. Er schaute zu seinen Kameraden hinüber, die auf der anderen Seite der Feuerstelle hockten. »Was ist los?«, fragte er. »Wenn das Zeug in der Kiste da hochgeht, wird es Y'Ghatans Wälle von hier aus zum Einsturz bringen, und ihr werdet mitsamt dem größten Teil dieser Armee zu einem Hagel aus roten Fleischstückchen werden.«

Plötzlich schauten sie alle ein bisschen wie Schafe drein. Ächzend stand Koryk übertrieben beiläufig auf. »Ich hab sowieso schon hier gesessen«, sagte er. »Und dann sind Starr und Lächeln angekrochen gekommen, um sich in meinem Schatten zusammenzukauern.«

»Der Kerl lügt«, sagte Lächeln. »Aber, sag mal, Buddl – wieso hast du dich freiwillig gemeldet und bist losmarschiert, um die Anweisungen von Hauptmann Sort zu überbringen?«

»Weil ich nicht dumm bin.«

»Ach ja?«, sagte Starr. »Nun, jetzt bist du aber wieder hier, oder?«

»Ich dachte, sie wären inzwischen fertig.« Er wedelte eine Fliege beiseite, die vor seinem Gesicht herumsummte, und ließ sich dann auf der windabgewandten Seite der Feuerstelle nieder. »Also, Sergeant, was glaubst du, wird Hauptmann Sort sagen?«

»Sappeure und Schilde«, knurrte Krake.

»Schilde?«

»Ja. Wir huschen mit eingezogenen Köpfen zu den Mauern, und ihr anderen schützt uns vor den Pfeilen und Felsbrocken, bis wir damit fertig sind, die Minen zu setzen, und dann rennen alle, die noch übrig sind, wieder so schnell wie sie können zurück – wobei es nicht schnell genug sein wird.«

»Also eine Reise ohne Wiederkehr.«

Krake grinste.

»Es wird schon ein bisschen besser durchdacht sein«, sagte Saiten. »Hoffe ich.«

»Sie geht stracks rein, genau das wird sie tun.«

»Vielleicht, Krake. Vielleicht auch nicht. Sie will, dass der größte Teil ihrer Armee noch atmet, wenn der Staub sich wieder legt.«

»Abgesehen von ein paar hundert Sappeuren.«

»Wir werden auch so schon immer weniger«, sagte Saiten. »Sie wird uns nicht verschwenden wollen.«

»Das wäre mal was Neues im malazanischen Imperium.«

Der Sergeant schaute Krake an. »Soll ich dir was sagen? Ich frage mich, warum ich dich nicht gleich jetzt umbringe – dann haben wir alle unsere Ruhe.«

»Vergiss es. Ich habe vor, den Rest von euch traurigen Langweilern mitzunehmen.«

Mittlerweile waren Sergeant Gesler und sein Trupp aufgetaucht und schlugen ganz in der Nähe ihr Lager auf. Korporal Stürmisch war nicht bei ihnen, wie Buddl bemerkte. Gesler kam zu ihnen herüber. »Fiedler.«

»Sind Kalam und Ben auch wieder da?«

»Nein. Die sind weitergegangen, und Stürmisch ist noch bei ihnen.«

»Weiter? Wohin?«

Gesler hockte sich Fiedler gegenüber. »Ich will es mal so sagen: Ich bin wirklich froh, dein hässliches Gesicht zu sehen, Fiedler. Vielleicht schaffen sie es zurück, vielleicht auch nicht. Ich werde es dir später erklären. Habe den Morgen mit der Mandata verbracht. Sie hatte eine Menge Fragen.«

»Und um was ist es dabei gegangen?«

»Um die Sache, die ich dir später erklären werde. Tja, und wir haben also einen neuen Hauptmann bekommen.«

»Faradan Sort.«

»Eine Korelri?«

Saiten nickte. »Wir glauben, dass sie am Wall gestanden hat.«

»Dann kann sie vermutlich einen kräftigen Hieb vertragen.«

»Und dann zurückschlagen, ja.«

»Nun, das ist ja großartig.«

»Sie will, dass alle Sergeanten heute Abend zu einer Besprechung kommen.«

»Ich glaube, ich werde zurückgehen und der Mandata noch ein paar Fragen beantworten.«

»Du kannst ihr nicht ewig aus dem Weg gehen, Gesler.«

»Ach, tatsächlich? Dann pass mal auf. Und wohin haben sie Hauptmann Gütig versetzt?«

Saiten zuckte die Schultern. »Zu irgendeiner Kompanie, die ein bisschen in Form gebracht werden muss, nehme ich an.«

»Ach – und wir brauchen das nicht?«

»Wir sind nicht so leicht zu erschrecken wie die meisten anderen in dieser Armee, Gesler. Ich glaube, bei uns hätte er schon aufgegeben. Es tut mir nicht leid, dass der elende Scheißkerl unterwegs ist. Bei der Besprechung heute Abend wird es wahrscheinlich darum gehen, was wir während der Belagerung tun werden. Entweder das, oder sie will einfach nur mit einer inspirierenden Tirade unsere Zeit verschwenden.«

»Zum Ruhm des Imperiums«, sagte Gesler und verzog das Gesicht.

»Um der Rache willen«, sagte Koryk, der in die Hocke gegangen war und Fetische an sein Wehrgehänge band.

»Rache ist so lange ruhmreich, so lange wir es sind, die sie üben, Soldat.«

»Nein, das ist sie nicht«, sagte Fiedler. »Rache ist schmutzig, ganz egal von welcher Seite man sie betrachtet.«

»Krieg dich wieder ein, Fiedler. Ich hab nur Spaß gemacht. Du bist so angespannt, man könnte glatt glauben, wir würden demnächst in einer Belagerung zum Einsatz kommen oder so was. Wie auch immer, wieso sind eigentlich noch nicht mal ein paar

Hände der Klaue hier, um die Drecksarbeit zu erledigen? Du weißt schon – sich in die Stadt und dann in den Palast einschleichen und Leoman ein Messer zwischen die Rippen jagen, und das war's dann. Warum müssen wir in einen richtigen Kampf ziehen? Was sind wir in diesen Tagen überhaupt für ein Imperium?«

Einige Zeit lang sagte niemand ein Wort. Buddl beobachtete seinen Sergeanten. Saiten überprüfte die Zugkraft der Armbrust, aber Buddl konnte sehen, dass er nachdachte.

»Laseen hat sie zu sich rangezogen. Nah und dicht«, sagte Krake.

Der Blick, den Gesler dem Sappeur zuwarf, war kühl und abschätzend. »Geht so das Gerücht, Krake?«

»Eins davon. Was weiß ich? Vielleicht hat sie irgendwas aufgeschnappt.«

»*Du* hast das auf alle Fälle«, murmelte Saiten, während er die Kiste mit den Armbrustbolzen untersuchte.

»Nur, dass ein paar Kompanien mit Veteranen, die immer noch in Quon Tali sind, nach Unta und Malaz beordert wurden.«

Jetzt endlich schaute Saiten auf. »Nach Malaz? Warum denn nach Malaz?«

»So eindeutig waren die Gerüchte nicht, Sergeant. Es ging nur um das Wohin, nicht das Warum. Wie auch immer, da ist irgendwas im Gange.«

»Wo hast du das alles her?«, fragte Gesler.

»Von dem neuen Sergeanten – Hellian. Sie ist aus Kartool.«

»Ist das die, die immer betrunken ist?«

»Ja, das ist sie.«

»Es überrascht mich, dass sie überhaupt was mitbekommen hat«, bemerkte Saiten. »Was hat die denn hierherverschlagen?«

»Darüber will sie nicht reden. Sie war wohl zur falschen Zeit am falschen Ort. Glaub ich zumindest, weil sie immer säuerlich das Gesicht verzieht, wenn die Sprache auf dieses Thema kommt. Wie auch immer, sie ist zuerst nach Malaz gegangen, dann ging's mit einem der Transportschiffe nach Nap, und dann nach Unta. Und sie scheint mir nie so betrunken zu sein, als dass sie nicht noch die Augen offen halten könnte.«

»Du versuchst, deine Hand auf ihren Schenkel zu legen, Krake?«

»Sie ist ein bisschen zu jung für mich, Fiedler, aber ein Mann könnte schlechtere Ideen haben.«

»Ein kurzsichtiges Weib«, sagte Lächeln schnaubend. »Das ist wahrscheinlich das Beste, was du hinkriegen kannst, Krake.«

»Als ich noch ein junger Bursche war«, sagte der Sappeur und griff nach einer Granate – einem Fetzer, wie Buddl beunruhigt feststellte, als Krake begann, sie in die Luft zu werfen und mit einer Hand wieder aufzufangen –, »hat mich mein Vater jedes Mal, wenn ich etwas Respektloses über Höherstehende gesagt habe, mit nach draußen genommen und mich halb bewusstlos geschlagen. Irgendetwas sagt mir, dass dein Pa viel zu nachsichtig war, wenn es um sein kleines Mädchen gegangen ist, Lächeln.«

»Versuch es, Krake, und du kriegst ein Messer ins Auge.«

»Wenn ich dein Pa wäre, Lächeln, hätte ich mich schon längst umgebracht.«

Sie wurde blass bei diesen Worten, was allerdings niemand zu bemerken schien, da alle Blicke auf die Granate gerichtet waren, mit der Krake herumspielte.

»Tu sie weg«, sagte Saiten.

Krake zog ironisch die Brauen hoch und legte den Fetzer grinsend zurück in die Kiste. »Wie auch immer, es sieht aus, als ob Hellian einen fähigen Korporal hätte, was mir sagt, dass sie ein gutes Urteilsvermögen besitzt, obwohl sie Branntwein trinkt wie Wasser.«

Buddl stand auf. »Mir fällt gerade ein, dass ich sie vergessen habe. Wo lagern sie, Krake?«

»In der Nähe des Wagens mit dem Rum. Aber sie weiß schon von der Besprechung.«

Buddl warf einen Blick auf die Kiste mit der Moranth-Munition. »Oh. Nun, ich werde ein bisschen in der Wüste spazieren gehen.«

»Geh nicht zu weit«, sagte der Sergeant. »Es könnten sich ein paar von Leomans Kriegern da draußen rumtreiben.«

»Klar.«

Kurze Zeit später gelangte er in Sichtweite des Ortes, an dem die Besprechung stattfinden sollte. Gleich hinter dem eingestürzten Gebäude lag ein übergroßer, missgestalteter Abfallhaufen, der fast schon die Ausmaße eines Hügelgrabs hatte und mit gelbem, in Büscheln wachsendem Gras bedeckt war. Es war niemand zu sehen. Die Geräusche des Heerlagers hinter ihm wurden immer schwächer, während Buddl sich auf den Abfallhaufen zubewegte. Es war inzwischen später Nachmittag, aber der Wind war noch immer so heiß wie der Atem einer Schmiede.

Sauber behauene Steine, die einst Mauern und Fundamente gewesen waren, zerschmetterte Götzenbilder, zersplitterte Bretter, Tierknochen und Tonscherben. Buddl kletterte an der Seite hoch und bemerkte die jüngsten Hinterlassenschaften – Töpferwaren im malazanischen Stil, schwarz glasiert, flach, bruchstückhafte Bilder der gebräuchlichsten Motive: Dassem Ultors Tod vor Y'Ghatan, die Imperatrix auf ihrem Thron, die Ersten Helden und das Pantheon von Quon. Der örtliche Stil, das hatte Buddl in den Dörfern gesehen, durch die sie gekommen waren, war eleganter – länglich mit cremefarbener oder weißer Glasur an den Hälsen und Rändern und verblasstem Rot am Körper und mit realistischen Bildern in kräftigen Farben geschmückt. Buddl machte Halt, als er eine solche Scherbe sah, ein Bruchstück von einem Gefäß, auf dem die Kette der Hunde dargestellt gewesen war. Er hob es auf, wischte den Staub ab. Ein Stück von Coltaine war zu sehen, ans Holzkreuz genagelt, und über seinem Kopf ein wilder Wirbel aus schwarzen Krähen. Unter ihm tote Wickaner und Malazaner, und ein Hirtenhund, der auf einen Speer aufgespießt war. Ein Gefühl der Kälte kroch Buddls Rückgrat entlang, und er ließ die Scherbe fallen.

Als er die Kuppe des Hügels erreicht hatte, stand er einige Zeit nur da und musterte die entlang der Straße und zu den Seiten hin weit verstreute malazanische Armee. Gelegentlich bewegte sich ein Reiter durch das Gewühl, der Botschaften und Berichte überbrachte, während über allem Aasvögel, Kapmotten und Rhizan kreisten wie Fliegenschwärme.

Ach, wie sehr er Vorzeichen hasste.

Buddl nahm seinen Helm ab, wischte sich den Schweiß von der Stirn und drehte sich um, blickte nach Süden, in die Odhan. Einst vielleicht fruchtbar, aber jetzt Ödland. War sie es wert, um sie zu kämpfen? Nein, aber andererseits gab es ohnehin nicht viel, das es wert wäre. Vielleicht der Soldat an deiner Seite – das hatte man ihm oft genug gesagt, meistens waren es alte Veteranen gewesen, denen nichts außer dieser zweifelhaften Kameradschaft geblieben war. Nur die Verzweiflung konnte solche Bande hervorbringen – eine Verengung des Geistes auf ein handhabbares, aber klägliches Gebiet, in dem sich Dinge und Leute befanden, die einem etwas bedeuteten. Für den Rest blieb dann nur noch Gleichgültigkeit, die sich gelegentlich in Gemeinheit verwandelte.

Bei den Göttern, was mache ich eigentlich hier?

Einfach in irgendwelche Lebensweisen zu stolpern, kam ihm nicht gerade wie ein Pfad vor, der es wert war, betreten zu werden. Von Krake und dem Sergeanten einmal abgesehen, bestand der Trupp aus Leuten, die nicht anders als Buddl waren. Jung und darauf erpicht, einen Platz zu finden, an dem sie stehen konnten, ohne sich von allem fern und einsam zu fühlen. Oder aber sie legten ein herausforderndes Benehmen an den Tag, um das zerbrechliche Selbst zu tarnen, das sich in ihrem Innern verbarg. Aber all das war nicht überraschend. Die Jugend war ungestüm, selbst wenn sie sich statisch, stagnierend und erstickend anfühlte. Sie liebte extreme Gefühle, in feurige Gewürze getaucht, genug, um die Kehle zu verbrennen und das Herz zu entflammen. Die Zukunft war nichts, wohin man bewusst rannte – sie war einfach nur der Ort, an dem man sich plötzlich wiederfand, zerschlagen und müde und verwundert darüber, wie im Namen des Vermummten man da überhaupt hingekommen war. Nun. Er konnte es sehen. Dafür brauchte er die Echos der unablässigen Ermahnungen seiner Großmutter nicht, die in seinem Kopf flüsterten.

Vorausgesetzt natürlich, dass jene Stimme tatsächlich seiner Großmutter gehörte. Er fing allmählich an, das zu bezweifeln. Buddl überquerte den Hügel und ging auf der Südseite den Hang hinunter. Der trockene Boden am Fuß des Hügels war mit Löchern durchsetzt und gewährte einen Blick auf viel ältere Hinterlassenschaften: rotglasierte Tonscherben mit verblassenden Bildern von Streitwagen und gestelzt wirkenden Figuren, die reich verzierte Kopfbedeckungen trugen und merkwürdige, mit Hakenklingen versehene Waffen schwangen. Die gewaltigen Olivenöl-Krüge, die in diesem Landstrich gebräuchlich waren, bewahrten diese alten Formen, klammerten sich an ein größtenteils vergessenes Altertum, als hätte sich das nun verlorene goldene Zeitalter in irgendeiner Form vom gegenwärtigen unterschieden.

Letzteres waren die Bemerkungen seiner Großmutter. Sie hatte nichts Gutes über das malazanische Imperium zu sagen gewusst, allerdings noch weniger über die Konföderation von Unta, die Liga von Li Heng und all die anderen despotischen Herrscher aus der vorimperialen Zeit Quon Talis. Zur Zeit des Kriegs zwischen Itko Kan und Caon Por war sie noch ein Kind gewesen, und genau so hatte sie auch die Seti-Flut erlebt – oder die wickanischen Wanderungen oder den Versuch Quons, eine Hegemonie zu errichten. *Alles nur Blut und Dummheit*, pflegte sie zu sagen. *Alles nur stoßen und ziehen. Die Alten mit ihrem Ehrgeiz und die Jungen mit ihrem großen, blinden Eifer. Zumindest hat der Imperator dem allem ein Ende gemacht – ein Messer in den Rücken der grauen Tyrannen und Kriege in der Fremde für die jungen Eiferer. Es ist nicht richtig, aber nichts ist wirklich richtig. Wie ich gesagt habe, ist es nicht richtig, aber es ist besser als das Schlimmste – und ich kann mich an das Schlimmste erinnern.*

Und nun war er hier, mitten in einem dieser Kriege in der Fremde. Doch seine Beweggründe hatten nichts mit Eifer zu tun gehabt. Nein, sie waren viel armseliger. Langeweile eignete sich kaum als triftiger Grund, irgendetwas zu tun. Da war es immer noch besser, irgendeine lodernde Fackel der Rechtschaffenheit hochzuhalten, ganz egal, wie irregeleitet und wenig feinsinnig dies auch sein mochte.

Krake spricht von Rache. Aber seine Versuche, uns zu nähren, sind irgendwie zu offensichtlich, und wir schäumen nicht vor Wut, wie wir es tun sollten. Er konnte sich dessen nicht sicher sein, aber diese Armee fühlte sich verloren. In ihrem Herzen war eine leere Stelle, die darauf wartete, gefüllt zu werden, und Buddl fürchtete, dass sie ewig darauf warten würde.

Er setzte sich auf den Boden, begann mit einer Reihe stummer Beschwörungen. Es dauerte nicht lange, und eine Handvoll Eidechsen huschte über die staubige Erde auf ihn zu. Zwei Rhizan setzten sich auf seinen rechten Oberschenkel, und ihre Flügel hörten auf zu schlagen. Eine Riesenspinne, so groß wie ein Pferdehuf und von der Farbe grünen Glases sprang von einem nahe gelegenen Felsbrocken und landete leicht wie eine Feder auf seinem linken Knie. Er musterte das Aufgebot seiner Gefährten und kam zu dem Schluss, dass sie ausreichen würden. Gesten, Streicheln mit den Fingern, stumme Befehle, und die kunterbunte Dienerschar eilte davon, machte sich zu dem Schafspferch auf, wo Hauptmann Sort das Wort an ihre Sergeanten richten wollte.

Es zahlte sich aus zu wissen, wie breit das Tor des Vermummten sein würde, wenn es zum Angriff kam.

Und dann war noch etwas anderes unterwegs.

Plötzlich begann Buddl zu schwitzen.

Sie tauchte aus der flimmernden Hitze auf, bewegte sich wie ein Tier – und jede ihrer vorsichtigen, wachsamen Bewegungen kündete davon, dass sie Beute war und nicht Jäger –, mit einem feinen, tiefbraunen Pelz, einem Gesicht, das deutlich mehr dem eines Menschen als dem eines Affen glich und ausdrucksvoll war – oder zumindest das Potenzial dazu hatte, denn der Blick, den sie nun auf ihn richtete, war in seiner Neugierde einzigartig. So groß wie Buddl, schlank, aber mit schweren Brüsten und einem aufgeblähten Bauch, schob sie sich scheu näher heran.

Sie ist nicht wirklich. Eine Manifestation, eine Beschwörung. Eine Erinnerung, die dem Staub dieses Landes entspringt.

Er beobachtete, wie sie sich hinhockte, um eine Handvoll Sand aufzuheben und dann auf ihn zu werfen, wobei sie ein lautes, bellendes Grunzen ausstieß. Der Sand fiel ein gutes Stück vor ihm zu Boden; nur ein paar Kiesel prallten gegen seine Stiefel.

Vielleicht bin ich aber auch derjenige, der beschworen worden ist, und nicht sie. Ihre Augen sind erfüllt von dem Wunder, von Angesicht zu Angesicht einem Gott gegenüberzustehen. Oder einem Dämon. Er schaute an ihr vorbei und sah das Panorama einer mit dichtem Gras bewachsenen Savanne, gesprenkelt mit kleinen Baumgruppen und Viehherden. Nichts davon war so, wie es sein sollte, nur was es einst gewesen war, vor langer Zeit. *Oh, bei den Geistern, warum lässt du mich nicht in Ruhe?*

Sie war ihm gefolgt. War ihnen allen gefolgt. Der ganzen Armee. Sie konnte sie riechen, Anzeichen ihres Vorbeiziehens erkennen, vielleicht sogar in der Ferne das Klacken von Metall und hölzernen Rädern hören, die über die von Steinen übersäte Straße holperten. Von Furcht und Faszination getrieben, war sie ihnen gefolgt – ohne zu verstehen, wie die Zukunft in ihre Welt zurückhallen konnte, in ihre Zeit. Ohne es zu verstehen? Nun, er konnte es auch nicht. *Als ob alles gegenwärtig ist, als ob jeder Moment gleichzeitig existiert. Und hier sind wir beide, stehen uns von Angesicht zu Angesicht gegenüber, und wissen beide zu wenig, um unseren Glauben aufzuteilen, unsere Art, die Welt zu sehen – und so sehen wir sie alle, alle zugleich, und wenn wir nicht vorsichtig sind, wird es uns wahnsinnig machen.*

Aber es gab kein Zurück. Einfach schon deswegen, weil *zurück* nicht existierte.

Er blieb sitzen, und sie kam näher, plapperte nun in einer merkwürdigen gutturalen Sprache voller Klick- und Knacklaute. Sie deutete auf ihren Bauch, fuhr mit dem Zeigefinger darüber, als wenn sie einen Umriss auf den flaumigen, helleren Pelz zeichnen wollte.

Buddl nickte. *Ja, du trägst ein Kind. Das verstehe ich. Aber was hat das mit mir zu tun?*

Sie warf mehr Sand auf ihn, das meiste davon traf ihn unterhalb der Brust. Er wedelte die Wolke vor seinen brennenden Augen beiseite.

Ein überraschend schneller Satz nach vorn, dann packte sie sein Handgelenk, zog seinen Arm zu sich heran, legte seine Hand auf ihren Bauch.

Ihre Blicke trafen sich, und er wurde bis in sein tiefstes Innerstes erschüttert. Dies war keine geistlose Kreatur. *Eres'al.* Die Sehnsucht in diesen dunklen, betörend schönen Augen ließ ihn innerlich taumeln.

»In Ordnung«, flüsterte er, und schickte langsam seine Sinne auf die Suche, in den Bauch, in den Geist, der in diesem Bauch heranwuchs.

Auf jede Abscheulichkeit muss eine Antwort erfolgen. Ihr Feind, ihr Gegengewicht. Hier, in dieser Eres'al, ist so eine Antwort. Auf eine ferne Abscheulichkeit, die Korruption eines einst unschuldigen Geistes. Unschuld muss wiedergeboren werden. Doch ... ich kann so wenig sehen ... nicht menschlich, noch nicht einmal von dieser Welt, außer dem, was die Eres'al selbst in diese Vereinigung eingebracht hat. Also ein Eindringling. Aus einer anderen Sphäre, einer Sphäre, die der Unschuld beraubt ist. Um sie zu einem Teil dieser Welt zu machen, muss einer von ihrer Art geboren werden ... auf diese Weise. Ihr Blut muss in den Blutstrom dieser Welt gezogen werden.

Aber warum eine Eres'al? Weil ... bei den Göttern hienieden ... weil sie die letzte unschuldige Kreatur ist, die letzte unschuldige Ahnin unseres Geschlechts. Nach ihr ... beginnt die Entwürdigung des Geistes. Die Veränderung der Perspektive, die Trennung von allem anderen, das Errichten von Grenzen – auf der Erde, in der Art und Weise, wie der Geist sieht. Nach ihr ... gibt es nur noch ... uns.

Die Erkenntnis – die *Anerkennung* – war vernichtend. Buddl zog seine Hand weg. Doch es war zu spät. Er wusste jetzt zu viele Dinge. Der Vater ... ein Tiste Edur. Das Kind, das im Entstehen begriffen war ... der einzig reine Anwärter auf einen neuen Thron des Schattens – einen Thron, der eine *geheilte* Sphäre beherrschen würde.

Und es würde so viele Feinde haben. *So viele …*

»Nein«, sagte er zu der Kreatur und schüttelte den Kopf. »Du kannst nicht zu mir beten. Darfst es nicht. Ich bin kein Gott. Ich bin nur ein …«

Aber … für sie muss ich genau so erscheinen. Eine Vision. Sie forscht mit dem Geist, und sie weiß es kaum. Sie stolpert, genau wie wir alle es tun, aber in ihr ist eine Art … Gewissheit. Hoffnung. Bei den Göttern … Glaube.

Über alle Maßen von Demut erfüllt und mit einem Gefühl aufsteigender Scham, zog Buddl sich zurück, kroch den Hang des Hügels hinauf, inmitten der Abfälle der Zivilisation, Tonscherben und Mörtelbrocken, rostigen Metallteilen. Nein, er wollte das nicht. Konnte dieses … Bedürfnis in ihr nicht erfüllen. Er konnte nicht ihr … *ihr Glaube* sein.

Sie schob sich noch näher an ihn heran, ihre Hände schlossen sich um seinen Hals, und sie zog ihn zurück. Mit gefletschten Zähnen schüttelte sie ihn.

Unfähig zu atmen, zappelte Buddl in ihrem Griff.

Sie warf ihn zu Boden, hockte sich breitbeinig auf ihn, ließ seinen Hals los und hob die Fäuste, als wollte sie ihn schlagen.

»Du willst, dass ich dein Gott bin?«, fragte er keuchend. »Na schön! Dann sollst du es so haben!« Er starrte zu ihren Augen hoch, während ihre Fäuste sich hoben, vom hellen, blendenden Sonnenlicht eingerahmt.

Nun – fühlt sich so ein Gott?

Ein helles Aufblitzen, als ob ein Schwert gezogen worden wäre, ein begieriges Zischen von Eisen, das seinen Kopf erfüllte. So etwas wie eine wütende Herausforderung –

Blinzelnd stellte er fest, dass er im groben Geröll lag und zum leeren Himmel emporstarrte. Sie war fort, aber er konnte den Nachhall ihres Gewichts auf seinen Hüften immer noch spüren – und die beängstigende Erektion, die sie mit ihrer Position hervorgerufen hatte.

Faust Keneb betrat das Zelt der Mandata. Der Kartentisch war aufgebaut worden, und darauf lag eine imperiale Karte von Y'Ghatan, die vor einer Woche von einem Reiter aus Einarms Heer überbracht worden war. Ein Gelehrter hatte sie kurz nach Dassems Tod angefertigt. Neben Tavore stand Tene Baralta und war eifrig damit beschäftigt, überall auf dem Pergament mit einem Holzkohlestift herumzuschmieren. Dabei sprach der Anführer der Roten Klingen.

»… hier und hier wieder aufgebaut, im malazanischen Stil mit versenkten Säulen und eingelassenen Streben. Die Ingenieure haben festgestellt, dass die Ruinen unter den Straßen ein Labyrinth aus Löchern, alten Räumen, halb begrabenen Straßen, Schächten und in den Mauern verlaufenden Gängen sind. Eigentlich müsste alles eingeebnet sein, aber offensichtlich war wenigstens eines der Zeitalter, in denen das alles entstanden ist, bautechnisch an einem Punkt, der mit dem mithalten kann, was heute möglich ist. Die Probleme, die ihnen das zum Teil bereitet, hat sie anscheinend dazu veranlasst, die vierte Bastion aufzugeben.«

»Ich verstehe«, sagte die Mandata. »Wie ich allerdings schon vorhin festgestellt habe, Faust Baralta, bin ich nicht daran interessiert, die vierte Bastion anzugreifen.«

Keneb konnte die Enttäuschung des Mannes sehen, aber der Anführer der Roten Klingen sagte nichts, sondern warf nur einfach den Holzkohlestift hin und trat vom Kartentisch zurück.

In einer Ecke saß Faust Blistig, die Beine auf eine Weise ausgestreckt, die man eigentlich nur als unbotmäßig auffassen konnte.

»Faust Keneb«, sagte Tavore, ohne den Blick von der Karte abzuwenden, »habt Ihr mit Temul und Kriegsführer Gall gesprochen?«

»Temul berichtet, dass die Stadt evakuiert worden ist – die Bürger sind auf der Straße nach Lothal geflohen. Ganz eindeutig richtet Leoman sich auf eine lange Belagerung ein und ist nicht daran interessiert, außer Soldaten und Hilfskräften noch irgendjemand anderen durchzufüttern.«

»Er braucht Platz, um sich taktisch verhalten zu können«, sagte

Blistig in seiner Ecke. »Da kann er keine Panik in den Straßen gebrauchen. Wir sollten da nicht zu viel drin sehen, Keneb.«

»Ich habe den Verdacht«, sagte Tene Baralta, »dass wir gar nicht *genug* darin sehen. Ich bin nervös, Mandata. Diese ganze verdammte Situation macht mich nervös. Leoman ist nicht hierhergekommen, um die letzte Stadt der Rebellen zu verteidigen. Er ist nicht hierhergekommen, um die letzten Gläubigen zu beschützen – bei den Sieben Heiligen, er hat sie aus ihren eigenen Häusern, aus ihrer eigenen Stadt vertrieben! Nein, er hat sich Y'Ghatan aus taktischen Gründen ausgesucht, und das beunruhigt mich, denn ich kann mir keinen Reim darauf machen.«

»Hat Temul sonst noch irgendetwas gesagt, Keneb?«, fragte die Mandata.

»Er hat über einen nächtlichen Angriff nachgedacht, mit den Sappeuren, um einen Teil der Mauer zum Einsturz zu bringen. Wahrscheinlich würden wir dann in großer Zahl durch die Bresche in die Stadt eindringen und tief ins Herz von Y'Ghatan vorstoßen. Wenn wir weit genug kommen, könnten wir Leoman im Palast des Falah'd von seinen Truppen abschneiden …«

»Das ist zu gefährlich«, knurrte Tene Baralta. »Die Dunkelheit wird die Sappeure nicht vor ihren Magiern schützen. Sie würden abgeschlachtet werden –«

»Man kann nicht alle Risiken vermeiden«, sagte Tavore.

Keneb zog die Brauen hoch. »Temul hat ziemlich genau das Gleiche gesagt, als wir über diese Gefahr gesprochen haben.«

»Tene Baralta«, fuhr Tavore einen Augenblick später fort, »Ihr und Blistig habt Eure Anweisungen erhalten, was die Aufstellung Eurer Kompanien betrifft. Am besten, Ihr beginnt gleich mit den Vorbereitungen. Ich habe persönlich mit Hauptmann Faradan Sort gesprochen und ihr erklärt, was sie und ihre Trupps zu tun haben. Wir werden in dieser Angelegenheit keine Zeit verschwenden. Wir setzen uns noch heute Nacht in Bewegung. Faust Keneb, bleibt bitte noch. Die anderen sind entlassen.«

Keneb schaute Blistig und Baralta hinterher, als sie hinausgingen, und er konnte an einer Reihe kleiner Zeichen – ihrer Haltung und ihren steifen Schritten – erkennen, wie entmutigt sie waren.

»Befehlsgewalt hat nichts mit Einstimmigkeit zu tun«, sagte die Mandata. Ihre Stimme klang plötzlich hart, als sie Keneb anblickte. »Ich erteile die Befehle, und meine Offiziere haben zu gehorchen. Eigentlich sollten sie erleichtert sein, dass dem so ist, denn dadurch liegt die ganze Verantwortung bei mir – und zwar nur bei mir. Niemand sonst wird der Imperatrix Rechenschaft ablegen müssen.«

Keneb nickte. »Ganz wie Ihr sagt, Mandata. Allerdings fühlen Eure Offiziere sich sehr wohl verantwortlich – für ihre Soldaten –«

»Von denen viele früher oder später auf dem Schlachtfeld sterben werden. Vielleicht sogar hier, in Y'Ghatan. Dies ist eine Belagerung, und Belagerungen sind blutig. Ich kann mir den Luxus nicht erlauben, sie auszuhungern. Je länger Leoman Widerstand leistet, umso größer ist die Gefahr, dass irgendwo im Reich der Sieben Städte die Rebellion erneut aufflackert. In dieser Hinsicht sind Hohefaust Dujek und ich uns völlig einig.«

»Aber warum haben wir dann sein Angebot, uns zusätzliche Truppen zu schicken, nicht angenommen, Mandata?«

Sie schwieg ein halbes Dutzend Herzschläge lang. Dann sagte sie: »Ich bin mir der Gesinnung in den Trupps dieser Armee sehr wohl bewusst; doch niemand hier scheint sich über den wahren Zustand von Dujeks Heer im Klaren zu sein.«

»Den wahren Zustand?«

Sie trat näher. »Es ist fast nichts mehr übrig, Keneb. Der Kern – das Herz – von Dujeks Heer ist *fort*.«

»Aber …, er hat doch Ersatztruppen erhalten, oder nicht?«

»Das, was verloren wurde, kann nicht ersetzt werden. Er hat Rekruten bekommen: Genabarii, Nathii, die Hälfte der Garnison von Fahl, oh, zählt die Stiefel, und Ihr glaubt, es wäre alles vollkommen in Ordnung, weil sie wieder Sollstärke haben, aber, Keneb, Ihr müsst wissen … Dujek ist *gebrochen*. Und das Gleiche gilt für sein Heer.«

Erschüttert wandte Keneb sich ab. Er löste die Riemen seines Helms und nahm das verbeulte Ding ab, strich sich mit einer Hand durch die verfilzten, schweißnassen Haare. »Hol uns der Vermummte, die letzte große Armee des Imperiums ...«

»Ist nun die Vierzehnte, Faust.«

Er starrte sie an.

Sie begann, auf und ab zu gehen. »Natürlich hat Dujek uns Truppen angeboten, denn er ist, nun, er ist eben Dujek. Außerdem musste die ranghöchste Hohefaust so handeln. Aber er – sie alle ... haben genug gelitten. Ihre Aufgabe ist es nun, für die Präsenz des Imperiums in diesem Land zu sorgen, und wir alle sollten zu unseren Göttern beten, dass sie nicht von irgendjemandem auf die Probe gestellt werden.«

»Deshalb seid Ihr in solcher Eile.«

»Leoman muss zur Strecke gebracht werden. Y'Ghatan muss fallen. Noch heute Nacht.«

Keneb sagte längere Zeit nichts. Schließlich fragte er: »Und warum erzählt Ihr mir das alles, Mandata?«

»Weil Gamet tot ist.«

Gamet? Oh, ich verstehe.

»Und T'amber wird von keinem von Euch respektiert. Ihr hingegen«, sie blickte ihn mit einem merkwürdigen Gesichtsausdruck an, »werdet es.«

»Ihr wollt, dass ich die anderen Fäuste informiere, Mandata?«

»Im Hinblick auf Dujek? Das könnt Ihr selbst entscheiden, aber ich rate Euch, Faust, sehr gründlich nachzudenken, bevor Ihr diese Entscheidung trefft.«

»Aber man sollte es ihnen sagen! Dann werden sie zumindest verstehen ...«

»Was verstehen? Mich? Vielleicht. Aber darum geht es hier nicht in erster Linie.«

Er konnte es nicht begreifen. Nicht sofort. Doch dann dämmerte es ihm allmählich. »Ihr Vertrauen, über Euch hinaus, über die Vierzehnte hinaus, liegt bei Dujek Einarm. So lange sie glauben, dass er da ist, dass er hinter uns ist – bereit loszumarschieren und uns zu Hilfe zu kommen –, werden sie tun, was Ihr befehlt. Ihr wollt ihnen das nicht nehmen, doch durch Euer Schweigen opfert Ihr Euch, opfert Ihr den Respekt, den sie sonst Euch entgegenbringen würden –«

»Vorausgesetzt, dass mir ein solcher Respekt gewährt werden würde, Faust, und davon bin ich nicht überzeugt.« Sie kehrte an den Kartentisch zurück. »Die Entscheidung liegt bei Euch, Faust.«

Er betrachtete sie, wie sie die Karte studierte, kam dann zu dem Schluss, dass er entlassen worden war, und verließ das Zelt.

Ihm war übel. Dujeks Heer – gebrochen? War das einfach nur ihre Einschätzung? Vielleicht war Dujek einfach nur müde ... Aber wer mochte das genauer wissen? Der Schnelle Ben, aber der Magier war nicht hier. Genauso wenig wie dieser Assassine, Kalam Mekhar. Und damit blieb, nun ja ... nur noch ein Mann. Er blieb vor dem Zelt stehen, betrachtete den Sonnenstand. Wenn er sich beeilte, mochte die Zeit noch reichen, ehe Sort mit ihnen allen sprechen würde.

Keneb machte sich auf den Weg zum Lagerplatz der Seesoldaten.

»Was wollt Ihr hören, Faust?« Der Sergeant hatte ein halbes Dutzend schwere Armbrustbolzen vor sich ausgebreitet. An zwei davon hatte er bereits Fetzer gebunden und arbeitete nun am dritten.

Keneb starrte auf die Lehmkugel – die Granate – in Saitens Händen. »Ich weiß es nicht, aber sei ehrlich.«

Saiten hörte mit seiner Tätigkeit auf und warf einen Blick zu seinem Trupp hinüber, kniff die Augen zusammen. »Die Mandata hofft auf Verstärkung, wenn die Sache schiefgeht?« Er sprach leise.

»Das ist es ja gerade, Sergeant. Das tut sie nämlich nicht.«

»Dann glaubt sie also, dass Dujek am Ende ist, Faust«, sagte Saiten. »Mitsamt seinem ganzen Heer. Ist es das, was sie glaubt?«

»Ja. Du kennst den Schnellen Ben, und der Hohemagier war

ja schließlich dabei. In Korall. Er ist nicht hier, so dass ich ihn nicht fragen kann, und daher frage ich dich. Hat die Mandata recht?«

Saiten machte sich wieder daran, die Granate an dem Armbrustbolzen zu befestigen.

Keneb wartete.

»Scheint«, murmelte der Sergeant, »als hätte ich die Mandata falsch eingeschätzt.«

»In welcher Hinsicht?«

»Sie kann die entsprechenden Zeichen besser deuten, als ich gedacht hätte.«

Bei den Eiern des Vermummten, das wollte ich nun wirklich nicht hören.

»Ihr seht gut aus, Ganoes Paran.«

Das Lächeln, das zur Antwort auf seinem Gesicht erschien, war gequält. »Das macht mein neues, sorgloses Leben, Apsalar.«

Die Rufe der Seeleute oben an Deck, als die Karacke zum Hafen von Kansu einschwenkte, und das Geschrei der Möwen waren eine gedämpfte Begleitung zum Knarren von Tauwerk und Spanten. Eine kühle Brise drang mit der salzigen Luft durch das runde Kabinenfenster herein und brachte den Geruch des Ufers mit.

Apsalar musterte den Mann, der ihr gegenübersaß, noch ein, zwei Herzschläge länger, dann machte sie sich wieder daran, den Griff eines ihrer Nahkampfmesser mit einem Bimsstein aufzurauen. Poliertes Holz war schön, aber viel zu schlüpfrig in schweißnassen Händen. Normalerweise trug sie Lederhandschuhe, aber es konnte nie schaden, sich auch auf nicht ganz so perfekte Begleitumstände einzustellen. Für einen Assassinen war die ideale Situation, wenn er sich aussuchen konnte, wo und wann gekämpft wurde, doch diese Art von Luxus war nicht garantiert.

»Ich sehe, dass du noch immer genauso planmäßig vorgehst wie früher«, sagte Paran. »Obwohl zumindest jetzt mehr Leben in deinem Gesicht ist. Deine Augen ...«

»Ihr wart zu lange auf See, Hauptmann.«

»Vermutlich. Wie auch immer, ich bin kein Hauptmann mehr. Meine Zeit als Soldat ist vorbei.«

»Und – bedauert Ihr das?«

Er zuckte die Schultern. »Ein bisschen. Ich bin mit ihnen nie an den Punkt gekommen, an dem ich gerne gewesen wäre. Erst ganz am Ende – und dann«, er machte eine Pause, »nun, dann war es zu spät.«

»Möglicherweise ist es so besser gewesen«, sagte Apsalar. »Weniger … befleckt.«

»Ist schon merkwürdig, welche unterschiedliche Bedeutung die Brückenverbrenner für uns haben. Erinnerungen – und Blickwinkel. Ich wurde von den Überlebenden mehr als gut behandelt –«

»Überlebende. Ja, es gibt immer Überlebende.«

»Tippa, Fahrig, Blend, Fäustel, noch ein paar andere. Ihnen gehört jetzt K'ruls Schenke in Darujhistan.«

»K'ruls Schenke?«

»Der alte Tempel, der einst dem Älteren Gott geweiht war. Und in dem es natürlich spukt.«

»Mehr als Euch klar ist, Paran.«

»Das bezweifle ich. Ich habe eine Menge gelernt, Apsalar, über viele Dinge.«

Ein dumpfes Dröhnen an Steuerbord, als die Hafenpatrouille kam, um die Liegegebühren einzuziehen. Das Klatschen von Leinen. Noch mehr Stimmen.

»K'rul hat im Kampf gegen die Pannionische Domäne eine sehr aktive Rolle gespielt«, fuhr Paran fort. »Seit jener Zeit finde ich seine Anwesenheit weniger erträglich – die Älteren Götter sind zurück im Spiel –«

»Ja, Ihr habt schon einmal etwas in dieser Art gesagt. Sie stellen sich dem Verkrüppelten Gott entgegen, und darin lässt sich kein Fehler finden.«

»Tun sie das wirklich? Manchmal bin ich davon überzeugt … aber manchmal …« Er schüttelte den Kopf. Stand auf. »Wir laufen in den Hafen ein. Ich muss ein paar Vorkehrungen treffen.«

»Was für Vorkehrungen?«

»Pferde.«

»Paran.«

»Ja?«

»Seid Ihr nun aufgestiegen?«

Seine Augen weiteten sich. »Ich weiß es nicht. Alles fühlt sich an wie immer. Ich muss zugeben, ich weiß noch nicht einmal genau, was *aufsteigen* eigentlich bedeutet.«

»Es bedeutet, dass Ihr schwerer zu töten seid.«

»Warum?«

»Ihr seid über Macht gestolpert, von einer persönlichen Art, und mit ihr … nun, Macht zieht Macht an. Immer. Nicht die weltliche Art, sondern etwas anderes, eine Kraft in der Natur, ein Zusammenfluss von Energien. Ihr fangt an, die Dinge anders zu sehen, anders zu denken. Und andere werden auf Euch aufmerksam – das ist, nebenbei bemerkt, normalerweise nicht gut.« Sie seufzte, musterte ihn und sagte dann: »Vielleicht brauche ich Euch nicht zu warnen, aber ich werde es trotzdem tun. Seid vorsichtig, Paran; von allen Ländern auf dieser Welt sind zwei gefährlicher als alle anderen –«

»Ist das dein Wissen, oder das von Cotillion?«

»Im einen Fall Cotillions, im anderen meins. Wie auch immer, Ihr seid kurz davor, den Fuß in eines der beiden zu setzen. Das Reich der Sieben Städte ist kein Ort, an dem man sich unbesorgt aufhalten könnte, ganz besonders nicht für einen Aufgestiegenen.«

»Ich weiß. Ich kann es spüren … das, was da draußen ist, womit ich mich auseinandersetzen muss.«

»Sorgt dafür, dass jemand anders den Kampf für Euch führt, wenn das möglich ist.«

Seine Augen verengten sich, als er sie anblickte. »Nun, das ist ganz eindeutig ein Mangel an Vertrauen.«

»Ich habe Euch einmal getötet –«

»Und du warst von einem Gott besessen, vom Schutzpatron der Assassinen höchstpersönlich, Apsalar.«

»Der sich an die Regeln gehalten hat. Es gibt Dinge hier, die tun das nicht.«

»Darüber werde ich nachdenken, Apsalar. Ich danke dir.«

»Und vergesst nicht: Schließt nur aus einer Position der Stärke einen Handel ab, oder lasst es bleiben.«

Er schenkte ihr ein merkwürdiges Lächeln und ging dann nach oben an Deck.

Ein rutschendes Geräusch aus einer Ecke, und Telorast und Rinnsel hasteten in ihr Blickfeld; ihre Knochenfüße klapperten auf dem hölzernen Fußboden.

»Er ist gefährlich, Nicht-Apsalar! Halte dich fern von ihm, oh, du hast zu viel Zeit mit ihm verbracht!«

»Macht euch keine Sorgen um mich, Telorast.«

»Sorgen? Oh, wir haben Sorgen, oh ja, oder nicht, Rinnsel?«

»Endlose Sorgen, Telorast. Was sage ich? Wir sind nicht besorgt.«

»Der Herr der Drachenkarten weiß alles über euch beide«, sagte Apsalar, »was zweifellos eure Sorgen noch vergrößert.«

»Aber er hat dir nichts erzählt!«

»Bist du dir dessen so sicher?«

»Natürlich!« Das vogelähnliche Skelett bewegte sich vor seinem Gefährten hin und her und ruckte mit dem Kopf. »Denk doch darüber nach, Rinnsel! Wenn sie es wüsste, würde sie auf uns treten! Das würde sie doch, oder?«

»Außer, sie plant einen noch hinterhältigeren Verrat, Telorast! Hast du daran schon gedacht? Nein, das hast du nicht, oder? Ich muss immer an alles denken.«

»Du denkst nie! Das hast du noch nie getan!«

Apsalar stand auf. »Sie haben das Fallreep ausgelegt. Es ist Zeit, zu gehen.«

»Verstecke uns unter deinem Umhang. Das musst du. Da draußen sind Hunde. Auf den Straßen.«

Sie steckte das Messer ein. »Na schön. Aber kein Gezappel.«

Kansu war nichts weiter als ein verwahrloster Hafen – vier seiner sechs Piers waren vor einem Monat von Admiral Noks Flotte zu trügerischen Ungetümen zerschlagen worden – und somit absolut nicht bemerkenswert, so dass Apsalar sich erleichtert fühlte, als sie an den letzten, entlang der ins Landesinnere führenden Straße in kleinen Grüppchen stehenden Hütten vorbei waren und vor sich ein paar bescheidene, steinerne Gebäude sahen, die auf die Hirten, die Pferche und die dämonenäugigen Ziegen hinwiesen, die unter Guldindhabäumen versammelt waren. Dahinter gab es Tharokplantagen mit ihrer silbrigen, faserigen Rinde, die zum Seilemachen hoch geschätzt wurde; mit ihren im Wind schimmernden Stämmen wirkten die ungleichen Reihen geisterhaft.

In der Stadt hinter ihnen war irgendetwas merkwürdig gewesen – die Menschenmenge kleiner als üblich, die Stimmen gedämpfter. Eine Anzahl Kaufläden war geschlossen gewesen, und das mitten in der Hauptmarktzeit. Die bescheidene Garnison malazanischer Soldaten war nur an den Toren präsent – und unten an den Docks, wo man mindestens vier Handelsschiffen einen Liegeplatz verwehrt hatte. Und niemand schien geneigt, irgendwelchen Auswärtigen etwas zu erklären.

Paran hatte leise mit dem Pferdehändler gesprochen, und Apsalar hatte gesehen, dass mehr Münzen als normalerweise notwendig gewesen wären den Besitzer gewechselt hatten, aber ihr ehemaliger Hauptmann hatte nichts dazu gesagt, während sie aus der Stadt geritten waren.

Als sie eine Kreuzung erreichten, zügelten sie die Pferde.

»Paran«, sagte Apsalar, »ist Euch in Kansu irgendetwas Merkwürdiges aufgefallen?«

Er verzog das Gesicht. »Ich glaube nicht, dass wir uns Sorgen machen müssen«, sagte er. »Du warst schließlich einst von einem Gott besessen, und was mich angeht – nun, wie ich schon gesagt habe, es gibt keinen wirklichen Grund zur Besorgnis.«

»Worüber sprecht Ihr?«

»Über die Pest. Eigentlich ist es nicht überraschend, angesichts all der nicht bestatteten Leichname nach der Rebellion. Es hat vor etwa einer Woche angefangen, irgendwo östlich von Ehrlitan. Alle Schiffe, die dort angelegt hatten oder von dort stammen, werden wieder weggeschickt.«

Apsalar schwieg einige Zeit. Schließlich nickte sie. »Poliel.«

»Ja.«

»Und es sind nicht mehr genug Heiler übrig, um einzuschreiten.«

»Der Pferdehändler hat gesagt, dass Beamte zum D'rek-Tempel in Kansu gegangen sind. Da sind natürlich die besten Heiler zu finden. Doch sie haben sie alle tot aufgefunden – umgebracht.«

Sie blickte ihn an.

»Ich werde die Südstraße nehmen«, sagte Paran, während er sich mit seinem nervösen Wallach abmühte.

Ja, da gibt es wohl nichts mehr zu sagen. Die Götter führen tatsächlich Krieg. »Wir werden uns nach Westen wenden«, erwiderte Apsalar, die den typischen einheimischen Sattel jetzt schon unbequem fand. Weder sie noch Cotillion hatten jemals viel Erfolg mit Pferden gehabt, aber zumindest schien die Stute, auf der sie saß, ein sanftmütiges Tier zu sein. Sie öffnete ihren Umhang und zog erst Telorast und dann Rinnsel heraus, warf beide auf den Boden. Sie rasten sofort los, ihre langen Schwänze zuckten.

»Viel zu kurz«, sagte Paran und blickte ihr in die Augen.

Sie nickte. »Aber gerade deswegen gut, glaube ich.«

Er war von ihrem Kommentar nicht gerade begeistert. »Es tut mir leid, das zu hören.«

»Ich wollte Euch nicht verletzen, Ganoes Paran. Es ist nur so, dass ich … nun, dass ich … Dinge wiederentdeckt habe.«

»Dinge wie Kameradschaft?«

»Ja.«

»Und du hast das Gefühl, es nicht ertragen zu können.«

»Es lädt zur Sorglosigkeit ein«, sagte sie.

»Ah, ja. Was auch immer es wert sein mag, Apsalar, aber ich glaube, dass wir uns wiedersehen werden.«

Sie gestattete sich das Gefühl und nickte. »Ich freue mich darauf.«

»Gut, denn für dich besteht noch Hoffnung.«

Sie blickte ihm nach, wie er davon ritt, die beiden Packpferde am Zügel hinter sich. Menschen konnten sich auf eine Weise verändern, wie es sich nur die wenigsten vorstellen konnten. Er schien so viel losgelassen zu haben ... Sie beneidete ihn darum. Und – wie sie mit einem Stich des Bedauerns feststellte – sie vermisste ihn bereits jetzt. *Zu nah, und viel zu gefährlich. Aus gutem Grund.* Was die Pest anging, nun, da hatte er vermutlich recht. Weder er noch Apsalar hatten viel zu befürchten. *Für alle anderen ist es allerdings wirklich schlimm.*

Die zerbröckelten Überreste der Straße machten die Überquerung der Kalksteinhügel zu einer mühseligen Angelegenheit; andauernd rumpelten und rutschten Felsbrocken in einer Staubwolke nach unten. Vor vielen Jahren oder Jahrzehnten hatte sich eine Überschwemmung durch die Passage hindurchgewälzt, so dass jetzt an den Seiten des tief eingegrabenen Kanals zahllose Sediment-Schichten zu erkennen waren. Während Samar Dev ihr Pferd und die Maultiere mit den Vorräten an den Zügeln führte, betrachtete sie diese verschieden eingefärbten Schichten. »Immer wieder Wind und Wasser, Karsa Orlong. Das nie endende Gespräch der Zeit mit sich selbst.«

Der Toblakai-Krieger, der drei Schritte voraus war, antwortete nicht. Er näherte sich durch die Rinne, die die Flut beim Abfließen gegraben hatte, zwischen zerfurchten, angenagten Felsen hindurch der Hügelkuppe. Der letzte Weiler lag nun schon Tage hinter ihnen. Diese Lande waren wirklich wild. Sie waren schon einmal urbar gemacht worden, denn diese Straße hatte einst gewiss irgendwohin geführt. Aber abgesehen davon gab es keinerlei Anzeichen einer früheren Besiedelung. Wie auch immer, sie war weniger an dem interessiert, was früher geschehen war. Ihre Faszination galt dem, was kommen würde – das war die Quelle all ihrer Erfindungen, ihrer Eingebungen.

»Zauberei, Karsa Orlong – das ist das Herz des Problems.«

»Was für ein Problem hast du denn jetzt wieder, Frau?«

»Magie verhindert die Notwendigkeit, Erfindungen zu machen – über gewisse Grundbedürfnisse hinausgehende Erfindungen natürlich. Und so sind wir für alle Zeit erstickt –«

»Zu den Gesichtern mit erstickt, Hexe. Es ist nichts falsch daran, wo wir sind, wie wir sind. Ihr spuckt auf die Zufriedenheit, und deshalb seid ihr immer unausgeglichen und unglücklich. Ich bin ein Teblor – wir leben wirklich einfach, und wir sehen die Grausamkeit eures sogenannten Fortschritts. Sklaven, Kinder in Ketten, tausend Lügen, um eine Person besser als die nächste zu machen, tausend Lügen, die euch sagen, wie die Dinge sein sollten, und dabei gibt es kein Ende. Wahnsinn wird Gesundheit genannt, Sklaverei Freiheit. Damit habe ich genug gesagt.«

»Nun, ich noch nicht. Du bist nicht anders, indem du Unwissenheit als Wissen und Barbarei als edel bezeichnest. Wenn wir uns nicht bemühen, die Dinge besser zu machen, sind wir dazu verdammt, unsere Litanei der Ungerechtigkeiten zu wiederholen –«

Karsa erreichte die Hügelkuppe und drehte sich zu ihr um; sein Gesicht war verzerrt. »Besser ist niemals das, was du denkst, dass es ist, Samar Dev.«

»Was soll *das* denn bedeuten?«

Er hob eine Hand, erstarrte plötzlich. »Still. Hier stimmt was nicht.« Er blickte sich langsam um, und seine Augen verengten sich. »Da ist … ein Geruch.«

Sie gesellte sich zu ihm, zog das Pferd und die Maultiere auf die flache Hügelkuppe. Hohe Felsen zu beiden Seiten, der Rand einer Schlucht gleich dahinter – der Hügel, auf dem sie sich befanden, war ein Grat, mit messerscharfen Flanken und noch mehr zerklüfteten Felsen, die sich daran anschlossen. Ein verdrehter, uralter Baum hockte auf der Kuppe. »Ich rieche nichts …«

Der Toblakai zog sein Steinschwert. »Ein Tier hat sich hier versteckt, ganz in der Nähe, glaube ich. Ein Jäger, einer, der tötet. Und ich glaube, er ist ganz nah …«

Mit weit aufgerissenen Augen musterte Samar Dev die Umgebung; ihr Herz hämmerte wild in ihrer Brust. »Du könntest recht haben. Hier sind keine Geister …«

Er grunzte. »Die sind geflohen.«
Geflohen. Oh.

Rundum senkte sich der Himmel langsam wie eine Masse eiserner Feilspäne, ein schwerer Nebel, der so trocken war wie Sand. Nicht dass das irgendeinen Sinn ergeben hätte, wie Kalam Mekhar sich eingestand, aber solche Gedanken waren die Folge von unterdrücktem Entsetzen, die wilden, armseligen Beschwörungen einer geplagten Phantasie. Er klammerte sich mit jedem Teil seines Körpers, der sich nur irgendwie an etwas klammern konnte, an die glatte, mitgenommene Unterseite einer Himmelsfestung, und der Wind – oder was auch immer es war – klang seufzend in seinen Ohren; ein Zittern stahl ihm die Kraft seiner Glieder, während er spürte, wie die letzten Reste der Magie des Schnellen Ben versiegten.

Dieses plötzliche Zurückdrängen der Magie war unerwartet – er konnte nirgends Otataral sehen, keine Adern, die sich durch den brutalen schwarzen Basalt zogen. Es gab keine offensichtliche Erklärung. Seine Lederhandschuhe waren zerfetzt, das Blut machte seine Hände glitschig, und über ihm dräute ein Berg, den es zu erklettern galt, während sich dieser trockene silbrige Nebel von allen Seiten auf ihn zuschob. Ein Stück weiter unten kauerten der Schnelle Ben und Stürmisch; Ersterer fragte sich bestimmt gerade, was da wohl schiefgegangen war und versuchte hoffentlich, sich etwas einfallen zu lassen, wie man mit dem Problem umgehen konnte. Wohingegen Letzterer sich wahrscheinlich unter den Armen kratzte und Läuse zwischen den Fingernägeln zerquetschte.

Nun, es brachte nichts, auf etwas zu warten, was vielleicht überhaupt nicht eintreten würde, wenn das, was *tatsächlich* eintreten würde, unausweichlich war. Stöhnend vor Anstrengung begann Kalam, sich an dem Felsen entlangzuziehen.

Die letzte Himmelsfestung, die er gesehen hatte, war Mondbrut gewesen, und in ihren pockennarbigen Flanken hatten zehntausende von Großen Raben gehaust. Glücklicherweise schien das hier nicht der Fall zu sein. Ein paar Mannslängen weiter geklettert, und er würde an eine der Seiten gelangen, statt wie jetzt buchstäblich kopfüber zu hängen. Wenn er es dorthin schaffen würde, das wusste er, könnte er sich ausruhen.

In gewisser Weise.

Dieser verdammte Magier. Diese verdammte Mandata. Überhaupt – alle sollten verdammt sein, denn nicht einer von ihnen war hier, natürlich waren sie das nicht, denn das hier war Wahnsinn, und niemand sonst war so dumm. Bei den Göttern, seine Schultern brannten, und die Innenseite seiner Schenkel schmerzte so sehr, dass sie sich fast schon taub anfühlten. *Und das konnte ja wohl kaum gut sein, oder?*

Er war viel zu alt für solche Sachen. Männer in seinem Alter erreichten sein Alter nicht, wenn sie vorher dummen Plänen wie diesem hier zum Opfer fielen. Wurde er allmählich weich? *Weichhirnig.*

Er schob sich um einen scharf geschnittenen Vorsprung herum, zappelte einen Augenblick mit den Beinen, glitt dann hinüber, zog sich hoch und fand Vorsprünge, die sein Gewicht tragen konnten. Als er sich gegen den Stein drückte, rutschte ihm ein Wimmern heraus, das selbst in seinen Ohren armselig klang.

Einige Zeit später hob er den Kopf und blickte sich um, suchte nach einem passenden Vorsprung oder Felshöcker, um den er sein Seil schlingen könnte.

Bens Seil, aus dem Nichts herbeibeschworen. Wird es hier überhaupt funktionieren, oder wird es einfach verschwinden? Beim Atem des Vermummten, ich weiß nicht genug über Magie. Ich weiß noch nicht einmal genug über Ben, und ich kenne den elenden Kerl nun praktisch schon ewig. Warum ist er eigentlich nicht derjenige, der hier oben rumklettert?

Weil Ben, wenn die Kurzschwänze die Mücke auf ihrer Haut entdecken sollten, eine bessere Rückversicherung war – selbst dort unten – als Kalam es jemals hätte sein können. Ein Armbrustbolzen würde in dieser Höhe jeglichen Schwung verloren haben – den könnte man einfach aus der Luft pflücken. Und was Stürmisch anging – *der viel entbehrlicher ist als ich, wenn man mich fragt –*, so hatte der geschworen, er könne nicht klettern, und dass er es schon als Kleinkind nie ohne Hilfe aus seinem Kinderbettchen geschafft hätte.

Wobei es schwerfiel, sich vorzustellen, dass der haarige, ungeschlachte elende Kerl überhaupt jemals in ein Kinderbettchen gepasst haben sollte.

Kalam, der inzwischen seine Atmung wieder unter Kontrolle hatte, blickte nach unten.

Und stellte fest, dass der Schnelle Ben und Stürmisch nirgends zu sehen waren. *Bei den Göttern hienieden – und was jetzt?* Die bescheidenen Geländeformationen der aschebedeckten Ebene unter ihm boten wenig, das man als Deckung bezeichnen konnte – vor allem, wenn man sie aus dieser Höhe betrachtete. Doch ganz egal wo er hinschaute, er sah niemanden. Was zu sehen war, waren die Spuren, die sie alle drei hinterlassen hatten; sie führten zu der Stelle, wo der Assassine seine Kameraden verlassen hatte, und an jener Stelle war … etwas Dunkles, ein Spalt im Boden. Es war schwierig, seine Größe zu bestimmen, aber vielleicht … *vielleicht ist er groß genug, um die beiden verdammten Kerle zu verschlingen.*

Er begann erneut, einen Vorsprung zu suchen, an dem sich das Seil befestigen ließ. Und konnte keinen entdecken. »Na schön, ich schätze, es ist Zeit. Cotillion, betrachte dies als kräftigen Ruck an deinem Seil. Und keine Ausflüchte, du verdammter Gott, ich brauche hier jetzt deine Hilfe.«

Er wartete. Umgeben vom Ächzen des Windes und der schlüpfrigen Kühle des Nebels.

»Ich mag dieses Gewirr nicht.«

Kalam drehte den Kopf und stellte fest, dass Cotillion direkt neben ihm war, sich mit einer Hand und einem Bein festhielt. In der anderen Hand hielt er einen Apfel, in den er gerade kräftig hineinbiss.

»Findest du das etwa witzig?«, wollte Kalam wissen.

Cotillion kaute und schluckte. »Irgendwie schon.«

»Nur für den Fall, dass du es noch nicht bemerkt haben solltest – wir hängen hier an einer Himmelsfestung, und die hat noch Kumpane, etliche verdammte Kumpane.«

»Wenn du etwas zum Reisen gebraucht hast«, sagte der Gott, »wärst du mit einem Wagen oder einem Pferd besser dran.«

»Das Ding bewegt sich nicht. Es hat angehalten. Und ich versuche reinzukommen. Der Schnelle Ben und ein Seesoldat haben da unten gewartet, aber sie sind plötzlich verschwunden.«

Cotillion besah sich den Apfel sehr aufmerksam und nahm dann einen weiteren Bissen.

»Meine Arme werden müde.«

Kauen. Schlucken. »Das überrascht mich nicht, Kalam. Trotzdem wirst du ein bisschen Geduld haben müssen, denn ich habe noch ein paar Fragen. Ich fange mit der naheliegendsten an. Warum versuchst du, in eine Festung voller K'Chain Che'Malle einzudringen?«

»Voller K'Chain Che'Malle? Bist du dir sicher?«

»Ziemlich.«

»Und machst du dann hier?«

»Warten, wie's scheint. Aber ich bin derjenige, der hier die Fragen stellt.«

»Schön. Frag weiter. Ich habe den ganzen Tag Zeit.«

»Genau betrachtet war das, glaube ich, meine einzige Frage. Halt, warte, da wäre noch eine. Willst du, dass ich dich auf den festen Boden zurückbringe, so dass wir unsere Unterhaltung unter etwas angenehmeren Umständen fortsetzen können?«

»Dir macht das hier viel zu viel Spaß, Cotillion.«

»Die Gelegenheiten, bei denen man sich ein bisschen amüsieren kann, werden immer seltener. Glücklicherweise stehen wir in etwas, das dem Schatten dieser Himmelsfestung entspricht, und daher wird unser Abstieg vergleichsweise leicht sein.«

»Jederzeit.«

Cotillion warf den Apfel weg, streckte eine Hand aus und packte Kalam am Oberarm. »Tritt zurück und überlasse den Rest mir.«

»Warte einen Augenblick. Die Zaubersprüche des Schnellen

Ben sind aufgelöst worden – nur deshalb hänge ich überhaupt hier so rum –«

»Vermutlich, weil er bewusstlos ist.«

»Ist er das?«

»Oder tot. So oder so – wir sollten uns dieser Dinge vergewissern, oder?«

Du scheinheiliger, blutleckender, schweißsaugender –

»Es ist riskant«, bemerkte Cotillion, »deine Flüche wie Gebete klingen zu lassen.« Ein kurzer Ruck – und Kalam schrie auf, als er von der Felsoberfläche gepflückt wurde, in der Schwebe gehalten von Cotillions Arm. »Entspann dich, du verdammter Ochse, ›leicht‹ ist ein relativer Begriff.«

Dreißig Herzschläge später berührten ihre Füße festen Boden. Kalam zog seinen Arm weg und eilte zu der Spalte, die an der Stelle klaffte, wo Ben und Stürmisch gewartet hatten. Vorsichtig trat er an den Rand. Rief in die Dunkelheit hinunter. »Ben! Stürmisch!« Keine Antwort.

Cotillion war an seiner Seite. »Stürmisch? Doch wohl hoffentlich nicht Adjutant Stürmisch? Mit Schweinsaugen, haarig, einem finsteren Gesichtsausdruck –«

»Er ist jetzt Korporal«, sagte Kalam. »Und Gesler ist Sergeant.«

Der Gott gab ein Schnauben von sich, sagte aber nichts.

Der Assassine lehnte sich zurück und musterte Cotillion. »Ich habe eigentlich nicht daran geglaubt, dass du auf mein Gebet antworten würdest.«

»Ich bin ein Gott, der vor Überraschungen buchstäblich übersprudelt.«

Kalam kniff die Augen zusammen. »Und du bist verdammt schnell gekommen. Als ob du … ganz in der Nähe gewesen wärst.«

»Eine unerhörte Vermutung«, sagte Cotillion. »Doch merkwürdigerweise trifft sie zu.«

Der Assassine nahm das zusammengerollte Seil von seiner Schulter, schaute sich um und fing an zu fluchen.

Seufzend streckte Cotillion eine Hand aus.

Kalam reichte ihm ein Ende des Seils. »Sammle deine Kräfte«, sagte er, während er die Seilrolle über den Rand des Abgrunds warf. Er hörte ein fernes Klatschen.

»Mach dir darüber keine Sorgen«, sagte Cotillion. »Ich werde es so lang machen, wie du es brauchst.«

Verdammte Götter, beim Vermummten. Kalam schob sich über die Kante und begann in die Dunkelheit hinabzusteigen. *War ein bisschen viel Kletterei heute. Entweder das, oder ich habe zugenommen.* Schließlich spürte er steinernen Boden unter seinen Füßen. Er trat einen Schritt vom Seil weg.

Von oben trieb ein kleines Kügelchen Licht herunter und erleuchtete die nächste Wand – senkrecht, von Menschenhand geschaffen, mit großen bemalten Feldern; die Bilder schienen im herabsinkenden Lichtschein zu tanzen. Einen Augenblick lang starrte Kalam einfach nur darauf. Dies war keine müßige Verzierung, sondern ein Kunstwerk, in dem sich in jeder Einzelheit die Handschrift eines Meisters erkennen ließ. Dick bekleidet und von mehr oder weniger menschlicher Gestalt hatten die dargestellten Wesen Positionen der Transzendenz eingenommen, die Arme in Verehrung oder Verzückung erhoben, die Gesichter voller Freude. Während sich zu ihren Füßen abgetrennte Körperteilen übereinanderstapelten, blutbespritzt und von Fliegen umschwärmt. Die zerstückelten Körper zogen sich bis hinunter zum Boden des Zimmers … und noch weiter, und Kalam sah jetzt, dass die blutige Szene den gesamten Fußboden bedeckte – und zwar in jede Richtung, so weit sein Blick reichte.

Hier und da lagen ein paar Kieselsteinchen – und dahinten, weniger als ein halbes Dutzend Schritt entfernt, zwei reglose Körper.

Kalam eilte zu ihnen.

Beide Männer lebten, wie er erleichtert feststellte, doch es war schwierig, über ihre offensichtlichen Blessuren hinaus das Ausmaß ihrer Verletzungen abzuschätzen. Stürmisch hatte sich beide Beine gebrochen, das eine knapp oberhalb des Knies, das andere unterhalb. Die Rückseite seines Helms war eingedellt, aber er atmete gleichmäßig, was Kalam als gutes Zeichen wertete. Der Schnelle Ben schien körperlich unversehrt – zumindest war offensichtlich nichts gebrochen, und es war auch kein Blut zu sehen. Was die inneren Verletzungen der beiden betraf, war das natürlich etwas ganz anderes. Kalam musterte das Gesicht des Magiers ein, zwei Herzschläge lang – und verpasste ihm dann eine Ohrfeige.

Ben riss die Augen auf. Er blinzelte, schaute sich um, hustete und setzte sich schließlich auf. »Meine eine Gesichtshälfte ist taub – was ist passiert?«

»Keine Ahnung«, sagte Kalam. »Du und Stürmisch ... Ihr beide seid in ein Loch gefallen. Den Falari hat's ziemlich erwischt. Aber du hast es irgendwie völlig unversehrt überstanden – wie hast du das geschafft?«

»Unversehrt? Ich glaube, ich habe mir den Kiefer gebrochen.«

»Nein, wohl kaum. Du musst damit auf den Boden geknallt sein – er ist zwar ein bisschen geschwollen, aber wenn er gebrochen wäre, könntest du nicht sprechen.«

»Ah, ja, da ist was dran.« Er stand auf und trat zu Stürmisch. »Oh, die Beine sehen übel aus. Wir müssen erst die Knochen richten, bevor ich sie heilen kann.«

»Heilen? Verdammt, Ben, du hast im Trupp nie irgendwen geheilt.«

»Nein, das war Fäustels Aufgabe. Ich war das Gehirn, erinnerst du dich?«

»Nun, so wie ich es noch im Kopf habe, hat das nie viel von deiner Zeit in Anspruch genommen.«

»Das glaubst du.« Der Magier machte eine Pause und blickte sich um. »Wo sind wir? Und wo ist dieses Licht hergekommen?«

»Von Cotillion, mit den besten Grüßen. Er befindet sich am anderen Ende des Seils.«

»Oh. Nun gut, dann kann er das mit dem Heilen übernehmen. Sorg dafür, dass er hier runterkommt.«

»Und wer wird dann das Seil halten?«

»Wir brauchen es nicht. He – bist du nicht an der Himmelsfestung hochgeklettert? Ach so, deswegen ist dein Gott hier. Natürlich.«

»Den Namen des Dämons auszusprechen heißt, ihn zu rufen«, sagte Kalam und schaute nach oben, um Cotillion dabei zuzusehen, wie er langsam, fast träge den Spalt herabstieg.

Der Gott erreichte unweit von Stürmisch und dem Schnellen Ben den Boden. Ein kurzes Nicken zu dem Magier – mit einer hochgezogenen Augenbraue –, dann kauerte Cotillion sich neben dem Seesoldaten hin. »Adjudant Stürmisch, was ist mit dir passiert?«

»Das sollte doch wohl offensichtlich sein«, sagte Kalam. »Er hat sich die Beine gebrochen.«

Der Gott rollte den Seesoldaten auf den Rücken, zog an den Beinen, richtete die Knochen aus und erhob sich dann wieder. »Das müsste eigentlich reichen.«

»Wohl kaum –«

»Adjudant Stürmisch«, sagte Cotillion, »ist nicht ganz so sterblich wie es scheinen mag. Er wurde in den Feuern von Thyrllan gehärtet. Oder in denen von Kurald Liosan. Oder von Tellann. Vielleicht auch in allen dreien. Jedenfalls heilt er bereits, wie ihr sehen könnt. Die gebrochenen Rippen sind schon wieder vollständig in Ordnung, genau wie die Leber und die zerschmetterte Hüfte. Und der angebrochene Schädel. Nur für das Gehirn in diesem Schädel kann man leider nichts tun.«

»Hat er den Verstand verloren?«

»Ich habe meine Zweifel, ob er jemals einen hatte«, erwiderte der Gott. »Er ist schlimmer als Urko. Der hat zumindest Interessen, so absonderlich und sinnlos sie auch sein mögen.«

Ein Stöhnen von Stürmisch.

Cotillion trat an die nächste Wand. »Seltsam«, sagte er. »Dies ist der Tempel eines Älteren Gottes. Bin mir nicht ganz sicher, wem er geweiht war. Vielleicht Kilmandaros. Oder Grissin Farl. Vielleicht sogar K'rul.«

»Eine ziemlich blutige Art der Anbetung«, murmelte Kalam.

»Die beste«, sagte der Schnelle Ben, während er sich den Staub von den Kleidern klopfte.

Kalam bemerkte den Blick, den Cotillion dem Magier heimlich zuwarf, und wunderte sich darüber. *Ben Adaephon Delat, Cotillion weiß etwas über dich, stimmt's? Magier, du hast viel zu viele Geheimnisse.* Dann bemerkte der Assassine das Seil, das immer noch von oben herunterhing. »Cotillion, woran hast du das Seil festgemacht?«

Der Gott blickte ihn an und lächelte. »Das ist eine Überraschung. Ich muss jetzt gehen. Meine Herren ...« Er begann zu verblassen – und war fort.

»Dein Gott macht mich nervös, Kalam«, sagte der Schnelle Ben, als Stürmisch ein zweites Mal – und dieses Mal lauter – stöhnte.

Und du machst deinerseits ihn nervös. Und jetzt ... Er blickte hinunter auf Stürmisch. Die Risse in den Hosenbeinen waren das Einzige, was an die schrecklichen Knochenbrüche erinnerte. *Adjudant Stürmisch. Im heiligen Feuer gestählt. Und immer noch finster dreinblickend.*

Hohe Felsen aus abgestuften, zerklüfteten Gesteinsschichten umgaben ihr Lager; an einer Seite stand ein alter Baum. Schlitzer saß neben dem kleinen Dungfeuer, das sie entzündet hatten, und sah zu, wie Graufrosch sie umkreiste, dabei immer unruhiger wurde. Unweit von ihm schien Heboric Geisterhand zu dösen; die nebelhaften grünen Ausströmungen an seinen Handgelenken pulsierten dumpf. Scillara und Felisin die Jüngere stopften ihre Pfeifen, um sich nach dem Essen dem neuen gemeinsamen Ritual zu widmen. Schlitzers Blick kehrte zu dem Dämon zurück.

Graufrosch, was hast du denn?

»Nervös. Andeutungen einer Tragödie, nähern sich rasch. Etwas ... ist besorgt und unsicher. In der Luft, im Sand. Plötzliche Panik. Wir sollten hier verschwinden. Umkehren. Fliehen.«

Schlitzer spürte, wie ihm der Schweiß ausbrach. Der Dämon hatte sich noch nie so ... erschreckt angehört. »Wir sollten von diesem Kamm verschwinden?«

Die beiden Frauen blickten auf, als er die Worte laut aussprach. Felisin die Jüngere blickte zu Graufrosch, runzelte die Stirn und wurde dann blass. Sie stand auf. »Wir sind in Schwierigkeiten«, sagte sie.

Scillara stand auf und ging zu Heboric, stieß ihn mit einem Stiefel an. »Wach auf.«

Treachs Destriant öffnete blinzelnd die Augen, schnüffelte in der Luft und stand dann in einer einzigen, fließenden Bewegung auf. Schlitzer beobachtete all dies, während seine Unruhe immer größer wurde. *Scheiße.* Er trat Sand ins Feuer. »Sucht eure Sachen zusammen.«

Graufrosch hörte auf, sie zu umkreisen, und blickte sie an. *»So nahe bevorstehend? Unsicher. Besorgt, ja. Grund zur Panik? Die Absichten zu ändern? Dummheit? Unsicher.«*

»Warum ein Risiko eingehen?«, fragte Schlitzer. »Noch ist es hell genug – wir werden sehen, ob wir einen Lagerplatz finden, der sich leichter verteidigen lässt.«

»Angemessener Kompromiss. Nerven lockern angespannte Empfindlichkeit. Abgewendet? Unbekannt.«

»Normalerweise«, sagte Heboric mit rauer Stimme, machte dann eine Pause um auszuspucken, »normalerweise läuft man, wenn man vor der einen Gefahr davonrennt, einer anderen in die Arme.«

»Oh, danke für die guten Ratschläge, alter Mann.«

Heboric lächelte Schlitzer auf unbehagliche Weise an. »Es war mir ein Vergnügen.«

Die Klippe war voller Höhlen, die zahllose Jahrhunderte lang als Zufluchtsorte, Gräber, Vorratskammern und geschützte Flächen für Felszeichnungen gedient hatten. Geröll lag auf den schmalen Simsen, die als Wege benutzt worden waren. Hier und da kennzeichnete ein dunkler rußiger Fleck an Überhängen oder Spalten die Stellen, an denen Feuer entzündet worden waren, aber nichts davon machte auf Mappo den Eindruck, als wäre es erst kürzlich entstanden, und was die keramischen Grabbeigaben anging, hatte er festgestellt, dass sie aus der Zeit des Ersten Imperiums stammten.

Sie näherten sich dem Gipfel des Steilabbruchs; Icarium kletterte nach oben, auf eine Kerbe zu, die irgendwann einmal durch den Abfluss heftiger Regenfälle entstanden war. Die tief stehende Sonne zu ihrer Linken glühte rot hinter einem Schleier aus schwebendem Staub, den ein vorbeiziehender Sturm aufgewirbelt hatte. Blutfliegen, aufgebracht vom spannungsgeladenen Atem des Sturms, summten um die beiden Reisenden herum durch die Luft.

Icariums Drang war zur Besessenheit geworden, zu einer kaum gezügelten Wildheit. Er wollte ein Urteil, er wollte seine Vergangenheit kennenlernen, und wenn jenes Urteil kam, würde er es annehmen – ganz egal, wie hart es ausfallen würde – ohne einen Finger zu seiner Verteidigung zu rühren.

Und Mappo fiel nichts ein, wie er es verhindern könnte – außer seinen Freund irgendwie außer Gefecht zu setzen, ihn bewusstlos zu schlagen. Vielleicht würde es dazu kommen. Aber solch ein Versuch barg Risiken. Denn wenn er fehlschlug, würde Icariums Wut zum Leben erwachen und alles würde verloren sein.

Er sah, wie der Jhag die Kerbe erreichte und hindurchkletterte und dadurch außer Sicht geriet. Mappo folgte ihm rasch. Als er den Gipfel erreichte, machte er eine Pause, wischte sich den Dreck von den Händen. Der alte Abflusskanal hatte eine Rinne in die nächsten Kalksteinstufen gegraben und dadurch einen schmalen, sich windenden Pfad geschaffen, der von steilen Wänden begrenzt wurde. Ein kurzes Stück weiter vorne konnte Mappo die Kante eines anderen Absturzes sehen, auf den Icarium zuhielt.

In der Rinne lagen dichte Schatten; Insekten tanzten in den wenigen Lichtspeeren, die die Sonne durch das Laub eines verkrüppelten Baums schickte. Der Trell war noch drei Schritte von Icarium entfernt, als die Dunkelheit um ihn herum plötzlich zu explodieren schien. Er erhaschte einen kurzen Blick auf etwas, das Icarium von der Steinsäule zu seiner Rechten aus angriff, dann schwärmten Gestalten über ihn hinweg.

Der Trell schlug zu, spürte, wie seine Faust zu seiner Linken auf Fleisch und Knochen traf; es gab ein sattes, krachendes Geräusch. Blut und Schleim spritzten.

Ein muskulöser Arm legte sich von hinten um seinen Hals, riss seinen Kopf zurück, die glänzende Haut des Arms glitt dabei wie eingeölt über ihn hinweg. Eine andere Gestalt erschien vorne in seinem Blickfeld, Hände mit langen Krallen zuckten vor und bohrten sich in Mappos Bauch. Er brüllte vor Schmerz auf, als die Klauen quer über seinen Bauch fuhren – ein Hieb, der ihn förmlich hätte ausweiden sollen.

Was fehlschlug, denn die Haut des Trell war dicker als die lederne Rüstung, die sie bedeckte. Dennoch spritzte Blut. Die Kreatur hinter ihm verstärkte ihren Würgegriff. Er konnte etwas von ihrem enormen Gewicht und ihrer Größe spüren. Da Mappo nicht fähig war, eine Waffe zu ziehen, drehte er sich auf der Stelle und warf sich rücklings gegen die Felswand. Er hörte hinter sich Knochen und Schädel knirschen, hörte ein Keuchen der Bestie, das zu einem schmerzerfüllten Kreischen wurde.

Die Kreatur, deren Klauen in Mappos Bauch steckten, war durch die Aktion näher an ihn herangezogen worden. Er schloss seine Hände um ihren flachen, knochigen Schädel, spannte die Muskeln an und riss den Kopf dann brutal zu einer Seite. Das Genick brach. Wieder ein Schrei, der dieses Mal von allen Seiten zu kommen schien.

Brüllend stolperte Mappo vorwärts, packte den Unterarm, der um seinen Hals geschlungen war. Das Gewicht der Bestie krachte in ihn hinein, ließ ihn taumeln.

Er erhaschte einen Blick auf Icarium, der unter einem Schwarm dunkler, sich windender Kreaturen zusammenbrach.

Zu spät spürte er, dass sein vorderer Fuß über den bröckeligen Rand der Klippe rutschte, hinaus ins ... Nichts. Das Gewicht der Kreatur schob ihn noch weiter vorwärts – doch dann, als sie den Abgrund sah, in den sie beide zu stürzen drohten, wurde ihr Griff schwächer.

Aber Mappo hielt fest; er drehte sich, um die Bestie im Fallen mitzureißen.

Ein weiterer Schrei, und endlich konnte er das Ding zur Gänze sehen. Es sah dämonisch aus, das Maul weit aufgerissen, nadelspitze, vollkommen ineinandergreifende Fänge, jeder so lang wie Mappos Daumen, glänzende schwarze Augen, senkrechte Pupillen und die Farbe von frischem Blut.

Ein T'rolbarahl.

Aber ... wie?

Er sah die Wut seines Gegners, sein Entsetzen, als sie beide von der Klippe stürzten.

Und fielen.

Fielen ...

Bei den Göttern, das war –

Buch Zwei

Unter diesem Namen

Er kam in der Dunkelheit, dieser brutale Schlächter der
Verwandten
abgesondert und entfesselt, während alle bis auf die Geister
vor dem schlampigen Prahler flohen – oh, er kannte
Schmerz,
zweifache Feuer gewaltigen Vergessens brannten in seiner
Seele –
und so versammelten sich die Geister, herbeibeschworen von
einem, der sich dem schrecklichen Schlächter in den Weg stellen würde, sterblich und schwach, der sich vor ihn stellen
würde, dieser edle Narr, und alles mit einem Händedruck
aufs Spiel setzen würde, von warm zu kalt,
der sich an einen Platz führen lassen würde,
der lange verschwunden war, und lange bezwungene Tiere
würden auf sein Wort erneut erwachen.

Und wer war da, um ihn zu warnen? Nun, niemand,
und das, was seinen Weg frei fand, war kein Freund
der Lebenden. Wenn du Entsetzen gegen Entsetzen
ausspielst,
lieber Zuhörer, lass alle Hoffnung fahren –
und schwinge dich auf ein schnelles Pferd.

Meister Blind
Saedevar von den Breitschnitt-Jhag

Kapitel Sieben

Schließe niemals einen Handel mit einem Mann, der nichts
zu verlieren hat.

Die Worte des Narren
THENYS BULE

L eoman von den Dreschflegeln kam aus dem Inneren Heilig-
tum gestolpert; Schweiß schimmerte auf seinem Gesicht. »Ist
es schon Nacht?«, fragte er mit heiserer Stimme.

Corabb stand rasch auf – und setzte sich genau so schnell wieder auf die Bank, als Dunkelheit ihn zu umfangen drohte; er hatte zu lange gesessen und Brunspatz dabei zugesehen, wie sie versucht hatte, einen Graben in den steinernen Fußboden zu treten.
Er öffnete den Mund, um zu antworten, doch die Malazanerin
kam ihm zuvor.

»Nein, Leoman, die Sonne berührt gerade den Horizont.«

»Irgendeine Bewegung im Lager der Malazaner?«

»Der letzte Läufer hat vor einem halben Glockenschlag Bericht
erstattet. Zu dem Zeitpunkt war nichts.«

In Leomans Augen lag ein merkwürdiges, triumphierendes
Glitzern, das Corabb beunruhigte, aber er hatte keine Zeit zu fragen, als der große Krieger an ihm vorbeischritt. »Wir müssen uns
beeilen. Zurück zum Palast – für ein paar letzte Anweisungen.«

Der Feind griff in dieser Nacht an? Wie konnte Leoman so sicher sein? Corabb stand erneut auf, langsamer dieses Mal. Die
Hohepriesterin hatte keine Zeugen beim Ritual zugelassen, und
als die Königin der Träume sich manifestiert hatte, hatten sogar
die Hohepriesterin und ihre Akolythen mit verwirrten Mienen
den Raum verlassen, so dass Leoman mit der Göttin allein gewesen war. Corabb ging zwei Schritte hinter seinem Anführer her.

Diese verdammte Frau – Brunspatz – hinderte ihn daran, näher an ihn heranzukommen.

»Ihre Magier werden es schwierig machen, etwas zu entdecken«, sagte die Drittkommandierende, als sie den Tempel verließen.

»Das spielt keine Rolle«, stieß Leoman hervor. »Es ist ja nicht so, dass wir irgendwelche hätten, die diesen Namen verdienen würden. Trotzdem müssen wir so tun, als würden wir es versuchen.«

Corabb runzelte die Stirn. Versuchen? Er verstand das alles nicht. »Wir brauchen Soldaten auf den Mauern!«, sagte er. »So viele, wie wir aufbringen können!«

»Wir können die Wälle nicht halten«, sagte Brunspatz über die Schulter. »Das müsste dir doch inzwischen klar geworden sein, Corabb Bhilan Thenu'alas.«

»Aber – aber warum sind wir dann hier?«

Der Himmel über ihren Köpfen wurde dunkler; in wenigen Augenblicken würde die Abenddämmerung anbrechen.

Die drei eilten durch leere Straßen. Corabbs Stirnrunzeln vertiefte sich. Die Königin der Träume. Die Göttin der Weissagung und wer weiß was für anderer Dinge. Er verabscheute alle Götter – außer Dryjhna, der Apokalyptischen, natürlich. Die anderen mischten sich in fremde Angelegenheiten, sie täuschten, sie mordeten allesamt. Dass Leoman nun eine Göttin aufgesucht hatte … das war in der Tat beunruhigend.

Es war Brunspatz' Schuld, vermutete er. Sie war eine Frau. Die Priesterschaft der Göttin bestand größtenteils aus Frauen – zumindest nahm er das an –, schließlich war da eine Hohepriesterin gewesen, eine Matrone mit trüben Augen, die in Durhang-Schwaden und wahrscheinlich noch zahllosen anderen Substanzen schwamm. Es reichte schon, neben ihr zu stehen, um sich betrunken zu fühlen. Das war alles viel zu verführerisch. Nichts Gutes würde hieraus erwachsen, ganz und gar nichts Gutes.

Sie näherten sich dem Palast – und damit endlich auch einigen Anzeichen von Aktivität. Krieger liefen hin und her, Waffen klirrten, und von den Befestigungen waren Rufe zu hören.

Dann würde also eine Bresche in die äußeren Wälle geschlagen werden – es konnte keinen anderen Grund für all diese Vorbereitungen geben. Leoman erwartete eine zweite Belagerung, hier im Palast. Und zwar bald.

»Kriegsführer!«, sagte Corabb und schob Brunspatz mit der Schulter zur Seite. »Gib mir den Befehl über die Palasttore! Wir werden im Namen der Apokalypse den Ansturm der Malazaner aufhalten!«

Leoman warf ihm einen Blick zu, dachte nach und schüttelte dann den Kopf. »Nein, mein Freund. Ich brauche dich für eine viel wichtigere Aufgabe.«

»Und was für eine wird das sein, Großer Krieger? Ich werde mich ihrer würdig erweisen.«

»Das solltest du auch«, sagte Leoman.

Brunspatz schnaubte.

»Befiehl mir, Befehlshaber.«

Dieses Mal lachte sie laut auf. Corabb starrte sie finster an.

»Deine Aufgabe ist heute Nacht folgende, mein Freund«, sagte Leoman. »Schütze meinen Rücken.«

»Oh, dann werden wir also den Kampf anführen, in den vordersten Reihen! Herrlich, wir werden ein Strafgericht über die malazanischen Hunde kommen lassen, das sie niemals vergessen werden.«

Leoman klopfte ihm auf die Schulter. »Ja, Corabb«, sagte er. »Das werden wir.«

Sie gingen weiter, in den Palast hinein.

Brunspatz lachte immer noch.

Oh, ihr Götter, wie Corabb sie hasste.

Lostara Yil schlug die Zeltklappe zurück und marschierte ins Innere. Sie fand Perl auf erbeuteten Seidenkissen liegend, eine Huka mit weingetränktem Durhang wie eine Schüssel im Schoß. Von Rauchschwaden umwogt begegnete er ihrem wütenden Blick mit einem trägen, vom Durhang gezeichneten Gesichtsausdruck, der sie natürlich nur noch wütender machte.

»Ich sehe, du hast den Rest der Nacht verplant, Perl. Auch wenn diese verdammte Armee sich gerade darauf vorbereitet, Y'Ghatan anzugreifen.«

Er zuckte die Schultern. »Die Mandata will meine Hilfe nicht. Ich hätte mich inzwischen längst in den Palast stehlen können, weißt du – sie haben keine Magier, die der Rede wert wären. Ich könnte in ebendiesem Augenblick Leoman ein Messer über die Kehle ziehen. Aber nein, sie will es nicht. Was soll ich also tun?«

»Sie traut dir nicht, Perl, und wenn ich ehrlich bin, überrascht mich das nicht.«

Er zog die Brauen hoch. »Liebling, ich bin verletzt. Du weißt besser als alle anderen, welche Opfer ich gebracht habe, um die zerbrechliche Psyche der Mandata zu schützen. Selbstverständlich«, fügte er hinzu und machte dann eine Pause, um den widerlichen Rauch tief zu inhalieren, »war ich in letzter Zeit versucht, besagte Psyche mit der Wahrheit über ihre Schwester zu zerschmettern, einfach nur aus Bosheit.«

»Ich bin wirklich beeindruckt von so viel Zurückhaltung«, sagte Lostara. »Natürlich würde ich dich töten müssen, wenn du etwas derart Grausames tätest.«

»Welch eine Erleichterung zu wissen, wie sehr du bestrebt bist, die Reinheit meiner Seele zu schützen.«

»Um Reinheit geht es hier nicht«, erwiderte sie. »Zumindest nicht, was dich betrifft.«

Er lächelte. »Ich habe versucht, mich in ein etwas vorteilhafteres Licht zu rücken, meine Süße.«

»Mir ist klar, Perl, dass du unsere kurze Romanze – wenn man es denn so nennen kann – als Hinweis auf aufrichtige Gefühle gedeutet hast. Ich finde das ziemlich armselig. Sag mir, hast du vor, mich jemals zu meiner Kompanie bei den Roten Klingen zurückkehren zu lassen?«

»Ich fürchte, jetzt noch nicht.«

»Hat sie uns einen neuen Auftrag erteilt?«

»Die Mandata? Nein. Aber wie du dich vielleicht erinnerst, war das, was wir für Tavore getan haben, ein Gefallen. Wir arbeiten für die Imperatrix.«

»Schön. Und was befiehlt uns unsere Imperatrix?«

Er musterte sie unter schweren Lidern hervor. »Abzuwarten.«

»Sie befiehlt uns abzuwarten?«

»In Ordnung, da du darauf bestehst, bist du zeitweilig abkommandiert, eine Vorstellung, die dir ungeahnte Befriedigung verschaffen sollte. Geh und geselle dich zu den Seesoldaten oder zu den Sappeuren oder zu wem auch immer, der im Namen des Vermummten heute Nacht angreift. Und wenn dir ein Bein abgehackt wird, komm nicht zu mir zurückgekrochen – bei den Göttern, ich kann nicht glauben, dass ich das gerade gesagt habe. Natürlich kannst du zu mir zurückgekrochen kommen – denk einfach nur daran, das Bein mitzubringen.«

»Du kannst nicht auf Hoch-Denul zurückgreifen, Perl, wozu dann das Bein mitbringen?«

»Ich würde es einfach gerne sehen, das ist alles.«

»Wenn ich zurückgekrochen komme, Perl, dann nur, um dir ein Messer in den Hals zu stoßen.«

»Und mit diesen freundlichen Worten darfst du nun gehen, Liebes.«

Sie wirbelte auf dem Absatz herum und stapfte aus dem Zelt.

Am Sammelpunkt gleich hinter den nördlichen Vorposten gesellte Keneb sich zu Tene Baralta. Motten und Stechmücken schwärmten durch die Dämmerung. Haufen aus felsiger Erde erhoben sich wie bescheidene Hügelgräber, wo die Soldaten ihre Gräben ausgehoben hatten. Bis jetzt waren erst wenige Trupps hier, um die Absichten der Armee nicht zu früh zu verraten, obwohl Keneb den Verdacht hatte, dass Leoman und seine Krieger bereits alles wussten, was es zu wissen gab. Dennoch gab es auf dem obersten Wall über all den Stufen aus Erde und Geröll keinerlei Aktivität, wie Keneb bemerkte, als er die ferne, ungleichmäßige Mauer musterte. Y'Ghatan war tödlich still und praktisch unbeleuchtet, während die Dunkelheit ihren Mantel ausbreitete.

Tene Baralta war in voller Rüstung: Schuppenharnisch, Ketten-hemd und Camail, Bein- und Armschienen aus gehämmerter, an den Rändern mit Eisen verstärkter Bronze. Er richtete gerade die Riemen seines Helms, als Keneb zu ihm trat.

»Blistig ist nicht glücklich«, sagte Keneb.

Baralta lachte leise. »Die heutige Nacht gehört mir und Euch, Keneb. Er wird sich nur einmischen, wenn wir in Schwierigkeiten geraten. Temul hat sich gewundert … Dieser Plan – er entspricht seinem eigenen. Habt Ihr die Mandata beraten?«

»Das habe ich. Sagt Temul, dass die Mandata erfreut war, dass seine Strategie in dieser Angelegenheit zu ihrer eigenen gepasst hat.«

»Oh.«

»Haben die Magier Eurer Kompanie schon angefangen?«, fragte Keneb.

Ein Grunzen, dann: »Sie sagen, es sei niemand da – niemand, der darauf wartet, ihren Aktivitäten entgegenzuwirken. Nil und Neder haben die gleiche Entdeckung gemacht. Was glaubt Ihr – könnte es sein, dass Leoman alle seine Magier verloren hat?«

»Ich weiß es nicht. Aber es erscheint mir unwahrscheinlich.«

»Ich nehme an, Ihr habt die Gerüchte gehört, Keneb?«

»Was für Gerüchte?«

»Über die Pest. Aus dem Osten. Sie ist über Ehrlitan gekom-men. Wenn wir heute Nacht versagen und außerhalb der Stadt stecken bleiben …«

Keneb nickte. »Dann müssen wir also Erfolg haben, Tene Baral-ta.«

Von hinten galoppierte ein Reiter die Straße zu ihrer Rechten ent-lang; er näherte sich schnell. Beide Männer drehten sich um, als die trommelnden Hufe den Boden unter ihren Füßen erzittern ließen. »Ein eiliger Bote?«, wunderte sich Keneb. Er kniff die Augen zu-sammen, um die in einen grauen Umhang gekleidete Gestalt, deren Gesicht unter einer Kapuze verborgen war, besser ausmachen zu können. An ihrer Seite hing ein Langschwert, dessen Scheide mit weißen Email-Streifen verziert war. »Ich erkenne ihn ni…«

Der Reiter preschte genau auf sie zu. Tene Baralta brüllte wütend auf, machte einen Satz zur Seite. Keneb tat es ihm nach und wirbelte herum, als der Reiter vorbei war; sein weißes Pferd erreicht die Gräben und setzte mit einem Sprung darüber hinweg. Die Männer des Vorpostens riefen. Eine Armbrust wurde abgefeuert; der Bolzen traf den Fremden am Rücken, prallte ab und flog in die Nacht davon. Immer noch in vollem Galopp beugte der Reiter sich nun weit über den Hals des Pferdes, und beide flogen über den schmalen Graben und rasten auf die Stadt zu.

Wo sich ein Tor öffnete. Gedämpftes Laternenlicht fiel durch den Spalt.

»Beim Atem des Vermummten!«, fluchte Tene Baralta, während er sich wieder aufrappelte. »Ein Feind reitet einfach so mitten durch unsere ganze Armee!«

»Wir haben die Tapferkeit nicht für uns gepachtet«, sagte Keneb. »Und ich muss zugeben, dass ich ein wenig widerwillige Bewunderung verspüre – ich bin froh, dass ich es gesehen habe.«

»Ein Reiter, der Leoman eine Nachricht bringt –«

»Nichts, was er nicht bereits weiß, Tene Baralta. Betrachtet es als eine Lektion, als eine Mahnung –«

»Ich brauche keine, Keneb. Seht Euch das an – mein Helm ist voller Dreck. Ein hellgrauer Umhang, ein weißes Pferd und ein weißgebändertes Schwert. Ein großer Bastard. Ich werde ihn finden, das schwöre ich, und dann wird er für seine Frechheit bezahlen.«

»Wir haben heute Nacht schon genug zu tun«, sagte Keneb. »Wenn Ihr loszieht und einen einzelnen Mann jagt, Tene Baralta ...«

Der Angesprochene leerte den Dreck aus dem Helm. »Ich werde Euren Rat befolgen. Aber dann betet zu Treach, dass der Bastard mir heute Nacht noch einmal über den Weg läuft.«

Jetzt ist es also Treach? Und Fener ... ist so schnell aus den Köpfen der Männer verschwunden. Ich glaube, das ist eine Botschaft, über die kein Gott nachzudenken wagen würde.

Leutnant Poren stand mit Hauptmann Gütig und der Korelri Faradan Sort in Sichtweite ihrer jeweiligen Kompanien. Die Nachricht von einem Spion inmitten der Armee, der dreist nach Y'Ghatan hineingeritten war, machte alle nur noch nervöser, als sie es in Anbetracht der Tatsache, dass jeden Augenblick der Befehl zum Abmarsch kommen konnte, ohnehin schon waren. Die Sappeure vorneweg, natürlich, getarnt durch düstere Magie.

Magie. *Die ist immer düster.* Genau betrachtet war sie sogar noch schlimmer als Sappeure. Wenn beides zusammentraf, nun, was Poren betraf, hielt diese Nacht geradewegs auf den Abgrund zu. Er fragte sich, wo der alte Ebron wohl sein mochte, ob er an den Ritualen teilnahm; er vermisste seinen alten Trupp. Humpel, Glocke und dieses neue Mädchen, Sünd – also das war vielleicht eine unheimliche Kreatur. Nun, vielleicht vermisste er sie alle doch nicht so sehr. Gefährlich waren sie allesamt – und zwar hauptsächlich füreinander.

Hauptmann Gütig hatte versucht, die Frau, die neben ihm stand, einzuschätzen – eine Formulierung, die ein leichtes Lächeln auf den Lippen des Leutnants erzeugte. *Sie einzuschätzen. Nur kommt wohl niemand so nahe an sie heran, nach allem, was ich so höre.* Jedenfalls war es frustrierend, wenn man nicht in der Lage war, ein Gespür für einen Offizierskameraden zu entwickeln. Vermutlich war sie kaltes Eisen – man konnte nicht lange am Wall stehen und überleben, ohne die Seele in etwas Eisiges, Brutales und Berechnendes zu hüllen –, aber die hier war auch auf jede andere Weise kalt. Und vor allen Dingen war sie eine Frau, die wenig Worte machte. Was mehr als ungewöhnlich war. Er lächelte erneut.

»Wischt Euch das Grinsen aus dem Gesicht, Leutnant«, sagte Gütig, »sonst komme ich womöglich noch zu dem Schluss, dass Ihr den Verstand verloren habt, und befördere Euch.«

»Entschuldigung, Hauptmann. Ich verspreche, ich werde es nicht wieder tun. Bitte befördert mich nicht.«

»Ihr seid beide Idioten«, sagte Faradan Sort.

Nun, das ist auch eine Möglichkeit, eine Unterhaltung zu beenden.

Sergeant Hellian betrachtete die schwankende Szenerie, und ein überwältigendes Gefühl der Angemessenheit stieg in ihr auf, auch wenn ihr von der Art und Weise, wie alle schwankten, übel wurde. Korporal Urb ließ die Leute seines Trupps hinter sich und kam zu ihr.

»Bist du bereit, Sergeant?«

»Bereit für was?«, wollte sie wissen. Dann machte sie ein finsteres Gesicht, als jedes Gefühl von Angemessenheit verging. »Wenn der Dreckskerl nicht so verschwunden wäre, wie er verschwunden ist, hätte ich mein Schwert nicht für einen Krug von diesem einheimischen Gesöff tauschen müssen, oder?« Sie griff nach unten, zu ihrer Waffe, tastete herum, als sie nur leere Luft und dann die Scheide fand. »Warum hast du mich nicht daran gehindert, Urb? Ich meine, es war schließlich mein Schwert. Was soll ich jetzt benutzen?«

Er bewegte sich unruhig, beugte sich dann näher zu ihr. »Hol dir ein neues aus dem Arsenal, Sergeant.«

»Und das wird dann der Hauptmann mitbekommen und wir werden woanders hin verschifft, wo's noch schlimmer ist.«

»Schlimmer? Wo ist es schlimmer als hier, Sergeant?«

»In Korel. Auf der Halbinsel von Theftian. In Schwarz-Korall, unter den leeren Augen der Tiste Andii. An der Strandräuberküste im Norden von Assail –«

»Dort sind keine malazanischen Truppen.«

»Nein, aber es ist schlimmer als hier.«

»Da erzählt irgendein verrückter Seemann in Kartool eine Geschichte, und schon bist du davon überzeugt, dass der Vermummte persönlich in unserem Schatten schreitet –«

»Er streitet in unserem Schatten … schreitet, meine ich.«

»Hör zu, Sergeant, wir werden gleich in die Schlacht ziehen –«

»Stimmt, wo ist der Krug?« Sie schaute sich um, fand ihn auf der Seite liegend neben einer Decke. »He, wer in meinem Trupp hat seinen Krempel noch nicht zusammengepackt?«

»Das ist deiner, Sergeant«, sagte Urb.

»Oh.« Sie hob den Krug auf, schüttelte ihn und war erfreut, als sie das schwappende Geräusch hörte. Sie drehte den Kopf, um ihren ... Trupp anzustarren. Da waren zwei Soldaten. Zwei. Ein toller Trupp. Der Hauptmann hatte irgendwas über Neuankömmlinge gesagt, die unterwegs sein sollten. »Nun, wo sind sie?«

»Wer?«, fragte Urb. »Dein Trupp? Der steht direkt vor dir.«

»Heikel und Atemlos.«

»Das stimmt.«

»Nun, wo sind die anderen? Hatten wir nicht mal mehr?«

»In den letzten Tagen sind vier bei uns mitmarschiert, aber die wurden neu eingeteilt.«

»Dann besteht mein Trupp also aus einem Korporal und zwei Soldaten.«

»Wir sind Zwillinge«, sagte Heikel. »Aber ich bin älter, wie du gewiss weißt.«

»Und außerdem ist er geistig unterentwickelt, Sergeant«, sagte Atemlos. »Die letzten paar Minuten waren offensichtlich wichtig, wie du gewiss weißt.«

Hellian wandte sich ab. »Für mich sehen sie gleich aus, Urb. In Ordnung, haben sie schon Bescheid gesagt? Müssten wir jetzt eigentlich irgendwo antreten?«

»Sergeant, du möchtest vielleicht den Krug mal rumgehen lassen – wir werden gleich in den Kampf ziehen, und ich weiß zwar nicht, wie es bei dir und den beiden da ist, aber ich bin zur Stadtgarde gegangen, damit ich genau solche Sachen nicht tun muss. Ich war seit dem Abendessen viermal auf der Latrine, und ich fühle mich innerlich immer noch ziemlich matschig.«

Zur Antwort auf Urbs Vorschlag umklammerte Hellian den Krug und presste ihn eng an die Brust. »Besorgt euch selbst einen.«

»Sergeant.«

»Na schön, ein, zwei Schluck jeder, und dann bekomme ich den Rest. Wenn ich sehe, dass irgendwer mehr als zwei Schluck trinkt, werde ich ihn auf der Stelle niederhauen.«

»Womit?«, fragte Urb, während er den Krug aus ihren Händen nahm, die ihn nur widerwillig freigaben.

Hellian runzelte die Stirn. Womit? Wovon redete er? Ach ja, richtig. Sie dachte einen Augenblick nach und lächelte dann. »Ich werde mir natürlich dein Schwert leihen.« Sieh an, was für eine befriedigende Lösung.

Sergeant Balsam hockte im Dreck und studierte die Anordnung von Kieseln, Steinscheiben und Tonknöpfen auf dem länglichen Trogbrett. Er murmelte leise vor sich hin, fragte sich, ob dies ein Traum war – ein Alptraum – und er immer noch schlief. Er warf dem ihm gegenübersitzenden Sergeant Moak einen kurzen Blick zu und schaute dann wieder hinunter auf das Spielbrett.

Irgendetwas stimmte nicht. Er konnte in der Aufstellung der Spielsteine keinen Sinn erkennen. Er hatte vergessen, wie das Spiel gespielt wurde. Halme, Scheiben, Knöpfe, Kiesel – was war mit ihnen? Was bedeuteten sie? Wer war gerade am gewinnen? »Wer spielt dieses verdammte Spiel?«, wollte er wissen.

»Du und ich, du dal-honesisches Wiesel«, sagte Moak.

»Ich glaube, du lügst. Ich habe dieses Spiel noch nie in meinem Leben gesehen.« Er starrte düster in die Gesichter der umstehenden Soldaten, die alle dem Spiel zusahen – und die nun ihn anschauten. Merkwürdige Mienen – hatte er jemals zuvor welche davon gesehen? Er war ein Sergeant, oder? »Wo ist mein verdammter Trupp? Ich müsste bei meinem verdammten Trupp sein. Ist der Ruf schon erfolgt? Was mache ich hier?« Er schoss hoch, sorgte dabei dafür, dass ein Fuß das Spielbrett umriss. Spielsteine flogen durch die Luft, Soldaten machten einen Satz zurück.

»Ein schlechtes Vorzeichen!«, zischte einer und wich noch weiter zurück.

Knurrend stand Moak auf, griff nach dem Messer in seinem Gürtel. »Du Sumpfdreck, dafür wirst du bezahlen. Ich war am Gewinnen –«

»Nein, das warst du nicht! Diese Spielsteine waren ein einziges Durcheinander! Ein Wirrwarr! Das hat alles keinen Sinn ergeben!« Er kratzte sich im Gesicht. »Was – das ist Lehm! Mein Gesicht ist voller Lehm! Eine Totenmaske! Wer hat mir das angetan?«

Ein vertraut wirkender, aber modrig riechender Mann trat näher. »Sergeant, dein Trupp ist hier. Ich bin Totstink –«

»Das würde ich auch sagen.«

»Korporal Totstink. Und das da sind Gurgelschlitzer und Widersinn und Galt und Läppchen –«

»Schon gut, schon gut, sei still, ich bin nicht blind. Wann kommt der Ruf? Wir hätten inzwischen etwas hören müssen.«

Moak trat an sie heran. »Ich war noch nicht fertig mit dir – du hast einen Fluch über mich und meinen Trupp ausgesprochen, Balsam – weil ich dabei war, das Spiel zu gewinnen. Du hast uns verflucht, du verdammter Hexer –«

»Hab ich nicht! Es war ein Versehen. Komm mit, Totstink, lass uns zu den Vorposten gehen, ich habe keine Lust mehr, hier noch länger zu warten.«

»Du gehst in die falsche Richtung, Sergeant!«

»Dann geh voraus! Wer hat dieses verdammte Lager denn überhaupt angelegt? Das ergibt doch alles keinen Sinn!«

Hinter ihnen wollte Sergeant Moak sich in Bewegung setzen, um ihnen nachzugehen, aber Stapler, sein Korporal, hielt ihn fest. »Ist schon in Ordnung, Sergeant. Ich habe so was von meinem Pa gehört. Es ist die Verwirrung. Die kommt vor der Schlacht über manche. Sie verlieren den Überblick – über alles. Es sollte aufhören, wenn der Kampf beginnt – aber manchmal tut es das auch nicht, und wenn das bei Balsam so ist, dann ist sein Trupp zum Untergang verurteilt, nicht wir.«

»Bist du dir dessen ganz sicher, Stapler?«

»Klar. Erinnerst du dich an Faust Gamet? Hör zu. Es ist alles in Ordnung. Wir sollten noch ein letztes Mal unsere Waffen überprüfen.«

Moak steckte sein Messer wieder ein. »Gute Idee. Dann sorg dafür, dass sie es auch machen.«

Zwanzig Schritt entfernt begab sich Totstink an die Seite seines Sergeanten. »Das war schlau gerade eben. Du warst schwer am Verlieren. Und dann so zu tun, als hätte dich die Verwirrung erwischt – nun, Sergeant, ich muss sagen, ich bin beeindruckt.«

Balsam starrte den Mann an. Wer war er nochmal? Und was brabbelte er da? Was für eine Sprache sprach der blöde Kerl überhaupt?

»Ich habe keinen Hunger«, sagte Lauten und warf den Kanten Brot weg. Einer der Lagerhunde kam heran, schnappte sich das Stück und schoss davon. »Ich fühle mich krank«, fuhr der Soldat fort.

»Da bist du nicht der Einzige«, sagte Vielleicht. »Ich bin da als Erster drin, verstehst du. Wir Sappeure. Der Rest von euch hat's leicht. Wir müssen Ladungen anbringen, was bedeutet, dass wir mit Knallern und Krachern über unebenen Grund rennen und über Geröll klettern, wobei wir vermutlich von den Wällen aus beschossen werden. Und wenn wir dann am Fuß der Mauer sind, weiß allein der Vermummte, was sie auf uns runterkippen werden. Kochendes Wasser, Öl, heißer Sand, Ziegel, Abfall, den Inhalt der Eimer aus den Soldatenunterkünften. Es regnet also irgendwelches Zeug, während wir die Munition anbringen. Dann kommt Säure auf das Wachs – zu viel, und wir alle gehen auf der Stelle hoch. Dutzende von Sappeuren, und wenn einer von ihnen einen Fehler macht, oder wenn ein Felsbrocken eine Granate trifft: Bumm! Wir sind schon so gut wie tot, wenn du mich fragst. Fleischfetzen. Morgen früh werden die Krähen runterkommen, und das war's dann. Schicke eine Nachricht an meine Familie, ja? Vielleicht wurde vor Y'Ghatan in kleine Stückchen zerblasen, das ist alles. Es hat keinen Sinn, in die unappetitlichen Einzelheiten zu gehen – he, wo gehst du hin? Bei den Göttern hienieden, Lauten, kotz bitte irgendwo, wo ich es nicht sehen kann, ja? Hol uns der Vermummte, das ist ja scheußlich. He, Balgrid! Sieh nur! Unser Heiler kotzt sich die Seele aus dem Leib.«

Gesler, Saiten, Krake, Wahr und Pella saßen um die ersterbende Kohleglut einer Feuerstelle und tranken Tee.

»Diese Warterei lässt sie alle noch den Verstand verlieren«, sagte Gesler.

»Es ist vor jeder Schlacht dasselbe«, stimmte Saiten ihm zu. »Innen ist alles kalt und haltlos, wenn du weißt, was ich meine. Es hört niemals auf.«

»Aber wenn's erstmal angefangen hat, wird man ruhiger«, sagte Krake. »Wir alle werden ruhiger, weil wir so was schon mal gemacht haben. Wir haben uns damals beruhigt, und wir wissen, wir beruhigen uns auch dieses Mal. Die meisten von den Soldaten hier, die wissen nichts in der Art. Sie wissen nicht, wie sie drauf sein werden, sobald die Kämpfe anfangen. Und deshalb haben sie alle so entsetzliche Angst davor, dass sie sich in wimmernde Feiglinge verwandeln werden.«

»Was die meisten von ihnen wahrscheinlich auch tun werden«, sagte Gesler.

»Das weiß ich nicht, Sergeant«, sagte Pella. »Ich habe viele Soldaten wie die hier gesehen – damals, in Schädelmulde. Als dann die Rebellion gekommen ist, haben sie alle gekämpft, und sie haben gut gekämpft, wenn man alles in Betracht zieht.«

»Sie waren zahlenmäßig weit unterlegen.«

»Ja.«

»Und deshalb sind sie gestorben.«

»Die meisten von ihnen.«

»So ist das eben im Krieg«, sagte Gesler. »Es gibt nicht annähernd so viele Überraschungen, wenn alles gesagt und getan ist, wie man vielleicht glauben könnte. Oder hoffen. Heldenhafte letzte Gefechte enden normalerweise damit, dass kein einziger Held mehr steht. Sie haben länger durchgehalten als erwartet, aber das Ende war doch das gleiche. Das Ende ist immer das gleiche.«

»Beim Abgrund, Gesler«, sagte Saiten, »was bist du wieder fröhlich.«

»Nur realistisch, Fiedler. Verdammt, ich wollte, Stürmisch wäre hier. Jetzt muss ich ein Auge auf meinen Trupp haben.«

»Ja«, sagte Krake, »das ist es, was Sergeanten tun.«

»Willst du damit etwa andeuten, Stürmisch hätte Sergeant sein sollen und ich Korporal?«

»Nein. Warum sollte ich?«, fragte der Sappeur. »Ihr seid einer
so schlimm wie der andere. Pella hier allerdings …«

»Nein danke«, sagte Pella.

Saiten trank einen Schluck von seinem Tee. »Sorg einfach nur
dafür, dass alle zusammenbleiben. Hauptmann Sort will uns als
Speerspitze, dass wir so schnell und so weit reingehen, wie wir
können – die anderen müssen uns dann nur einholen. Krake?«

»Wenn wir die Mauer umgepustet haben, werde ich unsere Sappeure zusammenziehen, und dann treffen wir euch hinter der Bresche. Wo ist Borduke?«

»Spazieren gegangen. Sieht so aus, als ob sein ganzer Trupp das
Kotzen bekommen hätte. Das hat Borduke so angeekelt, dass er
davongestürmt ist.«

»Solange nur alle einen leeren Magen haben, wenn es losgeht«,
sagte Krake. »Vor allem Vielleicht.«

»Vor allem Vielleicht«, sagte Gesler und lachte leise. »Der war
gut. Du hast mir den Tag gerettet, Krake.«

»Glaub mir, das war keine Absicht.«

Buddl, der ganz in der Nähe, aber vor den anderen verborgen in
einer von Gestrüpp umwucherten Senke saß, lächelte. *So bereiten
sich also Veteranen auf den Kampf vor. Genau wie alle anderen.*
Das beruhigte ihn tatsächlich. Größtenteils. Nun, vielleicht auch
nicht. Es wäre besser, sie hätten zuversichtlich und forsch rum-
schwadroniert. Das, was ihnen bevorstand, klang alles so schrecklich unsicher.

Er war gerade erst von der Zusammenkunft der Magier zurückgekehrt. Magische Tastversuche hatten eine gedämpfte Präsenz in
Y'Ghatan enthüllt – größtenteils wohl Priester – und die, die da
waren, waren verwirrt und voller Panik. Oder merkwürdig ruhig.
Beim Vorstoß der Sappeure würde Buddl auf Meanas zurückgreifen, würde wandernde Nebelbänke und wogende Dunkelheit an
allen Seiten beschwören. Das war leicht aufzuheben, wenn ein
einigermaßen fähiger Magier auf der Mauer war, aber es schien
keine zu geben. Am beunruhigendsten für Buddl war allerdings,

dass er all seine Konzentration brauchen würde, um mit Meanas zu arbeiten, und damit nicht auf seine Geistmagie würde zurückgreifen können. Was ihn genauso blind machen würde wie die paar feindlichen Soldaten auf der Mauer.

Er musste zugeben, dass er überaus nervös war – in der Raraku war er nicht einmal annähernd so zittrig gewesen. Und was Leomans Hinterhalt im Sandsturm anging – nun, das war schließlich ein Hinterhalt gewesen; da war keine Zeit gewesen, um entsetzt zu sein. Wie auch immer, dieses Gefühl gefiel ihm ganz und gar nicht.

Er ging in die Hocke und verließ vorsichtig die Senke, richtete sich dann in einiger Entfernung ganz auf und marschierte beiläufig ins Lager des Trupps. Es schien, als würde sich Saiten nichts daraus machen, seine Soldaten ein Weilchen allein zu lassen, ehe es richtig heiß wurde, und sie dadurch auf ihren eigenen Gedanken rumkauen lassen, ehe er – hoffentlich – im letzten Moment alle an die Kandare nahm.

Koryk war damit beschäftigt, noch mehr Fetische an den verschiedenen Ringen und Schlaufen seiner Rüstung zu befestigen, den allgegenwärtigen Fingerknochen – dem Symbol der Vierzehnten Armee – weitere gefärbte Stoffstreifen, Vogelknochen und Kettenglieder hinzuzufügen. Lächeln ließ ihre Wurfmesser wirbeln, die Klingen klatschten leise auf das Leder ihrer Handschuhe. Starr stand in der Nähe, den Schild bereits am linken Arm befestigt, das Kurzschwert in der behandschuhten Rechten, den größten Teil seines Gesichts hinter den Wangenschützern seines Helms verborgen.

Buddl drehte sich um und betrachtete die ferne Stadt. Sie war dunkel. In dem ganzen flachen, dreckigen Steinhaufen schien nicht eine einzige Laterne zu brennen. Er hasste Y'Ghatan schon jetzt.

Ein leiser Pfiff. Plötzliche Unruhe. Krake tauchte auf. »Sappeure zu mir. Es ist so weit.«

Bei den Göttern hienieden, das ist es.

Leoman befand sich im Thronraum des Falah'd. Elf Krieger standen vor ihm aufgereiht, mit glasigen Augen und Geschirren über den Lederrüstungen, von denen Riemen und Schlaufen baumelten. Corabb Bhilan Thenu'alas musterte sie – vertraute Gesichter, eines wie das andere, doch jetzt mit all dem Blut und den Hautstreifen kaum noch zu erkennen. Überbringer der Apokalypse, dem Fanatismus verschworen; sie hatten geschworen, die nächste Morgendämmerung nicht mehr zu erleben und waren fest entschlossen, in dieser Nacht sterben. Allein der Anblick ihrer von Drogen wässrigen Augen ließ Corabb frösteln.

»Ihr wisst, was in dieser Nacht von euch erwartet wird«, sagte Leoman zu seinen auserwählten Kriegern. »Geht jetzt, meine Brüder und Schwestern, unter den reinen Augen von Dryjhna, und wir werden uns am Tor des Vermummten wiedersehen.«

Sie verbeugten sich und eilten davon.

Corabb schaute ihnen nach, bis der Letzte von ihnen jenseits der großen Türen verschwunden war, dann blickte er Leoman an. »Kriegsführer, was wird geschehen? Was hast du geplant? Du hast von Dryjhna gesprochen, doch heute Abend hast du einen Handel mit der Königin der Träume abgeschlossen. Sprich zu mir, ehe ich anfange, mein Vertrauen zu verlieren.«

»Armer Corabb«, murmelte Brunspatz.

Leoman warf ihr einen düsteren Blick zu, ehe er sich an Corabb wandte. »Keine Zeit, Corabb, aber dies sage ich dir: Ich habe genug von Fanatikern, genug für dieses Leben und noch ein paar andere –«

Schritte erklangen im angrenzenden Korridor, und sie drehten sich um, als ein großer, in einen Umhang gehüllter Krieger in den Raum geschritten kam und dabei seine Kapuze zurückschlug. Corabb riss die Augen auf, und eine Woge der Hoffnung brandete durch ihn hindurch. »Hohemagier L'oric! Heute Nacht scheint Dryjhna wahrhaft hell am Himmel!«

Der große Mann massierte sich eine Schulter, zuckte dabei leicht zusammen und sagte: »Ich wünschte, ich hätte innerhalb der verdammten Stadtmauern ankommen können – im malazanischen

Lager rühren sich zu viele Magier. Leoman, ich habe nicht gewusst, dass Ihr die Macht habt, mich herbeizubeschwören – ich sage Euch, ich war an einen anderen Ort unterwegs –«

»Die Königin der Träume, L'oric.«

»Schon wieder? Was will sie?«

Leoman zuckte die Schultern. »Ich fürchte, Ihr wart ein Teil des Handels.«

»Was für ein Handel?«

»Ich werde es Euch später erklären. Auf alle Fälle brauchen wir Euch heute Nacht. Kommt, wir gehen zum Südturm.«

Eine weitere Woge der Hoffnung. Corabb wusste, dass er Leoman vertrauen konnte. Der Heilige Krieger hatte einen Plan, einen mörderischen, brillanten Plan. Er war ein Narr gewesen, dass er gezweifelt hatte. Und so folgte er Brunspatz, Hohemagier L'oric und Leoman von den Dreschflegeln.

L'oric. Jetzt können wir unter gleichen Bedingungen gegen die Malazaner kämpfen. Und in solch einem Wettstreit können wir gar nicht anders als gewinnen!

Jenseits der Vorposten hockte Buddl ein paar Schritt von der Handvoll Sappeure entfernt, die er beschützen sollte, im Dunkeln. Krake, Vielleicht, Krumm, Rampe und Widersinn. Ganz in der Nähe war eine zweite Gruppe, die von Balgrid gedeckt wurde: Taffo, Fähig, Gupp, Sprung, Pfeifenkopf. Kameraden, die er vom Marsch kannte, und die sich jetzt als Sappeure und Möchtegern-Sappeure erwiesen. *Verrückte. Ich hatte ja keine Ahnung, dass so viele davon in unserer Kompanie sind.* Saiten war in keiner der beiden Gruppen; er würde den Rest der Trupps durch die Bresche führen, noch ehe Rauch und Staub sich gesetzt hatten.

Y'Ghatans Wälle waren ein Wirrwarr. Die älteren Teile stufig, die neuesten, von den Malazanern erbauten, auf typische Weise abgeschrägt, am Fuß zwanzig Schritt dick. Soweit irgendjemand wusste, würde dies das erste Mal sein, dass die Sappeure die Standfestigkeit imperialer Befestigungen herausfordern würden. Er konnte sehen, wie ihre Augen glänzten.

Jemand näherte sich ihm von rechts, und Buddl blinzelte in die Finsternis, als der Mann sich neben ihm hinkauerte. »Ebron, stimmt's?«

»Ja, vom Ashok-Regiment.«

Buddl lächelte. »Das gibt es nicht mehr, Ebron.«

Der Mann klopfte sich an die Brust und sagte: »Du hast einen von meinen Kameraden in deiner Gruppe.«

»Den Burschen namens Krumm.«

»Ja. Ich habe nur gedacht, du solltest wissen – er ist gefährlich.«

»Sind sie das nicht alle?«

»Nicht auf dieselbe Weise. Der ist es besonders. Er ist in Genabackis von Motts Irregulären rausgeschmissen worden.«

»Tut mir leid, aber das sagt mir nichts, Ebron.«

»Zu dumm. Wie auch immer, betrachte dich als gewarnt. Und denk darüber nach, ob du Krake was sagst.«

»In Ordnung, das werde ich.«

»Möge Oponn dich heute Nacht kräftig ziehen, mein Junge.«

»Dich ebenso, Ebron.«

Der Mann verschwand wieder in der Dunkelheit.

Das Warten ging weiter. Noch immer waren auf den Mauern der Stadt keine Lichter zu sehen, genauso wenig wie auf den Ecktürmen. Und es gab auch keinerlei Bewegung.

Ein leiser Pfiff. Buddl wechselte einen Blick mit Krake, und der Sappeur nickte.

Meanas, das Gewirr der Schatten, Illusionen und Täuschungen. Er erschuf ein mentales Bild des Gewirrs, eine wirbelnde Wand direkt vor ihm, und begann dann seinen Willen auf einen Punkt zu konzentrieren, sah, wie sich eine Wunde formte, fahlrot zuerst, dann ein Loch, das sich hindurchbrannte. Macht strömte in ihn hinein. *Genug! Nicht mehr. Bei den Göttern, warum ist sie so stark?* Ein schwaches Geräusch, etwas wie Bewegung, eine Präsenz, dort, auf der anderen Seite der Mauer des Gewirrs ...

Und dann ... nichts.

Natürlich war da keine Mauer. Das war einfach nur ein Konstrukt gewesen, etwas, das er sich ausgedacht hatte, so dass eine Idee sich in etwas Körperlichem manifestieren konnte. In etwas, in das er dann eine Bresche schlagen konnte.

Wirklich einfach. Und unglaublich gefährlich. Wir verdammten Magier müssen verrückt sein, dass wir damit rumspielen und an der Täuschung festhalten, dass es gelenkt, geformt, allein durch den Willen verdreht werden könnte.

Macht ist Blut.

Blut ist Macht.

Und dieses Blut gehört einem Älteren Gott …

Ein Zischen von Krake. Er blinzelte, dann nickte er und begann die Zauberei von Meanas zu formen. Nebelschwaden, durchzogen von tintenschwarzer Düsternis, breiteten sich über dem unebenen Boden aus, krochen über das Geröll, und die Sappeure setzten sich in Bewegung, begaben sich in den Nebel hinein und bewegten sich weiter. Ungesehen.

Buddl folgte ihnen in ein paar Schritten Abstand. Die Soldaten, die sich in der magischen Manifestation verbargen, konnten sehen. Nichts von der Illusion verwirrte ihre Sinne. Illusionen waren normalerweise ein- oder bestenfalls zweiseitig; von den anderen Seiten gesehen … nun, da gab es nichts zu sehen. Wahre Meister konnten natürlich das Licht in alle Richtungen betrügen, konnten etwas erschaffen, das *wirklich* aussah und über so etwas wie Körperlichkeit verfügte, das sich so bewegte, wie es sollte, seinen eigenen Schatten warf, ja, sogar illusionären Staub aufwirbelte. So weit reichten Buddls Fähigkeiten nicht einmal annähernd. Balgrid hatte es geschafft – gerade mal eben so, das stimmte, aber es war immer noch … beeindruckend gewesen.

Aber ich hasse diese Art von Zauberei. Gewiss, sie ist faszinierend. Und es macht Spaß, gelegentlich mit ihr zu spielen – aber nicht so wie heute Nacht, nicht, wenn es plötzlich um Leben und Tod geht.

Sie warfen Wagenplanken über den schmalen Graben, den Leomans Soldaten ausgehoben hatten, schoben sich dann näher an die Mauer.

Lostara Yil trat neben Tene Baralta. Sie waren an der Vorposten-
linie aufgestellt, hinter ihnen die dicht geschlossenen Reihen der
Soldaten. Das Gesicht ihres früheren Kommandanten verriet
Überraschung, als er sie ansah.

»Ich hatte nicht damit gerechnet, Euch noch einmal zu sehen,
Hauptmann.«

Sie zuckte die Schultern. »Ich fing an, fett und träge zu werden,
Kommandant.«

»Diese Klaue, mit der Ihr zusammen wart, ist nicht gerade ein
beliebter Mann. Man ist zu dem Schluss gekommen, dass es besser
wäre, wenn er in seinem Zelt bliebe – auf unbestimmte Zeit.«

»Ich habe nichts dagegen.«

Durch die Düsternis konnten sie die wirbelnden Wolken einer
tieferen Dunkelheit erkennen, die drohend auf die Mauern der
Stadt zurollten.

»Seid Ihr bereit, Hauptmann«, fragte Baralta, »Eure Klinge heute Nacht in Blut zu tauchen?«

»Mehr, als Ihr es Euch vorstellen könnt, Kommandant.«

Schwindelgefühl schwappte in Wogen über Sergeant Hellian hinweg, und mehrmals drohte ihr übel zu werden, als sie zusah, wie
die Magie sich Y'Ghatan näherte. Das da war doch Y'Ghatan,
oder? Sie drehte sich zu dem Sergeanten um, der neben ihr stand.
»Was für eine Stadt ist das? Y'Ghatan. Ich weiß über diese Stadt
Bescheid. Es ist die, in der Malazaner sterben. Wer bist du? Wer
unterhöhlt die Wälle? Wo sind die Belagerungsmaschinen? Was
ist das überhaupt für eine Belagerung?«

»Ich bin Saiten, und du siehst aus, als wärst du betrunken.«

»Ach? Ich hasse das Kämpfen. Nimm mir meinen Rang weg,
leg mich in Ketten, such ein Verlies – bloß ohne Spinnen. Und
such den Drecksskerl, den, der verschwunden ist, verhafte ihn, und
lege ihn in meiner Reichweite in Ketten. Ich will ihm die Kehle
rausreißen.«

Der Sergeant starrte sie an. Sie starrte zurück – zumindest
schwankte er nicht vor und zurück. Na gut, nicht stark.

»Du hasst es zu kämpfen, aber du willst jemandem die Kehle rausreißen?«

»Hör auf, mich zu verwirren, Scheitern. Ich bin so schon verwirrt genug.«

»Wo ist dein Trupp, Sergeant?«

»Irgendwo.«

»Wo ist dein Korporal? Wie heißt er?«

»Urb? Ich weiß es nicht.«

»Beim Atem des Vermummten.«

Pella saß da und beobachtete, wie Gesler, sein Sergeant, mit Borduke sprach. Der Sergeant des Sechsten Trupps hatte nur noch drei Soldaten unter seinem Befehl – Lauten, Ibb und Korporal Hubb – die anderen waren entweder mit Magie oder mit Bomben beschäftigt. Von Geslers Fünftem Trupp waren natürlich nur zwei Mann übrig – Wahr und er, Pella, selbst. Der Plan sah vor, sich zu vereinen, wenn die Bresche geschlagen war, und das machte Pella nervös. Sie würden vielleicht irgendjemand nehmen müssen, der gerade in der Nähe war, und dann zum Vermummten mit den echten Trupps.

Borduke zerrte an seinem Bart, als wollte er ihn ausreißen. Hubb stand dicht neben seinem Sergeanten und machte ein Gesicht, als wäre ihm übel. Gesler sah beinahe gelangweilt aus.

Pella dachte über seinen Trupp nach. *An den dreien ist irgendetwas merkwürdig. Gesler, Stürmisch und Wahr. Und es ist nicht nur diese sonderbare goldfarbene Haut, sondern …* Nun, er würde dicht bei Wahr bleiben – der Junge schien immer noch zu naiv für all das hier, trotz allem, was er schon erlebt hatte. Etwa auf der *Silanda*, dem verdammten Schiff, das von der Mandata befehligt worden war und das jetzt wahrscheinlich nördlich von ihnen lag, irgendwo in der Kansusee oder westlich davon. Zusammen mit der Transport-Flotte und einer ansehnlichen Eskorte aus Dromonen. Die drei waren auf ihr gesegelt, hatten das Deck mit immer noch lebendigen, abgetrennten Köpfen geteilt – und noch viel Schlimmerem, was sich unter Deck befunden hatte.

Pella überprüfte einmal mehr sein Schwert. Er hatte einen neuen Lederstreifen um den Griffzapfen gewickelt – aber nicht so eng, wie es ihm am liebsten gewesen wäre. Er hatte ihn aber auch noch nicht angefeuchtet, da er nicht wollte, dass der Griff noch nass war, wenn er in die Schlacht zog. Er nahm die Armbrust von der Schulter, behielt einen Bolzen in der Hand, bereit, sie schnell zu laden, wenn der Befehl zum Vorrücken kam.

Verdammte Seesoldaten. Ich hätte mich freiwillig zur guten alten Infanterie melden sollen. Ich hätte mich versetzen lassen sollen. Ich hätte überhaupt niemals zur Armee gehen sollen. Schädelmulde war schon mehr als genug für mich, verdammt. Ich hätte abhauen sollen – ja, das hätte ich tun sollen.

Corabb, Leoman, L'oric, Brunspatz und ein Wächter standen auf der sanft schwankenden Plattform oben auf dem Palastturm, und der Nachtwind pfiff über sie hinweg. Die Stadt erstreckte sich in alle Richtungen, erschreckend dunkel und scheinbar leblos.

»Was sollen wir von hier aus sehen, Leoman?«, fragte L'oric.

»Wartet, mein Freund – oh, da!« Er deutete auf das flache Dach eines fernen Gebäudes in der Nähe der Westmauer. Dort flackerte kurz gedämpftes Laternenlicht auf – und war wieder verschwunden.

»Und da!«

Ein anderes Gebäude, ein zweites kurzes Aufflackern.

»Und noch eines! Und noch mehr – sie sind alle am Platz! Fanatiker! Verdammte Narren! Hol uns Dryjhna, es wird tatsächlich klappen!«

Klappen? Corabb runzelte die Stirn, machte ein finsteres Gesicht. Dann sah er, dass Brunspatz zu ihm herüberschaute – sie warf ihm eine Kusshand zu. Oh, wie gern hätte er sie auf der Stelle umgebracht.

Geröllhaufen, Tonscherben, der aufgeblähte Kadaver eines toten Hunds, Tierknochen – es gab nicht einen Streifen ebenen Grund am Fuß der Mauer. Buddl war den Sappeuren auf den Fersen gefolgt, hinauf auf die erste Stufe, während Ziegelstücke unter ihren Stiefeln zur Seite spritzten, dann Schmerzenschreie und Flüche, als jemand über ein Wespennest stolperte – nur die Dunkelheit hatte sie vor einigen möglicherweise tödlichen Augenblicken gerettet, denn die Wespen waren träge. Buddl war erstaunt, dass sie überhaupt herausgekommen waren, bis er sah, was der Soldat geschafft hatte: Er war über einen Felsen gestolpert und dann mit dem ganzen Fuß mitten in das Nest getreten.

Er hatte für einen kurzen Augenblick Meanas losgelassen und war stattdessen in die schwärmenden Seelenfunken der Wespen geschlüpft, hatte ihre Panik und ihre Wut gedämpft. Ohne die tarnende Magie waren die Sappeure wie verschreckte Käfer, über denen der Stein, unter dem sie sich verborgen hatten, plötzlich verschwunden war, die letzten beiden Stufen hochgeklettert und hatten den Fuß der Mauer lange vor den anderen erreicht. Und da hockten sie jetzt und machten ihre Munitionspacken bereit.

Buddl kletterte zu ihnen hoch und hockte sich neben Krake. »Die Düsternis ist zurück«, flüsterte er. »Tut mir leid – ein Glück, dass es keine Schwarzen Wespen waren – sonst wäre Vielleicht jetzt tot.«

»Von mir ganz zu schweigen«, sagte Krake. »Ich bin in das verdammte Ding getreten.«

»Wie viele Stiche?«

»Zwei oder drei, das rechte Bein ist taub, aber es ist besser als noch vor fünfzehn Herzschlägen.«

»Taub? Krake, das ist schlecht. Geh so schnell du kannst zu Lauten, wenn wir hier fertig sind.«

»Verlass dich drauf. Und jetzt sei still, ich muss mich konzentrieren.«

Buddl schaute zu, wie er aus seinem Packsack ein Bündel Moranth-Munition holte – zwei zusammengebundene Knaller, die wie ein Paar üppiger Brüste aussahen. An ihrer Basis waren zwei dornenförmige Granaten befestigt – Kracher. Nachdem Krake das Arrangement sachte auf den Boden gestellt hatte, wandte er seine Aufmerksamkeit dem Fuß der Mauer zu. Er schob Ziegel und Felsbrocken beiseite, bis er ein rechteckiges Loch geschaffen hatte, das groß und tief genug war, um den Mauerbrecher aufzunehmen.

Das war der einfache Teil, rief Buddl sich in Erinnerung, während er Krake dabei zusah, wie er den Sprengstoff in das Loch legte. *Jetzt kommt die Säure auf den Wachspfropfen.* Er schaute an der Mauer entlang und sah andere Sappeure, die genau das Gleiche taten, was Krake gerade getan hatte. »Pass auf, dass du nicht früher dran bist als die anderen«, sagte Buddl.

»Ich weiß, was ich wissen muss, Magier. Kümmere du dich um deine Zaubersprüche und lass mich in Ruhe.«

Verstimmt sah Buddl sich wieder um. Dann weiteten sich seine Augen. »He, was macht der da – Krake, was macht Krumm da?«

Fluchend blickte der Veteran hinüber. »Bei den Göttern hienieden –«

Der Sappeur aus Sergeant Strangs Trupp hatte nicht einen Mauerbrecher, sondern drei vorbereitet; die Knaller und Kracher füllten seinen Packsack vollständig aus. Seine großen Zähne leuchteten, seine Augen glänzten, als er das Ding auspackte, es sich auf den Bauch setzte und – auf dem Rücken mit dem Kopf zur Mauer liegend – zu kriechen begann; es knirschte vernehmlich, als er mit dem Hinterkopf gegen die Mauer stieß.

Krake glitt zu ihm hinüber. »*Du!*«, zischte er. »Bist du verrückt? Nimm die verdammten Dinger auseinander!«

Das Grinsen des Mannes erstarb. »Aber ich habe es selbst gemacht!«

»Sei leise, du Idiot!«

Krumm rollte und schob den Sprengsatz gegen die Mauer. Eine kleine, glänzende Phiole tauchte plötzlich in seiner rechten Hand auf. »Warte, bis du das hier siehst!«, flüsterte er und lächelte dabei wieder.

»*Warte! Noch nicht!*«

Ein Zischen, dünne Rauchfahnen –

Krake war schon auf den Beinen und begann zu rennen, wobei

er ein Bein nachzog. Und er begann zu schreien: »*Alle! Zurück! Rennt, ihr Idioten! Rennt!*«

Gestalten eilten auf allen Seiten davon, unter ihnen auch Buddl. Krumm raste so schnell an ihm vorbei, dass es aussah, als wäre der Magier stehen geblieben. Die absurd langen Beine des Sappeurs pumpten wild und hoch, die knochigen Knie und großen Stiefel fegten wie Sensen durch die Luft. Sprengstoffe waren an der Mauer zurückgelassen, aber noch nicht scharf gemacht worden, andere waren einen Schritt oder mehr hinter ihm. Da hinten lagen nun Säcke voller Fetzer, Rauch- und Brandbomben – *bei den Göttern hienieden, das wird richtig übel* –

Jetzt ertönten auch Schreie von der Mauerkrone, laut und beunruhigt. Eine Balliste dröhnte, als den fliehenden Sappeuren ein Geschoss hintergeschickt wurde. Buddl hörte das Krachen und Knirschen, als es auf die Erde prallte.

Schneller — Er warf einen Blick zurück über die Schulter und sah, dass Krake ein Stück hinter ihm herhumpelte. *Hol uns der Vermummte!* Buddl kam schlitternd zum Halt, drehte sich um und rannte zurück zu dem Sappeur.

»Idiot!«, knurrte Krake. »*Renn* einfach!«

»Stütz dich auf meine Schulter –«

»Du hast dich gerade umgebracht –«

Krake war kein Leichtgewicht. Buddl hing ziemlich schief, während sie weiterrannten.

»Zwölf«, keuchte der Sappeur.

Der Magier musterte das Gelände vor ihnen in wachsender Panik. Irgendeine Deckung –

»Elf!«

Ein Rest von irgendeinem alten Fundament, fester Kalkstein, da drüben, zehn, neun Schritt weit weg –

»Zehn!«

Fünf weitere Schritte – es sah gut aus – eine Höhlung auf der anderen Seite –

»Neun!«

Zwei Schritte, dann runter, während Krake brüllte: »Acht!«

Die Nacht verschwand und schleuderte dabei gewaltige Schatten voraus, als die beiden Männer hinter die Kalksteinplatte stürzten, in einen Haufen verrottender Vegetation. Der Boden kam ihnen entgegen, wie der aufwärtsgeführte Fausthieb eines Gottes, der Buddl die Luft aus der Lunge trieb.

Ein Geräusch, als würde ein Berg einstürzen, dann eine Wand aus Steinen, Rauch und Feuer und ein Regen, in dem Flammen tanzten –

Die Erschütterung riss Lostara Yil von den Beinen, nur wenige Augenblicke, nachdem sie voller Unverständnis auf die Trupps aus Seesoldaten gestarrt hatte, die jenseits der Vorpostenlinie aufgestellt waren – und die nun allesamt flachgelegt wurden, vor einer heranstürmenden Woge zurückwichen – viele schnell aufeinander folgende Explosionen rasten jetzt in beiden Richtungen an der Mauer entlang – dann traf sie etwas wie ein Hammer an der Brust, und sie stürzte inmitten der anderen Offiziere zu Boden.

Es hagelte Felsbrocken, beinahe waagrecht, schnell wie Schleudersteine krachten sie gegen Rüstungen, gruben sich in ungeschütztes Fleisch – Knochen brachen, Schreie –

Das Licht wurde schwächer, waberte, zog sich zu einem Flammenknäuel zusammen, das eine gewaltige Lücke in der Mauer von Y'Ghatan füllte, fast genau in der Mitte, und als Lostara – auf einen Ellbogen gestützt dem Steinhagel trotzend – genauer hinsah, sah sie die Seiten der Lücke langsam abbröckeln, und dahinter zwei dreistöckige Mietskasernen in sich zusammenfallen; Flammen schossen von ihnen in die Höhe, wie fliehende Seelen –

In den nachlassenden Regen mischten sich jetzt auch Körperteile.

Oben auf dem Palastturm waren Corabb und die anderen zu Boden geworfen worden; der Wächter, der sie begleitet hatte, war über die niedrige Brüstung gestürzt und mit einem leiser werdenden Schrei verschwunden – einem Schrei, der kaum zu hören war, während der Turm schwankte und ein Tosen sie einhüllte, als würden tausend Dämonen in Raserei ausbrechen, während große Steine die Seitenwand durchschlugen und in den Turm krachten, wohingegen andere abprallten und zwischen den Gebäuden unten niedergingen – und dann war da plötzlich ein schreckliches, knirschendes, knackendes Geräusch, das Corabb auf die Bodenluke zukriechen ließ.

»Er stürzt ein!«, brüllte er.

Zwei Gestalten waren noch vor ihm an der Luke – Leoman und Brunspatz.

Es krachte, und die Plattform sackte weg, begann sich unerbittlich zu neigen. Erstickende Staubwolken stiegen auf. Corabb erreichte die Luke und zog sich kopfüber hinein, gesellte sich zu Leoman und der Malazanerin; gemeinsam glitten sie wie Schlangen die gewundenen Stufen hinunter. Corabbs linke Ferse traf auf ein Kinn, und er hörte L'oric vor Schmerz knurren und dann in unbekannten Sprachen fluchen.

Diese Explosion, die eine Bresche in die Mauer geschlagen hatte – bei den Göttern, so etwas hatte er noch nie gesehen. Wie konnte man diese Malazaner herausfordern? Mit ihrer verdammten Moranth-Munition, ihrer fröhlichen Missachtung der Regeln für einen ehrenhaften Krieg.

Sie purzelten und rollten und landeten schließlich mit ausgestreckten Armen auf einer Geröllhalde im Erdgeschoss des Palasts – die Zimmer zu ihrer Linken waren unter dem Teil des Turms, der in sich zusammengefallen war, verschwunden. Corabb sah ein Bein unter der eingestürzten Decke hervorragen; es war merkwürdig unbeschädigt, nicht einmal Blut oder Staub waren daran zu sehen.

Hustend stand Corabb auf – seine Augen brannten und er hatte blaue Flecken am ganzen Körper – und starrte Leoman an, der bereits wieder auf den Beinen war und sich den Staub aus den Kleidern klopfte. Unweit von ihm arbeiteten sich auch L'oric und Brunspatz aus einem Durcheinander aus Ziegeln und zersplitterten Holzstücken hervor.

Leoman schaute sich um und sagte: »Alles in allem war es vielleicht doch keine so gute Idee, auf den Turm zu gehen. Kommt, wir müssen unsere Pferde satteln – wenn sie denn noch leben – und zum Tempel reiten!«

Zum Tempel von Scalissara? Aber – was – warum?

Herabprasselnde Kiesel, dumpfe Erschütterungen, wenn größere Brocken einschlugen, Rauchschwaden und Hitzewellen. Buddl öffnete die Augen. Er sah nichts als haarige, ledrige Sebarschoten, und der stechende Geruch ihres überreifen Marks drang ihm in die Nase. Der Saft der Früchte galt als Delikatesse, doch Buddl wusste, dass er diesen widerlichen Gestank, der ihm schier den Magen umdrehte, nie mehr vergessen und darum das Zeug nie wieder trinken können würde. Ein Stöhnen aus dem Geröll irgendwo zu seiner Linken. »Krake? Bist du das?«

»Das taube Gefühl ist weg. Ist schon erstaunlich, was so richtiges Entsetzen in einem Körper bewirken kann.«

»Bist du dir sicher, dass das Bein noch da ist?«

»Ziemlich.«

»Du hast nur bis acht runtergezählt!«

»Was?«

»Du hast acht gesagt! Und dann – Bumm!«

»Ich musste doch dafür sorgen, dass du nicht die Hoffnung verlierst, oder? Bei der schwarzen Grube des Vermummten, wo sind wir hier eigentlich?«

Buddl begann sich den Weg freizuräumen, erstaunt darüber, dass er anscheinend unverletzt war – er hatte nicht mal einen Kratzer abbekommen. »Unter den Lebenden, Sappeur.« Der erste Blick, den er auf die Todeszone warf, ergab keinen Sinn. Da war zu viel Licht – es war doch dunkel gewesen, oder? Dann sah er Soldaten in den Trümmern, manche wanden sich vor Schmerzen, andere richteten sich auf, husteten staubbedeckt in der übelriechenden Luft.

Die Bresche in der Südmauer von Y'Ghatan erstreckte sich über ein volles Drittel ihrer Länge; sie begann fünfzig Schritt von der Südwestbastion entfernt und reichte bis über die Befestigungen des zentralen Tors hinaus. Gebäude waren eingestürzt, und diejenigen, die noch standen und die tobenden Flammen in der Bresche flankierten, brannten ebenfalls – allerdings schien es, als ob es sich dabei hauptsächlich um die zahllosen Brandbomben handelte, die die Sappeure mitsamt ihrer Ausrüstung zurückgelassen hatten. Die Feuer tanzten über die zerborstenen Steine, als ob sie versuchten, irgendwohin zu wandern, bevor ihnen die Nahrung ausging.

Der Lichtschein von den Nachwehen der Explosion wurde schwächer, verhüllt durch den herabsinkenden Staub. Krake erschien an Buddls Seite, zupfte dabei Stücke verfaulter Früchte von seiner Rüstung. »Wir können bald in die Bresche vordringen – bei den Göttern, wenn ich diesen Krumm erwische –«

»Ganz ruhig, Krake. He, ich sehe Saiten ... und den Trupp ...«

Hörner erklangen, Soldaten rangelten miteinander, um sich aufzustellen. Die letzten Flammen in der Bresche wurden kleiner und kleiner, und einmal mehr brach die Dunkelheit herein. Der Staubregen schien niemals aufhören zu wollen, als Faust Keneb sich zum Sammelpunkt begab; seine Offiziere waren dicht bei ihm und bellten Befehle. Er sah Tene Baralta und Hauptmann Lostara Yil an der Spitze einer schmalen Marschkolonne, die sich bereits in Bewegung gesetzt hatte.

Die Sappeure hatten's versaut. So viel war schon mal klar. Und ein paar von ihnen hatten es nicht zurück geschafft. *Diese verdammten Idioten, und dabei waren sie nicht einmal unter Beschuss.*

Während die Flammen in der Bresche erloschen, klammerten sich noch immer Feuernetze stur an die noch stehenden Gebäude an den Seiten. »Erster, Zweiter und Dritter Trupp«, sagte Keneb zu Hauptmann Faradan Sort. »Die schwere Infanterie geht voran in die Bresche.«

»Die Seesoldaten sind schon durch, Faust.«

»Ich weiß, Hauptmann, aber ich will Verstärkung dicht hinter ihnen haben, wenn's haarig wird. Schickt sie los.«

»In Ordnung, Faust.«

Keneb blickte zurück auf das etwas höher gelegene Gelände auf der anderen Seite der Straße und sah ein paar Gestalten, die sie beobachteten. Die Mandata, T'amber, Nil und Neder. Faust Blistig und Kriegsführer Gall. Faust Temul war wahrscheinlich mit seinen Reiterkriegern unterwegs, umkreiste die Stadt auf den anderen Seiten. Es gab immer die Möglichkeit, dass Leoman seine Anhänger ihrem grässlichen Schicksal überlassen und versuchen würde, auf eigene Faust zu entkommen. So etwas kam vor.

»Sergeant Strang!«

Der Soldat kam herangetrottet. Keneb bemerkte das Abzeichen des Ashok-Regiments auf seiner mitgenommenen Lederrüstung, beschloss aber, es nicht zu beachten. Zumindest im Augenblick. »Führe die mittelschwere Infanterie rein, vom Siebten bis zum Zwölften Trupp.«

»In Ordnung Faust, wir werden den Schweren an den Fersen kleben.«

»Gut. Dies wird ein Straßen- und Häuserkampf werden, Sergeant, vorausgesetzt, die Scheißkerle ergeben sich nicht auf der Stelle.«

»Würde mich überraschen, wenn sie das tun würden, Faust.«

»Mich auch. Setzt euch in Bewegung, Sergeant.«

Endlich ein bisschen Bewegung in den Truppen seiner Kompanie. Das Warten war vorbei. Die Vierzehnte marschierte in die Schlacht. *Schau einfach woanders hin heute Nacht, Vermummter. Schau einfach woanders hin.*

Buddl und Krake schlossen sich wieder ihrem Trupp an. Sergeant Saiten trug seine Armbrust – die Spezialanfertigung –, die er mit einem Knaller-Bolzen geladen hatte.

»Es gibt einen Weg durch die Flammen«, sagte Saiten; er wischte sich den Schweiß aus den Augen und spuckte aus. »Koryk und Starr nach vorn. Krake macht die Nachhut – und halte einen Fetzer bereit. Lächeln und ich hinter den beiden Vorderen. Du bist einen Schritt hinter uns, Buddl.«

»Willst du noch mehr Illusionen, Sergeant?«

»Nein, ich will, dass du das andere Zeug machst. Reite die Ratten und Tauben und Fledermäuse und Spinnen und was hier sonst noch kreucht und fleucht, beim Vermummten. Ich brauche Augen, durch die du dorthin sehen kannst, wo wir nicht hinsehen können.«

»Du rechnest mit einer Falle?«

»Da drüben sind Borduke und sein Trupp, verdammt – die sind als Erste in der Bresche. Kommt, ihnen nach!«

Sie rannten über den unebenen, von Felsbrocken übersäten Boden. Das Mondlicht kämpfte sich durch die Staubschleier. Buddl forschte mit seinen Sinnen, suchte nach Leben irgendwo voraus, aber was er fand, hatte Schmerzen, lag im Sterben, dämmerte unter Bergen von Geröll dahin oder war von den Explosionen betäubt. »Wir müssen hinter den Bereich, in dem die Explosion stattgefunden hat«, sagte er zu Saiten.

»Richtig«, rief der Sergeant über die Schulter, »das ist der Plan.«

Sie erreichten den Rand des riesigen Kraters, den Krumms Sprengstoff gerissen hatte. Borduke und sein Trupp kletterten an der anderen Seite hoch, und Buddl sah, dass die Wand, die sie hochkletterten, durch Ruinen abgestuft war, die zuvor in der Erde vergraben gewesen waren; die Decken und Fußböden waren zusammengedrückt, geborsten und eingestürzt, Mauerteile waren nach draußen und nach unten in die Grube gerutscht, hatten dabei ältere Lagen von gepflasterten Fußböden mitgenommen. Er sah, dass sowohl Balgrid als auch Vielleicht die Explosion überlebt hatten, fragte sich aber dennoch, wie viele Sappeure und Truppmagier sie wohl verloren hatten. Und wusste instinktiv, dass Krumm überlebt hatte.

Borduke und sein Trupp mühten sich sichtlich.

»Nach rechts«, sagte Saiten. »Wir können das Loch umgehen und vor ihnen reinkommen!«

Borduke, der etwa drei Viertel des Aufstiegs an der gegenüberliegenden Wand des Trichters hinter sich gebracht hatte, hörte

400

es und drehte sich um. »Dreckskerle! Balgrid, setz deinen fetten Arsch in Bewegung, verdammt!«, brüllte er.

Koryk fand einen Weg um den Krater herum; er kletterte über das Geröll, und die anderen folgten ihm. In diesen Augenblicken brauchte Buddl all seine Konzentration dafür, auf den Beinen zu bleiben, und derart abgelenkt versuchte er gar nicht erst, die Myriaden kleiner Lebewesen jenseits des Explosionskraters, in der Stadt selbst, zu spüren. Dafür war später noch Zeit, hoffte er.

Der Vormarsch des Seti-Halbbluts kam plötzlich ins Stocken, und als der Magier aufblickte, sah er, dass Koryk auf ein Hindernis gestoßen war – einen breiten Riss in einem reichlich schräg stehenden Stück unterirdischem Fußboden, eine Mannshöhe unter der Erdoberfläche. Staubverschmierte Fliesen zeigten Bilder von fliegenden gelben Vögeln, die alle – der Neigung des Bodens entsprechend – in den Untergrund unterwegs zu sein schienen.

Koryk blickte Saiten an. »Ich habe gesehen, dass die ganze Platte sich bewegt hat, Sergeant. Keine Ahnung, wie fest der Boden unter unseren Füßen sein wird.«

»Hol uns der Vermummte! Na schön, pack die Seile aus, Lächeln –«

»Ich hab sie weggeschmissen«, sagte sie und zog ein finsteres Gesicht. »Als wir hierhergerannt sind. Waren verdammt nochmal zu schwer –«

»Und ich habe sie aufgehoben«, mischte Krake sich ein, nahm die Seilschlingen von seiner linken Schulter und warf sie nach vorn.

Saiten streckte die Hand aus und fuhr mit der geballten Faust kräftig unter Lächelns Kinn. Ihr Kopf flog zurück, ihre Augen weiteten sich – erst vor Überraschung, dann vor Wut. »Du trägst, was ich dir zu tragen befehle, Soldatin«, sagte der Sergeant.

Koryk nahm ein Ende des Seils, ging ein paar Schritte zurück, schoss dann vorwärts und sprang über den Spalt. Er kam sauber auf, wenn auch nur knapp. Unmöglich, dass Starr oder Krake einen so weiten Satz schafften.

Saiten fluchte. »Diejenigen von euch, die das können, was Koryk gerade getan hat, machen es. Und dass mir niemand irgendwelche Ausrüstungsgegenstände hierlässt.«

Augenblicke später hockten Lächeln und Buddl an Koryks Seite und halfen ihm, das Seil irgendwo festzumachen, während der Sergeant, an dem zwei Säcke mit Moranth-Munition baumelten, Hand über Hand herüberkam; die beiden Säcke schwangen wild hin und her, doch er hatte dafür gesorgt, dass sie nicht aneinanderstoßen konnten. Buddl ließ das Seil los und trat nach vorn, um zu helfen, sobald Saiten einen Fuß auf den Rand gesetzt hatte.

Krake folgte ihm. Und schließlich Starr, der sich das Seil um den Körper gewickelt hatte und sich auf den schiefen Fußboden hinunterließ, über den er schnell hinweggezogen wurde, als das gefliese Stück Boden sich zu bewegen begann und dann unter seinem Gewicht wegrutschte. Rüstungen und Waffen klirrten, als der Rest des Trupps den Korporal auf die ebene Erde zog.

»Bei den Göttern«, keuchte Krake. »Der Mann wiegt ja so viel wie ein verdammter Bhederin!«

Koryk rollte das Seil wieder zusammen und reichte es grinsend an Lächeln weiter.

Sie setzten sich erneut in Bewegung, weiter hinauf, über einen Grat aus den Trümmern eines Stalls oder Schuppens hinweg, der sich an die Innenseite der Mauer gelehnt hatte, dann noch mehr Geröll – und dahinter war eine Straße.

In die Borduke und sein Trupp gerade vorstießen, ausgefächert, die Armbrüste bereit. Der bärtige Sergeant ging voraus, Korporal Hubb zwei Schritte hinter ihm zu seiner Rechten . Ibb ging auf der anderen Seite dem Korporal gegenüber, und zwei Schritte hinter diesen beiden waren Tavos Pond und Balgrid, gefolgt von Lauten, während Vielleicht, der Sappeur, die Nachhut bildete. Die klassische Formation, in der Seesoldaten vorrückten.

Die Gebäude an den Seiten waren dunkel, still. Irgendetwas an ihnen war merkwürdig, dachte Buddl und versuchte herauszubekommen, was es war … *Keine Läden vor den Fenstern – sie sind alle offen. Genauso wie die Türen … alle Türen, genauer gesagt.*

»Sergeant –«

Die Pfeile, die plötzlich aus den Fenstern hoch oben herabgeschossen kamen, waren in genau dem gleichen Augenblick auf die Reise geschickt worden, als knapp zwei Dutzend Gestalten aus den nahe gelegenen Gebäuden stürmten. Sie stießen gellende Schreie aus und schwangen Speere, Krummsäbel und Schilde. Die Pfeile waren ohne Rücksicht auf die angreifenden Krieger abgeschossen worden. Zwei von ihnen schrien auf, als sie von den mit eisernen Widerhaken versehenen Spitzen getroffen wurden.

Buddl sah Borduke herumwirbeln, sah den Pfeil, der aus seiner linken Augenhöhle ragte, sah einen zweiten Pfeil seinen Hals durchbohren. Blut spritzte, während er ein, zwei taumelnde Schritte machte, sich an die Kehle und ins Gesicht griff. Hinter ihm krümmte Korporal Hubb sich um einen Pfeil in seinem Bauch zusammen und sank auf die Pflastersteine. Ibb hatte einen Pfeil in die linke Schulter bekommen, und er zerrte noch fluchend an ihm, als ein Krieger den Krummsäbel schwingend auf ihn zustürmte und ihm einen Hieb seitlich gegen den Kopf versetzte. Knochen und Helm dellten sich ein, eine Blutfontäne, und der Soldat brach zusammen.

Saitens Trupp erreichte den Ort des Geschehens, stellte sich einem halben Dutzend Kriegern in den Weg. Buddl fand sich plötzlich inmitten eines wilden Schlagabtauschs wieder; links von ihm war Koryk, der mit seinem Langschwert einen Krummsäbel beiseite schlug und dem Angreifer dann die Schwertspitze in die Kehle stieß. Ein schreiendes Gesicht schien sich auf Buddl zu werfen, als wollte der Krieger versuchen, ihm die Zähne in den Hals zu schlagen, und Buddl wich vor dem Wahnsinn in den Augen des Mannes zurück, griff dann mit seinem Geist aus, hinein in den wilden Mahlstrom der Gedanken des Angreifers – kaum mehr als bruchstückhafte Bilder und schwarze Wut – und fand den primitivsten Teil seines Gehirns; ein Stoß magischer Energie, und der Mann konnte plötzlich seine Bewegungen nicht mehr koordinieren. Er brach mit zuckenden Gliedern zusammen.

Buddl stand kalter Schweiß auf der Stirn, als er einen weiteren Schritt zurückwich und sich wünschte, er hätte eine Waffe, die er ziehen könnte – abgesehen von dem Buschmesser in seiner rechten Hand.

Kämpfe auf allen Seiten. Schreie, das Klirren von Metall, das Bersten von Kettengliedern, Knurren und Keuchen.

Und immer noch regneten Pfeile auf sie herab.

Einer krachte gegen die Rückseite von Saitens Helm, so dass der Sergeant auf die Knie fiel. Er drehte sich um, hob seine Armbrust und starrte düster das gegenüberliegende Gebäude an – an dessen oberen Fenstern es von Bogenschützen wimmelte.

Buddl streckte einen Arm aus und packte Koryk an seinem Harnisch. »Zurück! Fiedlers Knaller! *Alle Mann zurück!*«

Der Sergeant legte die Armbrust an die Schulter, zielte auf eines der oberen Fenster –

Um sie herum waren jetzt überall Soldaten der Schweren Infanterie, und Buddl sah Taffo aus Mosels Trupp auf eine Gruppe von Kriegern zumarschieren; er war noch zehn Schritte von dem Gebäude entfernt – von Saitens Ziel –

– als die Armbrust *tsching* machte und der missgestaltete Bolzen davonflog, nach oben, in eine der gähnenden Fensteröffnungen.

Buddl warf sich flach auf den Boden, vergrub den Kopf unter den Armen –

Das oberste Stockwerk des Gebäudes explodierte. Große Mauerabschnitte wölbten sich nach draußen und krachten dann hinunter auf die Straße. Neben Buddl hüpften die Pflastersteine.

Irgendjemand rollte gegen ihn, und er spürte etwas schwer und glitschig auf seinen Unterarm klatschen, zuckend und heiß. Plötzlich stank es nach Galle und Fäkalien.

Prasselnde Steine, jämmerliches Stöhnen, leckende Flammen. Dann ein weiteres kräftiges Krachen, als das, was noch vom oberen Stockwerk übrig war, ins darunterliegende Geschoss stürzte. Das Ächzen der nächsten Mauer kündigte ihr Zusammensacken an. Und dann war es – abgesehen von einem gelegentlichen Stöhnen – still.

Buddl hob den Kopf. Und stellte fest, dass Korporal Harbyn neben ihm lag. Die untere Hälfte seines Körpers war verschwunden, seine Eingeweide lagen überall verstreut herum. Unter dem Helmrand starrten Augen blicklos ins Leere. Buddl riss sich los, kroch auf Händen und Knien über die von Gesteinsbrocken übersäte Straße. Wo Taffo gegen eine Meute von Kriegern gekämpft hatte, lag jetzt nur noch ein Haufen Geröll, aus dem ein paar staubbedeckte Glieder hervorragten. Keines davon rührte sich.

Koryk ging an ihm vorbei und stieß benommenen Gestalten sein Schwert in die Kehle. Buddl sah Lächeln, die den Pfad des Seti-Halbbluts kreuzte; ihre beiden Messer waren voller Blut.

Leichen auf der Straße. Gestalten, die sich langsam aufrappelten, den Kopf schüttelten, Blut spuckten. Buddl drehte sich auf den Knien um, senkte den Kopf und erbrach sich auf die Pflastersteine.

»Fiedler – du Scheißkerl!«

Hustend, doch mit im Augenblick wieder ruhigem Magen, blickte Buddl auf und sah Sergeant Mosel auf Saiten zustapfen.

»Wir hatten sie! Wir wollten das verdammte Gebäude gerade stürmen!«

»Dann stürmt das da drüben!«, bellte Fiedler und deutete auf das Mietshaus auf der anderen Straßenseite. »Sie sind im Moment nur zurückgeschlagen, das ist alles – es wird gleich wieder Pfeile regnen –«

Fluchend gestikulierte Mosel den drei Schweren Infanteristen, die noch übrig waren – Maifliege, Blitzgescheit und Uru Hela –, und sie trampelten in den Eingang des Gebäudes.

Saiten lud seine Armbrust mit einem neuen Bolzen, dieses Mal einem Fetzer. »Balgrid! Wer ist von eurem Trupp noch übrig?«

Der wohlbeleibte Magier kam herbeigestolpert. »Was?«, rief er. »Ich kann dich nicht hören! Was?«

»Tavos Pond!«

»Hier, Sergeant. Wir haben Vielleicht, äh, Balgrid – aber er blutet aus den Ohren. Lauten liegt flach, sollte es aber überleben, wenn sich ein Heiler um ihn kümmert. Wir sind hier fer...«

»Beim Vermummten seid ihr. Zieh Lauten da raus – dahinten kommt ein neuer Trupp – der Rest von euch kommt mit mir –«

»Balgrid ist taub!«

»Es wäre besser, er wäre stumm – wir haben Handzeichen, erinnerst du dich? Dann erinnere den Bastard daran! Buddl, hilf Starr aus dem Geröll. Krake, nimm Koryk mit und geht zu der Ecke da vorne und wartet da auf uns. Lächeln, lade deine Armbrust – ich will, dass du sie bereithältst und deine Blicke überall hin schweifen lässt, von den Dächern bis zum Boden.«

Buddl rappelte sich auf und ging dorthin, wo Starr sich aus einem Schuttberg herauszuwühlen versuchte – ein Teil der Hauswand war auf ihn gefallen, aber es schien, als hätten sein Schild und seine Rüstung den Aufprall aufgefangen. Er fluchte wild, aber seine Stimme klang nicht, als hätte er Schmerzen. »Hier«, sagte Buddl, »gib mir deinen Arm –«

»Mir geht's gut«, sagte der Korporal, und dann knurrte und ächzte er, als er mit den Füßen um sich trat, um sich freizustrampeln. Er hatte noch immer sein Kurzschwert in der Hand, an dessen Spitze ein haariges Stück Kopfhaut hing, staubbedeckt, aber mit tropfender Unterseite. »Schau dir das an«, sagte er, deutete dabei mit dem Schwert die Straße entlang. »Sogar Krake ist jetzt still.«

»Fiedler hatte keine andere Wahl«, sagte Buddl. »Es waren zu viele Pfeile –«

»Ich beklage mich ja nicht, Buddl. Kein bisschen. Hast du gesehen, wie's Borduke erwischt hat? Und Hubb? Das hätten wir sein können, wenn wir als Erste hier gewesen wären.«

»Hol mich der Abgrund, daran habe ich noch gar nicht gedacht.«

Er schaute sich um, als ein Trupp mittelschwerer Infanterie ankam – der Trupp von Sergeant Strang, Ashok-Regiment und so weiter. »Was im Namen des Vermummten ist denn hier passiert?«

»Ein Hinterhalt«, sagte Buddl. »Sergeant Saiten musste ein Gebäude plattmachen. Mit 'nem Knaller.«

Strang riss die Augen auf. »Verdammte Seesoldaten«, murmelte er. Dann ging er dorthin, wo Saiten noch immer am Boden kauerte. Buddl und Starr folgten ihm.

»Ihr habt euch neu formiert?«, fragte Strang ihren Sergeanten.
»Wir sammeln uns hinter euch –«

»Wir sind bereit, aber schick eine Nachricht zurück. Es wird jede Menge Hinterhalte geben. Leoman will, dass wir jede Straße, jedes Gebäude mit Blut bezahlen. Vielleicht will Faust Keneb ja die Sappeure nochmal voraus schicken, gedeckt von Seesoldaten, um ein paar Gebäude zu beseitigen – das wäre der sicherste Weg, um weiter vorzudringen.«

Strang blickte sich um. »Der sicherste Weg? Bei den Göttern hienieden.« Er drehte sich um. »Korporal Scherbe, du hast gehört, was Fiedler gesagt hat. Schick eine Nachricht an Keneb.«

»In Ordnung, Sergeant.«

»Sünd«, fügte Strang hinzu, an ein junges Mädchen gewandt, »steck das Messer weg – er ist schon tot.«

Sie blickte auf, während sie dem toten Krieger den rechten Zeigefinger abschnitt. Sie hob ihn hoch, um ihn zu zeigen, und stopfte ihn dann in ihre Gürteltasche.

»Ein nettes Mädchen hast du da«, sagte Saiten. »Wir hatten auch mal so eine.«

»Scherbe! Warte! Schicke Sünd mit der Nachricht los, ja?«

»Ich will nicht zurückgehen!«, rief Sünd.

»So ein Pech aber auch«, sagte Strang. Und dann, an Saiten gewandt: »Wir vereinen uns mit Mosels Schweren hinter euch.«

Saiten nickte. »Also dann, Trupp, lasst uns die nächste Straße ausprobieren, ja?«

Buddl schluckte einen erneuten Anfall von Übelkeit hinunter und gesellte sich zu den anderen, als sie sich in Richtung Koryk und Krake aufmachten. *Bei den Göttern, das wird scheußlich.*

Sergeant Gesler konnte es riechen. Ärger in der Nacht. Ungelinderte Dunkelheit aus offenen Fenstern, gähnende Eingänge, und von den angrenzenden Straßen, wo die anderen Trupps sich vorwärtsbewegten, Kampfgeräusche. Doch vor ihnen gab es keine Bewegung, kein Geräusch – nichts, überhaupt nichts. Er hob die rechte Hand, krümmte zwei Finger und machten eine nach unten gerichtete, ziehende Bewegung. Hinter sich hörte er Schritte auf den Pflastersteinen, die einen entfernten sich nach links, die anderen nach rechts, und dann blieben die Soldaten stehen, als sie die angrenzenden Gebäude erreichten. Wahr zu seiner Linken, Pella zu seiner Rechten, die Armbrüste in den Händen, die Blicke auf das Dach und die Fensterreihe im Obergeschoss des gegenüberliegenden Gebäudes gerichtet.

Eine weitere Geste, und Sand kam von hinten zu ihm und kauerte sich neben ihn. »Und?«, wollte Gesler wissen, der sich zum tausendsten Mal wünschte, Stürmisch wäre hier.

»Es sieht schlimm aus«, sagte Sand. »Hinterhalte.«

»Stimmt, aber wo ist unserer? Geh zurück und ruf Moak und seinen Trupp herbei, und den von Tugg – ich will, dass die Schweren die Gebäude räumen, bevor wir das alles abkriegen. Wen haben wir an Sappeuren dabei?«

»In Thom Tissys Trupp sind ein paar«, sagte Sand. »Fähig, Sprung und Gupp, obwohl die erst heute Nacht beschlossen haben, Sappeure zu werden – vor einem Glockenschlag oder so.«

»Großartig. Und sie haben Moranth-Munition?«

»Ja klar, Sergeant.«

»Wahnsinn. Na schön. Sorg dafür, dass auch Thom Tissys Trupp hierherkommt. Ich habe schon einen Knaller hochgehen gehört – es könnte die einzige Möglichkeit sein, das hier hinzukriegen.«

»In Ordnung, Sergeant. Ich bin gleich wieder hier.«

Unterbesetzte Trupps und nächtliche Kämpfe in einer merkwürdigen, feindseligen Stadt. Hatte die Mandata den Verstand verloren?

Zwanzig Schritt entfernt kauerte Pella, den Rücken gegen eine Lehmziegelmauer gelehnt. Ihm war, als hätte er in einem der oberen Fenster eine Bewegung gesehen, aber er war sich nicht ganz sicher – nicht sicher genug, um Alarm zu schlagen. Es hätte durchaus auch ein Vorhang oder so etwas sein können, vom Wind bewegt ...

Nur ... hier ist nicht viel Wind.

Den Blick auf ebenjenes Fenster gerichtet, hob er langsam die Armbrust.

Nichts. Nur Dunkelheit.

Ferne Detonationen – Fetzer, vermutete er, irgendwo weiter südlich. *Wir sollten schnell und hart vorstoßen, und hier sind wir, sitzen gerade mal eine Straße hinter der Bresche fest. Ich glaube, Gesler ist viel zu vorsichtig geworden.*

Er hörte das Knarren und Klirren von Rüstungen und Waffen, und dann Schritte, als mehr Trupps aufrückten, und wandte kurz den Blick von dem Fenster ab, um zuzusehen, wie Sergeant Tugg seine Schweren auf das gegenüberliegende Gebäude zuführte. Drei Soldaten aus Thom Tissys Trupp trotteten auf den Eingang des Gebäudes zu, an das Pella sich drückte. Sprung, Gupp und Fähig. Pella sah, dass sie Fetzer in den Händen hielten – und sonst nichts. Er duckte sich noch tiefer und richtete dann seine Aufmerksamkeit wieder auf das ferne Fenster und wartete leise vor sich hin fluchend darauf, dass einer von ihnen eine Granate in den Eingang warf.

Auf der anderen Straßenseite stürmte Tuggs Trupp in das Gebäude – von drinnen war ein Ruf zu hören, dann das Klirren von Waffen, plötzlich Schreie –

Und dann noch mehr Schreie, dieses Mal aus dem Gebäude in Pellas Rücken, als die drei Sappeure hineineilten. Pella duckte sich – *nein, ihr blöden Idioten! Ihr sollt sie nicht da reintragen – ihr sollt sie werfen!*

Ein scharfes Krachen, das von der Wand hinter ihm eine Staubwolke aufsteigen ließ; Dreck regnete ihm ins Genick, und dann erschollen Schreie. Eine weitere Erschütterung – sich immer tiefer duckend, warf Pella wieder einen Blick zum gegenüberliegenden Fenster –

Und sah für einen winzigen Augenblick etwas aufblitzen –

– spürte den Schock der Überraschung –

– als der Pfeil auf ihn zugeschossen kam. Ein heftiges, splitterndes, berstendes Geräusch. Pellas Kopf wurde zurückgeschleudert, sein Helm knallte knirschend gegen die Mauer. Irgendetwas sich schwach Bewegendes war da am oberen Rand seines Blickfelds, aber die Ränder wurden dunkler. Er hörte, wie seine Armbrust scheppernd neben seinen Beinen auf die Pflastersteine fiel, dann ein ferner Schmerz, als er auf die Knie fiel, sich beim Aufprall die Haut aufschürfte – das hatte er schon einmal getan, als Kind, als er in der Gasse gespielt hatte. Als er gestolpert war, und seine Knie über dreckige, schmierige Pflastersteine geschlittert waren –

Alles so dreckig, im Schmutz verborgene Krankheiten, Entzündungen – seine Mutter war so wütend gewesen, wütend und ängstlich. Sie hatten zu einem Heiler gehen müssen, und das hatte Geld gekostet – Geld, das sie für einen Umzug gespart hatten. In einen besseren Teil der Elendsviertel. Und dann war der Traum ... zerstoben, nur, weil er sich die Knie aufgeschürft hatte.

Genau wie jetzt. Und die Dunkelheit schwappte heran.

Oh, Mama, ich habe mir die Knie aufgeschürft. Es tut mir leid. Es tut mir so leid. Ich habe mir die Knie aufgeschürft ...

Als in den Gebäuden auf beiden Seiten das Chaos ausbrach, duckte Gesler sich noch tiefer. Er blickte nach rechts und sah Pella. Ein Pfeil ragte aus seiner Stirn. Er war einen kurzen Augenblick auf den Knien, während ihm seine Waffe aus den Händen glitt, dann fiel er zur Seite.

Fetzer explodierten im Innern des Gebäudes, dann etwas Schlimmeres – eine Brandbombe; rote Flammen loderten aus den Fenstern des Erdgeschosses. Schreie – jemand kam herausgestolpert, in Flammen gehüllt – ein Malazaner, der mit den Armen wedelnd und um sich schlagend zu rennen begann – genau auf Moak und seinen Trupp zu –

»Verschwindet!«, brüllte Gesler, der aufstand und seine Armbrust hob.

Moak hatte seinen Regenumhang herausgezogen – die Soldaten rannten auf den brennenden Mann zu – sie sahen es nicht – *den Beutel – die Moranth-Munition –*

Gesler schoss. Der Bolzen traf den Sappeur in die Brust – im gleichen Augenblick, in dem die Moranth-Munition hochging.

Zurückgeschleudert, als hätte er einen Hieb gegen die Brust bekommen, landete Gesler auf dem Boden, rollte sich ab und kam wieder auf die Beine.

Moak, Stapler, Strähne. Verbrannt, Guano und Schlamm. *Alle hinüber. Alle nur noch Fleischfetzen und Knochensplitter.* Ein Helm, in dem noch immer der Kopf steckte, prallte gegen eine Mauer, rollte eiernd über den Boden, schwankte noch ein bisschen hin und her und blieb dann liegen.

»Wahr! Zu mir!« Gesler winkte, während er auf das Gebäude zurannte, in das die Schweren eingedrungen waren, und aus dem immer heftigere Kampfgeräusche drangen. »Hast du Sand gesehen?«, fragte er, während er seine Armbrust nachlud.

»N-nein, Sergeant. Pella –«

»Pella ist tot, mein Junge.« Er sah Thom Tissy und was von dessen Trupp noch übrig war – Tulpe und Rampe – auf den Eingang zustürmen, in dem schon Tugg und seine Leute verschwunden waren. *Gut, Thom denkt vernünftig –*

Das Gebäude, das Fähig, Sprung und Gupp verschlungen hatte, war nur noch ein Flammenmeer, aus dem die Hitze wie eine kochend heiße Flüssigkeit herauswogte. *Bei den Göttern, was haben die da drin losgelassen?*

Er rannte durch den Eingang, kam schlitternd zum Stehen. Für Sergeant Tugg waren die Tage des Kämpfens vorbei – er hatte knapp unter dem Brustbein einen Speer in den Bauch bekommen. Und noch blutige Galle gespuckt, ehe er gestorben war. Am gegenüberliegenden, weiter ins Innere führenden Durchgang lag Robello mit eingeschlagenem Schädel. Weiter drinnen, doch außer Sichtweite, kämpften die restlichen Schweren.

»Bleib hinter uns, Wahr«, sagte Gesler, »und nimm deine Armbrust, um uns den Rücken zu decken. Komm, Tissy, auf geht's.«

Der andere Sergeant nickte, winkte Tulpe und Rampe.

Sie stürmten in den Korridor.

Hellian stolperte hinter Urb her, der so plötzlich stehen blieb, dass sie wie gegen eine Wand in ihn hineinlief; sie prallte zurück, fiel hintenüber. »Au, du verdammter Ochse!«

Plötzlich waren überall Soldaten um sie herum, wichen von der Straßenecke zurück, zogen gefallene Kameraden mit.

»Wer? Was?«

Eine Frau ließ sich neben ihr zu Boden fallen. »Hanno. Wir haben unseren Sergeanten verloren. Wir haben Sobelone verloren. Und Toles. Ein Hinterhalt –«

Hellian stützte sich mit einer Hand auf Hannos Schulter und rappelte sich wieder auf. Sie schüttelte den Kopf. »In Ordnung«, sagte sie, und etwas Kaltes und Hartes reckte sich in ihr, als ob ihr Rückgrat sich in ein Schwert verwandelt hätte oder in einen Speer *oder in sonst irgendwas, was sich nicht beugen wird, nein, vielleicht wird es sich sogar beugen, aber nicht brechen. Bei den Göttern, ich fühle mich elend.* »Schließt euch meinem Trupp an. Urb, welcher Trupp sind wir?«

»Keine Ahnung, Sergeant.«

»Ist auch egal, ihr bleibt auf alle Fälle bei uns, Hanno. Ein Hinterhalt? Schön, lasst uns die Dreckskerle fertigmachen. Heikel, Atemlos, holt die Granaten raus, die ihr geklaut habt –«

Die Zwillinge blickten sie an – versuchten, unschuldig und entrüstet auszusehen, was zu gleichermaßen grässlichen Ergebnissen führte – und holten dann die Moranth-Munition heraus. »Es sind nur Rauchbomben, Sergeant, und ein Kracher«, sagte Heikel. »Das ist alles –«

»Rauchbomben? Hervorragend. Hanno, du führst uns in das Gebäude, aus dem die Scheißkerle angegriffen haben. Heikel, du wirfst deine Brandbombe vor ihr. Atemlos, übernimm die offene Flanke, und dann machst du das Gleiche. Wir werden nicht herumstehen – wir werden nicht einmal langsam und vorsichtig reingehen. Ich will, dass es schnell geht, habt ihr das alle verstanden? *Schnell.*«

»Sergeant?«

»Was ist, Urb?«

»Nichts. Nur … ich schätze, ich bin bereit.«

Nun, das macht dann zumindest einen von uns. Ich wusste von Anfang an, dass ich diese Stadt hassen würde. »Waffen raus, Soldaten, es ist an der Zeit, ein paar Leute umzubringen.«

Sie setzten sich in Bewegung.

»Wir haben alle anderen hinter uns gelassen«, sagte Galt.

»Hör mit dem Gejammer auf«, bellte Sergeant Balsam, während er sich Schweiß und Dreck aus den Augen wischte. »Wir haben es für den Rest nur ein bisschen leichter gemacht.« Er starrte die Soldaten seines Trupps an. Sie atmeten schwer, hatten hier und da ein paar oberflächliche Verletzungen, aber nichts Ernstes. Sie hatten sich schnell und schmutzig durch den Hinterhalt geschlagen, genau wie er es gewollt hatte.

Sie waren in einem zweiten Obergeschoss, in einem Raum, voller Stoffballen– ein Vermögen in Seidenstoffen. Läppchen hatte gesagt, dass die Seide aus Darujhistan stammte – ausgerechnet aus Darujhistan. Ein Vermögen in Seidenstoffen, und jetzt war das meiste blutdurchtränkt und mit Fleischfetzen gespickt.

»Vielleicht sollten wir mal das oberste Stockwerk überprüfen«, sagte Gurgelschlitzer, während er die Kerben in seinen Langmessern betrachtete. »Ich glaube, ich hab was gehört – vielleicht ein Scharren oder so was.«

»In Ordnung. Nimm Widersinn mit. Totstink, geh zur Treppe –«

»Die nach oben? Das ist 'ne Leiter.«

»Schön, dann geh eben zu der verdammten, beschissenen Leiter, beim Vermummten. Du bist die Unterstützung und das Sprachrohr, klar? Wenn du irgendwelche Kampfgeräusche von oben hörst, gehst du hoch und hilfst ihnen – aber erst, nachdem du uns Bescheid gesagt hast. Verstanden?«

»Is' klar wie Pisse, Sergeant.«

»Gut. Dann los, ihr drei. Galt, bleib beim Fenster und pass auf, was gegenüber passiert. Läppchen, du gehst an das Fenster da drüben und machst das Gleiche. Auf uns wartet noch mehr Scheiße, und wir werden einfach durch alles durchfetzen.«

Kurze Zeit später hörte das Geräusch der Schritte auf, die oben hin und her gingen, und Totstink rief aus dem Korridor, dass Gurgelschlitzer und Widersinn die Leiter herunterkommen würden. Ein Dutzend Herzschläge später betraten alle drei wieder den Raum mit den Seidenballen. Gurgelschlitzer ging zu Balsam und hockte sich hin. »Sergeant«, sagte er im Flüsterton.

»Was ist?«

»Wir haben was gefunden. Gefällt mir ganz und gar nicht. Wir finden, du solltest es dir selbst ansehen.«

Balsam seufzte und richtete sich auf. »Galt?«

»Sie sind da, klar, in allen drei Stockwerken.«

»Läppchen?«

»Hier ist's genauso, außerdem ist da auf dem Dach noch ein Typ mit 'ner verhängten Laterne.«

»In Ordnung, passt weiter auf. Geh voraus, Gurgelschlitzer. Totstink, zurück in den Korridor. Widersinn, wirke ein bisschen Magie oder so was.«

Er folgte Gurgelschlitzer zur Leiter. Das oberste Stockwerk hatte eine niedrige Decke, war eher eine Mansarde als alles andere. Viele Räume mit dicken Wänden aus gehärteten Tonziegeln.

Und zu einer dieser Wände führte Gurgelschlitzer ihn. An ihrem Fuß standen große Urnen und Fässer. »Die hab ich gefunden«, sagte er, griff hinter ein Fass und brachte einen Trichter zum Vorschein, der aus einer Art Flaschenkürbis gemacht worden war.

»Ja, schön«, sagte Balsam, »und was ist damit?«

Sein Soldat trat gegen eines der Fässer. »Die hier sind voll. Aber die Urnen sind leer. Alle.«

»Ah, ja …«

»Olivenöl.«

»Richtig. Dafür ist diese Stadt berühmt. Mach weiter.«

Gurgelschlitzer warf den Trichter beiseite. »Siehst du die feuchten Flecken an den Wänden? Da.« Er deutete mit der Messerspitze auf die entsprechende Stelle, begann dann zu bohren. »Der Lehm ist weich, der ist erst vor kurzem da reingeschmiert worden. Diese Mauern – sie sind hohl.«

»Um Feners willen, Mann, worauf willst du hinaus?«

»Nur auf das: Ich glaube, dass diese Mauern – dieses ganze Gebäude mit Öl gefüllt ist.«

»Gefüllt? Mit … mit *Öl?*«

Gurgelschlitzer nickte.

Mit Öl gefüllt? Was soll das sein – eine Art Leitungssystem, um es nach unten zu bringen? Nein, beim Vermummten, Balsam, sei kein Idiot. »Gurgelschlitzer, glaubst du, dass das auch bei anderen Häusern so ist? Ist es das, was du denkst?«

»Ich glaube, dass Leoman aus Y'Ghatan eine einzige große Falle gemacht hat, Sergeant. Er will, dass wir in die Stadt eindringen, in den Straßen kämpfen, immer weiter vorstoßen –«

»Aber was ist mit seinen Anhängern?«

»Was soll mit ihnen sein?«

Aber … das würde bedeuten … Er rief sich die Gesichter der Feinde in Erinnerung, ihren Fanatismus, ihre glänzenden Augen, die auf Rauschgift hindeuteten. *»Hol uns der Abgrund!«*

»Wir müssen Faust Keneb suchen, Sergeant. Oder einen Hauptmann. Wir müssen –«

»Ich weiß, ich weiß. Lass uns hier verschwinden, bevor der Dreckskerl mit der Laterne auf die Idee kommt, sie zu werfen!«

Es hatte chaotisch angefangen, nur um dann noch chaotischer zu werden. Doch nachdem sie anfänglich zurückgetaumelt waren, als ein Hinterhalt nach dem anderen sich enthüllt hatte und die Voraustrupps aus Seesoldaten übel zugerichtet worden waren, hatten die Kompanien von Faust Keneb und Faust Tene Baralta sich gesammelt und neu formiert und waren dann erneut in die Stadt vorgedrungen, Gebäude um Gebäude, Straße um Straße. Irgendwo voraus stießen die Reste der Seesoldaten immer noch weiter vor, wie Keneb wusste, schlugen sich durch die fanatischen, aber schlecht bewaffneten und durchweg undisziplinierten Krieger von Leomans Rebellenarmee.

Er hatte gehört, dass diese Soldaten sich in einem von Drogen herbeigeführten Zustand der Raserei befinden sollten, dass sie kämpften, ohne Rücksicht auf Verletzungen, und dass nicht einer von ihnen zurückwich, sondern dass sie alle an Ort und Stelle starben. Was er erwartet hatte, um ehrlich zu sein. Ein letztes Gefecht, eine heroische Verteidigungsschlacht, die sie alle zu Märtyrern machte. Denn genau das war es, was Y'Ghatan gewesen war, was es war und was es immer sein würde.

Sie würden diese Stadt einnehmen. Die Mandata würde ihren ersten echten Sieg erringen. Blutig und scheußlich, aber nichtsdestotrotz ein Sieg.

Er stand eine Querstraße jenseits der Bresche, in seinem Rücken schwelende Trümmer, und betrachtete die Reihe verwundeter und bewusstloser Soldaten, die zu den Heilern ins Lager zurückgebracht wurden. Frische Infanterie-Einheiten marschierten durch die gesicherten Bereiche und weiter voran in die Schlacht; bald würde die malazanische Faust sich endgültig um Leoman und seine Anhänger – die letzten noch lebenden Überreste der Rebellion – geschlossen haben.

Er sah, wie die zu Tene Baraltas Kompanie gehörende Rote Klinge namens Lostara Yil drei Trupps in Richtung der fernen Kampfgeräusche führte. Und Tene selbst stand ganz in der Nähe, sprach mit Hauptmann Gütig.

Keneb hatte Faradan Sort nach vorne geschickt, um Verbindung mit den Voraustrupps aufzunehmen. Es sollte eine zweite Zusammenkunft geben, in der Nähe des Palasts, und er hoffte, dass noch immer alle dem Schlachtplan folgten.

Schreie, dann Alarmrufe – *hinter ihm. Von außerhalb der Bresche!* Faust Keneb wirbelte herum und sah eine Wand aus Flammen auf dem Todesstreifen hinter ihnen aufsteigen – dort, wo Leomans Krieger den schmalen, tiefen Graben ausgehoben hatten. Vergrabene, mit Olivenöl gefüllte Urnen begannen im Graben zu explodieren und versprühten brennende Flüssigkeit in alle Richtungen. Keneb sah, wie die Reihe der ins Lager zurückkehrenden Verwundeten nahe des Grabens auseinanderspritzte, sah brennende Gestalten. Schreie, das Tosen von Feuer –

Voller Entsetzen erhaschte er eine Bewegung zu seiner Rechten, oben auf dem Dach des nächsten Gebäudes auf der der Bresche zugewandten Seite. Dort stand eine Gestalt mit einer Laterne in der einen und einer brennenden Fackel in der anderen Hand – geschmückt mit einem Netz aus Feldflaschen, umgeben von Amphoren – am äußersten Rand des Dachs; der Mann hatte die Arme ausgestreckt und trat die großen Tonkrüge über den Rand – Tonkrüge, an denen Seile angebracht waren, die zu seinen Knöcheln führten, so dass das Gewicht ihn über die Dachkante zog.

Hinunter in das Trümmerfeld der Bresche.

Er schlug auf, verschwand aus Kenebs Blickfeld, und dann loderten plötzlich Flammen auf, die sich rasend schnell ausbreiteten.

Und auf anderen Dächern entlang der Stadtmauer sah Keneb nun noch mehr Gestalten – die sich in die Tiefe stürzten. Hinunter – und dann das Schimmern tosender Flammen, die hochschlugen und alles umzingelten; an den Bastionen blähten sich noch mehr Flammen auf und verbreiteten sich wie eine entfesselte Flut.

Ein Hitzeschwall wogte an Keneb heran, zwang ihn, einen Schritt zurückzutreten. Öl aus zerborstenen Fässern inmitten des Durcheinanders aus Teilen der gesprengten Mauer und eingestürzten Gebäuden fing plötzlich Feuer. Die Bresche schloss sich, dämonisches Feuer loderte.

Keneb schaute sich um, Entsetzen stieg in ihm auf: Er sah das halbe Dutzend Melder, die zu seinem Stab gehörten, eng um ein größeres Trümmerstück kauern. Brüllend rannte er auf sie zu. »Gebt das Zeichen zum Rückzug! Verdammt, Soldaten, gebt das Zeichen zum Rückzug!«

Nordwestlich von Y'Ghatan ritten Temul und eine Kompanie Wickaner den Hang hinauf, der zur Straße nach Lothal führte. Sie hatten niemanden gesehen. Keine Menschenseele, die aus der Stadt geflohen wäre. Die Reiterkrieger der Vierzehnten hatten sie vollständig umzingelt. Wickaner, Seti, Verbrannte Tränen. Es würde kein Entkommen geben.

Temul war erfreut gewesen, als er mitbekommen hatte, dass die Gedanken der Mandata in ähnlichen Bahnen verlaufen waren wie seine eigenen. Ein überraschender Vorstoß, hart wie ein Messer, das in eine Brust gestoßen wird, direkt ins Herz dieser verfluchten Rebellion. Sie hatten gehört, wie die Sprengladung hochgegangen war – es war laut gewesen, lauter als erwartet – und hatten die von Flammen durchzuckten schwarzen Wolken dort aufsteigen gesehen, wo der größte Teil der südlichen Stadtmauer von Y'Ghatan in die Luft geflogen war.

Nun zügelten sie ihre Pferde, als sie die Spuren des gewaltigen Exodus entdeckten, der diese Straße erst wenige Tage zuvor verstopft hatte.

Ein Aufblitzen von Feuer, ein fernes Grollen, wie Donner, und die berittenen Krieger drehten sich alle um, blickten zurück zur Stadt. Wo Flammenwände sich hinter den steinernen Wällen erhoben, aber auch von den Bastionen und den verschlossenen Toren – und dann ging im Innern der Stadt Gebäude um Gebäude in Flammen auf … noch mehr Flammen … und noch mehr.

Temul starrte die Stadt an, und sein Geist wurde von dem, was er sah, was er begriff, förmlich zerschmettert.

Ein Drittel der Vierzehnten Armee war mittlerweile in der Stadt. Ein Drittel.

Und sie waren schon so gut wie tot.

Faust Blistig stand neben der Mandata auf der Straße. Er fühlte sich elend, und das Gefühl stieg von einem Ort und einer Zeit auf, die er geglaubt hatte, hinter sich gelassen zu haben. Auf den Wällen von Aren zu stehen und zuzusehen, wie Coltaines Armee abgeschlachtet wurde. Hoffnungslos, hilflos …

»Faust«, stieß die Mandata hervor. »Lasst mehr Soldaten den Graben füllen.«

Er zuckte zusammen, drehte sich dann um und winkte einem seiner Adjudanten – die Frau hatte den Befehl bereits gehört, denn sie nickte und eilte davon. *Den Graben löschen, klar. Aber … wozu?* Die Bresche hatte eine neue Mauer bekommen, und die war aus Flammen. Und überall in der Stadt loderten noch mehr Flammen; es begann gleich hinter den abgestuften Wällen; Gebäude barsten in wildem Tosen, wenn brennendes Öl explodierte und Lehmziegel in die Luft schleuderte, die ihrerseits zu tödlichen, brennenden Geschossen wurden. Und jetzt fingen auch weiter im Stadtinnern, an Kreuzungen und den breiteren Straßen, Gebäude zu brennen an. Eben gerade war eines direkt hinter dem Palast explodiert und hatte Fontänen aus brennendem Öl himmelwärts geschossen, die die Dunkelheit ausgelöscht und den Himmel enthüllt hatten, an dem sich dunkle Wolken entlangwälzten.

»Nil, Neder«, sagte die Mandata mit brüchiger Stimme, »sammelt eure Magier – alle – ich will, dass die Flammen in der Bresche erstickt werden. Ich will –«

»Mandata«, unterbrach Neder sie, »diese Macht haben wir nicht.«

»Die alten Erdgeister sterben«, fügte Nil in einem dumpfen Tonfall hinzu, »auf der Flucht vor den Flammen, der glühend heißen Agonie. Alle sterben oder fliehen. Etwas steht kurz davor, geboren zu werden ...«

Y'Ghatan vor ihnen wurde langsam heller, als der Morgen heraufdämmerte und sich ein entsetzlich grässlicher Tag ankündigte.

Sie husteten, stolperten, trugen oder schleppten verwundete Soldaten durch das Gewühl – aber sie konnten nirgendwo hin. Keneb starrte auf seine Soldaten, die heiße Luft brannte ihm in den Augen. Siebenhundert, achthundert. Wo waren die anderen? Aber er wusste es.

Dahin. Tot.

In den Straßen um sie herum konnte er nichts als Feuer sehen, das von Gebäude zu Gebäude sprang und dessen frohlockende Stimme die scharfe, heiße Luft durchdrang – dämonisch, hungrig und gierig.

Er musste etwas tun. Sich irgendetwas einfallen lassen, doch diese Hitze, diese schreckliche Hitze – seine Lunge sehnte sich nach

Luft, trotz des sengenden Schmerzes, der bei jedem angestrengten Atemzug aufflackerte. Atemzug um Atemzug, aber es war, als wäre die Luft selbst gestorben, als wäre ihr alles Leben ausgesaugt worden, so dass sie ihm nichts mehr zu bieten hatte.

Seine eigene Rüstung kochte ihn bei lebendigem Leib. Er war jetzt auf die Knie gesunken, genau wie alle anderen. »Die Rüstungen!«, krächzte er, ohne zu wissen, ob ihn überhaupt jemand hören konnte. »Weg damit! Die Rüstungen! Die Waffen!« *Bei den Göttern hienieden, meine Brust – diese Schmerzen –*

Eine Parade Klinge auf Klinge, bei der Kontakt gehalten wurde, zwei Schneiden, die aneinander entlangglitten, dann, als der Krieger mit seinem Krummsäbel stärker drückte, duckte sich Lostara Yil tief, löste ihr Schwert in einer abwärtsgerichteten Bewegung von dem ihres Gegners, führte einen Hieb nach vorn oben und traf ihn in die Kehle. Blut spritzte. Während sie an dem Krieger vorbeiging, schlug sie eine andere Waffe beiseite – einen Speer, der nach ihr gestoßen wurde – und sie hörte den Schaft splittern. In ihrer linken Hand hielt sie ihr Kethra-Messer, das sie ihrem Gegner in den Bauch rammte und es im Herausziehen noch herumdrehte.

Lostara kam stolpernd von dem zusammenbrechenden Krieger frei, und ein Gefühl der Reue wallte in ihr auf, als sie den Mann den Namen einer Frau rufen hörte, ehe er auf das Straßenpflaster prallte.

Der Kampf tobte zu allen Seiten. Ihre drei Trupps bestanden mittlerweile aus nicht einmal mehr einem Dutzend Soldaten, während immer mehr rasende Fanatiker nachdrängten. Sie kamen aus den umstehenden Gebäuden – Marktstände mit eingetretenen Läden, aus denen Rauch quoll, der den Geruch nach überhitztem Öl und spuckende, knackende Geräusche auf die Straße trug – irgendetwas machte *rrumms* und plötzlich war da Feuer –

Überall.

Lostara Yil rief eine Warnung, während ein anderer Krieger auf sie zustürmte. Sie parierte seinen Hieb mit dem Messer, stieß mit dem Schwert zu und trat den aufgespießten Leichnam von ihrer

Klinge; das Gewicht des zusammensackenden Mannes hätte ihr fast die Waffe aus der Hand gerissen.

Schreckliche Schreie hinter ihr. Sie wirbelte herum.

Eine Flut aus brennendem Öl, das aus den Gebäuden auf beiden Seiten strömte, schwappte zwischen die Kämpfenden – gegen ihre Beine, ihre Kleider – Telaban, Leder, Leinen, alles ging in Flammen auf. Ob Krieger oder Soldat, das Feuer fragte nicht nach Freund oder Feind – es verschlang sie alle.

Taumelnd floh sie vor dem heranrasenden Strom des Todes, stolperte und fiel lang ausgestreckt auf einen Leichnam, kletterte auf ihn – nur einen Augenblick, bevor das brennende Öl heran war, an ihrer bereits brennenden Insel aus zerfetztem Fleisch vorbeischwappte –

Ein Gebäude explodierte, der Feuerball wurde immer größer und stürzte auf sie zu. Sie schrie auf und riss beide Arme hoch, als die sengende Glut sich streckte, um sie zu holen –

Von hinten kam eine Hand, die sie am Harnisch packte –

Schmerz – die letzte Luft ihrer Lunge entrissen – und dann … nichts mehr.

»Bleibt unten!«, brüllte Balsam, während er seinen Trupp die gewundene Gasse entlangführte. Anschließend nahm er die Litanei seiner Flüche wieder auf. Sie waren verloren. Bei dem Versuch, zu Keneb und der Bresche zurückzukehren, waren sie zurückgeschlagen worden – und jetzt wurden sie zusammengetrieben. Von Flammen. Als sich vor einiger Zeit in den allgegenwärtigen Rauchschwaden kurz eine Lücke aufgetan hatte, hatten sie den Palast gesehen, und soweit Balsam das beurteilen konnte, bewegten sie sich noch immer in die entsprechende Richtung – aber die Welt dahinter war in Feuer und Rauch verschwunden, und die größer und größer werdende Feuersbrunst war ihnen auf den Fersen. Lebendig – und auf der Jagd nach ihnen.

»Es wird schlimmer, Sergeant. Wir müssen aus dieser Stadt raus!«

»Glaubst du tatsächlich, ich wüsste das nicht, Widersinn? Was im Namen des Vermummten glaubst du, was wir hier tun? Und jetzt sei still –«

»Uns wird die Luft ausgehen.«

»Sie geht uns jetzt schon aus, du verdammter Idiot! Und jetzt halt den Mund!«

Sie kamen an eine Kreuzung, und Balsam ließ seine Soldaten Halt machen. Die Mündungen von sechs Gassen lockten, doch jede führte auf einen Weg, der genauso gewunden und dunkel wie der andere war. Aus zweien zu ihrer Linken trieben Rauchschwaden. Der Dal Honese, dem schwindlig war und dem jeder Atemzug schmerzhafter und weniger erfrischend vorkam als der vorangegangene, wischte sich den Schweiß aus den Augen, drehte sich um und musterte seine Soldaten. Totstink, Gurgelschlitzer, Widersinn, Galt und Läppchen. Harte Bastarde, einer wie der andere. Dies hier war nicht die richtige Art zu sterben – es gab richtige Arten, aber diese zählte nicht dazu. »Bei den Göttern«, murmelte er, »ich werde nie wieder eine Feuerstelle so ansehen können wie früher.«

»Da hast du recht, Sergeant«, sagte Gurgelschlitzer und unterstrich seine Bemerkung mit einem abgehackten Husten.

Balsam nahm den Helm ab. »Legt die Rüstungen ab, ihr verdammten Idioten, bevor wir uns selber schmoren. Behaltet die Waffen, wenn's geht. Wir werden hier heute Nacht nicht sterben. Habt ihr mich verstanden? Hört zu, alle – habt ihr mich verstanden?«

»Klar, Sergeant«, sagte Gurgelschlitzer. »Haben wir.«

»Gut. Und jetzt – Widersinn, hast du irgendeine Magie, die uns einen Pfad schaffen könnte? Oder sonst irgendwas?«

Der Magier schüttelte den Kopf. »Ich wünschte, ich hätte was. Aber vielleicht bald.«

»Was meinst du damit?«

»Ich meine damit, dass hier ein Feuer-Elementar geboren wurde, wie ich glaube. Ein Feuergeist, ein unbedeutender Gott. Ein Feuersturm ist unterwegs, und der wird seine Ankunft ankündigen – und dann werden wir sterben, wenn wir nicht sowieso schon tot sind. Aber ein Elementar lebt. Er hat einen Willen, einen Verstand, ist verdammt hungrig und wild darauf zu töten. Aber er kennt auch Furcht, weil er weiß, dass er nicht lange existieren wird – er ist zu wild, zu heiß –, ein paar Tage bestenfalls. Und er kennt auch andere Arten der Furcht, und an der Stelle kann ich vielleicht etwas ausrichten – Illusionen. Von Wasser, aber nicht einfach nur Wasser. Ein Wasser-Elementar.« Er blickte seine Kameraden an, die ihn ihrerseits alle anstarrten, und zuckte die Schultern. »Vielleicht, vielleicht auch nicht. Wie schlau ist ein Elementar? Er muss schlau sein, damit man ihn reinlegen kann, versteht ihr? Zumindest so schlau wie ein Hund, aber es wäre besser, wenn er noch schlauer wäre. Das Problem ist, dass sich nicht alle einig sind, ob Elementare überhaupt existieren. Ich meine, ich bin überzeugt, dass es eine gute Theorie ist –«

Balsam versetzte ihm eine Kopfnuss. »All das hier auf der Basis einer *Theorie*? Du hast die ganze Atemluft für so was verschwendet? Bei den Göttern hienieden, Widersinn, ich hätte gute Lust, dich hier auf der Stelle umzubringen.« Er erhob sich. »Machen wir, dass wir weiterkommen, so lange wir noch können. Zum Vermummten mit dem verdammten Palast – nehmen wir die gegenüberliegende Gasse, und falls dieser theoretische Elementar auftaucht, können wir ihm die Hand schütteln und ihn in den nichtexistenten Abgrund verfluchen. Kommt – und was dich angeht, Widersinn, kein Wort mehr, verstanden?«

Der Soldat kehrte zurück, von Flammen umlodert. Er rannte, rannte vor den Schmerzen davon, doch es gab keinen Ort, zu dem er hätte rennen können. Hauptmann Faradan Sort hob die Armbrust, zielte und schoss. Sah zu, wie der arme Mann zu Boden stürzte und reglos liegen blieb, während die Flammen über ihn hinwegleckten, seine Haut schwärzten, das Fleisch aufplatzen ließen. Sie wandte sich ab. »Das war der letzte Bolzen«, sagte sie, während sie die Armbrust zur Seite warf.

Ihr neuer Leutnant – der den zungenbrecherischen Namen Madan'Tul Rada trug – sagte nichts, ein Charakterzug, an den

Faradan sich bereits gewöhnt hatte und für den sie meistens auch dankbar war.

Außer in diesem Augenblick, wo sie kurz davor standen, geröstet zu werden. »In Ordnung«, sagte sie, »streichen wir diesen Weg – und ich habe jetzt keine Kundschafter mehr. Wir können nicht zurück, wir können nicht nach vorn, und wie es aussieht können wir auch nicht nach rechts oder links. Irgendwelche Vorschläge?«

Madan'Tul Rada machte ein säuerliches Gesicht; seine Mundwinkel zogen sich nach unten, während er mit der Zunge einen vermutlich verfaulten Backenzahn untersuchte, dann spuckte er aus, blinzelte in den Rauch und nahm schließlich seinen runden Schild ab, um dessen zerschrammte Oberfläche zu mustern. Dann blickte er wieder auf, sah sie langsam an und sagte schließlich: »Nein.«

Sie konnten den Wind über ihren Köpfen hören, der heulend über die Stadt wirbelte, die Flammen emporriss und Feuerschweife hinter sich herzog, die wie riesige Schwerter durch die wogenden Rauchwolken fetzten. Es wurde immer schwieriger zu atmen.

Plötzlich hob der Leutnant den Kopf; er starrte zu der Flammenwand hinüber, die ein Stück entfernt quer über die Straße waberte, und stand auf.

Faradan Sort folgte seinem Beispiel unverzüglich, denn sie konnte jetzt ebenfalls sehen, was er gesehen hatte – einen merkwürdigen schwarzen Fleck, der sich in den Flammen ausbreitete; die Feuerzungen zogen sich flackernd zurück und starben, während der kreisförmige Fleck noch schwärzer wurde, und dann stolperte aus ihm eine Gestalt, von der die verkohlte Lederrüstung in Stückchen abfiel; Schließen und Knöpfe hüpften über die Straße.

Sie kam auf sie zugestolpert, und Flammen tanzten in ihrem Schopf – sie tanzten, doch sie brannten nicht. Als sie näher kam, sah Faradan Sort, dass es ein Mädchen war, deren Gesicht sie schließlich erkannte. »Sie ist aus Strangs Trupp. Sünd.«

»Wie hat sie das gemacht?«, fragte Madan'Tul Rada.

»Ich weiß es nicht, aber wir wollen hoffen, dass sie es noch einmal tun kann. Soldatin! Hierher!«

Ein Obergeschoss war einfach abgeschert und in einer Explosion aus Staub und Rauch nach unten auf die Straße geknallt. Wo Pfeifenkopf gehockt hatte. Er hatte es nicht einmal kommen gesehen, vermutete Hellian. *Glücklicher Kerl.* Sie drehte sich zu ihrem Trupp um, sah ihre Leute an. Von Brandblasen übersät und rot wie gekochte Hummer. Sie hatten die Rüstungen abgelegt, die Waffen weggeworfen – sie waren zu heiß, um sie zu halten. Seesoldaten und Schwere Infanteristen. Sie selbst der einzige Sergeant. Zwei Korporale – Urb und Reem – mit ausdruckslosen Gesichtern. Rote Augen hatten sie alle, sie keuchten in der heißen Luft, und hatten fast keine Haare mehr. *Es wird nicht mehr lange dauern, glaube ich. Bei den Göttern, was würde ich dafür geben, wenn ich jetzt was Richtiges zu trinken hätte. Etwas Nettes. Gekühlt, köstlich und dann käme die Trunkenheit, langsam und unauffällig, einen friedlichen Schlaf verheißend, der genauso süß ist wie der letzte Tropfen, der meinen mitgenommenen Hals runterläuft. Bei den Göttern, ich werde poetisch, wenn's ums Trinken geht, oh ja.* »In Ordnung, der Weg ist jetzt blockiert. Nehmen wir diese verdammte Gasse –«

»Warum?«, wollte Heikel wissen.

»Weil ich in ihr keine Flammen sehe, darum. Wir werden in Bewegung bleiben, bis wir uns nicht mehr bewegen können, kapiert?«

»Warum bleiben wir nicht einfach hier – früher oder später wird sowieso irgendein Gebäude über uns zusammenbrechen.«

»Ich sag dir was«, schnaubte Hellian. »Du kannst das machen, aber ich, ich werde nicht hierbleiben und warten. Wenn du allein sterben willst, dann mach das.«

Sie marschierte los.

Alle anderen folgten ihr. Es war das Einzige, was sie tun konnten.

Achtzehn Soldaten – Saiten hatte sie durchgebracht. Drei weitere Scharmützel, blutig und ohne Erbarmen, und jetzt kauerten sie vor den Palasttoren – die gähnend offen standen wie ein gewaltiges Maul, aus dem Flammen schlugen. Rauchwolken bauschten sich düster in der Nacht glimmend über den Befestigungen. Buddl kniete auf dem Boden; er keuchte, während er sich langsam nach seinen Kameraden umblickte. Ein paar Schwere, Saitens kompletter Trupp und die meisten von Sergeant Strangs Trupp, dazu die paar Seesoldaten aus Bordukes Trupp, die überlebt hatten.

Sie hatten gehofft, ja gebetet, hier anzukommen und andere Trupps zu finden – irgendjemanden, mehr Überlebende, die dieser verdammten Feuersbrunst getrotzt hatten … zumindest bis jetzt. *Nur bis jetzt, das ist alles. Es hätte genügt.* Aber sie waren allein, und es gab keinerlei Hinweise darauf, dass irgendwelche anderen Malazaner es geschafft hatten.

Falls sich Leoman von den Dreschflegeln im Palast befand, dann war er jetzt nichts mehr als Asche.

»Krumm, Vielleicht, Krake, her zu mir«, befahl Saiten, während er sich hinhockte und seinen Packsack absetzte. »Gibt's hier noch mehr Sappeure? Nein? Trägt sonst jemand Moranth-Munition? In Ordnung, ich habe gerade meine überprüft – das Wachs ist viel zu weich und wird immer weicher – das ganze Zeug wird hochgehen, und das ist der Plan. Alles, außer den Brandbomben – lasst die liegen –, der Rest geht direkt in den Rachen dieses Palasts.«

»Und was bringt das?«, wollte Strang wissen. »Ich meine, mir soll's recht sein, wenn du glaubst, dass das ein besserer Weg ist, zu gehen.«

»Ich will versuchen, in diesen immer stärker werdenden Feuersturm ein Loch zu blasen, um ihn zurückzuschlagen – und dann marschieren wir durch dieses Loch, solange es Bestand hat – der Vermummte allein weiß, wo uns das hinführen wird. Aber hinter dem Palast sehe ich kein Feuer, und deshalb hört sich das für mich gut an. Hast du ein Problem damit, Strang?«

»Nein. Ich liebe diese Idee. Sie ist brillant. Genial. Wenn ich doch bloß meinen Helm nicht weggeworfen hätte.«

Ein paar Lacher. *Ein gutes Zeichen.*

Dann abgehacktes Husten. *Ein schlechtes Zeichen.*

Irgendjemand schrie, und als Buddl sich umdrehte, sah er eine Gestalt aus einem nahe gelegenen Gebäude treten, die mit Flaschen und Fässchen behängt war. Eine weitere Flasche hielt der Mann in einer Hand, in der anderen eine Fackel – und er kam direkt auf den Trupp zu. Und sie alle hatten ihre Armbrüste weggeworfen.

Einer der Soldaten aus Strangs Trupp brüllte zur Antwort auf – es war Glocke –, und dann stürmte er vor, um den Fanatiker abzufangen.

»Komm zurück!«, schrie Strang.

Glocke rannte weiter, warf sich dem Mann entgegen, prallte zwanzig Schritt von den Trupps entfernt mit ihm zusammen. Beide fielen hin.

Buddl warf sich flach auf den Boden, rollte sich weg, stieß gegen andere Soldaten, die das Gleiche taten.

Ein *Wuuusch* und dann noch mehr Schreie. Schreckliche Schreie. Eine Woge aus Hitze, glühend heiß, grimmig wie der Atem einer Schmiede.

Dann fluchte Saiten, rappelte sich mit seinen Packen auf. »Weg vom Palast! Alle!«

»Ich nicht!«, knurrte Krake. »Du brauchst Hilfe.«

»Schön. Aber alle anderen! Mindestens sechzig, siebzig Schritt! Mehr, wenn's geht! Verschwindet!«

Buddl mühte sich auf die Beine und blickte Saiten und Krake hinterher, die wie Krabben auf die Palasttore zurannten. Dann schaute er sich um. *Sechzig Schritt? Wir haben keine sechzig Schritt* – Flammen verschlangen jetzt Gebäude in jeder Richtung, in die er blickte.

Trotzdem – so weit weg wie möglich. Er fing an zu rennen.

Und prallte mit jemandem zusammen – der ihn am linken Arm packte und herumriss.

Gesler. Und hinter ihm Thom Tissy sowie eine Handvoll Soldaten. »Was machen die Idioten da?«, wollte Gesler wissen.

»Ein – Loch – in den – Sturm – blasen –«

»Bei den verrunzelten Göttern des Abgrunds. Sand, hast du immer noch deine Munition?«

»Klar, Sergeant –«

»Verdammter Idiot. Gib sie mir –«

»Nein«, sagte Wahr und trat zwischen die beiden. »Ich werde sie nehmen. Wir sind schon früher durch Feuer gegangen, stimmt's, Sergeant?« Und mit diesen Worten riss er Sand den Beutel aus der Hand und rannte auf die Palasttore zu –

Wo Saiten und Krake hatten zurückweichen müssen, weil die Hitze zu groß war und die Flammen ihre leuchtenden Arme nach ihnen ausstreckten.

»Verdammter Kerl!«, zischte Gesler. »Das war ein anderes Feuer –«

Buddl entzog sich dem Griff des Sergeanten. »Wir müssen los! Weg!«

Augenblicke später rannten alle los – außer Gesler, der auf die Sappeure vor dem Tor zustürmte. Buddl zögerte. Er konnte nicht anders. Er musste sehen –

Wahr erreichte Krake und Saiten, riss ihnen ihre Beutel weg, warf sie sich über eine Schulter, brüllte irgendetwas und rannte auf die Palasttore zu.

Die beiden Sappeure sprangen auf, zogen sich zurück, fingen dabei Gesler ab – der entschlossen schien, seinem jungen Rekruten zu folgen – zerrten den Sergeanten mit sich. Gesler kämpfte, blickte mit gramzerfurchtem Gesicht in Wahrs Richtung –

Doch der Soldat hatte sich bereits in die Flammen gestürzt.

Buddl rannte zurück, half den beiden Sappeuren, den schreienden Gesler wegzuziehen.

Weg.

Sie waren dreißig Schritt weit gekommen, hielten auf die Soldaten zu, die ganz klein zusammengekauert in respektvollem Abstand vor der nächsten Flammenwand auf der Straße hockten, als der Palast hinter ihnen in die Luft flog.

Und nach draußen; ganze Mauerstücke flogen in den Himmel.

In die Luft gerissen und in einem wilden Wind taumelnd, rollte Buddl inmitten von hüpfenden Trümmern, Gliedern und Körpern, Gesichtern, weit aufgerissenen Mündern ... alle schrien – stumm. Kein Geräusch – kein ... *nichts.*

Schmerzen in seinem Kopf, Stechen in den Ohren, ein Druck auf seinen Schläfen, sein Schädel kurz davor zu implodieren –

Und dann drehte sich der Wind plötzlich, zog Flammenstreifen hinter sich her, die von jeder Straße heranrückten. Der Druck ließ nach. Die Flammen zogen sich zurück, sie wanden sich wie Tentakel.

Und dann war die Luft ruhig.

Hustend mühte sich Buddl taumelnd auf die Beine und drehte sich um.

Das Herz des Palasts war fort, auseinandergerissen – da war jetzt nur noch ein gewaltiges Trümmerfeld voller Staub und Rauch.

»*Jetzt!*«, schrie Saiten. Seine Stimme klang, als wäre sie viele Meilen weit weg. »Los! Alle Mann! *Los!*«

Der Wind kehrte schlagartig zurück, ein Heulen, das zum Wimmern wurde, und schob sie vorwärts auf die arg zugerichtete Straße zwischen den zerfetzten, zusammengesackten Palastwänden.

Brunspatz war als Erste bei den Tempeltoren gewesen, schob sie weit auf, als die Feuerbälle von Explosionen am Horizont aufleuchteten, überall in der Stadt ... *alle innerhalb der Stadtmauern.*

Keuchend, mit hämmerndem Herzen und einem Gefühl, als würde ihm ein Messer im Bauch umgedreht, folgte Corabb Leoman und der Malazanerin in den Tempel Scalissaras; L'oric war zwei Schritte hinter ihm.

Nein, dies ist nicht mehr der Tempel Scalissaras – er gehört jetzt der Königin der Träume. Scalissara, die Schutzpatronin und Göttin des Olivenöls hätte ... nein, sie hätte so etwas niemals zugelassen. Nein ... so etwas nicht.

Und die Dinge hatten angefangen, einen Sinn zu ergeben. Plötzlich schienen sie auf entsetzliche, schreckliche Weise sinnvoll, wie behauene Steine, die zusammengesetzt wurden und eine Mauer zwischen der Menschlichkeit und dem bildeten ... was aus Leoman von den Dreschflegeln geworden war.

Die Krieger – die mit ihnen geritten waren, die mit ihnen gelebt hatten, seit die Rebellion begonnen hatte, die an ihrer Seite gegen die Malazaner gekämpft hatten, die in ebendiesem Augenblick fanatisch auf den Straßen kämpften – sie würden alle sterben. Y'Ghatan, die ganze Stadt *würde sterben*.

Sie eilten den Hauptkorridor entlang ins Tempelschiff, aus dem ein kalter, staubiger Wind in Böen heranwehte – ein Wind, der von überall und nirgends zu kommen schien. Der nach Moder, Fäulnis und Tod stank.

Leoman drehte sich zu L'oric um. »Öffnet ein Tor, Hohemagier! Schnell!«

»Du darfst das nicht tun«, sagte Corabb zu seinem Anführer. »Wir müssen heute Nacht sterben, während wir im Namen Dryjhnas kämpfen –«

»Der Vermummte soll Dryjhna holen!«, krächzte Leoman.

L'oric starrte Leoman an, als würde er ihn zum ersten Mal sehen – und zum ersten Mal verstehen. »Einen Augenblick mal«, sagte er.

»Dafür haben wir jetzt keine Zeit!«

»Leoman von den Dreschflegeln«, sagte der Hohemagier ruhig, »Ihr habt einen Handel mit der Königin der Träume abgeschlossen. Überstürzt. Diese Göttin interessiert sich nicht dafür, was richtig und was falsch ist. Falls sie jemals ein Herz besessen hat, hat sie es schon vor langer Zeit weggeworfen. Und nun habt Ihr mich in diese Geschichte hineingezogen, Ihr habt mich benutzt, so dass die Göttin mich ihrerseits benutzen kann. Das –«

»Das Tor, verdammt! Wenn Ihr Bedenken habt, L'oric, erzählt sie *ihr*!«

»Sie werden alle sterben«, sagte Corabb und wich vor seinem Anführer zurück, »damit du leben kannst.«

»Damit *wir* leben können, Corabb! Es gibt keinen anderen Weg – glaubst du etwa, die Malazaner würden uns jemals in Ruhe lassen? Ganz egal, wohin oder wie weit wir fliehen? Ich danke den staubigen Füßen des Vermummten, dass die Klaue noch nicht zugeschlagen hat, aber ich habe nicht vor, den Rest meines Lebens damit zu verbringen, pausenlos über die Schulter blicken zu müssen! Ich war ein Leibwächter, verdammt – es war *ihre* Rebellion, nicht meine!«

»Deine Krieger – sie haben damit gerechnet, dass du an ihrer Seite kämpfst –«

»Sie haben mit gar nichts gerechnet. Die Narren wollten sterben. Im Namen Dryjhnas.« Er grinste verächtlich. »Na schön, sollen sie doch! Sollen sie sterben! Und was das Beste ist – sie werden die Hälfte der Armee der Mandata mitnehmen. Da ist dein Ruhm, Corabb!« Er trat auf ihn zu, deutete zur Tür des Tempels. »Du willst dich den Narren anschließen? Du willst spüren, wie deine Lunge von der Hitze versengt wird, wie deine Augäpfel bersten, deine Haut aufplatzt? Du willst, dass das Blut in deinen Adern kocht?«

»Ein ehrenvoller Tod, Leoman von den Dreschflegeln, verglichen mit dem hier.«

Leoman gab etwas von sich, das wie ein Knurren klang, und drehte sich dann wieder zu L'oric um. »Öffnet den Weg – und fürchtet nichts. Ich habe ihr keinerlei Versprechungen gemacht, was Euch betrifft, außer, Euch hierherzubringen.«

»Das Feuer außerhalb dieses Tempels beginnt zu leben, Leoman«, sagte L'oric. »Es könnte sein, dass ich keinen Erfolg habe.«

»Eure Chancen werden mit jedem Moment, der verstreicht, kleiner«, knurrte Leoman.

In seinen Augen stand Panik. Corabb betrachtete sie, die Art, wie dieses Gefühl so ... so fehl am Platz zu sein schien. Da, in den Gesichtszügen, von denen er geglaubt hatte, dass er sie so gut kennen würde. Jeden möglichen Ausdruck. Ärger, kalte Erheiterung, Verachtung, die Benommenheit und die schweren Lider hinter den Schwaden aus Durhangrauch. Jeden Ausdruck ... außer diesem. Panik.

In seinem Innern brach alles zusammen, und Corabb spürte, wie er ertrank. Wie er immer tiefer sank und sich nach einem Licht streckte, das sich immer weiter entfernte, immer schwächer wurde.

Mit einem gezischten Fluch drehte L'oric sich zum Altar um. Die Altarsteine schienen in der Dunkelheit zu glühen, sie waren neu, der Marmor fremd – wahrscheinlich von einem anderen Kontinent, vermutete Corabb – und durchzogen von purpurfarbenen Adern und Äderchen, die zu pulsieren schienen. Hinter dem Altar lag ein kreisrunder Teich, dessen Wasser dampfte – er war abgedeckt gewesen, als sie das letzte Mal hier gewesen waren; Corabb konnte die Kupferplatten, unter denen er verborgen gewesen war, an einer Seitenwand liegen sehen.

Über dem Altar wirbelte die Luft.

Sie wartete auf der anderen Seite. Ein Flimmern, wie eine Spiegelung vom Teich, und dann öffnete sich das Tor, umhüllte den Altar, die Ränder dehnten sich in kräuselndem Schwarz aus und wogten dann unstet. L'oric keuchte, mühte sich mit einer unsichtbaren Last ab. »Ich kann es nicht lange offen halten! Ich sehe Euch, Königin!«

Aus dem Portal kam eine träge, kühle Stimme. »L'oric, Sohn von Osserc. Ich will keine Dienste von dir.«

»Was dann?«

Einen Augenblick war es still, während das Portal flackerte, dann erklang die Stimme erneut. »Sha'ik ist tot. Die Göttin des Wirbelwinds ist nicht mehr. Leoman von den Dreschflegeln, ich habe eine Frage.« Ein neuer Tonfall schwang jetzt in ihrer Stimme mit, etwas wie Ironie. »Ist Y'Ghatan – ist das, was du hier getan hast – deine Apokalypse?«

Der Wüstenkrieger machte ein finsteres Gesicht. »Na ja«, sagte er schließlich und zuckte die Schultern. »Nicht so groß, wie wir es uns erhofft hatten ...«

»Aber vielleicht groß genug. L'oric, die Rolle der Sha'ik, der Seherin Dryjhnas, ist ... nicht besetzt. Doch dieser Platz darf nicht leer bleiben –«

»Warum?«, wollte L'oric wissen.

»Weil sich sonst etwas anderes, etwas weniger Wünschenswertes, den Mantel umlegt.«

»Und wie groß ist die Wahrscheinlichkeit, dass das geschieht?«

»Sehr groß.«

Corabb beobachtete den Hohemagier, spürte, wie hinter L'orics Stirn die Gedanken rasten, als sich auf die Worte der Göttin hin geheimnisvolle Fragen auftaten. »Ihr habt jemanden erwählt.«

»Ja.«

»Jemand, der … Schutz benötigt.«

»Ja.«

»Ist dieser Jemand in Gefahr?«

»Sogar sehr, L'oric. Tatsächlich wurden meine Wünsche erahnt, und es ist gut möglich, dass wir keine Zeit mehr haben.«

»Also gut. Ich akzeptiere Euren Vorschlag.«

»Dann komm her. Du und die anderen. Wartet nicht – auch mich strengt es sehr an, diesen Pfad offen zu halten.«

Corabbs Seele war nichts als Asche, während er zusah, wie der Hohemagier in das Portal schritt und in dem wirbelnden, flüssigen Fleck verschwand.

Leoman blickte ihn noch einmal an. Seine Stimme klang beinahe bittend, als er sagte: »Mein Freund …«

Corabb Bhilan Thenu'alas schüttelte den Kopf.

»Hast du nicht gehört? Eine andere Sha'ik – eine neue Sha'ik –«

»Und wirst du ihr auch wieder eine neue Armee beschaffen, Leoman? Noch mehr Narren, die man in den Tod führen kann? Nein, ich bin fertig mit dir, Leoman von den Dreschflegeln. Nimm deine malazanische Hure und geh mir aus den Augen. Ich entscheide mich dafür, hierzubleiben, bei meinen Kriegerkameraden.«

Brunspatz packte Leoman am Arm. »Das Portal zerfällt, Leoman.«

Der Krieger, Dryjhnas letzter Anführer, drehte sich um und schritt mit der Frau an seiner Seite durch das Portal. Augenblicke später löste es sich auf, und dann war da nichts mehr.

Nichts außer dem merkwürdigen wirbelnden Wind und den pfeifenden Staubteufeln, die über den Mosaikfußboden huschten.

Corabb blickte sich blinzelnd um. Außerhalb des Tempels schien das Ende der Welt gekommen zu sein, denn ein Todesschrei erklang, der immer schriller wurde. *Nein ... das ist kein Todesschrei. Das ist etwas anderes ...*

Als er ein Geräusch, ein Schlurfen hörte, das aus seiner Nähe kam – aus einem seitlichen Durchgang –, zog Corabb seinen Krummsäbel. Näherte sich dem Vorhang, der den Korridor verbarg. Schob mit der Säbelspitze den Stoff beiseite.

Und sah Kinder. Die eng zusammengekauert da hockten. Zehn, fünfzehn, sechzehn insgesamt. Schmutzige Gesichter, weit aufgerissene Augen, die alle zu ihm aufblickten. »Oh, ihr Götter«, murmelte er. »Sie haben euch vergessen.«

Sie alle. Jeder Einzelne von ihnen.

Er schob seine Waffe wieder in die Scheide und trat vor. »Es ist in Ordnung«, sagte er. »Wir werden uns ein Zimmer suchen, ja? Und warten, bis alles vorbei ist.«

Etwas anderes ... Donner, sterbende Gebäude, das knospende Wehklagen des Feuers, heulender Wind. *Das ist es, was da draußen ist, in der Welt jenseits dieser Mauern, das ... bei den Geistern hienieden, Dryjhna –*

Die Geburtsschreie der Apokalypse draußen wurden immer lauter.

»Da!«, sagte Gurgelschlitzer und deutete auf etwas.

Sergeant Balsam blinzelte; Rauch und Hitze sorgten dafür, dass es sich anfühlte, als hätte er Glasscherben in den Augen. Er konnte ein knappes Dutzend Gestalten ausmachen, die vor ihnen die Straße überquerten. »Was sind das für welche?«

»Malazaner«, sagte Gurgelschlitzer.

Hinter Balsam erklang eine Stimme. »Na, großartig, ein paar mehr Gäste beim großen Fest – was werden wir für eine Nacht haben ...«

»Als ich gesagt habe, du sollst still sein, habe ich das auch so gemeint, Widersinn. In Ordnung, lasst uns zu ihnen gehen. Vielleicht haben sie sich nicht ganz so verirrt wie wir.«

»Ach ja? Schau doch, wer sie anführt! Diese Betrunkene – wie heißt sie nochmal? Wahrscheinlich versuchen sie, eine Schenke zu finden!«

»Ich meine, was ich sage, Widersinn! Noch ein Wort und ich spieße dich auf!«

Urbs große Hand landete auf Hellians Arm, drehte sie herum, und sie sah einen Trupp, der auf sie und ihre Leute zugestolpert kam. »Den Göttern sei Dank«, sagte sie krächzend, »die müssen wissen, wo sie hingehen –«

Ein Sergeant näherte sich halb gebeugt. Ein Dal Honese, auf dessen Gesicht getrockneter Schlamm klebte. »Ich bin Balsam«, sagte er. »Wo auch immer ihr hingeht, wir gehen mit!«

Hellian starrte ihn düster an. »Schön«, sagte sie. »Schließt euch uns einfach an, und in kürzester Zeit wird alles bestens sein.«

»Dann wisst ihr einen Weg nach draußen?«

»Klar, die Gasse da lang.«

»Großartig. Und was ist dahinten?«

»Der einzige Platz, der noch nicht brennt, du dal-honesische Mönchsratte!« Sie winkte ihren Leuten, und sie gingen weiter. Weiter vorne war etwas zu sehen. Irgendeine große, schmutzige Kuppel. Sie kamen jetzt an Tempeln vorbei, deren Türen im böigen, glühendheißen Wind klapperten. Das bisschen Kleidung, das sie noch am Leib trug, hatte angefangen zu qualmen; dünne Rauchfäden stiegen von dem groben Gewebe auf. Sie konnte riechen, dass ihre Haare brannten.

Ein Soldat kam an ihre Seite. Er hielt zwei Langmesser in den behandschuhten Händen. »Du hast keinen Grund, Sergeant Balsam zu verfluchen, Frau. Er hat dafür gesorgt, dass wir bis jetzt durchgekommen sind.«

»Wie heißt du?«, wollte Hellian wissen.

»Gurgelschlitzer –«

»Schön. Und jetzt geh und schlitz dir die eigene Gurgel auf. Niemand ist irgendwohin durchgekommen, du verdammter Idiot. Und jetzt belästige jemand anderen – es sei denn, du hast eine Flasche gekühlten Wein unter deinem Hemd.«

»Betrunken warst du netter«, sagte er und ließ sich zurückfallen.

Na klar, alle sind netter, wenn sie betrunken sind.

Am hinteren Ende des eingestürzten Palasts geriet Humpels linkes Bein unter ein rutschendes Stück Mauerwerk. Seine Schreie waren laut genug, um es mit dem glühenden Wind aufzunehmen. Strang, Scherbe und ein paar andere vom Ashok-Trupp zogen ihn heraus, aber es war klar, dass der Soldat sich das Bein gebrochen hatte.

Vor ihnen lag eine Art Platz, auf dem früher irgendein Markt stattgefunden hatte, und dahinter erhob sich hinter einer hohen Mauer ein großer Tempel mit Kuppeldach. Überreste von Blattgold tröpfelten an den Seiten der Kuppel herunter wie Regenwasser. Eine dicke Rauchschicht wogte über dem Platz, so dass es aussah, als würde die Kuppel in der Luft schweben, vom Feuer angestrahlt und verschmiert. Saiten winkte allen, dass sie aufschließen sollten.

»Wir gehen zu dem Tempel da«, sagte er. »Es wird wahrscheinlich nichts nützen – da kommt ein verdammter Feuersturm. Habe noch nie einen gesehen, und ich wünschte mir, das bliebe auch so. Wie auch immer«, er spuckte aus, »mir fällt nichts anderes ein.«

»Sergeant«, sagte Buddl stirnrunzelnd. »Ich spüre … etwas. Leben. In dem Tempel.«

»In Ordnung, könnte sein, dass wir kämpfen müssen, um einen Platz zum Sterben zu finden. Schön. Vielleicht sind da genug von ihnen, dass sie uns alle umbringen können – das wäre nicht das Schlechteste.«

Nein, Sergeant. Nicht einmal annähernd. Aber darauf kommt es jetzt auch nicht mehr an.

»In Ordnung, dann wollen wir mal diesen Platz überqueren und es versuchen.«

Es sah einfach aus, aber ihnen ging die Luft aus, und der Wind, der über den Platz raste, war glühend heiß. Und nirgendwo Wände, die ihnen Schutz gewähren könnten. Buddl wusste, dass sie es vielleicht nicht schaffen würden. Die Hitze schien ihm die Augen auskratzen zu wollen, ergoss sich mit jedem keuchenden Atemzug wie Sand in seine Kehle. Verschwommen sah er rechts von sich Gestalten auftauchen, die aus dem Rauch gerannt kamen. Zehn, fünfzehn, zwanzig waren plötzlich auf dem Platz, manche von ihnen brennend, andere mit Speeren – »Sergeant!«

»Bei den Göttern hienieden!«

Die Krieger griffen an. Hier, auf diesem Platz, in diesem ... Glutofen. Einige brennende Gestalten blieben zurück, stolperten, griffen sich in die Gesichter, aber die anderen kamen näher.

»Formiert euch!«, rief Saiten. »Kämpfender Rückzug – zur Wand von dem Tempel da drüben!«

Buddl starrte die angreifende Meute an. Formieren? Kämpfend zurückziehen? *Und womit?*

Einer von Strangs Soldaten tauchte neben ihm auf, streckte einen Arm aus und gestikulierte. »Du! Du bist doch ein Magier, oder?«

Buddl nickte.

»Ich bin Ebron – wir müssen es mit diesen Dreckskerlen aufnehmen – mit Magie – wir haben keine anderen Waffen mehr –«

»In Ordnung. Was immer du hast, ich werde meine Kraft hinzufügen.«

Drei von der Schweren Infanterie – die Soldatinnen Blitzgescheit, Maifliege und Uru Hela – hatten Messer gezogen und bildeten eine Frontlinie. Einen Herzschlag später gesellte Kurznase sich zu ihnen, die großen Hände zu Fäusten geballt.

Die vordersten zwanzig Angreifer waren vielleicht noch fünfzehn Schritt entfernt, als sie ihre Speere warfen. In dem kurzen Augenblick, den die Waffen brauchten, um die Distanz zu überwinden, sah Buddl, dass die Speerschäfte sich entzündet hatten und dünne Rauchfäden hinter sich herzogen.

Gebrüllte Warnungen, dann der Aufprall der schweren Waffen.

Uru Hela wurde herumgewirbelt, ein Speer hatte ihre linke Schulter durchbohrt, der Schaft wischte wie eine Sense durch die Luft und krachte gegen Maiflieges Nacken. Während Uru Hela auf die Knie sank, stolperte Maifliege kurz und richtete sich dann wieder auf. Sergeant Saiten lag flach auf dem Boden, ein Speer nagelte sein rechtes Bein fest. Fluchend zerrte er daran, während sein anderes Bein wie verrückt geworden um sich trat. Tavos Pond, dem die Hälfte des Gesichts fehlte, so dass das Auge frei herumbaumelte, stolperte in Buddl, warf ihn um und taumelte dann schreiend weiter.

Augenblicke bevor die rasenden Angreifer sie erreichten, erhob sich eine Woge von Zauberei in einer Wand aus wallendem, silbrigem Rauch und hüllte die Krieger ein. Schreie, Menschen, die zu Boden fielen, mit geschwärzter Haut und Fleisch, das sich vom Knochen löste. Plötzliches Entsetzen.

Buddl hatte keine Ahnung, was für eine Art von Magie Ebron benutzte, aber er setzte Meanas frei, verdoppelte die Dichte und Breite des Rauchs – natürlich nur als Illusion, aber dennoch wurden die Krieger von panischer Angst ergriffen. Sie stürzten, taumelten aus dem Rauch, die Hände vor die Augen geschlagen und wanden sich. Einige übergaben sich auf die Pflastersteine. Der Angriff zerbrach an der Zauberei, und als der Wind die giftige Wolke beiseitetrieb, konnten sie nur noch fliehende Gestalten erkennen, die bereits ein gutes Stück hinter dem Haufen Leichen waren.

Die Leichen qualmten und entzündeten sich.

Koryk hatte Saiten erreicht, der sich mittlerweile den Speer aus dem Bein gezogen hatte und anfing, Stoffstreifen in die Wunden zu stopfen. Buddl ging zu ihnen. Aus den Wunden trat kein Blut aus, wie er sah. Trotzdem waren die Pflastersteine blutverschmiert. »Verbinde das Bein!«, wies er das Seti-Halbblut an. »Wir müssen hier verschwinden!«

Strang und Korporal Tulpe kümmerten sich um Uru Hela, während Knapp und Balgrid Tavos Pond eingefangen hatten und zu Boden drückten. Buddl schaute zu, wie Knapp das herumbaumelnde Auge wieder in die Augenhöhle schob und dann mit einem

Stoffstreifen hantierte, um damit den Kopf des Soldaten zu verbinden.

»Schleppt die Verwundeten mit!«, schrie Sergeant Gesler. »Macht schon, ihr verdammten Idioten! Zu der Mauer da vorne! Wir müssen irgendwie da reinkommen!«

Betäubt griff Buddl nach unten, um Koryk zu helfen, Saiten hochzuheben.

Er sah, dass seine Finger blau geworden waren. Ein Dröhnen in seinem Kopf machte ihn beinahe taub, und um ihn herum drehte sich alles.

Luft. Wir brauchen Luft.

Die Mauer ragte vor ihnen auf, und dann bewegten sie sich an ihr entlang. Auf der Suche nach einem Weg hinein.

Sie lagen haufenweise herum und erstickten. Keneb zog sich über geborstene Steine, seine mit Brandblasen übersäten Hände tasteten sich durch das Geröll. Blind machender Rauch, sengende Hitze, und jetzt konnte er spüren, wie sein Geist verkümmerte, sich auflöste – wilde, unzusammenhängende Visionen – eine Frau, ein Mann, ein Kind, die aus den Flammen geschritten kamen.

Dämonen, Diener des Vermummten.

Stimmen, laute Stimmen, ein nie endendes Wehklagen, das immer lauter wurde – und Dunkelheit strömte von den drei Erscheinungen aus, strömte über die aberhundert Körper –

Ja, sein Geist starb. Denn er spürte, wie die mörderische Hitze auf einmal nachließ und süße Luft seine Lunge füllte. *Ich sterbe – was sonst kann das sein? Ich bin angekommen. Am Tor des Vermummten. Bei den Göttern, was für eine gesegnete Erleichterung* – Irgendjemand packte ihn – Wogen aus Schmerz, als Finger verbrannte Haut berührten – und er wurde herumgerollt.

Blinzelnd starrte er nach oben, in ein verschmiertes, von Brandblasen gezeichnetes Gesicht. Eine Frau. Er kannte sie.

Und sie sprach.

Wir sind jetzt alle tot. Freunde. Die sich am Tor des Vermummten versammeln –

»Faust Keneb! Hier sind hunderte!«

Ja.

»Sie leben noch. Sünd drängt das Feuer zurück, aber sie kann nicht mehr lange durchhalten. Wir müssen versuchen, uns durchzuschlagen! Versteht Ihr? Wir brauchen Hilfe, wir müssen alle auf die Beine bringen!«

Was? »Hauptmann«, flüsterte er. »Hauptmann Faradan Sort.«

»Ja! Und jetzt hoch mit Euch, Faust!«

Ein Feuersturm braute sich über Y'Ghatan zusammen. So etwas hatte Blistig noch nie gesehen. Sich drehende, wirbelnde Flammen, die mit langen Tentakeln um sich schlugen und die dicken Rauchwolken zu zerschmettern schienen. Heftige Windböen fetzten in die Wolken und löschten sie in roten Blitzen aus.

Die Hitze – *bei den Göttern hienieden, so etwas ist schon einmal geschehen. Diese verdammte Stadt, beim Vermummten …*

Eine Eckbastion explodierte in einem riesigen Feuerball, die davonschießenden brennenden Klumpen stiegen in einer Spirale immer höher –

Die Windböe, die von hinten heranfegte, brachte alle auf der Straße ins Taumeln. Im Lager der Belagerer wurden Zelte aus ihrer Verankerung gerissen und in die Luft geschleudert, dann rasten sie sich bauschend und blähend auf Y'Ghatan zu. Pferde wieherten schrill hinter dichten Vorhängen aus Sand und Staub, die auf sie einpeitschten wie im wildesten Sturm.

Blistig stellte fest, dass er auf dem Boden kniete. Eine Hand packte ihn am Kragen seines Umhangs, zog ihn herum. Er starrte in ein Gesicht, das er ein, zwei Herzschläge lang nicht erkannte. Dreck, Schweiß, Tränen und eine vor Panik verzerrte Miene – die Mandata. »*Verlegt das Lager zurück! Alle Mann!*«

Er konnte ihre Worte kaum hören, doch er nickte, drehte sich in den Wind und kämpfte sich von der Straße herunter. *Etwas wird geboren werden, hat Nil gesagt. Etwas …*

Die Mandata schrie. Noch mehr Befehle. Blistig, der den Rand der Straße erreichte, ließ sich auf die sanft abfallende Schräge hinunter. Nil und Neder bewegten sich an ihm vorbei, auf die Mandata zu, die immer noch auf der Straße stand.

Der anfängliche Windstoß hatte sich etwas abgeschwächt, dieses Mal wurde ein längerer, gleichmäßiger Atemzug in die Stadt und ihre lodernde Feuersbrunst gezogen.

»Da sind Soldaten«, schrie die Mandata. »Hinter der Bresche! Ich will sie da raushaben!«

Wühler kam den Abhang hoch, flankiert von Bent und Rotauge. Plötzlich wimmelte es überall um Blistig herum von Gestalten. Khundryl. Waerlogas. Hexen. Klagende Stimmen, undeutliches Gemurmel, eine Kraft baute sich auf, stieg von der mitgenommenen Erde auf. Faust Blistig drehte sich um – was machten die da? Ein Ritual? Magie? Er warf einen kurzen Blick auf das chaotische Durcheinander, das einmal ein Heerlager gewesen war, sah Offiziere zwischen den sich abmühenden Gestalten. Sie waren nicht dumm. Sie zogen sich bereits zurück –

Nils Stimme ertönte laut von der Straße her. »Wir können sie spüren. Irgendjemand. Bei den Geistern hienieden, *was für eine Macht!*«

»Helft ihr, verdammt!«

Eine Hexe kreischte auf, ging auf der Straße in Flammen auf. Augenblicke später schienen zwei Hexer, die unweit von Blistig kauerten, vor seinen Augen zu schmelzen, verwandelten sich in weiße Asche. Er starrte voller Entsetzen auf die Aschehäufchen. *Ihr helfen? Wem helfen? Was geschieht da?* Er zog sich wieder zum Straßenrand hinauf.

Und konnte im Herzen der Bresche eine dunkle Stelle inmitten der Flammen sehen.

Feuer flackerte um eine weitere Hexe herum auf, ging aus, als *etwas* über alle auf der Straße hinwegrollte – kühle, süße Macht – *wie der Atem eines gnädigen Gottes.* Selbst Blistig, Verächter aller Magie, konnte dieses Ausströmen spüren, diesen schrecklich schönen Willen.

Der die Flammen in der Bresche zurücktrieb, einen wirbelnden schwarzen Tunnel öffnete.

Aus dem Gestalten gestolpert kamen.

Neder lag auf den Knien, dicht bei der Mandata – der einzigen Person auf der Straße, die noch stand –, Blistig sah, wie die Wickanerin sich an Tavore wandte und hörte sie sagen: »Es ist Sünd. Mandata, das Kind ist eine Hohemagierin. Und sie weiß es nicht einmal –«

Die Mandata drehte sich um, sah Blistig.

»Faust! Hoch mit Euch! Trupps und Heiler vorwärts. Sofort! Sie kommen durch – Faust Blistig, versteht Ihr mich? Sie brauchen Hilfe!«

Er rappelte sich auf, bis er auf den Knien war, doch weiter schaffte er es nicht. Er starrte die Frau an. Sie war nicht mehr als eine Silhouette, die Welt hinter ihr nichts als Flammen, ein Feuersturm, der wuchs, der immer weiter wuchs. Etwas Kaltes, von Entsetzen zerrissen, erfüllte seine Brust.

Eine Vision.

Er konnte sie nur noch anstarren.

Tavore schnaubte, wandte sich dann an den mageren Jungen, der unweit von ihr stand. »Wühler! Such im Lager ein paar Offiziere! Wir brauchen –«

»Ja, Mandata! Siebenhunderteinundneunzig, Mandata. Faust Keneb. Faust Tene Baralta. Sie sind am Leben. Ich gehe jetzt Hilfe holen.«

Und dann rannte er an Blistig vorbei, den Hang hinunter, und die Hunde trotteten hinter ihm her.

Eine Vision. Ein Omen, ja. Ich weiß jetzt, was uns erwartet. Am anderen Ende. Am anderen Ende dieser langen, langen Straße. Oh, ihr Götter ...

Sie hatte sich mittlerweile wieder umgedreht, kehrte ihm den Rücken zu. Sie starrte zu der brennenden Stadt hinüber, zu der armseligen, sich windenden Reihe von Überlebenden, die durch den Tunnel stolperten. Siebenhunderteinundneunzig. Von dreitausend.

Aber sie ist blind. Blind für das, was ich sehe.

Mandata Tavore. Und eine brennende Welt.

Die Türen flogen auf und sogen einen flach über den Boden krie-
chenden Strom aus Rauch und Hitze herein, der um Corabbs
Knöchel wogte, dann hochstieg und sich ausbreitete; der Rauch
sammelte sich unter der Kuppel, bewegt von streunenden Böen.
Der Krieger trat vor die zusammengekauerten Kinder und zog
seinen Krummsäbel.

Er hörte Stimmen – sie sprachen malazanisch – und sah Gestalten aus der Dunkelheit des Vorraums auftauchen. Soldaten, ange-
führt von einer Frau. Als sie Corabb sahen, blieben sie stehen.

Ein Mann trat an der Frau vorbei. Auf seinem verbrannten Gesicht waren die verstümmelten Spuren einer Tätowierung zu sehen. »Ich bin Iutharal Galt«, sagte er mit krächzender Stimme.
»Ein Pardu –«

»Verräter«, bellte Corabb. »Ich bin Corabb Bhilan Thenu'alas,
Zweitkommandierender unter Leoman von den Dreschflegeln.
Du, Pardu, bist ein Verräter.«

»Spielt das noch eine Rolle? Wir sind doch sowieso alle schon
tot.«

»Das reicht«, sagte ein Soldat mit mitternachtsdunkler Haut.
Er sprach Ehrlii, aber mit einem schrecklichen Akzent. »Gurgelschlitzer, geh und mach den Idioten fertig –«

»Warte!«, sagte der Pardu, neigte dann den Kopf und fügte hinzu: »Sergeant. Bitte. Das hat doch alles keinen Sinn –«

»Es waren diese Dreckskerle, die uns in diese Falle gelockt haben, Galt«, sagte der Sergeant.

»Nein«, sagte Corabb und zog damit wieder ihre Aufmerksamkeit auf sich. »Leoman von den Dreschflegeln hat uns das einge-
brockt. Er und nur er allein. Wir – wir sind alle betrogen worden –«

»Und wo versteckt er sich?«, wollte der Mann namens Gurgelschlitzer wissen; er wiegte seine Langmesser in den Händen, und
in seinen farblosen Augen lag ein blutdürstiger Blick.

»Er ist geflohen.«

»Dann wird Temul ihn erwischen«, sagte Iutharal Galt. Er drehte
sich zu dem Sergeanten um. »Sie haben die Stadt umzingelt –«

»Das nützt nichts«, unterbrach ihn Corabb. »Er hat die Stadt nicht auf diesem Weg verlassen.« Er deutete auf den Altar, der sich hinter ihm befand. »Ein magisches Tor. Die Königin der Träume – sie hat ihn hier weggeholt. Ihn und Hohemagier L'oric und eine Malazanerin namens Brunspatz –«

Die Türen öffneten sich erneut, und die Malazaner wirbelten herum, doch als die ersten Stimmen zu hören waren – Schmerzensschreie, Keuchen, Husten – entspannten sie sich. Noch mehr von ihnen, wurde Corabb klar. Mehr verdammte Feinde. Aber der Pardu hatte recht gehabt. Der einzige Feind war jetzt das Feuer.

Er drehte sich um, sah die Kinder an und zuckte zusammen, als er in ihre von Entsetzen erfüllten Augen blickte, und drehte sich dann wieder um, weil er nicht wusste, was er ihnen sagen sollte. Was es wert gewesen wäre, gehört zu werden.

Buddl keuchte, als er in den Vorraum stolperte. Kalte, staubige Luft, die an ihm vorbeirauschte – wohin? wie war das möglich? –, dann schlug Krake die Türen wieder zu und fluchte, als er sich die Hände verbrannte.

Voraus, auf der Schwelle des Durchgangs zum Altarraum, standen noch mehr Malazaner. Balsam und sein Trupp. Die Betrunkene aus Kartool, Hellian. Korporal Reem und ein paar mehr von Sobelones Schweren. Und hinter ihnen, im eigentlichen Tempelschiff, ein einzelner Rebellenkrieger, und hinter ihm – Kinder.

Aber die Luft – die Luft …

Koryk und Starr zogen Saiten an ihm vorbei. Maifliege und Blitzgescheit hatten wieder ihre Messer gezogen, gerade als der Rebell seinen Krummsäbel wegwarf; die Waffe prallte klirrend auf den gefliesten Fußboden. *Bei den Göttern hienieden, einer von ihnen hat sich tatsächlich ergeben.*

Die steinernen Wände verströmten Hitze – der Feuersturm, der draußen tobte, würde diesen Tempel nicht mehr lange verschonen. Die letzten zwanzig Schritte von der Ecke des Tempels zur vorderen Fassade hatten sie beinahe umgebracht – kein Wind, die Luft erfüllt vom Krachen explodierender Ziegel, sich wölbende

Pflastersteine, Flammen, die sich von der Luft selbst zu nähren schienen, brüllend die Straßen entlangrasten, spiralförmig nach oben stiegen, um wie riesige Kobras über der Stadt aufzulodern. Und das Geräusch – er konnte es immer noch hören, jenseits der Mauern, konnte hören, wie es näher kam – das Geräusch ... *ist schrecklich. Schrecklich.*

Gesler und Strang gingen hinüber zu Balsam und Hellian, und Buddl schob sich ein wenig näher an sie heran, um zu hören, was sie besprachen.

»Ist jemand hier, der die Königin der Träume anbetet?«, fragte Gesler.

Hellian zuckte die Schultern. »Scheint mir, als wäre es ein bisschen spät, jetzt damit anzufangen. Wie auch immer, Corabb Bhilan Thenu'alas – unser Gefangener da drüben – hat gesagt, Leoman hätte schon einen Handel mit ihr abgeschlossen. Natürlich ist sie vielleicht nicht unbedingt parteiisch –«

Ein plötzliches lautes Krachen ließ alle zusammenzucken – der Altar war geborsten –, und Buddl sah, dass Krumm, der verrückte Saboteur, gerade damit fertig war, auf ihn zu pissen.

Hellian lachte. »Naja, streichen wir die Idee.«

»Bei den Eiern des Vermummten«, zischte Gesler. »Würde bitte irgendwer diesen elenden Hornochsen kaltmachen.«

Krumm hatte die plötzliche Aufmerksamkeit bemerkt. Er schaute sich unschuldig um. »Was?«

»Ich würd gern mal ein, zwei Worte mit dir reden«, sagte Krake und stand auf. »Über die Stadtmauer –«

»Das war nicht mein Fehler! Ich habe noch nie zuvor Knaller benutzt!«

»Krumm –«

»Und das ist auch nicht mein Name, Sergeant Strang. Ich heiße Jamber Stamm, und ich war Hochmarschall bei Motts Irregulären –«

»Nun, du bist nicht mehr in Mott, Krumm. Und du bist auch nicht mehr Jamber Stamm. Du bist Krumm, und es wäre besser, wenn du dich daran gewöhnst.«

Hinter Buddl ertönte eine Stimme: »Hat er Motts Irreguläre gesagt?«

Buddl drehte sich um, nickte Saiten zu. »Ja, Sergeant.«

»Bei den Göttern hienieden, wer hat denn *den* rekrutiert?«

Schulterzuckend musterte Buddl Saiten einen Moment lang. Koryk und Starr hatte ihn bis kurz hinter den Eingang zum Schiff getragen, und dort saß der Sergeant nun und lehnte mit blassem Gesicht an einer Säule, das verwundete Bein weit ausgestreckt. »Ich sollte mich besser um –«

»Hat keinen Sinn, Buddl – die Wände werden explodieren – man kann die Hitze schon spüren, die geht sogar von dieser verdammten Säule aus. Es ist schon erstaunlich, dass hier drin überhaupt noch Luft ist …« Seine Stimme wurde leiser, und Buddl sah, wie er die Stirn runzelte und dann beide Hände mit den Handflächen nach unten auf die Fliesen legte. »Oh.«

»Was ist?«

»Kühle Luft, die zwischen den Fliesen durchkommt.«

Grüfte? Keller? Aber da unten wird dann tote Luft sein … »Ich bin gleich zurück, Sergeant«, sagte er, drehte sich um und eilte zu dem geborstenen Altar. Gleich dahinter dampfte ein Teich voller Wasser. Er konnte den Wind jetzt spüren, die Luftströme stiegen vom Fußboden auf. Er ließ sich auf Hände und Knie nieder.

Und schickte seine Sinne nach unten, suchte nach Lebensfunken.

Nach unten, durch Schichten aus dichtgepacktem Geröll, dann Bewegung in der Dunkelheit, das Flackern von Leben. Voll panischer Angst, nach unten rennend, immer nach unten, ein Luftstrom, der durch glattes Fell fuhr – Ratten. Fliehende Ratten.

Sie fliehen? Wohin? Seine Sinne flatterten aus, durch das Geröll unter ihm, strichen über eine Kreatur nach der anderen. Dunkelheit, seufzende Luftströme. Gerüche, Echos, feuchter Stein …

»He, ihr da!«, rief Buddl und stand auf. »Wir müssen durch den Fußboden brechen! Was auch immer ihr finden könnt – wir müssen ein Loch in den Fußboden hauen!«

Sie schauten ihn an, als wäre er verrückt geworden.

»Wir graben uns nach unten! Diese Stadt – sie ist auf Ruinen erbaut! Wir müssen einen Weg nach unten finden – durch die Ruinen – verdammt – die Luft kommt *irgendwo her!*«

»Und was sind wir?«, wollte Strang wissen. »Ameisen?«

»Da unten sind Ratten – ich habe durch ihre Augen gesehen – ich habe es gesehen! Kavernen, Höhlen – Durchgänge!«

»Du hast was gemacht?« Strang kam langsam auf ihn zu.

»Schon gut, Strang!«, sagte Saiten. Er drehte sich zur Seite. »Hör ihm zu. Buddl – kannst du einer dieser Ratten folgen? Kannst du eine kontrollieren?«

Buddl nickte. »Aber es gibt Fundamentsteine unter diesem Tempel – wir müssen durch sie durch –«

»Und wie?«, wollte Krake wissen. »Wir haben nämlich keinen Sprengstoff mehr!«

Hellian stieß einen ihrer Soldaten an. »He, Atemlos! Hast du den Kracher noch?«

Sämtliche Sappeure im Raum drängten plötzlich auf den Soldaten namens Atemlos zu. Er schaute sich panisch um, zog dann einen keilförmigen, kupferbeschichteten Bolzen heraus.

»Weg von ihm!«, rief Saiten. »Alle. Alle außer Krake. Krake, du kannst das machen, stimmt's? Und keine Fehler.«

»Ganz und gar keine«, sagte Krake, während er Atemlos behutsam den Bolzen aus der Hand nahm. »Wer hat noch ein Schwert? Irgendetwas, das hart und groß genug ist, um diese Fliesen kaputtzumachen –«

»Ich hab noch eins.« Es war der Rebellenkrieger, der gesprochen hatte. »Oder – ich hatte eins. Es ist da drüben.« Er deutete in die entsprechende Richtung.

Der Krummsäbel landete bei Tulpe, der wie rasend auf die Fliesen einschlug, so dass die eingelegten kostbaren Steine zu allen Seiten spritzten, bis er ein grob rechteckiges Loch in den Boden gehackt hatte.

»Das reicht. Geh zurück, Tulpe. Ihr alle – geht so dicht an die Außenwände, wie ihr könnt und schirmt eure Gesichter ab, haltet euch die Augen zu, die Ohren –«

»Was glaubst du eigentlich, wie viele Hände wir haben?«, fragte ihn Hellian.

Gelächter.

Corabb Bhilan Thenu'alas starrte sie an, als hätten sie alle den Verstand verloren.

Ein nachhallendes *Knack* ließ den Tempel erzittern, und Staub rieselte von oben herunter. Buddl blickte genau wie alle anderen nach oben und sah, dass Feuerzungen durch einen Spalt in der Kuppel zu ihnen herunterleckten. Und dass die Kuppel angefangen hatte, in sich zusammenzusacken. »Krake –«

»Ich kann's sehen. Betet, dass dieser Kracher nicht das ganze Ding auf uns runterkommen lässt.«

Er setzte den Bolzen ab. »Buddl, in welche Richtung soll er zeigen?«

»Zur Altarseite. Da ist ein Raum, zwei, vielleicht drei Armlängen tiefer.«

»Drei? Bei den Göttern hienieden. Nun gut, wir werden sehen.«

Die Außenwände waren so heiß wie in einem Ofen; harte, knackende Geräusche hallten durch den Raum, als der gewaltige Tempel begann, sich zu senken. Sie konnten das Knirschen der Fundamente hören, die von dem sich verändernden Druck bewegt wurden. Die Hitze wurde noch größer.

»Von sechs an runterzählen!«, rief Krake, rannte von dem Loch weg.

Fünf … vier … drei …

Der Kracher explodierte, ließ einen tödlichen Hagel aus Steinsplittern und Fliesenscherben auf sie niedergehen. Soldaten schrien vor Schmerz auf, Kinder kreischten, Staub und Rauch erfüllten die Luft – und dann hörte man vom Fußboden her das Geräusch von Steinbrocken, die fielen, irgendwo tief unten auf etwas prallten, weiterhüpften, kullerten, nach unten, nach unten …

»Buddl.«

Auf Saitens Aufforderung hin kroch er vorwärts, auf das gähnende Loch zu. Er musste eine andere Ratte finden. Irgendwo da unten. *Eine Ratte, auf der meine Seele reiten kann. Eine Ratte, die uns hinausführt.*

Er sagte den anderen nichts von dem, was er noch gespürt hatte, was in den anscheinend unzähligen Schichten aus toten, begrabenen Städten zwischen den Lebensfunken herumhuschte – dass es nach unten ging, und nach unten, und nach unten – Die Luft, die aus dem Loch aufstieg, stank nach Zerfall, nach bedrückender Dunkelheit, nach engen, mühseligen Wegen. *Nach unten. Alle diese Ratten fliehen nach unten. Keine in meiner Reichweite klettert ins Freie, in die Nachtluft. Keine.*

Die Ratten werden fliehen. Selbst wenn es keinen Ort gibt, zu dem sie fliehen könnten.

Verwundete, verbrannte Soldaten wurden an Blistig vorbeigetragen. Menschen, die nur noch aus Schmerz und Schock bestanden, aus aufgesprungenem, grässlich rotem Fleisch, das wie gekocht aussah – was es, wie ihm auf betäubende Weise klar wurde, auch war. Die weiße Asche von Haaren – auf Gliedern, auf dem Kopf oder da, wo einst Augenbrauen gewesen waren. Geschwärzte Überreste von Kleidung, Hände, die mit den Griffen von Waffen verschmolzen waren – er wollte sich abwenden, wollte sich so gern abwenden, aber er konnte es nicht.

Er stand jetzt fünfzehnhundert Schritt von der Straße und ihrer Einfassung aus verbranntem Gras entfernt und konnte immer noch die Hitze spüren. Jenseits davon verschlang ein Feuergott den Himmel über Y'Ghatan – Y'Ghatan, das nach innen zusammensackte, das zu Schlacke schmolz –, der Tod der Stadt war in seinen Augen genauso entsetzlich wie die Reihe von Kenebs und Baraltas überlebenden Soldaten.

Wie konnte er nur so etwas tun? Leoman von den Dreschflegeln, du hast deinen Namen zu einem Fluch gemacht, der niemals sterben wird. Niemals.

Jemand trat an seine Seite, und erst nach einer ganzen Weile schaute Blistig nach, wer da zu ihm gekommen war. Und machte ein finsteres Gesicht. Perl, die Klaue. Die Augen des Mannes waren rot – Durhang, es konnte nichts anderes sein, denn er war in seinem Zelt am hinteren Ende des Lagers geblieben, als wäre ihm diese grausame Nacht vollkommen gleichgültig.

»Wo ist die Mandata?«, fragte Perl leise mit rauer Stimme.

»Sie kümmert sich um die Verwundeten.«

»Ist sie zusammengebrochen? Hockt sie auf Händen und Knien im blutgetränkten Dreck?«

Blistig musterte sein Gegenüber. Diese Augen – hatte er geweint? Nein. Durhang. »Sag das noch einmal, Klaue, und du wirst nicht mehr sehr lange am Leben bleiben.«

Der große Mann zuckte die Schultern. »Schaut Euch diese verbrannten Soldaten an, Faust. Es gibt schlimmere Dinge als zu sterben.«

»Die Heiler kümmern sich um sie. Hexer und Hexen aus meiner Kompanie –«

»Manche Wunden können nicht geheilt werden.«

»Was macht Ihr hier? Geht zurück zu Eurem Zelt.«

»Ich habe heute Nacht einen Freund verloren, Faust. Ich werde hingehen, wo immer ich hingehen will.«

Blistig schaute weg. Einen Freund verloren. Und was ist mit über zweitausend malazanischen Soldaten? *Keneb hat die meisten seiner Seesoldaten verloren, unter ihnen unersetzliche Veteranen. Die Mandata hat ihre erste Schlacht verloren – oh, in den Imperialen Aufzeichnungen wird das hier als ein großer Sieg verzeichnet werden, die Auslöschung der letzten Überreste der Sha'ik-Rebellion. Aber wir, die wir heute Nacht hier sind, wir werden für den Rest unseres Lebens die Wahrheit kennen.*

Und diese Mandata Tavore, die ist weit davon entfernt, am Ende zu sein. Das habe ich gesehen. »Geht zurück zur Imperatrix«, sagte Blistig. »Erzählt ihr die Wahrheit über diese Nacht –«

»Und was für einen Sinn hätte das, Faust?«

Er machte den Mund auf – und schloss ihn wieder.

»Es wird eine Nachricht an Dujek Einarm geschickt werden«, sagte Perl, »und er wiederum wird der Imperatrix eine Nachricht schicken. Im Augenblick ist es allerdings wichtiger, dass Dujek

Bescheid weiß. Und versteht – was er, da bin ich mir sicher, auch tun wird.«

»Was versteht?«

»Dass die Vierzehnte Armee nicht länger als kämpfende Truppe im Reich der Sieben Städte betrachtet werden kann.«

Ist das wahr? »Das bleibt abzuwarten«, sagte er. »Auf alle Fälle ist die Rebellion zerschlagen –«

»Leoman ist geflohen.«

»Was?«

»Er ist geflohen. In das Gewirr von D'riss, unter dem Schutz der Königin der Träume – ich nehme an, nur sie weiß, von welchem Nutzen er für sie sein wird. Und ich muss zugeben, dass dieser Teil mir Sorge bereitet – Götter sind von Natur aus unergründlich – meistens –, und sie ist es mehr als die meisten anderen. Ich finde diesen Punkt … beunruhigend.«

»Dann bleibt doch hier stehen und macht Euch Sorgen.« Blistig wandte sich ab, machte sich zu den hastig errichteten Lazarettzelten auf. Der Vermummte sollte die verdammte Klaue holen. Je eher, desto besser. Woher konnte er solche Dinge wissen? Leoman … am Leben. Nun, vielleicht konnte man das zu den eigenen Gunsten ausnutzen, vielleicht würde sein Name auch für die Menschen im Reich der Sieben Städte zum Fluch werden. Der Verräter. Der Anführer, der seine eigene Armee umgebracht hat.

Aber so sind wir nun einmal. Man schaue sich doch nur Hohefaust Pormqual an. Doch sein Verbrechen war Dummheit. Leomans war … reine Bosheit. Wenn es so etwas tatsächlich gibt.

Der Sturm tobte weiter, schickte Hitzewogen, die die umliegende Landschaft schwärzten. Die Stadtmauern waren verschwunden – denn keine von Menschen erbaute Mauer konnte der Wut dieses Dämons standhalten. Im Osten war ein ferner, blasser Schimmer zu sehen. Die Sonne, die aufging, um sich mit ihrem Kind zu treffen.

Seine Seele ritt auf dem Rücken einer kleinen, unbedeutenden Kreatur, nährte sich an einem winzigen, rasenden Herzen, und schaute durch Augen, die die Dunkelheit durchdrangen. Seinen eigenen Körper konnte Buddl wie einen fernen, durch die dünnsten Ketten mit ihm verbundenen Geist spüren, wie er sich irgendwo weit oben durch Geröll wand, sich schnitt und aufschürfte, mit schlaffem Gesicht und angestrengten Augen. Zerschlagene Hände zogen ihn vorwärts – seine eigenen, da war er sich sicher –, und er konnte hören, wie sich Soldaten hinter ihm bewegten, konnte das Weinen der Kinder hören, das Kratzen und Knirschen von Schließen, spürte Lederriemen, die irgendwo hängen blieben, und Geröll, das beiseitegeschoben wurde, an dem man sich festhielt, über das man hinwegkletterte.

Er hatte keine Ahnung, wie weit sie gekommen waren. Die Ratte suchte die breitesten und höchsten Durchgänge, folgte dem heulenden, pfeifenden Wind. Wenn Menschen im Tempel zurückgeblieben waren und darauf warteten, dass sie an der Reihe waren, diesen mühseligen Tunnel zu betreten, so würden sie niemals an der Reihe sein, denn die Luft selbst musste mittlerweile angefangen haben zu brennen, und schon bald würde der Tempel einstürzen und ihre geschwärzten Leichen unter schmelzendem Gestein vergraben.

Saiten wäre dann eines dieser Opfer, denn der Sergeant hatte darauf bestanden, als Letzter zu gehen, direkt hinter Corabb Bhilan Thenu'alas. Buddl dachte an jene hektischen Augenblicke zurück, noch ehe die Staubwolke sich geklärt hatte, während bereits Teile der Kuppel auf sie herabgeregnet waren.

»Buddl!«

»Ich suche!« Er forschte nach unten, durch Risse und Spalten, auf der Jagd nach Leben. Warmblütigem Leben. Er strich zunächst über das gedämpfte Bewusstsein einer geschmeidigen, gesunden Ratte – die aber überhitzt vor Entsetzen war – und griff dann zu. Er überrannte die armselige Verteidigung, legte eiserne Kontrolle über ihre Seele – eine schwache, flackernde Kraft, die aber dennoch stark genug war, um über das Fleisch und die Knochen, über den Körper hinauszureichen, der sie beschützte. Verschlagen, merkwürdig stolz, erwärmt von der Gegenwart der Sippe, der Herrschaft des Herrn der Meute, doch jetzt war alles Chaos, der Drang, zu überleben überwog alles andere. Sie raste nach unten, folgte der Fährte, folgte den reichhaltigen Gerüchen in der Luft –

Und dann drehte sie sich um und begann wieder nach oben zu klettern, und Buddl konnte ihre Seele in seinem Griff spüren. Vollkommen ruhig, keinen Widerstand leistend, nun, da sie gefangengenommen war. Beobachtend, neugierig, ruhig. Da war mehr an diesen Kreaturen, er hatte es immer gewusst, so viel mehr. Und es gab so wenige, die sie auf die gleiche Weise verstanden wie er, so wenige, die solche Seelen ergreifen und das merkwürdige Netz finden konnten – ein Netz, das aus Vertrauen verwoben mit Misstrauen, Furcht verwoben mit Neugier, Not verwoben mit Loyalität bestand.

Er führte diese kleine Kreatur nicht in den Tod. Das würde er nicht, konnte er nicht tun, und irgendwie schien sie es zu verstehen, schien sie nun einen höheren Zweck in ihrem Leben, ihrer Existenz zu spüren.

»Ich habe sie«, hörte Buddl sich sagen.

»Dann runter mir dir!«

»Noch nicht. Sie muss erst einen Weg nach oben finden – um uns zurück nach unten zu führen –«

»Bei den Göttern hienieden!«

Gesler ergriff das Wort. »Kümmert euch um die Kinder, Soldaten. Ich will immer ein Kind zwischen euch … hinter Krake, heißt das, denn Krake wird gleich hinter Buddl sein –«

»Ich will als Letzter gehen«, sagte Saiten.

»Dein Bein –«

»Ganz richtig, Gesler.«

»Wir haben noch andere Verwundete – ich habe dafür gesorgt, dass jeder von einem geführt oder geschleppt wird. Fied –«

»Nein. Ich gehe als Letzter. Wer auch immer direkt vor mir sein wird – wir müssen den Tunnel verschließen, sonst wird uns das Feuer nach unten folgen –«

»Dahinten sind Kupfertüren. Mit denen war der Teich abgedeckt.« Das war Corabb Bhilan Thenu'alas. »Ich bleibe bei dir. Wir werden gemeinsam unseren Fluchtweg mit diesen Kupferplatten verschließen.«

»Du als Vorletzter?«, schnaubte irgendjemand. »Damit du Fiedler einfach umbringst und dann –«

»Und dann was, Malazaner? Nein, wenn man es mir erlauben würde, würde ich als Letzter gehen. Ich habe an Leomans Seite gestanden –«

»Ich bin einverstanden«, sagte Saiten. »Corabb, du und ich, das wird reichen.«

»Langsam, langsam«, sagte Hellian und beugte sich dicht zu Buddl. »Ich gehe da nicht runter. Besser, wenn mich jemand auf der Stelle umbringt –«

»Sergeant –«

»Niemals. Da unten sind Spinnen –«

Das Geräusch einer Faust, die auf ein Kinn traf, und dann das eines zusammenbrechenden Körpers.

»Urb, du hast gerade deinen eigenen Sergeanten bewusstlos geschlagen.«

»Stimmt. Ich kenne sie schon lange, verstehst du. Sie ist ein guter Sergeant, was immer ihr alle auch von ihr denkt.«

»Hm. Stimmt.«

»Es sind die Spinnen. Sie würde da niemals runtergehen – jetzt kann ich sie knebeln und ihr Arme und Beine zusammenbinden – ich werde sie selbst schleppen –«

»Wenn sie ein guter Sergeant ist, Urb – wie behandelst du dann die schlechten?«

»Ich hab noch nie einen anderen Sergeanten gehabt, und ich will auch, dass das so bleibt.«

Da unten war die breite Spalte, die Buddl vorhin gespürt hatte, seine Ratte kletterte frei umher und versuchte nun, dem breiten aber flachen Riss – war er zu flach? – zu folgen. Nein, sie konnten durchkriechen, und da, dahinter, ein Zimmer mit schrägem Fußboden, die Decke zum größten Teil noch intakt, und die untere

Hälfte eines Durchgangs – er schickte die Ratte in diese Richtung, und hinter dem Durchgang ... »Ich hab's! Da ist eine Straße! Ein Teil einer Straße – keine Ahnung, wie weit die –«

»Scheißegal! Führ uns runter, verdammt! Ich kriege schon überall Brandblasen! Beeil dich!«

Na schön, warum auch nicht. Zumindest werde ich uns ein paar Augenblicke mehr verschaffen. Er schlüpfte hinunter in die Grube. Hinter ihm Stimmen, das Scharren von Stiefeln, ein Zischen vor Schmerz, als Haut den heißen Stein berührte.

Schwach: »Wie heiß ist das Wasser in dem Teich? Kocht es schon? Nein? Gut. Alle, die eine Feldflasche oder einen Wasserschlauch haben, füllen sie jetzt –«

In den Spalt ... während die Ratte die schräge, mit Steinen und Steinchen übersäte Straße entlanghuschte, unter einer Decke aus festgestampftem Geröll ...

Buddl spürte, wie sein Körper sich durch einen Riss schob, dann nach unten stürzte, auf jenen Teil der Straße, wo die Decke niedrig war. Felsbrocken, Mörtel und Tonscherben unter seinen Händen, an denen er sich schnitt und sich die Haut aufriss, als er weiterkrabbelte. Einst war man gegangen, auf dieser Straße, in einem Zeitalter, das lange vorbei war. Wagen waren hier entlanggerattert, Pferdehufe auf diesem Boden getrappelt, und es hatte viele Gerüche gegeben. Aus den nahe gelegenen Häusern, in denen gekocht wurde, vom Vieh, das zum Marktplatz getrieben wurde. Könige und Bettler, große Magier und ehrgeizige Priester. *Alle dahin. Zu Staub zerfallen.*

Die Straße fiel plötzlich steil ab, wo Pflastersteine nachgegeben hatten und nach unten gesackt waren, um einen unterirdischen Raum zu füllen – nein, einen alten Abwasserkanal mit Ziegelwänden; und in diesen Kanal war seine Ratte gekrochen.

Er schob zerbröckelte Pflastersteine beiseite und zog sich hinunter in den Schacht. Vertrocknete Fäkalien in einem dünnen, flachen Bett unter ihm, tote Insekten, deren Chitinpanzer knirschten, als er sich weiterschlängelte. Eine blasse Eidechse, so lang wie sein

Unterarm, floh in einen seitlichen Spalt – es klang wie ein Flüstern. Er blieb mit der Stirn an Spinnweben hängen, die fest genug waren, um ihn für einen kurzen Augenblick aufzuhalten, ehe sie hörbar rissen. Er spürte, wie sich etwas auf seiner Schulter niederließ, über seinen Rücken raste und dann davonhüpfte.

Buddl hörte Krake hinter ihm husten, als der Staub, den er aufwirbelte, von einer Böe zu dem Sappeur geweht wurde. Irgendwo weiter hinten hatte ein Kind geweint, aber jetzt war es still; alles, was er jetzt noch hörte, waren Geräusche von Menschen, die sich bewegten, und ihr angestrengtes Keuchen. Direkt voraus war ein Stück des Tunnels eingestürzt. Die Ratte hatte einen Weg durch die Barriere gefunden, also wusste er, dass sie nicht unpassierbar war. Er erreichte sie und machte sich daran, das Geröll beiseitezuschieben.

Lächeln stupste das Kind vor ihr an. »Kriech weiter«, murmelte sie, »einfach immer nur weiter. Es ist nicht mehr weit.« Sie konnte das Mädchen immer noch schniefen hören – sie weinte nicht, noch nicht richtig jedenfalls, es war nur der Staub, so viel Staub von all den Leuten, die vorauskrochen. Hinter ihr berührten kleine Hände wieder und wieder ihre von Brandblasen übersäten Füße, was jedes Mal stechende Schmerzen durch ihre Beine schießen ließ, aber sie biss die Zähne zusammen und sagte nichts. *Der verdammte Bengel weiß es nicht besser, oder? Und warum haben sie so große Augen, warum sehen sie einen auf diese Weise an? Wie hungernde Hündchen.* »Kriech weiter, meine Kleine. Es ist nicht mehr weit …«

Das Kind hinter ihr – ein Junge – half Tavos Pond, dessen Gesicht mit blutigen Bandagen umwickelt war. Koryk war direkt hinter ihnen. Lächeln konnte hören, dass das Seti-Halbblut unablässig eine Art Singsang von sich gab. Vermutlich das Einzige, was verhinderte, dass der Idiot in Panik ausbrach. Er liebte seine offene Savanne, nicht wahr? Keine engen, sich windenden Tunnel.

Ihr machte das alles nichts aus. Sie hatte Schlimmeres erlebt. Vor Zeiten – vor langer Zeit – hatte sie in Schlimmerem *gelebt*. Man

lernte, nur auf das zu zählen, was in Reichweite war, und so lange
der Weg nach vorn frei blieb, bestand immer noch Hoffnung, gab
es immer noch eine Chance.

Wenn nur dieses Gör nicht andauernd anhalten würde. Ein weiterer Stups. »Kriech weiter, Schätzchen. Es ist nicht mehr weit …«

Gesler zog sich durch pechschwarze Dunkelheit, hörte Tulpes
schweres Grunzen vor sich, Krumms verrückt machendes Singen
hinter sich. Dem riesigen Soldat, dessen bloße Füße Geslers ausgestreckte Hände immer wieder berührten, ging es nicht gut, und
der Sergeant konnte das Blut spüren, das Tulpe zurückließ, als er
sich durch den engen, verdrehten Durchgang quetschte und zog.
Schweres Keuchen, Husten – nein, das war kein Husten –

»Hol uns der Abgrund, Tulpe«, zischte Gesler, »was ist denn
so lustig?«

»Es kitzelt«, rief der Mann zurück. »Du. Kitzelst. Dauernd.
Meine. Füße.«

»Beweg dich einfach weiter, du verdammter Idiot!«

Hinter ihm fuhr Krumm mit seinem idiotischen Lied fort.

»Und ich sage, oooh, ich sage:
dort die Stämme haben Bärte
grün und lang und moosig weich
und im Schatten ihrer Härte
in der Brühe schwimmt der Laich

oh, es dämmert froschig, krötig
als bäuchlings er nach Egeln glupscht
und sie quetscht – denn das ist nötig
damit's dann blau und rosa flutscht –

und wie fein sie schmecken!
ja, wie fein sie schmecken!
wie Torf, so fein
so muss es sein –«

Gesler hätte am liebsten geschrien, wie es irgendjemand weiter vorne tat. Er hätte gerne geschrien, aber er konnte nicht genug Luft zusammenbekommen – es war alles zu eng, zu stinkend, die ehemals kühle vorbeistreichende Luft roch nach Schweiß und Urin, und der Vermummte allein mochte wissen, wonach noch. Wahrs Gesicht suchte ihn immer wieder heim, stieg in seiner Vorstellung auf wie eine grässliche Anklage. Er selbst und Stürmisch, sie hatten den Rekruten seit Ausbruch der verdammten Rebellion durch so vieles hindurchgebracht. Hatten dafür gesorgt, dass er am Leben blieb, hatten ihm gezeigt, wie man in dieser vom Vermummten verfluchten Welt am Leben blieb.

Und was macht er? Er rennt in einen brennenden Palast. Mit einem halben Dutzend Knallern auf dem Rücken. Bei den Göttern, in einem hatte er allerdings recht – das Feuer konnte ihn nicht aufhalten; er ist ziemlich weit reingekommen, und das hat uns gerettet … Er hat den Sturm zurückgeblasen. Uns gerettet …

Alle Soldaten um ihn herum hatten Brandblasen und Verbrennungen. Sie husteten bei jedem Atemzug, den sie in ihre versengte Lunge sogen. *Aber ich nicht.* Er konnte den kleinen Gott in dem Feuersturm spüren. Konnte ihn spüren – ein Kind, das vor Wut tobte, weil es wusste, dass es nur zu bald schon sterben würde. *Gut, was anderes hast du auch nicht verdient.* Feuer konnte ihn nicht verletzen, aber das bedeutete ja schließlich nicht, dass er davor niederknien und es anbeten musste, oder? Er hatte nicht um diese Dinge gebeten. Er und Stürmisch und Wahr – nur, dass Wahr jetzt tot war. Er hätte nie gedacht …

>*»und ich sage, oooh, ich sage:*
>*dort, die Brücke in der Brühe*
>*die auf dünnen Stelzen steht*
>*wo man Dachse ohne Mühe*
>*fängt und dann nach Hause geht*
>
>*oh, wir haben noch Wein geklaut*
>*und uns Lehm ins Ohr gestopft*

und dann schließlich nachgeschaut:
ja, der Dachs, der schwimmt im Topf –

und wie fein sie schmecken!
Ja, wie fein sie schmecken!
wie Torf so fein,
so muß es sein –«

Wenn er jemals hier rauskäme, würde er Krumm den dürren Hals umdrehen. Hochmarschall? Bei den Göttern hienieden –

»und ich sage, oooh, ich sage:
dort, der Turm des alten Hexers –«

Korporal Starr zog an Balgrids Arm, er kümmerte sich nicht um die schrillen Schreie des Mannes. Wie es der Magier geschafft hatte, auf dem endlosen Marsch so fett zu bleiben, war ihm ein Rätsel. Andererseits konnte man Fett zusammenquetschen, was man mit Muskeln nicht konnte. Das war immerhin etwas.

Balgrid kreischte, als Starr ihn durch den Spalt zerrte. »Du reißt mir die Arme aus!«

»Wenn du hier stecken bleibst, Balgrid«, sagte Starr, »und Urb hinter dir sein Messer rausholt –«

Die gedämpfte Stimme des großen Mannes hinter Balgrid ertönte: »Verdammt richtig. Ich werde dich zerlegen wie ein Schwein, Magier. Das schwöre ich dir.«

Das Schlimmste war die Dunkelheit – was machten schon die Spinnen, die Skorpione und die Hundertfüßler? Es war die Dunkelheit, die an Starrs geistiger Gesundheit nagte und fraß. Immerhin konnte Buddl mit den Augen einer Ratte sehen. Ratten konnten schließlich in der Dunkelheit sehen, oder? Andererseits – vielleicht konnten sie es ja auch nicht. Vielleicht benutzten sie einfach nur ihre Nasen, ihre Barthaare, ihre Ohren. Vielleicht waren sie zu dumm, um verrückt zu werden. *Oder sie sind schon verrückt. Wir werden von einer verrückten Ratte geführt –*

»Oh ihr Götter, ich stecke schon wieder fest. Ich kann mich nicht bewegen.«

»Hör auf rumzuschreien«, sagte Starr, machte Halt und drehte sich erneut um. Griff nach den Armen des Magiers. »Hast du das gehört, Balgrid?«

»Was? *Was?*«

»Bin mir nicht sicher. Hab gedacht, ich hätte gehört, wie Urbs Messer aus den Scheiden geglitten sind.«

Der Magier schob sich vorwärts, strampelte mit den Beinen und zog mit den Armen.

»Wenn du nochmal aufhörst weiterzukriechen«, knurrte Balsam das Kind vor ihm an, »werden die Eidechsen dich holen. Und dich bei lebendigem Leib auffressen. Uns alle bei lebendigem Leib auffressen. Das sind Grufteidechsen, du verdammter Balg. Weißt du, was Grufteidechsen tun? Ich werde dir sagen, was sie tun. Sie fressen Menschenfleisch. Darum werden sie Grufteidechsen genannt, nur, dass es ihnen egal ist, ob es lebendes Fleisch ist oder –«

»Um des Vermummten willen!«, knurrte Totstink hinter ihm. »Sergeant – das ist nicht der richtige Weg –«

»Halt's Maul! Er bewegt sich immer noch, oder? Oh, ja, und wie. Grufteidechsen, du Zwergochse! Oh, ja!«

»Ich hoffe, du bist nicht zufällig der Onkel von irgendwem, Sergeant.«

»Du wirst allmählich genauso schlimm wie Widersinn, Korporal, wenn du so rumbrabbelst. Ich will einen neuen Trupp –«

»Niemand wird dich noch haben wollen nach dem hier –«

»Du hast ja keine Ahnung, Totstink.«

»Ich weiß, dass ich dir ins Gesicht scheißen würde, wenn ich das Kind vor dir wäre.«

»Sei still! Du bringst ihn noch auf Ideen, verdammt! Tu es, Junge, und ich fessele dich, oh, ja, und lasse dich hier für die Grufteidechsen zurück –«

»Hör zu, Kleiner!«, rief Totstink. Seine Stimme hallte durch den engen Tunnel. »Diese Grufteidechsen, die sind so lang wie dein Daumen! Balsam ist nur ein bisschen –«

»Ich werde dich aufspießen, Totstink. Ich schwöre es!«

Corabb Bhilan Thenu'alas zog sich vorwärts. Der Malazaner hinter ihm keuchte – der einzige Hinweis darauf, dass der Mann ihm immer noch folgte. Sie hatten es geschafft, eine der Kupferplatten über das Loch zu legen und sich dabei die Hände verbrannt – schlimme Verbrennungen, die Schmerzen wollten nicht enden; Corabbs Handflächen fühlten sich an wie weiches Wachs, als würden sie ihre Form verlieren, wenn er seine Hände um Steine und Kanten legte.

Nie zuvor hatte er so unerträgliche Schmerzen gespürt. Er war schweißgebadet, seine Glieder zitterten, sein Herz hämmerte wie ein gefangenes Tier in seiner Brust.

Nachdem er sich durch einen engen Spalt gezogen hatte, sank er nach unten auf etwas, das die Oberfläche einer Straße zu sein schien, obwohl sein Kopf an einer Steindecke entlangstreifte. Er wand sich keuchend vorwärts und hörte, wie der Sergeant hinter ihm ebenfalls herunterrutschte.

Dann erzitterte der Boden, Staub sank herab, so dicht wie Sand. Donnerschläge hämmerten von oben durch den engen Gang, eine Erschütterung nach der anderen. Ein Schwall sengend heißer Luft schwappte von hinten über sie hinweg. Rauch, Staub –

»Vorwärts!«, schrie Saiten. »Bevor die Decke runter…«

Corabb griff nach hinten, tastete herum, bis er eine Hand des Malazaners zu packen bekam – der Mann war halb unter Geröll begraben, sein Atem ging mühsam unter dem Gewicht, das auf ihm lastete. Corabb zog, dann zog er noch stärker.

Ein wildes Grunzen von dem Malazaner, und dann hatte Corabb den Mann aus einer Masse von klappernden, holpernden Ziegeln und Steinen herausgezogen.

»Komm schon!«, zischte er. »Da vorne ist eine Grube, ein Abwasserkanal – die anderen sind da runter – halte dich an meinen Knöcheln fest, Sergeant –«

Der Wind schlug die brodelnde Hitze zurück.

Corabb tauchte mit dem Kopf voran in die Grube und zog Saiten hinter sich her.

Die Ratte hatte einen senkrechten Schacht erreicht, dessen Wände rau genug waren, dass sie hinunterklettern konnte. Der Wind heulte herauf und brachte verfaulte Blätter, Staub und Stücke von toten Insekten mit. Die Ratte war noch immer dabei abzusteigen, als Buddl sich auf den Sims zog. Der Dreck brannte in seinen Augen, als er nach unten spähte.

Und nichts sah. Er nahm einen kleinen Stein und ließ ihn fallen, weg von der Wand. Seine Seele, die auf der Seele der Ratte ritt, spürte, wie er vorbeiflog. Die Ohren des Nagetiers waren nach vorne gerichtet, während es wartete. Vier menschliche Herzschläge später kam ein dumpfes, gedämpftes Krachen wie von Stein auf Stein, das sich noch ein paarmal wiederholte, dann nichts mehr.

Oh, bei den Göttern …

Krake sprach hinter ihm. »Was ist los?«

»Ein Schacht, der senkrecht nach unten führt – sehr weit nach unten.«

»Können wir ihn runterklettern?«

»Meine Ratte kann es.«

»Wie breit ist er?«

»Nicht besonders, und nach unten wird er enger.«

»Wir haben Verwundete, und Hellian ist noch bewusstlos.«

Buddl nickte. »Mach 'nen Namensaufruf – ich will wissen, wie viele es geschafft haben. Wir brauchen außerdem Lederriemen, Seile – jedes Fitzelchen, das wir finden können. War das nur ich, oder hast du auch gehört, wie der Tempel eingestürzt ist?«

Krake drehte sich um und fing mit dem Namensaufruf an, gab dann die Forderung nach Lederriemen und Seilen weiter. Er wandte sich wieder nach vorn. »Ja, er ist zusammengekracht, stimmt. Als der Wind aufgehört hat. Zum Glück ist er jetzt wieder da – dem Vermummten sei Dank –, denn sonst würden wir jetzt gekocht werden oder ersticken oder beides.«

Nun, wir haben es noch nicht geschafft …

»Ich weiß, was du denkst, Buddl.«

»Tust du das?«

»Glaubst du, dass es einen Rattengott gibt? Ich hoffe es, und ich hoffe, dass du gut und inbrünstig betest.«

Ein Rattengott. Vielleicht. *Schwer zu sagen bei Kreaturen, die nicht in Worten denken.* »Ich glaube, einer von uns, einer von den Größeren, Stärkeren, könnte sich hier oben verkeilen und den anderen runterhelfen.«

»Wenn wir genug Riemen und Kram zusammenkriegen, um runterklettern zu können, stimmt. Tulpe vielleicht, oder dieser andere Korporal – Urb. Aber hier ist kein Platz, um aneinander vorbeizukommen.«

Ich weiß. »Ich werde versuchen runterzuklettern.«

»Wo ist die Ratte?«

»Unten. Sie hat den Boden erreicht und wartet da. Wie auch immer, ich versuch's.« Er griff auf das Thyr-Gewirr zurück, um die Dunkelheit zu durchdringen, und bewegte sich an den äußersten Rand des Schachts. Die gegenüberliegende Wand schien zu einem gewaltigen Bauwerk zu gehören, denn die Steine waren geschickt behauen und eingepasst. Flecken aus abbröckelndem Gips bedeckten Teile davon, genau wie Teile von dem Fries, mit dem der Gips geschmückt war. Sie schien beinahe vollkommen senkrecht zu sein – dass der Schacht schmaler wurde, lag an der Wand auf seiner Seite – eine viel rauere Oberfläche, mit Vorsprüngen, den Resten kunstvoller Verzierungen. Ein merkwürdiges Aufeinandertreffen von Baustilen bei zwei Gebäuden, die so dicht beieinanderstanden. Immerhin, beide Wände hatten den Auswirkungen des Begrabenseins widerstanden, schienen von dem Druck, den Sand und Geröll ausübten, nicht beeinträchtigt. »In Ordnung«, sagte er zu Krake, der sich dichter an ihn herangeschoben hatte, »das hier ist vielleicht doch nicht so schlecht.«

»Du bist wie alt – zwanzig? Nicht verletzt, dünn wie ein Speer …«

»Schön, ich hab's begriffen.« Buddl schob sich weiter über den

463

Rand, zog sein rechtes Bein herum. Er streckte es aus, schob sich noch weiter, lag jetzt mit dem Bauch auf der Kante. »Verdammt. Ich glaube, mein Bein ist nicht lang –«

Der Vorsprung, auf dem er lag, splitterte – er bestand, wie ihm mit einem Mal klar wurde, nur aus verfaultem Holz –, und er begann zu rutschen, zu fallen.

Er überschlug sich, trat mit beiden Beinen um sich, während er in die Tiefe stürzte, streckte die Arme nach hinten und zu den Seiten aus. Die rauen Steine schürften seinen Rücken auf, sein Hinterkopf krachte gegen einen Vorsprung – der Ruck hätte ihm beinahe das Genick gebrochen. Dann stieß er mit beiden Füßen gegen die gegenüberliegende Wand.

Es schleuderte ihn herum, mit dem Kopf voran –

Oh, beim Vermummten –

Ein plötzliches Zupfen, reißende Geräusche – dann zog noch mehr an ihm, leistete Widerstand, machte seinen Sturz langsamer.

Bei den Göttern, Netze –

Seine linke Schulter wurde zurückgerissen, so dass er sich drehte. Er trat erneut aus und spürte die vergipste Wand unter einem Fuß. Streckte den rechten Arm aus, und seine Hand schloss sich um einen Vorsprung, der wie ein Schwamm unter seinen Fingern nachzugeben schien. Jetzt reichte er auch mit dem anderen Fuß an die Wand und stemmte sich mit beiden Beinen dagegen, bis er den rauen Stein in seinem Rücken spürte.

Spinnen, jede so groß wie eine ausgestreckte Hand, krabbelten überall auf ihm herum.

Buddl wurde vollkommen reglos und bemühte sich, seine Atmung unter Kontrolle zu bekommen.

Sie waren haarlos, kurzbeinig, fahl bernsteinfarben – aber hier war kein Licht – und dann wurde ihm klar, dass die Kreaturen glommen, dass sie irgendwie von innen heraus leuchteten, wie die Flamme einer Laterne hinter dickem, goldfleckigem Glas. Sie schwärmten über ihn hinweg. Von weit oben hörte er Krake rufen. Seine Stimme klang verzweifelt und furchtsam.

Buddl griff mit seinem Geist aus – und zuckte angesichts der blinden Wut, die sich in den Spinnen aufbaute, sofort wieder zurück. Und aufblitzende Erinnerungen – die Ratte – ihre liebste Beute – war irgendwie all ihren Fallen ausgewichen, war an ihnen vorbei nach unten geklettert, ohne sie zu sehen, ohne die aberhundert Augen zu bemerken, die sie beobachtet hatten. Und jetzt … *das hier.*

Während ihm das Herz in der Brust hämmerte, schickte Buddl noch einmal seine suchenden Fühler aus. Eine Art gemeinsamer Geist des Stocks – nein, eine erweiterte Familie – sie würden sich versammeln und Nährstoffe austauschen – wenn eine fraß, fraßen alle. Außer dem Licht, das in ihnen selbst lebte, kannten sie kein Licht, bis vor kurzem kannten sie auch keinen Wind. *Sie sind erschreckt … aber nicht hungrig, dem Vermummten sei Dank.* Er versuchte sie zu beruhigen, zuckte erneut zusammen, als jede Bewegung aufhörte und sämtliche Aufmerksamkeit nun auf ihn gerichtet war. Beine, die über seinen Körper gehuscht waren, verharrten, winzige Klauen klammerten sich fest an seine Haut.

Ruhig. Es gibt keinen Grund zur Furcht. Ein Missgeschick, und es werden noch mehr kommen. Es geht nicht anders. Am besten geht ihr weg, alle. Bald wird die Stille zurückkehren, wir werden vorbeigegangen sein, und nicht viel später wird dieser Wind aufhören und ihr könnt anfangen, alles wieder aufzubauen. Friede … bitte.

Sie waren nicht überzeugt.

Der Wind erstarb plötzlich, und dann kam von oben ein Hitzeschwall herab.

Flieht! Er erschuf Bilder von Feuer in seinem Geist, holte aus seiner Erinnerung Bilder von Menschen, die starben, überall Vernichtung –

Die Spinnen flohen. Drei Herzschläge, und er war allein. Nichts hing mehr an seiner Haut, nichts als Stränge drahtiger Ankerfäden und zerfetzte Spinnennetze. Doch über seinen Rücken, von seinen Füßen, seinen Armen rann Blut.

Verdammt. Ich glaube, ich habe mir schwer was abgeschürft.

Jetzt erwachte auch der Schmerz ... *überall. Zu viel* – sein Bewusstsein floh.

»*Buddl!*« Der Ruf kam von weit oben.

Er bewegte sich ... wachte blinzelnd auf. Wie lange hatte er hier gehangen?

»Ich bin hier, Krake! Ich klettere nach unten – ich glaube, es ist nicht mehr weit!« Er verzog das Gesicht vor Schmerz und begann, seine Füße abwärtszubewegen – der Spalt war nun schmal genug, dass er wie in einem Kamin hinunterklettern konnte. Er keuchte, als er seinen Rücken von der Wand wegzog.

Etwas peitschte auf seine rechte Schulter, stechend, hart, und er duckte sich – dann spürte er, wie das Ding auf der rechten Seite seiner Brust hinunterglitt. Der Riemen eines Wehrgehänges.

Von oben kam Krakes Stimme: »Ich klettere runter!«

»Scherbe, bist du noch bei uns?«, rief Koryk nach hinten. Der Mann hatte vor sich hin gebrabbelt – sie alle hatten Bekanntschaft mit einem unerwarteten Entsetzen gemacht. Dem des *Haltmachens.* Sich vorwärtszubewegen, war ein Ankertau zur geistigen Gesundheit gewesen, denn es bedeutete, dass irgendwo weiter vorn Buddl immer noch weiterkroch, dass er immer noch einen Weg fand. Als alles zum Stillstand gekommen war, war das Entsetzen zwischen sie geschlüpft, hatte sich wie Tentakel um ihre Kehlen gelegt und zugedrückt.

Schreie, panisches Ankämpfen gegen unverrückbare, eng zusammengepresste Steine und Ziegel, Hände, die nach Füßen griffen. Es hatte sich zur Raserei gesteigert.

Dann laute Stimmen von vorne, die nach hinten gerufen hatten – sie hatten irgendeine Art Schacht erreicht – sie brauchten Seile, Gürtel, Lederriemen – sie würden nach unten klettern.

Es gab immer noch einen Weg, es ging immer noch weiter.

Koryk hatte die ganze Zeit seinen Gesang rezitiert. Das Lied des Kindertods, das Ritual der Seti, wenn ein Balg zum Erwachsenen wurde. Ein Ritual, das für Jungen und Mädchen gleich war und zu dem auch der Grabblock gehörte – was bedeutete, eine Nacht in einem ausgehöhlten Sarg eingeschlossen in einer Gruft der Familie zu verbringen. Lebendig begraben, damit das Kind sterben und der Erwachsene geboren werden konnte. Eine Prüfung, um gegen die Geister des Wahnsinns zu bestehen, die Würmer, die in jeder Person lebten, eingerollt an der Basis des Schädels, eng um das Rückgrat gewickelt. Würmer, die immer begierig darauf waren, zu erwachen, zu kriechen, sich einen Pfad ins Hirn zu fressen, die flüsterten und lachten oder schrien oder beides.

Er hatte jene Nacht überlebt. Er hatte die Würmer besiegt.

Und das war alles, was er für das hier brauchte. Das war alles.

Er hatte gehört, wie sich diese Würmer in die Soldaten vor ihm gefressen hatten und in die Soldaten hinter ihm. Und in die Kinder, als sich die Würmer auch auf sie gestürzt hatten. Denn einen schlimmeren Alptraum, als zuzusehen, wie ein Erwachsener voller Furcht zusammenbrach, konnte es für ein Kind nicht geben. Damit wurde ihm alle Hoffnung, aller Glaube entrissen.

Koryk konnte keinen von ihnen retten. Er konnte ihnen den Gesang nicht geben, denn sie würden nicht wissen, was er bedeutete, und sie hatten niemals eine Nacht in einem Sarg verbracht. Und er wusste, dass die Ersten gestorben wären, wenn es noch ein bisschen länger gedauert hätte – oder der Wahnsinn ihren Geist verzehrt hätte, vollständig und dauerhaft, und das hätte alle anderen getötet. Alle.

Die Würmer hatten sich zurückgezogen, und alles, was er jetzt hören konnte, war Weinen – nicht das gebrochene Weinen, sondern das erleichterte – Weinen und Gebrabbel. Und er wusste, dass sie es spüren konnten, dass sie spüren konnten, was die Würmer zurückgelassen hatten, und dass sie beteten: *Nicht noch einmal. Nicht näher, bitte. Niemals wieder.* »Korporal Scherbe?«

»W-was, verdammt?«

»Humpel. Was ist mit ihm? Ich trete ihn, schlage auf das, von dem ich denke, dass es ein Arm ist, aber er bewegt sich nicht. Kannst du nach vorne klettern? Kannst du mal nachsehen?«

»Er ist bewusstlos.«

»Wie ist das passiert?«

»Ich bin zu ihm hingekrabbelt und habe seinen Schädel auf den Fußboden geschlagen, bis er aufgehört hat zu schreien.«

»Und du bist sicher, dass er noch lebt?«

»Humpel? Sein Schädel ist so hart wie ein Felsen, Koryk.«

Er hörte Bewegung hinter sich und fragte: »Und was jetzt?«

»Ich werde es dir beweisen. Ich werde das gebrochene Bein ein bisschen drehen –«

Humpel schrie auf.

»Ich bin froh, dass du wieder da bist, Soldat«, sagte Scherbe.

»Geh weg von mir, du Dreckskerl!«

»Ich war nicht derjenige, der Panik gekriegt hat. Das nächste Mal, wenn du darüber nachdenkst, eine Panikattacke zu bekommen, solltest du dich einfach daran erinnern, dass ich direkt hinter dir bin.«

»Eines Tages werde ich dich umbringen, Korporal –«

»Ganz wie du willst. Mach's einfach nicht nochmal.«

Koryk erinnerte sich an das Gebrabbel, das er aus Scherbes Mund gehört hatte, sagte aber nichts.

Noch mehr Schleifgeräusche, dann wurde Koryk ein Bündel aus Seilen und Lederstreifen – die meisten davon versengt – in die Hände gedrückt. Er zog es an sich und schob es dann weiter nach vorn, zu dem kleinen Jungen, der hinter Tavos Pond kauerte. »Schieb es weiter, mein Junge«, sagte er.

»Du«, sagte der Junge. »Ich habe dich gehört. Ich habe zugehört.«

»Und dir ist nichts passiert, oder?«

»Nein.«

»Ich werde es dir beibringen. Für das nächste Mal.«

»Ja.«

Jemand hatte Anweisungen nach hinten gerufen, die die von maßlosem Entsetzen hervorgerufene Raserei durchdrungen hatten, und die Leute hatten reagiert, hatten nach allem gesucht, was sich irgendwie als Seil benutzen ließ. Unter einer Schicht aus Dreck und Schweiß fröstelnd ließ Starr die Stirn auf die Steine unter ihm sinken, roch den Staub, vermischt mit den Überresten seiner eigenen Furcht. Als das Bündel zu ihm kam, zog er es nach vorn, machte dann los, was noch von seinem eigenen Wehrgehänge übrig war, und fügte es zu der armseligen Sammlung hinzu.

Jetzt hatten sie zumindest einen Grund zum Warten, sie mussten nicht anhalten, weil Buddl nichts mehr gefunden hatte, wo man weiterkriechen konnte. Sie hatten etwas, woran sie sich festhalten konnten. Er betete, dass es reichen würde.

Hinter ihm flüsterte Balgrid: »Ich wünschte, wir würden wieder durch die Wüste marschieren. Die Straße, und dann der ganze Platz auf beiden Seiten …«

»Ich höre dich«, sagte Starr. »Und ich kann mich auch noch daran erinnern, wie du es verflucht hast. Die Trockenheit, die Sonne –«

»Die Sonne, ha! Ich bin so knusprig, dass ich die Sonne nie wieder fürchten werde. Bei den Göttern, ich werde niederknien und sie anbeten, das schwöre ich. Wenn Freiheit ein Gott wäre, Starr …«

Wenn Freiheit ein Gott wäre. Nun, das ist ein interessanter Gedanke …

»Dem Vermummten sei Dank – das Geschrei hat aufgehört«, sagte Balsam und zupfte an dem, was da überall auf seiner Haut kribbelte – was da kribbelte und prickelte wie ein Hitzeausschlag. Ein Hitzeausschlag, das war lustig –

»Sergeant«, sagte Totstink, »das Geschrei ist von dir gekommen.«

»Sei still, du verdammter Lügner. Das war ich nicht, das war dieser Junge vor mir.«

»Tatsächlich? Ich hab gar nicht gewusst, dass er dal-honesisch spricht –«

»Ich werde dich aufspießen, Korporal, ich schwöre es. Wenn du auch nur noch ein Wort sagst. Bei den Göttern, mich juckt es am ganzen Körper, als ob ich mich in Narrenpollen gewälzt hätte –«

»Das bekommt man, wenn man in Panik ausgebrochen ist, Sergeant. Man nennt es Angstschweiß. Du hast nicht auch noch in die Hose gepisst, oder? Ich rieche –«

»Ich hab mein Messer in der Hand, Totstink. Weißt du das? Ich muss mich nur rumdrehen, und dann wirst du mich nie mehr belästigen.«

»Du hast dein Messer weggeschmissen, Sergeant. Im Tempel –«

»Schön. Dann werde ich dich tottrampeln.«

»Nun, wenn du es tust, kannst du das bitte tun, bevor ich durch deine Pfütze kriechen muss?«

»Die Hitze gewinnt den Kampf«, sagte Corabb.

»Ja«, antwortete Saiten hinter ihm. Seine Stimme klang dünn, brüchig. »Hier.«

Etwas wurde gegen Corabbs Füße geschoben. Er griff nach unten und schloss die Hand um eine Seilrolle. »Du hast das getragen?«

»War um mich rumgewickelt. Ich hab gesehen, wie Lächeln es fallen gelassen hat, vor dem Tempel – es hat gequalmt, von daher war das nicht überraschend ...«

Als Corabb das Seil über sich zog, spürte er, dass es stellenweise feucht und klebrig war. Blut. »Du verblutest, oder?«

»Sind nur ein paar Tröpfchen. Mir geht's gut.«

Corabb krabbelte vorwärts; zwischen ihnen und dem nächsten Soldaten – dem Mann namens Widersinn – war ein bisschen Platz. Corabb hätte mithalten können, wenn er allein hier gewesen wäre, aber er wollte den malazanischen Sergeanten nicht zurücklassen. Feind oder nicht, so etwas machte man nicht.

Er hatte geglaubt, dass sie alle Monster, Feiglinge und Schläger waren. Er hatte gehört, dass sie ihre eigenen Toten aßen. Aber nein, sie waren einfach nur Leute. Nicht anders als Corabb selbst. *Die Tyrannei ist Sache der Imperatrix. Die hier – die sind alle nur Soldaten. Das ist alles.* Wenn er mit Leoman gegangen wäre ... hätte er nichts von alledem entdeckt. Er würde immer noch seinen grimmigen Hass auf alle Malazaner und alles, was malazanisch war, pflegen.

Aber jetzt ... Der Mann hinter ihm starb. Er war ein Falari – kam auch nur von einem Ort, den das Imperium erobert hatte. Er starb, und es war kein Platz, zu ihm zu gehen, nicht hier, nicht jetzt.

»Hier«, sagte er zu Widersinn. »Gib das durch.«

»Da soll uns doch der Vermummte holen – das ist ja ein richtiges Seil!«

»Ja. Und jetzt gib es schnell weiter.«

»Hör auf, mir Befehle zu geben, du Dreckskerl. Du bist ein Gefangener. Vergiss das nicht.«

Corabb kroch zurück.

Die Hitze nahm zu, verschlang die schwachen Ströme kühler Luft, die von unten heranglitten. Sie konnten nicht mehr lange liegen bleiben. *Wir müssen weiter.*

»Hast du etwas gesagt, Corabb?«, fragte Saiten.

»Nein. Nichts Wichtiges.«

Von oben kamen Geräusche, als Krake an dem behelfsmäßigen Seil herunterkletterte; sein Atem ging schwer, angestrengt. Buddl erreichte den mit Geröll angefüllten Boden der Spalte. Er war vollkommen verstopft. Verwirrt strich er mit den Händen über die beiden Wände. Seine Ratte? *Ah, da* – am Fuß der glatten, senkrechten Wand geriet seine linke Hand in einen Luftstrom, der nach oben und an ihm vorbeiströmte. Ein Bogengang. Bei den Göttern, was für eine Art von Gebäude war das? Ein Bogengang, der das Gewicht von mindestens zwei – vielleicht sogar drei – Stockwerken voller Gestein aushielt. Und weder die Wand noch der Bogen hatten nachgegeben, auch nicht nach all dieser Zeit. *Vielleicht sind die Legenden ja wahr. Vielleicht war Y'Ghatan einst wirklich die erste Heilige Stadt, die größte aller Städte. Und als sie gestorben ist, beim Großen Gemetzel, wurden alle Gebäude stehen gelassen, wurde kein Stein weggenommen. Sie wurde stehen gelassen, damit der Sand sie unter sich begraben konnte.*

Er hockte sich hin, um sich dann mit den Füßen voran durch den Bogengang zu winden, stieß fast unverzüglich an einen Haufen irgendwas – Geröll? –, der den anschließenden Raum fast vollständig ausfüllte. Geröll, das mit klickernden Geräuschen kippte und umfiel, von seinen um sich tretenden Füßen erschüttert.

Ein Stück voraus schreckte seine Ratte hoch, verängstigt von dem Lärm, als Buddl in den Raum rutschte. Er schickte seinen Willen aus und ergriff die Seele der kleinen Kreatur aufs Neue. »Ist schon in Ordnung, meine Kleine. Die Arbeit geht von neuem los ...« Seine Stimme verlor sich.

Er lag auf unzähligen Reihen von großen Urnen, die so hoch aufgestapelt waren, dass sie nur noch eine Armlänge von der Decke des Raums entfernt waren. Buddl tastete herum und stellte fest, dass die Urnen fest verschlossen und versiegelt waren; in den Rand und die glatte Oberfläche der eisernen Verschlusskappen waren komplizierte, wirbelnde Muster eingraviert. Das Keramik darunter fühlte sich glatt an, war wunderbar glasiert. Als er Krake rufen hörte, dass er die Sohle des Schachts hinter ihm erreicht hatte, kroch er auf die Mitte des Raums zu. Die Ratte glitt durch einen anderen Bogengang auf der gegenüberliegenden Seite, und Buddl spürte, wie sie nach unten kletterte, sich auf einem freien, ebenen Steinfußboden niederließ und dann weiterhuschte.

Er packte eine der eisernen Verschlusskappen am Rand und versuchte, sie abzuziehen. Das Siegel war dicht, seine Anstrengungen blieben fruchtlos. Er drehte den Rand nach rechts – nichts –, dann nach links. Ein knirschendes Geräusch. Er drehte stärker. Die Kappe rutschte, löste sich von dem Siegel. Bröckeliges Wachs fiel nach unten. Buddl versuchte erneut, die Kappe abzuziehen. Als das nichts brachte, machte er sich wieder daran, sie nach links zu drehen und stellte rasch fest, dass sie sich mit jeder Drehung ein Stückchen in die Höhe schraubte. Mit den Fingern ertastete er eine geneigte, spiralige Furche am Rand der Urne, die mit Wachs verkrustet war. Zwei weitere Drehungen, und die eiserne Kappe kam frei.

Ein stechender, widerlicher Geruch stieg ihm in die Nase.

Den Geruch kenne ich ... Das ist Honig. Diese Dinger sind vol-

ler Honig. Und wie lange lagerte er schon hier, weggepackt von Leuten, die mittlerweile längst zu Staub zerfallen waren? Er griff nach unten und stieß fast sofort seine Hand in den kühlen, zähflüssigen Inhalt. Balsam für seine Verbrennungen und auch eine Antwort auf den Hunger, der plötzlich in ihm erwachte.

»Buddl?«

»Hier drüben. Ich bin in einem großen Raum unter der geraden Wand. Krake, hier sind Urnen – hunderte. Und sie sind voller Honig.« Er zog seine Hand heraus und leckte sich die Finger ab. »Bei den Göttern, er schmeckt ganz frisch. Wenn du hier reinkommst, Krake, schmier dir deine Verbrennungen damit ein –«

»Nur, wenn du mir versprichst, dass wir nicht ein Stück weiter vorne durch ein Ameisennest kriechen.«

»Hier unten gibt es keine Ameisen. Wie sieht's aus?«

»Wir haben noch alle beisammen.«

»Was ist mit Saiten?«

»Er ist noch bei uns, obwohl die Hitze sich den Weg hier herabbahnt.«

»Dann haben wir also genug Seile und Riemen. Gut.«

»Ja. So lange sie halten. Scheint so, als hätte Urb vorgeschlagen, Hellian auf seinem Rücken runterzutragen.«

»Ist der Nächste schon unterwegs?«

»Ja. Wie gehen diese Deckel ab?«

»Du musst sie drehen. Nach links. Und dann immer weiter drehen.«

Buddl hörte, wie der Sappeur an einem der Deckel hantierte. »Dieses Zeug kann noch nicht sehr alt sein, wenn es noch immer frisch ist.«

»Auf den Deckeln sind Schriftzeichen, Krake. Ich kann sie nicht sehen, aber ich kann sie spüren. Meine Großmutter hatte ein Ritualmesser, das sie benutzt hat, wenn sie gehext hat – ich glaube, die Zeichen sind die gleichen. Wenn ich recht habe, Krake, stammen diese Deckel von den Jaghut.«

»*Was?*«

»Aber die Urnen selbst sind aus dem Ersten Imperium. Fühl

nur die Seiten. Glatt wie Eierschalen – wenn wir Licht hätten …
ich würde alles wetten, dass sie himmelblau sind. Und daher, gut
versiegelt …«

»Ich kann immer noch die Blüten in dem Zeug schmecken,
Buddl.«

»Ich weiß.«

»Du sprichst von abertausenden von Jahren.«

»Ja.«

»Wo ist deine Lieblingsratte?«

»Die sucht für uns einen Weg. Dahinten, auf der anderen Seite,
ist noch ein Raum, aber der ist offen, leer, meine ich – wir sollten
dorthin gehen, um den anderen Platz zu machen …«

»Stimmt etwas nicht?«

Buddl schüttelte den Kopf. »Nein, nein, ich fühle mich nur ein
bisschen … merkwürdig. Hab mir den Rücken aufgerissen … und
der fühlt sich jetzt betäubt an –«

»Beim Atem des Vermummten, da ist irgendein Mohn in dem
Honig, oder? Ich fange an, mich … bei den Göttern hienieden,
mir wird schwindlig.«

»Ja. Warne mal lieber die anderen.«

Obwohl Buddl nichts sehen konnte, hatte er das Gefühl, als
würde die Welt um ihn herum beben und sich drehen. Sein Herz
raste plötzlich. *Scheiße.* Er kroch auf den anderen Bogengang zu.
Griff hinein, zog sich vorwärts und fiel.

Der Aufprall auf dem Steinboden kam ihm schwach vor, aber er
spürte, dass er mehr als eine Mannslänge tief gefallen war. Er erinnerte sich an ein scharfes, krachendes Geräusch, und dann wurde
ihm klar, dass das seine Stirn gewesen war, die auf die Pflastersteine geprallt war.

Krake landete auf ihm, rollte mit einem Grunzen von ihm herunter.

Buddl runzelte die Stirn, zog sich über den Fußboden. Die Ratte – wo war sie? *Sie ist fort. Ich habe sie verloren. Oh, nein, ich
habe sie verloren.*

Augenblicke später verlor er auch alles andere.

Corabb hatte den bewusstlosen Saiten das letzte Stück Tunnel ent-langgezogen. Sie erreichten den Vorsprung und fanden das Seil, das von drei Schwertscheiden baumelte, die im Schacht verkeilt worden waren. Von unten waren schwach Stimmen zu hören. Hit-ze wirbelte wie unzählige kleine Schlangen um ihn herum, wäh-rend er versuchte, den Malazaner näher an das Loch zu ziehen.

Dann begann er das Seil hochzuholen.

Das letzte Drittel bestand nur noch aus Knoten und kurzen Streifen und Schnallen – er überprüfte jeden Knoten, zog an je-der Faser, aber nichts schien kurz davor, abzureißen. Corabb band dem Malazaner die Arme an den Handgelenken eng zusammen; dann die Beine an den Knöcheln – einer davon war blutüber-strömt, und als er den Verband überprüfen wollte, stellte er fest, dass da keiner mehr war, nur noch die Löcher, die der Speer hin-terlassen hatte – und das Seil um die Knöchel knotete er zwischen den Füßen des Sergeanten zusammen. Das Seilende als Schlin-ge um eine Hand geschlungen, zog Corabb sich die Arme des Mannes über den Kopf und dann nach unten, so dass die zusam-mengebundenen Handgelenke vor seinem Brustbein lagen. Dann schob er seine eigenen Beine zwischen den zusammengebundenen Beinen des Malazaners hindurch, so dass sie an seine Schienbeine stießen. Anschließend zog er das in der Mitte verknotete Seil hoch, schlang es sich über den Kopf und unter einen Arm, machte dann einen straffen Knoten.

Er schob sich in den Schacht, lehnte sich einen ganz kurzen Mo-ment schwer auf die verkeilten Schwertscheiden, bis er es schaff-te, einen Fuß gegen die gegenüberliegende Wand zu stemmen. Die Entfernung war ein bisschen zu groß – er kam nur mit den Fußspit-zen an die jeweilige Wand, und als er das Gewicht von Saiten auf seinem Rücken voll tragen musste, hatte er das Gefühl, als könnten die Sehnen in seinen Knöcheln jeden Augenblick reißen.

Keuchend mühte Corabb sich nach unten. Kletterte zwei Mannslängen und wurde dabei immer schneller, da die Kontrolle ihm mit jedem Nachuntentaumeln mehr entglitt, doch dann fand er einen stabilen Vorsprung, auf dem er seinen rechten Fuß ausruhen konnte, und die Spalte war schmal genug geworden, dass er mit seiner linken Hand die Wand erreichen und die Last auf seinem linken Bein verringern konnte.

Corabb machte eine Pause.

Spürte den Schmerz tiefer Verbrennungen, das Pochen seines Herzens. Einige Zeit später machte er sich wieder an den Abstieg. Es wurde leichter, denn die Lücke wurde enger, immer enger.

Und dann war er auf der Sohle, und er hörte etwas wie Lachen zu seiner Linken, leise nur, und dann verklang es.

Er suchte an jener Seite und fand den Bogengang, durch den er das Seil warf und hörte, wie es ein Stück weiter unten auf einen Körper traf.

Sie schlafen alle. Kein Wunder. Ich könnte es auch.

Er band Saiten wieder los und kletterte durch den Durchgang, stellte fest, dass er auf dicht beieinanderstehenden, klickernden Krügen balancierte, hörte Schnarch- und Atemgeräusche von allen Seiten und nahm einen süßen, widerlichen Geruch wahr. Er zog Saiten hinter sich her, bis er neben ihm lag.

Honig. Krüge um Krüge voller Honig. *Gut für Verbrennungen, glaube ich. Gut für Wunden.* Als Corabb einen offenen Krug fand, holte er eine Handvoll Honig heraus, kroch zurück zu dem Sergeanten und strich den Honig in die Wunden. Schmierte die Verbrennungen bei sich und Saiten ein. Dann lehnte er sich zurück. Betäubte Glückseligkeit stahl sich in ihn hinein.

Oh, dieser Honig, es ist Carelbarra. Der Gottbringer. Oh …

Faust Keneb stolperte ins Morgenlicht, blieb blinzelnd stehen und schaute sich um, betrachtete das chaotische Arrangement von Zelten, von denen viele angesengt waren, und all die Soldaten – die dahintorkelten, herumliefen oder einfach nur dastanden und über die verbrannte Landschaft hinweg zur Stadt starrten. Y'Ghatan waberte in aufsteigenden Hitzewogen, ein missgestalteter Buckel auf einem zerklüfteten Hügel, auf dem hier und da immer noch Feuer flackerten, oben blass orangefarben und weiter unten grimmig tief rot.

Die Luft war mit Asche gesättigt, die wie Schnee zu Boden rieselte.

Jeder Atemzug schmerzte. Er hatte Schwierigkeiten mit dem Hören – noch immer schien der tosende Feuersturm in seinem Kopf zu wüten, so hungrig wie eh und je. Wie lange hatte es gedauert? Einen Tag? Zwei Tage? Da waren Heiler gewesen. Hexen mit Salben, Denul-Heiler der Armee. Ein Durcheinander von Stimmen, die sangen, flüsterten, manche davon wirklich, manche eingebildet.

Er dachte an seine Frau. Selv war nicht mehr in diesem verfluchten Land, sondern sicher im Landhaus ihrer Familie in Quon Tali. Und an Kesen und Vaneb, seine Kinder. Sie hatten überlebt – oder etwa nicht? Doch, er war sich sicher, dass sie überlebt hatten. Da war eine Erinnerung, stark genug, um ihn davon zu überzeugen, dass sie wahr war. Dieser Assassine – Kalam –, der hatte etwas damit zu tun.

Selv. Sie hatten sich in den zwei Jahren vor der Rebellion auseinandergelebt, den zwei Jahren – waren es tatsächlich zwei? –, die sie im Reich der Sieben Städte gewesen waren, in der zur Garnison gehörenden Siedlung. Der Aufstand hatte sie beide gezwungen, all das beiseitezuschieben, um der Kinder willen – um des Überlebens willen. Er vermutete, dass sie ihn nicht vermisste; bei seinen Kindern mochte es allerdings anders aussehen. Er vermutete, dass sie inzwischen jemand anderen gefunden hatte, einen Liebhaber, und dass ihn wiederzusehen so ziemlich das Letzte war, was sie sich wünschte.

Nun, es gab schlimmere Dinge im Leben. Er dachte an die Soldaten, die er gesehen hatte, die mit den schrecklichsten Verbrennungen – bei den Göttern, wie hatten sie ihre Schmerzen herausgeschrien.

Keneb starrte zur Stadt hinüber. Und hasste sie von ganzem Herzen.

Bent, der Hirtenhund kam heran und legte sich neben ihm auf den Boden. Einen Augenblick später tauchte Wühler auf. »Vater, weißt du, was aus dem da entstehen wird? Weißt du es?«

»Woraus entstehen wird, Wühler?«

Der Junge deutete mit einem bloßen, schmutzigen Arm auf Y'Ghatan. »Sie will, dass wir gehen. Sobald wir können.« Dann deutete er auf die Morgensonne. »Es ist die Pest, verstehst du, im Osten. Also. Wir marschieren nach Westen. Um Schiffe zu finden. Aber ich kenne die Antwort bereits. Um das zu finden, was in uns ist, muss man alles andere wegnehmen, verstehst du?«

»Nein, Wühler, ich verstehe nicht.«

Rotauge, der hengesische Schoßhund, kam herbeigetrottet; er schnüffelte am Boden. Dann begann er wie rasend zu graben. Staubwolken hüllten ihn ein.

»Da ist etwas vergraben«, sagte Wühler.

»Das nehme ich an.«

»Aber sie will das nicht sehen.« Der Junge blickte zu Keneb auf. »Genauso wie du.«

Wühler rannte davon, und Bent blieb in großen Sprüngen an seiner Seite. Der Schoßhund grub weiter, machte dabei schnüffelnde und prustende Geräusche.

Keneb runzelte die Stirn, versuchte, sich an das zu erinnern, was Wühler vorher gesagt hatte – war es in der Nacht gewesen, bevor sie die Bresche in den Wall gesprengt hatten? Bevor der schicksalhafte Befehl ergangen war? War da eine Warnung in den Worten des Jungen verborgen gewesen? Er konnte sich nicht erinnern – die Welt vor dem Feuer schien in seinem Geist zu nichts verbrannt zu sein. Es war schon mühsam gewesen, sich die Namen seiner Frau und seiner Kinder – oder auch ihre Gesichter – ins Gedächtnis zu rufen. *Ich verstehe es nicht. Was ist mir geschehen?*

Im Kommandozelt stand die Mandata Nil und Neder gegenüber. Faust Blistig schaute von der hinteren Zeltwand aus zu; er war so erschöpft, dass er kaum noch stehen konnte. Tavore hatte ihn beauftragt, sich um die Heilung der Verletzten zu kümmern – um den Aufbau der Lazarett-Zelte, die Einteilung der Denul-Heiler und der wickanischen Hexer und Hexen. Zwei Tage und eine oder vielleicht auch einenhalb Nächte – er wusste nicht recht, ob er die kurze, chaotische Zeitspanne vor dem Sonnenaufgang in jener Nacht, in der sie die Bresche geschlagen hatten, mitzählen durfte. Wenn seine Offiziere nicht gewesen wären, wäre er in jener ersten Nacht noch vor Anbruch der Morgendämmerung seines Kommandos enthoben worden. Seine Seele war in der dunklen Grube des Abgrunds ertrunken.

Blistig war sich noch nicht ganz sicher, ob er tatsächlich wieder herausgeklettert war.

Nil sprach, seine Stimme klang monoton und gedämpft vom zu langen Umgang mit der Zauberei, die er zu hassen gelernt hatte. »… nichts als Tod und Hitze. Die, die es nach draußen geschafft haben – ihre schreckliche Agonie macht mich taub –, treiben die Geister in den Wahnsinn. Sie fliehen, zerreißen ihre Bindungen. Sie verfluchen uns für diese riesige Wunde im Land, für die Verbrechen, die wir begangen haben –«

»Es sind nicht unsere Verbrechen«, unterbrach ihn die Mandata und wandte sich ab; ihr Blick suchte und fand Blistig. »Wie viele haben wir heute verloren, Faust?«

»Einunddreißig, Mandata, aber die Hexen sagen, dass ihnen jetzt nur noch wenige folgen werden. Die, die es am schlimmsten erwischt hatte, sind tot. Der Rest wird leben.«

»Fangt mit den Vorbereitungen für den Marsch an – haben wir genug Wagen?«

»Vorausgesetzt, dass die Soldaten ihre Vorräte eine Weile selbst tragen«, sagte Blistig. »Apropos Vorräte – wir haben einiges verloren. Wir werden irgendwann Leder kauen müssen, wenn wir keine Möglichkeit finden, uns neuen Proviant zu besorgen.«

»Wie lange?«

»Eine Woche, wenn wir gleich anfangen zu rationieren. Mandata, wohin gehen wir?«

Einen kurzen Moment lang verschleierten sich ihre Augen, dann blickte sie weg. »Die Pest erweist sich als … sehr ansteckend. Ich vermute, dass sie von der Herrin selbst kommt, dass es der Kuss der Göttin persönlich ist. Und es gibt nicht genug Heiler …«

»Lothal?«

Nil schüttelte den Kopf. »Dort ist sie bereits ausgebrochen, Faust.«

»Sotka«, sagte die Mandata. »Perl hat mich informiert, dass Admiral Noks Flotte und die Transportschiffe in keiner Stadt östlich von Ashok auf der Halbinsel von Maadil anlegen konnten, so dass er darum herumfahren musste und nun davon ausgeht, in neun Tagen Sotka zu erreichen – vorausgesetzt, dass er in Taxila oder Rang anlegen kann, um Wasser und Nahrungsmittel an Bord zu nehmen.«

»Neun Tage?«, fragte Blistig. »Wenn die Pest schon in Lothal ist …«

»Unser Feind ist jetzt die Zeit«, erklärte die Mandata. »Faust, Ihr habt den Befehl, das Lager abzubrechen. So schnell wie möglich. Die Rebellion ist vorbei. Unsere Aufgabe heißt jetzt: überleben.« Sie musterte Blistig einen Herzschlag lang. »Ich will, dass wir heute Abend wieder unterwegs sind.«

»Heute Abend? In Ordnung, Mandata. Dann sollte ich mich am besten auf den Weg machen.« Er salutierte und ging hinaus. Draußen blieb er kurz stehen, blinzelte ein-, zweimal – dann, als ihm seine Befehle wieder einfielen, eilte er davon.

Nachdem Blistigs Schritte verklungen waren, wandte die Mandata sich an Neder. »Die Herrin der Pest, Neder. Warum jetzt? Warum hier?«

Die wickanische Hexe schnaubte. »Ihr verlangt von mir, den Geist einer Göttin zu ergründen, Mandata? Das ist hoffnungslos. Sie hat vielleicht gar keinen Grund. Die Pest ist schließlich ihr Aspekt. Es ist das, was sie tut.« Sie schüttelte den Kopf, sagte nichts mehr.

»Mandata«, wagte Nil vorzubringen, »Ihr habt Euren Sieg. Die Imperatrix wird zufrieden sein – sie muss es sein. Wir brauchen Ruhe –«

»Perl hat mich informiert, dass Leoman von den Dreschflegeln noch am Leben ist.«

Die beiden wickanischen Waerlogas antworteten nicht, und die Mandata blickte sie erneut an. »Ihr beide habt das gewusst, stimmt's?«

»Er wurde … weggebracht«, sagte Nil. »Von einer Göttin.«

»Von welcher Göttin? Poliel?«

»Nein. Von der Königin der Träume.«

»Der Göttin der Weissagungen? Welche Verwendung könnte sie für Leoman von den Dreschflegeln haben?«

Nil zuckte die Schultern.

Vor dem Zelt zügelte ein Reiter sein Pferd, und einen Augenblick später kam Temul herein. Er war staubbedeckt, und aus drei parallel verlaufenden Kratzern auf der Seite seines Gesichts tropfte Blut; er zog ein zerzaustes Kind hinter sich her. »Ich habe sie gefunden, Mandata«, sagte er.

»Wo?«

»Sie hat versucht, zurück in die Ruinen zu gelangen. Sie hat den Verstand verloren.«

Die Mandata musterte das Mädchen namens Sünd und sagte: »Es wäre am besten, wenn sie ihn wiederfinden würde. Ich brauche Hohemagier. Sünd, schau mich an. Schau mich an.«

Sie gab mit nichts zu erkennen, dass sie Tavore gehört hatte, sondern ließ weiterhin den Kopf hängen; Strähnen angesengter Haare verbargen ihr Gesicht.

Seufzend sagte die Mandata: »Nehmt sie mit und sorgt dafür, dass sie sauber gemacht wird. Und lasst sie die ganze Zeit bewachen – wir werden es später noch einmal probieren.«

Nachdem die beiden wieder gegangen waren, fragte Nil: »Mandata, habt Ihr vor, Leoman zu verfolgen? Wie? Es gibt keine Spur, der man folgen könnte – die Königin der Träume könnte ihn inzwischen auf einen anderen Kontinent versetzt haben.«

»Nein, wir werden ihn nicht verfolgen, aber ihr müsst verstehen, Wickaner, dass es in den Augen der Imperatrix keinen Sieg geben wird, solange er noch lebt. Y'Ghatan wird bleiben, was es immer gewesen ist: ein Fluch für das Imperium.«

»Die Stadt wird sich nicht von Neuem erheben«, sagte Nil.

Tavore musterte ihn. »Die Jungen wissen nichts von Geschichte. Ich gehe spazieren. Und ihr beide solltet euch etwas ausruhen.«

Sie ging.

Nil blickte seine Schwester an und lächelte. »Jung? Wie schnell sie vergisst.«

»Sie vergessen es alle, Bruder.«

»Was glaubst du – wohin ist Leoman gegangen?«

»Wohin wohl? Ins Goldene Zeitalter, Nil. In den Ruhm, der die Große Rebellion war. Er schreitet jetzt in den Nebeln des Mythos. Sie werden sagen, er hat Feuer geatmet. Sie werden sagen, man konnte die Apokalypse in seinen Augen sehen. Sie werden sagen, er ist von Y'Ghatan auf einem Fluss aus malazanischem Blut davongesegelt.«

»Die Einheimischen glauben, Coltaine wäre aufgestiegen, Neder. Der neue Schutzpatron der Krähen –«

»Narren. Wickaner steigen nicht auf. Wir … kommen nur immer wieder.«

Leutnant Poren war wach, und er hob seine gesunde Hand, um seinen Hauptmann zu grüßen, als Gütig am Fuß des Feldbetts stehen blieb.

»Sie sagen, Eure Hand ist zusammengeschmolzen, Leutnant.«

»Ja, Hauptmann. Meine linke Hand, wie Ihr sehen könnt.«

»Sie sagen, dass sie alles getan haben, was sie tun konnten, den Schmerz genommen, und vielleicht werden sie es eines Tages auch schaffen, die Finger wieder auseinanderzuschneiden. Vielleicht finden sie einen Hoch-Denul-Heiler, der dafür sorgt, dass Eure Hand wieder aussieht und funktioniert wie neu.«

»Ja, Hauptmann. Und da es meine Schildhand ist, sollte ich bis dahin in der Lage sein –«

»Und warum im Namen des Vermummten liegt Ihr dann noch in diesem Feldbett, Leutnant?«

»Ah, gut, ich muss nur etwas zum Anziehen finden, Hauptmann, dann werde ich Euch begleiten.«

Gütig blickte an der Reihe der Feldbetten entlang. »Die Hälfte dieses Lazaretts ist mit blutenden Lämmern belegt – seid Ihr bereit, ein Wolf zu werden, Leutnant? Wir marschieren noch heute Abend weiter. Es gibt nicht genug Wagen und – was noch empörender ist – nicht genug Sänften und keine Plätze auf dem Rücken eines Elefanten, die der Rede wert wären – ich frage mich, was aus dieser Armee geworden ist?«

»Das ist ja wirklich schändlich, Hauptmann. Wie geht es Faust Tene Baralta, Hauptmann?«

»Hat den Arm verloren, aber man hört ihn nicht jammern oder ein großes Geschiss machen und stöhnen.«

»Nein?«

»Natürlich nicht. Er ist immer noch bewusstlos. Und jetzt auf die Beine mit dir, Soldat! Wickel dir die Decke um den Bauch.«

»Ich habe meinen Armreif verloren, Hauptmann.«

»Aber Ihr habt an der Stelle dafür Verbrennungen abbekommen, oder? Sie werden das sehen und wissen, dass Ihr ein Offizier seid. Das und Euer grimmiges Auftreten werden ausreichen.«

»Ja, Hauptmann.«

»Gut. Und jetzt habt Ihr genug von meiner Zeit verschwendet. Wir haben Arbeit vor uns, Leutnant.«

»Ja, Hauptmann.«

»Leutnant, wenn Ihr auch nur noch einen Herzschlag lang da so liegen bleibt, werde ich dieses Feldbett mit Euch darin zusammenklappen. Habt Ihr mich verstanden?«

»Jawohl, Hauptmann!«

Sie saß reglos da, die Glieder schlaff wie die einer Puppe, während eine alte Wickanerin sie wusch und eine andere ihr den größten Teil ihrer Haare abschnitt, und sie blickte auch nicht auf, als Hauptmann Faradan Sort das Zelt betrat.

»Das wird reichen«, sagte Sort und bedeutete den beiden Wickanerinnen, dass sie gehen sollten. »Geht hinaus.«

Zwar gaben die beiden abwechselnd Dinge von sich, die Hauptmann Sort für Flüche hielt, aber immerhin verließen sie das Zelt.

Faradan Sort blickte auf des Mädchen hinunter. »Lange Haare

kommen einem nur in den Weg, Sünd. Du bist ohne besser dran. Ich vermisse meine überhaupt nicht. Du sprichst nicht, aber ich glaube, ich weiß, was los ist. Also hör zu. Sag nichts. Hör einfach nur zu …«

Die stumpfgraue, schwebende Asche verschluckte das letzte Licht der Sonne, während Staubwolken von der Straße in die zu beiden Seiten ausgehobenen Gräben trieben. Letzte Atemzüge der toten Stadt rollten immer noch über die Vierzehnte Armee hinweg – das war alles, was noch an den Feuersturm erinnerte, aber mehr als genug für die Soldaten, die auf die Hornsignale warteten, mit denen der Aufbruch verkündet werden würde.

Faust Keneb stieg in den Sattel und griff nach den Zügeln. Überall um ihn herum konnte er Husten hören, von Menschen wie von Tieren, ein schreckliches Geräusch. Die Wagen, die mit den verbundenen Verwundeten beladen waren, standen auf der Straße aufgereiht, wie Begräbniskarren – von Rauch befleckt, von Flammen geschwärzt und stinkend wie Scheiterhaufen. Auf einem dieser Wagen befand sich, wie er wusste, auch Faust Tene Baralta, der schwere Verbrennungen am ganzen Körper erlitten hatte, und dessen Gesicht schrecklich gezeichnet war – einem Denul-Heiler war es gelungen, seine Augen zu retten, aber Baraltas Bart hatte Feuer gefangen, und der größte Teil seiner Lippen und seine Nase waren fort. Nun galt die Hauptsorge seiner geistigen Gesundheit, obwohl er gnädigerweise noch immer bewusstlos war. Und es gab noch andere, so viele andere …

Er sah Temul und zwei weitere Reiter herangaloppieren. Der wickanische Anführer zügelte sein Pferd und schüttelte den Kopf. »Sie sind nirgendwo zu finden, Faust. Das überrascht mich nicht. Aber dies solltet Ihr wissen: Es hat noch andere Deserteure gegeben, und wir haben sie alle erwischt. Die Mandata hat den Befehl gegeben, die nächsten sofort zu töten, wenn sie gesichtet werden.«

Keneb nickte, schaute weg.

»Von jetzt an«, fuhr Temul fort, »werden meine Wickaner keine Gegenbefehle malazanischer Offiziere mehr befolgen.«

Keneb wandte den Kopf und starrte Temul an. »Faust, Eure Wickaner *sind* Malazaner.«

Der junge Krieger verzog das Gesicht, riss dann sein Pferd herum. »Sie sind jetzt Euer Problem, Faust. Schickt Sucher aus, wenn Ihr wollt, aber die Vierzehnte wird nicht auf sie warten.«

Im gleichen Augenblick, da er und seine Adjudanten davonritten, erklangen die Hörner, und die Vierzehnte setzte sich in Bewegung.

Keneb richtete sich im Sattel auf und blickte sich um. Die Sonne war nun untergegangen. Es war zu dunkel, um noch viel zu erkennen. Und irgendwo da draußen waren Hauptmann Faradan Sort und Sünd. Zwei Deserteure. *Dieser verdammte Hauptmann Sort. Ich dachte, sie wäre … Nun, ich hätte nicht gedacht, dass sie so etwas tun würde.*

Y'Ghatan hatte Menschen zerbrochen, hatte sie zutiefst zerbrochen – er glaubte, dass viele sich nicht mehr davon erholen würden. *Niemals.*

Die Vierzehnte Armee begann ihren Marsch, die nach Westen führende Straße entlang, auf Sotka Fork zu, und hinter ihr blieben Staub und Asche zurück – und eine zerstörte Stadt.

Ihr Kopf war schlangenförmig, die geschlitzten, senkrecht stehenden Augen gespenstisch grün, und Balsam schaute erstarrt und krankhaft fasziniert zu, wie ihre Zunge heraus- und wieder zurückglitt. Ihre Haare waren wogende, zähe Ranken, die sich wanden und an deren Ende sich jeweils ein winziger menschlicher Kopf befand, aus dessen weit aufgerissenem Mund mitleiderregende Schreie drangen.

Hexenfresserin, Thesorma Raadil, am ganzen Körper mit Zebrafellen geschmückt, hatte ihre vier Arme drohend erhoben und schwang die vier geheiligten Waffen der dal-honesischen Stämme. Bola, Kout, Hakensense und Stein – er hatte das nie verstanden: Wo waren die offensichtlicheren? Messer? Speer? Bogen? Wer dachte sich diese Göttinnen überhaupt aus? Welcher verrückte, verdrehte, schwarzhumorige Geist beschwor solche Monstrositäten? *Wer auch immer es war – oder ist –, ich hasse ihn. Oder sie. Wahrscheinlich sie. Es ist immer eine Sie. Sie ist eine Hexe, oder? Nein, eine Hexenfresserin. Dann also vermutlich ein Mann, und einer, der letztlich doch nicht verrückt oder dumm ist. Irgendjemand muss schließlich all diese Hexen fressen.*

Jetzt bewegte sie sich auf ihn zu. Balsam. Ein mittelmäßiger Hexer – nein, ein abgefallener Hexer –, der jetzt einfach nur noch Soldat war. Ein Sergeant, aber wo im Namen des Vermummten war sein Trupp? Die Armee? Was machte er in der Savanne seines Heimatlands? *Ich bin von dort weggelaufen, oh, ja, das bin ich. Vieh hüten? Monströse, gefährliche Tiere jagen und es einen fröhlichen Zeitvertreib nennen? Nicht für mich. Oh, nein, nicht für Balsam. Ich habe genug Bullenblut getrunken, dass mir Hörner sprießen könnten, und genug Kuhmilch, dass mir Euter wachsen könnten –* »und deshalb, Hexenfresserin, geh weg von mir!«

Sie lachte – es war eher ein Zischen, wie das auch zu erwarten gewesen war – und sagte: »Ich hungere nach streunenden Hexern –«

»Nein! Du isst Hexen! Keine Hexer!«

»Wer hat irgendwas von essen gesagt?«

Balsam versuchte wegzukommen, er krabbelte, tastete, aber da waren Felsen, raue Wände, Vorsprünge, die ihn festhielten. Er war gefangen. *»Ich bin gefangen!«*

»Lass ihn in Ruhe, du brünftige Schlange!«

Eine Stimme wie Donnerhall. Nun, sehr leiser Donnerhall. Balsam hob den Kopf, blickte sich um. Ein großer Käfer stand auf den Hinterbeinen aufgerichtet eine Armlänge von ihm entfernt; sein keilförmiger Kopf wäre auf gleicher Höhe mit Balsams Knien gewesen, wenn Letzterer gestanden hätte. Also groß im relativen Sinn. *Imparala Ar, der Mistgott* – »Imparala! Rette mich!«

»Fürchte dich nicht, Sterblicher«, sagte der Käfer und wackelte mit den Antennen und den Beinen. »Sie wird dich nicht bekommen! Nein, *ich* brauche dich!«

»Du? Wozu?«

»Um zu graben, mein sterblicher Freund. Durch den unermesslichen Mist der Welt! Nur deine Art, Mensch, mit eurer klaren Vision, eurem endlosen Appetit! Ihr, Beförderer von Abfall und Schöpfer von Müll! Folge mir, und wir werden uns unseren Weg in den Abgrund selbst fressen!«

»Bei den Göttern, du stinkst!«

»Mach dir nichts draus, mein Freund – es wird nicht lange dauern, und du wirst auch –«

»Lasst ihn in Ruhe, alle beide!« Eine dritte Stimme, schrill, die von oben herab- und schnell näher kam. »Es sind die Toten und die Sterbenden, die die Wahrheit herausschreien!«

Balsam blickte auf. Brithan Schar, die elfköpfige Geiergöttin. »Oh, lasst mich in Ruhe! Ihr alle!«

Von allen Seiten erhob sich nun ein anschwellendes Geschrei. Götter und Göttinnen, die ganze dal-honesische Menagerie abscheulicher Gottheiten.

Oh, warum haben wir so viele von ihnen?

Es war ihre Schwester, nicht sie. Sie erinnerte sich so klar, als ob es gestern gewesen wäre, an jene Nacht der Lügen, die in das Dorf in Itko Kan getrappelt war, als die Meere zu lange still und leer gewesen waren. Als der Hunger, nein, das Verhungern sich breitgemacht hatte, und alle zivilisierten, modernen Überzeugungen – die erhabenen, gerechten Götter – wieder einmal über Bord geworfen wurden. Im Namen des Erwachens waren die alten grässlichen Riten zurückgekehrt.

Die Fische waren fort. Die Meere waren ohne Leben. Blut wurde benötigt, um das Erwachen zu schüren, um sie alle zu retten.

Sie hatten ihre Schwester genommen. Lächeln war sich dessen sicher. Doch da waren die rauen, salzverkrümmten Hände der Alten, die ihren betäubten, gefühllosen Körper hinunter zum nassen Sand trugen – die Flut hatte sich weit zurückgezogen und wartete geduldig auf das warme Geschenk – während sie über sich selbst schwebte und voller Entsetzen zusah.

Alles falsch. So war es nicht gewesen. Sie hatten ihre Zwillingsschwester genommen – schließlich lag so viel Macht in der Spiegelgeburt, und sie war so selten in dem kleinen Dorf gewesen, in dem sie geboren worden war.

Ihre Schwester. Deswegen war sie vor ihnen allen weggelaufen. Hatte sie jeden Namen verflucht, jedes Gesicht, das sie in jener Nacht gesehen hatte. Sie war gerannt und gerannt, den ganzen Weg bis zu der großen Stadt im Norden – und wenn sie gewusst hätte, was sie dort erwartete ...

Nein, ich würde es wieder tun. Ich würde es tun. Diese Drecks-kerle. »*Für das Leben aller anderen, Kind, gib dein eigenes her. Dies ist der Kreislauf, dies ist Leben und Tod, und dieser ewige Pfad liegt im Blut. Gib dein eigenes Leben her, für unser aller Leben.*«

Merkwürdig, dass diese Priester sich niemals selbst freiwillig als glorreiches Geschenk meldeten. Dass sie nie darauf bestanden, dass sie diejenigen waren, die gefesselt und mit Gewichten beschwert wurden, um auf den Wellenschlag der Flut zu warten, und auf die Krabben, die ewig hungrigen Krabben.

Und wenn es so verdammt glückselig war, warum dann Durhangöl in ihre Kehle träufeln, bis ihre Augen wie schwarze Perlen waren und sie nicht einmal mehr gehen konnte, geschweige denn denken? Und noch weniger verstehen, was geschah, was sie mit ihr vorhatten?

Während sie über ihrem Körper schwebte, spürte Lächeln die alten Geister herankommen, gierig und schadenfroh. Und irgend-wo in den Tiefen jenseits der Bucht wartete der Älteste Gott. Mael selbst, der sich am Elend nährte, der grausam Hoffnung und Le-ben nahm.

Wut stieg in ihr auf, und Lächeln konnte spüren, wie sich ihr Körper gegen die betäubenden, geschwollenen Ketten anspannte – sie würde nicht reglos daliegen, sie würde nicht lächeln, wenn ihre Mutter sie ein letztes Mal küsste. Sie würde nicht verträumt blinzeln, wenn das warme Wasser sich über sie hinweg in sie hi-neinstahl.

Hört mich! All ihr verfluchten Geister, hört mich! Ich trotze euch!

Oh ja, zuckt zurück! Ihr wisst genug, um euch zu fürchten, denn das schwöre ich – ich werde euch alle mit in den Untergang reißen. Ich werde euch alle in den Abgrund mitnehmen, in die Hände der Dämonen des Chaos. Es ist der Kreislauf, versteht ihr? Ordnung und Chaos, ein viel älterer Kreislauf als Leben und Tod, würdet ihr mir da nicht zustimmen?

Also, kommt näher. Kommt alle näher.

Am Ende war es so, wie sie es vorhergesehen hatte. Sie hatten ihre Schwester genommen, und sie, *nun, wir wollen jetzt nicht schüchtern sein, du hast ihr den letzten Kuss gegeben, liebes Mädchen.* Und kein Durhangöl um die Ausrede zu beschwichtigen.

Und was das Weglaufen betraf – es geht niemals so schnell, niemals so weit, wie es nötig wäre.

Man konnte an Huren glauben. Er war von einer Hure geboren worden, einer vierzehnjährigen Seti, die von ihren Eltern abgeschoben worden war – natürlich war sie damals noch keine Hure gewesen, doch als es dann darum ging, ihren Sohn zu ernähren und zu kleiden, nun, es war der Weg, der sich am deutlichsten vor ihr abgezeichnet hatte.

Und er hatte die Arten der Verehrung zwischen Huren erfahren, von all jenen Frauen, die eng mit seiner Mutter verbunden gewesen waren, die ihre Ängste und alles andere miteinander geteilt hatten, was dieser Beruf mit sich brachte. Ihre Berührung war freundlich und aufrichtig gewesen, die Sprache, die sie am besten kannten.

Ein Halbblut konnte sich an keine Götter wenden. Ein Halbblut bewegte sich im Rinnstein zwischen zwei Welten, von beiden verachtet.

Doch er war nicht allein gewesen, und in vielerlei Hinsicht waren es die Halbblütigen, die noch so lebten, wie es den jahrhundertealten Traditionen der Seti entsprach. Die vollblütigen Stämme waren unter dem Banner des malazanischen Imperiums in Kriege gezogen – all die jungen Lanzenreiter und die Bogenschützinnen. Und als sie zurückgekehrt waren, waren sie keine Seti mehr gewesen. Sie waren Malazaner.

Und so war Koryk in die alten Rituale verstrickt worden – in diejenigen, an die man sich noch erinnern konnte –, und sie waren – und das hatte er schon damals gewusst – gottlos und leer gewesen. Sie dienten nur den Lebenden, den halbblütigen Verwandten um sie herum.

Das war kein Grund zur Scham.

Es hatte eine Zeit gegeben, viel später, da hatte Koryk seine eigene Sprache gefunden und das armselige Dasein der Frauen beschützt, von denen er als Erstes die Wege der leeren Verehrung gelernt hatte. Ein achtsamer Dialekt, der an nichts weiter gebunden war als an die Lebenden, an die vertrauten, älter werdenden Gesichter, an das Zurückzahlen der Geschenke, die die nun ungewollten ehemaligen Huren ihm in seiner Jugend gegeben hatten. Und dann hatte er zugesehen, wie sie eine nach der anderen starben. Erschöpft und gezeichnet von so vielen brutalen Händen, der gleichgültigen Benutzung durch die Männer und Frauen der Stadt – die die Ekstase der Gottesanbetung verkündeten, wenn es ihnen passte, und dann menschliches Fleisch mit der gleichen kalten Begierde besudelten wie Raubtiere, die rittlings auf einem Opfer saßen.

Tief im Schlaf, den Carelbarra, der Gottbringer, gebracht hatte, erblickte Koryk keine Besucher. Für ihn gab es nichts als Vergessen.

Und was die Fetische anging, nun, die waren für etwas anderes. Für etwas ganz anderes.

»Mach schon, Sterblicher, zieh ihn!«

Krumm starrte erst Flitzestummel, den Salamandergott an, den Höchsten der Hochmarschalls, und dann den riesigen, düsteren Sumpf von Mott. Was machte er hier? Er wollte nicht hier sein. Was, wenn seine Brüder ihn fanden? »Nein.«

»Nun mach schon, ich weiß, dass du es willst. Nimm meinen Schwanz, Sterblicher, und schau zu, wie ich um mich schlage, ein Gott in deinen Händen gefangen; es ist das, was ihr alle sowieso macht. Ihr alle.«

»Nein. Geh weg. Ich will nicht mit dir sprechen. Geh weg.«

»*Oh, armer Jamber Stamm, jetzt so ganz allein. Außer, deine Brüder finden dich, und dann wirst du mich auf deiner Seite haben wollen, oh, ja, das wirst du. Wenn sie dich finden, oje, oh weh.*«

»Sie werden mich nicht finden. Sie werden mich noch nicht einmal suchen.«

»*Oh, doch, das tun sie, mein dummer junger Freund –*«

»Ich bin nicht dein Freund. Geh weg.«

»*Sie sind hinter dir her, Jamber Stamm. Denn du hast etwas getan –*«

»Ich habe nichts getan!«

»*Pack meinen Schwanz. Nun mach schon. Hier, streck einfach nur die Arme aus ...*«

Jamber Stamm, der nun als Krumm bekannt war, seufzte, streckte die Arme aus und packte den Schwanz des Salamandergottes.

Er riss ab, und da stand er nun und hatte das Schwanzende in der Hand.

Flitzestummel raste davon, und er lachte und lachte.

Was eine gute Idee war, dachte Krumm. Schließlich war es der einzige Spaß, den er hatte.

Corabb stand in der Wüste, und durch den Hitzeschleier kam jemand auf ihn zu. Ein Kind. Die wiedergeborene Sha'ik. Die Seherin war zurückgekehrt, um noch mehr Krieger in den Tod zu führen. Er konnte ihr Gesicht noch nicht sehen – etwas stimmte mit seinen Augen nicht. Vielleicht waren sie verbrannt. Oder weggescheuert vom wehenden Sand. Er wusste es nicht, aber zu sehen bedeutete Schmerz zu spüren. *Sie* zu sehen war ... schrecklich.

Nein, Sha'ik, bitte. Das muss ein Ende haben, es muss wirklich ein Ende haben. Wir hatten genug heilige Kriege – wie viel Blut kann dieser Sand aufnehmen? Wann wird dein Durst enden?

Sie kam näher. Und je näher sie der Stelle kam, an der er stand, desto mehr ließen ihn seine Augen im Stich, und als er hörte, wie sie vor ihm Halt machte, war Corabb Bhilan Thenu'alas blind.

Aber nicht taub, denn er hörte ihr Flüstern. »*Hilf mir.*«

»Mach die Augen auf, mein Freund.«

Aber er wollte nicht. Alle verlangten Entscheidungen. Von ihm. Die ganze Zeit. Aber er wollte keine Entscheidungen mehr treffen. Nie wieder. So, wie es jetzt war, war es vollkommen. Dieses langsame Wegsinken, die geflüsterten Worte, die nichts bedeuteten, die nicht einmal mehr Worte waren. Er begehrte nichts mehr, nichts anderes.

»Wach auf, Fiedler. Einmal noch, damit wir reden können. Wir müssen miteinander reden, mein Freund.«

Na schön. Er öffnete die Augen, blinzelte, um den Nebel wegzubekommen – aber er bekam ihn nicht weg, tatsächlich schien das Gesicht, das auf ihn herabblickte, aus diesem Nebel gemacht zu sein. »Igel. Was willst du?«

Der Sappeur grinste. »Ich wette, du glaubst, dass du tot bist, stimmt's? Dass du wieder mit allen deinen alten Kumpels zusammen bist. Ein Brückenverbrenner, dort, wo die Brückenverbrenner niemals sterben. Die unsterbliche Armee – oh, wir haben den Vermummten reingelegt, oh, ja, das haben wir. Ha! Das ist es, was du denkst, ja? Tja, und wo ist dann Trotter? Wo sind all die anderen?«

»Sag es mir.«

»Das werde ich. Du bist nicht tot. Noch nicht, und vielleicht wird das auch noch ein Weilchen so bleiben. Und darum geht es. Darum bin ich hier. Du brauchst einen Tritt in den Hintern, der dich aufweckt, Fiedler, sonst findet dich noch der Vermummte, und dann wirst du keinen von uns jemals wiedersehen. Die Welt ist durch und durch verbrannt, da, wo du jetzt gerade bist. Durch und durch, Sphäre um Sphäre, Gewirr um Gewirr. Es ist kein Ort mehr, auf den irgendjemand Anspruch erheben könnte. Eine lange Zeit nicht. Tot, verbrannt bis hinunter zum Abgrund.«

»Du bist ein Geist, Igel. Was willst du mit mir? Von mir?«

»Du musst weitermachen, Fiedler. Du musst uns mitnehmen, bis zum Ende –«

»Was für ein Ende?«

»Das Ende, und das ist alles, was ich sagen kann –«

492

»Warum?«

»Weil es noch nicht geschehen ist, du Idiot! Woher sollte ich es denn wissen? Es liegt in der Zukunft, und ich kann nicht in die Zukunft sehen. Bei den Göttern, du bist so dumm, Fiedler. Das warst du schon immer.«

»Ich? Ich habe mich nicht selbst in die Luft gesprengt, Igel.«

»Ach ja? Du liegst auf einem Haufen Urnen und verblutest – ist das besser? Versaust den ganzen süßen Honig mit deinem Blut –«

»Was für Honig? Wovon redest du überhaupt?«

»Es wäre besser, du würdest dich aufrappeln – dir läuft die Zeit davon.«

»Wo sind wir?«

»An keinem Ort, und das ist das Problem. Vielleicht wird der Vermummte dich finden, vielleicht wird dich niemand finden. Die Geister von Y'Ghatan – sie sind alle verbrannt. Zu Nichts. Sie sind vernichtet, all diese verschlossenen Erinnerungen, tausende und abertausende. Tausende von Jahren ... sind nun dahin. Du hast keine Ahnung, wie groß der Verlust ist ...«

»Sei still. Du klingst wie ein Geist.«

»Es ist Zeit, aufzuwachen, Fiedler. Wach auf, jetzt. Mach weiter ...«

Feuer hatten das Grasland heimgesucht, und Buddl stellte fest, dass er auf geschwärzten Stoppeln lag. Ganz in der Nähe lag ein verbrannter Kadaver. Irgendein vierbeiniger Grasfresser – und um ihn herum hatte sich ein halbes Dutzend menschenähnlicher Gestalten versammelt, mit einem feinen Pelz versehen und ohne Kleidung. Sie hielten scharfkantige Steine in den Händen und schnitten an dem verbrannten Fleisch herum.

Zwei standen Wache, beobachteten den Horizont. Und einer dieser Wachposten war ... *sie.*

Mein Weibchen. Sie trug inzwischen ein Kind in sich, ein Kind, das bald geboren werden würde. Sie sah ihn und kam herüber. Er konnte den Blick nicht von ihren Augen abwenden, von der königlichen Gelassenheit in ihrem Blick.

Früher einmal hatte es wilde Affen auf der Insel Malaz gegeben. Er erinnerte sich daran, wie er in Jakatakan – damals war er vielleicht sieben Jahre alt gewesen – einmal einen Käfig auf dem Markt gesehen hatte, in dem sich der letzte Inselaffe befunden hatte, der in den Hartholzwäldern an der Nordküste gefangen worden war. Er war in eines der Dörfer hinuntergewandert, ein junges Männchen, das ein Weibchen suchte – aber es gab keine Weibchen mehr. Halb verhungert und verschreckt war es in einem Stall in die Enge getrieben und bewusstlos geschlagen worden, und jetzt kauerte es in einem schmutzigen Bambuskäfig auf dem Marktplatz im Hafenviertel von Jakatakan.

Der Siebenjährige hatte davor gestanden, seine Augen auf gleicher Höhe mit denen des schwarzbepelzten Tieres mit den kräftigen Brauenwülsten, und es hatte einen Moment gegeben, einen einzigen Moment, da hatten sich ihre Blicke gekreuzt. Ein einziger Moment, der Buddl das Herz gebrochen hatte. Er hatte Elend gesehen, er hatte *Bewusstsein* gesehen – das Fünkchen, das sich selbst kannte, aber nicht verstand, was es Falsches getan hatte, was es um seine Freiheit gebracht hatte. Es konnte natürlich nicht gewusst haben, dass es nun allein auf der Welt war. Der Letzte seiner Art. Und dass irgendwie, auf eine ausschließlich menschliche Weise, genau das sein Verbrechen war.

Genausowenig wie auch das Kind gewusst haben konnte, dass der Affe ebenfalls sieben Jahre alt war.

Doch beide sahen, beide wussten in ihren Seelen – in jenem dunkel flackernden sich Formenden, das noch keine feste Gestalt angenommen hatten –, dass sie dieses eine Mal jeder einen Bruder anschauten.

Es hatte ihm das Herz gebrochen.

Es hatte auch dem Affen das Herz gebrochen – aber vielleicht, hatte er sich seither überlegt, vielleicht hatte er das einfach glauben müssen, eine Art Selbstgeißelung als Wiedergutmachung. Dafür, dass er derjenige außerhalb des Käfigs war, dafür, dass er wusste, dass Blut an seinen Händen und denen seiner Artgenossen klebte.

Buddls Seele war … weggebrochen … und dadurch befreit und beschenkt – oder verflucht – mit der Fähigkeit zu Reisen, mit der Fähigkeit, jene dumpferen Lebensfunken zu finden und festzustellen, dass sie in Wahrheit gar nicht dumpf waren, dass das Versagen, voll und ganz sehen zu können, auf seiner Seite lag.

Mitleid existierte dann und nur dann, wenn man aus sich heraustreten konnte, um plötzlich die Gitterstäbe des Käfigs von innen zu sehen.

Jahre später hatte Buddl sich auf die Spuren jenes letzten Inselaffen begeben. Er war von einem Gelehrten gekauft worden, der in einem einsamen Turm an der wilden, unbesiedelten Küste von Geni lebte, wo in den im Landesinnern gelegenen Wäldern Gruppen von Affen hausten, die sich nur geringfügig von dem unterschieden, den er gesehen hatte; und er wollte jetzt gerne glauben, dass das Herz des Gelehrten Mitleid gekannt hatte; und dass jene fremden Affen ihren merkwürdigen, scheuen Verwandten nicht abgewiesen hatten. Er hoffte, dass es eine Begnadigung für dieses eine, einsame Leben gegeben hatte.

Aber manchmal fürchtete er auch, dass das mit Drähten zusammengehaltene Skelett der Kreatur in einem der Esszimmer des Turms stand, als einzigartige Trophäe.

Umgeben vom Geruch nach Asche und verbranntem Fleisch hockte sich das Weibchen vor ihm hin, streckte die Hand aus und strich mit harten Fingerspitzen über seine Stirn.

Machte dann aus dieser Hand eine Faust, hob sie hoch – und schlug blitzartig zu –

Er zuckte zusammen, riss die Augen auf und sah nichts als Dunkelheit. Harte Kanten und Scherben gruben sich in seinen Rücken – *der Raum, der Honig, oh, ihr Götter, mein Kopf schmerzt …* Stöhnend wälzte Buddl sich herum, spürte, wie die Tonscherben ihn schnitten und unter ihm zerbrachen. Er war in dem Raum hinter dem, in dem sich die Urnen befanden, obwohl zumindest eine ihm gefolgt und auf dem kalten Steinboden zerbrochen war. Er stöhnte noch einmal. Er war mit klebrigem Honig verschmiert, und es zwickte hier und tat da weh … aber die Verbrennungen, die Schmerzen – weg. Er holte tief Luft und hustete. Die Luft war faul. Er musste dafür sorgen, dass sich alle in Bewegung setzten – er musste –

»Buddl? Bist du das?«

Das war Krake, der ganz in der Nähe lag. »Ja«, sagte Buddl. »Dieser Honig –«

»Hat uns schwer umgehauen, oh, ja. Ich habe geträumt … von einem Tiger, der gestorben ist – der genauer gesagt in Stücke gehauen wurde, von riesigen untoten Echsen, die auf zwei Beinen gelaufen sind. Der gestorben und doch aufgestiegen ist, nur, dass er mir nur von dem Teil mit dem Tod erzählt hat. Der Teil mit dem Sterben – den verstehe ich nicht. Ich glaube, Treach musste sterben, um anzukommen. Der Teil mit dem Sterben ist wichtig – dessen bin ich mir sicher, nur … bei den Göttern hienieden, hör zu. Diese Luft ist verfault – wir müssen hier weg.«

Ja. Aber er hatte die Ratte verloren, er erinnerte sich, dass er sie verloren hatte. Voller Verzweiflung suchte Buddl nach der Kreatur –

– und fand sie. Von seiner Berührung aufgeweckt, leistete sie keinerlei Widerstand, als er ihre Seele erneut gefangennahm, und indem er durch ihre Augen blickte, führte er die Ratte zurück in den Raum.

»Weck die anderen auf, Krake. Es ist Zeit.«

Schreie, die immer lauter wurden, und Gesler erwachte schweißgebadet. Das, beschloss er, war ein Traum, den er nie, nie wieder besuchen würde. Wenn er denn die Wahl hatte. Feuer, natürlich, so viel Feuer. Schattenhafte Gestalten, die an allen Seiten tanzten, die um ihn herumtanzten, genauer gesagt. Nacht, an der die Flammen nagten, das trommelnde Stampfen von Füßen, Stimmen, die in irgendeiner barbarischen, unbekannten Sprache sangen, und er konnte spüren, wie seine Seele antwortete, aufflammte, erblühte, als wäre sie von einem Ritual herbeibeschworen worden.

An diesem Punkt begriff Gesler endlich. Sie tanzten um eine Feuerstelle herum. Und er blickte zu ihnen hinaus – aus der Flamme. Nein, er *war* die Flamme.

Ach, Wahr, du bist einfach losgezogen und hast dich umgebracht, du verdammter Idiot.

Soldaten erwachten überall im Raum – Schreie und Stöhnen und ein Chor aus klickernden Urnen.

Diese Reise war noch nicht vorüber. Sie würde weitergehen, und weiter, tiefer und tiefer, bis ihr Tunnel in einer Sackgasse endete, bis ihnen die Luft ausging, bis sich eine Gerölllawine löste und sie alle zermalmte.

Wie auch immer ... nur, bitte, kein Feuer.

Wie lange waren sie nun schon hier unten? Buddl hatte keine Ahnung. Erinnerungen an den offenen Himmel, an Sonnenschein und Wind öffneten dem Wahnsinn Tür und Tor, so schlimm war die Qual, sich all das in Erinnerung zu rufen, was man normalerweise als gegeben betrachtete. Jetzt bestand die Welt aus nichts weiter als scharfen Ziegelsplittern, Staub, Spinnweben und Dunkelheit. Aus Durchgängen, die sich wanden, anstiegen, sich senkten. Seine Hände waren eine zerschundene, blutige Masse vom Wühlen im dicht zusammengedrückten Geröll.

Und nun, nachdem es zuletzt steil nach unten gegangen war, hatte er eine Stelle erreicht, die zum Durchkommen zu klein war. Er tastete mit seinen halb betäubten Händen die Ränder ab. Eine Art behauener Eckstein war schräg von der Decke nach unten gesackt. Seine unterste Ecke befand sich kaum zwei Handbreit über dem zerfurchten, sandigen Boden und teilte den Durchgang sauber in zwei Hälften.

Buddl ließ die Stirn auf den staubigen Boden sinken. Noch immer strömte Luft an ihm vorbei, nur noch ganz schwach, kaum wahrnehmbar. Und Wasser war hier heruntergelaufen – irgendwohin.

»Was ist los?«, fragte Krake hinter ihm.

»Wir kommen nicht weiter.«

Einen Augenblick war es still, dann: »Und deine Ratte ist weiter? An dem Hindernis vorbei?«

»Ja. Dahinter wird es wieder breiter – weiter voraus ist eine Art Kreuzung, ein Schacht, der von oben kommt, und durch den Luft herunterkommt, die direkt in einem Loch im Boden verschwindet. Aber hier ist ein großer, behauener Stein, an dem wir uns unmöglich vorbeiquetschen können. Es tut mir leid, Krake. Wir müssen umkehren –«

»Zum Vermummten, wenn wir das tun. Geh zur Seite, wenn du kannst, ich will das selbst abtasten.«

Es war nicht so leicht wie es klang, und es dauerte einige Zeit, bis es den beiden Männern gelang, ihre Positionen zu tauschen. Buddl hörte, wie der Sappeur leise vor sich hin murmelte – und dann fluchte.

»Ich habe es dir doch gesagt –«

»Sei still, ich denke nach. Wir könnten versuchen, ihn rauszubrechen, allerdings könnte dann die ganze Decke hinterherkommen. Aber vielleicht können wir uns drunter durchgraben, in den Fußboden. Gib mir dein Messer.«

»Ich habe kein Messer mehr. Es ist in irgendein Loch gefallen.«

»Dann ruf nach hinten, dass sie eins durchgeben.«

»Krake –«

»Du wirst jetzt nicht aufgeben, Buddl. Das darfst du nicht. Du bringst uns da entweder durch, oder wir sind alle tot.«

»Verdammt«, zischte Buddl. »Ist dir noch nie der Gedanke gekommen, dass es vielleicht gar keinen Weg da durch gibt? Warum sollte es denn? Ratten sind klein – beim Vermummten, Ratten können hier unten *leben*. Warum sollte da ein Tunnel sein, der groß genug für uns ist, irgendein gut geeigneter Weg, der unter der verdammten Stadt nach draußen führt? Mich wundert schon, dass wir überhaupt so weit gekommen sind, wenn ich ehrlich bin. Hör zu, wir könnten zurückgehen, direkt zum Tempel – und uns herausgraben –«

»Du bist derjenige, der hier nichts kapiert, Soldat. Über dem

Loch, durch das wir verschwunden sind, sitzt ein ganzer Berg – ein Berg, der früher mal der größte Tempel der Stadt war. Sich da rausgraben? Vergiss es. Es gibt kein Zurück, Buddl. Nur vorwärts. Und jetzt besorg mir ein Messer, verdammt.«

Lächeln zog eines ihrer Wurfmesser und gab es dem Kind vor ihr. Irgendetwas sagte ihr, dass es das jetzt war – dass sie so weit gekommen waren, wie sie nur kommen konnten. Außer vielleicht die Kinder. Der Ruf war ergangen, die Bälger nach vorne zu schicken. Zumindest sie konnten dann also weiter und einen Weg nach draußen finden. All diese Anstrengungen – *irgendjemand sollte das hier wirklich überleben.*

Nicht dass sie sehr weit kommen würden – ohne Buddl. Dieser rückgratlose elende Kerl – allein die Vorstellung, dass sie tatsächlich von *ihm* abhängig waren. Von dem Mann, der Ratten, Eidechsen, Spinnen und Pilzen in die Augen sehen konnte. Um seinen Verstand mit ihnen zu messen, was ein harter Kampf war, aber wirklich.

Trotzdem, er war keiner von der richtig schlimmen Sorte – immerhin hatte er die Hälfte ihres zusätzlichen Marschgepäcks getragen, an jenem Tag, als diese Hündin von Hauptmann gezeigt hatte, wie verrückt sie wirklich war. Das war großzügig von ihm gewesen. Merkwürdig großzügig. Aber Männer waren so – manchmal. Sie hatte es bisher nie geglaubt, aber jetzt blieb ihr nichts anderes mehr übrig. Sie konnten einen überraschen.

Das Kind hinter Lächeln kletterte über sie hinweg. Es schien nur aus Ellbogen und Knien und einer laufenden, tropfenden, schmierigen Nase zu bestehen. Und es roch. Es roch übel. Schreckliche Dinge, Kinder. Bedürftige, ichbezogene Tyrannen, die Jungs nichts als Zähne und Fäuste, die Mädchen Krallen und Spucke. Sie rotteten sich zu triefnasigen Meuten zusammen und schnüffelten Verletzlichkeiten aus – und wehe dem Kind, das nicht schlau genug war, seine eigenen zu verbergen –, die anderen würden sich auf es stürzen wie schmuddelige Haie, die sie im Grunde ja auch waren. Eine großartige Freizeitbeschäftigung, jemandem übel mitzuspielen.

Wenn diese Zwerge die Einzigen sind, die hier überleben, werde ich sie heimsuchen. Jedes einzelne von ihnen, bis ans Ende ihrer Tage. »Hör zu«, stieß sie wütend hervor, nachdem sie einen Ellbogen auf die Nase bekommen hatte, »schaff deine stinkende, schleimige Haut aus meinem Gesicht! Vorwärts, du kleiner Affe!«

Hinter ihr ertönte eine Stimme: »Ruhig da vorne. Du warst auch einmal ein Kind, weißt du –«

»Du weißt nichts von mir, also halt die Klappe!«

»Was? Bist du ausgebrütet worden? Ha! Das glaube ich sofort! Zusammen mit all den anderen Schlangen!«

»Ja, gut, wer auch immer du bist, denke noch nicht einmal daran, über mich hinwegzuklettern.«

»Und dir so nahe zu kommen? Niemals.«

Sie grunzte. »Da bin ich aber froh, dass wir uns verstehen.«

Wenn es keinen Weg durch das Hindernis gab – dann würden sie alle den Verstand verlieren. Daran bestand kein Zweifel. Nun, zumindest hatte sie noch ein paar Messer übrig – jeder, der blöd genug war, zu ihr zu kommen, würde dafür bezahlen.

Die Kinder quetschten sich durch – noch während Krake mit seinem Messer im Boden grub – und kauerten sich dann auf die andere Seite. Sie weinten und klammerten sich aneinander, und Buddls Herz schrie nach ihnen. Sie würden Mut finden müssen, doch im Augenblick schien es dafür keine Hoffnung zu geben.

Krakes Knurren und Keuchen, dann sein Fluch, als er die Spitze des Messers abbrach – das waren nicht gerade sehr vielversprechende Geräusche. Voraus umkreiste die Ratte den Rand des Lochs, und ihre Schnurrhaare zuckten angesichts des warmen Luftstroms aus dem Schacht. Sie konnte um das Loch herum und hinüber zur anderen Seite klettern, und Buddl wollte eigentlich, dass das Tier das tat – doch es schien, als würde seine Kontrolle schwächer, denn die Ratte widersetzte sich, den Kopf über den Rand der Grube geneigt, während ihre Klauen sich in der pockennarbigen Wand festkrallten und die Luft über sie hinwegströmte …

Buddl runzelte die Stirn. Von dem Schacht oben war die Luft heruntergekommen. Und aus der Grube strömte sie nach *oben*. Sie vereinigte sich im Tunnel, trieb dann auf die Kinder zu.

Aber die Ratte … diese Luft von unten. Warm, nicht kühl. *Warm – und nach Sonnenschein riechend.*

»Krake!«

Der Sappeur hielt inne. »Was ist?«

»Wir müssen an dem Ding vorbei! Diese Grube – ihre Ränder, sie sind behauen. Jener Schacht, Krake, ist gegraben worden, durchgetrieben worden – jemand hat sich in die Seite des Tels gegraben – es gibt keine andere Möglichkeit!«

Die Kinder hatten bei Buddls Worten aufgehört zu weinen. Er redete weiter. »Das erklärt das hier, verstehst du nicht? Wir sind nicht die Ersten, die diesen Tunnel benutzen – Menschen haben in den Ruinen gegraben, haben nach Beute gesucht –«

Er konnte hören, wie Krake sich bewegte.

»Was machst du?«

»Ich werde diesen Felsblock aus dem Weg treten –«

»Nein, warte! Du hast gesagt –«

»Ich kann mich nicht durch den verdammten Boden graben! Ich werde dieses Drecksding aus dem Weg treten!«

»Krake, warte!«

Ein Aufbrüllen, dann ein dumpfer Schlag, der Staub und Kieselsteine von oben herunterrieseln ließ. Ein zweiter dumpfer Schlag, dann erschütterte ein Donnern den Boden, und die Decke regnete herab. Entsetzensschreie hallten durch die Staubwolken. Sich duckend und den Kopf mit den Händen schützend, als Steine und Tonscherben auf ihn herabhagelten, kniff Buddl die Augen zu – der Staub, so hell –

Hell.

Aber er konnte nicht atmen – er konnte sich kaum bewegen unter der Last des Ge.rölls, das auf ihm lag.

Gedämpfte Schreie von hinten, aber das schreckliche Zischen, mit dem das Geröll herabgeregnet war, hatte aufgehört.

Buddl hob den Kopf, keuchend, hustend.

Und sah einen weißen Speer aus Sonnenlicht, in dem Staubwolken tanzten, der Krakes gespreizte Beine, zwischen denen der große Fundamentstein lag, in Helligkeit badete. »Krake?«

Ein Husten, dann: »Bei den Göttern hienieden, das verdammte Ding – es ist zwischen meinen Beinen runtergekommen – knapp neben meinem …. oh, hol mich der Vermummte, ich fühle mich elend –«

»Mach dir nichts draus! Da vorne kommt Licht runter. *Sonnenlicht!*«

»Ruf deine Ratte zurück – ich kann nicht sehen … wie weit rauf es geht. Ich glaube, der Schacht wird enger. Wird verdammt eng, Buddl.«

Die Ratte kletterte über die Kinder, und er konnte ihr rasendes Herz spüren.

»Ich sehe sie – deine Ratte –«

»Nimm sie in die Hand, hilf ihr in den Schacht über dir. Ja, da ist Tageslicht – oh, es ist zu schmal – ich könnte es schaffen, oder vielleicht auch Lächeln, aber die meisten anderen …«

»Grab einfach, wenn du oben bist, Buddl. Mach ihn breiter. Wir sind jetzt zu dicht dran.«

»Können die Kinder hierher zurück? Hinter den großen Stein?«

»Äh, ich glaube schon. Es wird eng, aber, ja.«

Buddl drehte sich um. »Namensaufruf! Und hört zu, wir haben's fast geschafft! Grabt euch den Weg frei! Wir haben's fast geschafft!«

Die Ratte kletterte, kam dem Flecken Tageslicht näher und näher.

Buddl arbeitete sich aus dem Geröll. »In Ordnung«, keuchte er, als er sich über Krake schob.

»Pass auf, wo du hintrittst!«, sagte der Sappeur. »Mein Gesicht ist auch ohne deinen Fußabdruck schon hässlich genug.«

Buddl zog sich in den ungleichmäßigen Schacht, machte dann Halt. »Ich muss hier Zeug wegziehen, Krake. Sieh zu, dass du nicht direkt drunterhockst …«

»Klar.«

Namen wurden gerufen … Es war schwer zu sagen, wie viele – vielleicht die meisten. Buddl konnte es sich nicht erlauben, jetzt darüber nachzudenken. Er begann Vorsprünge herauszuziehen, Ziegel und Felsbrocken, und den Schacht zu erweitern. »Es kommt Zeug runter!«

Jedes Stück, das nach unten fiel oder von dem Fundamentstein abprallte, wurde von Krake eingesammelt und nach hinten weitergegeben.

»Buddl!«

»Was ist?«

»Eins von den Bälgern – sie ist in die Grube gefallen – sie gibt keinen Ton mehr von sich – ich glaube, wir haben sie verloren.«

Scheiße. »Gebt das Seil nach vorn. Kann Lächeln zu ihnen rüber?«

»Ich weiß es nicht. Mach weiter, Soldat – wir werden sehen, was wir hier tun können.«

Buddl arbeitete sich nach oben. Eine plötzliche Ausbuchtung, dann wurde es wieder enger – fast schon in Reichweite der winzigen Öffnung – die zu klein war, wie ihm klar wurde, um auch nur seine Hand hindurchzuschieben. Er brach einen großen Stein aus der Wand, zog sich so nahe wie möglich an das Loch. Die Ratte kauerte auf einem schmalen Sims in der Nähe seiner linken Schulter. Er hätte das verdammte Ding am liebsten geküsst.

Aber noch nicht. Um das Loch herum sah alles übel zusammengestaucht aus. Große Steine. Panik rührte sich flüsternd in ihm.

Mit dem Felsbrocken in seiner Hand schlug Buddl gegen den Stein. Ein Blutspritzer von einer Fingerspitze, die er mit dem Aufprall gequetscht hatte – er spürte es kaum. Er hämmerte, hämmerte immer weiter. Ab und zu regneten Gesteinssplitter nach unten. Sein Arm wurde müde – er hatte keine Reserven mehr, hatte nicht die Kraft oder Ausdauer, das hier zu tun. Er schlug wieder zu.

Jeder Hieb war schwächer als der zuvor.

Nein! Verdammt sollst du sein, nein!

Er schlug erneut zu.

Blut spritzte ihm in die Augen.

Hauptmann Faradan Sort zügelte ihr Pferd auf dem Hügelkamm gleich nördlich der toten Stadt. Normalerweise tauchten in einer Stadt, die einer Belagerung zum Opfer gefallen war, bald die ersten Lumpensammler auf, alte Frauen und Kinder, die in den Ruinen herumkletterten und nach Brauchbarem suchten. Hier jedoch nicht. Jedenfalls noch nicht. Und vielleicht würde es eine lange Zeit so bleiben.

Die steilen Seiten von Y'Ghatans Tel waren ausgelaufen, als wäre der Berg ein geborstener Topf – geschmolzenes Blei, Kupfer, Silber und Gold, Adern und Teiche voller zusammengewachsener Steinbrocken, Staub und Tonscherben.

Sort streckte Sünd einen Arm hin und half ihr, hinter ihr aus dem Sattel zu gleiten – je mehr sich der Tag dem Ende zuneigte und das Tageslicht abnahm, desto mehr hatte das Mädchen sich gewunden, hatte gewinselt und sich an sie gedrückt, war immer aufgeregter geworden. Die Vierzehnte Armee war in der Nacht zuvor aufgebrochen. Hauptmann Sort und ihre Schutzbefohlene hatten ihr Pferd nicht nur einmal, sondern zweimal um den Tel herumgehen lassen, seit die Sonne aufgegangen war.

Und Sort hatte angefangen, daran zu zweifeln, dass sie das Verhalten des Mädchens namens Sünd richtig gedeutet hatte – an ihrem Gefühl, dass diese halb verrückte, mittlerweile anscheinend stumme Kreatur irgendetwas wusste, irgendetwas spürte; Sünd hatte wieder und wieder versucht, zurück in die Ruinen zu gelangen, bevor sie eingesperrt worden war. Dafür musste es einen Grund geben.

Oder vielleicht auch nicht. Vielleicht war es nichts anderes als wahnsinniger Kummer um ihren verlorenen Bruder.

Als Sort den mit Geröll gesprenkelten Fuß des Tels unterhalb der Nordmauer einmal mehr forschend musterte, stellte sie fest, dass zumindest ein Lumpensammler bereits gekommen war. Ein mit weißem Staub verschmiertes Kind mit vollkommen verdreckten, verfilzten Haaren lief vielleicht dreißig Schritt von der groben Felswand entfernt herum.

Auch Sünd sah das fremde Mädchen, und sie begann sogleich, sich einen Weg den Hang hinunter zu suchen, machte dabei merkwürdige wimmernde Geräusche.

Hauptmann Sort löste die Riemen des Helms, nahm ihn ab und legte ihn auf das Sattelhorn, wischte sich den dreckigen Schweiß von der Stirn. Sie war also desertiert. Nun, es war ja schließlich nicht das erste Mal, oder? Wenn Sünds magische Fähigkeiten nicht gewesen wären, hätten die Wickaner sie gefunden. Und wahrscheinlich hingerichtet. Sie hätte natürlich ein paar von ihnen mitgenommen, unabhängig von dem, was Sünd getan hätte. Die Leute lernten, dass sie bezahlen mussten, wenn sie mit ihr umgingen. Auf jede Weise bezahlen. Eine Lektion, die zu erteilen sie nie müde wurde.

Sie schaute zu, wie Sünd zur Klippe rannte, ohne auf die Lumpensammlerin zu achten, und an ihr hochzuklettern begann.

Und was jetzt?

Sie setzte den Helm wieder auf. Das feuchte Leder im Innern fühlte sich kurzfristig kühl auf ihrer Stirn an, während der Riemen spannte, als sie die Schließe unter dem Kinn schloss. Schließlich griff Faradan Sort nach den Zügeln und lenkte ihr Pferd langsam den Abhang hinunter.

Die Lumpensammlerin weinte, drückte sich schmutzige Hände gegen die Augen. Dieser ganze Staub an ihr, die Spinnweben in ihren Haaren – dies war das wahre Gesicht des Krieges, wie Hauptmann Sort wusste. Das Gesicht dieses Kindes würde sie in ihren Erinnerungen verfolgen, würde sich zu vielen anderen Gesichtern gesellen, so lange sie lebte.

Sünd klammerte sich in vielleicht zwei Mannslängen Höhe reglos an die zerklüftete Felswand.

Faradan Sort kam zu dem Schluss, dass das alles zu viel gewesen war. Das Mädchen war verrückt. Sie warf erneut einen Blick zu der kleinen Lumpensammlerin, die noch nicht bemerkt zu haben schien, dass sie da waren. Sie hielt sich noch immer die Hände vor die Augen. Unter dem Staub waren rote Schrammen, und an einem Schienbein war ihr ein bisschen Blut hinuntergelaufen. War sie gestürzt? Von wo?

Hauptmann Sort ritt dicht an die Stelle heran, wo Sünd an der Felswand hing. »Komm jetzt runter«, sagte sie. »Wir müssen unser Lager aufschlagen, Sünd. Komm runter, es hat keinen Zweck – die Sonne ist fast verschwunden. Wir können es morgen noch einmal versuchen.«

Sünd klammerte sich nur noch fester an die rauen Vorsprünge aus Fels und Ziegeln.

Hauptmann Sort verzog das Gesicht, ließ das Pferd dann seitlich noch dichter an die Felswand treten und streckte die Arme aus, um Sünd da runterzuholen.

Kreischend warf sich das Mädchen nach oben, schob eine Hand in ein Loch –

Seine Kraft, sein Wille waren dahin. Eine kurze Ruhepause, dann konnte er von neuem beginnen. Eine kurze Ruhepause … die Stimmen unter ihm trieben davon, aber das spielte keine Rolle. Schlafen, jetzt, sich in die warme, dunkle Umarmung sinken lassen – die ihn tiefer zog, immer tiefer, dann ein süßes, rötlich-goldenes Licht, Wind, der durch gelbes Gras strich –

– und er war frei, alle Schmerzen waren verschwunden. Dies – das wurde ihm plötzlich klar – war kein Schlaf. Es war der Tod, die Rückkehr zur ältesten Erinnerung, die in einer jeden menschlichen Seele vergraben war. *Grasland, Sonne und Wind, Wärme und das Klicken von Insekten, dunkle Herden in einiger Entfernung, die einsamen Bäume mit ihrer breiten Krone und dem kühlen Schatten darunter, in dem Löwen mit heraushängender Zunge dösten und Fliegen um gleichgültig und gelangweilt blickende Augen tanzten …*

Der Tod, und diese lang begrabene Saat. *Wir kehren zurück. Wir kehren zurück in die Welt …*

Und dann streckte *sie* sich nach ihm aus, und ihre Hand war schweißfeucht, klein und weich, und sie löste seine Finger von dem Felsstück, das er umklammerte, blutverklebt – sie griff nach seiner Hand, als wäre sie von einem wilden Bedürfnis erfüllt, und er wusste, das Kind in ihrem Bauch rief mit seiner eigenen lautlosen Stimme, seinen eigenen, so fordernden Bedürfnissen ...

Nägel gruben sich in seine zerschnittene Handfläche –

Buddl schreckte auf, war schlagartig wieder wach, blinzelte – das Tageslicht war fast dahin – und eine kleine Hand wurde von draußen hereingestreckt, hatte seine eigene gepackt und zerrte an ihr.

Hilfe. »Hilfe – du, da draußen – hilf uns –«

Als Faradan Sort sich noch weiter streckte, um das Mädchen von der Wand zu pflücken, fuhr Sünds Kopf herum und sie sah etwas in ihren Augen auflodern, als sie zu ihrem Hauptmann herunterstarrte.

»Was jetzt –« Und dann kam eine schwache Stimme – anscheinend direkt aus den Steinen. Faradan Sorts Augen weiteten sich. »Sünd?«

Die Hand des Mädchens, die sie in die Spalte geschoben hatte – sie hielt etwas fest.

Jemanden.

»Oh, bei den Göttern hienieden!«

Knirschende Geräusche von draußen, Stiefel, die sich in Stein gruben, dann schoben sich Finger, die in einem Handschuh steckten, neben dem Unterarm des Kindes durch das Loch, und Buddl hörte: »Du da drin – wer bist du? Kannst du mich hören?«

Eine Frau. Die Ehrlii mit starkem Akzent sprach ... klang das vertraut? »Wir gehören zur Vierzehnten Armee«, sagte Buddl. »Malazaner.« Das Kind packte fester zu.

»Bei Oponns Zug, Soldat«, sagte die Frau auf malazanisch. »Sünd, lass ihn los. Ich brauche Platz. Ich muss das Loch größer machen. Lass ihn los – es ist in Ordnung – du hattest recht. Wir holen sie da raus.«

Sünd? Die Rufe von unten wurden lauter. Krake, der irgendetwas von einem Weg nach draußen hochrief. Buddl drehte sich um und rief hinunter: »Krake! Man hat uns gefunden! Sie holen uns raus! Gib es weiter!«

Sünd ließ ihn los, zog ihre Hand zurück.

Die Frau sprach erneut. »Soldat, geh von dem Loch weg – ich werde mein Schwert benutzen.«

»Hauptmann? Seid Ihr das?«

»Ja. Und jetzt geh zurück und schütze deine Augen – was? Oh, wo kommen denn alle diese Kinder plötzlich her? Ist das da nicht jemand von Fiedlers Trupp, der da bei ihnen ist? Geh runter zu ihnen, Sünd. Es gibt anscheinend noch einen anderen Weg nach draußen. Hilf ihnen.«

Die Schwertspitze grub sich in die fest verbackene Masse aus Ziegeln und Fels. Steinsplitter tanzten nach unten.

Krake kam ächzend hochgeklettert. »Wir müssen das hier noch ein bisschen breiter machen, Buddl. Dieses kleine Rindvieh, das in das Loch runtergefallen ist – wir haben Lächeln hinter ihr hergeschickt. Ein Tunnel, der wieder nach oben führt – und dann ins Freie. Den müssen Plünderer gegraben haben. Die Kinder sind alle draußen –«

»Gut. Krake, es ist Hauptmann Sort. Die Mandata, sie muss auf uns gewartet haben – muss Sucher ausgeschickt haben, die uns finden sollten.«

»Das ergibt keinen Sinn –«

»Du hast recht«, unterbrach ihn Faradan Sort. »Sie sind weitermarschiert, Soldaten. Hier sind nur wir beide – ich und Sünd.«

»Sie haben Euch hiergelassen?«

»Nein, wir sind desertiert. Sünd hat gewusst – sie hat gewusst, dass ihr noch am Leben seid, aber fragt mich nicht, woher.«

»Ihr Bruder ist hier unten«, sagte Krake. »Korporal Scherbe.«

»Lebt er?«

»Wir gehen davon aus, Hauptmann. Wie viele Tage ist es her?«

»Drei. Vier Nächte, wenn man die Nacht mitrechnet, in der die

Bresche in die Mauer geschlagen wurde. Und jetzt keine weiteren Fragen mehr. Schützt eure Augen.«

Sie hackte auf dem Rand des Lochs herum, zerrte lockere Ziegel und Steinbrocken weg. Die Luft des herabdämmernden Abends strömte herein; sie war kühl und fühlte sich trotz des Staubs süß in Buddls Lunge an. Faradan Sort begann, auf einem besonders großen Brocken herumzuschlagen, und brach dabei ihr Schwert ab. Ein Strom von Flüchen auf Korelri.

»War das das Schwert, das Ihr am Sturmwall getragen habt, Hauptmann? Es tut mir leid –«

»Sei kein Idiot.«

»Aber Eure Schwertscheide –«

»Ja, klar, meine Schwertscheide. Das Schwert, das dazugehört hat, ist zurückgeblieben … in jemandem. Und jetzt lass mich meinen Atem für das hier aufsparen.« Sie machte sich daran, mit dem abgebrochenen Schwert weiterzuhacken. »Du vom Vermummten verfluchtes Stück Falari-Dreck –« Der große Stein ächzte und rutschte dann weg und riss Hauptmann Sort mit.

Ein lautes dumpfes Geräusch von draußen und unten, dann noch mehr Flüche.

Buddl mühte sich in die Lücke, zog sich durch, und stürzte dann plötzlich nach unten, landete hart, rollte weiter, bis er außer Atem auf dem Bauch liegen blieb.

Erst viel später schaffte er es, Luft zu holen. Er hob den Kopf – und stellte fest, dass er auf die Stiefel von Hauptmann Sort starrte. Buddl krümmte sich, hob eine Hand, und salutierte – kurz.

»Das letzte Mal hast du das besser hingekriegt, Buddl.«

»Hauptmann, ich bin Lächeln –«

»Du solltest wissen, Soldat, dass es eine gute Idee war, die Hälfte der Last zu tragen, die ich Lächeln aufgebürdet hatte. Wenn du das nicht getan hättest, nun, dann hättest du wahrscheinlich nicht so lange überlebt –«

Er sah, wie sie sich umdrehte, hörte ein Knurren, dann hob sich ein Stiefel, bewegte sich leicht zur Seite, schwebte –

– über Buddls Ratte –

– und stampfte nach unten – während seine Hand vorzuckte, den Fuß im allerletzten Moment beiseitestieß. Hauptmann Sort geriet ins Wanken, fluchte. »Hast du den Verstand verloren –«

Buddl rollte sich näher an die Ratte, nahm sie in beide Hände und hielt sie sich gegen die Brust, während er sich auf den Rücken sinken ließ. »Dieses Mal nicht, Hauptmann. Das hier ist *meine* Ratte. Sie hat uns das Leben gerettet.«

»Abscheuliche, ekelhafte Kreaturen.«

»Sie nicht. Y'Ghatan nicht.«

Faradan Sort starrte auf ihn herunter. »Sie heißt Y'Ghatan?«

»Ja. Das habe ich gerade beschlossen.«

Krake kam an der Felswand heruntergeklettert. »Bei den Göttern, Hauptmann –«

»Sei still, Sappeur. Wenn du noch Kraft hast – und das solltest du lieber haben –, musst du den anderen heraushelfen.«

»In Ordnung, Hauptmann.« Er drehte sich um und begann, wieder nach oben zu klettern.

Buddl, der noch immer auf dem Rücken lag, schloss die Augen. Er streichelte Y'Ghatans weiches Fell. *Mein Liebling. Du bist jetzt bei mir. Oh, du hast Hunger – wir werden uns darum kümmern. Du wirst schon bald wieder fett durch die Gegend watscheln, das verspreche ich dir, und du und deine Sippe, ihr werdet … bei den Göttern, es gibt noch mehr von euch, stimmt's? Kein Problem. Wenn es um deine Art geht, wird es immer genug zu fressen geben …*

Er bemerkte, dass Lächeln über ihm stand. Zu ihm herabstarrte.

Er schaffte ein schwaches, verlegenes Lächeln, während er sich fragte, wie viel sie gehört hatte, wie viel sie sich zusammengereimt hatte.

»Alle Männer sind Abschaum.«

Nun, damit wäre diese Frage beantwortet.

Hustend, weinend und vor sich hin brabbelnd lagen oder saßen die Soldaten um Gesler herum, der dastand und versuchte, sie durchzuzählen – allerdings war er so erschöpft, dass die Namen und Gesichter alle miteinander verschwammen. Er sah Scherbe mit seiner Schwester Sünd, die sich an ihn schmiegte wie ein Kleinkind und fest schlief, während der Blick des Korporals vollkommen starr und leer war. Nicht weit von ihnen war Tulpe – am ganzen Körper zerschunden und aufgeschürft, aber er hatte sich ohne zu klagen durch alle Engstellen gezogen und saß jetzt stumm und blutend auf einem Stein.

Krumm hockte nahe der Klippe und versuchte, mit ein paar Felsbrocken eine Platte aus geschmolzenem Gold und Blei loszustemmen, ein dummes Grinsen auf seinem hässlichen, überlangen Gesicht. Und Lächeln war umgeben von Kindern – sie schien sich angesichts all der Aufmerksamkeit elend zu fühlen, und Gesler sah sie wieder und wieder zum Nachthimmel hochstarren, eine Geste, die er nur zu gut verstand.

Buddl hatte sie durchgebracht. Mit seiner Ratte. *Y'Ghatan.* Der Sergeant schüttelte den Kopf. Nun, warum auch nicht? *Wir sind jetzt alle Rattenanbeter. Ach, ja, der Namensaufruf …* Sergeant Strang, mit Ebron, Humpel und seinem gebrochenen Bein. Sergeant Hellian – mit zwei blauen Flecken am Kinn, einem zugeschwollenen Auge und blutverschmierten Haaren –, die erst jetzt allmählich wieder zu sich kam, während Urb, ihr Korporal, sich liebevoll um sie kümmerte. Starr, Koryk, Lächeln und Krake. Tavos Pond, Balgrid, Maifliege, Blitzgescheit, Salzleck, Hanno, Kurznase und Masan Gilani. Bellig Harn, Vielleicht, Atemlos und Heikel. Totstink, Galt, Sand und Läppchen. Die Sergeanten Thom Tissy und Balsam. Widersinn, Uru Hela, Rampe, Knapp und Reem. Gurgelschlitzer … Geslers Blick schweifte wieder zu Starr, Koryk, Lächeln und Krake.

Beim Atem des Vermummten.

»Hauptmann! Wir haben zwei verloren!«

Alle Gesichter wandten sich ihm zu.

Korporal Starr sprang auf, schwankte dann wie ein Betrunkener, wirbelte herum, um die Klippe anzusehen.

»Fiedler … und dieser Gefangene!«, zischte Balsam. »Der

Scheißkerl hat ihn umgebracht und versteckt sich da drin! Und wartet, dass wir hier verschwinden!«

Corabb hatte den sterbenden Mann so weit gezogen, wie er konnte, und jetzt waren sie beide, er und der Malazaner, am Ende. In eine Engstelle des Tunnels gezwängt wurden sie von der Dunkelheit verschlungen, und Corabb war sich nicht einmal sicher, ob er sich in die richtige Richtung bewegte. Waren sie umgekehrt? Er konnte nichts hören … niemanden. All das Gezerre und Geziehe … Sie waren umgekehrt, dessen war er sich sicher.

Es spielte keine Rolle, sie würden sowieso nirgends mehr hingehen.

Nie wieder. Zwei Skelette, begraben unter einer toten Stadt. Konnte es ein besseres Grab für einen Krieger der Apokalypse und einen malazanischen Soldaten geben? Es schien richtig so zu sein, beinahe poetisch. Er würde sich nicht beklagen, und wenn er erst an der Seite dieses Sergeanten vor dem Tor des Vermummten stünde, würde er stolz auf seinen Begleiter sein.

So viel hatte sich in ihm verändert. Er glaubte nicht mehr an irgendeine gute Sache, nein, ganz bestimmt nicht mehr. Gewissheit war eine Illusion, eine Lüge. Fanatismus vergiftete die Seele, und das erste Opfer auf seiner unerbittlichen, immer länger werdenden Liste, war das Mitleid. Wer konnte von Freiheit sprechen, wenn die eigene Seele in Ketten gebunden war?

Er glaubte, dass er jetzt – endlich – Toblakai verstand.

Und es war viel zu spät. Diese große Offenbarung, sie kam zu spät. *So sterbe ich denn als weiser Mann, nicht als Narr. Ändert das irgendetwas? Schließlich sterbe ich trotz allem.*

Nein, da ist er. Ich kann ihn spüren, den Unterschied – ich habe meine Ketten abgeschüttelt. Ich habe sie weggeworfen!

Ein leises Husten, dann: »Corabb?«

»Ich bin hier, Malazaner.«

»Wo? Wo ist hier?«

»In unserem Grab, leider. Es tut mir leid. Ich habe keine Kraft mehr. Mein eigener Körper lässt mich im Stich. Es tut mir leid.«

Einen Moment war es still, dann hörte er ein leises Lachen. »Es spielt keine Rolle. Ich war bewusstlos – du hättest mich liegenlassen sollen – wo sind die anderen?«

»Ich weiß es nicht. Ich habe dich gezogen. Wir wurden zurückgelassen. Und jetzt haben wir uns verirrt, und damit war's das wohl. Es tut mir leid –«

»Hör auf damit, Corabb. Du hast mich gezogen? Das erklärt die blauen Flecken. Wie lange? Wie weit?«

»Ich weiß es nicht. Vielleicht einen Tag. Da war warme Luft, und dann war sie wieder kalt – wie ein Ein- und Ausatmen, an uns vorbei, aber welcher Atemzug war das Einatmen, welcher das Ausatmen? Ich weiß es nicht. Und jetzt gibt es keinen Wind mehr.«

»Einen Tag? Bist du verrückt? Warum hast du mich nicht einfach liegen gelassen?«

»Hätte ich das getan, hätten deine Freunde mich getötet.«

»Ah, ja, mag sein. Aber, weißt du, ich glaube dir nicht.«

»Du hast recht. Es ist ganz einfach. Ich konnte es nicht.«

»In Ordnung, das passt.«

Corabb schloss die Augen – es änderte nichts. Er war inzwischen vermutlich sowieso blind. Er hatte gehört, dass Gefangene, die man zu lange ohne Licht in ihren Verliesen ließ, blind wurden. Sie wurden blind, bevor sie wahnsinnig wurden, aber dann irgendwann auch wahnsinnig.

Und jetzt hörte er Geräusche, die näher kamen … von irgendwoher. Er hatte sie auch früher schon gehört, mindestens ein halbes Dutzend Mal, und kurze Zeit lang waren da auch leise Rufe gewesen. Vielleicht waren die ja wirklich gewesen. Die Dämonen der Panik, die gekommen waren, um die anderen zu holen, einen nach dem anderen. »Sergeant, wie heißt du nun eigentlich – Saiten oder Fiedler?«

»Saiten, wenn ich lüge, Fiedler, wenn ich die Wahrheit sage.«

»Oh, ist das dann also eine malazanische Eigenschaft? Merkwürdig –«

»Nein, das ist keine Eigenschaft. Nun ja, vielleicht eine von mir.«

»Und wie soll ich dich nennen?«

»Fiedler.«

»Sehr gut.« *Ein willkommenes Geschenk.* »Fiedler. Ich habe nachgedacht. Hier bin ich, gefangen. Und doch glaube ich, dass ich erst jetzt meinem Gefängnis entkommen bin. Lustig, oder?«

»Verdammt lustig, Corabb Bhilan Thenu'alas. Was ist das für ein Geräusch?«

»Du hörst es auch?« Corabb hielt den Atem an, lauschte. Es kam näher –

Und dann berührte etwas seine Stirn.

Aufbrüllend versuchte Corabb, sich wegzudrehen.

»Warte! Verdammt, ich habe gesagt, warte!«

»Gesler?« Das war Fiedlers Stimme.

»Ja. Beruhige deinen verdammten Freund hier, ja?«

Mit klopfendem Herzen ließ Corabb sich zurücksinken. »Wir hatten uns verirrt, Malazaner. Es tut mir leid –«

»Sei still! Hört zu. Ihr seid nur ungefähr siebzig Schritt von einem Tunnel entfernt, der nach draußen führt – wir sind alle draußen, versteht ihr mich? Buddl hat uns durchgebracht. Seine Ratte hat uns durchgebracht. Da war ein Erdrutsch ein Stück voraus, der euch abgetrennt hat – ich habe mich durchgewühlt –«

»Du bist zurückgekrochen?«, fragte Fiedler. »Gesler –«

»Glaub mir, das war das Schlimmste, was ich jemals in meinem Leben gemacht habe. Jetzt weiß ich – oder ich glaube zumindest, dass ich es weiß –, was Wahr durchgemacht hat, als er in den Palast gerannt ist. Hol mich der Abgrund, ich zittere immer noch.«

»Dann führe uns«, sagte Corabb und griff nach hinten, um Fiedlers Harnisch wieder zu packen.

Gesler machte Anstalten, an ihm vorbeizukriechen. »Ich kann das tun –«

»Nein. Ich habe ihn bis hierhergezogen.«

»Fiedler?«

»Beim Vermummten, Gesler, ich war noch nie in besseren Händen.«

Kapitel Acht

Sarkanos, Ivindonos und Ganath standen da und blickten auf die aufgehäuften Leichen hinab, auf verstreute Fleischfetzen und Knochenstücke. Ein Schlachtfeld kennt nur verlorene Träume, und die Geister klammern sich vergebens an die Erde, erinnern sich an nichts weiter als an den letzten Ort, an dem sie in ihrem Leben gewesen sind, und die Luft ist dumpf – nun, da der Lärm verklungen ist und das letzte Stöhnen der Sterbenden von der Stille aufgesogen wurde.

Obwohl dies nicht zu ihnen passte, standen sie da. Bei Jaghuts kann man nie wissen, was sie denken, ja, noch nicht einmal, wonach sie trachten, doch dann konnte man hören, wie sie sprachen.

»Alles ist erzählt«, sagte Ganath. »Diese schmutzige Geschichte hier ist zu Ende, und es ist niemand mehr übrig, der die Standarte recken und den Sieg der Gerechtigkeit verkünden könnte.«

»Dies ist eine dunkle Ebene«, sagte Ivindonos, »und ich bin achtsam, wenn es um solche Dinge geht, um Kummer, der unerzählt bleibt, bis ihn jemand bezeugt.«

»Nicht achtsam genug«, sagte Sarkanos.

»Ein kühner Vorwurf«, sagte Ivindonos und bleckte wütend die Hauer. »Sag mir, wofür ich blind bin. Sag mir, welcher größere Kummer existiert als der, den wir hier vor uns sehen.«

Und Sarkanos antwortete: »Noch dunklere Ebenen liegen jenseits davon.«

Stelen-Fragment (Yath Alban)
ANONYM

515

Es gab Zeiten, dachte Hauptmann Ganoes Paran, da konnte ein Mensch an gar nichts mehr glauben. Keiner der Pfade, die man wählte, konnte die Zukunft verändern, und die Zukunft blieb stets unbekannt, sogar für die Götter. Und die Strömungen – den bevorstehenden Tumult – zu spüren, brachte ihm nicht viel, wenn man davon absah, dass es ihm den Schlaf raubte und den Verdacht in ihm aufkommen ließ, dass alle seine Bemühungen, die Zukunft zu formen, nichts als Dünkel waren.

Er hatte sich von Dörfern und Weilern ferngehalten, denn dort ging die Herrin um, säte ihre tödliche Saat und sammelte die Macht von vergiftetem Blut und zehntausend Toten, die durch ihre Hand gestorben waren. Nicht mehr lange, das wusste er, dann würde die Zahl der Opfer um ein Zehnfaches steigen. Doch trotz all seiner Vorsicht konnte er dem Gestank des Todes nicht entkommen, der immer wieder wie aus dem Nichts heranwehte, unabhängig davon, wie weit er sich von den bewohnten Gebieten fernhielt.

Wie auch immer Poliels Bedürfnis aussehen mochte – es war gewaltig, und Paran hatte Angst, denn er verstand das Spiel nicht, das sie hier spielte.

Damals in Darujhistan, als er es sich im Finnest-Haus bequem gemacht hatte, hatte es ausgesehen, als läge dieses Land, das als das Reich der Sieben Städte bekannt war, weit weg vom Zentrum aller Dinge – oder von dem, was seiner Überzeugung nach schon bald zum Zentrum aller Dinge werden würde. Es war zum Teil dieses Geheimnis gewesen, das ihn auf den Weg gebracht hatte, das ihn veranlasst hatte herauszufinden, wie das, was hier geschah, in dem größeren Plan aufgehen würde. Vorausgesetzt, natürlich, dass es einen solchen größeren Plan gab.

Und das wiederum war genauso wahrscheinlich, wie dass dieser Krieg zwischen den Göttern zu einem Mahlstrom aus Chaos werden würde. Man brauchte, hatte man ihm einst gesagt, einen Meister der Drachenkarten. Man brauchte, hatte man ihm einst gesagt, *ihn*. Paran vermutete mittlerweile, dass es bereits damals zu spät gewesen war. Dieses Netz wuchs zu schnell, zu wirr, als dass ein einzelner Geist es ergründen könnte.

Abgesehen vielleicht von Kruppe, dem berühmten Aal von Darujhistan ... Bei den Göttern, ich wünschte, er wäre jetzt hier, an meiner Stelle, genau jetzt. Wieso ist er nicht zum Meister der Drachenkarten gemacht geworden? Aber vielleicht war das unverbesserliche selbstsichere Auftreten nichts als zur Schau gestellte Tapferkeit, hinter der sich der wahre Kruppe voller Entsetzen zusammenkauerte.

Wenn ich mir Raests Gedanken vorstelle ... Paran lächelte, als er sich erinnerte. Es war früh am Morgen gewesen, als der kleine, fette Mann an die Tür des Finnest-Hauses geklopft und mit gerötetem Gesicht den untoten Jaghut-Tyrannen angestrahlt hatte, der besagte Tür weit geöffnet und aus leeren Augenhöhlen auf ihn herabgeblickt hatte. Dann war er mit fuchtelnden Armen und irgendetwas von einem wichtigen Treffen faselnd an dem Wächter des Azath-Hauses vorbeigeschlüpft, in die Haupthalle gewatschelt und hatte sich mit einem erleichterten, zufriedenen Seufzer in den Plüschsessel bei der Feuerstelle sinken lassen.

Ein unerwarteter Gast zum Frühstück; anscheinend hatte nicht einmal Raest etwas dagegen tun können. Oder wollen ...

Und so hatte Paran dem Mann gegenübergesessen, der sich rühmen konnte, Caladan Bruth getrotzt zu haben – diesem korpulenten, kleinen Mann in seinem verblichenen Wams, der die mächtigsten Aufgestiegenen von Genabackis verwirrt hatte –, und zugesehen, wie er aß. Und aß. Und dabei, irgendwie, ununterbrochen redete.

»Kruppe kennt das traurige Dilemma, oh, ja, wirklich, des traurigen verwirrten Herrn. Zweimal traurig? Nein, dreimal traurig! Viermal traurig – oh, wie der Gebrauch des gefürchteten Wortes in die Höhe steigt! Aufhören, verehrter Kruppe, sonst werden wir noch unablässig weinen!« Er hob einen fettigen Finger. »Oh, aber der Herr fragt sich, ja, das tut er doch wohl, wie es sein kann, dass jemand wie Kruppe all diese Dinge weiß? Welche Dinge, könntet Ihr nun fragen, wenn Ihr die Gelegenheit hättet – besagte Gelegenheit, die Kruppe sich mittels einer geeigneten Antwort beeilt, zunichtezumachen. Wenn Kruppe denn eine solche Antwort hätte, heißt das. Aber siehe da! Er hat keine – und ist das nicht eigentlich das wahre Wunder?«

»Um des Vermummten willen«, wandte Paran ein – und kam nicht weiter.

»Ja, in der Tat! In der Tat, um des Vermummten willen, oh, Ihr seid hervorragend und daher würdig, den großartigen Titel des Meisters der Drachenkarten zu tragen und Kruppes vertrautester Freund zu werden! Der Vermummte, im Zentrum aller Dinge, oh ja, und deshalb müsst Ihr eilen und Euch ins Reich der Sieben Städte aufmachen, unverzüglich.«

Paran starrte ihn verblüfft an, fragte sich, welche kleine Information er in diesem Wortschwall verpasst hatte. »Was?«

»Die Götter, teurer, kostbarer Freund von Kruppe! Sie führen Krieg gegeneinander, ja? Ein schreckliches Etwas, Krieg. Schreckliche Etwasse, Götter. Beide zusammen, oh, in höchstem Maße schrecklich!«

»Schreck– was? Oh, macht Euch nichts draus.«

»Das tut Kruppe nie.«

»Wieso ins Reich der Sieben Städte?«

»Selbst die Götter werfen Schatten, Meister der Karten. Aber was werfen Schatten?«

»Ich weiß es nicht. Götter?«

Kruppe machte ein gequältes Gesicht. »Gute Güte, welch unsinnige Antwort. Kruppes Vertrauen in zweifelhaften Freund liegt im Wankel. Nein, wankt. Seht Ihr, wie Kruppe wankt? Nein, keine Götter. Wie können Götter geworfen werden? Antwortet nicht – so ist die Natur und die unausgesprochene Übereinkunft bezüglich der Redekunst. Nun, wo war Kruppe? Oh, ja. Höchst schreckliche Verbrechen auf offener See, vor der Küste des Reichs der Sieben Städte. Eier wurden gelegt, Pläne ausgebrütet! Eine besonders große Schale steht kurz vor dem Platzen, wird geplatzt sein, wenn Ihr dort ankommt, was bedeutet, sie ist jetzt schon so gut wie geplatzt, also worauf wartet Ihr? Tatsächlich, dummer Mann, seid Ihr bereits zu spät, oder werdet es dann sein, und wenn nicht dann, dann bald, im drohenden Sinne des Wortes.

Bald, also, müsst Ihr gehen, obwohl es zu spät ist – ich schlage vor, Ihr brecht morgen auf und benutzt die Gewirre und andere schändliche Pfade der Unbilligkeit, um Euer hoffnungsloses Unterfangen anzukommen zu beschleunigen. Und Ihr werdet tatsächlich rechtzeitig und pünklich und genau im richtigen Augenblick ankommen, und dann müsst Ihr den einzigartigen Schatten benutzen, den zwischen – soll Kruppe es wagen, diese bedrohlichen Worte auszusprechen? – zwischen Leben und Tod, diese wogende, verschwommene Metapher, so abgestumpft und gleichgültig betreten von Dingen, die es besser wissen müssten. Nun, Ihr habt Kruppe ein Ohr abgeschwatzt, Kruppes Großzügigkeit bis zum Zerreißen seines Hosengürtels strapaziert, und vordem im Übrigen seinen gewaltigen Verstand erschöpft.« Er erhob sich mit einem Grunzen, tätschelte dann seinen Bauch. »Eine höchst annehmbare Mahlzeit, obwohl Kruppe vorschlägt, dass Ihr Euren Koch davon in Kenntnis setzt, dass diese Feigen da ausnehmend trocken waren, ja, sozusagen staubtrocken – aus den eigenen Vorräten des Jaghut, vermute ich, ja, hmm?«

Es verbarg sich eine Menge Sinn in den schwülstigen Wortkaskaden, wie Paran schließlich erkannt hatte. Genug jedenfalls, um ihm Angst zu machen und ihn dazu zu bringen, die Drachenkarten noch einmal eingehender zu untersuchen. In denen das Chaos deutlicher zu lesen war als jemals zuvor. Und dort, in der Mitte, das Schimmern eines Pfades, eines Weges, der hindurchführte – vielleicht nur einfach eine Einbildung, eine Täuschung – aber er würde es versuchen müssen, obwohl der Gedanke ihn erschreckte.

Er war nicht der Mann für so etwas. Er stolperte halb blind in einem Strudel konvergierender Kräfte vor sich hin und musste feststellen, dass er darum kämpfte, auch nur den Anschein von Kontrolle aufrechtzuhalten.

Apsalar wiederzusehen, war ein unerwartetes Geschenk gewesen. Sie war kein Mädchen mehr, und doch, wie es schien, so tödlich wie zuvor. Nichtsdestotrotz war hin und wieder in ihren Augen so etwas wie Menschlichkeit aufgeblitzt. Er fragte sich, was sie durchgemacht hatte, seit Cotillion außerhalb von Darujhistan aus ihr verbannt worden war – das hieß, abgesehen von dem, was sie ihm bereitwillig erzählt hatte, und er fragte sich, ob sie ihre Reise wohl beenden würde, ob sie am anderen Ende herauskommen würde – ein weiteres Mal wiedergeboren.

Er stellte sich in den Steigbügeln auf, um die Beine zu strecken, suchte im Süden nach dem verräterischen Schimmer, der seinen Bestimmungsort kennzeichnen würde. Doch bis jetzt war da nichts als Hitzedunst, und schroffe, baumlose Hügel, die sich buckelig aus der vertrockneten Ebene erhoben. Das Reich der Sieben Städte waren ein heißes, verbranntes Land, und er kam zu dem Schluss, dass er es auch ohne die Pest nicht sonderlich mochte.

Einer der Hügel verschwand plötzlich hinter einer Staubwolke und durch die Luft fliegendem Geröll, dann wummerte ein Donnergrollen durch den Boden, das die Pferde erschreckte. Noch während er versuchte, sie zu beruhigen – besonders das, auf dem er saß, das bockte und auskeilte und die Gelegenheit nutzen wollte, einmal mehr zu versuchen, ihn abzuwerfen –, spürte er, wie etwas aus dem zerstörten Hügel herauswallte.

Omtose Phellack.

Er beruhigte sein Pferd, so gut es ging, packte die Zügel und ritt in ruhigem Galopp auf den zerstörten Hügel zu.

Als er näher kam, konnte er ein Krachen aus dem Hügelgrab hören – denn genau das war der Felsbuckel –, und als er dreißig Schritt entfernt war, wurde ein Teil eines vertrockneten Körpers aus dem Loch geschleudert, rutschte rasselnd durch das Geröll. Er kam zum Stillstand, dann hob sich zitternd ein Arm, sank einen Augenblick später wieder herab. Ein Schädel im Knochenhelm kam herangeflogen, von ein paar Haarsträhnen umwirbelt, und hüpfte und rollte durch den Staub.

Paran zügelte sein Pferd und sah zu, wie eine große, hagere Gestalt aus dem Hügelgrab kletterte, sich langsam aufrichtete. Graugrüne Haut, hinterherwehende staubige Spinnweben, mit Silberschnallen versehene Gurte und ein Wehrgehenk aus Eisenkettengliedern, von denen Messer in Kupferscheiden hingen – die verschiedenen Metalle waren geschwärzt oder vom Grünspan verfärbt. Was auch immer für Kleidung den Körper der Gestalt einst bedeckt haben mochte – jetzt war sie verrottet.

Eine Jaghut, deren lange schwarze Haare zu einem einzigen Zopf zusammengebunden waren, der ihr bis weit über den Rücken fiel. Ihre Hauer waren mit Silber überzogen und daher schwarz. Sie blickte sich langsam um, entdeckte ihn, und ihr Blick blieb an ihm hängen. Bernsteinfarbene Augen mit senkrechten Pupillen unter schweren Knochenwülsten musterten Paran. Er sah, wie sie die Stirn runzelte. »Was für ein Wesen bist du?«, fragte sie dann.

»Ein wohlerzogenes«, erwiderte er und versuchte zu lächeln. Sie sprach die Sprache der Jaghut, und er hatte sie verstanden … irgendwie. War dies eine der vielen Gaben, die er seiner Eigenschaft als Herr der Drachenkarten verdankte? Oder der langen Zeit, die er in Raests Nähe und seinem endlosen Gemurmel verbracht hatte? Wie auch immer, Paran überraschte sich selbst, als er in der gleichen Sprache antwortete.

Woraufhin sich ihr Stirnrunzeln vertiefte. »Du sprichst meine Sprache, wie ein Imass sie sprechen würde … hätte irgendein Imass sich je die Mühe gemacht, sie zu erlernen. Oder wie ein Jaghut, dem die Hauer gezogen wurden.«

Paran blickte zu dem unvollständigen Leichnam hinüber, der ganz in der Nähe lag. »Ein Imass wie der da?«

Sie zog die dünnen Lippen zurück, was – wie er annahm – wohl ein Lächeln sein sollte. »Ein Wächter, der zurückgelassen wurde – er hatte seine Wachsamkeit verloren. Untote langweilen sich schnell … und werden nachlässig.«

»T'lan Imass.«

»Wenn andere in der Nähe sind, werden sie jetzt kommen. Ich habe nur wenig Zeit.«

»T'lan Imass? Nein, Jaghut. Es sind keine in der Nähe.«

»Bist du dir sicher?«

»Ja. Ziemlich. Du hast dich selbst befreit … warum?«

»Braucht die Freiheit eine Rechtfertigung?« Sie strich sich Staub und Spinnweben vom mageren Körper, blickte dann nach Westen. »Eines meiner Rituale ist zerschmettert worden. Ich muss es wieder in Ordnung bringen.«

Paran dachte einen Augenblick über ihre Worte nach und fragte schließlich: »Ein bindendes Ritual? Etwas oder jemand war gefangen und sucht jetzt die Freiheit – genau wie du?«

Sie wirkte verstimmt über den Vergleich. »Im Gegensatz zu dem Wesen, das ich gefangen genommen hatte, habe ich kein Interesse daran, die Welt zu erobern.«

Oh. »Ich bin Ganoes Paran.«

»Ganath. Du siehst bemitleidenswert aus, wie ein unterernährter Imass – bist du hier, um dich mir entgegenzustellen?«

Er schüttelte den Kopf. »Ich bin zufällig hier vorbeigekommen, Ganath. Ich wünsche dir viel Glück –«

Sie drehte sich plötzlich um, starrte nach Osten, den Kopf geneigt.

»Ist etwas?«, fragte er. »T'lan Imass?«

Sie blickte ihn an. »Ich bin mir nicht sicher. Vielleicht … nichts. Sag, gibt es südlich von hier ein Meer?«

»War da eins, als du … noch nicht in deinem Hügelgrab warst?«

»Ja.«

Paran lächelte. »Ganath, ein Stück südlich von hier ist tatsächlich ein Meer, und genau dort will ich hin.«

»Dann werde ich mit dir reisen. Wieso reist du dorthin?«

»Um mit einigen Leuten zu sprechen. Und du? Ich dachte, du hättest es eilig, das Ritual wieder in Ordnung zu bringen?«

»Ja, das stimmt auch, aber ich stelle fest, dass es etwas gibt, das Vorrang hat.«

»Und das wäre?«

»Der Wunsch nach einem Bad.«

Zu vollgefressen, um zu fliegen, zerstreuten sich die Geier mit empörtem Gekreische, hüpften und watschelten mit halb angelegten Flügeln davon und ließen das Festmahl – das einmal Menschen gewesen waren – hinter sich liegen. Apsalar verlangsamte ihre Schritte, war sich nicht sicher, ob sie dieser Hauptstraße weiter folgen wollte. Andererseits war auch aus den Seitenstraßen das heisere Gekrächze und Gezänk fressender Geier zu hören, was sie vermuten ließ, dass es keinen anderen Weg gab.

Die Dorfbewohner waren überaus qualvoll gestorben – diese Seuche war erbarmungslos, der Pfad, den man in ihrem Griff zum Tor des Vermummten beschreiten musste, lang und schmerzhaft. Geschwollene Drüsen, die langsam die Kehle verschlossen – wodurch es unmöglich wurde, feste Nahrung zu sich zu nehmen – und die Luftwege verengten, so dass jeder Atemzug zur Qual wurde. Und in den Eingeweiden Gase, die den Magen aufblähten. Ohne irgendeine Möglichkeit zu entweichen, brachten sie schließlich die Magenwand zum Bersten, so dass das Opfer von der eigenen Magensäure verzehrt wurde. Dies waren leider die letzten Stadien der Krankheit. Davor gab es Fieber, so hoch, dass das Gehirn im Schädel gekocht wurde und die Erkrankten halb in den Wahnsinn getrieben wurden – ein Zustand, von dem man sich nie wieder erholte, selbst wenn die Pest aus irgeneinem Grund in diesem Stadium zum Stillstand kam. Aus den Augen troff Schleim, aus den Ohren strömte Blut, das Fleisch an den Gelenken gelierte – dies war die Herrin in all ihrer schmutzigen Pracht.

Die beiden Reptilienskelette, die Apsalar begleiteten, waren vorausgelaufen und machten sich einen Spaß daraus, die Geier zu erschrecken und durch summende Fliegenschwärme zu preschen. Jetzt kamen sie zurückgehüpft, ohne weiter auf die geschwärzten, halb zerfressenen Leichen zu achten, über die sie hinwegstiegen.

»Nicht-Apsalar! Du bist zu langsam!«

»Nein, Telorast«, rief Rinnsel. »Nicht langsam genug!«

»Ja, nicht langsam genug! Uns gefällt dieses Dorf – wir wollen spielen!«

Apsalar führte ihr sanftmütiges Pferd weiter die Straße entlang. Aus irgendeinem Grund waren etwa zwanzig Dorfbewohner hierhergekrochen; vielleicht in einem letzten, armseligen Versuch, dem zu entkommen, vor dem es kein Entkommen gab. Und sie hatten bis zu ihrem letzten Atemzug aufeinander eingeschlagen und miteinander gekämpft »Ihr dürft gern so lange hierbleiben, wie ihr wollt«, sagte sie zu den beiden Kreaturen.

»Das geht nicht«, sagte Telorast. »Wir sind immerhin deine Wächter. Deine rastlosen, stets wachsamen Wachen. Wir werden über dich wachen, egal, wie krank und ekelhaft du wirst.«

»Und dann werde wir dir die Augen aushacken!«

»Rinnsel! Sag ihr das doch nicht!«

»Nun, wir werden natürlich warten, bis sie schläft. Und Fieberkrämpfe hat.«

»Genau. Dann wird sie es ohnehin wollen.«

»Ich weiß, aber wir sind nun schon durch zwei Dörfer gekommen, und sie ist immer noch nicht krank. Ich verstehe das nicht. All die anderen Menschen sind tot oder sterben. Wieso ist sie eine Ausnahme?«

»Sie ist von denjenigen auserwählt worden, die sich der Schattensphäre bemächtigt haben – deshalb kann sie hier so einfach herumschlendern und die Nase hoch tragen. Es könnte sein, dass wir noch warten müssen, bis wir ihr die Augen auspicken können.«

Apsalar ging an dem Leichenhaufen vorbei. Ein paar Schritte weiter war das Dorf zu Ende, und dahinter standen die verkohlten Überreste von drei außerhalb gelegenen Gebäuden. Ein von Krähen heimgesuchter Friedhof bedeckte einen nahen, nicht allzu hohen Hügel, auf dem ein einsamer Guldindhabaum stand. Mürrisch hockten die schwarzen Vögel schweigend in den Zweigen. Ein paar behelfsmäßige Plattformen zeugten von einigen früheren Bemühungen, sich auf zeremonielle Weise um die Toten zu kümmern, doch es war klar zu erkennen, dass diese Versuche nur von kurzer Dauer gewesen waren. Ein Dutzend weiße Ziegen standen im Schatten des Baums und beobachteten, wie Apsalar die Straße entlangging, flankiert von Telorast und Rinnsel.

Etwas war geschehen, weit im Nordwesten. Nein, sie konnte es sogar genauer bestimmen. Y'Ghatan. Dort hatte eine Schlacht stattgefunden … und ein schreckliches Verbrechen. Y'Ghatans Gier nach malazanischem Blut war legendär, und Apsalar fürchtete, dass die Stadt erneut kräftig getrunken hatte.

In jedem Land gab es Orte, die immer wieder zum Schauplatz einer Schlacht wurden, an denen Gemetzel auf Gemetzel folgte. Der strategische Wert dieser Orte war häufig gering, oder sie waren sogar zur Verteidigung vollkommen ungeeignet. Als würden die Steine und die Erde selbst jeden Eroberer verhöhnen, der dumm genug war, Anspruch auf sie zu erheben. Das waren Cotillions Gedanken. Er hatte nie Angst davor gehabt, die Nutzlosigkeit zu erkennen – und das Vergnügen, das die Welt daran hatte, sich der Grandiosität der Menschen zu widersetzen.

Sie ging an den letzten ausgebrannten Gebäuden vorbei und war erleichtert, dass sie den Gestank hinter sich gelassen hatte – an verrottende Leichen war sie gewöhnt, aber etwas von diesem Gestank nach Verbranntem schlüpfte wie eine Vorahnung durch ihre Sinne hindurch. Bald würde die Dämmerung einsetzen. Apsalar kletterte zurück in den Sattel und nahm die Zügel in die Hand.

Sie würde das Schattengewirr benutzen, obwohl sie wusste, dass es bereits zu spät war – etwas war bei Y'Ghatan geschehen; sie konnte sich wenigstens die Wunden ansehen, die zurückgeblieben waren, und die Spur der Überlebenden aufnehmen. Falls es welche gab.

»Sie träumt vom Tod«, sagte Telorast. »Und jetzt ist sie verärgert.«

»Über uns?«

»Ja. Nein. Ja. Nein.«

»Oh, sie hat ein Gewirr geöffnet! Schatten! Ein lebloser Pfad, der sich durch leblose Berge windet. Wir werden umkommen vor Langeweile! Warte, lass uns nicht zurück!«

Als sie aus der Grube kletterten, stellten sie fest, dass ein Festmahl auf sie wartete. Vier hochlehnige Stühle in einem Stil, wie er in Unta gebräuchlich war, umstanden einen langen Tisch, in dessen Mitte ein Kandelaber mit vier dicken Bienenwachskerzen prangte, deren goldenes Licht sich auf Silberplatten voller malazanischer Köstlichkeiten ergoss. Ölige Santosfische aus den Untiefen vor Kartool, mit Butter und Gewürzen in Tonschalen gebacken; Streifen aus mariniertem Wildbret im Stil des nördlichen D'avorian, das nach Mandeln roch; mit Büffelbeeren und Salbei gefüllte Waldhühner aus den Seti-Ebenen; gebackene Kürbisse und Schlangenfilets aus Dal Hon; verschiedene Arten Schmorgemüse und vier Flaschen Wein: ein Weißer von der Insel Malaz, vom Landgut des Hauses Paran, warmer Reiswein aus Itko Kan, ein vollmundiger Roter aus Gris und der orangefarben angehauchte Belackwein von den napanesischen Inseln.

Kalam starrte stumm die verschwenderische Pracht an, während Stürmisch grunzte und mit Staub aufwirbelnden Schritten hinüberging, sich auf einen der Stühle setzte und nach dem grisianischen Roten griff.

»Nun«, sagte der Schnelle Ben, »das ist nett. Was glaubt ihr, für wen wohl der vierte Stuhl ist?«

Kalam blickte zu der bedrohlich über ihnen schwebenden, riesigen Himmelsfestung hinauf. »Darüber möchte ich lieber nicht nachdenken.«

Ein Schnauben von Stürmisch, der nun nach den Wildbretstreifen griff.

»Glaubst du«, fragte der Schnelle Ben, während er sich hinsetzte, »dass die Auswahl, die man uns hier hingestellt hat, eine Bedeutung hat?« Er nahm ein Alabaster-Kelchglas und goss sich vom Weißen aus dem Haus Paran ein. »Oder will er uns die reine Dekadenz unter die Nase reiben?«

»Meine Nase ist völlig in Ordnung«, sagte Stürmisch, neigte den Kopf zur Seite und spuckte einen Knochen aus. »Bei den Göttern, ich könnte das alles allein essen! Vielleicht tue ich das auch!«

Seufzend gesellte sich Kalam zu ihnen. »Also schön, das gibt uns zumindest Zeit, uns über ein paar Dinge zu unterhalten.« Er sah, wie der Magier Stürmisch einen argwöhnischen Blick zuwarf. »Entspann dich, Ben, ich glaube nicht, dass Stürmisch außer seinen eigenen Kaugeräuschen etwas hören kann.«

»Hah!«, lachte der Falari und spuckte kleine Fleischbröckchen über den Tisch. Eines landete mit einem Plop im Weinglas des Magiers. »Als ob ich einen Zehennagel des Vermummten um euer wichtigtuerisches Getue geben würde! Wenn ihr beiden Lust habt, euch so lange zu bequatschen, bis ihr schlechte Laune bekommt, nur zu – ich werde meine Zeit nicht mit Zuhören verschwenden!«

Der Schnelle Ben fand einen silbernen Fleischspieß und angelte damit vornehm das Stückchen Fleisch aus seinem Glas. Er nahm vorsichtig einen Schluck, verzog das Gesicht und schüttete den Wein weg. Dann füllte er das Glas neu und sagte: »Nun, ich bin nicht ganz davon überzeugt, dass Stürmisch unwichtig für unsere Unterhaltung ist.«

Der rotbärtige Soldat sah auf, seine kleinen Augen verengten sich in plötzlichem Unbehagen. »Ich könnte nicht unwichtiger sein, selbst wenn ich es versuchen würde«, sagte er mit einem Knurren, griff erneut nach der Flasche mit dem Roten.

Kalam sah zu, wie die Kehle des Mannes hüpfte, als er sich Schluck um Schluck einverleibte.

»Es ist das Schwert«, sagte der Schnelle Ben. »Dieses T'lan-Imass-Schwert. Wie bist du daran gekommen, Stürmisch?«

»Oh, Santos. In Falar essen nur arme Leute diesen ekligen Fisch – und die Kartoolii bezeichnen ihn als Delikatesse! Was für Idioten.« Er nahm einen und fing an, das rote, ölige Fleisch von der Tonhülle zu kratzen. »Es ist mir übergeben worden«, sagte er, »um darauf aufzupassen.«

»Ein T'lan Imass hat es dir gegeben?«, fragte Kalam.

»Ja.«

»Dann hat er vor, seinetwegen zurückzukommen?«

»Wenn er das kann, ja.«

»Wieso sollte ein T'lan Imass dir sein Schwert geben? Normalerweise benutzen sie sie – und zwar häufig.«

»Nicht dort, wohin er unterwegs war, Assassine. Was ist das? Irgendein Vogel?«

»Ja«, sagte der Schnelle Ben. »Waldhuhn. Also, wohin war der T'lan Imass unterwegs?«

»Waldhuhn. Was ist das, irgendeine Art Ente? Er ist in eine große Wunde im Himmel gegangen, um sie zu versiegeln.«

Der Magier lehnte sich zurück. »Was bedeutet, dass wir ihn so bald nicht zu erwarten brauchen.«

»Nun, er hat den Kopf eines Tiste Andii mitgenommen, und der Kopf hat noch gelebt – Wahr war der Einzige, der das gesehen hat –, der andere T'lan Imass nicht, noch nicht einmal der Knochenwerfer hat was gemerkt. Kleine Flügel – es wundert mich, dass das Ding überhaupt fliegen konnte. Aber ja nicht besonders gut, ha, irgendwer hat es ja schließlich gefangen!« Er goss sich den Rest des grisianischen Weins ein und warf die Flasche weg. Sie landete mit einem dumpfen Geräusch im Staub. Stürmisch griff nach dem napanesischen Belack. »Wisst ihr, was das Problem mit euch beiden ist? Ich werd's euch sagen. Ich sage euch, was das Problem ist. Ihr beide denkt zu viel, und ihr denkt, dass all das viele Denken euch irgendwo hinbringt, aber das tut es nicht. Dabei ist es doch ganz einfach. Wenn sich euch etwas, das euch nicht gefällt, in den Weg stellt, tötet ihr es, und wenn ihr es getötet habt, könnt ihr aufhören, darüber nachzudenken, und das war's dann.«

»Eine interessante Philosophie, Stürmisch«, sagte der Schnelle Ben. »Aber was ist, wenn dieses ›Ewas‹ zu groß ist, oder zu viele, oder einfach scheußlicher als man selbst?«

»Dann stutzt man es auf Normalmaß zurecht, Magier.«

»Und wenn man das nicht kann?«

»Dann sucht man sich jemanden, der es kann. Vielleicht töten sich die beiden dann, und das war's dann.« Er wedelte mit der halb leeren Belackflasche. »Ihr glaubt, ihr könnt alle möglichen Pläne schmieden? Idioten. Ich hock mich hin und scheiß auf eure Pläne!«

Kalam lächelte den Schnellen Ben an. »Stürmisch hat da möglicherweise eine gute Idee.«

Der Magier machte ein finsteres Gesicht. »Was, sich hinzuhocken –?«

»Nein, jemanden zu suchen, der die schmutzige Arbeit für uns verrichten kann. Wir sind alte Hasen, was das betrifft, Ben, oder nicht?«

»Es wird allerdigs immer schwieriger.« Der Schnelle Ben blickte zur Himmelsfestung hoch. »Also schön, lass mich nachdenken –«

»Oh, jetzt kriegen wir Ärger!«

»Stürmisch«, sagte Kalam. »Du bist betrunken.«

»Ich bin nich betrunken. Zwei Flaschen Wein machen mich nich betrunken. Nich Stürmisch, nein, den nich.«

»Die Frage ist doch die«, sagte der Magier. »Wer oder was hat die K'Chain Che'Malle das erste Mal besiegt? Und dann, ist diese mächtige Kraft noch am Leben? Wenn wir die Antworten auf diese Fragen –«

»Wie ich gesagt habe«, knurrte der Falari, »ihr redet und redet und redet und kapiert rein gar nichts.«

Der Schnelle Ben lehnte sich zurück, rieb sich die Augen. »Also schön. Los doch, Stürmisch, lass uns an deinem funkelnden Geist teilhaben.«

»Erstens geht ihr davon aus, dass diese Echsendinger überhaupt eure Feinde sind. Drittens, wenn die Legenden wahr sind, haben sich diese Echsen selbst besiegt, wozu also dann diese Panik, bei den besudelten Hosen des Vermummten? Zweitens wollte die Mandata alles über sie wissen, wohin sie gehen und so weiter. Nun, die Himmelsfestungen gehen nirgendwohin, und wir wissen bereits, was da drin ist, also haben wir unsere Arbeit getan. Ihr Idioten wollt in eine einbrechen – warum? Ihr habt keine Ahnung, warum. Und fünftens, trinkst du den Weißwein aus, Magier? Ich werde diese Reispisse nämlich nicht anrühren.«

Der Schnelle Ben beugte sich langsam vor und schob Stürmisch die Flasche rüber.

Ein überzeugenderes Eingeständnis einer Niederlage hätte es kaum geben können, dachte Kalam. »Kommt zum Ende, alle beide«, sagte er, »damit wir aus diesem verdammten Gewirr raus und zurück zur Vierzehnten können.«

»Da ist noch etwas«, sagte der Schnelle Ben, »über das ich reden wollte.«

»Nur zu«, sagte Stürmisch, und schwang dabei mit einer ausladenden Geste ein Waldhuhnbein. »Stürmisch hat die Antwort, ja, die hat er.«

»Ich habe Geschichten gehört ... eine malazanische Eskorte, die vor der Küste von Geni auf eine Flotte seltsamer Schiffe gestoßen ist. Die Beschreibungen des Feindes klingen nach Tiste Edur. Stürmisch, dieses Schiff, auf dem ihr wart, wie hieß das?«

»Das war die *Silanda*. Tote grauhäutige Leute, alle auf Deck niedergemetzelt. Der Kapitän von einem Speer durchbohrt und an den verdammten Stuhl in seiner Kabine genagelt – beim Vermummten, der Arm, der den geworfen hat ...«

»Und ... Köpfe. Tiste Andii.«

»Die Leichen waren unten, saßen an den Rudern.«

»Diese Grauhäutigen waren Tiste Edur«, sagte der Schnelle Ben. »Ich weiß nicht, vielleicht sollte ich die beiden Sachen nicht miteinander verbinden, aber etwas daran macht mich nervös. Woher ist diese Flotte der Tiste Edur gekommen?«

Kalam grunzte. »Die Welt ist groß, Ben. Sie könnten von überallher gekommen sein, vom Sturm abgetrieben oder auf irgendeiner Erkundungsmission.«

»Wohl eher auf einem Raubzug«, sagte Stürmisch, »wenn sie so einfach angegriffen haben. Wie auch immer, da, wo wir die *Silanda* ursprünglich gefunden haben – da hatte es auch eine Schlacht gegeben. Gegen die Tiste Andii. 'ne ziemliche Sauerei.«

Der Schnelle Ben seufzte und rieb sich wieder die Augen. »Während des Krieges gegen den Pannionischen Seher sind wir in der Nähe von Korall auf die Leiche eines Tiste Edur gestoßen. Die aus großer Wassertiefe hochgekommen sein muss.« Er schüttelte den Kopf. »Ich habe das Gefühl, denen werden wir nochmal über den Weg laufen.«

»Die Schattensphäre«, sagte Kalam. »Sie hat früher ihnen gehört, und jetzt wollen sie sie zurück.«

Der Blick des Magiers heftete sich auf den Assassinen. »Hat Cotillion dir das erzählt?«

Kalam zuckte die Schultern.

»Alles führt irgendwie immer wieder zu Schattenthron zurück, oder? Kein Wunder, dass ich nervös bin. Dieser schleimige, glitschige Bastard –«

»Oh, bei den Eiern des Vermummten«, ächzte Stürmisch, »gib mir die Reispisse, wenn ihr noch lange so weiter macht. Schattenthron ist nicht beängstigend. Schattenthron ist einfach Ammanas, und Ammanas ist einfach Kellanved. So wie Cotillion Tanzer ist. Der Vermummte weiß, wir kennen den Imperator gut genug. Genau wie Tanzer. Sie haben irgendwas vor? Das ist keine Überraschung. Sie haben immer irgendwas vorgehabt, von Anfang an. Ich sag euch was« – er machte eine Pause, um einen kräftigen Schluck von dem Reiswein zu nehmen, verzog das Gesicht und sprach weiter –, »wenn sich der Staub gelegt hat, werden sie glänzend dastehen, wie Perlen auf einem Misthaufen. Götter, Ältere Götter, Drachen, Untote, Geister und das Furcht erregende leere Gesicht des Abgrunds selbst – keiner von denen hat eine Chance. Du machst dir Sorgen um die Tiste Edur, Magier? Nur zu. Vielleicht haben sie einst über den Schatten geherrscht, aber Schattenthron wird sie fertigmachen. Er und Tanzer.« Er rülpste. »Und weißt du auch, warum? Ich werd's dir sagen. Sie kämpfen nie fair. Darum.«

Kalam sah zu dem leeren Stuhl hinüber, und seine Augen verengten sich langsam.

Stolpernd, kriechend oder sich durch die Schicht aus weißer Asche ziehend, gelangten sie alle dorthin, wo Buddl saß, während am Himmel über ihnen ein Wirbel aus Sternen prangte. Keiner der Soldaten sagte ein Wort, aber alle machten sie nacheinander die gleiche freundliche Geste – streckten die Hand aus und berührten mit einem Finger den Kopf von Y'Ghatan, der Ratte.

Sanft und voller Ehrerbietung – bis sie in diesen Finger biss, und die Hand mit einem gezischten Fluch wieder zurückgezogen wurde.

Y'Ghatan biss sie alle – einen nach dem anderen.

Sie war hungrig, erklärte Buddl, und schwanger. So erklärte er es. Oder er versuchte es zumindest, denn niemand hörte ihm richtig zu. Es schien, als ob es ihnen vollkommen gleichgültig und dieser Biss jetzt ein Teil des Rituals wäre – ein Preis aus Blut, die Bezahlung des Opfers.

Denjenigen, die es hören wollten, sagte er, dass sie ihn auch gebissen hatte.

Aber das hatte sie nicht. Sie nicht. Nicht ihn. Ihre Seelen waren jetzt unentwirrbar miteinander verbunden. Und solche Dinge waren kompliziert, sogar tiefgründig. Er musterte die Kreatur, die sich in seinem Schoß niedergelassen hatte. Tiefgründig, ja, das war das Wort.

Er streichelte ihr den Kopf. *Meine liebe Ratte. Meine süße – au! Verflucht, du Hexe!*

Schwarze, glitzernde Augen starrten zu ihm hoch, die schnurrbärtige Nase zuckte.

Abscheuliche, ekelhafte Kreaturen.

Er setzte die Ratte auf den Boden – sollte sie von ihm aus doch über eine Klippe springen. Aber stattdessen kuschelte sie sich an seinen rechten Fuß und rollte sich zum Schlafen zusammen. Buddl blickte sich in dem behelfsmäßigen Lager um, betrachtete die paar undeutlich erkennbaren Gesichter, die er hier und dort sehen konnte. Niemand hatte ein Feuer angezündet. Seltsam, auf eine kranke Weise.

Sie hatten es geschafft. Es fiel Buddl immer noch schwer, es zu glauben. Und Gesler war wieder hineingekrochen – und einige Zeit später zurückgekehrt. Gefolgt von Corabb Bhilan Thenu'alas, dem Krieger, der Saiten hinter sich her gezerrt hatte und dann zusammengebrochen war. Buddl konnte das Schnarchen des Mannes hören, das nun schon die halbe Nacht ununterbrochen andauerte.

Der Sergeant war am Leben. Der Honig, mit dem man seine Wunden eingeschmiert hatte, schien eine Heilkraft zu haben, die Hoch Denul gleichkam, was offensichtlich bedeutete, dass es alles andere als gewöhnlicher Honig war – als wären die seltsamen Visionen nicht Beweis genug dafür. Dennoch, nicht einmal das konnte das Blut ersetzen, das Saiten verloren hatte, und dieser Blutverlust hätte ihn eigentlich töten müssen. Doch jetzt schlief der Sergeant; er war zu schwach, um sonst etwas zu tun, aber er lebte.

Buddl wünschte sich, er wäre genauso müde … oder zumindest auf so eine Weise – auf so warme, einladende Weise. Statt unter dieser seelischen Erschöpfung zu leiden, die mit immer wiederkehrenden Bildern ihrer alptraumhaften Reise durch die vergrabenen Knochen von Y'Ghatan an seinen Nerven zerrte. Mit Bildern, die den bitteren Geschmack jener Augenblicke mitbrachten, in denen alles verloren und hoffnungslos schien.

Hauptmann Faradan Sort und Sünd hatten einen Vorrat an Wasserfässern und Essensrationen beiseitegeschafft, die sie inzwischen herausgeholt hatten, aber was Buddl anging, konnte der Geschmack von Rauch und Asche auch mit noch so viel Wasser nicht aus seinem Mund gespült werden. Und es gab noch etwas anderes, das in ihm brannte. Die Mandata hatte sie im Stich gelassen, hatte Hauptmann Sort und Sünd gezwungen zu desertieren. Gewiss, es war nur vernünftig gewesen, davon auszugehen, dass niemand mehr am Leben war. Er wusste, dass sein Gefühl unsinnig war, aber es nagte trotzdem an ihm.

Hauptmann Sort hatte über die Pest gesprochen, die von Osten herankam, und über die Notwendigkeit, das Heer rechtzeitig in Sicherheit zu bringen. Die Mandata hatte so lange gewartet, wie sie konnte. Buddl wusste das. Und trotzdem …

»Wir sind tot, weißt du.«

Er sah Koryk an, der mit überkreuzten Beinen in der Nähe saß. Ein Kind schlief neben ihm. »Wenn wir tot sind«, sagte Buddl, »wieso fühlen wir uns dann so schrecklich?«

»Soweit es die Mandata betrifft. Wir sind tot. Wir können einfach … gehen.«

»Und wohin, Koryk? Poliel sucht dieses Land heim –«

»Uns wird die Pest nicht töten. Jetzt nicht.«

»Glaubst du, wir sind unsterblich oder so was geworden?«, fragte Buddl. Er schüttelte den Kopf. »Wir haben das hier überlebt, sicher, aber das heißt gar nichts. Beim Vermummten, es heißt nicht, dass das nächste Ding, das uns über den Weg läuft, uns nicht einfach so und blitzschnell töten wird. Vielleicht fühlst du dich jetzt gefeit gegen alles und jedes, was die Welt auf uns schleudern kann. Aber glaub mir, das sind wir nicht.«

»Besser das als alles andere«, murmelte Koryk.

Buddl dachte über die Worte des Soldaten nach. »Glaubst du, irgendein Gott hat beschlossen, uns zu benutzen? Und uns aus irgendeinem Grund rausgeholt?«

»Entweder das, Buddl, oder deine Ratte ist ein Genie.«

»Die Ratte hat vier Beine und eine gute Nase, Koryk. Ihre Seele war gebunden. An mich. Ich habe durch ihre Augen gesehen, alles gespürt, was sie gespürt hat –«

»Und hat sie auch geträumt, als du geträumt hast?«

»Nun, ich weiß nicht –«

»Ist sie dann weggelaufen?«

»Nein, aber –«

»Dann hat sie also gewartet. Darauf, dass du wieder aufgewacht bist. Damit du ihre Seele wieder gefangen nehmen konntest.«

Buddl sagte nichts.

»Jeder Gott, der versucht, mich zu benutzen«, sagte Koryk leise, »wird es bereuen.«

»Wenn ich mir all die Fetische anschaue, die du trägst«, bemerkte Buddl, »hätte ich eigentlich gedacht, dass du dich über diese Aufmerksamkeit freuen würdest.«

»Da täuschst du dich. Was ich trage, hat nichts damit zu tun, dass ich einen Segen suchen würde.«

»Was für Sachen sind es dann?«

»Schutzzauber.«

»Alle?«

Koryk nickte. »Sie machen mich unsichtbar. Für Götter, Geister, Dämonen ...«

Buddl musterte den Soldat in der Düsternis. »Nun, vielleicht funktionieren sie nicht.«

»Kommt drauf an«, erwiderte er.

»Auf was?«

»Ob wir tot sind oder nicht.«

Lächeln, die ganz in der Nähe hockte, lachte. »Koryk hat den Verstand verloren. Das ist keine Überraschung, so klein, wie er ist, und so dunkel, wie es da drin ist …«

»Nicht wie Geister und all das«, sagte Koryk spöttisch. »Du denkst wie eine Zehnjährige, Lächeln.«

Buddl krümmte sich innerlich.

Etwas prallte von einem Stein ab, der dicht neben Koryk lag, und der Soldat zuckte zusammen. »Beim Vermummten … was?«

»Das war ein Messer«, sagte Buddl, der gespürt hatte, wie es an ihm vorbeigezischt war. »Erstaunlich, dass sie noch eins für dich aufbewahrt hat.«

»Mehr als eins«, sagte Lächeln. »Und, Koryk – ich habe nicht auf dein Bein gezielt.«

»Ich habe dir gesagt, dass du nicht gefeit bist«, sagte Buddl.

»Ich bin – ach, egal.«

Ich bin noch am Leben, wolltest du sagen. Und dann warst du so weise, es nicht zu tun.

Gesler hockte sich vor Hauptmann Sort auf den Boden. »Wir sind ein haarloser Haufen«, sagte er, »aber ansonsten schon wieder ganz gut beieinander. Hauptmann, ich weiß nicht, was Euch dazu getrieben hat, so sehr an Sünd zu glauben, dass Ihr von der Armee weggelaufen seid, aber ich bin verdammt froh, dass Ihr es getan habt.«

»Ihr wart alle unter meinem Befehl«, sagte sie. »Und dann wart ihr plötzlich zu weit voraus. Ich habe mein Möglichstes getan, um euch zu finden, aber der Rauch, die Flammen – es war alles zu viel.« Sie wandte den Blick ab. »Ich wollte es nicht einfach dabei belassen.«

»Wie viele hat die Legion verloren?«, fragte Gesler.

Sie zuckte die Schultern. »Vielleicht zweitausend. Es sterben immer noch Soldaten. Wir haben in der Falle gesessen – Faust Keneb und Baralta und etwa achthundert Mann, auf der falschen Seite der Bresche – bis Sünd das Feuer zurückgedrängt hat – frag mich nicht wie. Sie sagen, sie wäre eine Art Hohemagierin. In jener

Nacht war sie nicht verwirrt, Sergeant, und ich hatte auch nicht das Gefühl, dass sie verwirrt war, als sie versucht hat, in die Stadt zurückzukehren.«

Gesler nickte und schwieg einen Moment, dann stand er auf. »Ich wünschte, ich könnte schlafen ... Und es sieht so aus, als wäre ich nicht der Einzige, was das betrifft. Ich frage mich, was es ist ...«

»Die Sterne, Sergeant«, sagte Faradan Sort. »Sie funkeln auf uns herab.«

»Ja, vielleicht ist es nur das und sonst nichts.«

»Sonst nichts? Ich würde sagen, das ist mehr als genug.«

»Ja.« Er betrachtete die kleine Bisswunde an seinem rechten Zeigefinger. »Und das alles auch noch wegen einer verdammten Ratte.«

»Ihr Idioten habt euch jetzt wahrscheinlich alle mit der Pest angesteckt.«

Er zuckte zusammen, lächelte dann. »Soll die Hexe es ruhig versuchen.«

Balsam rieb sich den letzten verkrusteten Schlamm aus dem Gesicht, dann blickte er seinen Korporal finster an. »He, Totstink, glaubst du, ich hätte nicht gehört, wie du da unten gebetet und gebrabbelt hast? Du hast es nicht geschafft, mich mit was zum Narren zu halten, das es nicht wert ist, sich groß damit abzugeben.«

Der Angesprochene, der sich gegen einen Felsen lehnte, machte die Augen nicht auf, als er antwortete. »Sergeant, du versuchst es immer wieder, aber wir wissen es. Wir alle wissen es.«

»Ihr wisst was?«

»Wieso du redest und redest und immer noch redest.«

»Wovon redest du?«

»Du bist froh, noch am Leben zu sein, Sergeant. Und du bist froh, dass dein ganzer Trupp heil durchgekommen ist – der einzige, abgesehen von dem von Fiedler, und vielleicht noch dem von Hellian, soweit ich es sagen kann. Wir hatten Glück, weiter nichts.

Verdammt viel Glück, und du kannst es immer noch nicht glauben. Tja – und wir auch nicht, alles klar?«

Balsam spuckte in den Staub. »Du solltest dich mal selber wimmern hören. Alles nur sentimentaler Quatsch. Ich frage mich, wer mich verflucht hat, dass ich euch immer noch am Hals habe. Fiedler – das kann ich verstehen. Er ist ein Brückenverbrenner. Und die Götter laufen weg, wenn sie einen Brückenverbrenner sehen. Aber ihr anderen, ihr seid niemand, und das verstehe ich beim besten Willen nicht. Genau gesagt, wenn ich es verstehen würde ...«

Urb. Er ist genauso schlimm wie der Priester, der verschwunden ist. Der ehemalige Priester, wie war sein Name nochmal? Wie hat er ausgesehen? Nicht wie Urb, das ist jedenfalls sicher. Aber der ist genauso verräterisch und hinterhältig, genauso niederträchtig und abscheulich wie der verdammte Kerl, von dem ich nicht mehr weiß, wie er geheißen hat.

Er ist nicht mehr mein Korporal, das ist sicher. Ich will ihn umbringen ... oh, bei den Göttern, was tut mir der Kopf weh. Und das Kinn ... alle meine Zähne sind locker.

Hauptmann Sort sagt, dass sie mehr Sergeanten braucht. Nun, sie kann ihn haben, und dem Trupp, den er dann kriegt, gelten all meine Gebete und mein Mitleid. Das ist sicher. Er hat gesagt, dass da Spinnen waren, und vielleicht waren da wirklich welche und vielleicht war ich bewusstlos, so dass ich nicht durchdrehen konnte, was vielleicht passiert wäre, aber das ändert nichts an der Tatsache – und die ist so sicher wie nur irgendwas –, dass sie auf mir rumgekrabbelt sind. Überall – ich kann immer noch spüren, wo sich ihre kleinen klebrigen spitzen Beine in meine Haut gegraben haben. Überall. Überall. Und er hat es einfach zugelassen.

Vielleicht hat Hauptmann Sort 'ne Flasche mit irgendwas zu trinken. Vielleicht, wenn ich sie herrufe und so richtig freundlich mit ihr rede, so richtig gesund und vernünftig, vielleicht binden sie mich dann wieder los. Ich werde Urb nicht umbringen. Ich verspreche es. Ihr könnt ihn haben, Hauptmann. Das werde ich sagen. Und sie wird zögern – ich würde es – aber dann wird sie nicken – die Idiotin – und diese Seile durchschneiden. Und mir eine Flasche geben, und ich werde sie austrinken. Sie austrinken, und dann werden alle sagen, he, alles in Ordnung. Sie ist wieder normal.

Und dann werde ich ihm an die Kehle gehen. Mit meinen Zähnen – nein, die sind locker, die kann ich dafür nicht nehmen. Ich muss ein Messer finden, ja, das muss ich. Oder ein Schwert. Ich könnte die Flasche gegen ein Schwert eintauschen. Ich hab's schon andersrum gemacht, oder nicht? Die halbe Flasche. Die andere Hälfte werde ich trinken. Eine halbe Flasche, ein halbes Schwert. Ein Messer. Eine halbe Flasche für ein Messer. Das ich ihm in die Kehle stoßen und dann zurückgeben werde, gegen die andere Hälfte der Flasche – wenn ich schnell bin, müsste es klappen. Ich kann das Messer kriegen und die ganze Flasche.

Aber zuerst muss sie mich losbinden. Das wäre nur fair.

Es geht mir gut, wie ihr alle sehen könnt. Ich bin friedlich, nachdenklich –

»Sergeant?«

»Was ist, Urb?«

»Ich glaube, du willst mich immer noch umbringen.«

»Wie kommst du darauf?«

»Ich vermute, es liegt an der Art und Weise, wie du mit den Zähnen knirschst.«

Ich nicht, das ist sicher.

Oh, deshalb tun meine Zähne immer noch so weh. Ich habe mit ihnen geknirscht und sie dadurch noch lockerer gemacht. Bei den Göttern, ich habe früher solche Sachen geträumt – dass meine Zähne alle locker werden. Der Drecksack hat mich geschlagen. Der ist genauso ein Scheißkerl wie der Mann, der verschwunden ist … wie hat der nochmal geheißen?

Blitzgescheit ließ sich noch tiefer in die weiche Kuhle sinken, die ihr Gewicht im Sand geschaffen hatte. »Ich wünsche mir …«, sagte sie.

Maifliege schürzte die Lippen, dann schob und drückte sie an ihrer Nase herum, die sie häufiger gebrochen hatte als sie zählen konnte. Es machte klickende Geräusche, die sie aus irgendeinem Grund irgendwie befriedigend empfand. »Was wünschst du dir?«

»Ich wünsche mir, dass ich was wüsste, glaube ich.«

»Dass du was wüsstest?«

»Na ja, hör nur Buddl reden. Und Gesler und Totstink. Sie sind klug. Sie reden über Dinge und all solchen Kram. Das würde ich auch gern.«

»Na ja, ihre Gehirne verkümmern trotzdem, oder?«

»Was meinst du damit?«

Maifliege schnaubte. »Du und ich, Blitzgescheit, wir gehören zur schweren Infanterie, richtig? Wir pflanzen unsere Füße irgendwohin und halten die Stellung, und es spielt keine Rolle, wofür. Gar nichts spielt eine Rolle.«

»Aber Buddl –«

»Verschwendung, Blitzgescheit. Sie sind Soldaten, um Treachs willen. *Soldaten.* Also – wer braucht ein Hirn zum Kämpfen? Das steht dem Kämpfen nur im Weg, und es ist nicht gut, wenn was im Weg steht. Aber wenn sie 'n Hirn haben, finden sie Dinge raus, und dann kriegen sie 'ne Meinung, und dann wollen sie vielleicht nicht mehr so viel kämpfen.«

»Wieso sollten sie nicht mehr kämpfen wollen, nur weil sie 'ne Meinung haben?«

»Das ist doch ganz einfach, Blitzgescheit. Vertrau mir. Wenn Soldaten zu viel über das nachdenken würden, was sie tun, würden sie es nicht mehr tun.«

»Und wie kommt es dann, dass ich so müde bin und trotzdem nicht schlafen kann?«

»Auch das ist einfach.«

»Ja?«

»Ja, und es sind auch nicht die Sterne. Wir warten darauf, dass die Sonne aufgeht. Wir alle wollen die Sonne sehen, weil es so ausgesehen hat, als würden wir sie nie mehr wiedersehen.«

»Ja.« Eine lange, nachdenkliche Stille. Dann: »Ich wünsche mir …«

»Was wünschst du dir jetzt?«

»Nur, dass ich so klug wäre wie du, Maifliege. Du bist so klug, dass du keine Meinung hast, und das ist ziemlich klug, und ich frage mich, ob du hier nicht verkümmerst, als Schwere, meine ich. Als Soldat.«

»Ich bin nicht klug, Blitzgescheit. Vertrau mir, was das betrifft, und weißt du auch, wieso ich das weiß?«

»Nein, wieso?«

»Weil … da unten … du und ich, und Salzleck und Kurznase und Uru Hela und Hanno, wir Schweren. Wir hatten keine Angst, keiner von uns, und darum weiß ich das.«

»Es war nicht unheimlich, nur dunkel. Und es hat ausgesehen, als würde es immer so weitergehen, und dann darauf zu warten, dass Buddl uns durchbringt, das war manchmal schon langweilig.«

»Ja, und hat das Feuer dir Angst gemacht?«

»Na ja, brennen tut weh, oder?«

»Klar doch.«

»Ich hab's nicht gemocht.«

»Ich auch nicht.«

»Also, was glaubst du, tun wir jetzt?«

»Die Vierzehnte? Weiß nicht; vielleicht die Welt retten.«

»Ja. Vielleicht. Würde mir gefallen.«

»Mir auch.«

»He, ist das die Sonne, die da aufgeht?«

»Na ja, es ist Osten, wo es heller wird, also vermute ich, ja, das muss die Sonne sein.«

»Toll. Darauf habe ich gewartet. Glaube ich.«

Krake fand die Sergeanten Thom Tissy, Strang und Gesler unweit der Stelle, wo der Hang begann, der zur Weststraße hochführte. Es sah so aus, als wären sie nicht sonderlich interessiert an dem Sonnenaufgang. »Ihr seht alle so ernst aus«, sagte der Sappeur.

»Wir haben einen ziemlichen Marsch vor uns«, sagte Gesler. »Das ist alles.«

»Die Mandata hatte keine Wahl«, sagte Krake. »Das war ein Feuersturm – sie konnte unmöglich wissen, dass da noch Überlebende sind – die sich da unten durchgegraben haben, die ganze Strecke.«

Gesler sah die anderen beiden Sergeanten an, dann nickte er. »Ist schon gut, Krake. Wir wissen es. Wir denken nicht an Mord oder so was.«

Krake drehte sich um und betrachtete das Lager. »Ein paar von den Soldaten denken falsch über all das.«

»Ja«, sagte Strang, »aber das werden wir in Ordnung bringen, bevor dieser Tag zu Ende ist.«

»Gut. Die Sache ist die …« Er zögerte, wandte sich wieder seinen Sergeanten zu. »Ich habe darüber nachgedacht. Wer im Namen des Vermummten wird uns glauben? Sieht doch aus, als hätten wir unseren eigenen Handel mit der Königin der Träume gemacht. Schließlich haben wir einen von Leomans Offizieren bei uns. Und nachdem Hauptmann Sort und Sünd desertiert und zu Geächteten erklärt worden sind … Na ja, es könnte so aussehen, als ob wir auch Verräter sind oder so was.«

»Wir haben keinen Handel mit der Königin der Träume abgeschlossen«, sagte Strang.

»Bist du dir sicher?«

Alle drei Sergeanten sah ihn jetzt an.

Krake zuckte die Schultern. »Buddl, er ist eigenartig. Vielleicht hat er irgendeinen Handel abgeschlossen, mit irgendwem. Vielleicht mit der Königin der Träume, vielleicht mit einem anderen Gott.«

»Er hätte es uns doch gesagt, oder?«, fragte Gesler.

»Schwer zu sagen. Er ist ein hinterlistiger Bastard. Es beunruhigt mich, dass diese verdammte Ratte uns alle gebissen hat, als hätte sie gewusst, was sie getan hat, im Gegensatz zu uns.«

»Das ist bloß eine wilde Ratte«, sagte Thom Tissy. »Und nicht das Haustier von irgendwem, also warum sollte sie nicht beißen?«

»Hör zu, Krake«, sagte Gesler, »das klingt, als würdest du einfach neue Sachen finden, um die du dir Sorgen machen kannst. Warum tust du das? Vor uns liegt ein ziemlich langer Marsch, und wir haben keine Rüstungen, keine Waffen und kaum noch einen Fetzen am Leib – die Sonne wird die Leute brutzeln.«

»Wir müssen ein Dorf finden«, sagte Strang, »und zum Vermummten beten, dass die Pest es nicht vor uns gefunden hat.«

»Siehst du, Krake«, sagte Gesler und grinste. »Schon gibt es wieder was Neues, worüber du dir Sorgen machen kannst.«

Paran hatte allmählich den Verdacht, dass sein Pferd wusste, was kommen würde: Es blähte die Nüstern und schlug mit dem Kopf, während es scheute und stampfte und den ganzen Weg nach unten gegen die Zügel ankämpfte. Das Süßwassermeer war unruhig; trübe, hohe Wellen rollten in der Bucht heran und klatschten gegen die sonnengebleichten Kalksteinfelsen. Tote Wüstenbüsche reckten ihre dürren, skelettartigen Arme aus den verschlammten Untiefen, und überall schwärmten Insekten herum.

»Dies ist nicht das alte Meer«, sagte Ganath, als sie das Ufer erreichten.

»Nein«, gab Paran zu. »Noch vor einem halben Jahr war die Raraku eine Wüste – wie schon tausende von Jahren zuvor. Und dann hat es … eine Art Wiedergeburt gegeben.«

»Es wird nicht lange so bleiben. Nichts ist von Dauer.«

Er betrachtete die Jaghut einen Augenblick. Sie stand da und starrte auf die ockerfarbenen Wellen hinaus – reglos, vielleicht ein Dutzend Herzschläge lang –, dann ging sie hinunter zu den Untiefen. Paran stieg ab und band den Pferden die Vorderbeine zusammen, entging dabei knapp dem Versuch des Wallachs, den er geritten hatte, ihn zu beißen. Danach packte er seine Ausrüstung aus und machte sich daran, eine Feuerstelle zu errichten. Es lag viel Treibholz herum, darunter ganze entwurzelte Bäume, und so dauerte es nicht lange, bis er ein Kochfeuer entfacht hatte.

Als Ganath ihr Bad beendet hatte, stellte sie sich neben ihn. Wasser strömte an ihrer seltsam gefärbten, glatten Haut hinunter.

»Die Geister der tiefen Quellen sind aufgewacht«, sagte sie. »Es fühlt sich an, als wäre dieser Ort wieder jung. Jung und unfertig. Das verstehe ich nicht.«

Paran nickte. »Jung, ja. Und verletzlich.«

»Ja. Warum bist du hier?«

»Ganath, es wäre vielleicht sicherer für dich, wenn du gehst.«

»Wann beginnst du mit dem Ritual?«

»Es hat bereits begonnen.«

Sie blickte zur Seite. »Du bist ein seltsamer Gott. Du reitest eine armselige Kreatur, die davon träumt, dich zu töten. Du baust eine Feuerstelle, um Essen zu kochen. Sag mir, in dieser neuen Welt, sind da alle Götter so wie du?«

»Ich bin kein Gott«, sagte Paran. »Statt der uralten Fliesen, die die Festen symbolisierten – ich muss zugeben, dass ich nicht genau weiß, wie sie genannt wurden –, auf jeden Fall gibt es jetzt die Drachenkarten, ein Kartenspiel mit den Hohen Häusern, das zu Prophezeiungen genutzt werden kann. Und ich bin der Meister dieser Karten –«

»Ein Meister – auf die gleiche Weise wie der Abtrünnige?«

»Wer?«

»Der Meister der Festen in meiner Zeit«, erwiderte sie.

»Ich vermute es, ja.«

»Er war ein Aufgestiegener, Ganoes Paran. Wurde als Gott von Enklaven der Imass, Barghast und Trell angebetet. Sie haben ihm den Mund mit Blut gefüllt. Er hat den Durst nie kennen gelernt. Oder den Frieden. Ich frage mich, wie er umgekommen ist.«

»Ich schätze, das würde ich auch gern wissen«, sagte Paran, den die Worte der Jaghut erschütterten. »Mich betet niemand an, Ganath.«

»Sie werden es tun. Du bist gerade erst aufgestiegen. Ich bin mir sicher, dass es selbst in deiner Welt keinen Mangel an Anhängern gibt – an solchen, die verzweifelt glauben wollen. Und sie werden andere jagen und sie zu Opfern machen. Sie werden sie niedermachen und Schalen mit ihrem unschuldigen Blut füllen, in deinem Namen, Ganoes Paran, um dich so um dein Wohlwollen zu bitten – darum, dass du an dem Ziel festhältst, das sie gerade selbstgerecht verfolgen. Der Abtrünnige wollte sie abwehren, was du möglicherweise auch versuchen wirst, und so ist er zum Gott der Veränderung geworden. Er ist den Pfad der Neutralität gegangen, aber er hat ihn mit dem Vergnügen gewürzt, das in der Unbeständigkeit liegt. Der Feind des Abtrünnigen war Langeweile, Stillstand. Deshalb haben die Forkrul Assail versucht, ihn auszulöschen. Und alle seine sterblichen Anhänger.« Sie machte eine Pause. »Vielleicht hatten sie Erfolg. Die Assail haben sich nie leicht von ihrem Ziel abbringen lassen.«

Paran sagte nichts. Ihre Worte enthielten Wahrheiten, die sogar er erkannte, die anfingen, auf ihm zu lasten und sich schwer und unwägbar auf seinen Geist legten. Bürden entstanden durch den Verlust der Unschuld. Der Naivität. Während die Unschuldigen sich danach sehnten, ihre Unschuld zu verlieren, beneideten jene, die es bereits hinter sich hatten, die Unschuldigen und trauerten um das, was sie verloren hatten. Zwischen den beiden war kein Austausch von Wahrheiten möglich. Paran spürte die Vollendung einer geistigen Reise, und er stellte fest, dass er weder daran Gefallen finden konnte, diese Tatsache zu erkennen, noch an dem Platz, an dem er sich jetzt wiederfand. Es passte ihm gar nicht, dass Unwissenheit unentwirrbar an die Unschuld gebunden blieb, und dass der Verlust der einen bedeutete, auch die andere zu verlieren.

»Ich habe dir Kummer bereitet, Ganoes Paran.«

Er sah auf, zuckte die Schultern. »Du hast … den rechten Zeitpunkt gewählt. Sehr zu meinem Bedauern, und doch« – er zuckte wieder die Schultern – »ist es vielleicht am besten so.«

Sie starrte wieder auf das Meer hinaus, und er folgte ihrem Blick. Die Wasseroberfläche in der bescheidenen Bucht vor ihnen wurde plötzlich ruhig, während weiter draußen noch immer Schaumkronen die Wellen krönten. »Was ist passiert?«, fragte sie.

»Sie kommen.«

Von fern erklang jetzt Lärm – wie aus einer tiefen Höhle –, und der Sonnenuntergang wirkte plötzlich krank, seine Flammen Sklaven eines chaotischen Tumultes, als würden die Schatten von hunderttausend Sonnenuntergängen und Sonnenaufgängen einen himmlischen Krieg gegeneinander führen. Während die Horizonte näher rückten, vor Dunkelheit, Rauch und rasenden Sand- und Staubstürmen flimmerten.

Im klaren Wasser der Bucht entstand plötzlich Bewegung; schlammige Wolken stiegen aus der Tiefe nach oben, und die Ruhe breitete sich weiter nach Süden aus und beruhigte die aufgewühlte See.

Ganath machte einen Schritt zurück. »Was hast du getan?«

Gedämpft, aber immer lauter werdend erklangen Schlurfen und Rumpeln, Klirren und kehliges Brummen, die Geräusche einer marschierenden Armee, die Echos von sich schließenden Schildreihen, der Trommelrhythmus von auf zerbeulte Ränder geschlagenen Waffen aus Eisen und Bronze, quietschende Wagen auf aufgewühlten, zerfurchten Straßen – und dann leises Rascheln, dröhnende Zusammenstöße, Mauern aus Pferdeleibern, die in Reihen erhobener Spieße einbrachen, die Schreie von Tieren, die die Luft erfüllten und verklangen, nur dass der Zusammenstoß sich wiederholte, lauter diesmal, näher, und dann war da ein heftiges Klappern, das eine Schneise in die Bucht schnitt, eine helle, matschige rote Straße hinter sich zurückließ, die nach außen blutete und deren Ränder ausfransten, während sie in der Tiefe versank. Und dann – Stimmen. Schreiend, brüllend, klagend und wütend, eine Kakophonie von verstrickten Leben, die sich voneinander zu trennen suchten, die ihre eigene Existenz zu behaupten suchten, einzigartig, ein Wesen mit Augen und Stimme. Der beladene Geist eines jeden einzelnen klammerte sich an Erinnerungen, die mit jedem Schwall vergossenen Blutes, mit jedem zerschmetternden Fehlschlag wie zerfetzte Banner weggerissen wurden – Soldaten, die starben, ewig und immer starben …

Paran und Ganath sahen zu, wie farblose, durchnässte Standarten die Oberfläche des Wassers durchbrachen, Speere sich in die Luft reckten, an denen Schlamm herunterströmte – Standarten,

Banner, mit grässlichen verrottenden Trophäen behängte Spieße erhoben sich jetzt entlang der gesamten Uferlinie.

Die Raraku-See hatte ihre Toten zurückgegeben.

Als Antwort auf den Ruf eines einzigen Mannes.

Weiße, wie Schlitze der Abwesenheit wirkende Knochenhände umklammerten Schäfte aus schwarzem Holz, von zerfetztem Leder und zerfressenen Armschienen bedeckte Unterarme erhoben sich aus dem Wasser, dann verrottete Helme und fleischlose Gesichter. Menschen, Trell, Barghast, Imass, Jaghut. *Die Völker – und all die Kriege, die sie gegeneinander geführt haben. Oh, könnte ich sämtliche sterblichen Historiker hierherholen an dieses Ufer, damit sie einen Blick auf unsere wahre Namensliste werfen könnten, auf unsere Abfolge von Hass und Vernichtung.*

Wie viele von ihnen würden in irgendeinem Glaubenseifer verfangen verzweifelt versuchen, Gründe und Rechtfertigungen aufzustöbern? Ursachen, Verbrechen, gerechte Strafen – Parans Gedanken stockten, als er begriff, dass er – genau wie Ganath – zurückgewichen war, dass er angesichts dieser Offenbarung Schritt für Schritt zurückgestoßen wurde. *Oh, diese Boten würden so viel … Missfallen ernten. Würden verunglimpft werden. Und diese Toten, oh, wie sie lachen würden, da sie die Taktik, sich mit einem totalen Angriff zu verteidigen, so gut verstehen würden. Die Toten verspotten uns, sie verspotten uns alle, und sie brauchen nicht einmal etwas zu sagen …*

All die Feinde der Vernunft – aber nicht der Vernunft als einer Kraft oder eines Gottes, nicht der Vernunft im kalten, kritischen Sinn. Sondern der Vernunft in ihrer reinsten Rüstung, wenn sie mitten hinein zwischen diejenigen schreitet, die die Toleranz hassen, bei den Göttern hienieden, ich bin verloren, verloren in alledem hier. Man kann gegen die Unvernunft nicht ankämpfen, und wie diese vielen Toten es erzählen werden – es genau in diesem Augenblick erzählen –, heißt der Feind Gewissheit.

»Diese …«, flüsterte Ganath, »diese Toten haben kein Blut, das sie dir geben könnten, Ganoes Paran. Sie werden dir nicht huldigen. Sie werden dir nicht folgen. Sie werden nicht vom Ruhm in deinen Augen träumen. Sie sind fertig damit, mit alledem. Was siehst du, Ganoes Paran, in diesen starrenden Löchern, die einmal Augen waren? *Was siehst du?*«

»Antworten«, erwiderte er.

»Antworten?« Ihre Stimme klang schroff. »Antworten worauf?«

Paran antwortete nicht, sondern zwang sich stattdessen, einen Schritt nach vorn zu gehen und dann noch einen.

Die ersten Reihen standen direkt am Ufer, Schaum wirbelte um ihre Skelettfüße, und hinter ihnen tausende und abertausende von Verwandten. Sie hielten Waffen aus Holz, Knochen, Horn, Feuerstein, Kupfer, Bronze und Eisen in den Händen. Waren in Fetzen von Rüstungen, Pelzen, Fellen gekleidet. Schweigend und jetzt auch reglos.

Der Himmel über ihnen war dunkel, bedrohlich und doch still, als hätte ein Sturm seinen ersten Atemzug getan – um jetzt den Atem anzuhalten.

Paran musterte die grässliche Reihe, die ihm gegenüberstand. Er wusste nicht so recht, wie er das machen sollte – er hatte nicht einmal gewusst, ob seine Beschwörung erfolgreich sein würde. Und jetzt … *Es sind so viele.* Er räusperte sich, zählte dann Namen auf.

»Beinling! Ziellos! Ranter! Detoran! Bucklund, Igel, Mulch, Zeh, Trotter!« Mehr Namen folgten, während er sein Gedächtnis durchstreifte, seine Erinnerungen, denn alle Brückenverbrenner, die er kannte, waren gestorben. Bei Korall, unter Fahl, im Schwarzhundwald und im Mottwald, nördlich von Genabaris und nordöstlich von Nathilog – Namen, die er sich einst fest eingeprägt hatte, als er im Auftrag Mandata Lorns die grimmige Geschichte der Brückenverbrenner erforscht hatte. Er griff auch auf die Namen von Deserteuren zurück, obwohl er nicht wusste, ob sie noch lebten oder tatsächlich tot waren, ob sie in die Herde zurückgekehrt waren oder nicht. Diejenigen, die von den großen Marschen des Schwarzhundwalds verschluckt worden waren, die nach der Einnahme von Mott verschwunden waren.

Und als er fertig war, als er sich an keine Namen mehr erinnern konnte, ging er die Liste noch einmal durch.

Dann sah er in der vorderen Reihe eine Gestalt, die sich auflöste, die zu Schlamm schmolz, der sich im seichten Wasser sammelte, langsam wegsickerte. An seiner Stelle erhob sich ein Mann, den er erkannte, dessen flammenversengtes, blasenüberzogenes Gesicht grinste – nur, dass das grausame Lächeln nichts mit Erheiterung zu tun hatte, dass es nichts weiter als die Erinnerung an die Grimasse im Augenblick des Todes war; doch das erkannte Paran erst verspätet. Genau wie den schrecklichen Schaden, den eine Waffe angerichtet hatte. »Ranter«, flüsterte er. »Schwarz-Korall –«

»Hauptmann«, unterbrach ihn der tote Sappeur, »was macht Ihr hier?«

Ich wünschte, die Leute würden aufhören, mich das zu fragen. »Ich brauche eure Hilfe.«

Weitere Brückenverbrenner nahmen in den vorderen Reihen Gestalt an. Detoran. Sergeant Bucklund. Igel, der jetzt von der Wasserlinie vortrat. »Hauptmann. Ich habe mich immer gefragt, wieso Ihr so schwer zu töten seid. Jetzt weiß ich es.«

»Tust du das?«

»Ja, Ihr seid verdammt dazu, uns heimzusuchen! Hah! Hah! Hah!« Die anderen hinter ihm begannen zu lachen.

Dieses Lachen, in das unverzüglich hunderttausende von Geistern einstimmten, war ein Geräusch, das Ganoes Paran nie wieder hören wollte. Barmherzigerweise währte es nur kurz, als würde die gesamte Armee den Grund für ihre Erheiterung schlagartig wieder vergessen.

»Nun«, sagte Igel schließlich, »wie Ihr sehen könnt, sind wir beschäftigt. Hah!«

Paran hob eine Hand. »Nein, bitte, fangt nicht wieder damit an, Igel.«

»Typisch. Die Leute müssen erst tot sein, um einen wirklichen Sinn für Humor zu entwickeln. Wisst Ihr, Hauptmann, von dieser Seite aus wirkt die Welt sehr viel lustiger. Lustig auf eine dumme, sinnlose Weise, das schwöre ich Euch –«

»Genug, Igel. Glaubst du, ich spüre die Verzweiflung hier nicht? Ihr steckt in Schwierigkeiten – schlimmer noch, ihr braucht uns. Die Lebenden, heißt das, und ihr wollt es nicht zugeben –«

»Ich habe es nur zu deutlich zugegeben«, sagte Igel. »Fiedler gegenüber.«

»Fiedler?«

»Ja. Er ist nicht allzu weit weg von hier, müsst Ihr wissen. Bei der Vierzehnten.«

»Er ist bei der Vierzehnten? Ja, was denn, hat er den Verstand verloren?«

Igel grinste. »Hat nicht viel gefehlt, aber dank mir geht es ihm gut. Im Augenblick. Dies ist nicht das erste Mal, dass wir unter den Lebenden wandeln, Hauptmann. Bei den Götter hienieden, Ihr hättet sehen sollen, wie wir Korbolo die Haare zerzaust haben – ihm und seinen verdammten Hundeschlächtern –, ich sage Euch, das war eine Nacht –«

»Nein, spar dir die Mühe. Ich brauche eure Hilfe.«

»Schön, dann also so. Wobei?«

Paran zögerte. Er hatte bis hierherkommen müssen, aber jetzt, da er angekommen war, war dies der letzte Ort, an dem er sein wollte. »Ihr hier«, sagte er, »in der Raraku – dieses Meer, es ist ein verdammtes Tor. Eine Verbindung zwischen der alptraumhaften Welt, aus der ihr kommt – welche immer das auch sein mag – und meiner. Ich brauche euch, Igel, um … etwas zu beschwören. Von der anderen Seite.«

Die unzähligen Geister schauderten gemeinsam zurück – eine Bewegung, die einen Luftzug aufs Meer hinausschickte.

Beinling, der tote Magier der Brückenverbrenner, fragte: »Wen habt Ihr im Sinn, Hauptmann, und was soll dieses Wesen tun?«

Paran warf einen Blick über die Schulter zu Ganath, dann sah er wieder nach vorn. »Etwas ist entkommen, Beinling. Hier, im Reich der Sieben Städte. Es muss zur Strecke gebracht werden. Vernichtet.« Er zögerte. »Ich weiß nicht, vielleicht gibt es Wesen da draußen, die das tun könnten, aber es ist keine Zeit, um nach ihnen zu suchen. Versteht ihr, dieses … Ding … nährt sich von

Blut, und je mehr Blut es zu sich nimmt, desto mächtiger wird es. Der schwerwiegendste Fehler des Ersten Imperators war, dass er versucht hat, seine eigene Version eines Älteren Gottes zu erschaffen – ihr wisst es, oder? Von was – von wem – ich rede. Ihr wisst … dass es da draußen ist, frei, ungebunden und auf der Jagd –«

»Oh, es hat ordentlich gejagt«, sagte Igel. »Sie haben es freigelassen, unter einem Bannspruch, dann haben sie ihm ihr eigenes Blut gegeben – das Blut von sechs Hohemagiern, Priestern und Priesterinnen der Namenlosen – die Idioten haben sich selbst geopfert.«

»Wieso? Wieso haben sie Dejim Nebrahl freigelassen? Welchen Bannspruch haben sie ihm auferlegt?«

»Nur den, einen anderen Pfad zu nehmen. Vielleicht wird er dorthin führen, wo sie ihn haben wollten, vielleicht auch nicht, aber Dejim Nebrahl ist jetzt frei von dem Bann. Und jetzt … jagt er einfach nur.«

Mit einem argwöhnischen Unterton in der Stimme, der nicht zu überhören war, fragte Beinling: »Nun, Hauptmann. Wen genau wollt Ihr? Wer soll das verdammte Ding fertig machen?«

»Mir fällt nur eine … Entität ein. Die gleiche Entität, die es auch das erste Mal getan hat. Ich brauche euch, um die Deragoth zu finden.«

Kapitel Neun

Wenn Donner eingefangen und in Stein geschlossen, seine ganze gewalttätige Verkettung der Zeit geraubt werden könnte, wenn dann abertausende von Jahren befreit wären, um an diesem gequälten Gesicht zu nagen und zu schürfen, würde dieses erste Bezeugen die ganze schreckliche Bedrohung enthüllen. So waren meine Gedanken damals, und so sind sie auch heute, obwohl in der Zwischenzeit Jahrzehnte vergangen sind, seit ich das letzte Mal diese tragische Ruine erblickt habe, so grimmig war ihr uralter Anspruch auf Größe.

Die Verlorene Stadt Path'Apur
Prinz I'FARAH VON BAKUN, 987–1032 von Brands Schlaf

Er hatte den größten Teil des getrockneten Bluts abgewaschen und dann zugesehen, wie die Blutergüsse im Laufe der Zeit verblasst waren. Schläge gegen den Kopf waren natürlich problematischer, und daher hatte es Fieber gegeben, und Fieber im Kopf bedeutete unzählige Dämonen und nie endende Kämpfe ohne jegliche Pause. Einfach die Hitze des Krieges mit dem Selbst, aber schließlich war auch das vergangen, und kurz vor Mittag des zweiten Tages sah er ihn die Augen öffnen.

Eigentlich hätte das Unverständnis in diesen Augen rasch verschwinden müssen, aber das tat es nicht, und das, so dachte Taralack Veed, war, was er erwartet hatte. Er goss einen Kräutertee ein, während Icarium sich langsam aufsetzte. »Hier, mein Freund. Du bist lange fort gewesen.«

Der Jhag griff nach dem Zinnbecher, nahm einen Schluck und streckte ihn dann Taralack wieder hin, um mehr zu bekommen.

»Ja, du hast Durst«, sagte der Gral und füllte den Becher nach. »Nicht überraschend. Nach dem Blutverlust. Und dem Fieber.«

»Haben wir gekämpft?«

»Ja. Ein plötzlicher, unerklärlicher Angriff. Ein Vielwandler. Mein Pferd wurde getötet, ich selbst abgeworfen. Als ich wach wurde, war klar, dass du unseren Angreifer vertrieben hast, aber du hattest einen Schlag gegen den Kopf bekommen und warst bewusstlos.« Er machte eine Pause, fügte dann hinzu: »Wir haben Glück gehabt, mein Freund.«

»Ein Kampf. Ja, ich erinnere mich.« Icarium blickte Taralack Veed in die Augen, sein unmenschlicher Blick war durchdringend und seltsam.

Der Gral seufzte. »Das passiert häufig in letzter Zeit. Du erinnerst dich nicht an mich, oder, Icarium?«

»Ich – ich bin mir nicht sicher. Ein Gefährte …«

»Ja. Schon seit vielen Jahren. Dein Gefährte. Taralack Veed, einst vom Stamm der Gral, jetzt einer sehr viel höheren Sache verschworen.«

»Und die wäre?«

»An deiner Seite zu sein, Icarium.«

Der Jhag starrte auf den Becher in seinen Händen. »Schon seit vielen Jahren, sagst du«, flüsterte er. »Eine höhere Sache … Das verstehe ich nicht. Ich bin nichts. Niemand. Ich bin verloren.« Er sah auf. »Ich bin verloren«, wiederholte er. »Ich weiß nichts von einer höheren Sache, die dich dazu bringen könnte, deine Leute zu verlassen. An meiner Seite zu sein, Taralack Veed. Warum?«

Der Gral spuckte sich in die Handflächen, rieb sie aneinander und strich sich dann die Haare zurück. »Du bist der größte Krieger, den die Welt jemals gesehen hat. Aber du bist verflucht. Für immer verloren zu sein, wie du sagst. Und deshalb brauchst du einen Kameraden, der dich an die große Aufgabe erinnert, die auf dich wartet.«

»Und was für eine Aufgabe ist das?«

Taralack Veed stand auf. »Das wirst du wissen, wenn die Zeit gekommen ist. Diese Aufgabe wird offensichtlich sein, so offensichtlich und so vollkommen, dass du wissen wirst, dass du geformt wurdest – von Anfang an –, um dich ihrer anzunehmen. Ich wünschte, ich könnte dir eine größere Hilfe sein, Icarium.«

Der Blick des Jhag glitt über ihr kleines Lager. »Oh, ich sehe, du hast meinen Bogen und mein Schwert zurückgeholt.«

»Das habe ich. Bist du geheilt genug, um zu reisen?«

»Ja, ich glaube schon. Obwohl … Ich bin hungrig.«

»Ich habe geräuchertes Fleisch in meinem Packen. Den Hasen, den du vor drei Tagen getötet hast. Wir können essen, während wir gehen.«

Icarium stand auf. »Ja. Ich spüre eine Dringlichkeit. Als wenn … als wenn ich nach etwas suchen würde.« Er lächelte den Gral an. »Vielleicht meine eigene Vergangenheit.«

»Wenn du das, was du suchst, ausfindig machst, mein Freund, wird das ganze Wissen deiner Vergangenheit zu dir zurückkehren. So ist es prophezeit worden.«

»Oh. Also gut, Freund Veed, haben wir eine bestimmte Richtung im Kopf?«

Taralack suchte seine Ausrüstung zusammen. »Nach Norden und Westen. Wir suchen die wilde Küste, gegenüber der Insel Sepik.«

»Erinnerst du dich, warum?«

»Instinkt, hast du gesagt. Ein Gefühl, dass du … dorthin genötigt würdest. Vertraue diesen Instinkten, Icarium, wie du es früher getan hast. Sie werden uns führen, ganz egal, wer oder was auch immer sich uns in den Weg stellt.«

»Warum sollte sich uns jemand in den Weg stellen?« Der Jhag schnallte sich sein Schwert um, dann griff er wieder nach dem Becher und trank den Rest Kräutertee.

»Du hast Feinde, Icarium. Selbst jetzt werden wir gejagt, und deshalb dürfen wir hier nicht länger verweilen.«

Icarium hob den Bogen auf, trat dann zu dem Gral, um ihm den leeren Zinnbecher zu geben, und hielt inne. »Du hast über mich gewacht, Taralack Veed. Ich habe das Gefühl … Ich habe das Gefühl, als würde ich solch eine Treue nicht verdienen.«

»Es ist keine große Bürde, Icarium. Natürlich vermisse ich meine Frau, meine Kinder. Meinen Stamm. Aber so einer Verantwortung kann man nicht ausweichen. Ich tue, was ich tun muss. Icarium, du bist von allen Göttern auserwählt worden, die Welt von einem großen Übel zu befreien, und ich weiß tief in meinem Innern, dass du nicht versagen wirst.«

Der Jhag-Krieger seufzte. »Ich wollte, ich könnte dein Vertrauen in meine Fähigkeiten teilen, Taralack Veed.«

»E'napatha N'apur – rührt dieser Name irgendwelche Erinnerungen bei dir an?«

Stirnrunzelnd schüttelte Icarium den Kopf.

»Eine Stadt des Bösen«, erklärte Taralack. »Vor viertausend Jahren hast du – mit jemandem wie mir an deiner Seite – dein Furcht erregendes Schwert gezogen und bist auf die verriegelten Tore zugeschritten. Fünf Tage, Icarium. Fünf Tage. So lange hast du gebraucht, um den Tyrannen und alle Soldaten in der Stadt niederzumetzeln.«

Ein entsetzter Ausdruck erschien auf dem Gesicht des Jhag. »Was – was habe ich getan?«

»Du hast begriffen, dass es notwendig war, Icarium, wie du es immer tust, wenn du dich dem Bösen gegenübersiehst. Du hast auch begriffen, dass es niemandem gestattet sein durfte, die Erinnerung an diese Stadt mitzunehmen. Und warum es daher unvermeidlich war, alle Männer, alle Frauen und alle Kinder in E'napatha N'apur zu töten. Niemanden zurückzulassen, der noch atmete.«

»Nein. So etwas hätte ich nie getan. Taralack, nein, bitte – nichts kann so schrecklich notwendig sein, dass ich ein solches Gemetzel veranstalten würde –«

»Oh, mein teurer Kamerad«, sagte Taralack Veed, und großer Kummer schwang in seiner Stimme mit. »Dies ist die Schlacht, die du stets schlagen musst, und deshalb brauchst du jemanden wie mich an deiner Seite. Um dich an die Wahrheit der Welt zu erinnern, an die Wahrheit deiner eigenen Seele. Du bist der Schlächter, Icarium. Du bist auf der Blutstraße gewandelt, aber es ist eine gerade und wahre Straße. Die kälteste Gerechtigkeit, und doch eine reine. So rein, dass sogar du vor ihr zurückschreckst.« Er legte dem Jhag eine Hand auf die Schulter. »Komm, wir können weiter darüber sprechen, während wir reisen. Ich habe diese Worte viele, viele Male gesagt, mein Freund, und jedes Mal ist es das Gleiche – jedes Mal wünschst du dir von ganzem Herzen, du könntest vor dir selbst weglaufen, vor dem, wer und was du bist. Aber das kannst du leider nicht, und so musst du wieder einmal lernen, dich abzuhärten.

Der Feind ist böse, Icarium. Das Angesicht der Welt ist böse. Und daher, mein Freund, ist dein Feind …«

Der Krieger wandte den Blick ab, und Taralack Veed konnte seine geflüsterte Antwort kaum hören. »Die Welt.«

»Ja. Ich wünschte, ich könnte diese Tatsache vor dir verbergen – aber wenn ich das täte, dürfte ich nicht mehr behaupten, dein Freund zu sein.«

»Nein, das ist wahr. Also schön, Taralack Veed, lass uns, wie du gesagt hast, mehr darüber sprechen, während wir nach Norden und Westen reisen. Zur Küste gegenüber der Insel Sepik. Ja, ich spüre es … Dort ist etwas. Es wartet auf uns.«

»Du musst dafür bereit sein«, sagte der Gral.

Icarium nickte. »Das werde ich auch, mein Freund.«

Jedes Mal war die Rückkehr anstrengender, schlimmer und weit, weit weniger gewiss. Es gab Dinge, die hätten sie einfacher machen können. Zu wissen, wo er gewesen war, zum Beispiel, oder zu wissen, wohin er zurückkehren musste. *Zurückkehren zur … geistigen Gesundheit?* Vielleicht. Aber Heboric Geisterhand hatte keine richtige Vorstellung davon, was geistige Gesundheit war, wie sie aussah, sich anfühlte, roch. Es war möglich, dass er es nie wirklich gewusst hatte.

Fels war Knochen. Staub war Fleisch. Wasser war Blut. Rückstände setzten sich in großer Zahl ab, wurden zu Schichten, und auf ihnen lagerten sich weitere Schichten ab, mehr und mehr, bis eine Welt entstanden war, bis all dieses Gestorbene dort, wo man stand, die Füße tragen konnte und sich erheben, um jedem Schritt zu begegnen. Ein festes Bett, auf das man sich legen konnte. So viel zur Welt. *Der Tod trägt uns.* Und dann waren da die Atemzüge, die die Luft erfüllten – sie *erschufen* – sich hebende und senkende Erklärungen, die das Verstreichen der Zeit maßen, wie Kerben den Bogen eines Lebens kennzeichneten, eines jeden Lebens. Wie viele dieser Atemzüge waren die letzten? Der letzte Atemausstoß eines Tiers, eines Insekts, einer Pflanze, eines Menschen mit einer dünnen Schicht über seinen oder ihren nachlassenden Augen? Und wie, ja, wie konnte man daher seine Lunge mit solcher Luft füllen? Mit dem Wissen, wie voll von Tod sie war, wie gesättigt von Versagen und Auslieferung?

Solche Luft würgte ihn, brannte in seiner Kehle, schmeckte nach bitterster Säure. Löste ihn auf und verschlang ihn, bis er nichts mehr war als … ein Rückstand.

Sie waren so jung, seine Begleiter. Es war unmöglich, dass sie begriffen, auf welchem Schmutz sie gingen, in welchen Schmutz sie hineingingen, durch welchen Schmutz sie hindurchgingen. Und welchen sie in sich aufnahmen, nur um einiges davon wieder auszuwerfen, mit ihren eigenen schäbigen Zusätzen gewürzt. Und wenn sie schliefen, Nacht für Nacht, waren sie leere Hüllen. Während Heboric weiter gegen das Wissen ankämpfte, dass die Welt nicht atmete, nicht mehr. Nein, jetzt ertrank die Welt.

Und ich ertrinke mit ihr. Hier in dieser verfluchten Wüste. In dem Sand und der Hitze und dem Staub. Ich bin am Ertrinken. Jede Nacht. Am Ertrinken.

Was konnte Treach ihm geben? Dieser wilde Gott mit seinem überwältigenden Hunger, seinen Begierden und Bedürfnissen. Seiner geistlosen Grausamkeit, als ob er jeden Atemzug zurückziehen und bessern könnte, den er in seine tierischen Lungen sog, und so der Welt trotzen, der alternden Welt und ihrer Sintflut des Todes. Er, Heboric, war fälschlicherweise erwählt worden, das sagten ihm alle Geister, vielleicht nicht mit Worten, aber dadurch, dass sie sich beständig um ihn drängten, sich erhoben, ihn mit ihren stummen, vorwurfsvollen Blicken überwältigten.

Und da war noch mehr. Das Flüstern in seinen Träumen – Stimmen, die inständig flehend aus einem See aus Jade auftauchten. Er war der Fremde, der mitten unter sie getreten war; er hatte getan, was kein anderer getan hatte: er hatte durch das grüne Gefängnis gegriffen. Und sie hatten zu ihm gebetet, hatten um seine Rückkehr gebettelt. Warum? Was wollten sie?

Nein, er wollte keine Antworten auf diese Fragen. Er wollte dieses verfluchte Geschenk aus Jade zurückgeben, diese fremde Macht. Er wollte es zurück in die Leere werfen und damit alles hinter sich bringen.

Sich an diesem Gedanken festzuhalten, sich an ihn zu klammern, hielt ihn geistig gesund. Wenn man es denn geistig gesund nennen konnte, auf diese qualvolle Art zu leben. *Ertrinken, ich bin am Ertrinken, und doch … Die verdammten Geschenke, die mit diesen Tigerstreifen gekommen sind, dieser Wirrwarr von Sinnen, so süß, so reichhaltig, ich kann sie spüren, wie sie versuchen, mich zu verführen. In diese flüchtige Welt zurückzukehren.*

Im Osten kämpfte sich die Sonne den Weg zurück in den Himmel, der Rand irgendeiner riesigen eisernen Klinge, die gerade aus dem Schmiedeofen gezogen worden war. Er sah, wie das rote Glühen die Dunkelheit zerteilte, und wunderte sich über dieses seltsame Gefühl von bevorstehender Gefahr, das die Morgenluft so still werden ließ.

Ein Ächzen aus dem Bündel von Decken, wo Scillara schlief, dann: »So viel zum glückseligen Gift.«

Ein weiteres Ächzen, als sie sich in eine sitzende Position mühte. »Es tut weh, alter Mann. Mein Rücken, meine Hüften, alles. Und ich kann nicht schlafen – egal, wie ich liege, es ist nie bequem, und ich muss ständig pinkeln. Das ist schrecklich. Bei den Göttern, warum tun Frauen so etwas? Immer und immer und immer wieder – sind sie alle verrückt?«

»Das solltest du besser wissen als ich«, sagte Heboric. »Aber ich kann dir sagen, Männer sind keineswegs weniger unerklärlich. Im Hinblick auf das, was sie denken. Was sie tun.«

»Je früher ich dieses Tier aus mir rauskriege, desto besser«, sagte sie, die Hände auf dem geschwollenen Bauch. »Schau mich an, ich werde schwabbelig. Überall. Ich *werde schwabbelig*.«

Die anderen waren wach geworden, und Felisin starrte Scillara mit weit aufgerissenen Augen an – seit sie entdeckt hatte, dass die ältere Frau schwanger war, hatte die junge Felisin ihr einige Zeit lang fast so etwas wie Verehrung entgegengebracht. Nun schien es, als hätte die Ernüchterung eingesetzt. Schlitzer hatte seine Decken zurückgeschlagen und war bereits dabei, das Feuer der letzten Nacht neu zu entfachen. Graufrosch war nirgendwo zu sehen. Wahrscheinlich war er auf der Jagd, wie Heboric vermutete.

»Heute Morgen«, bemerkte Scillara, »sehen deine Hände aber besonders grün aus, alter Mann.«

Er machte sich nicht die Mühe, diese Bemerkung zu bestätigen. Er konnte den fremden Druck nur zu gut spüren. »Nichts als Geister«, sagte er, »von jenseits des Schleiers, aus den tiefsten Tiefen des Abgrunds. Oh, wie sie schreien. Früher einmal war ich blind. Jetzt wünsche ich mir, ich wäre taub.«

Sie sahen ihn seltsam an, wie sie es oft taten, wenn er gesprochen hatte. Wenn er Wahrheiten ausgesprochen hatte. Seine Wahrheiten – diejenigen, die sie nicht sehen und auch nicht verstehen konnten. Es spielte keine Rolle. Er wusste, was er wusste. »Heute werden wir zu einer riesigen toten Stadt kommen«, sagte er. »Ihre Bewohner wurden umgebracht. Alle. Von Icarium, vor langer Zeit. Diese Stadt hatte eine Schwesterstadt im Norden – als sie dort davon gehört haben, was geschehen war, sind sie hierhergereist, um selbst nachzusehen. Und dann, meine jungen Gefährten, haben sie beschlossen, E'napatha N'apur zu begraben. Die ganze Stadt. Sie haben sie vollkommen erhalten begraben. Tausende von Jahren sind seither vergangen, in denen Stürme und Regenfälle die feste Oberfläche wieder verwittern lassen haben. Und jetzt kommen die alten Wahrheiten erneut ans Licht.«

Schlitzer goss Wasser in einen Zinntopf und hängte ihn an den Haken, der unter dem eisernen Dreibein befestigt war. »Icarium«, sagte er. »Ich bin eine Weile mit ihm gereist. Zusammen mit Mappo und Fiedler.« Er verzog das Gesicht. »Und mit Iskaral Pustl, diesem kranken kleinen Wiesel von einem Mann. Er hat gesagt, er wäre ein Hohepriester des Schattens. Ein Hohepriester! Nun, wenn das das Beste ist, was Schattenthron zustande bringt ...« Er schüttelte den Kopf. »Icarium ... war ein ... Nun, er war eine tragische Gestalt, vermute ich. Aber ich kann mir nicht vorstellen, dass er die Stadt ohne Grund angegriffen hat.«

Heboric gab ein bellendes Lachen von sich. »Oh, es fehlt nie an Gründen in dieser Welt. Der König hatte die Tore verriegelt. Er wollte ihn nicht hineinlassen. Denn um den Namen Icarium rankten sich zu viele dunkle Geschichten. Ein Soldat auf den Zinnen schoss einen Pfeil ab – es sollte ein Warnschuss sein. Der Pfeil prallte von einem Stein ab, streifte Icariums linkes Bein und grub sich dann tief in die Kehle seines Begleiters – der arme Bastard ist an seinem eigenen Blut ertrunken –, und so wurde Icariums Zorn entfesselt.«

»Woher weißt du das alles«, fragte Scillara, »wenn es doch keine Überlebenden gegeben hat?«

»Die Geister wandeln in diesem Gebiet«, erwiderte Heboric. Er machte eine ausschweifende Geste. »Bevor das alles zur Wüste wurde, haben hier Bauernhöfe gestanden.« Er lächelte die anderen an. »Tatsächlich ist heute Markttag, und die Straßen – die niemand außer mir sehen kann – sind voller Karren, Ochsen, Männer und Frauen. Und Kinder und Hunde. Auf beiden Seiten pfeifen Viehtreiber und klopfen mit ihren Stäben auf den Boden, um die Schafe und Ziegen in Bewegung zu halten. Von den armen Höfen so dicht bei der Stadt kommen alte Frauen mit Körben, um den Mist für die Felder einzusammeln.«

»Und das kannst du alles sehen?«, flüsterte Felisin.

»Ja.«

»Jetzt?«

»Nur Narren glauben, dass die Vergangenheit unsichtbar ist.«

»Diese Geister«, fragte Felisin, »sehen sie dich auch?«

»Vielleicht. Diejenigen, die es tun, nun, sie wissen, dass sie tot sind. Die anderen wissen es nicht, und sie sehen mich nicht. Sich der Tatsache bewusst zu werden, dass man tot ist, ist eine schreckliche Sache; sie fliehen davor, kehren zu ihrer Täuschung zurück – und daher erscheine ich, verschwinde ich, bin ich nichts weiter als ein Trugbild.« Er stand auf. »Wir werden uns schon bald der Stadt nähern, und dann werden Soldaten kommen, und diese Geister sehen mich, oh ja, und rufen nach mir. Aber wie kann ich ihnen antworten, wenn ich nicht weiß, was sie von mir wollen? Sie rufen, als würden sie mich erkennen –«

»Du bist der Destriant von Treach, dem Tiger des Sommers«, sagte Schlitzer.

»Treach war ein Erster Held«, erwiderte Heboric. »Ein Wechselgänger, der dem großen Gemetzel entkommen ist. Wie Ryllandaras und Rikkter, Tholen und Denesmet. Könnt ihr es nicht erkennen? Diese Geistersoldaten – sie huldigen nicht Treach! Nein, ihr Kriegsgott war einer der Sieben, die eines Tages die Heiligen werden sollten. Ein einziges Antlitz von Dessimbelackis – das und nichts weiter. Ich bedeute ihnen nichts, Schlitzer, und doch werden sie mich nicht in Ruhe lassen!«

Sowohl Schlitzer wie Felisin waren bei seinem Ausbruch zurückgewichen, aber Scillara grinste nur.

»Findest du das lustig?«, fragte er und starrte sie finster an.

»Oh ja. Sieh dich doch an, Priester. Früher hast du Fener gedient, und jetzt dienst du Treach. Beide sind Götter des Krieges. Was glaubst du, wie viele Gesichter der Gott des Krieges hat, Heboric? Tausende. Und in den Zeitaltern, die längst vergangen sind? Zehntausende? Jeder verdammte Stamm hatte einen, alter Mann. Sie sind alle verschieden – und doch alle gleich.« Sie zündete ihre Pfeife an, und Rauchwolken kräuselten sich um ihr Gesicht. Dann sagte sie: »Es würde mich nicht überraschen, wenn alle Götter nur Aspekte eines einzigen Gottes wären, und all dieses Kämpfen nur der Beweis wäre, dass dieser eine Gott wahnsinnig ist.«

»Wahnsinnig?« Heboric zitterte. Er konnte spüren, wie sein Herz sich abmühte, als stünde irgendein grässlicher Dämon an der Tür zu seiner Seele.

»Oder vielleicht auch nur verwirrt. All diese zankenden Anbeter, die alle davon überzeugt sind, dass ihre Version die richtige ist. Stell dir vor, du würdest Gebete von zehn Millionen Gläubigen hören, von denen nicht einer das Gleiche glaubt wie derjenige, der neben ihm kniet. Oder vor ihm. Oder hinter ihm. Stell dir nur all die Heiligen Bücher vor, die sich über nichts einig sind, und doch geben alle vor, dass sie die Botschaft dieses einen Gottes sind. Stell dir vor, wie zwei Armeen einander auslöschen, beide im Namen dieses Gottes. Wer würde bei all dem nicht wahnsinnig werden?«

»Nun«, ertönte Schlitzers Stimme in der Stille, die Scillaras Ausfall folgte, »der Tee ist fertig.«

Graufrosch hockte auf einem flachen Stein und blickte auf die unglückliche Gruppe hinunter. Der Bauch des Dämons war gefüllt; allerdings trat die wilde Ziege gelegentlich noch um sich. *Verdrießlich. Sie kommen nicht miteinander aus. Tragische Neigung, lustlos wiederholt. Kindgeschwollene Schönheit ist unglücklich vor Schmerzen und Unbehagen. Jüngere Schönheit ist schockiert, verängstigt und allein. Doch geneigt, weichen Trost zurückzuweisen, den bewundernder Graufrosch ihr geben kann. Besorgter Assassine wird von Ungeduld gepeinigt, wegen etwas, das ich nicht weiß. Und schrecklicher Priester. Oh, schauderhafter Lagerplatz! So viel Missfallen! Bestürzung! Vielleicht könnte ich die Ziege ausspeien, und wir könnten besagte schöne Mahlzeit teilen. Schöne, noch immer tretende Mahlzeit. Oh, schlimmste Art der Verdauung!*

»Graufrosch!«, rief Schlitzer zu ihm hoch. »Was tust du da oben?«

»Freund Schlitzer. Unbehagen. Lästige Hörner.«

Bisher, dachte Samar Dev, hatten sich die Angaben auf der Karte als richtig erwiesen. Trockenes Buschland war von einer Ebene abgelöst worden, und inzwischen umgab sie eine Landschaft aus kleinen Laubwäldern, sumpfigen Lichtungen und den störrischen Überresten von echtem Grasland. Noch zwei, vielleicht drei weitere Reisetage in Richtung Norden, und sie würden den nördlichen Wald erreichen.

Bhederin-Jäger, die in kleinen Gruppen unterwegs waren, lebten in diesem wilden, ungezähmten Land. Sie hatten solche

Gruppen aus der Ferne gesehen und waren auf die Überreste von Lagerplätzen gestoßen, aber es war klar, dass diese nomadischen Wilden kein Interesse daran hatten, mit ihnen Kontakt aufzunehmen. Das war kaum überraschend. Schließlich war der Anblick, den Karsa Orlong auf seinem Jhag-Pferd bot – vor Waffen strotzend und mit seinem blutbefleckten weißen Pelz um die breiten Schultern – wahrhaft Furcht erregend.

Die Bhederin-Herden hatten sich in kleinere Grüppchen aufgelöst, als sie die von Espen dominierte Parklandschaft erreicht hatten. So weit Samar Dev feststellen konnte, ergab die Wanderung der riesigen Tiere wenig Sinn. Gewiss, die trockene, heiße Jahreszeit näherte sich dem Ende und die Nächte wurden kühler, kühl genug, genauer gesagt, um das Laub der Bäume rostrot zu färben, aber die Winter im Reich der Sieben Städten waren alles andere als grimmig. Sie bedeuteten vielleicht mehr Regen, obwohl sich auch das nur selten im Landesinnern bemerkbar machte – schließlich war die Jhag Odhan im Süden unveränderlich.

»Ich glaube«, sagte sie, »dies ist eine Art uralter Erinnerung.«

Karsa grunzte und sagte: »Für mich sieht es wie ein Wald aus, Frau.«

»Nein, ich meine die Bhederin – die großen, ungeschlachten Tiere unter den Bäumen da drüben. Ich glaube, dass ein alter Instinkt sie nach Norden in diese Wälder führt. Aus einer Zeit, als der Winter Schnee und Wind in die Odhan brachte.«

»Die Regenfälle werden das Gras üppig machen, Samar Dev«, sagte der Teblor. »Sie kommen hier hoch, um fett zu werden.«

»In Ordnung, das klingt ziemlich vernünftig. Glaube ich. Immerhin ist es gut für die Jäger.« Ein paar Tage zuvor waren sie an einer Stelle vorbeigekommen, an der ein großes Gemetzel stattgefunden hatte. Ein Teil einer Herde war vom Rest abgesondert und über eine Klippe getrieben worden. Vier oder fünf Dutzend Jäger hatten sich versammelt und das Fleisch zerteilt, während die Frauen sich um die Rauchfeuer gekümmert und Fleischstreifen an Gestellen befestigt hatten. Halbwilde Hunde – eher Wölfe als Hunde, um die Wahrheit zu sagen – hatten sich Samar Dev und

Karsa entgegengestellt, als sie zu nah herangeritten waren, und sie hatte gesehen, dass die Tiere keine Eckzähne mehr besaßen; vermutlich hatte man sie ihnen ausgebrochen, als sie jung waren. Sie hatten jedoch auch so bedrohlich genug gewirkt, so dass die Reisenden beschlossen hatten, nicht näher heranzugehen.

Sie war fasziniert von diesen Grenzstämmen, die hier draußen in der Ödnis lebten, und vermutete, dass sich bei ihnen in tausenden von Jahren nichts geändert hatte; oh, gewiss, sie hatten Eisenwaffen und Werkzeuge, was bewies, dass sie in gewissem Umfang mit den zivilisierteren Völkern im Osten Handel trieben, aber sie benutzten keine Pferde, und das fand sie seltsam. Stattdessen schnallten sie ihre Hunde vor einfache Schlepptragen. Und sie benutzten eher Körbe anstelle gebrannter Tontöpfe, was verständlich war, da die Gruppen zu Fuß reisten.

Hier und da standen vereinzelt große Bäume im Grasland, anscheinend Stätten der Verehrung irgendwelcher Geister. Darauf deuteten zumindest die an den Zweigen befestigten Fetische hin, genau wie die Geweihe und Bhederin-Schädel in den Kerben und Verzweigungen, von denen einige so alt waren, dass sie ins Holz eingewachsen waren. Und immer befand sich ein Friedhof in der Nähe eines solchen Wächterbaums, erkennbar an der erhöhten Plattform und den in Felle gehüllten Leichen darauf und, natürlich, den Krähen, die sich um die besten Plätze zankten.

Karsa und Samar hatten immer einen Bogen um diese Stätten gemacht, obwohl Samar vermutete, dass der Teblor ein paar Kämpfe und Geplänkel begrüßt hätte, und sei es auch nur, um die Eintönigkeit der Reise etwas aufzulockern. Doch trotz all seiner Wildheit hatte Karsa Orlong sich als ein Mann erwiesen, mit dem man gut reisen konnte, auch wenn er ziemlich schweigsam war und zum Grübeln neigte – aber was auch immer ihn quälte, hatte weder etwas mit ihr zu tun, noch schien er gewillt, es an ihr auszulassen –, eine wahre Tugend, die nur selten bei Menschen zu finden war.

»Ich denke nach«, sagte er unvermittelt. Sie schreckte auf.

»Worüber, Karsa Orlong?«

»Die Bhederin und diese Jäger am Fuß der Klippe. Zweihundert tote Bedherin, mindestens, und sie haben ihnen das Fleisch bis auf die Knochen abgeschält, und dann auch noch die Knochen gekocht. Während wir nichts als Kaninchen und zwischendurch mal ein Stück Wild essen. Ich denke, wir sollten ebenfalls einen dieser Bhederin töten, Samar Dev.«

»Lass dich nicht täuschen, Karsa Orlong. Sie sind sehr viel schneller, als sie aussehen. Und beweglich.«

»Ja, aber es sind Herdentiere.«

»Was heißt das?«

»Die Bullen kümmern sich mehr darum, zehn Kühe und ihre Kälber zu beschützen, als um ein einzelnes Tier, das von den anderen getrennt wird.«

»Das stimmt vermutlich. Also, wie willst du eines von ihnen von der Herde trennen? Und vergiss nicht, diese Kuh wird nicht fügsam sein. Sie könnte dich und dein Pferd umwerfen, wenn sie Gelegenheit dazu hätte. Und dich dann tottrampeln.«

»Darum muss ich mir keine Sorgen machen. Aber du solltest es, Samar Dev.«

»Warum ich?«

»Weil du der Köder sein wirst. Und daher musst du dir sicher sein, dass du schnell und wachsam sein wirst.«

»Köder? Warte, warte –«

»Schnell und wachsam. Ich kümmere mich um den Rest.«

»Ich kann nicht sagen, dass mir diese Idee gefällt, Karsa Orlong. Ich bin im Grunde sehr zufrieden mit Kaninchen und Wild.«

»Nun, ich nicht. Und ich möchte ein Fell.«

»Wozu? Wie viele Felle willst du tragen?«

»Such ein kleine Gruppe von diesen Tieren – vor deinem Pferd fürchten sie sich weniger als vor meinem.«

»Das liegt daran, dass Jhag-Pferde sich gelegentlich Kälber holen. Das habe ich mal irgendwo gelesen.«

Der Teblor bleckte die Zähne, als würde ihn diese Vorstellung erheitern.

Samar Dev seufzte, dann sagte sie: »Da ist eine kleine Herde gleich vor uns, ein Stück weiter links – sie haben die Lichtung verlassen, als wir näher gekommen sind.«

»Gut. Ich will, dass du in ruhigem Galopp auf sie zureitest, wenn wir zur nächsten Lichtung kommen.«

»Das wird den Bullen rauslocken, Karsa – wie nahe soll ich herangehen?«

»Nahe genug, dass er dich jagt.«

»Das werde ich nicht tun. Es wird nichts bringen –«

»Die Kühe werden davonrennen, Frau. Und von ihnen werde ich eine töten – was glaubst du, wie weit wird dich der Bulle verfolgen? Er wird sich umdrehen, um zu seinem Harem zurückzukehren –«

»Und so zu deinem Problem werden.«

»Genug geredet.« Sie wanden sich durch ein kleines Wäldchen aus Pappeln und Espen, drängten die Pferde durch brusthohen Hartriegel. Gleich dahinter befand sich eine weitere, dieses Mal langgestreckte Lichtung. Das in dichten Büscheln wachsende grüne Gras deutete auf einen feuchten Boden hin. Auf der gegenüberliegenden Seite, etwa vierzig Schritt entfernt, waren knapp zwei Dutzend ungeschlachte dunkle Schemen unter den Zweigen weiterer Bäume zu erkennen.

»Das ist ein Sumpf«, bemerkte Samar Dev. »Wir sollten eine andere –«

»Reite, Samar Dev.«

Sie zügelte ihr Pferd. »Und wenn ich es nicht tue?«

»Störrisches Kind. Ich werde dich natürlich einfach hierlassen – wegen dir komme ich sowieso schon langsamer voran.«

»Sollte das meine Gefühle verletzen, Karsa Orlong? Du willst einen Bhederin töten, nur um zu beweisen, dass du die Jäger übertreffen kannst. Daher keine Klippe, keine Deckung oder Pferche, kein Rudel Wolfshunde an deiner Seite, die die Bhedrin treiben könnten. Nein, du willst von deinem Pferd springen und einen zu Boden ringen und dann erwürgen oder ihn vielleicht gegen einen Baum werfen oder ihn vielleicht auch einfach in die Luft heben und herumwirbeln, bis er vor Benommenheit stirbt. Und du wagst es, *mich* ein Kind zu nennen?« Sie lachte. Denn sie wusste nur zu gut, dass Lachen traf.

Doch sein Gesicht verdüsterte sich keineswegs unter einem plötzlichen Wutanfall, und der Blick, mit dem er sie musterte, war ruhig. Dann lächelte er. »Sieh zu.«

Und mit diesen Worten ritt er auf die Lichtung hinaus. Tiefschwarzes Wasser spritzte von den Hufen des Jhag-Pferdes auf, und als es auf die Herde zugaloppierte, gab das Tier ein Geräusch von sich, das wie ein Knurren klang. Buschwerk brach krachend und Zweige knackten, als die Bhederin wild auseinanderstoben. Zwei schossen direkt auf Karsa zu.

Es war ein Fehler gewesen anzunehmen, dass es nur einen Bullen gab, wie Samar Dev in diesem Augenblick begriff. Der eine war deutlich jünger als der andere, aber beide waren riesig, ihre Augen rotgerändert vor Wut. Wasser spritzte um sie herum auf, als sie auf ihren Angreifer losstürmten.

Havok, das Jhag-Pferd, schwenkte plötzlich herum, sammelte seine Beine unter sich, und dann sprang der junge Hengst über den Rücken des größeren Bullen. Doch der Bedherin war schneller, er drehte sich um und reckte den gewaltigen Kopf, versuchte die Hörner in den ungeschützten Bauch des Pferdes zu rammen.

Diese nach oben gerichtete Bewegung tötete den Bullen, denn der Kopf des Tieres traf auf die Spitze von Karsas Steinschwert, das unterhalb der Schädelbasis in das Gehirn glitt und dabei das Rückgrat fast vollständig durchtrennte.

Wasser und Schlamm spritzten auf, als Havok auf der anderen Seite des zusammenbrechenden Bullen landete, ein gutes Stück außerhalb der Reichweite des zweiten Bullen – der sich jetzt umdrehte, erschreckend schnell, und sich daran machte, Karsa zu verfolgen.

Der Krieger lenkte sein Pferd nach links, und mit donnernden Hufen raste Havok parallel zum Waldrand dahin, verfolgte das halbe Dutzend Kühe und die Kälber, die auf die Lichtung getrabt waren. Der zweite Bulle kam von hinten rasch näher.

Die Kühe und Kälber stoben erneut auseinander, und eine von ihnen rannte in eine andere Richtung als die anderen. Havok schwenkte erneut herum und galoppierte einen Herzschlag später neben dem Tier. Hinter ihnen hatte sich der zweite Bulle bereits zu den anderen Kühen gesellt – und dann stürmten alle zusammen zurück ins Dickicht.

Samar Dev sah zu, wie Karsa Orlong sich weit zur Seite lehnte und mit dem Schwert zuschlug, knapp oberhalb der Hüften das Rückgrat traf.

Die Hinterbeine der Kuh gaben nach, rutschten durch den Schlamm, als sie versuchte, sich mit den Vorderbeinen weiter zu ziehen.

Karsa lenkte sein Pferd um das Tier herum, das Schwert erhoben, bis er auf der linken Seite war. Dann stieß er zu und trieb die Schwertspitze ins Herz seiner Beute.

Jetzt knickten auch ihre Vorderbeine ein, die Kuh sackte zur Seite und blieb dann reglos liegen.

Karsa zügelte sein Pferd, sprang ab und trat zu der toten Kuh. »Mach uns ein Lager«, sagte er zu Samar Dev.

Sie starrte ihn an. »Schön, du hast mir gezeigt, dass ich tatsächlich überflüssig bin«, sagte sie. »Soweit es dich betrifft. Und was jetzt? Du erwartest, dass ich das Lager aufschlage, vermute ich, und dir dann helfe, dieses Ding zu zerlegen. Soll ich mich vielleicht heute Nacht auch noch unter dich legen, um die Sache abzurunden?«

Er hatte ein Messer gezogen und kniete in der Pfütze, die sich neben der Kuh bildete. »Wenn du willst«, sagte er.

Barbarischer Bastard … Nun, es war wohl nichts anderes zu erwarten, oder? »In Ordnung, ich habe nachgedacht, wir können dieses Fleisch brauchen – im Land der Felsen und Seen nördlich von hier gibt es zweifellos Wild, aber nicht so reichlich und sehr viel schwerer zu fangen.«

»Ich werde das Fell des Bullen nehmen«, sagte Karsa, während er den Bauch der Bhederin-Kuh aufschlitzte. Eingeweide quollen heraus, platschten ins schlammige Wasser. Schon schwärmten Hunderte von Insekten um sie herum. »Willst du das Fell dieser Kuh haben, Samar Dev?«

567

»Warum nicht? Wenn ein Gletscher auf uns landet, werden wir nicht frieren, das ist immerhin schon was.«

Er blickte sie an. »Frau, Gletscher springen nicht. Sie kriechen.«

»Das hängt davon ab, wer sie ursprünglich erschaffen hat, Karsa Orlong.«

Er bleckte die Zähne. »Die Legenden über die Jaghut beeindrucken mich nicht. Eis ist immer ein sich langsam bewegender Fluss.«

»Wenn du das glaubst, Karsa Orlong, weißt du weit weniger als du annimmst.«

»Willst du den ganzen Tag auf diesem Pferd sitzen bleiben, Frau?«

»Bis ich einen etwas höher gelegenen Platz für unser Lager gefunden habe, ja.« Sie griff nach den Zügeln.

Sieh zu, hat er gesagt. Er hat es schon früher gesagt, oder? Irgendeine Stammessache, schätze ich. Nun, ich habe zugesehen. Genau wie dieser Wilde in den Schatten am anderen Ende der Lichtung. Ich kann nur hoffen, dass die hier lebenden Stämme diese Bhederin nicht als ihr Eigentum betrachten. Sonst wird es demnächst allerhand Aufregung geben, was Karsa vermutlich sogar genießen würde. Was mich hingegen betrifft, werde ich wahrscheinlich als Tote enden.

Nun, es ist zu spät, um sich darüber noch große Sorgen zu machen.

Sie fragte sich, wie viele von Karsa Orlongs früheren Gefährten wohl ähnlich gedacht hatten. Kurz bevor der barbarische Teblor einmal mehr festgestellt hatte, dass er allein unterwegs war.

Die rauen Klippen des Hügelkamms warfen ein Labyrinth aus Schatten auf die direkt darunterliegenden Felsvorsprünge, und in diesen Schatten starrten fünf tückische Augenpaare auf die sich windende Staubfahne in der Ebene weiter unten. Eine Handelskarawane – sieben Wagen, zwei Kutschen, zwanzig berittene Wachen. Und drei Kampfhunde.

Ursprünglich waren es sechs gewesen, aber drei hatten Dejim Nebrahls Fährte aufgenommen und – dumme Kreaturen, die sie nun einmal waren –, sich daran gemacht, den T'rolbarahl zur Strecke zu bringen. Es war ihnen geglückt, den Vielwandler aufzuspüren – und jetzt füllte ihr Blut die Bäuche der fünf verbliebenen Tiere.

Der Trell hatte Dejim Nebrahl verblüfft. Einen seiner Hälse zu brechen – nicht einmal ein Tartheno hätte so etwas zustande gebracht; einer hatte es vor langer Zeit nämlich tatsächlich einmal versucht. Und dann auch noch den anderen mit hinunter über den Klippenrand zu zerren, so dass er sich zwischen den zerklüfteten Felsen dort unten zu Tode stürzte. Diese Dreistigkeit war … unverzeihlich. Schwach und verwundet war Dejim Nebrahl vom Ort des Hinterhalts geflohen und halb wahnsinnig vor Wut und Schmerz durch die Gegend gewandert, bis er auf die Spur dieser Karawane gestoßen war. Der T'rolbarahl hatte keine Ahnung, wie viele Tage und Nächte vergangen waren. Er hatte Hunger, und er musste unbedingt heilen – um diese Bedürfnisse kreisten sämtliche Gedanken des Vielwandlers.

Und nun wartete vor Dejim Nebrahl seine Erlösung. Genug Blut, um Ersatz für diejenigen hervorzubringen, die er in dem Hinterhalt verloren hatte; vielleicht sogar genug Blut, um einen weiteren herzustellen, einen Achten.

Er würde in der Abenddämmerung zuschlagen, in dem Augenblick, da die Karawane die Reise für den Tag beendete. Würde zuerst die Wachen niedermachen, dann die verbliebenen Hunde, schließlich die fetten Schwächlinge, die in ihren kümmerlichen Kutschen reisten. Den Kaufmann mit seinem Harem schweigender Kinder, die aneinandergekettet waren und hinter der Kutsche hergezogen wurden. Ein Kaufmann, der mit sterblichem Fleisch handelte.

Die Vorstellung bereitete Dejim Nebrahl Übelkeit. Solch abscheuliche Kreaturen hatte es auch in der Zeit des Ersten Imperiums gegeben, und die Verderbtheit ließ sich niemals ausrotten. Wenn der T'rolbarahl erst einmal über dieses Land herrschen würde, würde eine neue Gerechtigkeit über die Räuber des Fleisches kommen. Dejim würde sich von ihnen als Erstes ernähren, und dann von all den anderen Verbrechern, den Mördern, denjenigen, die die Hilflosen schlugen, den Steinewerfern und denjenigen, die den Geist quälten.

Sein Schöpfer hatte ihn und seine Art zu Wächtern des Ersten Imperiums machen wollen. Und hatte daher verschiedene Arten von Blut vereinigt, hatte ihr Gefühl, vollkommen zu sein – gottähnlich – besonders stark gemacht. Zu stark natürlich. Die T'rolbarahl würden sich nicht von einem unvollkommenen Herrn beherrschen lassen. Nein, sie würden herrschen, denn nur dann konnte es wahre Gerechtigkeit geben.

Gerechtigkeit. Und ... selbstverständlich ... natürlichen Hunger. Die Notwendigkeit erschuf sich ihre eigenen Gesetze, und diese konnten nicht geleugnet werden. Wenn er herrschen würde, würde Dejim Nebrahl ein wahres Gleichgewicht zwischen den beiden bestimmenden Kräften in seiner Vielwandler-Seele herstellen, und wenn die sterblichen Narren unter dem Gewicht seiner Gerechtigkeit litten, sollte es so sein. Sie verdienten die Wahrheit ihrer eigenen Überzeugungen. Verdienten die krallenscharfen Schneiden ihrer eigenen prahlerischen Tugenden, denn Tugenden waren mehr als einfach nur Worte, sie waren Waffen, und es war nur recht, dass solche Waffen sich gegen denjenigen richteten, der sie schwang.

Die Schatten waren die Klippe heruntergekrochen, hier auf der vor dem Licht der untergehenden Sonne geschützten Seite. Dejim Nebrahl folgte diesen Schatten hinab in die Ebene, fünf Augenpaare, aber ein Geist. Voller absoluter und unerschütterlicher Aufmerksamkeit.

Herrliches Gemetzel. Aufspritzendes rotes Blut, um das grelle Feuer der Sonne zu feiern.

Als er hinaus auf die Ebene glitt, hörte er, wie die Hunde zu bellen begannen.

Er schenkte ihnen einen Moment des Bedauerns. Dumm, wie sie waren, wussten sie doch von Unumgänglichkeit.

Es war ein ziemlicher Kampf, aber schließlich gelang es ihm, sich auseinanderzufalten und steif und ächzend vom Rücken des Maultiers zu steigen, wobei er trotz seiner linkischen Bemühungen nicht einen einzigen Tropfen vom Inhalt seines geschätzten Eimers vergoss. Leise die eine oder andere Melodie vor sich hin summend – er hatte vergessen, wo er sie in dem riesigen Wälzer mit den Heiligen Gesängen gefunden hatte, aber spielte das denn tatsächlich eine Rolle? –, watschelte er mit seiner Last zu den lächelnden Wellen der Raraku, watete dann inmitten von weichem, wirbelndem Sand und begierig zitterndem Schilf weiter.

Und blieb plötzlich stehen.

Ein zum Äußersten entschlossener, forschender Blick in die Runde, während er die feuchte, schwüle und düstere Luft schnupperte. Dann schaute er sich noch einmal um, und seine Blicke schossen hierhin und dorthin, richteten sich suchend auf jeden nahen Schatten, jedes unberechenbare Rascheln im Schilf und wuchernden Gebüsch. Dann duckte er sich tiefer, machte seine ausgefransten Gewänder nass, als er sich ins flache Wasser kniete.

Süßes, von der Sonne erwärmtes Wasser.

Ein letzter, argwöhnischer Blick nach allen Seiten – man konnte nie vorsichtig genug sein –, dann senkte er mit feierlicher Freude den Eimer ins Wasser.

Und schaute mit glänzenden Augen zu, wie Dutzende winziger Fische in alle Richtungen davonschossen. Nun, genau betrachtet schossen sie eigentlich nicht davon, sondern hockten eine ganze Zeit lang einfach da, als wären sie von der Freiheit benommen. Vielleicht war es auch nur ein vorübergehender Schock wegen der veränderten Temperatur oder die Überfülle an unsichtbaren Reichtümern, die man in sich hineinschlingen konnte, um fett, glänzend und auf glückselige Weise rührig zu werden.

Die ersten Fische der Raraku-See.

Iskaral Pustl verließ jetzt das flache Wasser, warf den Eimer zur Seite. »Spann deinen Rücken an, Maultier! Denn ich werde jetzt auf dich springen, oh ja, und es wird dich ziemlich überraschen, dich plötzlich im Galopp wiederzufinden – oh, glaube mir,

Maultier, du weißt, wie man galoppiert! Schluss mit dem dummen schnellen Trab, der mich so durchschüttelt, dass meine armen Zähne locker werden! Oh nein, wie werden sein wie der Wind! Kein unbeständiger, böiger Wind, sondern ein gleichmäßiger, tosender Wind, ein gewaltiger Wind, der über die gesamte Welt rast, als Folge unserer außerordentlichen Geschwindigkeit, oh, wie deine Hufe vor aller Augen verschwimmen werden!«

Als der Hohepriester des Schattens das Maultier erreichte, sprang er in die Luft.

Das Maultier scheute vor Schreck und machte einen Schritt zur Seite.

Ein schriller Aufschrei von Iskaral Pustl, dann ein Grunzen und ein gedämpftes *Uff*, als er auf dem Boden aufkam und durch Staub und Steine rollte, wobei die nassen Gewänder schwer um ihn herumklatschten und Sand verstreuten, derweil das Maultier ein Stück davontrottete, sich in sicherem Abstand umdrehte, und mit den lang bewimperten Augen blinzelnd seinen Herrn betrachtete.

»Du widerst mich an, Tier! Und ich wette, du denkst, dass das auf Gegenseitigkeit beruht! Aber selbst wenn du das gedacht hast, ja, natürlich würde ich dir zustimmen! Aus Trotz! Wie würde dir das gefallen, du abscheuliche Kreatur?« Der Hohepriester des Schattens rappelte sich auf und klopfte sich den Sand von den Gewändern. »Es denkt, ich will es schlagen. Will es mit einem großen Stock verprügeln. Dummes Maultier. Oh, nein, ich bin viel gerissener. Ich werde es überraschen, werde freundlich zu ihm sein ... bis es ruhig ist und alle Wachsamkeit ablegt, und dann ... hah! Dann werde ich ihm eins auf die Nase geben! Oh, was wird es überrascht sein! Kein Maultier kann seinen Verstand mit meinem messen. Oh, ja, doch, viele haben es versucht, und fast alle haben versagt!«

Auf seinem sonnenverbrannten, verhutzelten Gesicht erschien ein freundliches Lächeln, und dann ging er langsam auf das Maultier zu. »Wir müssen reiten«, murmelte er, »wir beide, du und ich. Und wir müssen uns schwer beeilen, mein Freund, denn sonst werden wir zu spät kommen, und zu spät zu kommen ist nie gut.« Er war jetzt so nahe, dass er nach den Zügeln hätte greifen können, die locker vom Kopf des Maultiers hingen. Doch als er dem Blick des Tieres begegnete, hielt er inne. »Oho, süßer Diener, ich sehe Heimtücke in diesem ach so ruhigen Blick, ja? Du willst mich beißen. Zu dumm. Ich bin hier nämlich der Einzige, der beißt.« Er riss die Zügel an sich – wobei er den zuschnappenden Zähnen knapp entging – und kletterte dann auf den breiten, abgeschrägten Rücken des Maultiers.

Sie waren zwanzig Schritt vom Ufer entfernt, als sich die Welt um sie herum veränderte, indem ein giftiger Wirbel aus Schatten von allen Seiten heranrückte. Iskaral Pustl legte den Kopf schief und schaute sich um, ließ sich jedoch zufrieden wieder zurücksinken, als das Maultier weitertrottete.

Hundert Herzschläge nachdem der Hohepriester des Schattens in seinem Gewirr verschwunden war, kroch eine untersetzte Dal Honesin mit wirren Haaren aus einem nahegelegenen Gebüsch, ein großes Bierfass hinter sich herziehend. In dem sich kein Bier, sondern Wasser befand, und dessen Deckel losgemacht worden war.

Ächzend und vor Anstrengung keuchend, mühte Mogora sich ab, das Fass ins flache Wasser zu schleppen. Dort kippte sie es zu einer Seite und sah mit einem größtenteils zahnlosen Grinsen in ihrem faltigen Gesicht zu, wie ein halbes Dutzend junge Süßwasserhaie schlangengleich in die Raraku-See glitten.

Dann stieß sie das Fass mit dem Fuß um und krabbelte aus dem Wasser. Ein Gackern entfloh ihr, als sie mit wilden Gesten ein Gewirr öffnete und sich hineinstürzte.

Einen Schatten über den anderen faltend, durchquerte Iskaral Pustl rasch Dutzende von Längen. Er konnte die Wüste halb sehen, halb spüren, die Spitzkuppen und die chaotischen Windungen der Trockentäler und Schluchten, durch die er kam, aber nichts davon interessierte ihn, bis er schließlich nach beinahe einer Tagesreise fünf geschmeidige Gestalten wahrnahm, die links vor ihm einen Talgrund überquerten.

Er zügelte das Maultier auf dem Kamm, kniff die Augen zusammen und musterte die fernen Gestalten. Die gerade dabei waren, eine Karawane zu überfallen. »Arrogante Hündchen«, murmelte er, stieß dann seinem Maultier die Fersen in die Seiten. »Angriff, sage ich! Angriff, du fetter, watschelnder Bastard!«

Laut schreiend trottete das Maultier den Hang hinunter.

Die fünf Gestalten hörten das Geräusch und drehten die Köpfe. Wie ein einziges Wesen änderte der T'rolbarahl seine Richtung und raste jetzt auf Iskaral Pustl zu.

Das Geschrei des Maultiers wurde schriller.

Lautlos über den Boden gleitend, schwärmte der Vielwandler aus. Wut und Hunger rasten ihm in einer beinahe sichtbaren Bugwelle voraus, Macht knisterte, glitzerte zwischen dem Schattengewirr und der übrigen Welt.

Die Bestien rechts und links außen schlugen einen Bogen, um über die Flanken zu kommen, während die drei in der Mitte ihren Angriff zeitlich aufeinander abstimmten, so dass sie kurz nacheinander ankommen würden.

Iskaral Pustl hatte alle Mühe, sie im Blick zu behalten, so wild wie er auf dem Rücken des Maultiers hin und her geworfen wurde. Als der T'rolbarahl sich auf dreißig Schritt genähert hatte, kam das Maultier rutschend zum Stehen. Der Hohepriester des Schattens wurde nach vorn geschleudert und flog über den Kopf des Tiers hinweg. Er zog den Kopf ein, machte einen Salto und landete dann in einer Fontäne aus Kies und Staub hart auf dem Rücken.

Die erste Kreatur, die Unterarme hoch erhoben, die Krallen ausgefahren, war fast bei ihm, segelte durch die Luft und landete dort, wo Iskaral Pustl aufgekommen war – nur um ihn dort nicht zu finden. Die zweite und die dritte Bestie waren einen Augenblick lang verwirrt, als ihre Beute verschwunden war, dann spürten sie, dass sich jemand an ihrer Seite befand. Sie rissen die Köpfe herum – doch es war zu spät, eine Woge von Zauberei hämmerte auf sie ein. Schattengewirkte Macht krachte wie ein Blitzschlag, und die Kreaturen wurden in die Luft geschleudert, wobei sie neblige Wolken aus Blut hinter sich herzogen. Zuckend prallten beide fünfzehn Schritt entfernt auf den Boden, schlitterten erst und rollten dann weiter.

Nun griffen die beiden Vielwandler von den Flanken an. Und stießen zusammen, als Iskaral Pustl plötzlich verschwand. Der Aufprall ließ ihre Brustkörbe erdröhnen wie ein heftiger Donnerschlag, und ihre Zähne und Krallen fetzten durch Fell und Haut. Zischend und knurrend krochen sie voneinander weg.

Zwanzig Schritt hinter dem T'rolbarahl tauchte Iskaral Pustl wieder auf, entfesselte eine weitere Woge von Zauberei und sah zu, wie sie die fünf Bestien nacheinander traf, sah Blut aufspritzen und die Wesen wegtaumeln, sah sie wie wahnsinnig um sich treten, als die Magie flackernde Netze um sie herum wob. Steine platzten auf und barsten auf dem Boden unter ihnen, Sand schoss in Geysiren speergleich nach oben, und überall war Blut, verteilte sich spritzend in Fäden aus unzähligen Tröpfchen.

Der T'rolbarahl verschwand, floh aus dem Schattengewirr – hinaus in die Welt, wo sie sich verteilten, alle Gedanken an die Karawane vergessen, nun, da die Panik unsichtbare Hände um ihre Kehlen legte.

Der Hohepriester des Schattens klopfte sich den Staub aus den Gewändern, dann ging er zu seinem Maultier. »Eine schöne Hilfe bist du gewesen! Wir könnten sie jetzt alle nacheinander zur Strecke bringen, aber ach, nein, du bist das Laufen leid. Wer auch immer geglaubt hat, Maultiere hätten vier Beine verdient, war ein Idiot! Du bist absolut nutzlos! Bah!« Er machte eine Pause, hob dann einen knorrigen Finger an die faltigen Lippen. »Aber warte, was ist, wenn sie *wirklich* wütend werden? Was ist, wenn sie beschließen, bis zur letzten Entscheidung zu kämpfen? Was dann? Das wird schmutzig, oh, das wird sehr schmutzig. Nein, am besten wir überlassen es jemand anderem, sich um sie zu kümmern. Ich darf mich nicht ablenken lassen. Trotzdem – stell dir das doch nur vor! Von allen Einwohnern des Reichs der Sieben Städte ausgerechnet den Hohepriester des Schattens herauszufordern! Wirklich dümmer als Katzen, dieser T'rolbarahl. Ich kann ihm wirklich keine Sympathie entgegenbringen.«

Er kletterte wieder auf sein Maultier. »Nun, das war ein Spaß, was? Dummes Maultier. Ich glaube, heute Abend gibt es Maultier zum Essen, was hältst du davon? Das höchste Opfer ist erforderlich, soweit es dich betrifft, meinst du nicht auch? Nun, wen kümmert es, was du meinst? Wohin jetzt? Den Göttern sei Dank, dass wenigstens einer von uns weiß, wo wir hingehen. Da lang, Maultier, und rasch jetzt. Im Trab, verdammt, na los, im Trab!«

Iskaral Pustl schlug einen Bogen um die Karawane, wo noch immer die Hunde bellten, und machte sich dann erneut daran, Schatten umzuschichten.

Als er seinen Bestimmungsort erreichte und das dahintrottende Maultier am Fuß einer Klippe zügelte, war in der übrigen Welt die Dämmerung hereingebrochen.

Geier kletterten zwischen den umgestürzten Felsen herum und bevölkerten einen Spalt, aber sie waren entweder unfähig oder bislang noch nicht willens, in ihn hinunterzusteigen. Eine Kante des Spalts war mit getrocknetem Blut verschmiert, und seitlich davon lagen die Überreste eines toten Tiers zwischen den Steinen. Von ein paar zerfetzten Streifen abgesehen hatten die Aasfresser es bis auf die Knochen abgenagt, aber es war dennoch leicht zu erkennen. Einer der T'rolbarahl.

Die Geier ließen einen Chor der Entrüstung erklingen, als der Hohepriester des Schattens abstieg und sich ihnen näherte. Fluchend verjagte er die hässlichen Kreaturen, die ihn irgendwie an Mogora erinnerten, dann ließ er sich in den Spalt hinab. Tief unten roch die eingeschlossene Luft nach Blut und verwesendem Fleisch.

Ein bisschen mehr als eine Mannslänge tiefer verengte sich der Felsspalt, und dort hatte sich ein Körper verkeilt. Iskaral Pustl ließ sich neben ihm nieder. Er legte der Gestalt eine Hand auf die breite Schulter, ein gutes Stück von den offensichtlichen Armbrüchen entfernt. »Wie viele Tage, mein Freund? Oh, nur ein Trell kann so etwas überleben. Zuerst müssen wir dich hier herausschaffen, und dafür habe ich ein kräftiges, treues Maultier. Und dann, nun, dann werden wir sehen, nicht wahr?«

Das Maultier war weder kräftig noch besonders treu, und da es alles andere als zur Zusammenarbeit gewillt war, verzögerte sich das Unterfangen, Mappo Runt ins Freie zu befördern, erheblich. Und so war es bereits vollkommen dunkel, als der Trell endlich aus dem Spalt und auf eine flache Stelle aus angewehtem Sand gezogen worden war.

Die beiden komplizierten Brüche des linken Arms waren noch die harmlosesten Verletzungen des riesigen Trell. Außerdem hatte er sich beide Beine gebrochen, und die Felskante hatte einen großen Fetzen Haut und Fleisch von Mapppos Rücken gerissen – in der offenen Wunde wimmelte es von Maden, und der größte Teil des herabhängenden Gewebes war eindeutig nicht mehr zu retten; in der Mitte grau und an den Rändern schwärzlich roch es bereits wie verwest. Iskaral Puskl schnitt den Fetzen ab und warf ihn zurück in den Spalt.

Dann beugte er sich vor und lauschte den Atemzügen des Trell. Sie waren flach und zudem langsam – noch ein weiterer Tag ohne Pflege, und er wäre gestorben. Wie es aussah, bestand diese Möglichkeit nach wie vor. »Kräuter, mein Freund«, sagte der Hohepriester, während er sich daranmachte, die sichtbaren Wunden zu säubern. »Und Hoch Denul Salben, Elixiere, Tinkturen, Balsame, Packungen … Habe ich etwas vergessen? Nein, ich glaube nicht. Innere Verletzungen, oh ja, zermalmte Rippen, die ganze Seite. Daher auch reichlich innere Blutungen, und doch ganz offensichtlich nicht genug, um dich sofort zu töten. Bemerkenswert. Du bist beinahe so störrisch wie mein Diener hier –« Er sah auf. »He, Tier, schlag das Zelt auf und bring ein Feuer in Gang! Wenn du das tust, werde ich dich vielleicht doch noch weiter ernähren und nicht, hihi, mich von *dir* –«

»Du bist ein Idiot!« Dieser Schrei kam von der Seite aus der

Dunkelheit, und einen Augenblick später tauchte Mogora aus der Düsternis auf.

Die Düsternis, ja das erklärt alles. »Was machst du hier, hässliches Weib?«

»Mappo retten, natürlich.«

»Was? Ich habe ihn bereits gerettet!«

»Ihn vor dir retten, habe ich gemeint!« Sie krabbelte näher heran. »Was hast du da für ein Fläschchen in der Hand? Das ist Gift! Paralt! Du verdammter Narr, du hättest ihn glatt umgebracht! Nach allem, was er durchgemacht hat!«

»Paralt? Das stimmt, Weib, es ist Paralt. Du bist hierhergekommen, also wollte ich es trinken.«

»Ich habe gesehen, wie du mit diesem T'rolbarahl fertig geworden bist, Iskaral Pustl.«

»Hast du das?« Er machte eine Pause, zog den Kopf ein. »Jetzt ist ihre Bewunderung vollkommen! Wie könnte sie mich nicht bewundern? Sie muss mich jetzt beinahe anbeten. Deshalb ist sie mir den ganzen Weg bis hierher gefolgt. Sie kann nicht genug von mir kriegen. Es ist bei allen das Gleiche – sie können einfach nicht genug von mir kriegen –«

»Der mächtigste Hohepriester des Schattens«, unterbrach ihn Mogora, während sie verschiedene Heilsalben aus ihrem Packen nahm, »kann ohne eine gute Frau an seiner Seite nicht überleben. Da das nicht geklappt hat, hast du mich, also gewöhn dich daran, Hexer. Und jetzt geh mir aus dem Weg, damit ich mich um diesen armen, unglücklichen Trell kümmern kann.«

Iskaral Pustl wich zurück. »Und was tue ich jetzt? Deinetwegen bin ich jetzt unnütz, Frau!«

»Das ist nicht schwer, Mann. Schlag das Lager für uns auf.«

»Ich habe bereits meinem Maultier aufgetragen, das zu tun.«

»Es ist ein Maultier, du Idiot …« Ihre Worte verklangen, als sie aus dem Augenwinkel flackernde Flammen sah. Sie drehte sich um und musterte das große, sachkundig aufgebaute Zelt und die von Steinen eingefasste Feuerstelle, über der bereits ein an einem Dreibein aufgehängter Topf mit Wasser dampfte. Daneben stand das Maultier und fraß aus seinem Hafersack. Mogora runzelte die Stirn, dann schüttelte sie den Kopf und machte sich wieder an die Arbeit. »Dann kümmere dich um den Tee. Mach dich irgendwie nützlich.«

»Ich war nützlich! Bis du aufgetaucht bist und alles durcheinandergebracht hast! Der mächtigste Hohepriester im Reich der Sieben Städte braucht keine Frau! Genau genommen ist es das Letzte, das er braucht!«

»Du könntest noch nicht einmal einen Niednagel heilen, Iskaral Pustl. Dieser Trell hat das schwarze Gift in den Adern, die funkelnde Venen-Schlange. Für das hier werden wir mehr als Hoch Denul brauchen –«

»Oh, so sieht es also aus. All dein Hexenquatsch. Hoch Denul wird das schwarze Gift besiegen –«

»Vielleicht, aber das tote Fleisch wird tot bleiben. Er wird verkrüppelt sein, halb wahnsinnig, und seine Herzen werden schwächer werden.« Sie machte eine Pause und sah ihn finster an. »Schattenthron hat dich losgeschickt, um ihn zu finden, nicht wahr? Warum?«

Iskaral Pustl lächelte süß. »Oh, jetzt wird sie argwöhnisch, nicht wahr? Aber ich werde ihr gar nichts sagen. Abgesehen von einem Hinweis, einem höchst bescheidenen Hinweis auf mein riesiges Wissen. Ja, in der Tat, ich kenne den Geist meines teuren Gottes – und es ist ein verdrehter, chaotischer und heimtückischer Geist. Tatsächlich weiß ich so viel, dass ich sprachlos bin – hah, schau sie doch an, wie diese Käferaugen sich misstrauisch verengen, als würde sie es wagen, sich meiner tiefgreifenden Unwissenheit in allen Angelegenheiten bezüglich meines geschätzten, idiotischen Gottes bewusst zu werden. Es wagen, und mich offen herausfordern. Ich würde unter diesem Ansturm natürlich zerbrechen.« Er machte eine Pause, holte sein Lächeln wieder hervor und breitete dann die Arme aus. »Süße Mogora, der Hohepriester des Schattens muss seine Geheimnisse haben, sogar vor seiner Frau. Leider. Und so bitte ich dich, mich nicht weiter zu bedrängen, wenn du nicht Schattenthrons willkürlichen Zorn heraufbeschwören willst –«

»Du bist ein Vollidiot, Iskaral Pustl.«

»Soll sie das doch glauben«, sagte er, fügte dann ein Kichern hinzu. »Jetzt wird sie sich fragen, warum ich gelacht habe – nein, nicht gelacht, sondern *gekichert*, was, alles in allem, weit beunruhigender ist. Ich meine, es hat wie ein Kichern geklungen, also muss es auch eins gewesen sein, obwohl es das erste Mal ist, dass ich das probiert habe – oder gehört, was das betrifft. Während ein Glucksen, nun, das ist etwas anderes, ich bin nicht fett genug, um zu glucksen, leider. Manchmal wünschte ich –«

»Geh und setz dich an das Feuer, das dein Maultier gemacht hat«, sagte Mogora. »Ich muss mein Ritual vorbereiten.«

»Sieh nur, wie dieses Kichern sie aus der Fassung gebracht hat! Oh, natürlich, mein Liebling, geh du nur und spiel mit deinem kleinen Ritual, du bist ein Schatz. Während ich für mich und mein Maultier Tee mache.«

Von den Flammen und seinem Tralbtee gewärmt, schaute Iskaral Pustl Mogora bei der Arbeit zu – so gut er das in der Dunkelheit konnte. Zuerst suchte sie große Steine zusammen, alle zerbrochen, gesprungen oder irgendwie sonst mit rauen Kanten versehen, und legte sie in Form einer Ellipse um den Trell herum. Dann urinierte sie auf diese Steine, was sie mit einem außerordentlich breitbeinigen, halb krabben-, halb hühnerartigen Watscheln bewerkstelligte, wobei sie sich gegen den Sonnenlauf bewegte, bis sie wieder dort ankam, wo sie angefangen hatte. Iskaral staunte angesichts ihrer überlegenen Beherrschung mancher Muskeln, ganz zu schweigen von dem Fassungsvermögen ihrer Blase, über das Mogora offensichtlich verfügte. Seinen eigenen Bemühungen, was das Urinieren anging, war in den letzten paar Jahren eher durchwachsener Erfolg beschieden gewesen, und inzwischen schien allein schon das Anfangen und Aufhören zu den gößten körperlichen Herausforderungen zu zählen.

Zufrieden mit ihrer Pinkelei, begann Mogora dann, sich Haare vom Kopf zu zupfen. Sie hatte nicht mehr besonders viele da oben, und diejenigen, die sie auswählte, schienen so tief verwurzelt zu sein, dass Iskaral schon fürchtete, sie würde mit jedem erfolgreichen Ruck ihren Schädel entleeren. Seine Erwartung, so etwas zu sehen zu bekommen, wich jedoch der Enttäuschung, als Mogora schließlich – mit sieben langen, drahtigen, grauen Haaren in einer Hand – in die Ellipse trat und sich breitbeinig über den Körper des Trell stellte. Dann murmelte sie irgendwelches Hexenzeug vor sich hin und warf die Haare in die tintige Schwärze über ihrem Kopf.

Instinktiv folgte Iskarals Blick den silbrigen Fäden nach oben, und er war einigermaßen beunruhigt, als er sah, dass die Sterne über ihm verschwunden waren. Während sie draußen, am Horizont noch immer klar und hell leuchteten. »Bei den Göttern, Frau! Was hast du getan?«

Ohne ihn zu beachten, trat sie aus der Ellipse und fing an, in der Frauensprache zu singen, die für Iskarals Ohren natürlich vollkommen unverständlich war. So, wie es ihre Fähigkeiten überstieg, die Männersprache – die Mogora als Geschwätz bezeichnete – zu verstehen. Der Grund dafür war, wie Iskaral Pustl wusste, dass die Männersprache tatsächlich Geschwätz war, speziell darauf angelegt, die Frauen zu verwirren. *Es ist eine Tatsache, dass Männer keine Worte brauchen, im Gegensatz zu Frauen. Wir haben ja Penisse. Wer braucht Worte, wenn er einen Penis hat? Wohingegen Frauen zwei Brüste haben, die zum Gespräch einladen, so wie ein guter Hintern eine vollendete Unterstreichung darstellt, was jeder Mann weiß.*

Was stimmt nicht mit der Welt? Frag einen Mann, und er sagt: »Frag lieber nicht.« Frag eine Frau, und du wirst an Altersschwäche gestorben sein, ehe sie fertig ist. Ha. Hahaha.

Seltsame hauchdünne Fäden begannen durch das sich spiegelnde Licht das Feuers herabzusinken, legten sich auf den Körper des Trell.

»Was ist das?«, fragte Iskaral. Und dann zuckte er zusammen, als einer von ihnen seinen Unterarm berührte – und er sah, dass es ein Faden aus Spinnenseide war, und dass am Ende die Spinne saß, winzig klein wie eine Milbe. Beunruhigt blickte er zum Himmel auf. »Da oben sind *Spinnen*? Was für ein Wahnsinn ist das denn? Was tun sie da oben?«

»Sei still.«

»Antworte!«

»Der Himmel ist voller Spinnen, Mann. Sie lassen sich vom Wind treiben. So, jetzt habe ich dir geantwortet, und nun halt deinen Mund, wenn du nicht willst, dass ich ein paar tausend von meinen Schwestern hineinschicke.«

Seine Zähne klapperten, und er rückte näher ans Feuer. *Brennt, ihr scheußlichen Dinger. Brennt!*

Die Spinnenfäden bedeckten jetzt den Trell. Tausende, zehntausende, hunderttausende – die Spinnen hüllten Mappo Runts gesamten Körper in ein Netz.

»Und jetzt«, sagte Mogora, »ist es Zeit für den Mond.«

Die Schwärze über ihm verschwand, als plötzlich ein silbriges, strahlendes Licht erblühte. So bedrohlich war die Verwandlung, dass Iskaral Pustl kreischend hintenüberfiel, und als er so auf dem Rücken lag, starrte er direkt hinauf zu einem gewaltigen, vollen Mond, der so niedrig hing, dass er zum Greifen nahe schien. Wenn er sich nur getraut hätte. Was er nicht tat. »Du hast den Mond heruntergeholt! Bist du verrückt? Er wird uns zermalmen!«

»Ach, hör auf. Es sieht nur so aus – nun, vielleicht habe ich ihn ein bisschen gestupst –, aber ich habe dir doch gesagt, dass dies ein ernstes Ritual ist, oder?«

»*Was hast du mit dem Mond gemacht?*«

Sie brach in triumphierendes, wahnsinniges Gelächter aus. »Das ist nur mein kleines Ritual, Liebling. Wie gefällt es dir?«

»Mach, dass er weggeht!«

»Hast du Angst? Das solltest du auch! Ich bin eine Frau! Eine Hexe! Warum schwingst du also deinen dürren Hintern nicht einfach in das Zelt da und hockst dich in die Ecke, lieber Mann. Das hier ist wahre Macht, *wahre* Magie!«

»Nein, das ist es nicht! Ich meine, das ist keine Hexenmagie, das kommt nicht aus Dal Hon – ich weiß nicht, *was* das ist –«

»Du hast recht, das weißt du nicht. Und jetzt sei ein braver kleiner Junge und geh schlafen, Iskaral Pustl, während ich mich daran mache, diesem Trell sein erbärmliches Leben zu retten.«

Iskaral dachte kurz daran, ihr zu widersprechen, entschied sich aber dann dagegen. Er kroch in das Zelt.

Von draußen kam: »Bist du das, der da vor sich hin brabbelt, Iskaral?«

Oh, sei still.

Lostara Yil schlug die Augen auf und setzte sich langsam auf.

Eine graugekleidete Gestalt stand mit dem Rücken zu ihr unweit eines steinernen, gewölbten Portals. Grob behauene Wände auf allen Seiten bildeten eine runde Kammer mit Lostara – die auf einem Altar gelegen hatte – in der Mitte. Mondlicht strömte vor der Gestalt ins Innere, aber es schien zu gleiten, sich zu bewegen. Als würde der Mond draußen vom Himmel stürzen.

»Was?«, fragte sie, dann begann sie, unkontrolliert zu husten. Stechende Schmerzen fuhren ihr durch die Lunge. Nach einiger Zeit erholte sie sich wieder, blinzelte Tränen aus den Augen und blickte wieder auf.

Er sah sie jetzt an.

Der Schattentänzer. Der Gott. Cotillion. Offenbar als Antwort auf ihre erste Frage, sagte er: »Ich weiß es nicht genau. Irgendwo in der Wüste ist eine widrige Zauberei am Werk. Das Mondlicht ist … gestohlen worden. Ich gebe zu, dass ich so etwas noch nie zuvor gesehen habe.«

Noch während er sprach, kehrten Lostaras Erinnerungen zurück, stürmten förmlich auf sie ein. Y'Ghatan. Überall Flammen. Glühende Hitze. Schwere Verbrennungen – oh, wie ihr Fleisch vor Schmerz schrie – »Was … was ist mit mir geschehen?«

»Oh, das habt Ihr gemeint. Entschuldigt, Lostara Yil. Nun, kurzum, ich habe Euch aus dem Feuer geholt. Zugegeben, es ist sehr selten, dass ein Gott eingreift, aber T'riss hatte die Tür aufgetreten –«

»T'riss?«

»Die Königin der Träume. Sie hat einen Präzedenzfall geschaffen, wie es aussieht. Der größte Teil Eurer Sachen war verbrannt – es tut mir leid, wenn die neuen nicht nach Eurem Geschmack sind.«

Sie schaute an dem grobgewebten Hemd hinunter, das sie bedeckte.

»Die Tunika einer Novizin«, sagte Cotillion. »Ihr seid in einem Tempel – einem geheimen Tempel Rashans. Ich glaube, er ist während der Rebellion aufgegeben worden. Wir befinden uns anderthalb Längen von dem entfernt, was einmal Y'Ghatan war, etwa vierzig Schritt nördlich der Straße nach Sotka. Der Tempel ist gut versteckt.« Er deutete mit einer behandschuhten Hand auf den überwölbten Torweg. »Das da ist der einzige Ein- und Ausgang.«

»Wieso – wieso habt Ihr mich gerettet?«

Er zögerte. »Es wird eine Zeit kommen, Lostara Yil, da werdet Ihr eine Entscheidung treffen müssen. Eine entsetzliche Entscheidung.«

»Was für eine?«

Er musterte sie einen Augenblick, dann fragte er: »Wie tief sind Eure Gefühle für Perl?«

Sie fuhr zusammen, zuckte dann die Schultern. »Eine flüchtige Schwärmerei. Glücklicherweise vorbei. Außerdem ist er in diesen Tagen eine unangenehme Gesellschaft.«

»Das kann ich verstehen«, sagte Cotillion etwas rätselhaft. »Ihr werdet Euch entscheiden müssen, Lostara Yil, zwischen Eurer Loyalität gegenüber der Mandata … und all dem, was Perl repräsentiert.«

»Zwischen der Mandata und der Imperatrix? Aber das ergibt keinen Sinn –«

Er hob die Hand und brachte sie zum Schweigen. »Ihr braucht Euch nicht sofort zu entscheiden, Lostara. Genau betrachtet, würde ich sogar davon abraten. Alles, worum ich Euch bitte, ist, die Frage zunächst einmal zu überdenken.«

»Was geht hier vor? Was wisst Ihr, Cotillion? Plant Ihr, Euch an Laseen zu rächen?«

Er zog die Brauen hoch. »Nein, so etwas ist es nicht. Genau gesagt bin ich nicht direkt in diese … äh, Sache verwickelt. Zumindest im Augenblick nicht. In der Tat, die Wahrheit ist, dass ich einfach nur bestimmte Dinge vorausahne, von denen einige vielleicht eintreten werden, andere hingegen nicht.« Er blickte wieder zum Torbogen. »Beim Altar ist etwas zu essen. Wartet bis zur Morgendämmerung, und dann verschwindet von hier. Geht die Straße entlang. Dort werdet Ihr … willkommene Gesellschaft finden. Und dies ist Eure Geschichte: Ihr seid irgendwie aus der Stadt herausgekommen, dann blind von all dem Rauch gestolpert, habt Euch den Kopf angeschlagen und seid bewusstlos geworden. Als Ihr wieder zu Euch gekommen seid, war die Vierzehnte weg. Eure Erinnerung ist natürlich lückenhaft.«

»Ja, das ist sie tatsächlich, Cotillion.«

Er drehte sich mit einem angedeuteten Lächeln auf den Lippen um, als er den Unterton in ihrer Stimme hörte. »Ihr fürchtet, dass Ihr jetzt in meiner Schuld steht, Lostara Yil. Und dass ich eines Tages zu Euch zurückkehren und eine Bezahlung verlangen werde.«

»So arbeiten die Götter doch, oder nicht?«

»Einige von ihnen, ja. Aber ihr müsst wissen, Lostara Yil, was ich vor vier Tagen in Y'Ghatan für Euch getan habe, war meine Begleichung einer Schuld, die ich Euch gegenüber hatte.«

»Was für eine Schuld?«

Schatten sammelten sich jetzt um Cotillion, und sie konnte seine Antwort kaum hören. »Ihr vergesst, dass ich Euch einmal beim Tanzen zugesehen habe …« Und dann war er verschwunden.

Mondlicht strömte nun wie Quecksilber in die Kammer. Und sie saß eine Zeitlang da, badete in diesem Licht und dachte über seine Worte nach.

Aus dem Zelt drang ein Schnarchen. Mogora saß auf einem flachen Stein fünf Schritt von dem ersterbenden Feuer entfernt. Wäre er wach gewesen, wäre Iskaral Pustl ziemlich erleichtert gewesen. Der Mond war wieder dort, wo er hingehörte. Nicht dass sie ihn tatsächlich bewegt hätte. Das wäre in der Tat sehr schwer gewesen, und hätte außerdem viel zu viel Aufmerksamkeit erregt. Aber sie hatte seine Macht weggezogen, irgendwie, für kurze Zeit – genug, um die gründlichere Heilung zu bewirken, die der Trell benötigt hatte.

Jemand trat aus den Schatten. Ging langsam im Kreis um die reglos daliegende Gestalt von Mappo Trell herum, blieb schließlich stehen und blickte Mogora an.

Sie machte ein finsteres Gesicht, nickte dann heftig in Richtung des Zelts. »Iskaral Pustl, er ist der Magier des Hohen Hauses Schatten, oder nicht?«

»Eine beeindruckende Heilung, Mogora«, bemerkte Cotillion. »Dir ist natürlich klar, dass das Geschenk in Wirklichkeit ein Fluch sein könnte.«

»Du hast Pustl hierhergeschickt, um ihn zu finden!«

»Schattenthron, genau genommen, nicht ich. Aus diesem Grund kann ich dir nicht sagen, ob bei dieser Entscheidung die Frage der Barmherzigkeit irgendeine Rolle gespielt hat.«

Mogora starrte wieder zum Zelt. »Der Magier – dieser blöde quatschende Idiot.«

Cotillion sah sie unverwandt an, dann sagte er: »Du gehörst zu Ardata, nicht wahr?«

Sie verwandelte sich in unzählige Spinnen.

Der Gott beobachtete, wie sie in sämtliche erreichbaren Spalten flüchteten und wenige Augenblicke später verschwunden waren. Er seufzte, sah sich noch ein letztes Mal um, begegnete dabei flüchtig dem gelassenen Blick des Maultiers, und verschwand in einem wogenden Wirbel aus Schatten.

Kapitel Zehn

Als der Tag nichts als Dunkelheit kannte,
der Wind ein stummer Bettler war, der Asche und Sterne
   aufrührte,
in den vergessene Teichen unterhalb der alten
Stützmauer – dort unten, wo die weißen Flüsse
aus Sand Korn um Korn in die Unsichtbarkeit rutschen,
und jedes Fundament nur einen Augenblick weit weg ist
von einem Schwanken des Horizonts, fand ich mich
unter Freunden und konnte mich so ungezwungen
meiner bescheidenen Liste des Lebewohlsagens widmen.

Sterbender Soldat
FISHER KEL TAH

Sie tauchten aus dem Gewirr auf, und das Erste, was sie wahrnahmen, war der Gestank von Rauch und Asche – und dann die zerstörte Stadt, die sich im zunehmend heller werdenden Licht der Morgendämmerung vor ihnen erhob. Die drei standen eine Weile reglos da, stumm und jeder für sich bemüht, das, was sie da vor sich sahen, zu begreifen. Stürmisch sprach als Erster. »Sieht aus, als wäre das Imperiale Gewirr hier rausgequollen.«

Asche und tote Luft, matt wirkendes Licht – Kalam war nicht überrascht über die Bemerkung des Seesoldaten. Sie hatten gerade einen Ort des Todes und der Trostlosigkeit verlassen, nur um sich an einem anderen wiederzufinden, der genauso war. »Ich erkenne die Stadt trotzdem noch«, sagte der Assassine. »Y'Ghatan.«

Stürmisch hustete, spuckte dann aus. »Tolle Belagerung.«

»Die Armee ist weitergezogen«, bemerkte der Schnelle Ben. Er musterte die Spuren und den Abfall, der dort lag, wo sich das Hauptlager befunden hatte. »Nach Westen.«

Stürmisch grunzte. »Seht euch diese Lücke in der Mauer an«, sagte er. »Moranth-Munition, eine ganze Wagenladung voll, würde ich schätzen.«

Ein zähflüssiger Strom, inzwischen längst erstarrt, war durch diese Lücke geflossen und glänzte jetzt im Morgenlicht. Geschmolzenes Glas und Metall. Es hatte einen Feuersturm gegeben, wie Kalam begriff. Noch einen, von dem das arme Y'Ghatan heimgesucht worden war. Hatten ihn die Sappeure ausgelöst?

»Olivenöl«, sagte der Schnelle Ben plötzlich. »Die Olivenernte ist längst vorbei, die ganzen Ölvorräte müssen in der Stadt gewesen sein.« Er machte eine Pause, fügte dann hinzu: »Ich frage mich, ob das ein Unfall war.«

Kalam sah den Magier an. »Das kommt mir jetzt aber ein bisschen übertrieben vor, Ben. Außerdem gehört Leoman – nach allem, was ich über ihn mitbekommen habe – nicht zu den Leuten, die ihr eigenes Leben wegwerfen.«

»Vorausgesetzt, dass er lange genug hiergeblieben ist.«

»Wir haben hier Verluste erlitten«, sagte Stürmisch. »Da drüben ist ein Grabhügel – da, unter der Esche.« Er deutete mit dem Finger. »Erschreckend groß, falls da nicht auch tote Rebellen drin sind.«

»Für die heben wir gesonderte Gruben aus«, sagte Kalam. Er wusste, dass auch Stürmisch das wusste. Das hier sah alles andere als gut aus, und sie wollten es nicht so recht zugeben. Nicht laut. »Die Spuren sehen aus, als wären sie mindestens ein paar Tage alt. Ich vermute, wir müssten die Vierzehnte noch einholen können.«

»Lasst uns erst einen Rundgang machen«, sagte der Schnelle Ben; er blickte zu der zerstörten Stadt hinüber. »Da ist etwas … irgendein Rückstand … ich weiß nicht. Da ist nur …«

»Ein vernünftiger Einwand von unserem Hohemagier«, sagte Stürmisch. »Ich bin überzeugt.«

Kalam blickte zu dem Massengrab, und er fragte sich, wie viele seiner Freunde wohl dort unter der Erde gefangen lagen, reglos im ewigen Dunkel, während die Maden und Würmer bereits eifrig damit beschäftigt waren, ihnen all das zu nehmen, was sie einzigartig gemacht hatte. Das war nichts, worüber er gerne nachdachte, aber wenn nicht wenigstens er kurz hier stehen blieb und ihrer noch ein paar Augenblicke gedachte – wer würde es dann tun?

Überall lag verkohlter Abfall herum, auf der Straße und in der angrenzenden Ebene rechts und links davon. Zeltpfosten, die noch an Ort und Stelle standen, hielten verbrannte Stoffreste fest, und an der Stelle, wo die Straße eine Biegung machte – auf das zu, was einmal das Stadttor gewesen war –, waren ein Dutzend aufgedunsener Pferdekadaver in den Graben geworfen worden; ihre hochgereckten Beine wirkten wie knochige Baumstümpfe in einem von Fliegen wimmelnden Sumpf. Der Gestank nach Verbranntem hing in der stillen Luft.

Apsalar zügelte ihr Pferd, als sie bei einem langsamen Rundblick über die Zerstörung etwa hundert Schritt voraus und etwas nach links versetzt eine Bewegung ausmachte. Doch sie stellte rasch fest, dass ihr zwei der drei Gestalten, die auf das zugingen, was von Y'Ghatan übrig geblieben war, vertraut erschienen – ihr Schritt, ihre Haltung –, und sie ließ sich in den Sattel zurücksinken. Telorast und Rinnsel kamen zurückgehüpft und stellten sich neben das Pferd.

»Schreckliche Neuigkeiten, Nicht-Apsalar!«, rief Telorast. »Drei schreckliche Männer warten auf uns, wenn wir diesen Weg weitergehen. Wenn du sie töten willst, nun, das wäre gut. Wir wünschen dir viel Glück. Ansonsten schlagen wir vor, dass wir flüchten. Jetzt gleich.«

»Ich stimme zu«, erklärte Rinnsel; der kleine, nur aus Knochen bestehende Kopf ruckte hin und her, als die Kreatur ein paar Schritte machte, sich kriecherisch duckte, dann wieder auf und ab ging, während ihr Schwanz wie ein Dorn in die Luft ragte.

Apsalars Pferd hob einen Vorderfuß, und die dämonischen Skelette zerstreuten sich, da sie gelernt hatten, dass es tückisch war, sich unmittelbarer Nähe des Tiers aufzuhalten.

»Zwei von ihnen kenne ich«, sagte Apsalar. »Außerdem haben sie uns gesehen.« Sie stupste ihr Pferd weiter, ließ es langsam auf den Magier, seinen Freund, den Assassinen, und den malazanischen Soldaten zugehen, die jetzt alle die Richtung gewechselt hatten und gemessenen Schrittes näher kamen.

»Sie werden uns auslöschen!«, zischte Telorast. »Ich weiß es – oh, dieser Magier, er ist nicht nett, nein, ganz und gar nicht –«

Die beiden kleinen Kreaturen rasten davon, um irgendwo Deckung zu suchen.

Sie auslöschen. Diese Möglichkeit bestand, wie sich Apsalar angesichts der Geschichte, die sie mit dem Schnellen Ben und Kalam Mekhar verband, eingestehen musste. Andererseits hatten sie gewusst, dass sie besessen gewesen war, und seither war sie monatelang mit Kalam unterwegs gewesen, erst über Suchers Tiefe, dann von Darujhistan den langen Weg nach Ehrlitan, und die ganze Zeit war nichts Widriges geschehen. Dies ließ ihre Gedanken etwas ruhiger werden, während sie auf die drei Männer wartete.

Kalam sprach als Erster. »Nur wenige Dinge in der Welt ergeben einen Sinn, Apsalar.«

Sie zuckte die Schultern. »Wir alle haben unsere Reisen gemacht, Kalam Mekhar. Ich für meinen Teil bin nicht sonderlich überrascht, dass unsere Wege sich wieder einmal einander annähern.«

»Nun, das«, sagte der Schnelle Ben, »ist eine Besorgnis erregende Aussage. Sofern du nicht hier bist, um Schattenthrons Verlangen nach Rache zu erfüllen, gibt es keinen Grund, aus dem sich unsere Pfade einander annähern sollten. Nicht hier. Nicht jetzt. Ich bin jedenfalls von keinem, irgendwelche Komplotte schmiedenden Gott gestoßen und gezogen worden –«

»Dich umgibt die Aura des Vermummten, Schneller Ben«, sagte Apsalar, eine Bemerkung, die Kalam und den Soldaten sichtlich verblüffte. »Solche Rückstände stammen nur von langen Unterredungen mit dem Lord des Todes, und wenngleich du behauptest, frei zu handeln, sind die Gründe für das, was du tust und wohin du zu gehen dich entscheidest, vielleicht weniger ausschließlich deine eigenen, als du andere glauben machen willst. Oder, was du selbst gern glauben möchtest.« Ihr Blick glitt zu Kalam. »Während der Assassine sich erst vor kurzem in der Nähe Cotillions aufgehalten hat. Und was diesen Soldaten hier, diesen Falari betrifft, ist sein Geist an einen T'lan Imass gebunden, und an das Feuer des Lebens, das die T'lan Imass verehren. Und so wurden Feuer, Schatten und Tod zueinander gezogen, während zur gleichen Zeit die Kräfte und die Götter dieser Kräfte eine Linie gegen einen einzigen Feind bilden. Aber ich sollte euch alle warnen – dieser Feind ist nicht mehr nur ein einzelner Feind, war es vielleicht auch nie. Und derzeitige Bündnisse sind möglicherweise nicht von Dauer.«

»Was ist an all dem«, sagte der Schnelle Ben, »dass ich es nicht genieße?«

Kalam drehte sich zu dem Magier um. »Vielleicht, Ben, merkst du ein bisschen was von meinem Verlangen – das ich kaum unterdrücken kann –, dir einen kräftigen Fausthieb ins Gesicht zu verpassen. Der Lord des Todes? Was im Namen des Abgrunds ist in Schwarz-Korall *passiert*?«

»Es war zweckdienlich«, stieß der Magier hervor, den Blick immer noch auf Apsalar geheftet. »Das ist passiert. In dem ganzen verdammten Krieg gegen die Pannionische Domäne. Das hätte von Anfang an klar sein müssen – dass Dujek seine Streitkräfte mit denen von Caladan Bruth vereinigt hat, war einfach nur der erste und krasseste Bruch der Regeln.«

»Also arbeitest du jetzt für den Vermummten?«

»Nicht einmal annähernd, Kalam. Um ein Wortspiel zu bemühen, der Vermummte weiß, dass er für *mich* gearbeitet hat.«

»Dass er es getan *hat*? Und jetzt?«

»Und jetzt«, der Magier nickte in Apsalars Richtung, »jetzt führen die Götter Krieg gegeneinander, wie sie gesagt hat.« Er zuckte die Schultern, aber es war ein unbehagliches Schulterzucken. »Ich muss ein Gespür für beide Seiten bekommen, Kalam. Ich muss Fragen stellen. Ich brauche Antworten.«

»Und gibt der Vermummte sie dir?«

Der Blick, den er dem Assassinen zuwarf, war nervös, fast schon zaghaft. »Allmählich.«

»Und was bekommt der Vermummte dafür von dir?«

Der Magier hob verächtlich den Kopf. »Hast du jemals versucht, einem Toten den Arm umzudrehen? Es geht nicht!« Sein finsterer Blick wanderte von Kalam zu Apsalar und wieder zurück. »Hört zu. Erinnert ihr euch an die Spiele, die Igel und Fiedler gespielt haben? Mit den Drachenkarten? Sie waren Idioten, aber das ist jetzt egal. Entscheidend ist, dass sie die Regeln aufgestellt haben, während sie gespielt haben, und genau das tue ich jetzt auch, ja? Bei den Göttern, selbst ein Genie wie ich hat seine Grenzen!«

Von dem Falari kam ein Schnauben, und Apsalar sah, dass er die Zähne bleckte.

Der Magier trat zu ihm. »Schluss damit, Stürmisch! Du und dein verdammtes Steinschwert!« Er wedelt mit der Hand wild in Richtung der Stadt. »Riecht das irgendwie köstlich für dich?«

»Noch viel köstlicher würde der Hohemagier der Mandata riechen, in kleine Stücke gehackt und als Eintopf dem Vermummten persönlich überreicht.« Er griff nach dem Imass-Schwert, und sein Grinsen wurde breiter. »Und ich bin genau der Mann, der das tun –«

»Hört auf, alle beide«, sagte Kalam. »Also schön, Apsalar – wir sind alle hier, und das ist ein bisschen seltsam, aber nicht so seltsam, wie es vielleicht sein sollte. Es spielt keine Rolle.« Er machte eine Geste, die ihn, den Schnellen Ben und Stürmisch einschloss. »Wir kehren zur Vierzehnten Armee zurück. Oder wir werden es, nachdem wir einen Rundgang durch die Stadt gemacht haben und Ben zufrieden festgestellt hat, dass alles so tot ist, wie es aussieht –«

»Oh«, fiel der Magier ihm ins Wort, »es ist alles tot. Aber wir werden trotzdem einen Rundgang durch die Trümmer machen.« Er deutete mit einem Finger auf Apsalar. »Und was dich betrifft, Frau, du reist nicht allein, oder? Wo verstecken sie sich? Und was sind sie? Hausdämonen?«

»So könnte man sie nennen«, erwiderte sie.

»Wo verstecken sie sich?«, fragte der Schnelle Ben noch einmal.

»Weiß nicht. In der Nähe, vermute ich. Sie sind … schüchtern.« Mehr fügte sie – im Augenblick – nicht hinzu, genügte ihr doch die finstere Miene des Magiers als Antwort.

»Wohin gehst du, Apsalar?«, fragte Kalam.

Sie zog die Brauen hoch. »Nun, mit euch natürlich.«

Sie konnte sehen, dass sie darüber nicht sehr erfreut waren, aber sie erhoben keine Einwände. Soweit es sie betraf, war dies der perfekte Abschluss für diesen Teil ihrer Reise. Denn es passte zu ihrer dringlichsten Aufgabe – dem letzten Tötungsauftrag. Dem einzigen, den sie nicht verwerfen durfte.

Sie hatte immer gewusst, dass Cotillion ein zutiefst hintergründiger Bastard war.

»Also schön«, sagte Sergeant Hellian, »wer von euch will mein neuer Korporal sein?«

Heikel und Atemlos schauten sich an.

»Was?«, fragte Heikel. »Von uns? Aber du hast jetzt Balgrid und Tavos Pond. Oder sogar –«

»Dies ist mein neuer Trupp, und ich entscheide solche Sachen.« Sie blinzelte zu den anderen Soldaten hinüber. »Balgrid ist ein Magier. Genau wie Tavos Pond.« Sie starrte die beiden Männer finster an. »Ich mag Magier nicht, sie verschwinden immer, genau dann, wenn man sie etwas fragen will.« Ihr Blick glitt über die letzten beiden Soldaten. »Vielleicht ist ein Sappeur, und das sagt schon alles, und Lauten ist unser Heiler. Damit bleibt nur noch …«, Hellian wandte ihre Aufmerksamkeit wieder den Zwillingen zu, »ihr beide übrig.«

»Schön«, sagte Heikel. »Ich werde Korporal sein.«

»Einen Moment«, sagte Atemlos. »Ich will Korporal sein! Ich werde von ihm keine Befehle annehmen, Sergeant. Niemals. Ich habe das Hirn bekommen, weißt du –«

Heikel schnaubte. »Und weil du nicht gewusst hast, was du damit tun sollst, hast du's weggeworfen.«

»Du bist ein großer, fetter Lügner, Heikel –«

»Ruhe!« Hellian griff nach ihrem Schwert. Doch dann fiel es ihr wieder ein und sie zog stattdessen ein Messer. »Noch ein Wort von einem von euch, und ich schneide mich selbst.«

Der Trupp starrte sie an.

»Ich bin eine Frau, versteht ihr, und Frauen gehen nun mal so mit Männern um. Ihr seid alles Männer. Macht mir Ärger – und ich werde mir dieses Messer in den Arm stechen. Oder ins Bein. Oder vielleicht werde ich mir eine Brustwarze abschneiden. Und ihr Scheißkerle werdet damit leben müssen. Für den Rest eurer Tage werdet ihr mit der Tatsache leben müssen, dass ihr solche Arschlöcher gewesen seid, dass Hellian hingegangen ist und sich selbst verstümmelt hat.«

Niemand sagte mehr etwas.

Lächelnd steckte Hellian das Messer weg. »Gut. Also, Heikel und Atemlos. Ich habe mich entschieden. Ihr seid beide Korporale. So.«

»Aber was ist, wenn ich Atemlos einen Befehl –«

»Nun, das kannst du nicht.«

Atemlos hob einen Finger. »Warte, was ist, wenn wir den anderen unterschiedliche Befehle geben?«

»Mach dir da drüber keine Gedanken«, sagte Vielleicht, »wir hören sowieso nicht auf euch. Ihr seid beide Idioten, aber wenn der Sergeant euch zu Korporalen machen will, na schön. Uns kümmert's nicht. Idioten sind gute Korporale.«

»In Ordnung«, sagte Hellian und stand auf, »das wäre also erledigt. Und dass sich mir jetzt keiner davonmacht; Hauptmann Sort will nämlich, dass wir zum Abmarsch bereit sind.« Sie ging weg, auf den Hügelkamm zu. Um nachzudenken.

Hauptmann Sort hatte ihr Urb weggenommen und ihn zum Sergeanten gemacht. Wahnsinn. Die alte Regel, dass Idioten gute Korporale abgaben, erstreckte sich offensichtlich auch auf Sergeanten, aber sie konnte nichts dagegen tun. Überdies würde sie ihn sonst womöglich umbringen, und das würde Ärger geben. Immerhin war Urb ziemlich groß, und es gab nicht viele Plätze, an denen man seine Leiche verstecken könnte. Hier zumindest nicht, dachte sie, während sie die zerklüfteten Felsen musterte, die Ziegel und Tonscherben auf dem Hang.

Sie mussten ein Dorf finden. Sie könnte ihr Messer eintauschen – nein, das war keine gute Idee, denn dann würde ihre Drohung nicht mehr funktionieren, und der Trupp würde womöglich meutern. Es sei denn, sie würde beim nächsten Mal ihre Fingernägel zu den möglichen Waffen hinzufügen – sich selbst die Augen auskratzen, irgendwas in der Art. Sie warf einen Blick auf ihre Nägel – *oh, so gut wie weg. Was für ein Mist …*

»Seht sie euch an«, sagte Vielleicht. »Sagt uns, dass wir nicht weggehen sollen, und was tut sie? Marschiert einfach davon. Sucht sich einen Hügel, und wozu? Na, um ihre Nägel zu überprüfen! Oh, sie sind abgebrochen! Bei den Göttern, unser verdammter Sergeant ist eine echte Frau –«

»Sie ist keine echte Frau«, sagte Heikel. »Du kennst sie gar nicht, Sappeur. Nun, ich und Atemlos, wir sind zwei von den armen Narren, die in Kartool als Erste zu dem Tempel gekommen sind, wo dieser ganze Alptraum angefangen hat.«

»Wovon redest du?«, fragte Balgrid.

»Jemand ist hingegangen und hat alle Priester im Tempel von D'rek abgeschlachtet, und wir waren als Erste da. Wie auch immer, du weißt, wie so was läuft. Es war unser Viertel, klar? Natürlich konnten wir überhaupt nicht *in* den Tempeln patrouillieren, also trifft uns auch keine Schuld. Aber seit wann spielt der gesunde Menschenverstand im Imperium eine Rolle? Sie mussten uns also wegschicken. In der Hoffnung, dass wir getötet werden würden, damit das alles nicht rauskommt –«

»Was es gerade ist«, sagte Tavos Pond und kratzte sich unterhalb des groben, verkrusteten Verbands, der eine Seite seines Gesichts bedeckte.

»Wovon redest du?«, fragte Balgrid noch einmal. »Und was macht der Sergeant da drüben?«

Vielleicht starrte Lauten an. »Er ist immer noch taub. Tu was!«

»Es wird zurückkommen«, erwiderte der Heiler und zuckte die Schultern. »Größtenteils. Es braucht seine Zeit, das ist alles.«

»Wie auch immer«, nahm Heikel den Faden wieder auf, »sie ist keine echte Frau. Sie trinkt –«

»Richtig«, unterbrach ihn Atemlos, »und warum trinkt sie? Na, weil sie Angst vor Spinnen hat!«

»Das spielt keine Rolle«, gab sein Bruder zurück. »Und jetzt ist sie stocktrocken, und das ist schlecht. Hört zu, alle –«

»Was?«, fragte Balgrid.

»Hört zu, ihr Übrigen, wir sorgen einfach dafür, dass sie immer betrunken ist, und alles wird gut –«

»Idiot«, sagte Vielleicht. »Wahrscheinlich hat man die, die all die Priester umgebracht haben, nicht erwischt, *weil* unser Sergeant betrunken *war*. Sie hat sich in Y'Ghatan gut geschlagen, hast du das vergessen? Ihretwegen bist du noch am Leben.«

»Das wird nachlassen, Sappeur. Wart's nur ab. Ich meine, seht sie euch an – sie regt sich über ihre Fingernägel auf!«

Schwere in einen Trupp zu übernehmen, war niemals leicht, wie Gesler wusste. Sie dachten nicht normal; genau genommen war der Sergeant sich nicht einmal sicher, ob sie überhaupt wirklich menschlich waren. Vielleicht eher irgendwas zwischen einem Imass aus Fleisch und Blut und einem Barghast. Und jetzt hatte er vier von ihnen. Kurznase, Blitzgescheit, Uru Hela und Maifliege. Blitzgescheit würde wahrscheinlich ein Tauziehen gegen einen Ochsen gewinnen, und außerdem war sie eine Napanesin, obwohl die verblüffend grünen Augen woanders herkommen mussten. Kurznase schien die Angewohnheit zu haben, Teile seines Körpers zu verlieren, und es war schwer zu sagen, inwieweit das über die fehlende Nase und das fehlende Ohr hinausging. Uru war eine verdammte Korelri, die wahrscheinlich für den Sturmwall bestimmt gewesen war, bevor sie sich an Bord eines Handelsschiffs geschmuggelt hatte, was bedeutete, dass sie glaubte, sie schuldete niemandem irgendetwas. Maifliege war leicht zu verwirren, aber zweifellos genauso zäh wie die anderen.

Und Schwere waren zäh. Er würde seine Ansichten darüber, wie er mit dem Trupp umging, ändern müssen. *Aber Stürmisch wird sie lieben, wenn er jemals wieder auftaucht.*

Vielleicht war es in einer Hinsicht wirklich sinnvoll, die Trupps neu zu formieren, aber Gesler wusste nicht so recht, ob Hauptmann Sort tatsächlich den richtigen Zeitpunkt dafür erwischt hatte. Außerdem war eigentlich Faust Keneb für solche Dinge verantwortlich, und er würde es vermutlich vorziehen, die Soldaten, die jetzt allesamt Veteranen waren, aufzuteilen. Nun, sollten die verdammten Offiziere doch darauf herumkauen. Was ihn selbst im Augenblick am meisten beschäftigte, war die Tatsache, dass sie so gut wie keine Waffen oder Rüstungen hatten. Sollten sie zufällig zwei Dutzend Plünderern oder auch nur Straßenräubern begegnen, würden bald noch mehr malazanische Knochen in der Sonne bleichen. Sie mussten losziehen und das verdammte Heer einholen.

Er richtete den Blick auf die Weststraße, oben auf dem Hügelkamm. Hellian war bereits da, wie er sah. Wurde von der aufgehenden Sonne angestrahlt. Eine seltsame Frau, aber sie musste irgendetwas richtig gemacht haben, dass sie ihre Soldaten durchgebracht hatte. Durch die Sauerei dahinten. Gesler hatte nicht vor, einen Blick zurück auf Y'Ghatan zu werfen. Jedes Mal, wenn er das getan hatte, waren die Bilder zurückgekommen: Wahr, wie er die Munitionspacken geschultert hatte und in den Rauch und die Flammen gelaufen war. Fiedler und Krake, wie sie zurückgerannt waren, geflohen vor dem, was kommen würde. Nein, diese verfluchte Stadt war es nicht wert, irgendeinen letzten Blick zurückzuwerfen.

Was konnte man überhaupt mitnehmen, das auch nur einen noch so kleinen Wert gehabt hätte? Leoman hatte sie förmlich hineingezogen, die Stadt zu einem Netz gemacht, aus dem es kein Entkommen gab, *nur – wir haben es trotzdem geschafft. Aber wie viele nicht?* Hauptmann Sort hatte es ihnen gesagt. Mehr als zweitausend, oder? Und das alles nur, um ein paar hundert Fanatiker zu töten, die wahrscheinlich genauso damit zufrieden gewesen wären, sich allein und sonst niemanden umzubringen, einfach nur, um zu beweisen, dass sie für eine wie auch immer geartete, wahnsinnige und nutzlose Sache zu sterben bereit waren. Schließlich dachten Fanatiker so. Malazaner zu töten, versüßte einfach nur eine auch so schon köstliche letzte Mahlzeit. *Alles, um die Augen irgendeines Gottes zum Strahlen zu bringen.*

Andererseits – wenn man irgendwas lang genug poliert, wird es anfangen zu strahlen.

Die Sonne hob ihr blasiges Auge über den Horizont, und es war beinahe Zeit, sich in Marsch zu setzen.

Zehn, vielleicht auch mehr Junge – allesamt rosa und faltig – wanden sich in einem alten Schwalbennest, das sich von einer explodierenden Mauer gelöst hatte. Buddl starrte auf sie hinunter, das Nest in den Händen. Ihre Mutter klammerte sich an seine linke Schulter; ihre Nase zuckte, als würde sie über einen plötzlichen Sprung nachdenken – entweder zu ihrer hilflosen Brut oder an Buddls Hals.

»Ganz ruhig, meine Liebe«, flüsterte er. »Sie gehören mir genauso wie dir.«

Ein halb unterdrücktes Geräusch in der Nähe, dann ein lautes Lachen.

Buddl warf Lächeln einen finsteren Blick zur. »Du verstehst überhaupt nichts, du armselige Kuh.«

»Ich kann nicht glauben, dass du dieses schmutzige Ding mitnehmen willst. Na schön, sie hat uns rausgeführt, dann lass sie jetzt doch in Ruhe. Du kannst sie außerdem eh nicht am Leben erhalten – sie muss sie ernähren, richtig? Was bedeutet, dass sie herumschnüffeln muss. Und wann soll sie das tun? Wir stehen kurz vor dem Abmarsch, du Blödmann.«

»Wir können es schaffen«, erwiderte er. »Ratten sind Stammeskreaturen. Außerdem haben wir schon genug Nahrung zusammengekratzt – nur Y'Ghatan muss im Augenblick viel essen. Die Jungen saugen einfach nur.«

»Hör auf, du machst mich krank. Es gibt schon genug Ratten

auf der Welt, Buddl. Nimm die große, klar, aber lass die anderen für die Vögel.«

»Das würde sie mir nie verzeihen.«

Koryk, der in der Nähe saß, musterte die beiden streitenden Soldaten noch einen Augenblick länger und stand dann auf.

»Geh nicht zu weit weg«, sagte Saiten.

Der Halb-Seti grunzte eine wortlose Antwort, und ging dann in nördlicher Richtung hinaus auf die Ebene – dorthin, wo breite, tiefe Gruben den Boden übersäten. Als er bei der ersten ankam, blieb er stehen und blickte ins sie hinunter. Aus diesen Gruben war früher einmal Ton für die Töpfer heraufgeholt worden, aber das war zu einer Zeit gewesen, als es noch dicht unter der Oberfläche Wasser gegeben hatte. Und als das Land immer trockner geworden war, hatte sich gezeigt, dass sie sich gut dafür eigneten, alle Arten von Abfall aufzunehmen – nicht zuletzt auch die Leichen der Armen.

Die Gruben, die den Stadtmauern am nächsten waren, enthielten ausschließlich Knochen, ganze Haufen von Knochen – ausgebleicht und in der Hitze gesprungen –, und dazwischen fanden sich ein paar ausgefranste Fetzen von Grabtüchern.

Er blieb noch einen Augenblick am Rand der Grube stehen und stieg dann eine der abbröckelnden Seiten hinunter.

Die Soldaten hatten den größten Teil der Knochen verloren, die sie an ihren Rüstungen und Uniformen befestigt gehabt hatten. Es kam Koryk nur angemessen vor, dass diese seit langem toten Bürger Y'Ghatans nun die ihrigen hergaben. *Schließlich sind wir durch die Gebeine dieser Stadt gekrochen. Und wir können nicht einmal abschätzen, was wir zurückgelassen haben.*

Knietief in Knochen schaute er sich um. Hier gab es wirklich keinen Mangel an Fetischen. Zufrieden begann er zu sammeln.

»Ohne deine Rüstung siehst du verdammt nackt aus.«

Korporal Starr zog eine Grimasse. »Ohne meine Rüstung *bin* ich auch verdammt nackt, Sergeant.«

Lächelnd blickte Saiten sich um, suchte so lange, bis er Koryk fand, der gerade dabei war, in den Boden hinunterzuklettern. Zumindest sah es von hier so aus. Ein seltsamer, verschlossener Mann. Andererseits – wenn er in die Erde kriechen wollte, war das seine Sache. So lange er wieder auftauchte, wenn der Ruf zum Abmarsch erklang.

Krake war beim Feuer und schenkte den letzten Tee aus, ein Gebräu, das er aus einem halben Dutzend hier vorkommender Pflanzen gebraut hatte, die Buddl als schmackhaft bezeichnet hatte, obwohl er bei der Frage, inwieweit sie giftig wären, ein bisschen herumgedruckst hatte.

Nachdem er einen Moment lang seinen Trupp gemustert hatte, widmete der Sergeant sich wieder seinem Bart, den er dadurch loszuwerden versuchte, dass er mit einem kleinen Messer auf die übel riechenden, versengten Haare einhackte – der einzigen Waffe, die ihm geblieben war.

Eines der Findelkinder hatte sich an ihn gehängt und saß ihm gegenüber, beobachtete ihn aus großen Augen. Ihr rundes Gesicht war mit Asche verschmiert, und zwei nasse, schmutzige Streifen liefen von ihrer Nase herunter. Sie hatte sich so oft die Lippen geleckt, dass sie völlig aufgesprungen waren.

Saiten machte eine Pause, warf ihr einen kurzen Blick zu und zog eine Augenbraue hoch. »Du brauchst ein Bad, Mädchen. Wir werden dich in den ersten Bach werfen müssen, den wir finden.«

Sie zog eine Schnute.

»Das lässt sich nicht ändern«, fuhr er fort. »Von den malazanischen Soldaten der Vierzehnten wird ein gewisses Maß an Sauberkeit verlangt. Bisher ist der Hauptmann locker damit umgegangen, aber glaube mir, das wird nicht immer so bleiben …« Er hörte auf zu reden, als er sah, dass sie nicht mehr zuhörte. Und sie sah auch nicht mehr ihn an, sondern etwas hinter seiner linken Schulter. Saiten drehte sich um und folgte ihrem Blick.

Und sah einen Reiter und drei Gestalten, die zu Fuß gingen. Sie kamen von die Straße entlang, die Y'Ghatan umgab – direkt auf sie zu.

Ein kleines Stück rechts von ihm saß Gesler, und den hörte er jetzt sagen: »Das ist Stürmisch – *diesen* Gang würde ich überall erkennen. Und Kalam und Ben. Die Frau auf dem Pferd kenne ich allerdings nicht ...«

Aber ich kenne sie. Saiten stand auf und ging ihnen den Hang hinauf entgegen. Er hörte, dass Gesler ihm folgte.

»Hol mich der Vermummte«, sagte Saiten, musterte erst Apsalar, dann Kalam und den Schnellen Ben. »Der halbe alte Trupp. Alle hier.«

Der Schnelle Ben schaute Fiedler eigenartig an. »Du hast dich rasiert«, sagte er. »Und schlagartig fällt mir wieder ein, wie jung du eigentlich bist – dieser Bart hat dich zu einem alten Mann gemacht.«

Er machte eine Pause, fügte dann hinzu: »Es wäre schön, wenn Fäustel auch hier wäre.«

»Vergiss es«, sagte Saiten. »Der wird in Darujhistan allmählich fett, und das Letzte, was er sich wünscht, ist, unsere hässlichen Gesichter noch einmal wiederzusehen.« Er hustete. »Und ich vermute, Paran ist auch da, hat die Füße hochgelegt und nippt an einem gekühlten saltoanischen Wein.«

»Er hat sich als guter Hauptmann erwiesen«, sagte der Magier nach einem Augenblick. »Wer hätte das gedacht, hm?«

Saiten nickte in Richtung der Frau auf dem Pferd. »Apsalar. Und wo ist Crokus Junghand?«

Sie zuckte die Schultern. »Er hat inzwischen den Namen Schlitzer angenommen, Fiedler.«

Oh.

»Darüber hinaus kann ich nur sagen«, fuhr sie fort, »dass unsere Wege sich schon vor einiger Zeit getrennt haben.«

Stürmisch trat näher zu Gesler. »Haben wir ihn verloren?«, fragte er.

Gesler wandte den Blick ab, nickte dann.

»Was ist passiert?«

Saiten antwortete für ihn. »Wahr hat uns allen das Leben gerettet, Stürmisch. Er hat getan, was wir nicht tun konnten, als es getan werden musste. Ohne ein Wort der Klage. Jedenfalls hat er sein Leben für uns gegeben. Ich wünschte, es hätte andersrum sein können …« Er schüttelte den Kopf. »Ich weiß, es ist schwer, wenn sie so jung sind.«

Da waren jetzt Tränen, die dem riesigen Mann über das sonnengebräunte Gesicht liefen. Ohne ein Wort zu sagen, ging er an ihnen allen vorbei den Hang hinunter, auf das Lager der Malazaner zu. Gesler blickte ihm ein, zwei Herzschläge lang nach und folgte ihm dann.

Niemand sagte etwas.

»Ich hatte so ein Gefühl«, sagte der Schnelle Ben nach einiger Zeit. »Ihr habt es aus Y'Ghatan geschafft, aber die Vierzehnte ist bereits losmarschiert.«

Fiedler nickte. »Sie mussten. Im Osten wütet die Pest, sie kommt immer näher. Abgesehen davon muss es aus ihrer Warte völlig unmöglich erschienen sein, dass irgendwer, der in der Stadt gefangen war, den Feuersturm überlebt haben könnte.«

»Und wie habt ihr es geschafft?«, fragte Kalam.

»Wir stehen kurz vor dem Abmarsch«, sagte Fiedler, als Faradan Sort auftauchte und auf die Straße kletterte. »Ich erzähle es euch unterwegs. Und Ben, ich habe einen Magier in meinem Trupp, den du kennen lernen solltest – er hat uns alle gerettet.«

»Was soll ich tun?«, fragte der Magier. »Ihm die Hand schütteln?«

»Nicht, so lange du nicht gebissen werden willst.« *Hah, schaut euch nur mal sein Gesicht an. Das allein war es wert.*

Die Brücke bestand aus schwarzen Steinen, die alle nur grob behauen waren, aber dennoch genau passten. Und sie war breit genug, um zwei Wagen nebeneinander Platz zu bieten; es gab allerdings an den Seiten kein Geländer oder etwas Ähnliches, und der mitgenommenen Rand der Fahrbahn bröckelte an einigen Stellen bereits ab, was Paran ein gewisses Unbehagen bereitete. Vor allem, weil unter der Brücke nichts war. Gar nichts. Graue Nebel in einem unermesslich tiefen Meer unter ihnen. Graue Nebel, die

die Brücke selbst zwanzig Schritt vor ihnen verschluckten; graue Nebel, die den Himmel über ihnen anfochten.

Eine halbgeborene Sphäre, eine Totgeburt; die Luft war kalt und feucht und roch nach Gezeitentümpeln. Paran zog sich den Umhang enger um die Schultern. »Nun«, murmelte er, »es ist ziemlich genau so, wie ich es gesehen habe.«

Die geisterhafte Gestalt von Igel stand am Rand der gewaltigen Brücke und drehte sich langsam um. »Ihr seid schon einmal hier gewesen, Hauptmann?«

»Ich hatte Visionen«, erwiderte er. »Das ist alles. Wir müssen sie überqueren –«

»Klar«, sagte der Sappeur. »Um in eine seit langer Zeit vergessene Welt zu gelangen. Gehört sie dem Vermummten? Schwer zu sagen.« Der Blick aus den im Verborgenen liegenden Augen des Geists schien sich zu verlagern, richtete sich auf Ganath. »Ihr hättet Eure Meinung ändern sollen, Jaghut.«

Paran sah sie an. Es war unmöglich, ihre Miene zu deuten, aber ihre Haltung wirkte steif, und ihre Bewegungen hatten etwas Fieberhaftes, als sie nun die Hände hob, um die Kapuze des Umhangs hochzuschlagen, den sie herbeibeschworen hatte.

»Ja«, sagte sie. »Das hätte ich tun sollen.«

»Das hier ist älter als die Festen, oder?«, fragte Paran sie. »Und du erkennst es wieder, nicht wahr, Ganath?«

»Ja, als Antwort auf beide Fragen. Dieser Ort gehört zu den Jaghut – zu unseren eigenen Mythen. Dies ist unsere Vision der Unterwelt, Herr der Drachenkarten. Verdith'anath, die Brücke des Todes. Du musst einen anderen Weg finden, Ganoes Paran, um die zu finden, die du suchst.«

Er schüttelte den Kopf. »Nein, ich fürchte, es ist dieser Weg.«

»Das kann nicht sein.«

»Warum nicht?«

Sie antwortete nicht.

Paran zögerte, dann sagte er: »Dies ist der Ort aus meinen Visionen. Wo ich anfangen muss. Aber ... nun, diese Träume sind niemals über das hier hinausgegangen – ich konnte nicht erkennen, was weiter vorn lag, auf dieser Brücke. Also hatte ich das, was ihr hier vor uns seht, und das Wissen, dass nur ein Geist mich hinüberführen könnte.« Er musterte die Nebelschwaden, die den steinernen Pfad verschluckten. »Schließlich bin ich zu dem Schluss gekommen, dass es zwei Wege gibt, es zu erkennen.«

»Was zu erkennen«, fragte Ganath.

»Nun, die Beschränktheit dieser Visionen und meine Vermutungen, wie es weitergehen soll. Ich könnte alles andere aufgeben und versuchen, sie mit Genauigkeit zu beschwichtigen, niemals abzuschweifen – aus Angst, dass es sich als verhängnisvoll erweisen könnte. Oder ich könnte all diese Unsicherheiten als Gelegenheiten betrachten und so meiner Phantasie die Zügel schießen lassen.«

Igel machte eine Bewegung, als würde er ausspucken, aber da war nichts, was seinen Mund verließ. »Ich nehme an, dass Ihr Euch für Letzteres entschieden habt, Hauptmann.«

Paran nickte, dann sah er die Jaghut wieder an. »In euren Mythen, Ganath, wer oder was bewacht da diese Brücke?«

Sie schüttelte den Kopf. »Dieser Ort liegt unter dem Boden unter den Füßen des Vermummten. Es ist gut möglich, dass er von dieser Sphäre weiß, aber es nicht wagt, die Herrschaft über sie zu beanspruchen … oder über ihre Bewohner. Es ist ein ursprünglicher Ort, Herr der Drachenkarten, und genauso ursprünglich sind die Kräfte, die ihn ihre Heimat nennen. Es ist eine Täuschung, zu glauben, der Tod habe nur eine einzige Erscheinungsform. Wie bei allen Dingen gibt es Schichten auf Schichten, und im Laufe der Zeit werden die tiefsten und dunkelsten vergessen – und doch haben sie alles geprägt, was über ihnen liegt.« Sie schien Paran einen Augenblick zu mustern und fuhr dann fort: »Du trägst ein Otataral-Schwert.«

»Widerstrebend«, gestand er. »Die meiste Zeit liegt es vergraben in der Nähe der hinteren Wand von Colls Besitz in Darujhistan. Ich bin überrascht, dass du es gespürt hast – die Scheide ist aus Eisen und Bronze, was seine Wirkung aufhebt.«

Die Jaghut zuckte die Schultern. »Das Hindernis ist unvollkommen. Wenn in unseren Mythen Wahrheiten enthalten sind – und das ist ja eigentlich immer der Fall –, ziehen die Bewohner dieser Sphäre rohe Gewalt der Zauberei vor. Das Schwert wird nichts weiter als ein Schwert sein.«

»Nun, ich hatte ohnehin nicht vor, es zu benutzen.«

»Dann gehen wir also einfach los, über diese Brücke, und lassen auf uns zukommen, was immer es ist?«, sagte Igel. »Hauptmann, ich mag ein Sappeur sein, noch dazu ein toter, aber selbst ich halte das nicht für eine gute Idee.«

»Natürlich nicht«, sagte Paran. »Ich habe etwas anderes vor.« Er zog einen kleinen, mit Speichen versehenen runden Gegenstand aus seinem Packen und warf ihn auf den Boden. »Es sollte nicht lange dauern«, sagte er. »Man hat ihnen aufgetragen, in der Nähe zu bleiben.«

Einen Augenblick später klangen Geräusche durch die Nebelschwaden hinter ihnen – Hufgetrappel und das schwere Klappern gewaltiger Räder. Pferde tauchten auf, die die Köpfe hochwarfen, mit Schaum vor den Mäulern und wildem Blick – ein ganzes Gespann, das eine sechsrädrige Kutsche zog. Wachen hielten sich an verschiedenen schmuckvollen Vorsprüngen an den Seiten der Kutsche fest; einige von ihnen hatten sich auch mit Lederharnischen festgeschnallt. Sie hatten die Waffen blankgezogen und starrten grimmig in die Nebelschwaden, die sie auf allen Seiten umwogten.

Der Kutscher lehnte sich zurück, zog an den Zügeln und stieß dabei einen unheimlichen Schrei aus. Hufe stampften, das Gespann schwenkte herum, zog die riesige Kutsche dabei mit, die knirschend über die Steine schlitterte und schließlich stehen blieb.

Die Wachen machten sich los und schwärmten aus, bildeten mit gespannten Armbrüsten einen Verteidigungsring. Der Kutscher zog die Bremse an, wickelte die Zügel um den Handgriff, holte eine Flasche hervor und leerte sie mit sieben Schlucken. Er rülpste, verschloss die Flasche wieder, steckte sie ein und kletterte vom Wagen, öffnete dann die seitlich angebrachte Tür in dem Augenblick, da Paran durch das vergitterte Fenster eine Bewegung gesehen hatte.

Der Mann, der sich nach draußen schob, war riesig und in nassgeschwitzte Seide gekleidet. Seine dicklichen Hände und das rundliche Gesicht waren schweißbedeckt.

»Ihr müsst Karpolan Demesand sein«, sagte Paran. »Ich bin Ganoes Paran. Danke, dass Ihr so schnell gekommen seid. Da ich den Ruf der Trygalle-Handelsgilde kenne, bin ich natürlich nicht überrascht.«

»Das solltet Ihr auch nicht!«, erwiderte der riesige Mann mit einem breiten Lächeln, dass goldüberzogene, diamantenbesetzte Zähne enthüllte. Das Lächeln verblasste langsam, als er die Brücke entdeckte. »Oje.« Er deutete auf die zwei nächsten Wachen, beides Frauen aus dem Stamm der Pardu, beide mit schlimmen Narben. »Nisstar, Artara, an den Rand des Nebels auf der Brücke, bitte. Untersucht die Ränder sorgfältig – ohne Stützmauer haben wir einen wirklich tückischen Weg vor uns.« Seine kleinen, leuchtenden Augen richteten sich wieder auf Paran. »Herr der Drachenkarten, vergebt mir, ich bin sehr erschöpft! Oh, wie dieses schreckliche Land den armen alten Karpolan Demesand fordert! Nach dem hier werden wir eiligst zu unserem höchst geschätzten heimatlichen Kontinent Genabackis zurückkehren! Nichts als Unglück sucht das Reich der Sieben Städte heim – seht nur, wie viel Gewicht ich verloren habe! Die Belastung! Das Ungemach! Das schlechte Essen!« Er schnipste mit den Fingern, und ein Diener tauchte aus der Kutsche hinter ihm auf, der es irgendwie schaffte, ein Tablett mit Kelchen und einer Kristallkaraffe in der einen Hand zu balancieren, während er sich mit der anderen beim Aussteigen festhielt. »Kommt näher, meine Freunde! Ihr nicht, ihr verdammten Anteilseigner! Haltet Wache, ihr Narren! Da sind *Dinge* da draußen, und ihr wisst, was geschieht, wenn *Dinge* ankommen! Nein, ich habe mit meinen Gästen gesprochen! Mit Ganoes Paran, dem Herrn der Drachenkarten, seinem geisterhaften Kameraden und der Zauberin aus dem Volk der Jaghut – gesellt Euch zu mir, ihr gereizten

Drei, zu diesem einen friedlichen Trinkspruch ... bevor das Gemetzel beginnt!«

»Danke für die Einladung«, sagte Igel, »aber da ich ein Geist bin –«

»Ganz und gar nicht«, schnitt Karpolan Demesand ihm das Wort ab. »Ihr müsst wissen, dass Ihr so nahe bei meinem Gefährt hier nicht zur Unkörperlichkeit verflucht seid – ganz und gar nicht! Also« – er reicht dem Sappeur einen Kelch – »trinkt, mein Freund! Und schwelgt einmal mehr in der köstlichen Empfindung des Schmeckens, ganz zu schweigen vom Alkohol!«

»Wenn Ihr es sagt«, meinte Igel und nahm den Kelch. Er trank einen Schluck, und seine nebelhafte Miene hellte sich irgendwie auf. »Bei den Göttern hienieden! Jetzt habt Ihr es geschafft, Kaufmann! Ich glaube, ich werde von nun an diese Kutsche für immer verfolgen!«

»Leider, mein Freund, lässt der Effekt nach einiger Zeit nach. Ansonsten würden wir uns einer unglaublichen Bürde gegenübersehen, wie Ihr Euch vorstellen könnt! Jetzt Ihr, Jaghut, bitte, die Bedeutung der unzähligen Aromen in diesem Wein wird Euch nicht verschlossen bleiben, da bin ich mir sicher.« Strahlend reichte er ihr einen Kelch.

Sie trank, bleckte dann die Hauer, was Paran als Lächeln deutete. »Bik'trara – Eisblumen – Ihr müsst irgendwann in der Vergangenheit einen Jaghut-Gletscher überquert haben, dass Ihr so seltene Pflanzen ernten konntet.«

»In der Tat, meine Liebe! Jaghut-Gletscher, und darüber hinaus noch viel mehr, das versichere ich Euch! Zur Erklärung: die Trygalle-Handelsgilde reist durch die Gewirre – kein anderer Kaufmann auf dieser Welt würde sich trauen, das zu tun. Demgemäß sind wir sehr teuer.« Er zwinkerte Paran zu. »Außerordentlich teuer, wie der Herr der Drachenkarten nur zu gut weiß. Und da ich gerade davon spreche – ich vermute, Ihr habt die Bezahlung bei Euch?«

Paran nickte.

Karpolan reichte ihm den dritten Kelch. »Ich habe bemerkt,

dass Ihr Euer Pferd mitgebracht habt, Herr der Drachenkarten. Habt Ihr denn vor, neben uns herzureiten?«

»Eigentlich schon. Ist das ein Problem?«

»Schwer zu sagen – wir wissen noch nicht, was uns auf dieser Brücke begegnen wird. Auf jeden Fall müsst Ihr dicht bei uns reiten, sofern Ihr nicht selbst für Euren Schutz sorgen wollt – was die Frage aufwerfen würde, wieso Ihr uns überhaupt hättet anheuern sollen?«

»Nein, Ich werde Euren Schutz benötigen, da bin ich mir sicher«, sagte Paran. »Und ja, deshalb habe ich in Darujhistan einen Handel mit Eurer Gilde abgeschlossen.« Er trank einen Schluck Wein und stellte fest, dass ihm leicht schwindlig wurde. »Obwohl ich«, fügte er hinzu und betrachtete die goldene Flüssigkeit, »Schwierigkeiten haben dürfte, mich im Sattel zu halten, wenn ich noch mehr davon trinke.«

»Ihr müsst Euch fest anschnallen, Ganoes Paran. An die Steigbügel und den Sattel. Vertraut mir, eine solche Reise bewältigt man am besten betrunken oder von Durhang-Rauch berauscht. Oder beides. Und nun muss ich mit den Vorbereitungen beginnen. Obwohl ich dieses Gewirr noch nie zuvor besucht habe, drängt sich mir die Vermutung auf, dass wir auf dieser schrecklichen Brücke bitter geprüft werden.«

»Wenn Ihr der Idee zugänglich seid«, sagte Ganath, »würde ich gern mit Euch im Innern der Kutsche fahren.«

»Entzückend, und ich schlage vor, dass Ihr Euch bereitmacht, auf Euer Gewirr zurückzugreifen, Jaghut, sollte es notwendig werden.«

Paran sah zu, wie die beiden in die Kutsche stiegen, dann drehte er sich zu Igel um.

Der Sappeur trank den Wein in seinem Kelch aus, stellte ihn dann zurück auf das Tablett, das der Diener noch immer in der Hand hielt – ein alter Mann mit rotgeränderten Augen und grauen Haaren, die an den Enden versengt aussahen. »Wie viele solche Reisen hast du schon gemacht?«, fragte ihn Igel.

»Mehr als ich zählen kann.«

»Ich nehme an, dass Karpolan Demesand ein Hohemagier ist, ja?«

»Das ist er, mein Herr. Und dafür segnen wir Anteilseigner ihn jeden Tag.«

»Zweifellos«, sagte Igel, wandte sich dann an Paran. »Wenn Ihr das nicht mehr trinken wollt, Hauptmann, stellt es ab. Ihr und ich, wir müssen reden.«

Paran riskierte noch einen Schluck, dann stellte er den Kelch zurück und folgte Igel, als der sich mit einer einladenden Geste zur Brücke aufmachte.

»Hast du etwas in deinem geisterhaften Sinn, Igel?«

»Vieles, Hauptmann, aber immer der Reihe nach. Wisst Ihr, als ich den Knaller geworfen habe, damals, in Korall, da wusste ich, dass es das war. Der Vermummte weiß, dass ich keine Wahl hatte, und wenn ich noch einmal so etwas machen müsste, würde ich es wieder so machen. Wie auch immer –« Er machte eine Pause, fuhr dann fort: »Eine Zeitlang war da einfach nur, nun, nur Dunkelheit. Ab und an ist so etwas wie Licht, wie Bewusstsein aufgeflackert.« Er schüttelte den Kopf. »Es war so, als, nun« – er begegnete Parans Blick –, »als hätte ich keinen Ort mehr, wo ich hätte hingehen können. Meine Seele, meine ich. Überhaupt keinen Ort mehr. Und glaubt mir, das ist kein gutes Gefühl.«

»Aber dann hast du einen gefunden«, sagte Paran. »Einen Ort, wo du hingehen kannst, meine ich.«

Igel nickte, die Augen wieder auf die Nebelschwaden gerichtet, die den Weg vor ihnen verschluckten. »Anfangs habe ich nur Stimmen gehört. Dann … sind alte Freunde aus der Dunkelheit gekommen. Gesichter, die ich kannte, und ganz bestimmt, wie ich sagte, Freunde. Aber auch einige, die keine Freunde waren. Ihr müsst verstehen, Hauptmann, vor Eurer Zeit sind viele Brückenverbrenner echte Dreckskerle gewesen. Wenn ein Soldat so etwas durchmacht wie das, was wir durchgemacht haben – in der Raraku, im Schwarzhundwald –, wird man entweder verdammt demütig, oder man beginnt zu glauben, dass die Imperatrix das anbetet, was aus Eurem Hintern kommt, und nicht nur die Imperatrix, sondern auch alle anderen. Nun, als ich am Leben war, hatte ich nie Zeit für solche Bastarde – und jetzt steht mir bevor, eine Ewigkeit mit ihnen zu verbringen.«

Paran schwieg einen Augenblick nachdenklich, dann sagte er: »Sprich weiter.«

»Wir Brückenverbrenner, wir haben Arbeit vor uns, und einige von uns mögen sie nicht. Ich meine, wir sind tot, stimmt's? Und gewiss, es ist gut, Freunden zu helfen, die noch am Leben sind, und vielleicht der ganzen Menschheit zu helfen, wenn's dazu kommt, und es tut mir leid, das sagen zu müssen, aber es wird dazu kommen. Und doch hat man immer noch Fragen – Fragen, die nicht beantwortet werden können.«

»Die da wären?«

Die Miene des Sappeurs verzerrte sich. »Verdammt, es klingt furchtbar, aber … was haben wir davon? Wir sind in einer Armee von Toten in einem verdammten Meer, an einer Stelle, wo früher eine Wüste war. Wir sind alle fertig mit unseren Kriegen, das Kämpfen ist vorbei, und jetzt sieht es aus, als müssten wir marschieren – und es ist ein langer Marsch, länger als man für möglich halten würde. Aber es ist jetzt unsere Straße, nicht wahr?«

»Und wohin führt sie, Igel?«

Er schüttelte wieder den Kopf. »Was bedeutet es zu sterben? Was bedeutet es *aufzusteigen*? Es ist ja nicht so, als würden wir uns zehntausend Anbeter unter den Lebenden zusammensuchen, oder? Ich meine, das Einzige, was wir toten Soldaten gemeinsam haben, ist, dass niemand von uns gut genug war oder so viel Glück hatte, den Kampf zu überleben. Wir sind ein Heer von Versagern.« Er stieß ein bellendes Lachen aus. »Das sollte ich mir für die Dreckskerle merken. Einfach nur, um sie zu ärgern.«

Paran blickte zurück zur Kutsche. Noch immer war dort keinerlei Betriebsamkeit zu sehen, obwohl der Diener wieder im Innern verschwunden war. Er seufzte. »Aufgestiegene … Ihre Rolle lässt sich nicht so leicht erklären, Igel – genau genommen habe ich bis heute noch keine angemessene Erklärung darüber gefunden, was *Aufsteigen* wirklich bedeutet – auch in den ganzen Traktaten der Gelehrten nicht, über denen ich in den Bibliotheken und Archiven von Darujhistan gebrütet habe. Und so habe ich mir meine eigene Theorie gebildet.«

»Lasst sie hören, Hauptmann.«

»In Ordnung, dann fangen wir doch mal damit an: Aufgestiegene, die Anbeter finden, werden zu Göttern, und diese … Bindung geht in beide Richtungen. Aufgestiegene ohne Anbeter sind in gewisser Weise unangekettet. Unverbunden, in der Sprache der Drachenkarten. Nun, Götter, die zwar früher einmal angebetet wurden, heute aber nicht mehr, sind immer noch Aufgestiegene, aber sie sind kraftlos, und das bleiben sie, bis sie auf irgendeine Weise wieder angebetet werden. Bei den Älteren Göttern bedeutet das, dass auf geheiligtem oder einstmals geheiligtem Boden Blut vergossen werden muss. Bei den primitiveren Geistern und dergleichen könnte schon die Erinnerung an ihren Namen oder seine Wiederentdeckung ausreichen. Oder eine andere Form des Erwachens. Allerdings spielt nichts von alledem eine Rolle, wenn der betreffende Aufgestiegene wirklich und wahrhaftig ausgelöscht wurde.

Nun nochmal ein Stückchen zurück … Aufgestiegene, ob Götter oder nicht, scheinen über eine gewisse Form von Macht zu verfügen. Vielleicht Zauberei, vielleicht Persönlichkeit, vielleicht etwas anderes. Und das wiederum scheint zu bedeuten, dass sie ein ungewöhnlich hohes Maß an Wirksamkeit besitzen –«

»An was?«

»Sie machen Probleme, wenn man ihnen in die Quere kommt, das will ich sagen. Ein sterblicher Mann schlägt jemanden und bricht dem Opfer vielleicht die Nase. Ein Aufgestiegener schlägt jemanden, und die Getroffenen fliegen durch die Wand. Nun, ich meine das nicht wörtlich, obwohl es manchmal der Fall ist. Nicht notwendigerweise aufgrund körperlicher Stärke, sondern durch Willensstärke. Wenn ein Aufgestiegener handelt, laufen Wellen durch … alles. Und das macht sie so gefährlich. Zum Beispiel war Treach – bevor Fener aus seiner Sphäre vertrieben wurde – ein Erster Held – eine alte Bezeichnung für einen Aufgestiegenen –, und das war alles. Er hat den größten Teil seiner Zeit damit verbracht, entweder gegen andere Erste Helden zu kämpfen oder, zum Ende hin, in seiner Wechselgängergestalt umherzustreifen. Wenn Treach in dieser Gestalt nichts Unglückliches zugestoßen wäre, wäre sein Aufgestiegensein schließlich verschwunden, hätte es sich in dem schlichten tierischen Geist eines übergroßen Tigers verloren. Aber es *ist* etwas Unglückliches geschehen – genau genommen waren es zwei Dinge: Feners Vertreibung und Treachs ungewöhnlicher Tod. Und aufgrund dieser beiden Ereignisse hat sich alles verändert.«

»Ja, ja«, sagte Igel, »das ist ja alles schön und gut. Wann kommt Ihr zu Eurer Theorie, Hauptmann?«

»Jeder Berg hat einen Gipfel, Igel, und im Laufe der Geschichte hat es Berge um Berge gegeben – mehr als wir uns vorstellen können, schätze ich – Berge der Menschheit, der Jaghut, der T'lan Imass, Eres'al, Barghast, Trell und so weiter. Nicht nur Berge, sondern ganze Bergketten. Ich glaube, dass das Aufsteigen ein natürliches Phänomen ist, ein unausweichliches Gesetz, das etwas mit Wahrscheinlichkeit zu tun hat. Nimm viele, wirklich viele Leute, irgendwo, irgendeiner Art, und früher oder später wird sich genug Druck aufbauen, und ein Berg wird sich erheben, und er wird einen Gipfel haben. Und aus diesem Grund werden auch so viele Aufgestiegene zu Göttern – wenn Generationen vergangen sind, wird der Name des großen Helden irgendwann heilig, wird er selbst zum Sinnbild eines längst entschwundenen goldenen Zeitalters – so läuft das.«

»Also, wenn ich Euch richtig verstehe, Hauptmann – und ich muss zugeben, es ist nicht leicht und war es auch nie –, gibt es zu viel Druck in diesen Tagen, und deshalb sind zu viele Aufgestiegene da, und die Dinge werden haarig.«

Paran zuckte die Schultern. »Es könnte sich so anfühlen. Das tut es wahrscheinlich immer. Aber diese Dinge erledigen sich irgendwann von selbst. Berge prallen gegeneinander, Gipfel stürzen ein, werden vergessen und zerbröckeln zu Staub.«

»Hauptmann, habt Ihr vor, den Drachenkarten eine neue Karte hinzuzufügen?«

Paran musterte den Geist lange, dann sagte er: »In vielen Häusern gibt es die Rolle des Soldaten bereits –«

»Aber nicht die des ungebundenen Soldaten, Hauptmann. Nicht … so etwas wie uns.«

»Du hast gesagt, euch stünde ein langer Weg bevor, Sappeur. Woher weißt du das? Wer führt dich?«

»Auf diese Frage habe ich keine Antwort bekommen, Hauptmann. Deshalb haben wir ausgeknobelt – das wäre dann unsere Bezahlung für diesen Handel –, dass wenn Ihr eine Karte für uns erschaffen würdet, nun, es wäre, als wenn man über einem unsichtbares Spinnennetz eine Handvoll Weizenmehl ausstreut.«

»Als Teil des Handels? Das hättest du auch gleich zu Anfang sagen können, Igel.«

»Nein, lieber erst, wenn es zu spät ist.«

»Für dich, ja. In Ordnung, ich werde darüber nachdenken. Ich gebe zu, dass du mich neugierig gemacht hast, vor allem, da ich nicht glaube, dass du und deine Geisterarmee, dass ihr direkt manipuliert werdet. Ich vermute, was euch ruft, ist etwas weit Flüchtigeres, etwas Ursprünglicheres. Eine Kraft der Natur, als wäre irgendeinem lang verlorenen Gesetz wieder Geltung verschafft worden, und ihr seid diejenigen, die es durchsetzen werden. Endlich.«

»Ein interessanter Gedanke, Hauptmann. Ich habe immer gewusst, dass Ihr was im Kopf habt, und jetzt bekomme ich endlich eine Ahnung davon, wozu es gut ist.«

»Und jetzt will ich dir eine Frage stellen, Igel.«

»Wenn es sein muss.«

»Diese lange Straße vor euch. Euer Marsch – er führt in den Krieg, stimmt's? Gegen wen?«

»Eher was –«

Hinter ihnen entstand Aufregung, als die Anteilseigner zur Kutsche zurückeilten, dann das Klatschen von Leder und das Klicken von Schnallen, als die etwa ein Dutzend Männer und Frauen sich festschnallten. Die Pferde wurden plötzlich unruhig. Sie warfen die Köpfe hin und her und stampften mit den Hufen, blähten die Nüstern. Der Kutscher hatte die Zügel wieder in den Händen.

»Ihr zwei, da!«, knurrte er. »Es ist Zeit.«

»Ich glaube, ich werde' mich zum Kutscher raufsetzen«, sagte Igel. »Hauptmann, wie der Hohemagier gesagt hat, passt auf, dass Ihr dicht bei uns bleibt. Ich wusste, wie ich uns hierherbringen konnte, aber ich habe keine Ahnung, was jetzt folgt.«

Paran nickte und eilte zu seinem Pferd, während Igel an der Seite der Kutsche hochstieg. Die beiden Pardu kehrten von ihren Posten auf der Brücke zurück und kletterten aufs Dach, wo sie sich an die Seiten kauerten. Beide überprüften ihre Armbrüste und den Vorrat an schweren Bolzen.

Paran schwang sich in den Sattel.

In der Seitentür öffnete sich ein Fensterladen, und der Hauptmann konnte Karpolans rundes, glänzendes Gesicht erkennen. »Wir reisen gefährlich schnell, Ganoes Paran. Wenn sich bei dem Pferd, das Ihr reitet, irgendeine Veränderung zeigt, solltet Ihr in Erwägung ziehen, es aufzugeben.«

»Und wenn bei mir irgendeine Veränderung auftritt?«

»Nun, dann werden wir unser Bestes tun, Euch nicht im Stich zu lassen.«

»Das ist beruhigend, Karpolan Demesand.«

Ein kurzes Lächeln, dann schloss sich der Laden klappernd wieder.

Erneut stieß der Kutscher einen unheimlichen Schrei aus und ließ die Zügel schnalzen. Die Pferde machten einen Satz nach vorn, die Kutsche schwenkte herum und richtete sich aus. Rollte vorwärts. Auf die Steinbrücke.

Paran ritt neben ihr her, ihm gegenüber befand sich einer der Anteilseigner. Der Mann, der eine schwere malazanische Armbrust in den behandschuhten Händen hielt, grinste ihn auf wilde, halb wahnsinnige Weise an.

Die Steigung hinauf, dann in die Nebelschwaden.

Die sich wie sanfte Mauern um sie schlossen.

Ein Dutzend Herzschläge lang geschah nichts – dann brach das

Chaos aus. Kreaturen mit ockerfarbener Haut schwärmten von beiden Seiten heran, als hätten sie unter der Brücke gehangen. Lange Arme mit Klauen an den Enden, kurze, affenähnliche Beine, kleine Köpfe, die von Fängen zu starren schienen. Sie warfen sich auf die Kutsche und versuchten, die Anteilseigner herunterzuziehen.

Schreie, das dumpfe Klatschen von Bolzen, die auf Körper trafen, gezischte Schmerzlaute der Kreaturen. Parans Pferd bäumte sich auf und schlug mit den Vorderbeinen gegen ein Tier aus, das unter es zu kriechen versuchte. Paran stieß die Klinge in den Rücken einer Kreatur, die sich an den linken Oberschenkel des nächsten Anteilseigners klammerte und Fleischfetzen aus ihm herausriss. Fleisch und Muskeln zerrissen, Rippen kamen zum Vorschein. Dann strömte Blut aus der Wunde. Kreischend ließ die Bestie los.

Noch mehr Kreaturen hatten die Kutsche erreicht, und Paran sah, wie eine Anteilseignerin von ihrem Sitz gerissen wurde; sie fluchte, als sie auf die Steine gezerrt wurde und dann unter einem Gewimmel glatthäutiger Körper verschwand.

Der Hauptmann schwenkte sein Pferd herum und näherte sich dem wogenden Knäuel.

Es hatte nichts mit Können zu tun – es ging einfach nur darum, sich hinunterzubeugen und zu hacken und zu stoßen, bis der letzte blutende Körper zur Seite fiel.

Die Frau, die auf den blutigen Steinen lag, sah aus, als wäre sie von einem Hai durchgekaut und dann ausgespuckt worden. Aber sie lebte. Paran schob sein Schwert in die Scheide, stieg ab und warf sich die benommene, blutende Frau über eine Schulter.

Sie war schwerer, als sie ausgesehen hatte. Es gelang ihm, sie über den Rücken seines Pferdes zu legen, dann schwang er sich wieder in den Sattel.

Die Kutsche verschwand bereits in den Nebelschwaden, ockerfarbene Körper fielen von ihr ab. Die schwarzen Räder rumpelten über zuckende Leiber.

Und zwischen Paran und der Kutsche befand sich ein halbes

Hundert mehr dieser Kreaturen, die sich jetzt zu ihm umdrehten und mit den hoch erhobenen Klauen klickten. Er zog sein Schwert wieder und drückte dem Pferd die Fersen in die Flanken. Es gab ein entrüstetes Geräusch von sich und stürmte dann vorwärts. Stieß mit den Beinen und der Brust Körper zur Seite, während Paran nach rechts und links schlug und sah, wie Gliedmaßen davonflogen, Schädel barsten. Hände griffen nach der Anteilseignerin, versuchten, sie herunterzuziehen. Paran wirbelte herum und hackte auf sie ein, bis sie losließen.

Eine Bestie landete in seinem Schoß.

Heißer Atem, der deutlich nach überreifen Pfirsichen roch. Beweglich aufgehängte Fänge, weit aufgerissen – das verdammte Ding war kurz davor, ihm das Gesicht abzubeißen.

Er versetzte der Kreatur einen Kopfstoß, und der Rand seines Helms zertrümmerte Nase und Zähne; Blut spritzte ihm in die Augen, in die Nase und den Mund.

Die Kreatur taumelte rückwärts.

Paran schwang seine Waffe, hämmerte der Bestie den Schwertknauf auf die Schädeldecke. Zerschmetterte sie. Blutfontänen schossen aus den winzigen Ohren. Er zog seine Waffe frei, schob das tote Tier zur Seite.

Sein Pferd kämpfte sich noch immer vorwärts, und es wieherte schrill, als Krallen und Fänge ihm Hals und Brust aufrissen. Paran beugte sich über den Nacken seines Reittiers, schlug mit dem Schwert zu, um es zu verteidigen.

Und dann waren sie durch, und das Pferd begann zu galoppieren, erst leicht, dann immer schneller. Urplötzlich tauchte das mitgenommene, schlingernde und schwankende Hinterteil der Kutsche vor ihnen auf. Ohne Angreifer. Paran zog an den Zügeln, bis das Pferd langsamer wurde, und ritt seitlich dicht an die Kutsche heran. Er winkte dem nächsten Anteilseigner. »Sie ist noch am Leben – nehmt sie –«

»Ist sie das jetzt?«, erwiderte der Mann, wandte den Kopf ab und spuckte einen roten Strahl aus.

Jetzt erst sah Paran das Blut, das aus den zerfetzten Löchern im linken Bein das Mannes spritzte, und diese Spritzer kamen immer langsamer. »Ihr braucht einen Heiler, und zwar schleunigst –«

»Zu spät«, erwiderte der Mann, beugte sich vor, um die bewusstlose Frau von Parans Pferd zu ziehen. Andere Hände griffen von oben zu und zogen die Last hoch. Der sterbende Anteilseigner sackte gegen die Kutsche und schenkte Paran ein blutiges Lächeln. »Der Dorn«, sagte er. »Verdoppelt meinen Wert. Hoffentlich ist meine verdammte Frau dankbar.« Während er sprach, nestelte er an den Schnallen seines Halteriemens und löste sie schließlich. Dann nickte er Paran noch einmal zu, ließ los und fiel.

Kam auf dem Boden auf, überschlug sich einmal, und dann … nichts mehr.

Paran blickte zurück, starrte den reglosen Körper auf der Brücke an. Bestien schwärmten bereits auf ihn zu. *Bei den Göttern, diese Leute haben alle den Verstand verloren.*

»Stebar hat sich den Dorn verdient!«, sagte jemand vom Dach der Kutsche. »Wer hat eine von seinen Marken?«

Eine andere Stimme sagte: »Hier sind sie, in dem Schlitz – wie schlimm hat's Thyrss erwischt?«

»Sie wird es schaffen … armes Mädchen, hübsch wird sie nicht mehr sein.«

»Wie ich sie kenne, wäre sie mit dem Dorn glücklicher gewesen –«

»Ganz bestimmt nicht. Sie hat keine Verwandten, Ephras. Was nützt einem der Dorn, wenn man keine Verwandten hat?«

»Du bist ein komischer Mann, Yorad, und ich wette, du weißt es nicht mal.«

»Was habe ich denn jetzt schon wieder gesagt?«

Das wilde Schwanken der Kutsche verlangsamte sich, als mehr und mehr Schutt auf der Fahrbahn auftauchte. Stücke von rostigen Rüstungen, zerbrochene Waffen, Bündel unbestimmbarer Kleidung.

Paran blickte nach unten und entdeckte eine Holztafel, die aussah, als wäre sie einmal ein Trogbrett gewesen; jetzt war sie zersplittert und von einer Seite angekaut, als hätte irgendeine Kreatur versucht, sie zu aufzuessen. *Also gibt es auch hier in dieser tödlichen Unterwelt Dinge, die Nahrung brauchen. Was bedeutet, dass sie noch am Leben sind. Was wiederum vermutlich bedeutet, dass sie nicht hierhergehören. Dass sie Eindringlinge sind – genau wie wir.* Er wunderte sich über all die anderen Besucher dieser Sphäre, diejenigen, die der Horde ockerfarbener Tiermenschen zum Opfer gefallen waren. Warum waren sie hier gewesen? Zufällig – oder hatten sie genau wie er selbst einen Grund gehabt, diese verdammte Brücke überqueren zu wollen?

»Igel!«

Der Geist, der neben dem Kutscher saß, beugte sich nach vorn. »Hauptmann?«

»Diese Sphäre – woher wusstest du von ihr?«

»Nun, Ihr seid zu uns gekommen, oder? Ich dachte, Ihr wärt derjenige, der davon wusste.«

»Das ergibt keinen Sinn. Du hast geführt, ich bin dir gefolgt, erinnerst du dich?«

»Ihr wolltet dahin gehen, wo die uralten Dinge hingegangen sind – und nun sind wir hier.«

»Aber wo ist hier?«

Der Sappeur zuckte die Schultern und lehnte sich wieder zurück.

Das war das Schlechte daran, irgendwelchen unbestimmten Bauchgefühlen zu folgen, dachte Paran. Man konnte nur raten, woher sie kamen und was sie nährte.

Nach vielleicht einer Meile, die es immer noch leicht aufwärts ging an, klärte sich die Oberfläche der Straße, und obwohl der Nebel noch dicht war, schien er sich um sie herum etwas gelichtet zu haben, als wäre irgendeine verborgene Sonne aus weißem Feuer vom Horizont aufgestiegen. Wenn man davon ausging, dass es einen Horizont gab. Längst nicht alle Gewirre folgten den gleichen Gesetzen, wie Paran wusste.

Plötzlich fing der Kutscher an zu fluchen, zerrte an den Zügeln und trat mit einem Fuß auf den Bremshebel. Paran zügelte sein Pferd neben der Kutsche, als das Gespann zum Stehen kam.

Vor ihnen lagen Trümmer, ein einziger, großer Haufen, umgeben von verstreuten Stücken.

Eine Kutsche.

Alle waren einen Augenblick lang still, dann erklang Karpolan Demesands Stimme aus einem Sprachrohr in der Nähe des Dachs. »Nisstar, Artara, wollt ihr bitte dieses Hindernis untersuchen.«

Paran stieg ab, das Schwert immer noch in der Hand, und begleitete die beiden Pardu, die vorsichtig auf die zerstörte Kutsche zu gingen.

»Das ist eine von der Trygalle-Handelsgilde«, sagte Paran leise, »oder nicht?«

»Schschsch.«

Sie erreichten den Ort des Geschehens. Paran hielt sich zurück, während die Anteilseignerinnen, nachdem sie Gesten ausgetauscht hatten, jeweils zu einer Seite gingen, die Armbrüste schussbereit. Binnen weniger Augenblicke waren sie außer Sicht.

Die Kutsche lag auf der Seite, das Dach zeigte zu Paran. Ein Hinterrad fehlte. Die Kupferplatten auf dem Dach wirkten zerschlagen, waren an einigen Stellen abgerissen, an anderen zerfetzt und verbeult. An zwei sichtbaren eisernen Halterungen hingen noch ein paar Lederstreifen.

Eine der Pardu-Frauen tauchte oben auf der umgestürzten Kutsche auf; sie stellte sich auf den Rahmen der Seitentür, kauerte sich dann hin, spähte ins Innere des Gefährts – und verschwand einen Augenblick später darin. Die andere Anteilseignerin kam um das Wrack herum. Paran musterte sie. Ihre Nase war zertrümmert worden, was seiner Meinung nach noch nicht allzu lange her sein konnte, da in dem Bereich unter ihren Augen immer noch Spuren von Prellungen und blauen Flecken zu erkennen waren. Und die Augen über diesen Spuren waren jetzt voller Furcht.

Mittlerweile hatte auch Karpolan Demesand seine Kutsche verlassen und kam nun mit Ganath an seiner Seite und Igel im Schlepptau langsam näher.

Paran drehte sich um und musterte das blasse, ausdruckslose Gesicht des Hohemagiers. »Erkennt Ihr diese Kutsche, Karpolan?«

Ein Nicken. »Handelsherrin Darpareth Vayd. Seit zwei Jahren vermisst, mit all ihren Anteilseignern. Ganoes Paran, ich muss über all das nachdenken, denn sie war mir in den Künsten der Magie überlegen. Ich bin zutiefst bekümmert über diese Entdeckung, denn sie war meine Freundin. Bekümmert ... und beunruhigt.«

»Erinnert Ihr Euch an die Einzelheiten ihres letzten Auftrags?«

»Oh, was für eine weit reichende Frage. Im Allgemeinen« – er machte eine Pause, faltete die Hände vor seinem Bauch – »bleiben solche Einzelheiten Eigentum der Trygalle-Handelsgilde, denn wie Euch klar sein müsste, gehört die vertrauliche Behandlung ihres jeweiligen Ansinnens zu den Eigenschaften, für die unsere Klienten bezahlen – im vollen Vertrauen darauf, dass wir nichts preisgeben. In diesem Fall jedoch sind zwei Dinge klar, die diese Art von Geheimhaltung weniger zwingend machen. Zum einen scheint es, dass wir uns – wenn wir weitermachen – dem gegenübersehen werden, dem Darpareth sich gegenübergesehen hat. Zweitens hat sie bei diesem, ihrem letzten Auftrag, versagt. Und vermutlich hegen wir nicht den Wunsch, ihr Schicksal zu teilen. Dementsprechend werden wir hier und jetzt unsere Fähigkeiten vereinigen, um erstens festzustellen, was ihren Auftrag hat scheitern lassen, und um zweitens eine angemessene Verteidigung gegen den Feind, der hierfür verantwortlich ist, zu entwickeln.«

Die andere Pardu kam aus der Kutsche geklettert. Als sie Karpolan sah, schüttelte sie den Kopf.

»Keine Leichen«, sagte Paran. »Natürlich, diese hungrigen Tiere, in die wir hineingelaufen sind, haben hinterher alles gesäubert –«

»Das glaube ich nicht«, sagte Ganath. »Ich vermute, dass auch sie Angst vor dem haben, was weiter vorne liegt, und sich nicht so weit auf die Brücke getraut haben. Den Schaden an dieser Kutsche hat auf jeden Fall etwas weit Größeres verursacht – etwas weit Stärkeres. Wenn diese Brücke einen wahren Wächter hat, vermute ich, dass diese armen Reisenden ihm begegnet sind.«

Paran runzelte die Stirn. »Ein Wächter. Wieso sollte es hier einen

Wächter geben? Solche Sachen gehören in Märchen. Wie oft versucht jemand oder etwas, diese Brücke zu überqueren? Es dürfte ziemlich selten sein, was bedeutet, dass dieser Wächter hier jede Menge Zeit hätte. Wieso sollte er nicht einfach weggehen? Wenn das Ding auch nur über ein Fünkchen Verstand verfügt, muss eine solche Aufgabe es wahnsinnig machen –«

»So wahnsinnig, dass es alles in Stücke reißt, was hier auftaucht – egal was«, sagte Igel.

»Wohl eher verzweifelt darauf aus, hinter dem Ohr gekrault zu werden«, gab Paran zurück. »Es ergibt einfach keinen Sinn. Kreaturen müssen essen, brauchen Gesellschaft –«

»Und wenn der Wächter einen Herrn hat?«, fragte Ganath.

»Das hier ist keine Feste«, sagte Paran. »Sie hat keinen Herrscher, keinen Herrn.«

Karpolan grunzte. »Seid Ihr dessen sicher, Ganoes Paran?«, fragte er.

»Das bin ich. Mehr oder weniger. Diese Sphäre ist begraben, vergessen.«

»Dann könnte es sein«, grübelte Karpolan, »dass jemand dem Wächter erst einmal mitteilen muss, dass dies der Fall ist – dass seine Aufgabe nicht mehr von Bedeutung ist. Mit anderen Worten, wir müssen ihn von seiner Verpflichtung entbinden.«

»Vorausgesetzt, ein solcher Wächter existiert«, sagte Paran, »und hier sind nicht einfach nur zwei Kräfte aufeinandergetroffen, die zufällig beide in die gleiche Richtung wollten.«

Der Handelsherr kniff die kleinen Augen zusammen. »Wisst Ihr mehr darüber, Ganoes Paran?«

»Was für einen Auftrag hatte Darpareth Vayd hier zu erfüllen?«

»Oh, jetzt geht es daran, Geheimnisse auszutauschen. Also schön. Soweit ich mich erinnere, war der Klient aus Darujhistan. Genauer gesagt, es war das Haus Orr. Die Person, die mit uns Kontakt aufgenommen hat, war eine Frau, die Nichte des verstorbenen Turban Orr. Lady Sedara.«

»Und der Auftrag?«

»Es scheint, dass diese Sphäre die Heimat unzähliger Entitäten ist, lang vergessener Mächte, von der Zeit begraben. Der Auftrag hatte mit einer Überprüfung solcher Kreaturen zu tun. Da Lady Sedara die Mission begleitet hat, standen keine weiteren Informationen zur Verfügung. Vermutlich wusste sie, was sie gesucht hat. Jetzt, Ganoes Paran, seid Ihr an der Reihe.«

Paran, dessen Stirnrunzeln sich vertieft hatte, trat näher an die zerstörte Kutsche. Er musterte die Risse und Dellen in der Kupferhülle des Dachs. »Ich habe mich immer gefragt, wohin sie gegangen sind«, sagte er, »bis ich es schließlich begriffen habe.« Er sah Karpolan Demesand an. »Ich glaube nicht, dass es hier einen Wächter gibt. Ich glaube, die Reisenden sind sich auf der Brücke in die Quere gekommen; alle wollten in die gleiche Richtung, und was Darpareth und Sedara Orr zugestoßen ist, war ein Unfall. Diese Kutsche wurde von zwei Schattenhunden zerstört.«

»Seid Ihr Euch sicher?«

Das bin ich. Ich kann sie riechen. Meine ... Verwandten. »Wir müssen das hier zur Seite schieben, über die Kante, nehme ich an.«

»Eine Frage«, sagte Karpolan Demesand. »Was ist mit den Körpern geschehen?«

»Hunde haben die Angewohnheit, ihre Opfer mitzuzerren. Gelegentlich fressen sie sie auch, aber meistens macht es ihnen einfach nur Spaß zu töten – und sie müssen damals gleichermaßen wütend wie ausgelassen gewesen sein. Denn sie waren gerade erst aus Dragnipur befreit worden, dem Schwert von Anomander Rake.«

»Das ist unmöglich«, stieß der Hohemagier hervor.

»Nein, nur außerordentlich schwierig.«

»Woher wisst Ihr das alles?«, fragte Karpolan.

»Weil ich sie befreit habe.«

»Dann ... seid Ihr für das hier verantwortlich.«

Paran schaute den riesigen Mann an und begegnete seinem jetzt harten, gefährlichen Blick. »Zu meinem großen Bedauern. Sie hätten überhaupt nicht dort sein sollen, versteht Ihr? In Dragnipur.

Ich hätte ebenfalls nicht dort sein sollen. Und damals wusste ich nicht, wohin sie entkommen würden, oder dass sie überhaupt entkommen würden. Es hat tatsächlich so ausgesehen, als hätte ich sie in die Vergessenheit geschickt – in den Abgrund selbst. Wie sich herausgestellt hat«, fügte er hinzu, während er die Trümmer noch einmal musterte, »habe ich sie gebraucht, um genau dies hier zu tun – ich habe sie gebraucht, um den Weg zu bahnen. Natürlich wäre es besser gewesen, wenn sie unterwegs niemandem begegnet wären. Man vergisst leicht, wie schlimm sie sind …«

Karpolan Demesand wandte sich an seine Anteilseigner. »Runter mit euch, alle! Wir müssen die Straße frei machen!«

»Hauptmann«, murmelte Igel, »Ihr fangt allmählich wirklich an, mich nervös zu machen.«

Das Wrack der Kutsche ächzte, rutschte dann über den Rand und verschwand im Nebel. Die Anteilseigner, die sich an der Seite der Brücke versammelt hatten, warteten auf ein Geräusch von unten, aber es kam keines. Auf einen Befehl von Karpolan hin kehrten sie zu ihren Positionen an seiner Kutsche zurück.

Es schien, als wäre der Hohemagier nicht in der Stimmung, mit ihm eine müßige Unterhaltung zu führen, und Paran sah, dass die Jaghut-Zauberin ihm von der Seite her einen Blick zuwarf, bevor sie in den Wagen kletterte. Er seufzte. So war das meistens, wenn man unangenehme Nachrichten überbrachte – er vermutete, dass sich nicht viele helfende Hände nach ihm ausstrecken würden, wenn es hier Ärger geben sollte. Er kletterte wieder in den Sattel und griff nach den Zügeln.

Sie setzten ihre Reise fort. Schließlich wurde aus der Steigung ein Gefälle – die Brücke war mindestens drei Meilen lang. Solange man nicht versuchte, unter den Brückenbogen zu klettern, konnte man unmöglich erkennen, ob das mächtige Bauwerk von Säulen oder Stützpfeilern getragen wurde, oder ob es einfach nur unverankert über einem gewaltigen Nichts schwebte.

Weiter vorn zeichnete sich ein undeutlicher Umriss in den Nebelschwaden ab, und als sie näher kamen, konnten sie ein riesiges Tor ausmachen, das das Ende der Brücke kennzeichnete. Die senkrechten Pfosten an den Seiten waren an der Basis dick und verjüngten sich nach oben, während sie sich schräg nach innen neigten und – in bedenklicher Weise, wie es schien – das Gewicht eines riesigen Sturzsteins trugen. Das gesamte Bauwerk war mit Moos bedeckt.

Karpolan ließ die Kutsche davor Halt machen und schickte – wie es seine Angewohnheit war – die beiden Pardu-Anteilseignerinnen durch das Tor. Als ihnen nichts Widriges geschah und sie zurückkehrten und meldeten, dass der Weg dahinter frei war – soweit sie es ausmachen konnten, hieß das –, fuhr die Kutsche hindurch.

Nur, um gleich dahinter wieder stehen zu bleiben, als unter den Hufen der vordersten Pferde das schlammige Wasser eines Teiches oder Sees aufspritzte.

Paran ritt an die Wasserlinie. Stirnrunzelnd blickte er erst nach rechts, dann nach links und suchte mit den Augen das Ufer ab.

Igel, der wieder neben dem Kutscher saß, rief: »Stimmt etwas nicht, Hauptmann?«

»Ja. Dieser See stimmt nicht.«

»Warum?«

»Er sollte nicht hier sein.«

»Woher wisst Ihr das?«

Paran stieg ab und ging am Wasser in die Hocke. Keine Wellen – die Wasseroberfläche war vollkommen ruhig. Er tauchte eine Hand in die kühle, schlammige Flüssigkeit. Schöpfte ein bisschen Wasser und roch daran. »Riecht wie verfault. Das hier ist Flutwasser –«

Er wurde von einem unheimlichen, klagenden Schrei unterbrochen, der von irgendwo weiter am Ufer entlang kam.

»Beim Atem des Vermummten!«, zischte Igel. »Die Lunge, die das ausgestoßen hat, ist riesig!«

Paran richtete sich wieder auf, blinzelte in die alles verhüllenden Nebelschwaden, aus denen das Geräusch gekommen war. Zog sich dann einmal mehr in den Sattel. »Ich glaube, ich habe mich getäuscht, was den Wächter angeht«, sagte er.

Eine dumpfe Erschütterung durchlief den Boden unter ihnen. Was immer es war, es hatte sich auf den Weg gemacht. »Gehen wir«, sagte Paran. »Das Ufer entlang, und zwar schnell.«

Kapitel Elf

Mein Glaube an die Götter sieht so aus: Es kümmert sie nicht, wenn ich leide.

Tomlos, Destriant von Fener
827(?) VON BRANDS SCHLAF

Seine Hände griffen in eine andere Welt. Hinein, dann heraus, hinein, dann wieder heraus. Er nahm, er gab – Heboric konnte nicht sagen, was was war, wenn überhaupt. Vielleicht ähnelte das Ganze einer Zunge, die sich um einen lockeren Zahn kümmerte – ein unaufhörliches Forschen, das immer wieder bestätigte, dass die Dinge noch nicht in Ordnung waren. Er griff hinein und berührte etwas, und die spontane Geste war so bitter wie ein Segen, als könnte er nichts anders tun als immer und immer wieder die nachgeahmte Berührung eines Heilers zu wiederholen.

Den Seelen, die in den zerstreuten Bruchstücken der Jaderiesen verloren waren, bot Heboric nichts als Lügen an. Oh, seine Berührung erzählte ihnen von seiner Anwesenheit, seiner Aufmerksamkeit, und sie wiederum wurden an das wirkliche Leben erinnert, das sie einmal gehabt hatten, doch welche Art von Geschenk konnte ihnen solches Wissen bieten? Er machte keine Versprechungen, aber sie glaubten nichtsdestotrotz an ihn, und das war schlimmer als jede Folter, und zwar für beide – für sie wie für ihn.

Die tote Stadt lag jetzt zwei Tage hinter ihnen, doch ihre unwissende Selbstgefälligkeit quälte ihn immer noch, die Geister und ihre empfindungslosen, sich wiederholenden Leben, deren Grenzen Schritt um Schritt wieder und wieder vermessen wurden. Diese Mühe deckte zu viele Wahrheiten auf, und wenn es um Sinnlosigkeit ging, brauchte Heboric keine Erinnerungshilfen.

Der Himmel war silbern von Wolken, ungewöhnlich für diese

Jahreszeit, hinter denen die Sonne praktisch unsichtbar ihre gewohnte Bahn zog. Stechende Insekten schwärmten in der kühleren Luft aus, tanzten im gedämpften Licht auf der alten Handelsstraße, auf der Heboric und seine Begleiter unterwegs waren und erhoben sich in Wolken vor ihnen.

Die Pferde schnaubten, um die Nüstern freizubekommen, zuckten mit der Haut am Hals und den Flanken. Scillara arbeitete ihre beeindruckende Liste von Flüchen ab und erwehrte sich der Insekten mit Wolken von Rostlaubrauch, der um ihren Kopf wirbelte. Felisin die Jüngere machte ziemlich genau das Gleiche, allerdings ohne die ordinäre Tirade. Schlitzer ritt vorneweg und war so zwar einerseits für das Aufschrecken der Schwärme verantwortlich, hatte andererseits jedoch das Glück, schnell durch sie hindurchzukommen.

Es schien, als hätte Scillara das auch bemerkt. »Warum ist er nicht hier hinten bei uns? Dann würden die Blutfliegen und Sandflöhe uns alle jagen, und wir hätten nicht diesen … diesen Alptraum.«

Heboric sagte nichts. Graufrosch hüpfte an der Südseite der Straße entlang und hielt mit ihnen Schritt. Jenseits des Dämons erstreckte sich unberührtes, mit Gestrüpp bewachsenes Buschland, während im Norden eine Hügelkette zu sehen war – die Ausläufer des alten Gebirgszugs, in dem sich die schon lange tote Stadt befand.

Icariums Vermächtnis. Wie ein Gott, der losgelassen worden war und über das Land wandelte, hinterließ Icarium blutige Fußspuren. *Solche Kreaturen sollten getötet werden. Solche Kreaturen sind abscheulich.* Fener hingegen – Fener war einfach nur verschwunden. Als der Ebergott in diese Sphäre gezerrt worden war, war ihm der größte Teil seiner Macht entrissen worden. Sich zu offenbaren hieße die Auslöschung herauszufordern. Da draußen waren Jäger. *Ich muss eine Möglichkeit finden – eine Möglichkeit, Fener zurückzuschicken.* Und wenn Treach das nicht gefiel – na, so ein Pech aber auch. Der Eber und der Wolf konnten sich den Thron des Krieges teilen. Tatsächlich ergab das sogar einen Sinn. Im Krieg gab es immer zwei Seiten. *Wir und sie, und es ist nicht rechtens, einer der beiden Seiten ihre Überzeugung abzusprechen.* Ja, in dieser Vorstellung lag Symmetrie. »Es stimmt«, sagte er, »ich habe nie an einfache Antworten geglaubt, an diesen ... diesen trennenden Zusammenprall von Einzigartigkeit. Die Macht mag zehntausend Gesichter haben, doch der Blick in den Augen eines jeden einzelnen davon ist der Gleiche.« Er schaute auf und sah, dass Scillara und Felisin ihn anstarrten. »Es macht keinen Unterschied«, sagte er, »ob man etwas laut oder nur in seinem Kopf sagt – es hört sowieso nie jemand zu.«

»Es ist schwer zuzuhören«, sagte Scillara, »wenn das, was du sagst, keinen Sinn ergibt.«

»Den Dingen Sinn zu verleihen, bedarf einer gewissen Anstrengung.«

»Oh, ich sage dir, was Sinn ergibt, alter Mann. Kinder sind der Fluch einer jeden Frau. Anfangs drücken sie dich von innen nieder, und dann drücken sie dich von außen nieder. Wie lange? Nicht nur Tage oder Monate, oh, nein, auch nicht Jahre. Jahrzehnte. Es wäre besser, Kinder würden mit Schwänzen und vier Beinen geboren werden und nichts lieber wollen, als wegrennen und in irgendeine Höhle in der Erde kriechen. Es wäre besser, sie könnten ab dem Augenblick, in dem sie ins Freie gelangt sind, für sich selbst sorgen. Das, ja, das würde Sinn ergeben.«

»Wenn es so wäre«, sagte Felisin, »bräuchte man keine Familien oder Dörfer oder große und kleine Städte. Wir würden alle in der Wildnis leben.«

»Stattdessen«, sagte Scillara, »leben wir in einem Gefängnis. Wir Frauen zumindest.«

»So schlecht kann es nicht sein«, beharrte Felisin.

»Das lässt sich nicht ändern«, sagte Heboric. »Wir fallen alle in unser Leben und müssen damit klarkommen. Ein paar Entscheidungen treffen wir selbst, doch die meisten werden für uns getroffen.«

»Nun«, gab Scillara zurück, »du glaubst, dass das so ist, ja? Aber schau dir doch einmal diese dumme Reise hier an, Heboric. Klar, am Anfang sind wir einfach nur vor der Raraku geflohen, diesem verdammten Meer, das da unerwartet aus dem Sand aufgestiegen ist. Dann sind dieser verrückte Priester des Schattens und Schlitzer da vorne aufgetaucht, und plötzlich folgen wir dir – wohin? Zur Otataralinsel. Warum? Wer weiß das schon, aber es hat etwas mit deinen Geisterhänden zu tun, es hat etwas damit zu tun, dass du etwas wiedergutmachen willst. Und ich bin jetzt schwanger.«

»Was hat denn das mit allem anderen zu tun?«, fragte Felisin, offensichtlich aufgebracht.

»Es passt einfach – und nein, ich habe kein Interesse daran, es zu erklären. Bei den Göttern, ich ersticke an diesen verdammten Viechern! Schlitzer! Komm hierher zurück, du hirnloser Esel!«

Heboric lächelte innerlich über das verblüffte Gesicht des jungen Mannes, als Schlitzer sich auf den Ruf hin umdrehte.

Der Daru zügelte sein Pferd und wartete.

Zu dem Zeitpunkt, da die anderen bei ihm ankamen, fluchte er und schlug nach Insekten.

»Jetzt weißt du, wie wir uns fühlen«, giftete Scillara.

»Dann sollten wir schneller reiten«, sagte Schlitzer. »Sind alle damit einverstanden? Das wäre auch gut für die Pferde. Die brauchen mal wieder ein bisschen Auslauf.«

Ich glaube, das brauchen wir alle. »Gib das Tempo vor, Schlitzer. Ich bin mir sicher, dass Graufrosch mithalten kann.«

»Er hüpft mit offenem Maul herum«, sagte Scillara.

»Vielleicht sollten wir das alle versuchen«, schlug Felisin vor.

»Ha! Ich bin auch so schon voll genug!«

Kein Gott verdiente seine Akolythen wirklich. Es war ein in jeder Hinsicht ungleiches Verhältnis, sagte sich Heboric. Sterbliche konnten ihr ganzes erwachsenes Leben dem Versuch opfern, eine enge Gemeinschaft mit ihrem erwählten Gott einzugehen – und was bekamen sie im Gegenzug für solch eine Hingabe? Im besten Fall nicht viel; oft genug überhaupt nichts. War die schwache Berührung von etwas, von jemandem mit sehr viel mehr Macht – war das genug?

Als ich Fener berührt habe …

Heboric war längst klar geworden, dass dem Ebergott mit seiner Gleichgültigkeit mehr gedient gewesen wäre. Dieser Gedanke war wie ein gezacktes, stumpfes Messer, das ihm eine ausgefranste, schmerzhafte Wunde verpasste, keinen glatten, sauberen Schnitt, und als Schlitzer zu einem leichten Galopp ansetzte, konnte Heboric nicht anders – er *musste* die Zähne fletschen; eine harte Grimasse, ein Schutz gegen den spirituellen Schmerz.

Aus dem säuselnde Stimmen aufstiegen, die ihn anbettelten und ihn anflehten. Um etwas, das er ihnen nicht geben konnte. War dies das Gefühl, das die Götter hatten? Überschwemmt von zahllosen Gebeten, dem Wunsch nach einem Segen, nach dem Geschenk der Erlösung, das von Myriaden verlorener Seelen gesucht wurde. Von so vielen, dass der Gott nur zurücktaumeln konnte, geschlagen und überwältigt, und daher allen flehenden Stimmen mit nichts als Schweigen antworten konnte.

Aber Erlösung war kein Geschenk. Erlösung musste man sich verdienen.

Und so reiten wir weiter ...

Scillara gesellte sich an Schlitzers Seite. Sie musterte ihn, bis er bemerkte, dass er beobachtet wurde, und den Kopf wandte.

»Was ist? Stimmt etwas nicht?«

»Wer hat gesagt, dass etwas nicht stimmt?«

»Nun, in letzter Zeit ist von dir eine ziemlich lange Liste mit Beschwerden gekommen, Scillara.«

»Nein, es war eine kurze Liste. Aber es macht mir Spaß, mich zu wiederholen.«

Sie sah, wie er seufzte; dann zuckte er die Schultern und sagte: »Wir sind vielleicht noch eine Woche von der Küste entfernt. Ich frage mich allmählich, ob es eine gute Idee war, diesen Weg zu nehmen ... durch vollkommen unbesiedelte Gebiete. Wir müssen ständig unsere Vorräte rationieren, und wir leiden darunter; nur bei dir und Graufrosch scheint es anders zu sein. Und wir werden immer paranoider, rennen vor jeder Staubfahne davon und machen einen Bogen um jede Herberge.« Er schüttelte den

Kopf. »Nichts ist hinter uns her. Wir werden nicht gejagt. Niemand schert sich einen Dreck darum, was wir vorhaben oder wohin wir unterwegs sind.«

»Was ist, wenn du dich irrst?«, fragte Scillara. Sie schlang die Zügel um das Sattelhorn und machte sich daran, ihre Pfeife neu zu stopfen. Ihr Pferd stolperte, so dass sie kurz durchgeschüttelt wurde. Sie zuckte zusammen. »Wenn ich dir einen Rat geben darf, Schlitzer: Solltest du jemals schwanger werden, lass das Reiten sein.«

»Ich werde versuchen, es mir zu merken«, sagte er. »Wie auch immer, du hast recht. Ich könnte mich irren. Aber ich glaube nicht, dass ich das tue. Es ist ja nicht so, dass wir wer weiß wie schnell geritten wären. Wenn also Jäger hinter uns her wären, hätten sie uns schon längst eingeholt.«

Sie hatte offensichtlich eine Antwort auf seine Worte, aber sie schwieg. »Hast du dich umgesehen, Schlitzer? Während wir unterwegs waren? Die ganzen Wochen in dieser scheinbaren Ödnis?«

»Nur so viel, wie ich musste – warum?«

»Heboric hat diesen Pfad gewählt, aber das ist kein Zufall. Gewiss, jetzt ist dieses Land eine Ödnis, aber das war es nicht immer. Mir sind nach und nach Dinge aufgefallen – nicht nur die offensichtlichen wie die Ruinenstadt, an der wir gerade vorbeigekommen sind. Wir haben alte Straßen benutzt – Straßen, die einst größer und eben waren, oftmals erhöht. Straßen, die zu einer Zivilisation gehört haben, die jetzt vollständig verschwunden ist. Und schau dir diesen Landstrich da drüben an.« Sie deutete nach Süden. »Siehst du die Wellen? Das sind Furchen, alt, fast abgetragen, aber wenn die Schatten länger werden, kannst du sie allmählich ausmachen. Dieser Boden ist einst bestellt worden. War fruchtbar. Ich sehe das schon seit Wochen, Schlitzer. Heborics Pfad führt uns durch die Knochen eines toten Zeitalters. Warum?«

»Warum fragst du ihn nicht?«

»Ich will nicht.«

»Hm, da er direkt hinter uns ist, hört er vermutlich in ebendiesem Moment mit, Scillara.«

»Das ist mir egal. Ich habe dich gefragt.«

»Tja, ich weiß nicht, warum.«

»Aber ich«, sagte sie.

»Oh. Na schön, und warum?«

»Heboric mag seine Alpträume. Darum.«

Schlitzer blickte ihr in die Augen, dann drehte er sich im Sattel um und schaute zurück zu Heboric.

Der nichts sagte.

»Tod und Sterben«, fuhr Scillara fort. »Die Art, wie wir das Land aussaugen. Die Art, wie wir alle Farben aus einer Szene drücken, selbst wenn diese Szene uns das Paradies zeigt. Und was wir dem Land antun, tun wir auch einander an. Wir schlagen einander nieder. Selbst Sha'iks Lager hatte seine Stufen, seine Hierarchie, die die Leute an ihrem Platz gehalten hat.«

»Das musst du mir nicht erzählen«, sagte Schlitzer. »Ich habe in Darujhistan unter ähnlichen Umständen gelebt.«

»Ich war noch nicht fertig. Darum hat Bidithal Anhänger für seinen Kult gefunden. Was ihm Kraft verliehen hat, war die Ungerechtigkeit und die Art, wie bestimmte Dreckskerle immer zu gewinnen schienen. Bidithal war einst selbst einer von diesen Dreckskerlen, weißt du. Er hat in seiner Macht geschwelgt – und dann sind die Malazaner gekommen und haben alles auseinandergerissen, und Bidithal war plötzlich auf der Flucht, ein Hase mehr, der vor den Wölfen flieht. Was ihn angeht, nun, er wollte wiederhaben, was er verloren hatte – alles, die ganze Macht –, und der neue Kult, den er geschaffen hat, hat nur diesem Zweck gedient. Das Problem war, dass er entweder Glück hatte oder ein Genie war, denn die Idee hinter dem Kult – nicht die scheußlichen Rituale, die er eingeführt hat, sondern die *Idee* – hat einen Nerv getroffen. Sie ist zu den Habenichtsen durchgedrungen, und deshalb war sie brillant –«

»Es war nicht seine Idee«, sagte Heboric hinter ihnen.

»Wessen Idee war es dann?«, fragte Schlitzer.

»Sie stammte vom Verkrüppelten Gott. Dem Angeketteten. Einer gebrochenen Kreatur, die verraten und verwundet wurde und auf ähnliche Weise fehlerhaft ist wie Bettler und ausgesetzte Straßenkinder, wie Menschen mit körperlichen Mängeln und charakterlichen Schwächen. Und dazu das Versprechen von etwas Besserem, das über den Tod hinausgeht – das Paradies, von dem Scillara gesprochen hat, aber eines, das wir nicht verunstalten können. Mit anderen Worten, der Traum von einem Ort, der gegen die Exzesse, die in unserer Natur liegen, gefeit ist, gegen unsere eigene Verderbtheit – und folglich muss man selbst all diese Exzesse aufgeben, die ganze Verderbtheit ablegen, um an diesem Ort existieren zu können. Du musst einfach nur vorher sterben.«

»Fürchtest du dich, Heboric?«, fragte Scillara. »Du beschreibst da einen sehr verführerischen Glauben.«

»Ja – zu beidem. Wenn allerdings sein Kern tatsächlich eine Lüge ist, dann müssen wir aus der Wahrheit eine Waffe machen – eine Waffe, die am Ende den Verkrüppelten Gott selbst erreicht. Vor dieser letzten Tat zurückzuscheuen, würde bedeuten, ausgerechnet die größte Ungerechtigkeit und den am tiefsten gehenden Verrat, den man sich vorstellen kann, unangefochten zu lassen.«

»*Wenn* er eine Lüge ist«, sagte Scillara. »Ist er eine? Woher willst du das wissen?«

»Frau, wenn die Absolution umsonst zu erlangen wäre, dann wäre alles, was wir hier und jetzt tun, bedeutungslos.«

»Nun, vielleicht ist es das.«

»Dann ginge es noch nicht einmal mehr um die Frage, ob irgendetwas zu rechtfertigen wäre – jede Rechtfertigung wäre unbedeutend. Du forderst zur Anarchie auf – du lädst das Chaos selbst ein.«

Sie schüttelte den Kopf. »Nein, denn es gibt eine Kraft, die mächtiger als all das ist.«

»Ach?«, sagte Schlitzer. »Und was soll das sein?«

Scillara lachte. »Das, worüber ich vorhin gesprochen habe.« Sie deutete noch einmal auf die Spuren von Ackerbau, die einer längst vergangenen Zeit entstammten. »Sieh dich um, Schlitzer, sieh dich um.«

Iskaral Pustl zupfte an den dicken Netzsträngen herum, die Mappo Runts gewaltige Brust bedeckten. »Mach das weg! Bevor er aufwacht, du verdammte Hexe. Du und dein verdammter Mond – sieh nur, gleich fängt es an zu regnen. Dies ist eine Wüste – was soll da Regen? Das ist alles dein Fehler.« Er blickte auf und lächelte dabei boshaft. »Sie ahnt nichts, die armselige Kuh. Oh, ich kann nicht warten.« Er richtete sich auf und eilte zu dem langen Bambusstock zurück, den er gefunden hatte – *Bambus, um Gottes willen* –, und machte sich wieder daran, winzige Haltelöcher ins untere Ende zu bohren.

Verdrehte Drahtösen, in bestimmten Abständen mit feuchtem Darm bis ans fein zugespitzte Ende gebunden. Eine geschnitzte, polierte hölzerne Spule und bestimmt eineinhalb Meilen von Mogoras Haaren, zusammengebunden und verfilzt oder etwas Ähnliches, stark genug, um alles einzuwickeln, einschließlich einer bedauernswerten Kuh, die im flachen Wasser herumzappelte. Klar, er würde ein oder zwei Jahre warten müssen, bis die kleinen Zappler zu einer annehmbaren Größe herangewachsen waren. Vielleicht würde er ein paar größere dazutun müssen – da waren diese riesigen Welse, die er in der überfluteten Sphäre gesehen hatte, der Sphäre, in der diese ganzen Monster am Ufer entlangtrotteten. Die Erinnerung daran ließ Iskaral Pustl erschauern, aber ein wahrer Freund des Fischens würde verstehen, dass ein echter Liebhaber sehr weit gehen würde, um eine würdige Brut zu finden. Selbst, wenn das zu so extremen Notwendigkeiten führte, wie Dämonen zu töten und all so was. Zugegeben, der besagte Aufenthalt war ein bisschen haarig gewesen. Aber er war mit einer ganzen Reihe von Schönheiten zurückgekehrt.

Als Kind hatte er die Kunst des Angelns erlernen wollen, aber die Frauen und Alten in seinem Stamm waren daran nicht interessiert gewesen, nein, für die hatte es nur ihre Reusen und Sammelteiche und Netze gegeben. Aber das war ernten, nicht fischen, und der junge Iskaral Pustl, der früher einmal mit einer Karawane davongelaufen war und die Sehenswürdigkeiten von Li Heng gesehen hatte – eineinhalb Tage lang, bis seine Großmutter gekommen war und ihn geholt und zurück zum Stamm geschleppt hatte, während er geschrien hatte wie ein ausgeweidetes Ferkel –, nun, Iskaral Pustl hatte den vollkommenen Ausdruck schöpferischen Jagens entdeckt, ein Ausdruck, der, wie allgemein bekannt war, die Vollendung jeden männlichen Bestrebens war.

Schon bald würden er und sein Maultier die allerbeste Entschuldigung dafür haben, den uralten Tempel zu verlassen, den er sein Heim nannte. *Wir gehen fischen, meine Liebe.* Oh, wie sehr er sich danach sehnte, diese Worte zu auszusprechen.

»Du bist ein Idiot«, sagte Mogara.

»Ein schlauer Idiot, Frau, und das heißt, viel schlauer als du.« Er machte eine Pause und beäugte sie, ehe er fortfuhr: »Jetzt muss ich nur warten, bis sie schläft, so dass ich ihr sämtliche Haare abschneiden kann – sie wird's nicht merken, denn es ist ja schließlich nicht so, als würden hier überall silberne Spiegel rumhängen, oder? Ich werde alles vermischen, die Haare von ihrem Kopf, aus ihren Ohren, unter ihren Achseln –«

»Du glaubst, ich wüsste nicht, was du vorhast?«, fragte Mogara und lachte dann, wie es nur eine alte Frau konnte, die von Hyänen abstammte. »Du bist nicht einfach nur ein Idiot. Du bist außerdem auch noch ein Narr. Und eingebildet und unreif und besessen und kleinlich, boshaft, herablassend, gönnerhaft, abwehrend, angriffslustig, ungebildet, eigenwillig, unbeständig, widersprüchlich … und außerdem bist du noch hässlich.«

»Ja – und?«

Sie starrte ihn an wie eine zahnlose Spinne. »Du hast ein Hirn wie Bimsstein – schmeiß was drauf, und es sinkt einfach ein! Verschwindet. Löst sich auf. Selbst wenn ich draufpisse, verdampft die Pisse einfach! Ist weg! Oh, wie ich dich hasse, Mann. Mit all deinen abscheulichen, übel riechenden Angewohnheiten – bei den Göttern, fürs Frühstück in der Nase zu bohren – mir wird immer noch schlecht, wenn ich nur daran denke – was für ein Anblick, und ich bin verflucht, ihn niemals zu vergessen –«

»Oh, sei still. Im Rotz sind nahrhafte Pollen eingeschlossen, wie jeder weiß –«

Ein schwerer Seufzer unterbrach ihn, und das dal-honesische Paar blickte hinunter auf Mappo. Mogara krabbelte hinüber und begann, die Spinnweben vom zerschrammten Gesicht des Trell zu entfernen.

Iskaral Pustl beugte sich näher. »Was ist mit seiner Haut passiert? Die ist ja ganz zerfurcht und zerknittert – was hast du mit ihm gemacht, Frau?«

»Das Zeichen der Spinnen, Magier«, antwortete sie. »Der Preis für die Heilung.«

»Jeder Faden hat eine Linie hinterlassen!«

»Nun, er war auch vorher keine Schönheit.«

Ein Ächzen, dann hob Mappo eine Hand ein wenig. Sie fiel wieder zurück, und er stöhnte erneut.

»Dann hat er jetzt wohl auch ein Spinnenhirn«, orakelte Iskaral Pustl. »Er wird anfangen, auf sein Essen zu spucken – genau wie du, und du wagst es, mein In-der-Nase-Bohren als ekelhaft zu bezeichnen.«

»Keine Kreatur mit ein bisschen Selbstachtung tut das, was du heute Morgen getan hast, Iskaral Pustl. Du wirst keine Spinnen finden, die in der Nase bohren, stimmt's? Ha, du weißt, dass ich recht habe.«

»Nein, weiß ich nicht. Ich habe mir einfach nur eine Spinne mit ihren acht Beinen in der Nase vorgestellt, und das hat mich an dich erinnert. Du brauchst einen Haarschnitt, Mogara, und ich bin der richtige Mann, dir einen zu verpassen.«

»Wenn du mir mit irgendwelchen anderen als liebesbedürftigen Absichten zu nahe kommst, steche ich dich ab.«

»Liebesbedürftig. Welch entsetzlicher Gedanke –«

»Und was wäre, wenn ich dir sagen würde, dass ich schwanger bin?«

»Dann würde ich das Maultier umbringen.«

Sie warf sich auf ihn.

Kreischend, dann auch spuckend und kratzend rollten sie durch den Staub.

Das Maultier betrachtete sie mit wohlgefälligem Blick.

Die Fliesen, die einst das Mosaik von Mappo Runts Leben gebildet hatten, waren zerschmettert und zerstreut – kaum mehr als ein schwacher Schimmer, als wären sie am Boden eines tiefen Brunnens verteilt worden. Unregelmäßige Bruchstücke, die er nur beobachten konnte und deren Bedeutung ihm nur vage bewusst war. Eine anscheinend lange Zeit hatten sie sich vor ihm zurückgezogen, als triebe er langsam und unausweichlich auf eine unbekannte Oberfläche zu.

Bis die Silberfäden kamen, die wie Regen herabsanken, der durch die dickflüssige, trübe Substanz um ihn herum graupelte. Er spürte ihre Berührung, und dann ihr Gewicht, das seine Aufwärtsbewegung bremste, und nachdem er einige Zeit bewegungslos verharrt hatte, begann Mappo wieder nach unten zu sinken. Auf jene zerbrochenen Stücke zu, tief unter ihm.

Wo Schmerz auf ihn wartete. Kein körperlicher Schmerz – da war kein Körper, noch nicht – nein, dies war ein Ausbrennen der Seele, der vielfachen Wunden des Verrats, des Versagens, der Selbstbeschuldigung, die gleichen Fäuste, die all das zerschmettert hatten, was er einst gewesen war ... *vor dem Sturz.*

Doch noch immer zogen die Fäden die Stücke zusammen, achteten nicht auf die Qual, achteten nicht auf seinen herausgeschrienen Protest.

Er stellte fest, dass er zwischen großen steinernen Säulen stand, die wie Geweihe spitz zugeschliffen waren. Schwere schmiedeeiserne Wolken jagten über die eine Hälfte des Himmels, ein weit oben dahinjagender Wind spann Fäden über die andere Hälfte und füllte damit eine Leere – als ob etwas von oben durchgeschlagen worden wäre und das Loch nur langsam heilte. Es gab Dutzende dieser Säulen, wie Mappo sah, und sie erhoben sich auf allen Seiten und bildeten ein Muster, das von da, wo er stand – in ihrer Mitte – nicht zu erkennen war. Sie warfen schwache Schatten auf den mitgenommenen Boden, und sein Blick wurde von diesen Schatten angezogen; anfangs starrte er sie nur verständnislos an, doch allmählich begriff er, was er sah. Schatten, die in unmögliche Richtungen geworfen wurden, die eine schwache Ordnung bildeten, ein Netz, das sich nach allen Seiten ausstreckte.

Und er selbst stand genau im Zentrum dieses Netzes, wie ihm nun klar wurde.

Eine junge Frau trat hinter einer der Säulen hervor. Ihre langen Haare hatten die Farbe ersterbender Flammen, ihre Augen den Farbton von gehämmertem Gold, und sie war in ein langes, fließendes, seidenes Gewand gekleidet. »Dies«, sagte sie in der Sprache der Trell, »ist lange her. Manche Erinnerungen sollte man besser ruhen lassen.«

»Ich habe sie mir nicht ausgesucht«, sagte Mappo. »Ich kenne diesen Ort nicht.«

»Jacuruku, Mappo Runt. Vier oder fünf Jahre nach dem Sturz. Nur eine weitere gemeine Lektion über die Gefahren, die der Stolz mit sich bringt.« Sie hob einen Arm, schaute zu, wie der seidene Ärmel nach hinten glitt und makellose Haut und glatte Hände enthüllte. »Oh, schau mich an. Ich bin wieder jung. Merkwürdig, dass ich einst geglaubt habe, ich wäre fett. Ich frage mich, ob alle unter der Veränderung leiden, die das Gefühl für das Selbst im Laufe der Jahre durchmacht? Oder kämpfen die meisten Leute – vorsätzlich oder anderweitig – um ein Fortdauern ohne jede Veränderung in ihren festgesetzten Leben? Wenn man so lange gelebt hat wie ich, bleibt natürlich keine von diesen Selbsttäuschungen übrig.« Sie blickte auf, begegnete seinem Blick. »Aber das weißt du, Trell, oder? Das Geschenk der Namenlosen umhüllt dich, die Langlebigkeit quält dich, was man an deinen Augen erkennen kann, die wie zerkratzte Edelsteine aussehen – weit über ihre Schönheit hinaus abgetragen, selbst über den Schimmer des Eigendünkels hinaus.«

»Wer bist du?«, fragte Mappo.

»Eine Königin, die kurz davor steht, von ihrem Thron vertrieben und aus ihrem Reich verbannt zu werden. Mein Stolz wird bald eine schimpfliche Niederlage erleiden.«

»Bist du eine Ältere Göttin? Ich glaube, ich kenne dich ...« Er gestikulierte. »Dieses riesige Netz, das unsichtbare Muster inmitten von scheinbarem Chaos. Soll ich deinen Namen nennen?«

»Es wäre am besten, du würdest es nicht tun. Ich habe inzwischen die Kunst des Versteckens gelernt. Und ich bin auch nicht geneigt, irgendjemandem meine Gunst zu gewähren. Mogora, die alte Hexe, wird diesen Tag bereuen. Andererseits – vielleicht ist sie gar nicht schuld daran. In den Schatten wird von dir geflüstert, Mappo. Sag mir, was für ein Interesse könnte Schattenthron möglicherweise an dir haben? Oder an Icarium?«

Er zuckte zusammen. *Icarium. Ich habe ihn im Stich gelassen – beim Abgrund, was ist passiert?* »Lebt er noch?«

»Das tut er, und die Namenlosen haben ihm einen neuen Gefährten geschenkt.« Sie lächelte schwach. »Du bist … fallen gelassen worden. Und ich frage mich, warum? Vielleicht eine Schwäche deiner Entschlusskraft, ein Schwanken – du hast die Reinheit deines Schwurs verloren, ist es nicht so?«

Er wandte den Blick ab. »Und warum haben sie ihn dann nicht getötet?«

Sie zuckte die Schultern. »Vermutlich sehen sie eine Gelegenheit voraus, bei der seine Fähigkeiten von Nutzen sein werden. Oh, diese Vorstellung erschreckt dich, ja? Kann es denn tatsächlich sein, dass du dir bis zu diesem Augenblick deinen Glauben an die Namenlosen bewahrt hast?«

»Nein. Ich bin betrübt bei der Vorstellung, was sie freisetzen werden. Icarium ist keine Waffe –«

»Oh, du Narr, natürlich ist er das. Sie haben ihn geschaffen, und nun werden sie ihn benutzen … Oh, jetzt verstehe ich Schattenthron. Ein schlauer Bastard. Natürlich finde ich es beleidigend, dass er so fröhlich von meiner Ergebenheit ausgeht. Und ich bin noch mehr gekränkt, da mir klar wird, dass seine Annahme in dieser Sache zutrifft.« Sie machte eine Pause, seufzte dann. »Es ist Zeit, dich zurückzuschicken.«

»Warte – du hast etwas gesagt – dass die Namenlosen, dass sie Icarium *geschaffen* hätten. Ich dachte –«

»Mit ihren eigenen Händen geschmiedet und dann mit Hilfe einer Vielzahl von Wächtern wie dir, Mappo, wieder und wieder geschärft. War er schon so tödlich, als er das erste Mal aus den

Trümmern gekrochen ist, die sie aus seinem jungen Leben gemacht hatten? So tödlich wie er es jetzt ist? Ich kann mir das nicht vorstellen.« Sie musterte ihn. »Meine Worte verwunden dich. Weißt du, ich mag Schattenthron immer weniger, denn alles, was ich hier tue und sage, entspricht seinen schändlichen Erwartungen. Ich verletze dich – und dann wird mir klar, dass er will, dass du verletzt bist. Wie kommt es, dass er uns so gut kennt?«

»Schicke mich zurück.«

»Icariums Spur wird kalt.«

»Jetzt.«

»Oh, Mappo, du bringst mich zum Weinen. Das habe ich früher manchmal gemacht, als ich noch jung war. Obwohl der Auslöser für die meisten meiner Tränen zugegebenermaßen Selbstmitleid war. Und so wurden wir verwandelt. Geh jetzt, Mappo Runt. Tu, was du tun musst.«

Er lag auf dem Boden, und am Himmel schien eine helle Sonne. Zwei Tiere kämpften in der Nähe – nein, zwei Menschen, wie er feststellte, als er den Kopf drehte. Sie waren mit Staub, Spucke und dreckigem Schweiß verschmiert, zerrten sich an den Haaren, traten und pieksten einander.

»Bei den Göttern hienieden«, keuchte Mappo. »Dal Honesen.«

Sie hörten auf, sich zu prügeln, und blickten zu ihm herüber.

»Kümmere dich nicht um uns«, sagte Iskaral Pustl mit einem blutverschmierten Grinsen, »wir sind verheiratet.«

Es gab keine Möglichkeit, vor dem Tier davonzulaufen. Es war schuppig und bärenartig und so groß wie die Kutsche der Trygalle-Handelsgilde, und seine gewaltigen Sätze ließen es größere Entfernungen zurücklegen als die erschreckten Pferde schaffen konnten, erschöpft wie sie mittlerweile waren. Die roten und schwarzen, gefurchten Schuppen, die das Tier bedeckten, waren jeweils so groß wie ein Rundschild und größtenteils undurchdringlich für Geschosse, wie die zahllosen Armbrustbolzen bewiesen hatten, die von seiner Haut abgeprallt waren, während es immer näher gekommen war. Es besaß nur ein einziges, übergroßes Auge – mit Facetten wie das eines Insekts und umgeben von einem vorspringenden, schützenden Knochenwulst. In seinem riesigen Maul prangte eine Doppelreihe Säbelzähne, die jeweils so lang wie der Unterarm eines Mannes waren. Narben früherer Kämpfe störten die Symmetrie des breiten, flachen Kopfes.

Der Abstand zwischen dem Verfolger und den Verfolgten war auf weniger als zweihundert Schritt gesunken. Paran hörte damit auf, das Tier über die Schulter zu beobachten und drängte sein Pferd vorwärts. Sie rasten an einer felsigen Küste entlang. Zweimal waren sie über die Knochen größerer Kreaturen getrappelt, die ein bisschen wal-ähnlich gewirkt hatten, obwohl viele Knochen zerbrochen und zermalmt waren. Voraus und zum Landesinnern hin stieg das Land leicht an, bildete einen Hügel – oder zumindest das, was in dieser Sphäre dafür durchging. Paran deutete in die entsprechende Richtung. »Da lang!«, rief er dem Kutscher zu.

»Was?«, schrie der Mann zurück. »Seid Ihr verrückt?«

»Eine letzte Anstrengung! Dann haltet an und überlasst den Rest mir!«

Der alte Mann schüttelte den Kopf, doch er lenkte die Pferde den Abhang hinauf, trieb sie hart an, als sie sich mit stampfenden Hufen abmühten, die Kutsche hügelan zu ziehen.

Paran ließ sein Pferd wieder langsamer werden, erhaschte einen Blick auf Anteilseigner, die sich rund ums hintere Ende der Kutsche drängten und alle zu ihm herüberstarrten, als er sein Pferd zügelte, direkt im Weg der Bestie.

Hundert Schritt.

Paran bemühte sich, sein von Panik erfasstes Pferd unter Kontrolle zu bekommen, während er eine hölzerne Karte aus seiner Satteltasche zog. Auf die er mit einem Fingernagel ein halbes Dutzend Linien ritzte. Er sah kurz auf – fünfzig Schritt, den Kopf gesenkt, das Maul weit aufgerissen. *Oh, ein bisschen nah –*

Er ritzte zwei weitere, tiefere Linien ins Holz, dann warf er die Karte der angreifenden Kreatur in den Weg.

Vier fast unhörbare sanfte Worte –

Die Karte fiel nicht, sondern hing reglos in der Luft.

Der schuppige Bär erreichte sie, stieß ein wütendes Gebrüll aus – und verschwand.

Parans Pferd bäumte sich auf, und er wurde nach hinten geschleudert; seine Stiefel glitten aus den Steigbügeln, während er auf die Kruppe seines Reittiers rutschte, dann herunter und hart im Schlamm landete. Er rappelte sich auf, rieb sich das Hinterteil.

Anteilseigner kamen herbeigeeilt und versammelten sich um ihn.

»Wie habt Ihr das gemacht?«

»Wo ist es hin?«

»Hey, wenn Ihr das schon die ganze Zeit hättet tun können, warum sind wir dann überhaupt weggelaufen?«

Paran zuckte die Schultern. »Wohin – wer weiß? Und was das ›wie‹ angeht, nun, ich bin der Herr der Drachenkarten. Da kann ich dem großartigen Titel ja wohl auch eine Bedeutung verleihen.«

In Handschuhen steckende Hände schlugen ihm auf die Schultern – härter als es notwendig gewesen wäre, aber er bemerkte die erleichterten Mienen, das Entsetzen, das allmählich wieder aus ihren Blicken verschwand.

Igel kam zu ihm. »Guter Trick, Hauptmann. Hätte nicht gedacht, dass es einer von Euch schaffen würde. Doch nach dem, was ich gesehen habe, habt Ihr beinahe zu lange gewartet – es war fast schon zu nah. Hab gesehen, dass Ihr die Lippen bewegt habt – eine Art Zauberspruch oder so was? Hab gar nicht gewusst, dass Ihr ein Magier seid –«

»Bin ich auch nicht. Ich habe gesagt: ›Ich hoffe, das klappt.‹«

Erneut starrten ihn alle an.

Paran ging zu seinem Pferd.

»Wie auch immer, von der Hügelkuppe aus kann man unser Ziel sehen«, sagte Igel. »Der Hohemagier meinte, Ihr solltet es wissen.«

Von der Hügelkuppe aus hatte man einen guten Blick auf fünf große schwarze, noch ein gutes Stück entfernte Statuen und das zwischen ihnen und ihrem Ziel liegende Gelände mit seinen kleinen Seen und Marschgräsern. Paran musterte die hoch aufragenden Bauwerke einige Zeit. Bestialische Hunde, die auf ihren Hinterbeinen saßen, hervorragend gearbeitet, aber riesig groß, und komplett aus schwarzem Stein gehauen.

»Ist es ungefähr das, was Ihr erwartet hattet?«, fragte Igel, während er wieder auf die Kutschbank kletterte.

»Ich war mir nicht sicher«, erwiderte Paran. »Fünf … oder sieben. Nun, jetzt weiß ich es. Die beiden Schattenhunde aus Dragnipur haben ihre … Entsprechungen gefunden und wurden so mit ihnen wiedervereinigt. Und dann hat sie anscheinend jemand befreit.«

»Etwas hat uns einen Besuch abgestattet«, sagte Igel, »in jener Nacht, in der wir Geister die Hundeschlächter ausgelöscht haben. Im Lager von Sha'ik.«

Paran drehte sich um und blickte den Geist an. »Das hast du zuvor nicht erwähnt, Sappeur.«

»Nun, sie haben so oder so nicht lange durchgehalten.«

»Was meinst du damit, im Namen des Vermummten – *sie haben nicht lange durchgehalten*?«

»Ich meine, dass jemand sie getötet hat.«

»Sie getötet? Wer? Hat euch in jener Nacht ein Gott besucht? Einer der Ersten Helden? Oder ein anderer Aufgestiegener?«

Igel machte ein finsteres Gesicht. »Ich weiß das alles nur aus zweiter Hand, das solltet Ihr nicht vergessen, aber nach dem, was ich aufgeschnappt habe, war es Toblakai. Einer von Sha'iks Leibwächtern, ein Freund von Leoman. Tja, leider weiß ich nicht viel über ihn, nur den Namen, oder den Titel, wie ich vermute, denn es ist kein richtiger Name –«

»Ein Leibwächter namens Toblakai hat zwei Deragoth-Hunde getötet?«

Der Geist zuckte die Schultern und nickte dann. »Ja, so in etwa, Hauptmann.«

Paran nahm seinen Helm ab und fuhr sich mit einer Hand durch die Haare – *bei den Göttern hienieden, ich brauche dringend ein Bad* –, richtete seine Aufmerksamkeit dann wieder auf die entfernten Statuen und die davor liegenden Niederungen. »Diese Seen sehen flach aus – wir sollten keine Probleme haben, dorthin zu kommen.«

Die Tür der Kutsche öffnete sich, und die Jaghut-Zauberin Ganath kam heraus. Sie betrachtete die schwarzen Steinmonumente. »Dessimbelackis. Eine Seele, aus der sieben gemacht wurden – er hat geglaubt, das würde ihn unsterblich machen. Ein Aufgestiegener, der wild darauf war, ein Gott zu werden –«

»Die Deragoth sind viel älter als Dessimbelackis«, wandte Paran ein.

»Sie waren passende Gefäße«, sagte sie. »Ihre Art war beinahe ausgestorben. Er hat die letzten paar Überlebenden gefunden und sie benutzt.«

Paran grunzte. »Das war ein Fehler. Die Deragoth hatten ihre eigene Vergangenheit, ihre eigene Geschichte, und sie wurde nicht für sich allein erzählt.«

»Ja«, stimmte Ganath ihm zu, »die Eres'al, die von den Hunden, die sie adoptiert hatten, in die Domestizierung geführt wurden. Die Eres'al, die eines Tages den Aufstieg der T'lan Imass bewirken würden, die wiederum den Aufstieg der Menschen bewirken würden.«

»So einfach war das alles?«, fragte Igel.

»Nein, es war viel komplizierter«, erwiderte die Jaghut, »aber für unsere Zwecke wird es genügen.«

Paran kehrte zu seinem Pferd zurück. »Wir sind fast da – ich habe keine Lust auf weitere Unterbrechungen – daher sollten wir los, wollen wir?«

Das Wasser, das sie durchquerten, stank nach Verfall, der Grund des Sees war dick schwarz verschlammt und wimmelte, wie sich herausstellte, von seesternförmigen Blutegeln. Das Gespann hatte Mühe, die Kutsche durch den Schlamm zu ziehen, obwohl für Paran klar war, dass Karpolan Demesand Zauberei einsetzte, um das Gefährt irgendwie leichter zu machen. Niedrige Schlammbänke, die den See säumten, boten die Gelegenheit zu einer kurzen Ruhepause, obwohl sie die Heimat unzähliger stechender Insekten waren, die hungrig ausschwärmten, als die Anteilseigner von der Kutsche kletterten, um Blutegel von Pferdebeinen zu entfernen. Eine dieser Schlammbänke brachte sie dicht ans jenseitige Ufer, von dem sie nur noch ein Kanal träge dahinfließenden Wassers trennte, den sie ohne Schwierigkeiten überquerten.

Vor ihnen lag ein langer, sanft ansteigender Hang aus Schlamm und Kies. Paran, der die Hügelkuppe kurz vor der Kutsche erreichte, zügelte sein Pferd.

Nicht weit von ihm entfernt kennzeichneten zwei große, von Geröll umgebene Podeste die Stelle, an der die beiden Statuen einst gestanden hatten. In dem ewig feuchten Schlamm um sie herum waren Spuren, Fußspuren, Hinweise auf irgendeine Art von Handgemenge. Direkt dahinter erhob sich das erste noch unversehrte Monument; der mattschwarze Stein wirkte erstaunlich lebensecht, so überzeugend war die Darstellung von Fell und Muskeln. Am Fuß der Statue stand eine Art Bauwerk.

Die Kutsche kam an, und Paran hörte, wie sich die Seitentür öffnete. Anteilseigner sprangen herunter und schwärmten aus, nahmen Verteidigungspositionen ein.

Paran saß ab und ging auf das Bauwerk zu. Plötzlich war Igel an seiner Seite.

»Irgendjemand hat hier ein verdammtes Haus gebaut«, sagte der Sappeur.

»Sieht nicht bewohnt aus.«

»Zumindest jetzt nicht, stimmt.«

Das Gebäude bestand vollkommen aus Treibholz und war ungefähr rechteckig, wobei die langen Seiten parallel zum Podest der Statue verliefen. Es waren keine Fenster zu sehen, und – zumindest auf dieser Seite – auch kein Eingang. Paran musterte es einige Zeit und ging dann auf das eine Ende zu. »Ich glaube nicht, dass das Ding als Haus gedacht war«, sagte er. »Eher als Tempel.«

»Ihr könntet recht haben – das Treibholz passt nicht besonders gut aufeinander, und trotzdem haben sie nichts in die Lücken gestopft. Wenn ein Steinmetz sich das ansehen würde, würde er sagen, dass es für den gelegentlichen Gebrauch gedacht war, was mehr nach einem Tempel oder einem Gehege klingt.«

Sie erreichten das eine Ende und sahen einen halbmondförmigen Eingang. Zweige waren davor in Reihen auf den lehmigen Boden gelegt worden, so dass eine Art Gehweg geschaffen worden war. Schlammige Füße waren auf ihm entlanggetrottet, zahllose schlammige Füße, aber keiner davon in jüngster Zeit.

»Sie haben lederne Mokassins getragen«, bemerkte Igel, der sich hingehockt hatte, um sich den nächsten Fußabdruck genauer anzusehen. »Die Nähte waren oben, außer hinten an der Ferse, da ist ein Kreuzstichmuster. Wenn das hier Genabackis wäre, würde ich sagen Rhivi – allerdings gibt's da noch einen Unterschied.«

»Was für einen?«, fragte Paran.

»Nun, diese Burschen haben breite Füße. Richtig breite Füße.«

Der Geist wandte den Kopf, schaute zum Eingang des Gebäudes. »Hauptmann, da drin ist jemand gestorben.«

Paran nickte. »Ich kann es riechen.«

Sie blickten sich um, als Ganath und Karpolan Demesand – Letzterer von den beiden Anteilseignerinnen aus dem Stamm der Pardu begleitet – näher traten. Der Magier der Trygalle-Handelsgilde verzog das Gesicht, als der üble Gestank verwesenden Fleischs in seine Nase drang. Er starrte finster in den offenen Eingang. »Das rituelle Vergießen von Blut«, sagte er und spuckte aus, was alles andere als typisch für ihn war. »Diese Deragoth haben Anbeter gefunden. Wird sich diese Tatsache als problematisch erweisen, Herr der Drachenkarten?«

»Nur, wenn sie auftauchen«, sagte Paran. »Danach – nun, es könnte sein, dass sie ihren Glauben neu überdenken müssen. Das könnte sich als tragisch für sie erweisen …«

»Seid Ihr dabei, alles noch einmal neu zu überdenken?«, fragte Karpolan.

»Ich wünschte, ich könnte mir diesen Luxus erlauben. Ganath, willst du mit mir zusammen das Innere dieses Tempels erforschen?«

Ihre Brauen hoben sich ein winziges Stück, dann nickte sie. »Natürlich. Ich bemerke, dass da drinnen Dunkelheit herrscht – brauchst du Licht?«

»Das würde nicht schaden.«

Sie ließen die anderen hinter sich zurück und gingen nebeneinander auf den Eingang zu. Ganath wandte sich leise an Paran. »Du vermutest das Gleiche wie ich, Ganoes Paran.«

»Ja.«

»Karpolan Demesand ist kein Narr. Er wird es bald bemerken.«

»Ja.«

»Dann sollten wir uns beim Erforschen kurz fassen.«

»Einverstanden.«

Als sie den Eingang erreichten, machte Ganath eine Handbewegung, und ein gedämpftes bläuliches Licht entstand langsam im angrenzenden Raum.

Sie traten hinein.

Ein einziger Raum, keine Innenwände. Der Boden bestand aus Lehm, von unzähligen Füßen festgestampft. In der Mitte stand ein zerschmetterter, umgedrehter Baumstumpf, dessen Wurzeln beinahe waagrecht abgingen, als wäre der Baum auf einer dünnen Bodenschicht über Grundgestein gewachsen hätte und seine Fühler nach allen Seiten ausgestreckt. Im Zentrum dieses behelfsmäßigen Altars war der Kern des Stamms ausgehöhlt worden, so dass eine Art Becken entstanden war, das nun mit einer Pfütze aus schwarzem, getrockneten Blut gefüllt war. Zwei Leichen waren mit gespreizten Armen und Beinen an die nach außen strebenden Wurzeln gebunden worden, beides Frauen; einst waren sie von der Verwesung aufgebläht gewesen, jetzt jedoch zu einer gelatinösen Masse verrottet, so dass es aussah, als würden sie schmelzen. Hier und da schauten Knochen hervor. Tote Maden lagen haufenweise unter den beiden Leichen.

»Sedora Orr«, vermutete Paran, »und Darpareth Vayd.«

»Das scheint mir eine vernünftige Vermutung zu sein«, sagte Ganath. »In Anbetracht ihrer anerkannten Fähigkeiten muss die Zauberin der Gilde wohl auf irgendeine Weise verletzt gewesen sein.«

»Nun, die Kutsche war ziemlich hinüber.«

»Das stimmt. Haben wir genug gesehen, Ganoes Paran?«

»Ein Blutritual – ein *Älteres* Opfer. Ich würde annehmen, dass die Deragoth nah herangezogen wurden.«

»Ja, was bedeutet, dass du nur wenig Zeit haben wirst, wenn du ihre Freilassung bewirkt hast.«

»Ich hoffe, Karpolan ist dem Ganzen gewachsen.« Er blickte die Jaghut an. »Falls es zu einem echten Notfall kommen sollte, Ganath ... könntest du dann ... helfen?«

»Vielleicht. Wie du weißt, gefällt mir das, was du hier vorhast, nicht besonders. Was mir allerdings noch weniger gefallen würde, wäre von den Hunden der Dunkelheit zerrissen zu werden.«

»Diese Abneigung teile ich. Gut. Also, wenn ich dich um deine Unterstützung bitte, Ganath, wirst du wissen, was du zu tun hast?«

»Ja.«

Paran drehte sich um. »Es mag unbillig klingen«, sagte er, »aber mein Mitgefühl für die zu erwartende Notlage dieser Anbeter hat sich ziemlich verringert.«

»Ja, das ist unbillig. Deine Art betet schließlich aus Furcht an. Und was du hier entfesseln wirst, werden die fünf Gesichter dieser Furcht sein. Und daher werden diese armen Leute leiden.«

»Wenn sie nicht die Aufmerksamkeit ihrer Götter auf sich hätten lenken wollen, Ganath, hätten sie es vermieden, auf geheiligtem Boden Blut zu vergießen.«

»Jemand unter ihnen hat diese Aufmerksamkeit gesucht, und die Macht, die sie vielleicht mit sich bringt. Ich vermute, dass es ein Hohepriester oder Schamane war.«

»Nun, dann werden seine Anhänger diesen Hohepriester töten, wenn es die Hunde nicht tun.«

»Eine harte Lektion, Ganoes Paran.«

»Erzähle das diesen beiden toten Frauen.«

Die Jaghut antwortete nicht.

Sie verließen den Tempel wieder, während das Licht hinter ihnen verblasste.

Paran bemerkte Karpolan Demesands starren Blick, in dem das Entsetzen offensichtlich und unbestreitbar war, und nickte langsam. Der Handelsherr der Gilde wandte sich ab, und wenn er vorher schon erschöpft gewesen war, so schien sich seine Müdigkeit jetzt zu verzehnfachen.

Igel trat zu Paran. »Es könnten Anteilseigner gewesen sein«, schlug er vor.

»Nein«, sagte Ganath. »Zwei Frauen, beide teuer gekleidet. Man muss davon ausgehen, dass die Anteilseigner woanders von ihrem Schicksal ereilt wurden.«

Paran wandte sich an Igel. »Jetzt kommt deine letzte Aufgabe, Sappeur. Die Deragoth zu beschwören – aber bedenke zuvor – sie sind nahe, und wir brauchen Zeit, um –«

»Davonzurennen wie der Dünnschiss des Vermummten, klar.« Igel hob einen Ranzen. »Nun, bevor Ihr mich fragt, wo ich das hier versteckt hatte, macht Euch keine Sorgen. Hier an diesem Ort spielen solche Kleinigkeiten keine Rolle.« Er grinste. »Manche Leute würden gerne Gold mitnehmen, wenn sie gehen. Ich, ich würde Moranth-Munition immer Gold vorziehen. Schließlich weiß man ja nie, auf wen oder was man auf der anderen Seite stoßen wird, richtig? Daher ist es immer besser, sich die Möglichkeit offenzuhalten, alles in die Luft jagen zu können.«

»Eine kluge Überlegung, Igel. Und diese Munition wird hier funktionieren?«

»Absolut, Hauptmann. Der Tod hat dies hier einst seine Heimat genannt, erinnert Ihr Euch?«

Paran musterte die nächste Statue. »Du hast vor, sie zu zerschmettern.«

»Stimmt.«

»Mit Zeitzünder.«

»Stimmt.«

»Nur, dass du fünf davon anbringen musst, und die letzte sieht aus, als ob sie zwei- oder dreihundert Schritt weit entfernt wäre.«

»Stimmt. Das könnte ein Problem werden – nun, sagen wir eine Herausforderung. Zugegeben, wenn's um so raffiniertes Zeugs geht, ist Fiedler besser als ich. Aber sagt mir eins, Hauptmann – Ihr seid Euch sicher, dass die Deragoth nicht einfach nur hier rumhängen werden?«

»Ich bin mir sicher. Sie werden in ihre heimatliche Sphäre zurückkehren – das ist genau das, was die ersten beiden getan haben, oder?«

»Stimmt, aber die hatten ihre Schatten. Könnte sein, dass die hier erstmal ihre eigenen Schatten jagen.«

Paran runzelte die Stirn. Das hatte er nicht bedacht. »Oh, ich verstehe. Dann werden sie sich also in die Schattensphäre begeben.«

»Wenn sich die Schattenhunde im Moment dort aufhalten, ja.«

Verdammt. »In Ordnung, bring deine Sprengladungen an, Igel. Aber lass die Sandkörner noch nicht rieseln.«

»Klar.«

Paran schaute dem Sappeur hinterher, als er davonging. Dann holte er die Drachenkarten heraus. Er zögerte, blickte hinüber zu Ganath, dann zu Karpolan Demesand. Beide sahen, was er in den Händen hielt. Der Handelsherr der Gilde erbleichte sichtlich und eilte dann zu seiner Kutsche zurück. Nach kurzer Zeit – und einem langen, nicht zu deutenden Blick – folgte ihm die Jaghut.

Paran gestattete sich ein leichtes Lächeln. *Ja, warum Euch demjenigen – wer auch immer es sein mag –, den ich gleich anrufen werde, vorstellen?* Er hockte sich hin, legte die Drachenkarten mit der Vorderseite nach unten auf den schlammverschmierten Gehweg aus Ästen. Dann hob er die oberste Karte ab und legte sie nach rechts. *Das Hohe Haus Schatten – wer hat hier das Sagen, ihr verdammten Karten, ihr oder ich?* »Schattenthron«, murmelte er, »ich wünsche Eure Aufmerksamkeit.«

Das trübe Bild des Schattenhauses blieb seltsam leblos auf der lackierten Karte.

»Na schön«, sagte Paran, »ich werde meine Worte zurücknehmen. Schattenthron, sprecht hier und jetzt mit mir, oder alles, was Ihr getan habt, und alles, was Ihr vorhabt, wird im wahrsten Sinne des Wortes in Stücke gerissen werden.«

Ein Schimmer, der das Haus noch unschärfer machte, dann so etwas wie eine vage Gestalt, die auf einem schwarzen Thron saß. Ein Stimme zischte ihm zu: »Das sollte wirklich wichtig sein. Ich bin ziemlich beschäftigt – und außerdem, schon allein die *Vorstellung* eines Herrn der Drachenkarten bereitet mir Übelkeit, also mach schon.«

»Die Deragoth werden bald freigelassen werden, Schattenthron.«

Offensichtliche Aufregung. »Welcher mückenhirnige Idiot würde so etwas tun?«

»Ich fürchte, es ist unvermeidlich –«

»*Du!*«

»Seht, ich habe meine Gründe, und sie befinden sich im Reich der Sieben Städte.«

»Oh«, die Gestalt sank wieder auf den Thron zurück, »diese Gründe. Ja, gut. Sogar schlau. Aber immer noch durch und durch dumm.«

»Schattenthron«, sagte Paran. »Die beiden Schattenhunde, die Rake getötet hat. Die beiden, die von Dragnipur genommen wurden.«

»Was ist mit ihnen?«

»Ich habe keine Ahnung, wie viel Ihr wisst, aber ich habe sie aus dem Schwert befreit.« Er wartete auf einen weiteren hysterischen Ausbruch, aber nichts geschah. »Oh, dann habt Ihr das also gewusst. Gut. Nun, ich habe herausgefunden, wohin sie gegangen sind ... hierher, wo sie sich mit ihren Gegenstücken vereinigt haben und dann befreit wurden – nein, nicht von mir. Nun, soweit ich weiß, sind sie inzwischen getötet worden. Endgültig dieses Mal.«

Schattenthron hob eine langfingrige Hand, die den größten Teil der Karte ausfüllte. »Lass mich sehen«, schnurrte der Gott, »ob ich dich verstehe.« Ein Finger zuckte hoch. »Die Namenlosen Idioten gehen hin und lassen Dejim Nebrahl frei. Warum? Weil sie Idioten sind. Die von ihren eigenen Lügen eingeholt wurden; daher mussten sie den Diener loswerden, der in erster Linie nur das getan hat, was er in ihrem Auftrag hatte tun sollen – allerdings hat er es zu gut gemacht!« Schattenthrons Stimme wurde immer schriller und lauter. Ein zweiter Finger zuckte hoch. »Dann kommst du, der idiotische Herr der Drachenkarten, auf die Idee, die Deragoth freizulassen, um Dejim Nebrahl loszuwerden. Aber warte, es wird noch besser!« Ein dritter Finger. »Ein *anderer* gefährlicher Widerling, der durch das Reich der Sieben Städte wandert, hat gerade zwei Deragoth getötet, und möglicherweise ist dieser Widerling noch in der Nähe und hätte gerne noch ein paar Trophäen mehr, die er hinter seinem verdammten Pferd herschleifen könnte!« Seine Stimme war jetzt ein Kreischen. »Und jetzt! Jetzt!« Die Hand wurde zu einer Faust geballt, die dann geschüttelt wurde. »Du willst, dass ich die Schattenhunde ins Reich der Sieben Städte schicke! Denn es ist dieser wurmzerfressenen Walnuss, die du dein Gehirn nennst, endlich aufgegangen, dass die Deragoth sich nicht um Dejim Nebrahl kümmern werden, solange sie meine Schattenhunde nicht gefunden haben! Und wenn sie erst in meine Sphäre kommen, um nach ihnen zu suchen, wird sie nichts aufhalten können!« Er verstummte plötzlich, die Faust reglos. Dann zuckten immer wieder verschiedene Finger hoch, in einem immer chaotischer werdenden Muster. Schattenthron schnaubte, und die hektische Hand verschwand. Ein Flüstern. »Reiner Genius. Warum ist mir das nicht eingefallen?« Die Stimmlage begann wieder höher zu werden. »Warum? *Weil ich kein Idiot bin!!*«

Und mit diesen Worten verschwand die Erscheinung des Gottes.

Paran grunzte. »Ihr habt mir nicht gesagt, ob Ihr die Hunde tatsächlich ins Reich der Sieben Städte schicken werdet.«

Er glaubte, ganz schwach einen frustrierten Aufschrei zu hören, aber vielleicht hatte er sich das auch nur eingebildet. Paran legte die Karte wieder zu den anderen, steckte alle zusammen in eine Innentasche und richtete sich langsam auf. »Tja«, seufzte er, »das war nicht mal annähernd so schlimm, wie ich befürchtet hatte.«

Als Igel zurückkehrte, waren auch Ganath und Karpolan wieder aufgetaucht. Die Blicke, die sie Paran zuwarfen, zeugten von deutlichem Unbehagen.

Der Geist winkte Paran näher und sagte leise: »Es wird nicht so funktionieren, wie wir das wollten, Hauptmann. Die Entfernung zwischen ihnen ist zu groß – wenn ich beim nächsten ankomme, wird der hinterste schon hochgegangen sein, und wenn die Hunde wirklich nahe sind – nun, wie ich schon gesagt habe, es wird so nicht funktionieren.«

»Und was schlägst du vor?«

»Es wird Euch nicht gefallen. Mir gefällt es natürlich auch nicht, aber es ist die einzige Möglichkeit.«

»Raus damit, Sappeur.«

»Lasst mich zurück. Zieht weiter. Jetzt gleich.«

»Igel –«

»Nein, hört zu, es ergibt alles einen Sinn. Ich bin schon tot – ich kann meinen eigenen Weg nach draußen finden.«

»*Vielleicht* kannst du deinen eigenen Weg nach draußen finden, Igel. Aber wahrscheinlich wird das, was noch von dir übrig ist, in Stücke gerissen werden, wenn nicht von den Deragoth, dann von irgendeinem anderen aus der Heerschar hiesiger Alpträume.«

»Hauptmann, ich brauche diesen Körper nicht – er ist nur Schau, damit Ihr ein Gesicht habt, das Ihr ansehen könnt. Glaubt mir, es ist die einzige Möglichkeit, dass Ihr und die anderen das hier lebend übersteht.«

»Lass uns einen Kompromiss versuchen«, sagte Paran. »Wir warten, so lange wir können.«

Igel zuckte die Schultern. »Ganz wie Ihr wollt, aber wartet nicht zu lange, Hauptmann.«

»Dann mach dich auf den Weg, Igel. Und … danke.«

»Wie immer, ein Geschäft auf Gegenseitigkcit, Hauptmann.«

Der Geist eilte davon. Paran wandte sich an Karpolan Demesand. »Wie zuversichtlich seid Ihr«, fragte er, »uns hier schnell rauszubekommen?«

»Das sollte relativ einfach sein«, erwiderte der Zauberer der Handelsgilde. »Sobald ein Pfad in ein Gewirr gefunden ist, wird sein Verhältnis zu den anderen bekannt. Der Erfolg der Trygalle-Handelsgilde hängt voll und ganz von unseren Vermessern ab, Ganoes Paran – unseren Karten. Mit jeder Mission werden diese Karten vollständiger.«

»Das sind wertvolle Dokumente«, bemerkte Paran. »Ich vertraue darauf, dass Ihr sie gut verwahrt.«

Karpolan Demesand lächelte, sagte aber nichts.

»Dann bereitet den Weg«, sagte Paran.

Igel war bereits außer Sicht, irgendwo im Zwielicht zwischen den nächsten Statuen verloren. Nebel füllte jetzt die Senken aus, doch der quecksilbrige Himmel über ihnen schien so fern wie immer. Dennoch wurde das Licht schwächer, wie Paran bemerkte. Hatte ihr Aufenthalt hier nur einen einzigen Tag gedauert? Das schien … unwahrscheinlich.

Das Krachen einer Sprengladung drang an sein Ohr – ein Fetzer. »Das ist das Signal«, sagte Paran und schritt zu seinem Pferd. »Die am weitesten entfernte Statue wird als erste hochgehen.« Er schwang sich in den Sattel, lenkte sein Pferd näher an die Kutsche, in der Karpolan und Ganath mittlerweile wieder verschwunden waren. Der Laden des Fensters glitt zur Seite, als er ankam.

»Hauptmann –«

Das Donnern einer Detonation unterbrach ihn, und als Paran sich umdrehte, sah er eine Säule aus Rauch und Staub aufsteigen.

»Hauptmann … zu meiner großen Überraschung … scheint es –«

Eine zweite Explosion, näher dieses Mal, und eine weitere Statue schien einfach zu verschwinden.

»Wie ich schon gesagt habe, scheint es, als ob meine Möglichkeiten weit begrenzter wären, als ich zunächst –«

Aus der Ferne ertönte ein tiefes, tierisches Gebrüll.

Der erste Deragoth –

»Ganoes Paran! Wie ich gesagt habe –«

Die dritte Statue detonierte, ihre Basis verschwand in einer sich ausbreitenden, wogenden Wolke aus Rauch, Steinen und Staub. Seiner Vorderbeine beraubt, begann sich das große Bauwerk nach vorne zu neigen, zackige Sprünge liefen durch den Fels, und dann brach es zusammen. Krachte auf den Boden.

Die Kutsche machte einen Satz, fiel dann zurück auf ihre rippenverstärkten Federn. Irgendwo im Innern zerbrach Glas.

Der Nachhall der Erschütterung lief durch die Erde.

Die Pferde wieherten schrill und kämpften mit rollenden Augen gegen ihr Zaumzeug.

Ein zweites Heulen erschütterte die Luft.

Paran blinzelte durch Staub und Rauch, suchte Igel irgendwo zwischen der letzten Statue, die zusammengestürzt war, und denen, die noch zerstört werden mussten. Aber er sah keinerlei Bewegung in der zunehmenden Dunkelheit. Urplötzlich barst die vierte Statue. Irgendein Zufall sorgte dafür, dass das Monument sich zu einer Seite neigte, und als es umstürzte, traf es die fünfte.

»*Wir müssen weg!*«

Der Schrei kam von Karpolan Demesand.

»Haltet aus –«

»Ganoes Paran, ich bin nicht mehr davon überzeugt –«

»Wartet einfach noch –«

Ein drittes Geheul, auf das der Deragoth antwortete, der bereits eingetroffen war – und diese letzten beiden Schreie waren … *nahe.*

»Scheiße.« Er konnte Igel nicht sehen – die letzte Statue, die von dem Aufprall bereits von Sprüngen überzogen war, stürzte plötzlich um, als der Sprengstoff an ihrem Fuß explodierte.

»*Paran!*«

»In Ordnung – öffnet das verdammte Tor!«

Die Pferde im Gespann bäumten sich auf, schossen dann vorwärts, rissen die Kutsche herum und begannen, wie wild den Abhang hinunterzustürmen. Fluchend trat Paran seinem Pferd in die Flanken, riskierte noch einen letzten Blick über die Schulter –

– und sah ein riesiges Tier mit buckligen Schultern aus der Staubwolke auftauchen, das mit funkelnden Augen Paran und die davonrasende Kutsche anstarrte. Der gewaltige, breite Kopf des Deragoth senkte sich, und er setzte sich grausam schnell in Bewegung.

»Karpolan!«

Das Portal öffnete sich wie eine aufplatzende Blase direkt vor ihnen. Von seinen Rändern sprühte wässriges Blut oder eine andere Flüssigkeit. Ein Wind wie aus einem Leichenhaus schlug auf sie ein. »Karpolan? Wohin –«

Das Gespann stürmte schrill wiehernd in das Tor, und Paran folgte einen Herzschlag später. Er hörte, wie es sich hinter ihm schloss – und dann brach von allen Seiten der Wahnsinn über ihn herein.

Verweste Gesichter, verkrümmte Hände reckten sich hoch, lang tote Augen starrten ihn bettelnd an, während verfallene Münder sich öffneten – *»Nehmt uns mit! Nehmt uns mit!«*

»Geht nicht!«

»Er hat uns vergessen – bitte, ich flehe Euch an –«

»Der Vermummte interessiert sich nicht für uns –«

Knochige Finger schlossen sich um Paran, zogen, zerrten und rissen an ihm. Andere hatten es geschafft, irgendwelche Vorsprünge der Kutsche zu fassen zu kriegen, und wurden mitgeschleift.

Das Flehen verwandelte sich in Wut – *»Nehmt uns mit – oder wir werden euch in Stücke reißen!«*

»Schlagt sie – beißt sie – reißt sie in Stücke!«

Paran kämpfte seinen rechten Arm frei, schaffte es irgendwie, die Hand um den Schwertgriff zu legen, die Waffe zu ziehen. Er begann mit der Klinge nach beiden Seiten zu schlagen.

Das schrille Wiehern der Pferde klang wie die Stimme des Wahnsinns, und jetzt schrien auch die Anteilseigner, als sie nach unten, auf sich hochreckende Hände und Arme hackten.

Während er sich im Sattel nach rechts und links drehte und auf die zugreifenden Gliedmaßen einschlug, erhaschte Paran einen Blick auf die umliegende Landschaft – eine Ebene aus sich windenden Gestalten, die Untoten, alle Gesichter ihnen zugewandt – Untote, zehntausende von Untoten – Untote, die das Land so dicht bevölkerten, dass sie nur stehen konnten, bis zum Horizont, und die nun einen Chor der Verzweiflung anstimmten –

»Ganath!«, brüllte Paran. *»Schaff uns hier raus!«*

Eine scharfe Erwiderung, wie berstendes Eis. Ein bitterkalter Wind wirbelte um sie herum, und der Boden neigte sich plötzlich zu einer Seite.

Schnee, Eis, die Untoten fort.

Ein offener blauer Himmel. Bergspitzen –

Rutschende Pferde, die die Beine spreizten und deren Wiehern immer schriller wurde. Ein paar belebte Leichname, die mit Händen und Füßen herumfuchtelten. Die Kutsche, deren hinteres Ende herumrutschte, die drohend vor Paran aufragte.

Sie waren auf einem Gletscher. Schlidderten, rutschten immer schneller werdend abwärts.

Deutlich hörte Paran eine der beiden Pardu-Anteilseignerinnen sagen: »Oh, das ist viel besser.«

Dann war nur noch Zeit für den stürmischen Abstieg – mit tränenden Augen und wild sich drehendem Pferd eine ganze Bergflanke hinunter, wie sich herausstellte.

Eis, dann Schnee, dann Matsch, und Letzterer baute sich wie eine Bugwelle vor den Pferden und der quer zum Hang nach unten rutschenden Kutsche auf, wuchs höher und höher und bremste sie. Plötzlich wurde der Matsch von Schlamm abgelöst, dann von Steinen –

Die die Kutsche sich überschlagen ließen, wobei das Gespann mitgerissen wurde.

Parans eigenem Reittier erging es besser, denn es schaffte es, sich so auszurichten, dass es nach unten blickte; die Vorderbeine trommelten haltsuchend auf Schnee und Matsch. Als sie den Schlamm erreichten, hatte das Pferd längst gesehen, was sie erwartete und stürmte einfach los. Es kam kurz ins Stolpern, doch als der Boden ebener wurde, wurde es mit bebenden Flanken langsamer – und Paran konnte sich noch rechtzeitig im Sattel umdrehen, um zu sehen, wie die Kutsche schwer zerschlagen endlich holpernd liegen blieb. Überall lagen Anteilseigner – oben auf dem Hang, im Schlamm, auf dem Geröllstreifen –, schlaff und leblos und kaum von den Leichnamen zu unterscheiden.

Das Gespann hatte sich losgerissen, doch bis auf ein einziges Pferd lagen alle am Boden und traten in einem Wirrwarr aus Zügeln, Riemen und Knoten um sich.

Mit immer noch wild hämmerndem Herzen brachte Paran sein Pferd sachte zum Stehen, drehte es herum, so dass es wieder zum Gletscher blickte. Dann lenkte er das erschöpfte, zittrige Tier auf das Wrack zu.

Ein paar Anteilseigner rappelten sich hier und da auf; sie wirkten benommen. Einer begann zu fluchen und sackte wieder in sich zusammen. Anscheinend hatte er sich das Bein gebrochen.

»Danke«, krächzte ein Leichnam, der im Schlamm herumzappelte. »Was schulde ich Euch?«

Die Kutsche lag auf der Seite. Die drei Räder, die auf den Matsch und das Geröll geprallt waren, waren zerschmettert, und zwei auf der anderen Seite hatten das Überschlagen nicht überstanden. Womit ein einziges noch unversehrtess Rad übrig blieb, das sich drehte wie ein Mühlstein. Die Luken der Vorratsfächer am hinteren Ende der Kutsche waren aufgesprungen und hatten ihren Inhalt überall verstreut. Auf dem Dach lag, immer noch angeschnallt, der zermalmte Körper eines Anteilseigners; Blut rann wie Schmelzwasser über die Kupferziegel, seine Arme und Beine hingen schlaff herab, und was von ihm nicht durch Kleidung bedeckt war, sah im hellen Sonnenlicht zerschlagen und grau aus.

Eine der beiden Pardu rappelte sich aus dem Schlamm auf und hinkte zu Paran, der sein Pferd neben der Kutsche parierte.

»Hauptmann«, sagte sie, »ich glaube, wir sollten ein Lager aufschlagen.«

Er starrte auf sie hinunter. »Seid Ihr in Ordnung?«

Sie musterte ihn einen Augenblick, wandte dann den Kopf und

spuckte blutig aus. Nachdem sie sich den Mund abgewischt hatte, zuckte sie die Schultern. »Der Vermummte weiß, wir hatten schon schlimmere Fahrten …«

Die grausame Wunde des Portals, das nun geschlossen war, verunstaltete noch immer die staubgeschwängerte Luft. Igel trat aus seiner Deckung in der Nähe eines der Podeste, wo er sich versteckt gehalten hatte. Die Deragoth waren fort – sie waren alles andere als wild darauf, allzu lange an diesem tödlichen, unangenehmen Ort zu verweilen.

Nun hatte er also ein bisschen gemogelt. Aber das spielte keine Rolle, schließlich war er so überzeugend gewesen, dass es zum erwünschten Ergebnis geführt hatte.

Hier bin ich. Auf mich allein gestellt, in der vom Vermummten verlassenen Grube des Vermummten. Du hättest es zu Ende denken sollen, Hauptmann. Für uns war in dieser Abmachung nichts Angenehmes, und nur Narren lassen sich auf so etwas ein. Nun, wir waren einst Narren, und das hat uns getötet – diese Lektion haben wir also wirklich gelernt.

Er blickte sich um, versuchte sich zurechtzufinden. An diesem Ort war eine Richtung so gut wie jede andere. Außer dem verdammten Meer natürlich. *Dann ist es also geschafft. Zeit, die Gegend zu erforschen …*

Der Geist ließ die zerstörten Statuen hinter sich zurück, eine einsame, fast körperlose Gestalt, die durch das bloßgelegte, schlammige Land schritt. Genauso o-beinig, wie er als Lebender gegangen war.

Zu sterben, hieß schließlich nicht, solche Dinge abzulegen. Und ziemlich sicher wartete keine Absolution auf die Gefallenen.

Die Absolution kommt von den Lebenden, nicht von den Toten, und – wie Igel nur zu gut wusste – man musste sie sich verdienen.

Sie erinnerte sich an Dinge. Jetzt, endlich, nach all dieser Zeit. Ihre Mutter hatte zum Tross des Ashok-Regiments gehört und für jeden die Beine breitgemacht, ehe es nach Genabackis geschickt worden war. Nachdem die Soldaten fort waren, war sie einfach hingegangen und gestorben, als ob sie ohne die Soldaten nur noch ausatmen, aber nicht mehr einatmen konnte – dabei war es das, was man in sich hineinsog, was einem das Leben gab. Ja, einfach so. Tot. Ihr Nachkomme blieb zurück und musste sehen, wie er zurechtkam, allein, unversorgt, ungeliebt.

Verrückte Priester und kranke Kulte und – für die Tochter einer solchen Mutter – eine neue Armee, der man folgen konnte. Jeder Pfad der Unabhängigkeit war nichts weiter als eine Sackgasse, die von dieser tiefer ausgefahrenen Straße abzweigte, derjenigen, die von den Eltern zum Kind verlief – so viel war ihr jetzt klar.

Und dann hatte Heboric, Treachs Destriant, sie weggezogen – bevor sie selbst jemals ausgeatmet hatte – aber nein, vor ihm war da noch Bidithal gewesen … Bidithal mit seinen betäubenden Geschenken, seinen geflüsterten Versprechungen, dass das Leiden der Sterblichen nichts weiter wäre als eine aus vielen Schichten bestehende Puppe, und dass mit dem Tod die ganze Pracht herausbrechen und ihre schillernden Flügel ausbreiten würde. *Das Paradies.*

Ach, das war ein verführerisches Versprechen gewesen, und ihre ertrinkende Seele hatte sich an den Trost seiner alles umhüllenden Bedeutung geklammert, als sie dem Tod entgegengesunken war. Sie hatte einst davon geträumt, junge, naive Akolythen zu verletzen, das Messer selbst in die Hand zu nehmen und ihnen jegliche Lust wegzuschneiden. *Elend liebt – braucht – Gesellschaft; im Teilen liegt nichts Uneigennütziges. Eigennutz nährt sich von Bosheit, und alles andere bleibt auf der Strecke.*

Sie hatte in ihrem kurzen Leben schon zu viel gesehen, um noch daran zu glauben, dass jemand anderer Ansicht sein könnte. Bidithals Liebe zum Schmerz hatte seinen Wunsch genährt, anderen Taubheit zu schenken. Die Taubheit in seinem Innern hatte es ihm ermöglicht, anderen Schmerzen zuzufügen. Und der gebrochene Gott, den er angeblich angebetet hatte – nun, der Verkrüppelte Gott wusste, dass er niemals für seine Lügen würde bezahlen müssen, für seine falschen Versprechungen. Er suchte sich herrenlose Leben, und mit ihrem Tod stand es ihm frei, diejenigen fallen zu lassen, deren Leben er verbraucht hatte. Dies war, wie ihr klar wurde, eine hervorragende Art der Versklavung: ein Glaube, dessen zentraler Lehrsatz nicht zu beweisen war. Dieser Glaube würde nicht getötet werden. Der Verkrüppelte Gott würde eine Vielzahl sterblicher Stimmen finden, die seine leeren Versprechungen verkündeten, und innerhalb der willkürlichen Auslegungen seines Kults würden Verderbtheit und Schändung ungehemmt erblühen.

Ein Glaube, der auf Schmerz und Schuld basierte, konnte keine moralische Reinheit verkünden. Ein Glaube, der in Blut und Leiden wurzelte –

»Wir sind die Gefallenen«, sagte Heboric plötzlich.

Höhnisch grinsend stopfte Scillara mehr Rostlaub in den Kopf ihrer Pfeife und sog heftig daran. »Ein Priester des Krieges muss das sagen, oder nicht? Aber was ist mit dem gewaltigen Ruhm, den grausame Gemetzel einem verleihen können, alter Mann? Oder glaubst du nicht an die Notwendigkeit des Gleichgewichts?«

»Gleichgewicht? Eine Illusion. Als würde man versuchen, sich auf einen winzigen Lichtsplitter zu konzentrieren und nichts vom großen Strom zu sehen – und von der Welt, die dieser Strom sichtbar macht. Alles ist in Bewegung, alles ist im Fluss.«

»Genau wie diese verdammten Fliegen«, murmelte Scillara.

Schlitzer, der direkt vor ihr ritt, drehte sich zu ihr um. »Darüber habe ich mich schon gewundert«, sagte er. »Das sind Aasfliegen – was glaubt ihr, bewegen wir uns auf ein Schlachtfeld zu? Heboric?«

Er schüttelte den Kopf, und seine bernsteinfarbenen Augen schienen im Nachmittagslicht zu leuchten. »Davon spüre ich nichts. Das Land vor uns ist, wie ihr es seht.«

Sie näherten sich einer breiten Senke, die mit ein paar Büscheln toten gelben Schilfs gesprenkelt war. Der Boden selbst war fast weiß, gesprungen wie ein zerbrochenes Mosaik. Ein paar größere Hügel waren hier und da zu sehen, die, wie es aussah, aus Stöcken und Schilf erbaut waren. Als sie den Rand der Senke erreichten, machten sie Halt.

Vom Wind aufgehäufte und zusammengewehte Fischknochen bildeten einen breiten Saum entlang der Uferlinie der toten Marsch. Auf einem der näheren Hügel konnten sie Vogelknochen und die Reste von Eierschalen erkennen. Dieses Feuchtland war schlagartig ausgestorben – und zwar in der Brutzeit.

Fliegen schwärmten durch die Senke, wirbelten in summenden Wolken herum.

»Bei den Göttern hienieden«, sagte Felisin, »müssen wir da durch?«

»So schlimm wird es schon nicht werden«, sagte Heboric. »Es ist nicht weit bis zur anderen Seite. Wenn wir stattdessen versuchen, diese Senke zu umgehen, wird es dunkel sein, bis wir es geschafft haben. Außerdem«, er wedelte ein paar Fliegen beiseite, »haben wir noch nicht einmal mit der Durchquerung angefangen, und sie haben uns schon gefunden. Auch wenn wir versuchen, die Senke zu umgehen, würden wir ihnen nicht entkommen. Immerhin stechen sie nicht.«

»Lasst es uns einfach hinter uns bringen«, sagte Scillara.

Graufrosch hüpfte in die Senke hinunter, als wenn er mit seinem offenen Maul und der hierhin und dahin zuckenden Zunge einen Weg für sie bahnen wollte.

Schlitzer trieb sein Pferd in den Trab und verfiel, als die Fliegen ihn umschwärmten, in einen leichten Galopp.

Die anderen folgten ihnen.

Fliegen setzten sich wie wahnsinnig auf seine Haut. Heboric blinzelte, als zahllose, harte, rasende Körper mit seinem Gesicht zusammenstießen. Sogar das Sonnenlicht war inmitten dieser chaotischen Wolke schwächer geworden. Sie waren in seinen Ärmeln gefangen, in seinen abgetragenen Beinlingen und in seinem Nacken – er knirschte mit den Zähnen, entschlossen, dieses geringfügige Ärgernis zu überstehen.

Gleichgewicht. Scillaras Worte beunruhigten ihn aus irgendeinem Grund – nein, vielleicht waren es gar nicht ihre Worte, sondern die Gefühle, die sie offenbarten. Einst ein Akolyth, jetzt alle Arten des Glaubens zurückweisend – das war etwas, das er selbst getan hatte, und das er trotz Treachs Einmischung immer noch zu erlangen versuchte. Schließlich benötigten die Götter des Krieges keine Diener über die unbegrenzten Legionen hinaus, die sie immer zu Verfügung hatten und immer haben würden.

Destriant, was verbirgt sich hinter dieser Bezeichnung? Ein Ernter der Seelen, der die Macht – und das Recht – besitzt, im Namen eines Gottes zu töten. Zu töten, zu heilen, Gerechtigkeit zu üben. Aber Gerechtigkeit in wessen Augen? Ich kann kein Leben nehmen. Nicht mehr. Niemals wieder. Du hast falsch gewählt, Treach.

All diese Toten, diese Geister …

Die Welt war hart genug – sie brauchte ihn und seine Art nicht. Es mangelte nie an Narren, die wild darauf waren, andere in die Schlacht zu führen, im Gemetzel zu schwelgen und eine aufgequollene, schluchzende Spur aus Elend und Leid und Kummer zurückzulassen.

Er hatte genug davon gehabt.

Erlösung war alles, was er sich jetzt wünschte, der einzige Grund, warum er am Leben blieb, warum er diese Unschuldigen zu einer vernichteten, verwüsteten Insel mitschleppte, von der sich bekriegende Götter alles Leben abgekratzt hatten. Oh, sie brauchten ihn nicht.

Im Herzen der wahren Armeen befanden sich Glaube und die Begeisterung für Vergeltung – Fanatiker und ihre böswilligen, grausamen Gewissheiten. Die sich in jeder Gemeinschaft wie Fliegendreck vermehrten. *Doch würdige Tränen kommen aus Mut, nicht aus Feigheit, und diese Armeen, die sind voller Feiglinge.*

Von Fliegen umschwärmt, die sie immer noch sinnlos weiterverfolgten, trugen die Pferde sie aus der Senke.

Auf einen Pfad, der neben den Überresten eines Docks und einer Anlegestelle von der alten Uferlinie ausging. Tiefe Wagenspuren erklommen einen höheren Kamm, der aus der Zeit stammte, als der Sumpf noch ein See gewesen war, und diese Spuren waren kreuz und quer von kleinen Furchen zerschnitten – die Klauen des Regenwassers, das keine Zuflucht in Wurzeln fand … weil das Grün vergangener Jahrhunderte dahin war, abgeschnitten, verzehrt.

Wir lassen nichts als Wüsten zurück.

Sie überwanden den Grat, wo die Straße wieder eben verlief und sich in trunkenen Schleifen über eine von Kalksteinfelsen flankierte Ebene wand – auf einen kleinen, verfallenen Weiler zu, der eine Drittellänge entfernt genau im Osten lag. Außengebäude mit leeren Pferchen und Koppeln. Auf einer Seite der Straße – mehr oder weniger am Rand des Weilers – waren ein halbes Hundert oder mehr Baumstämme aufgestapelt, das Holz da, wo es nicht vom Feuer geschwärzt war, grau wie Stein – doch es schien, dass dieses Holz sich noch im Tod allen Anstrengungen widersetzte, es zu zerstören.

Heboric verstand diesen halsstarrigen Trotz. *Ja, mach dich nutzlos für die Menschheit. Nur so wirst du überleben, selbst wenn das, was von dir überlebt, nur deine Knochen sind. Überbringe deine Botschaft, teures Holz, unseren ewig blinden Augen.*

Graufrosch hatte sich zurückfallen lassen und hüpfte nun zehn Schritt rechts von Schlitzer dahin. Es schien, dass selbst der Dämon, was die Fliegen anging, die Grenzen seines Fassungsvermögens erreicht hatte, denn er hatte das breite Maul geschlossen, und auch seine zweiten, milchig Augenlider waren beinah zu, nur noch winzige Schlitze waren zu sehen. Und die gewaltige Kreatur war beinahe schwarz vor krabbelnden Insekten.

Genau wie Schlitzers jugendlicher Rücken vor ihm. Oder das Pferd, das der Daru ritt. Und auf allen Seiten brodelte die Erde, glitzernd und in hektischer Bewegung.

So viele Fliegen.

So viele …

»Ich muss dir jetzt etwas zeigen …«

Wie ein wildes Tier, das plötzlich aufgeweckt wurde, streckte Heboric sich im Sattel –

Scillaras Reittier galoppierte einen Schritt hinter dem des Destriant, ein bisschen zur Linken des alten Mannes versetzt, während hinter ihr Felisin ritt. Sie fluchte in wachsender Besorgnis, als die Fliegen sich wie mitternächtliche Schwärze um die Reiter versammelten, alles Licht verschluckten, während die summende Kadenz Worte zu flüstern schien, die auf zehntausend Beinen in ihren Geist krabbelten. Sie unterdrückte einen Schrei –

Im gleichen Moment, da ihr Pferd in tödlichem Entsetzen und Schmerz schrill aufwieherte, während Staub schwirrte und unter ihm aufwirbelte, Staub, der höher stieg und Gestalt annahm.

Ein schreckliches, nasses, knirschendes Geräusch, dann stieß etwas Langes, Scharfes zwischen den Schulterblättern ihres Reittiers hervor; Blut quoll dickflüssig und hell aus der Wunde. Das Pferd stolperte, seine Vorderbeine knickten ein, dann brach es zusammen. Scillara wurde aus dem Sattel geschleudert –

Sie stellte fest, dass sie über einen Belag aus zermalmten Insekten rollte und die Hufe von Heborics Pferd um sie herum auf den Boden trommelten, während es schrill wieherte – etwas schnaubte, gestreifte Haut huschte vorbei, sprang in einer katzenhaften, flüssigen Bewegung vom Rücken des sterbenden Pferds –

Gestalten tauchten wie aus dem Nichts inmitten wirbelnder Staubschwaden auf, mit blitzenden Feuersteinklingen – ein tierischer Schrei – ein Blutschwall ergoss sich neben ihr auf den Boden und wurde unverzüglich von Fliegen geschwärzt – die Klingen hackten, schnitten, fetzten in Fleisch – ein durchdringendes Kreischen, das in einer Mischung aus Wut und Schmerz immer lauter wurde – etwas prallte gegen Scillara, als sie versuchte, sich auf Hände und Knie zu erheben, und sie schaute zur Seite. Ein Arm, von Tätowierungen im Tigermuster bedeckt, der zwischen Ellbogen und Schultergelenk glatt abgetrennt worden war, die Hand ein Aufblitzen von unstetem, ersterbendem Grün unter schwärmenden Fliegen.

Taumelnd richtete sie sich auf, mit stechenden Schmerzen im Bauch, und begann zu würgen, als sich bei ihrem unwillkürlichen Keuchen ihr Mund mit Fliegen füllte.

Eine Gestalt trat an sie heran, mit tropfendem Steinschwert; der vertrocknete Totenschädel drehte sich in ihre Richtung, und dann wurde das Schwert beiläufig vorgereckt und glitt wie Feuer in Scillaras Brust, die raue Schneide raspelte über ihre oberste Rippe, unter dem Schlüsselbein hindurch, und trat dann auf ihrem Rücken wieder aus, knapp oberhalb des Schulterblatts.

Scillara sackte zusammen, spürte, wie sie von der Waffe rutschte, als sie auf den Rücken fiel.

Die Erscheinung verschwand erneut in der Wolke aus Fliegen.

Sie konnte nichts als Summen hören, konnte nichts sehen als einen chaotischen, glitzernden Klumpen, der über der Wunde in ihrer Brust anschwoll, durch die ihr Blut verströmte – als wären die Fliegen zu einer Faust geworden, die ihr Herz zusammenquetschten. *Zusammenquetschten ...*

Schlitzer hatte keine Zeit zu reagieren. Ein plötzlicher Ansturm von Sand und Staub, und dann war der Kopf seines Pferdes einfach verschwunden; Blutfahnen sanken sich kräuselnd nach unten, als verfolgten sie den Kopf. Nach unten, vor die Vorderhufe, die stolperten und nachgaben, als das enthauptete Tier zusammenbrach.

Schlitzer schaffte es, sich wegzurollen und in einem Mahlstrom aus Fliegen wieder auf die Beine zu kommen.

Jemand tauchte bedrohlich neben ihm auf, und er wirbelte herum, ein Messer in der Hand, mit dem er einen Diagonalhieb führte – der Versuch, einen breiten, gekrümmten Säbel aus geriffeltem Feuerstein abzublocken. Die Waffen prallten gegeneinander, und das Schwert glitt durch Schlitzers Messer hindurch, die Kraft hinter dem Hieb schien unaufhaltsam –

Er schaute zu, wie die Klinge in seinen Bauch fuhr, schaute zu, wie sie ihm eine fürchterliche Wunde schlug – und dann quollen seine Gedärme heraus.

Er griff mit beiden Händen nach unten, um sie festzuhalten, und sank zu Boden, als alles Leben aus seinen Beinen wich, starrte ungläubig auf die zuckende Sauerei hinunter, die er da festhielt, landete auf einer Seite und krümmte sich um die schreckliche, entsetzliche Verletzung zusammen, die ihm zugefügt worden war.

Er hörte nichts. Nichts außer seinen eigenen Atemzügen und den herumtanzenden Fliegen, die nun herangeschwärmt kamen, als hätten sie schon immer gewusst, dass dies hier passieren würde.

Der Angreifer hatte sich rechts von Graufrosch aus dem schieren Staub erhoben. Wilde Agonie, als ein riesiges Chalcedon-Langschwert durch das Vorderbein des Dämons fetzte, es in einem grünen Blutschwall sauber abtrennte. Ein zweiter Hieb ging durch das Hinterbein auf der gleichen Seite, und der Dämon stürzte zu Boden, trat hilflos mit den ihm verbliebenen Beinen um sich.

Gesprenkelt von Fliegen und durchtost von Wogen des Schmerzes entfaltete sich eine kurzlebige Szene vor den Augen des Dämons. Breit, tierisch, in Felle gekleidet schritt eine Kreatur, die aus kaum mehr als Haut und Knochen bestand, in aller Seelenruhe über Graufroschs abgetrenntes Hinterbein, das fünf Schritt entfernt lag und immer noch zuckte. Und trat in die schwarze Wolke.

Bestürzung. Ich kann nicht mehr hopsen.

Im gleichen Augenblick, da er vom Rücken seines Pferdes gesprungen war, hatten zwei Feuersteinschwerter ihn erwischt – eines war durch Muskeln und Knochen gefahren und hatte einen Arm abgetrennt, während die Spitze des anderen erst in und dann durch seine Brust glitt. Heboric, aus dessen Kehle ein tierisches Schnauben drang, drehte sich im Sprung, versuchte verzweifelt, sich von der Waffe zu lösen, die ihn aufgespießt hatte. Doch sie folgte ihm, fuhr nach unten – zerbrach Rippen, zerteilte die Lunge, dann die Leber – und barst schließlich in einer Explosion aus Knochensplittern, Fleisch und Blut aus seiner Seite.

Der Mund des Destriant füllte sich mit heißer Flüssigkeit, die er verspritzte, als er auf den Boden prallte, weiterrollte, dann liegen blieb.

Die beiden T'lan Imass gingen dorthin, wo er ausgestreckt im Staub lag; ihre Steinschwerter waren feucht.

Heboric starrte nach oben in die leeren, leblosen Augen, schaute zu, als die mitgenommenen, vertrockneten Krieger ihre Waffen nach unten stießen, die geriffelten Schwertspitzen wieder und wieder in seinen Körper rammten. Er schaute zu, wie eine Klinge auf sein Gesicht zuzuckte, dann in seinen Hals fuhr –

Flehende Stimmen, ein ferner Chor aus Entsetzen und Verzweiflung – er konnte sie nicht mehr erreichen – jene verlorenen Seelen in ihrer von der Jade verschluckten Qual, wurden schwächer, waren weiter und weiter weg – *ich hatte euch gesagt, ihr solltet nicht zu mir aufblicken, ihr armen Kreaturen. Könnt ihr jetzt endlich erkennen, wie leicht es war, euch im Stich zu lassen?*

Ich habe die Toten gehört, aber ich konnte ihnen nicht dienen. Genauso wie ich gelebt habe, und nichts erschaffen habe.

Er erinnerte sich jetzt ganz klar, in einem einzigen grässlichen Moment, der endlos zu sein schien, zeitlos, an tausend Bilder – so viele sinnlose Handlungen, leere Taten, so viele Gesichter – all jene, für die er nichts getan hatte. Baudin, Kulp, Felisin Paran, L'oric, Scillara … Er war verloren in diesem fremden Land herumgewandert, in dieser erschöpften Wüste und dem Staub von Gärten, der die grausame, sonnenverbrannte Luft erfüllte – es wäre besser, er wäre in den Otataral-Minen von Schädelmulde gestorben. Dann hätte es keinen Verrat gegeben. Fener säße immer noch auf seinem Thron. Die Verzweiflung der Seelen in ihren riesigen Jadegefängnissen, die ungehindert durch den Abgrund wirbelten, diese schreckliche Verzweiflung – sie hätte ungehört bleiben können, ungesehen, und dann hätte es auch keine falschen Versprechungen auf Erlösung gegeben.

Baudins Flucht mit Felisin Paran wäre nicht so verlangsamt worden – *oh, ich habe in diesem bereits jetzt allzu langen Leben nichts getan, was der Mühe wert gewesen wäre. Diese Geisterhände, sie haben bewiesen, dass ihre Berührung eine Illusion ist – kein Segen, keine Erlösung, für niemanden, den sie zu berühren wagten. Und diese wiedergeborenen Augen mit all ihrer katzenar-*

tigen Schärfe, sie verblassen nun zu einem gefühllosen Starren – ein Anblick in den Augen seines gefallenen Widersachers, nach dem sich jeder Jäger sehnt.

So viele Krieger, große Helden – in ihren eigenen Augen zumindest – so viele hatten sich zur Verfolgung des riesigen Tigers namens Treach aufgemacht – ohne etwas von der wahren Identität des Tiers zu wissen. Sie hatten ihn besiegen wollen, über seinem reglosen Körper stehen und in seine leeren Augen hinunterschauen wollen, voller Sehnsucht, etwas zu erhaschen, irgendetwas von seiner Erhabenheit und Erhöhung, und es mitzunehmen.

Aber Wahrheiten werden niemals gefunden, wenn derjenige, der sie sucht, verloren ist – geistig, moralisch. Und Würde und Ehre können nicht gestohlen werden, sind nicht durch den gewaltsamen Raub eines Lebens zu verdienen. *Bei den Göttern, was für eine armselige, fuchtelnde, grausam dumme Täuschung ... daher war es verdammt gut, dass Treach jeden Einzelnen von ihnen getötet hat. Leidenschaftslos. Oh, was für eine vielsagende Botschaft darin liegt.*

Doch er wusste Bescheid. Die T'lan Imass, die ihn getötet hatten, kümmerte all das nicht. Sie hatten aus der Not heraus gehandelt. Vielleicht hatten sie irgendwann in ihrer uralten Vergangenheit, in jener Zeit, da sie noch sterblich gewesen waren, auch das zu stehlen versucht, was sie selbst niemals besitzen konnten. Aber solche sinnlosen Absichten spielten für sie keine Rolle mehr.

Heboric würde nicht zur Trophäe werden.

Und das war gut so.

Und es sah ganz danach aus, als würde es bei diesem letzten Fehlschlag keine anderen Überlebenden geben, und in mancherlei Hinsicht war auch das gut so. Angemessen. So viel zum Ruhm, den man in seinen letzten Gedanken finden konnte.

Und passt es nicht gut? In diesem letzten Gedanken lasse ich sogar noch mich selbst im Stich.

Er stellte fest, dass er sich streckte, sich nach ... etwas ausstreckte. Er streckte sich aus, aber er fand nichts, das er berühren konnte. Überhaupt nichts.

Dramatis Personae

Die Malazaner

Mandata Tavore – Kommandantin der Vierzehnten Armee
Faust Keneb – Divisionskommandant
Faust Blistig – Divisionskommandant
Faust Tene Baralta – Divisionskommandant
Faust Temul – Divisionskommandant
Nil – ein wickanischer Waerloga (Hexer)
Neder – eine wickanische Waerloga (Hexe)
Lostara Yil – Perls Adjudantin
Perl – eine Klaue

Banaschar – ehemaliger Priester D'reks
Hellian – Sergeant der Stadtgarde von Kartool
Urb – Mitglied der Stadtgarde von Kartool
Atemlos – Mitglied der Stadtgarde von Kartool
Heikel – Mitglied der Stadtgarde von Kartool

Der Schnelle Ben – Hohemagier der Vierzehnten Armee
Kalam Mekhar – ein Assassine
Wühler – ein Findelkind

Ausgewählte Soldaten der Vierzehnten Armee

Hauptmann Gütig, Ashok-Regiment
Leutnant Poren, Ashok-Regiment
Hauptmann Faradan Sort
Sergeant Fiedler/Saiten
Korporal Starr

Krake
Buddl
Koryk
Lächeln
Sergeant Gesler
Korporal Stürmisch
Vielleicht
Lauten
Ebron
Sünd
Krumm
Sergeant Balsam
Korporal Totstink
Gurgelschlitzer
Masan Gilani

Andere

Barathol Mekhar – ein Hufschmied
Kulat – ein Dorfbewohner
Apsalar – eine Assassine
Telorast – ein Geist
Rinnsel – ein Geist
Samar Dev – eine Hexe aus Ugarat
Karsa Orlong – ein Teblorkrieger
Ganath – eine Jaghut
Bosheit – eine Wechselgängerin, Schwester von Lady Missgunst
Corabb Bhilan Thenu'alas
Leoman von den Dreschflegeln – der letzte Anführer der Rebellion
Hauptmann Brunspatz – Mitglied der Stadtgarde von Y'Ghatan
Karpolan Demesand – Kaufmann der Trygalle-Handelsgilde
Schlitzer, einst Crokus aus Darujhistan
Heboric Geisterhand – Destriant von Treach

Scillara – ein Flüchtling aus der Raraku
Felisin die Jüngere – ein Flüchtling aus der Raraku
Graufrosch – ein Dämon
Mappo Runt – ein Trell
Icarium – ein Jhag
Iskaral Pustl – ein Priester des Schattens
Mogora – eine Vielwandlerin
Taralack Veed – ein Gral und Agent der Namenlosen
Dejim Nebrahl – ein T'rolbarahl, ein Vielwandler aus dem Ersten Imperium

Glossar

Aufgestiegene

Anomander Rake – Sohn der Dunkelheit
Apsalar – Herrin der Diebe
Beru – Herr der Stürme
Brand – die Schlafende Göttin

Cotillion – das Seil, Patron der Assassinen, Hohes Haus Schatten

Der Verkrüppelte Gott – der Angekettete, Herr des Hohen Hauses der Ketten
Der Vermummte – König des Hohen Hauses Tod
Dessembrae – Herr der Tränen
Die Azath – die Häuser
Die Brückenverbrenner
Die Deragoth – aus dem Ersten Imperium von Dessimbelackis, die Sieben Hunde der Dunkelheit
Die Königin der Träume – Königin des Hohen Hauses Leben
Die Schwester der Kalten Nächte – eine Ältere Göttin
Draconus – ein älterer Goot, Schmied des Schwerts Dragnipur
D'rek – Der Wurm des Herbstes, wird sowohl in männlicher wie in weiblicher Form verehrt

Eres/Eres'al – ein Geist/eine Göttin der Vorfahren

Fener – Der Beraubte, der Eber der fünf Hauer

Gedderone – Herrin des Frühlings und der Wiedergeburt
Grizzin Farl – ein Älterer Gott

Jhess – Königin des Webens

Kilmandaros – ein Älterer Gott
K'rul – ein Älterer Gott der Gewirre

Mael – ein Älterer Gott der Meere
Mowri – Herrin der Bettler, Sklaven und Leibeigenen

Nerruse – Herrin der Ruhigen See und des Günstigen Windes

Oponn – Die Zwillingsnarren des Zufalls
Osserc/Osseric/Osric – Herr des Himmels

Poliel – Herrin der Pestilenz und der Leiden

Scalissara – eine verrufene Göttin des Olivenöls, die einst über Y'Ghatan geherrscht hat
Schattenthron – Ammanas, König des Hohen Hauses Schatten
Sha'ik – die Göttin des Wirbelwinds
Soliel – Herrin der Gesundheit

Togg und Fanderay – Die Wölfe des Winters
Treach/Trake – Der Tiger des Sommers und Herr des Krieges

Die Drachenkarten

Hohes Haus Leben
König
Königin (Königin der Träume)
Champion
Priester
Herold
Soldat
Weber

Hohes Haus Tod
König (Der Vermummte)
Königin
Ritter (einst Dassem Ultor, jetzt Baudin)
Magier
Herold
Soldat
Spinner
Steinmetz
Jungfrau

Hohes Haus Licht
König
Königin
Champion (Osseric)
Priester
Hauptmann
Soldat
Näherin
Baumeister
Mädchen

Hohes Haus Dunkel
König
Königin
Ritter (Anomander Rake)
Magier
Hauptmann
Soldat
Weber
Steinmetz
Gemahlin

Hohes Haus Schatten
König (Schattenthron/Ammanas)

Königin
Assassine (Das Seil/Cotillion)
Magier
Hund

Hohes Haus der Ketten
Der König in Ketten
Gemahlin (Poliel)
Pünderer (Kallor)
Ritter (Toblakai)
Die Sieben von den Toten Feuern (Die Ungebundenen)
Krüppel
Lepröser
Narr

Neutrale/Ungebundene Karten
Oponn
Obelisk (Brand)
Krone
Zepter
Auge
Thron
Kette
Der Herr der Drachenkarten (Ganoes Paran)

Ältere Völker

Tiste Andii – Kinder der Dunkelheit
Tiste Edur – Kinder des Schattens
Tiste Liosan – Kinder des Lichts
T'lan Imass
Eres/Eres'al
Trell
Jaghut
Forkrul Assail

K'Chain Che'Malle
Die Eleint
Die Barghast
Die Thelomen Toblakai
Die Teblor

Die Gewirre

Kurald Galain – Das Ältere Gewirr der Dunkelheit
Kurald Emurlahn – Das Ältere Gewirr des Schattens, das Zerschmetterte Gewirr
Kurald Thyrllan – Das Ältere Gewirr des Lichts
Omtose Phellack – Das Ältere Jaghut-Gewirr des Eises
Tellann – Das Ältere Imass-Gewirr des Feuers
Starvald Demelain – Das Gewirr der Eleint
Thyr – Der Pfad des Lichts
Denul – Der Pfad des Heilens
Der Pfad des Vermummten – Der Pfad des Todes
Serc – Der Pfad des Himmels
Meanas – Der Pfad der Schatten und Illusionen
D'riss – Der Pfad der Erde
Ruse – Der Pfad des Meeres
Rashan – Der Pfad der Dunkelheit
Mockra – Der Pfad des Verstandes
Telas – Der Pfad des Feuers

Völker und Orte

Ehrlitan – eine Hafenstadt im Reich der Sieben Städte
G'danisban – eine Stadt im Reich der Sieben Städte
Gral – ein Stamm im Reich der Sieben Städte
Hatra – eine Stadt im Reich der Sieben Städte
Hedori Kwil – eine untergegangene Stadt im Reich der Sieben Städte

Inath'an Merusin – alter Name für die Stadt Mersin im Reich der Sieben Städte

Karashimesh – eine Stadt im Reich der Sieben Städte

Kartool – Stadt auf der gleichnamigen Insel, dem Kontinent Quon Tali vorgelagert

Malaz – Stadt auf der gleichnamigen Insel, Geburtsttätte des malazanischen Imperiums, dem Kontinent Quon Tali vorgelagert

N'karaphal – untergegangene Stadt im Reich der Sieben Städte

Pan'potsun – eine Stadt im Reich der Sieben Städte

Pardu – ein Stamm im Reich der Sieben Städte

Sepik – ein Inselkönigreich, Reich der Sieben Städte

Septarchenviertel – das Tempelviertel von Kartool

Tramara – untergegangene Stadt im Reich der Sieben Städte

Trebur – untergegangene Stadt im Reich der Sieben Städte (die Stadt der Kuppeln)

Ugarat – eine Stadt im Reich der Sieben Städte

Vedanik – Stamm aus dem Thalasgebirge, Reich der Sieben Städte

Vinith – untergegangene Stadt im Reich der Sieben Städte

Y'Ghatan – eine Stadt im Reich der Sieben Städte

Begriffe

Aptorian – eine Dämonenart aus der Schattensphäre
Ashok-Regiment – altes Regiment, in der Vierzehnten Armee
aufgegangen

Bhederin – großes, halb domestiziertes oder wildes Huftier
Blutholz – eine seltene Holzart, wird von den Tiste Edur
benutzt
Bokh'aral – ein kleiner, auf Felsen hausender Affe

Carelbarra – ein Honig, der aufgrund seiner halluzinogenen
Eigenschaften auch als Gottbringer bekannt ist

D'bayang – ein Opiat
Destriant – ein sterblicher Repräsentant eines bestimmten
Glaubens
Dromone – ein Kriegsschiff-Typ

Eleint – anderer Begriff für reinblütige Drachen
Enkar'al – großes Raubtier im Reich der Sieben Städte
(mittlerweile ausgestorben)

Gesteher – Bezeichnung für den Königlichen Folterer in Ugarat

Halbdrek – der Hohepriester oder die Hohepriesterin von
D'rek

Imbrules – nicht näher spezifierte Tierart, die in Starvald
Demelain beheimatet ist

Kapmotte – großes, räuberisches Insekt aus dem Reich der
  Sieben Städte
Kethramesser – ein großes Messer mit breiter Klinge, das im
  Reich der Sieben Städte benutzt wird
Knochenwerfer – Bezeichnung der T'lan Imass für ihre
  Schamanen
Kurzschwänze – anderer Name für die K'Chain Nah'ruk

Langschwänze – anderer Name für die K'Chain Che'Malle
Lied des Kindertods – eine Initationsritual der Seti beim
  Eintritt ins Erwachsenenleben, zu dem ein rituelles Begräbnis
  gehört
Luthuras – nicht näher spezifizierte Tierart, die in Starvald
  Demelain beheimatet ist

Maethgara – in Y'Ghatan gebräuchlicher Name für die
  Vorratsbehälter, in denen das Olivenöl gelagert wird
Meerratte – ein reptilisches Nagetier

Namenlosen (Die) – ein alter Kult, der den Azath-Häusern
  geweiht ist

Paralt – Name einer Spinnen- und einer Schlangenart, beide
  giftig (auch die Bezeichnung für das Gift selbst)
Purlith – eine Fledermausart, die in Starvald Demelain
  beheimatet ist

Rhizan – kleines, geflügeltes Insekten fressendes Raubtier

Sandflöhe – im Wind treibende Insekten im Reich der Sieben
  Städte
Schwarzholz – eine seltene, seetüchtige Holzart
Stantars – nicht näher spezifizierte Tierart, die in Starvald
  Demelain beheimatet ist
Sturmreiter – eine die Ozeane bewohnenden Spezies

Sturmwall – eine Barriere gegen die Raubzüge der Sturmreiter auf Korel

Telaba – traditionelle Oberbekleidung im Reich der Sieben Städte

Trog – ein bei den Malazanern beliebtes Brettspiel

T'rolbarahl – eine alte Form von Vielwandler aus der Zeit des Ersten Imperiums

Verdith'anath – die Brücke des Todes (Unterwelt der Jaghut)

Vermesser – Kartenmacher der Trygalle-Handelsgilde

Vielwandler – Gestaltwandler, der sich in mehrere Tiere verwandeln kann

Wechselgänger – ein Gestaltwandler

Danksagungen

Mein Dank gilt den üblichen Verdächtigen, unter ihnen Chris, Mark, Rick und Courtney, die meine frühen Entwürfe lesen, und Bill Hunter, dessen Unterstützung sich hinsichtlich der Arbeitsweise und der vollzähligen Auflistung sämtlicher Varianten der Drachenkarten als von unschätzbarem Wert erwiesen hat – aber hör zu, Bill, keine meilenlangen Wanderungen durch den Regen mehr, ja? Cam Esslemont für das überaus gewissenhafte Durchlesen – ich bin froh, dass zumindest einer von uns die Zeitleiste richtig hinbekommen hat. Clare und Bowen, wie immer. Dem Personal der Bar Italia, das mich ein weiteres Mal betreut hat – drei Erzählungen und vier Romane und zweiundzwanzigtausend Latte Macchiatos, das war wirklich eine Leistung, oder? Außerdem Steve, Perry und Ross Donaldson für ihre Freundschaft. Und Simon Taylor, Patrick Walsh und Howard Morhaim für die gute Arbeit, die sie immer wieder leisten.

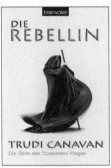